KB099760

흉가

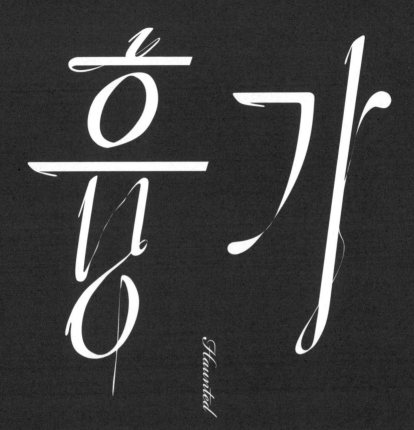

흉가

Haunted

조이스 캐럴 오츠
김지현 옮김

민음사

HAUNTED :
Tales of the Grotesque
by Joyce Carol Oates

Copyright © The Ontario Review, Inc., 1994
All rights reserved.

Korean Translation Copyright © Minumsa 2018

Korean translation edition is published by arrangement with
The Ontario Review, Inc. c/o John Hawkins & Associates through EYA.

이 책의 한국어 판 저작권은 EYA를 통해
John Hawkins & Associates와 독점 계약한 ㈜민음사에 있습니다.

저작권법에 의해 한국 내에서 보호를 받는 저작물이므로
무단 전재와 무단 복제를 금합니다.

엘렌 대틀로를 위해

차례

1부

흉가

귀신 들린 집, 금단의 집들이 있었다. 낡은 메들록 농장. 에리히 농장. 엘크크리크 개울가의 민튼 농장. 그곳엔 '출입 금지'라는 팻말이 있었지만 우리는 멋대로 출입했다. '출입 금지', '수렵 금지', '낚시 금지', '법으로 금지되어 있음' 그럼에도 우리는 마음대로 했다. 우리를 막는 사람이 없었으니까.

부모님은 그런 폐가들을 탐험하지 말라고 경고했다. 낡은 집이나 헛간에선 다칠 수도 있어서 위험하다고. 내가 그 집들에 귀신이 있냐고 물으니 어머니는 당연히 아니라고 했다. 귀신 따위는 없어. 너도 알잖아. 어머니는 성가셔하는 투였다. 내가 이미 몇 년 전부터 믿지 않게 된 것들을 여전히 믿는 척한다는 걸 어머니도 짐작하고 있었기 때문이다. 그건 어렸을 때부터의 습관이었다. 나는 실제보다 더 어리고 순진한 척 연기하곤 했다. 눈을 휘둥그레 뜨고, 어리둥절한 듯이, 겁먹은 듯이. 여자애들은 그런 속임수를 곧잘 쓴다. 일종의 위장 전술이다. 떠오르는 생각이라고는 금지된 생각밖에 없을 때, 눈을 뜬 채로 백일몽에 빠져들 때, 내 것이 아닌 듯한, 어딘가 다른 곳에서 누군가 다른 사람이 ─ 나는 모르는데 나'를' 아는 사람이 ─ 보내오는 것만 같은 꿈에 빠져들 때면 그럴 수밖에 없다.

귀신 같은 건 없어. 미신일 뿐이야. 어른들은 그렇게 말했다. 다만 너희가 들어가지 말라는 데 들어가서 쿵쿵거리고 다니다가 자칫 다칠 수도 있으니 하는 말이야. 오래된 집은 마루나 계단이 썩었을지도 모르고, 천장도 무너질락 말락 하고, 못이나 유리 조각 같은 데에 베인다든지, 뚜껑 없는 우물에 빠진다든지 할 수도 있잖니. 그리고 빈집이나 헛간 안에 누가 있을지 어떻게 알아. "노숙자 말이에요? 도로에서 히치하이킹하는 사람들요?" 내가 물었다. "그래, 노숙자라든지. 아니면 네가 아는 사람을 마주칠 수도 있고." 어머니가 얼버무렸다. "아는 아저씨나, 남자애나…… 아무튼 네가 아는 사람……." 어머니가 난처한 듯 말꼬리를 흐렸다. 나는 그 이상 묻지 않을 정도의 눈치는 있었다.

그 시절에는 말로 꺼내지 않는 것들이 있었다. 나도 내 자식들에게 그런 이야기는 하지 않았다. 표현할 말이 없었으니까.

나와 내 이웃 친구 메리 루 시스킨은 부모님의 말을 잘 들었고 또 거의 항상 잘 따랐지만, 그래도 하고 싶은 건 몰래 은근슬쩍 하고 다녔다. 어렸을 때는 그랬다는 얘기다. 나이를 좀 더 먹고 열 살인가 열한 살쯤 됐을 때부터는 어머니에게 말괄

량이, 왈가닥이라는 소리를 들었다. 우리는 숲이나 개울가를 몇 킬로미터씩 쏘다녔고, 밭을 가로질러 우리가 아는 사람들, 학교 친구들이 사는 농가들을 찾아가 염탐하기도 했으며, 무엇보다도 버려진 집들을 탐험하기를 즐겼다. 판자로 둘러쳐져 폐쇄된 집들도 어찌어찌 뚫고 들어가곤 했다. 귀신이 있을 거란 생각을 하며 스스로에게 겁을 주면서. 하지만 사실 그럴 리가 없다는 건 알고 있었다. 세상에 귀신 따위는 없으니까. 다만…….

지금 나는 싸구려 잡화점에서 산 공책에 글을 쓰고 있다. 얼룩무늬 표지가 달린, 초등학교 때 쓰던 종류의 유선 공책이다. 옛날 옛날에, 나는 내 아이들을 침대에 고이 눕혀 재우며 그렇게 말하곤 했다. 옛날 옛날에…… 그렇게 책의 첫머리를 읽어 나갔다. 책을 읽어 주는 게 가장 안전했다. 몇 번인가 내 경험담을 들려주려고도 해 봤지만, 그러면 아이들이 내 목소리에 겁을 먹어서 오히려 잠이 깨 버렸고 나 역시 잠을 못 이루기 일쑤였다. 그런 밤 남편이 무슨 일이냐고 물으면 나는 "아무것도 아니야."라고 대꾸하고는 경멸스러워하는 내 표정을 그가 보지 못하게 얼굴을 가렸다.

이 글은 연필로 쓰고 있다. 쉽게 지울 수 있도록. 자꾸만 지워대는 통에 종이 곳곳에 구멍이 뚫리고 있다. 5학년 때 담임이었던 하딩 선생님은 우리 공책의 필기가 지저분하면 혼을 냈다. 하딩 선생님은 얼굴이 두꺼비처럼 생겼고 몸매가 육중한 여자였다. 그분이 굵고 걸걸한 목소리로 "애, 멜리사, 어디 할 말이 있으면 해 보지 그러냐?"라며 즐거운 듯 물을 때, 나는 아무 말도 못하고 무릎을 후들후들 떨며 서 있기만 했다. 그러면 내 친구 메리 루는 입을 가리고 킥킥 웃으며 앉은 자리에서 꼼지락거렸다. 그 애에겐 내 꼴이 너무 우스웠던 것이다. 그 늙은 마녀한테 지옥으로 꺼지라고 해 버려. 그러면 더 이상 너를 함부로 대하지 못할걸. 메리 루는 그렇게 말했다. 하지만 하딩 선생님에게 그런 말을 할 수 있는 사람은 아무도 없었다. 심지어 메리 루라도 어림없는 일이었다. "할 말 없어, 멜리사? 어째서 낱장을 찢은 공책을 제출했냐는 말이야?" 하딩 선생님은 내 숙제의 점수를 A에서 B로 낮췄다. 만족스럽게 끙 하는 소리를 내면서 빨간 펜으로 커다랗게 B를 휘갈겼고, 그 바람에 종이가 구겨졌다. "멜리사, 너한테 기대가 큰 만큼 실망도 크구나." 하딩 선생님은 늘 그렇게 말했다. 오랜 세월이 지난 지금까지도 나는 살면서 들은 그 어떤 말보다 그 말을 또렷하게 기억한다.

어느 날 아침 우리 반에 예쁜 임시 선생님이 들어왔다.

"하딩 선생님이 편찮으셔서 오늘은 제가 수업을 할 거예요."

그녀의 얼굴에 어린 초조한 기색을 보고 우리는 무언가 비밀이 있으리라고 짐작했다. 아나나 다를까 며칠 뒤 교장 선생님이 우리 반에 직접 와서 하딩 선생님은 이제 못 온다고, 뇌졸중으로 돌아가셨다고 말했다. 마치 어린아이에게 이야기하듯이, 그 소식에 우리가 마음 아파하기라도 할 거라는 듯 조심스러운 말투였다. 메리 루가 나와 눈이 마주치곤 윙크를 했다. 나는 책상 앞에 앉은 채 무척 기묘한 감각에 사로잡혔다. 따스하고 녹진한 벌꿀 같은 것이 정수리에서 등줄기를 타고 흘러내리는 느낌이었다. 하늘에 계신 우리 아버지…… 다른 아이들과 같이 고개를 숙이고 두 손을 꽉 맞잡고 기도를 읊조렸지만 내 마음은 어딘가 다른 데에서 미쳐 날뛰고 있었다. 메리 루 역시 마찬가지일 게 분명했다.

집으로 돌아가는 스쿨버스에서 메리 루는 내게 귓속말을 했다. "우리 때문이지, 맞지? 하딩 할망구가 그렇게 된 거 말이야. 하지만 아무한테도 말하면 안 돼."

옛날 옛날에 쌍둥이 자매가 살았어요. 한 명은 아주 예쁘고 한 명은 아주 못생겼지요……. 그러나 메리 루 시스킨이 내 자매였던 건 아니다. 그리고 나는 딱히 못생기지도 않았다. 그냥 피부색이 누르칙칙하고, 이목구비가 가운데로 쏠린 조그만 족제비 같은 얼굴을 하고 있을 뿐이다. 속눈썹이 없다시피 한 눈꺼풀 아래 검은 눈동자 한 쌍이 지나치게 가운데로 몰려 있고 코는 이상하게 생겼다. 갈망하는 듯한, 실망하는 듯한 인상이다.

하지만 메리 루는 정말로 예뻤다. 가끔 거칠고 어쭙잖게 행동했지만 그럴 때조차도 예뻤다. 그 비단결 같은 긴 금발은 누구나 다 기억했다. 그날 이후로도, 오랜 세월이 흐른 뒤에도……. 그 애의 시신이 발견됐을 때 신원 확인이 가능했던 것도 백금빛 비단 같은 긴 머리카락 때문이었다. 그걸 보면 못 알아볼 수가 없었으니까…….

밤마다 잠을 못 이루지만 나는 밤이 좋다. 밤에는 글을 쓰고 잠은 낮에 잔다. 내 나이가 되면 잠은 몇 시간만 자도 충분하다. 남편은 한 해 전에 죽었고 자식들은 뿔뿔이 흩어져 여느 집 자식들과 마찬가지로 각자의 이기적인 삶에 매진하느라 바쁘다. 이젠 나를 방해할 사람도 없고 내 문제를 캐려 드는 사람도 없으며 내가 괜찮은지 확인하려고 감히 찾아와 문을 두드리는 이웃도 없다. 가끔 거울에 모르는 사람의 얼굴이 나타나기는 한다. 주름지고 피폐해진, 퀭하게 꺼진 눈자위가 늘 축축하게 젖어 있는, 늘 충격이나 경악 혹은 당혹감에 눈을 껌뻑거리는 낯선 사람의 얼굴이. 하지만 나는 그때마다 능숙하게 고개를 돌린다. 굳이 쳐다보고 있을 필요는 없으니까.

노인의 허영심에 대해 흔히 하는 이야기들은 다 사실이다. 우리는 우리가 여전히 젊다고 믿는다. 얼굴은 늙었어도 속은 지극히 순결한 어린아이라고 믿는 것이다!

내가 새색시였을 시절, 행복할 때면 낯빛이 발그레해지고 눈이 반짝거려서 거의 예뻐 보이기까지 했던 시절의 어느 일요일이었다. 남편과 함께 차를 몰고 시골 지역으로 나들이를 나갔는데 그가 섹스하고 싶어 했고, 비록 쑥스러워서 허둥거리고는 있었지만 그래도 정말로 하고 싶어 한다는 걸 나는 알았고, 그래서 스타킹에 하이힐 바람으로 옥수수 밭에 뛰어들었는데 ─ 그때 나는 내가 결코 되지 못할 여자를 연기하고 있었다. 가령 메리 루 시스킨이라든지, 남편은 메리 루가 누군지도 모르지만 아무튼—그런데 옥수숫대들이 바람에 흔들리는 소리, 그 건조하게 바스락거리는 소리, 누군지 잘 알 수 없는 사람들의 목소리가 속닥거리는 것만 같은 끔찍한 소리 때문에 나는 공포에 질려 숨을 헐떡거렸고, 남편이 나를 가만히 안고 있으려 하자 나는 그를 밀쳐 내고 그예 울음을 터뜨렸다. 왜 그래? 맙소사, 무슨 일이야? 그렇게 묻는 그는 정말로 나를 사랑하는 것 같았고 마치 자기 인생의 중심이 나인 것 같았는데, 그만한 사랑에, 그만큼 중대한 가치에 나는 절대로 부합하지 못하리라는 걸 알았다. 알 수밖에 없었다. 왜냐하면 나는 남자애들이 쳐다도 안 보는 못생긴 여자애, 멜리사일 뿐이었고, 언젠가는 남편도 그 사실을 눈치채고 나한테 속았다는 것을 깨달을 테니까. 저리 가! 건드리지 마! 역겨워! 나는 그를 밀치며 말했다.

그는 물러났고 나는 얼굴을 가린 채 흐느꼈다.

그랬는데도 나는 결국 임신했다. 그로부터 겨우 몇 주 뒤의 일이었다.

버려진 집에는 언제나 사연이 있었고 그런 사연들은 언제나 슬펐다. 어떤 농장은 파산하는 바람에 온 가족이 그곳을 버리고 떠났다. 또 어떤 농장은 가족 중 누군가가 죽고 나서 돌보는 사람이 없어졌고 사겠다는 사람도 나타나지 않아서 그대로 방치되었다. 개울 건너편의 메들록 농장도 그런 경우였다. 메들록 씨가 일흔아홉 나이로 죽은 뒤, 메들록 부인은 농장을 팔지 않기로 하고 군청 보건국에서 그녀를 데리러 올 때까지 그곳에서 쭉 혼자 살았다. 안타깝기도 하지, 내 부모님은 말했다. 딱하기도 해라. 부모님은 메들록 농장의 헛간들이나 집은 절대로 들쑤시지 말라고 신신당부했다. 건물들이 무너지기 일보 직전이라고, 메들록 부부가 살아 있었을 적에도 상태가 엉망이었다고.

메들록 부인은 남편의 시신을 발견한 뒤로 미쳐 버렸다고 한다. 그는 농장의 헛간들 중 한 곳에서 반듯이 드러누워, 툭 튀어나온 눈을 홉뜨고, 벌린 입으로 혀를 늘어뜨린 채 죽어 있었다. 남편을 찾으러 나왔다가 그 광경을 본 메들록 부인은 충격에서 영영 벗어나지 못했다고 했다. 어른들은 어쩔 수 없이 메들록 부인을 주립 병원으로 보냈고 ─ 그녀 자신을 위해서라도 그래야 했다고 어른들은 말했다. ─ 집과 헛간들은 판자를 대어 막아 놓았다. 사방에 풀과 엉겅퀴가 무성해졌고 봄에는 민들레가 여름에는 참나리가 자랐다. 차를 타고 근처를 지나갈 때면 나는 그 집을 빤히 쳐다보고 또 쳐다보며, 창문 너머에서 누군가의 창백한 얼굴이 언뜻 나타나 밖을 내다본다든지, 시커먼 실루엣이 지붕을 기어 올라가 굴뚝 뒤로 숨어드는 걸 보게 될까 봐 두려워 눈을 반쯤 감았다.

메리 루와 나는 그 집이나 노인의 시신이 발견되었다던 헛간에 귀신이 있지 않을까 궁금했다. 그래서 주변을 슬그머니 기웃거렸고, 그러다 보니 멀찍이서 보고 있을 수만은 없어서 점점 더 가까이 다가갔고, 그러다가도 매번 무언가에 놀라 겁을 집어먹고 밀치락달치락 뛰어서 숲으로 도망치곤 했지만, 어느 날엔 끝끝내 집의 뒷문 앞까지 가서 창문 안을 들여다보기에 이르렀다. 메리 루가 앞장섰다. 메리 루는 무서워할 것 없다고, 여기엔 이제 아무도 안 살고 우릴 잡을 수 있는 사람도 아무도 없다고 했다. 집이 저당 잡혀 있더라도 어차피 우리 나이의 애들은 경찰에 체포되지도 않으니 괜찮다고.

우리는 헛간들을 탐험했다. 우물의 나무 덮개를 끌어내 치우고 돌을 던져 보았다. 헛간에 사는 고양이들을 쓰다듬어 보려 했지만 불러도 가까이 와 주지 않았다. 녀석들은 깡마르고 병든 몰골이었다. 어른들이 군청에 말한 바로는 메들록 부인이 고양이를 십수 마리 키워서 집 안이 고양이 똥오줌으로 온통 더러워져 있었다고 했다. 고양이들이 말을 듣지 않자 우리는 화가 나서 돌멩이를 던졌고, 녀석들은 하악 소리를 내며 달아났다. 지저분하고 못된 것들, 메리 루는 불쾌한 듯 지껄였다. 집에서 부엌이 위치한 구역에 타르지를 덧댄 지붕이 있었다. 우리는 재미 삼아 그 위로 기어 올라가 보았는데, 메리 루가 내친 김에 더 큰 지붕 맨 꼭대기까지 올라가 보자고 했다. 하지만 나는 겁에 질려서 말렸다. 안 돼, 하지 마, 메리 루, 제발 그만둬. 내 어조가 너무 이상했던지 메리 루는 평소처럼 나를 놀리지도, 비웃지도 않고 물끄러미 바라보았다. 그 지붕은 너무 가팔랐다. 메리 루가 올라갔다간 다칠 게 뻔했다. 발을 헛디뎌 미끄러지는, 떨어지는 그 애의 모습이 눈에 선했다. 깜짝 놀란 얼굴과 흩날리는 머리카락, 아무도 자신을 구해 줄 수 없다는 사실을 안 채로 떨어져 내리는 광경. 너 진짜 재미없게 군다. 메리 루는 나를 조금 세게 꼬집으며 핀잔했다. 하지만 큰 지붕으로는 올라가지 않았다.

이후에 우리는 헛간들을 이리저리 통과해 뛰어다니면서 목청이 터져라 소리를 질러댔다. 메리 루의 말마따나 '그냥 재밌으니까' 하는 거다. 한데 쌓여 있는 농기구들 사이에서 부서진 부품들, 마구에 달려 있었을 가죽 부속물들, 밀짚 따위를 끄집어내 던져대기도 했다. 농장의 가축들은 떠난 지 오래였지만 동물 냄새가 여전히 짙게 남아 있었다. 말라붙은 말똥이며 소똥이 진흙덩이처럼 뒹굴었다. "야, 여기 확 불태워 버릴까 봐." 메리 루가 나를 보며 말했다. "그래, 맘대로 해. 어디 한번 불 질러 봐." 내가 말했다. "내가 못할 줄 알고? 성냥만 줘 봐." 메리 루의 말에 나는 대꾸했다. "나한테 성냥 없는 거 알잖아." 우리 사이에 시선이 오고 갔다. 정수리에서 무언가 흘러내리는 듯한 느낌이 들면서 목구멍이 간질거렸다. 웃음인지 울음인지 모를 게 터져 나올 것 같았다. "너 미쳤구나." 그러자 메리 루가 짧게 조소를 터뜨렸다. "미친 건 너지, 멍청아. 난 그냥 널 시험한 거라고."

메리 루가 열두 살이 됐을 때쯤엔 어머니가 그 애를 싫어하게 되었다. 어머니는 내가 다른 친구를 사귀길 바라고 늘 우리 사이를 갈라놓으려 했다. 메리 루는 버릇이 없어. 어른을 공경할 줄 몰라. 심지어 자기 부모한테도 막되게 굴잖니. 어머니는 메리 루가 뒤에서 자신을 비웃는다고, 남들에게 우리 험담을 하고 다닌다고 생각했다. 그 애는 못됐고 건방지고 영악한 데다 때로는 자기 남자 형제들만큼이나 난폭하다고 했다. 다른 친구를 사귀지 그러니? 걔가 우리 집 마당에서 널 부를 때마다 꼭 그렇게 부리나케 뛰어나가야겠어? 시스킨 가는 백인 쓰레기 집안이나 다를 바 없어. 시스킨 씨가 자기 땅을 직접 일구는 걸 봐라.

메리 루는 시내에서나 학교에서 가끔 나를 외면했다. 우리와는 달리 아버지가 농사꾼이 아닌, 시내에 사는 여자애들이 주위에 있을 때면 그랬다. 하지만 집에 돌아가는 버스를 탈 때는 아무 일도 없었다는 듯 내 옆에 앉았고, 숙제가 잘 안 되면 내게 도움을 청했다. 나는 그때마다 도와주긴 했지만 가끔 그 애가 미웠다. 그러다가도 메리 루가 "야, 리사(멜리사의 애칭), 나한테 화났어?"라고 물으며 빙긋 웃으면 바로 마음이 풀려서, 그 질문이 도리어 불쾌하다는 투로 얼굴을 찌푸리고 전혀 아니라고 대답하곤 했다. 어쩔 때는 우리가 자매 사이라고 상상했다. 나는 우리가 자매지간이고 서로 닮았다는 이야기를 나 자신에게 들려주었다. 한편 메리 루는 집을 나가고 싶다며, 지긋지긋한 집구석을 떠나 나랑 같이 살고 싶다고 말하기도 했다. 그런데 그렇게 말한 다음 날, 또는 불과 한 시간 뒤엔 기분이 나빠져서 내게 심술을 부리며 거의 울기 직전까지 몰아붙이기 일쑤였다. 시스킨 가 사람들은 다 짓궂고 성깔이 더럽다고, 메리 루는 자랑이라도 하듯 사람들에게 떠벌였다.

그 애의 머리카락은 빛을 받으면 거의 하얗게 보일 만큼 밝은 금발이었다. 처음 나랑 알게 됐을 당시에는 머리를 단단히 땋고 다녔는데, 할머니가 땋아 준 거라며 질색을 했다. 멍청한 어린이용 그림책에 나오는 그레텔이나 백설 공주처럼 보인다면서. 나이가 좀 더 들고 나서는 거의 엉덩이까지 내려오도록 기른 머리를 풀어헤치고 다녔다. 몹시 아름다웠다. 윤기가 흐르고 아른아른 빛이 났다. 가끔은 내 꿈에 메리 루의 머리카락이 나오기도 했다. 꿈은 혼란스러웠고, 깨고 나면 꿈에서 긴 비단결 같은 금발을 가진 사람이 나였는지 다른 누구였는지 헷갈렸다. 침대에 누워서 생각을 좀 정리하고 나서야 꿈에 나온 사람이 내 단짝 친구 메리 루였다는 것을 기억해 냈다.

메리 루는 생일이 나보다 열 달 빨랐고 키도 2.5센티미터쯤 더 컸다. 몸무게도 조금 더 나갔지만 뚱뚱한 게 아니라 탄탄한 체격이었다. 올차고 탄탄했다. 위팔에 남자애처럼 작고 단단한 근육이 잡혀 있었다. 눈동자는 씻긴 유리알처럼 파랬고 눈썹과 속눈썹은 희끄무레했고, 들창코와 슬라브인 특유의 높은 광대뼈, 기분에 따라 상냥하거나 교활하거나 엉큼한 표정으로 변하는 입술을 가졌다. 그 애는 자기 얼굴형이 너무 둥그래서 마음에 안 든다며, 거울을 빤히 들여다보면서 달덩이 같다고 말하곤 했다. 하지만 자기가 예쁘다는 건 뻔히 알고 있었을 터였다. 우리보다 나이 많은 남자애들이 그 애에게 휘파람을 불기도 하고, 버스 기사가 추파를 던지기도 하지 않던가? 그는 메리 루를 '블론디'라는 별명으로 부르는 반면 나는 아예 부르지 않았다.

어머니는 우리 집에 나 혼자 있을 때 메리 루가 놀러 오는 것을 싫어했다. 믿음이 안 간다고. 집 안의 물건을 훔치거나, 들어가지 말아야 할 데를 들쑤시고 다닐 것 같다고 했다. 걔는 너한테 나쁜 영향을 미친단 말이야. 어머니는 그렇게 말했지만, 그런 잔소리는 하도 많이 들어서 내 귀에는 더 이상 들리지도 않았다. 어머니에게 미쳤냐고 쏘아붙이고 싶었지만 그랬다가는 사태가 악화되기만 할 터였다.

메리 루는 말했다. "진짜 싫지 않냐? 너네 엄마도, 우리 엄마도? 가끔은 그냥 확……."

나는 두 손으로 귀를 막고 그다음 말을 듣지 않았다.

메리 루네 집은 우리 집에서 3킬로미터 정도 떨어진, 도로를 쭉 따라 올라가서 길이 더 좁아지는 곳에 있었다. 그 시절에는 비포장도로였고 겨울에는 제설도 되지 않았다. 그 집의 헛간에 딸려 있던 노란색 곡식 저장고가 기억난다. 젖소들이 물을 마시러 가던 흙탕 연못도, 봄마다 녀석들이 휘저어 놓던 진흙도. 메리 루는 젖소들이 죄다 아파서 빌빌거린다며 차라리 죽었으면 좋겠다고 했다. 그러면 아버지도 농장을 포기하고 처분할 테고, 그들 가족은 시내의 예쁜 집으로 이사 갈 수 있으리라는 것이었다. 그 말을 듣는 나는 서운했다. 나에 대해서는 까맣게 잊어버린 듯 나를 두고 떠날 것처럼 이야기하다니. 맘대로 해, 나쁜 년아. 니는 조그맣게 중얼거렸다.

메리 루네 부엌 굴뚝에서 피어오르던 연기도 기억난다. 화덕에서 타오르는 장작불의 연기가 겨울 하늘로 똑바로 치솟는 모습이, 마치 현기증이 일도록 심호흡을 할 때 가슴속으로 파고드는 들숨을 보는 것 같았다.

나중에는 그 집도 빈 집이 되었다. 하지만 판자가 대어진 채 폐쇄되어 있던 건 몇 달뿐이었고 곧 은행에서 경매로 팔아 버렸다. (나중에 알게 되었지만, 시스킨 가의 농장 땅은 대부분 은행 소유였다. 심지어 젖소들도 저당 잡혀 있었다. 그러니 메리 루는 내내 아무것도 몰랐던 셈이고 앞으로도 영영 모를 것이다.)

유리 깨지는 소리가 들린다. 발밑에 유리가 있는 느낌이 든다. 옛날 옛날에 언니 공주님과 동생 공주님이 살았어요. 두 공주님은 금지된 일들을 했답니다. 물처럼 미끈거리는 바닥, 신발창 아래 유리가 밟히는 소름 끼치는 감각 ──"아무도 없어요? 저기요, 누구 없나요?" 그리고 부엌 벽에 걸린 낡은 달력, 거기 빛바랜 예수 그리스도의 그림이 있다. 그는 붉은 얼룩이 진 기다란 흰색 가운을 입고 가시 면류관을 쓴 머리를 숙이고 있다. 이제 곧 메리 루가 이 집에 누군가 있다며 내게 겁을 줄 것이다. 그리고 우리 둘은 깔깔대고 비명을 지르며 안전한 바깥으로 뛰어나갈 것이다. 그렇게 질겁한 채 한바탕 마구 웃어 대고 나면, 나중에는 뭐가 그렇게 웃겼는지, 왜 우리가 그런 짓을 했는지 이해가 되지 않았다. 남아 있는 유리창들을 깨부수고, 계단 난간 막대를 비틀어 떼어 내고, 얼굴에 거미줄을 묻히지 않으려고 고개를 수그린 채 뛰어다니던 우리.

둘 중 누군가가 집의 응접실에서 죽은 새를 발견했다. 찌르레기였다. 발을 잡아 몸뚱이를 젖혀 보니 한쪽 눈동자가 뜨여 있었다. 차분하고 무미건조한 눈동자가 똑바로 보였다. 멜리사. 그 눈이 이렇게 말했다. 네가 보여.

거긴 옛 민튼 저택이었다. 지붕 일부가 내려앉고 계단이 부서진, 옛날 그림책에 나오는 것 같은 석조 저택이었다. 차를 타고 지나면서 볼 때는 으리으리한 줄 알았는데 막상 가 보니 우리 집보다 그리 크지도 않아서 실망했다. 1층과 2층에 작은 방들이 네 개씩 있고, 일부분이 주저앉은 지붕 밑에 천장이 가파르게 경사진 다락방 하나가 딸려 있을 뿐이었다. 헛간들은 무너져서 서로 겹겹이 포개졌고 주춧돌만 온전히 남아 있었다. 땅은 몇 년 전에 인근 농부들이 매입했지만 그 집에서는 오랫동안 아무도 살지 않았다. 사람들은 그곳을 '옛 민튼 저택'이라고들 불렀다. 메리 루의 시신이 발견된 엘크크리크 개울 근처였다.

7학년이 되어 메리 루는 남자 친구를 사귀었다. 어른들에게 들키면 안 되는 비밀이었으므로 나밖에 몰랐다. 학교를 중퇴하고 농장 일꾼으로 일하는 오빠였는데, 내가 보기엔 좀 둔한 것 같았다. 말은 또박또박 빠르게 했지만 사고방식이 어리숙했다. 나이는 열여섯인가 열일곱 살이었고 이름은 한스라고 했다. 솔처럼 빳빳한 금발에 피부가 거칠고 잠티가 많았으며 눈빛엔 조롱기가 어려 있었다. 메리 루는 그가 미치도록 좋다면서, 시내에 사는 언니들이 남자에게 '미치도록' 열광하는 모양을 어설프게 흉내 냈다. 한번은 메리 루네 집으로 향하는 도로 끝자락 부근의 개울가, 민튼 저택 뒤편 오래된 묘지의 폐허에 높다랗게 자란 마시그라스[1] 수풀 사이에서, 내가 보는 줄 모르고 키스하는 메리 루와 한스를 본 적도 있었다. 한스는 자기 형제 중 한 명의 차를 빌려 몰고 다녔다. 앞 범퍼가 부서져서 철사로 고정되어 있고 발판은 바닥에 질질 끌리는 낡아 빠진 포드였다. 우리가 도로로 걸어 나올 때 한스가 경적을 울리며 차를 세우곤 했는데, 그때마다 나는 메리 루만 차에 타게 놔두고 혼자 남았다. 내가 끼는 건 원치 않을 테니 둘이서만 실컷 놀라지 싶었다. 나는 혼자 있는 편이 더 좋았다.

"넌 한스랑 내 사이를 질투하는 것뿐이야." 메리 루는 용서할 수 없는 말을 했다. 나는 아무 대꾸도 하지 않았다. "한스는 다정해. 착하고. 사람들 말하고는 달라." 메리 루는 시내의 인기 많은 언니들에게서 옮아 온, 빠르고 경쾌하고 가식적인 어투로 이야기했다. "한스는……." 그러다 나를 쳐다보면서 눈을 깜빡이며 웃었는데, 실은 한스에 대해 아무것도 몰라서 뭐라고 말해야 할지 모르는 듯한 기색이었다. "한스는 '모자란' 사람이 아니야." 메리 루는 발끈 성을 냈다. "……그냥 말하는 걸 별로 좋아하지 않을 뿐이야."

수십 년이 지난 지금 한스 모인처를 떠올리려 하면 근육

1　marsh grass. 습지에서 자라는 볏과 식물.

질의 몸, 짧게 다듬은 금발, 불툭 두드러진 귀, 지저분한 피부, 인중에 남아 있는 희미한 콧수염 자국만이 기억난다. 그는 눈가에 주름이 지도록 눈을 가늘게 뜨고서 나를 쳐다보고 있다. 내가 그를 두려워한다는 것을, 그가 죽어 없어지기를 바란다는 것을 아는 듯한 눈빛이다. 만약 그가 그 사실을 진지하게 받아들인다면 그 역시 나를 싫어하게 되리라. 하지만 그는 나를 그렇게까지 진지하게 생각하지 않는다. 내가 서 있는 곳에 아무도 없다는 양, 그는 내 너머로 시선을 미끄러뜨린다.

버려진 집마다 사연은 꼭 있었지만 우리 집에서 5킬로미터쯤 떨어진 엘크크리크 도로변의 민튼 저택에 얽힌 사연은 그중에서도 가장 고약했다. 민튼 씨가 아내를 때려 죽인 다음 12게이지 엽총으로 자살한 이유가 끝내 밝혀지지 않았기 때문이다. 술을 마신 것도 아니었다고 했다. 게다가 다른 농장들에 비하면 그의 농장은 형편이 어려운 축도 아니었다.

무성한 능소화와 들장미로 뒤덮인 폐허를 보면 그런 사건이 일어난 장소라고는 믿기 어려웠다. 이 세상의 모든 것은, 심지어 인간이 만든 것이라 하더라도, 인간의 손길 없이 저 혼자 있게 내버려 두면 너무나 고요해지는 법이다…….

저택은 내가 기억하는 한 쭉 비어 있었다. 땅은 대부분 팔렸지만 집은 민튼 씨의 상속인들이 건드리고 싶어 하질 않았다. 파는 것도, 철거하는 것도, 남에게 세를 주는 것도 원치 않았으므로 집은 빈 채로 남있다. 사유지 곳곳에 '출입 금지' 팻말이 덕지덕지 붙어 있었지만 그걸 심각하게 여기는 사람은 아무도 없었다. 건달들이 집 안에 들어가 기물들을 부수는가 하면, 맥팔레인 가 아들들이 핼러윈 날 밤에 건초 헛간에 불을 지르려고 한 적도 있었다. 메리 루가 한스와 만나기 시작한 여름에 나는 그 애와 함께 민튼 저택의 뒤쪽 창문을 통해 안으로 기어 들어갔다. 창문을 막고 있던 널빤지들은 오래전에 누가 이미 떼어 낸 뒤였다. 메리 루와 나는 이 방 저 방을 몽유병자들처럼 천천히 돌아다녔다. 서로의 허리에 팔을 두르고 앞을 똑바로 쳐다보며, 모퉁이를 돌 때마다 민튼 씨의 유령과 맞닥뜨릴 각오를 했다. 집 안에서는 쥐똥 냄새, 곰팡내, 썩은 내와 해묵은 슬픔의 냄새가 났다. 벽지가 뜯겨 나와서 석고 보드가 노출되었고 낡은 가구들은 뒤엎어져 있거나 박살 났고 발밑에는 누렇게 변색된 신문지와 유리 파편이, 사방에 유리 파편이 굴러다녔다. 부서진 유리창에서 쏟아져 들어오는 빛줄기들이 가늘게 떨리고 있었다. 공기가 살아 움직이는 듯 먼지 입자들이 둥둥 떠다니며 춤을 췄다. "나 무서워." 메리 루가 속삭이며 내 허리를 꽉 당겨 안았다. 나는 입안이 바싹 말라붙었다. 분명 위층에서 무언가 어렴풋한 말소리가, 누군가가 나지막한 음성으로 상대방을 끈질기게 설득하는 듯한 소리가 끊임없이 이어지고 또 이어지고 있었는데, 내가 걸음을 멈추고 가만히 귀를 기울이면 말소리는 사라지고 그저 새와 귀뚜라미와 매미 들의 울음이 뒤섞인 한가로운 여름의 소리만 들려 왔다.

　나는 민튼 씨가 자살한 방법을 알고 있었다. 그는 엽총의 총부리를 턱 밑에 대고 엄지발가락으로 방아쇠를 당겨서 총을 쐈다고 했다. 위층 침실에서 발견된 그의 시신은 머리통의 대부분이 터져 나간 상태였고, 아내의 시신은 지하 저장고의 물탱크에 있었는데 민튼 씨가 은닉하려고 했던 모양이라고들 했다.

"위층에도 가 봐야 할까?"

메리 루가 불안한 투로 물었다. 그 애의 손가락은 차가웠지만 이마에 조그마한 땀방울이 송골송골 맺혀 있었다. 머리카락은 그해 여름 거의 항상 그랬듯 어머니가 다듬어 준 대로 한 갈래로 두껍고 엉성하게 땋아 있었는데 고무줄 하나가 헐겁게 흘러내리려는 참이었다. "아니." 나는 겁에 질려 말했다. "글쎄, 모르겠어." 우리는 계단 앞에서 주저했다. 아주 오랫동안 거기에 서 있었다. "가지 말자." 메리 루가 말했다. "저 빌어먹을 계단이 무너질지도 몰라."

응접실에 들어가 보니 바닥과 벽에 핏자국이 있었다. 내 눈엔 보였다. 메리 루가 나를 비웃었다. "그냥 물 얼룩이잖아, 멍청아."

위층에서 또 사람들의 말소리가 들렸다. 아니, 한 사람만 혼자서 집요하게 웅웅거리는 소리였을까. 나는 메리 루가 그 소리를 들어주기를 기다렸지만 그 애는 전혀 듣지 못했다.

우리는 슬슬 퇴각했다. 이젠 안전했다. 메리 루는 분한 듯이 말했다. "그래, 이 집이 특별하긴 하네."

우리는 부엌에서 무언가 가치 있는 것을 찾아 잔해를 뒤적거렸지만 아무것도 없었다. 깨진 사기 그릇, 낡은 솥과 냄비, 누리끼리한 신문지뿐이었다. 다만 창밖의 녹슨 수조 위에서 햇볕을 쬐고 있는 뱀 한 마리를 발견했다. 몸을 쭉 뻗고 잠든 듯했는데 길이가 60센티미터쯤 되어 보였다. 예쁜 구릿빛 비늘들이 땀에 젖은 남자의 팔뚝처럼 반질거렸다. 우리 둘 다 비명을 지르지도, 녀석에게 뭘 던지려 하지도 않았다. 그저 한참을 거기 서서 지켜보고만 있었다.

메리 루에게 남자 친구가 없어졌다. 한스는 더 이상 오지 않았다. 낡은 포드를 몰고 다니는 그의 모습은 이따금씩 보았지만 그가 우리를 만나러 오지는 않았다. 시스킨 씨가 그와 메리 루의 사이를 알아차리고 화를 냈기 때문이었다. 메리 루의 말로는 아버지가 미치광이처럼 날뛰었으며, 온갖 고약한 질문을 던지고는 대답만 하려고 하면 말을 가로막고 무슨 말을 해도 믿지 않더니, 급기야는 한스를 직접 찾아가서 2차전을 벌이는 바람에 자기는 창피해 죽을 뻔했다고 했다. "전부 지긋지긋해." 메리 루는 얼굴이 벌개진 채 말했다. "다들 확 그냥……."

우리는 자전거를 타고, 도중에 나오는 벌판은 걸어서 민튼 농장으로 갔다. 거긴 우리가 가장 좋아하는 장소가 되었다. 어쩔 때는 쿠키, 바나나, 초콜릿 바 따위의 간식을 가져가서 현관 앞의 부서진 석조 계단에 앉아 나눠 먹기도 했다. 우리가 그 집에 사는 자매이고 기분 전환 삼아 앞마당으로 나와서 점심을 먹고 있는 것처럼. 벌이며 파리며 모기가 날아들었지만 쫓아 버리면 그만이었다. 하지만 햇볕이 너무 뜨겁게 내리쬐어서 그늘로 피해 앉아야 했다. 새하얗게 작열하는 열기가 머리 위로 쏟아지는 것만 같았다.

"가출할 생각 없어?" 메리 루가 말했다. "글쎄." 나는 초조하게 답했다. 메리 루는 입을 문질러 닦고 나를 향해 짓궂게 눈살을 찌푸렸다. "글쎄." 그 애는 꾸며 낸 목소리로 내 말투를 흉내 냈다. 위층 창가에서 누군가가 우리를 지켜보고 있었다. 남자인지 여자인지, 누군지 모를 사람이 거기 서서 바싹 귀를 기울였고 나는 더위 때문에 너무 몽롱하고 둔해져서 몸이 움직여지지 않았다. 끈적끈적한 꽃잎에 내려앉은 파리가 꽃잎이 오므라들어 자기를 삼킬 텐데도 옴짝달싹못하는 기분이었다. 메리 루는 음식을 쌌던 납지(蠟紙)를 구겨서 잡초 수풀에 던졌다. 그 애도 몽롱한 듯 느릿느릿 하품을 했다. "젠장, 가출해 봤자 붙잡히겠지. 그러면 더 힘들어지기만 할 거야."

나는 온몸이 땀투성이인데도 오한이 들었다. 팔에 소름이 돋았다. 석조 계단에 앉은 우리를 위층에서 내려다보면 어떤 모습일지 상상되었다. 메리 루는 땋아 내린 머리를 어깨 너머로 넘긴 채 두 다리를 벌리고 퍼드러져 있었고, 나는 누군가가 나를 보고 있다는 걸 의식하면서 무릎을 안고 등을 꼿꼿이 세우고 앉아 있었다. 메리 루가 목소리를 낮추고 물었다. "멜리사, 너 네 몸에서 거기 만져 본 적 있어?" "아니." 나는 그 애가 무슨 말을 하는지 모르는 척했다. "한스가 만지고 싶어 하더라고." 메리 루가 역겹다는 듯 말하더니 키득거렸다. "못하게 했더니, 그럼 다른 걸 하고 싶다는 거야. 그리고 바지 단추를 풀더니, 나한테 자기 걸 만져 달래. 그리고……."

나는 쉿 소리를 내며 그 애의 입을 손으로 틀어막았다. 하지만 메리 루는 아랑곳없이 이야기를 계속했고, 나는 아무 말도 않고 있었다. 그러다 결국엔 우리 둘 다 웃음을 터뜨렸다. 웃음이 멈춰지질 않았다. 그런데 지나고 나니 그때 한 이야기의 대부분이 기억나지 않았고, 내가 왜 그토록 흥분해서 태양을 똑바로 쳐다본 듯이 얼굴이 뜨거워지고 눈이 후끈거렸는지도 기억나지 않았다.

집에 가는 길에 메리 루가 말했다. "어떤 일은 너무 슬퍼서 말조차 할 수 없는 거야." 나는 못 들은 척했다.

며칠 뒤 나는 혼자서 민튼 저택으로 향했다. 엉망진창이 된 옥수수 밭을 헤치고 가는 길에 말라비틀어지고 부러진 옥수숫대와 햇볕에 그을린 옥수수 수염이 바람에 흔들려 바스락바스락 속삭였다. 그 소리는 지금도 귀를 유심히 기울이면 들려온다. 너무 흥분돼서 머리가 지끈거렸다. 나는 우리가 같이 가출해 민튼 저택에서 살 계획을 세웠다는 이야기를 스스로에게 들려주고 있었다. 지나가다 버드나무 밑에 아직 푸르고 싱싱한 가지 하나가 떨어져 있길래, 그걸 주워 가지고 주위에 있는 것들을 회초리질하며 놀았다. 혼잣말을 하면서. 소리 내어 웃으면서. 그러는 나를 누군가가 지켜보고 있지 않을까 생각하면서.
저택의 뒤쪽 창문을 통해 안으로 들어간 다음 손을 청바지에 문질러 닦았다. 끈끈해진 목덜미에 머리카락이 들러붙었다.
계단 앞에 이르러 나는 외쳤다. "거기 누구 있나요?" 놀이를 하고 있다는 선언이었다. 집에 아무도 없다는 걸 알고 있었으니까.

심장이 손아귀에 붙들린 새처럼 빠르고 세차게 퍼덕거렸다. 메리 루가 없으니 외로워져서 나는 일부러 쿵쿵 소리를 내며 걸었다. 내가 여기에 있으며 두렵지 않다는 것을 과시하려고 노래도 부르고, 휘파람도 불었다. 혼잣말을 하면서 버들가지로 이것저것 후려쳤다. 소리 내어 웃는데 약간 화가 났다. 왜 화가 나는지는, 글쎄 나도 잘 몰랐다. 위층에서 누군가가 올라오라고 속삭이는 소리가 들렸다. 계단이 무너질 수도 있으니 벽 쪽에 붙어서 올라오라고.

저택의 내부는 아름다웠다. 그걸 알아볼 눈이 있다면. 그리고 냄새를 무시할 수 있다면 말이다. 발밑에 뒹구는 유리 조각, 석고 조각, 너덜너덜한 얼룩투성이 벽지 조각 들. 높고 좁은 모양의 창문들 밖으로 내다보이는 무성하고 너저분한 녹색 풀밭. 어느 방에서 무슨 소리가 들렸다. 하지만 안을 들여다보니 모로 쓰러진 안락의자 한 개뿐이었다. 건달들이 의자 쿠션의 속을 끄집어내고 불을 지르려 한 듯했다. 쿠션의 천은 심하게 더러워졌지만 예전에는 예뻤을 것 같았다. 조그마한 노란 꽃들과 초록색 담쟁이덩굴이 뒤섞인 무늬였다. 한때는 어떤 여자가 그 의자에 앉곤 했다. 체구가 크고 교활한 눈을 커다랗게 치뜬 여자가, 무릎에 뜨개질감을 얹어 둔 채 가만히 창밖을 내다보며, 누가 자기를 찾아오지 않나 살피곤 했다.

2층의 방들은 너무 덥고 텁텁해서 마치 오한이 드는 듯 피부가 스멀거렸다. 무서운 게 아니었다! 나는 싱싱한 버들가지 회초리로 벽을 후려쳤다. 어떤 방에는 벽 모퉁이 저 위쪽에 벌들이 윙윙대며 맴도는 두툼한 벌집이 엉겨 있었다. 나는 다른 방으로 가 창밖으로 몸을 내밀고 바깥공기를 마시며, 이 창문이 내 창문이라고, 내가 여기에 살러 왔다고 상상했다. 그녀는 내가 열사병에 걸릴 수도 있으니 누워서 쉬는 게 좋겠다고 했고, 나는 열사병이 뭔지 모르는 척했지만 당연히 내가 안다는 걸 그녀도 알고 있었다. 왜냐하면 지난여름에 내 사촌 하나가 건초 만드는 작업을 하다가 얼굴이 울긋불긋해지고 숨이 점점 가빠지더니 결국 산소 부족으로 쓰러진 일이 있었다고 어른들에게 들었기 때문이었다. 제멋대로 자란 사과밭을 바라보고 있자니 썩은 내가 풍겼다. 들큼한 와인 같은 냄새였다. 하늘은 시야에 도무지 선명히 잡히지 않는 물체처럼 흐릿했고 거리를 점점 좁혀 오며 뜨듯해지고 있었다. 1킬로미터 정도 떨어진 엘크 크리크 개울이 버드나무들의 발 너머에서 반짝거렸고 버들가지들은 윙크하듯 비늘을 번뜩이며 천천히 흔들렸다.

창가에서 떨어져 이리 오렴, 누군가가 엄하게 말했다.

나는 일부러 꾸물거렸다.

가장 큰 방에는 낡은 매트리스 하나가 침대 받침대에서 떨어져 나와 바닥에 팽개쳐져 있었다. 이것도 건달들이 천을 찢어서 속을 꺼내 놓았고 담뱃불로 지진 자국들이 있었다. 천에는 녹 얼룩 같은 게 져 있었는데 자세히 보고 싶지 않았지만 봐야만 했다. 언젠가 방과 후에 메리 루와 같이 우리 집에 갔을 때 그 애가 넌더리를 내며 말한 적이 있었다. 자기네 집 마당에 매트리스가 널려 있다고, 막내 남동생이 또 매트리스에 오줌을 싼 탓에 바람에 말리는 중이라고. 하지만 그래 봤자 지린내는 절대로 가시지 않다고 했다.

매트리스 속에서 무언가가 움직였다. 검고 반들거리는 것. 바퀴벌레였지만, 나는 재빨리 뒷걸음질 치지 못했다. 네가 저 매트리스에 누워서 자야 한다고 생각해 봐, 누군가가 말했다. 그러지 않으면 집에 못 간다고 생각해 봐. 눈꺼풀이 묵직해지고 머리에 피가 쏠려 쿵쿵 울렸다. 모기 한 마리가 내 주위를 윙윙 맴돌았지만 너무 피곤해서 쫓아 버릴 수도 없었다. 매트리스에 누워, 멜리사, 그녀가 말했다. 너는 벌을 받아야 하잖아.

나는 매트리스가 아니라 그 옆의 바닥에 꿇어앉았다. 방 안에서 풍기는 냄새가 더욱 짙어지고 농밀해졌지만 신경 쓰이지 않았다. 너무 졸려서 나도 모르게 고개를 끄덕거렸다. 땀방울이 옆얼굴을 타고 흘러내려 팔에 떨어졌지만, 역시 신경 쓰이지 않았다. 눈앞에서 내 손이 마치 다른 사람의 손처럼 천천히 움직여 매트리스에 닿자, 반들거리는 검은 바퀴벌레가 깜짝 놀라 후닥닥 달아났고, 또 한 마리, 또 한 마리가 나타났다. 하지만 나는 물러나 비명을 지를 수 없었다.

침대에 누워서 벌을 받아라.

나는 등 뒤를 돌아보았다. 문간에 어떤 여자가 서 있었다. 한 번도 본 적 없는 여자였다.

그녀는 나를 쳐다보고 있었다. 검은 눈이 반짝거렸다. 그녀는 입술을 핥더니 조롱기 띤 음성으로 말했다.

"이 집에서 뭘 하고 있어, 아가씨?"

나는 공포에 질렸다. 대답하려 했지만 말이 나오질 않았다.

"나를 보러 왔나?" 여자가 물었다.

그녀는 나이를 전혀 짐작할 수 없는 외모였다. 내 어머니보다는 나이가 더 들어 보였지만 그렇다고 늙어 보이지는 않았다. 남자 옷차림이었고 키도 남자처럼 컸으며, 어깨가 넓고 다리가 길었다. 그리고 셔츠 안에는 여느 여자들과 달리 브래지어를 하지 않은, 암소 젖통처럼 커다란 젖가슴이 축 늘어져 있었다. 숱이 많고 철사처럼 뻣뻣한 회색 머리는 남자처럼 짧게 깎았는데 기름이 끼어서 여러 갈래로 뭉쳐 있었다. 조그만 검정색 눈은 눈구멍 깊숙이 박혀 있었고 그 주위의 살은 멍든 것처럼 보였다. 그런 사람은 생전 처음 보았다. 허벅지가 거대했다. 거의 내 몸뚱이만큼 컸다. 바지의 허리끈 위로 물렁한 살이 흐늘흐늘 튀어나와 있었지만 뚱뚱한 체격은 아니었다.

"질문을 했잖아, 아가씨. 왜 여기 왔냐고?"

너무 무서워서 방광이 쪼그라드는 느낌이 들었다. 나는 매트리스 옆에서 웅크린 채 그녀를 바라보았다. 아무 말도 할 수 없었다.

여자는 내가 그토록 겁을 내니 기분이 좋은 눈치였다. 그녀는 허리를 약간 구부리고 문간을 넘어서 나를 향해 다가왔다. 그러고는 과장스럽게 상냥한 목소리로 말했다.

"나와 함께 시간을 보내러 왔구나, 그렇지?"

"아니에요." 내가 말했다.

"아니라고!" 그녀가 낄낄 웃었다. "뭘, 맞잖아."

"아니에요. 저는 당신이 누군지 몰라요."

그녀가 내게 몸을 기울이고 이마를 손가락으로 만졌다. 나는 아플까 봐 눈을 질끈 감았지만 서늘한 손길만 느껴졌다. 그녀는 땀에 젖은 내 이마에 들러붙은 머리카락을 쓸어 냈다.

"전에도 너를 본 적 있어. 다른 아이와 같이 왔었지." 그녀가 말했다. "그 애 이름이 뭐지? 금발 아이 말이야. 너희 둘이 무단 침입했잖아."

나는 꼼짝도 할 수 없었다. 다리가 마비되었다. 머릿속에서 온갖 생각이 와르르 쏟아져 사방으로 튕겨 나가고 윙윙거렸지만 정리가 되지 않았다. "네 이름은 멜리사야, 그렇지?" 여자가 말했다. "네 언니 이름은 뭐냐?"

"걔는 제 언니가 아니에요." 나는 중얼거렸다.

"이름이 뭐냐니까?"

"몰라요."

"모른다고!"

"……몰라요." 나는 몸을 웅크렸다.

여자는 한숨인지 신음인지 모를 소리를 삼키더니 딱하다는 눈길로 나를 보았다.

"그러면 벌을 받아야겠구나."

그녀에게서 재 냄새가 났다. 뭔가 차가운 냄새. 나는 훌쩍거리면서 주섬주섬 말했다. 저는 아무것도 잘못하지 않았어요,

이 집에서 아무것도 망가뜨리지 않았어요, 그냥 구경한 것뿐이에요, 다신 오지 않을게요…….

여자는 이를 드러내며 빙그레 웃었다. 그녀는 내 생각을 미리 읽어 낼 줄 알았다.

얼굴에 화상을 입었는지 아니면 피부병 때문인지 피부가 양파처럼 여러 겹으로 일어나 있었다. 벗겨지려는 피부 껍질이 보였다. 축축한 눈에서는 악의 어린 기쁨이 배어났다. 날 해치지 마세요, 나는 말하고 싶었다. 제발 저를 해치지 마세요.

울음이 터져 나왔다. 아기처럼 콧물이 흘러내렸다. 여자 옆으로 기어간 다음 벌떡 일어나 뛰어서 도망칠까 했지만, 그녀는 내 앞을 완전히 가로막고 서서 암소처럼 축축하고 뜨끈한 숨을 내 얼굴에 내뿜고 있었다. 절 해치지 마세요, 나는 말했다. 그러자 그녀가 대꾸했다.

"너는 벌을 받아야 해. 알잖아. 너도, 네 예쁜 금발 언니도."

"걔는 제 언니가 아니에요."

"그래서 걔 이름이 뭐라고?"

여자가 나를 굽어보며 클클 웃으면서 몸을 떨었다.

"말해, 아가씨. 뭐냐니까?"

"몰라요……." 나는 그렇게 말하려고 했다. 그런데 내 목소리가 대답했다. "메리 루."

그 여자의 커다란 젖가슴이 그녀의 배 위로 출렁 쏟아졌다. 격한 웃음 때문에 그녀의 몸이 흔들리는 게 느껴졌지만 그러면서도 그녀는 엄격하게 메리 루와 내가 매우 못된 애들이라고, 그녀의 집이 금지된 영역임을 알면서 들어왔다고 꾸짖었다. 이 집에 들어온 사람들이 모두 불운한 일을 당했다는 걸 처음부터 알고 있지 않았느냐고.

"아뇨." 나는 그렇게 말하려고 했다. 그런데 내 목소리가 대답했다. "네."

여자가 낄낄거리며 내 앞에 쭈그려 앉았다.

"그래, 아가씨. 사람들이 부르는 대로 '멜리사'라고 할까? 너희 부모님은 지금 네가 어디에 있는지 모르지, 그렇지?"

"전 모르겠어요."

"네가 여기 있는 걸 부모님이 알아?"

"아뇨."

"부모님은 너에 대해 아무것도 몰라. 안 그래? 네 행동도, 네 생각도. 너에 대해서나 '메리 루'에 대해서도 말이야."

"네."

그녀는 한참 동안 나를 응시하며 미소 지었다. 상냥한 함박웃음이었다.

"넌 당돌한 계집애야. 그렇지? 너만의 고집이 있잖아. 너도, 네 예쁜 언니도 말이야. 여태껏 너희 아랫도리가 여러 번 뜨끈해졌을 게 분명해." 여자는 담배 얼룩이 찌든 이를 벙긋 내보였다. "……너희 작고 보드라운 엉덩이 말이다."

나는 힉 하고 웃었다. 방광이 또 쪼그라들었다.

"그거 이리 주렴, 아가씨."

여자가 내 손에서 버들가지 회초리를 가져갔다. 나는 그걸 들고 있는 줄도 잊고 있었다.

"이제 벌을 주겠다. 청바지 벗어. 팬티도 벗고. 그런 다음 매트리스에 누워라. 어서." 그녀는 이제 활기찬 태도로 변했다. 서둘러 일을 처리하겠다는 투였다. "빨리, 멜리사! 팬티도 벗으라니까! 아니면 내가 직접 벗겨 줄까?"

그녀는 조급한 듯 회초리로 왼손 손바닥을 두들기며, 젖은 입술로 쫏쫏 소리를 내며 야단쳤다. 야단치면서 동시에 조롱했다. 큼직하고 단단한 얼굴 골격 위로 팽팽하게 당겨진 피부가 여기저기 반질반질 빛이 났다. 까맣고 축축한 눈동자, 그 작은 눈이 주름지면서 더욱 작아졌다. 덩치가 너무 커서 그녀는 내 위에서 자세를 잡으며 넘어지지 않으려고 조심스럽게 균형을 맞추고 체중을 지탱했다. 그녀가 쉰 소리로 세차게 내쉬는 숨결이 사방에서 내게 바람처럼 불어닥쳤다.

나는 그녀가 시키는 대로 했다. 그런 행동을 한 것은 내가 아니었지만 그렇게 되었다. 나를 해치지 마세요, 나는 속삭였다. 매트리스에 엎드린 채 두 팔을 위로 뻗어 손끝으로 바닥을 꽉 누르면서. 거친 마룻바닥의 지저깨비들이 살갗에 쓸려서 따가웠다. 해치지 마세요 제발 오 제발요. 하지만 여자는 신경도 쓰지 않았다. 뜨끈하고 축축한 숨결이 더욱 요란해져갔고 그녀의 무게에 눌린 마룻바닥이 삐걱거렸다.

"자, 아가씨, 아니 사람들이 부르는 대로 '멜리사'라고 하지…… 이건 우리만의 비밀이야, 그렇지……."

끝나고 나서 그녀는 입술을 문질러 닦고는, 내가 내일 예쁜 언니를 자신에게 보내고 나서 아무에게도 말하지 않겠다고 약속한다면 오늘은 집에 보내 주겠다고 했다.

걔는 제 언니가 아니에요, 나는 흐느끼며 말했다. 겨우 숨을 고를 수 있게 되었을 때에서야 그럴 수 있었다.

여자가 휘두른 버들 회초리가 엉덩이를 처음 후려치기도 전에 나는 더 이상 방광을 조절하지 못하고 오줌을 지리고 말았다. 벌을 받는 동안 나는 속수무책으로 경련을 일으키며 오줌을 흘리면서 울었다. 다 끝난 뒤 여자는 그렇게 오줌을 싸다니 한심한 아기 같지 않냐며 야단을 쳤다. 하지만 미안한 기색도 있었다. 그녀는 한편으로 멀찍이 물러나 내가 지나갈 길을 터 주었다. 이제 가! 집으로 가! 약속 잊지 말고!

방에서 뛰어나가는데 등 뒤에서 그녀의 웃음소리가 들려왔고 나는 그대로 계단을 달려 내려가 마치 무게가 없는 듯이 다리를 놀려서 마치 물속을 헤치듯 다리가 흐릿해 보이도록 달려서 저택을 벗어나 옥수수 밭으로, 내 뺨을 때리는 옥수숫대들을 헤치고 흐느끼며 달렸다. 이제 가! 집으로 가! 약속 잊지 말고!

나는 메리 루에게 내가 민튼 저택에 갔으며 거기서 무슨 일이 일어났지만 비밀이라 말할 수 없다고 이야기했다. 그 애는 처음에는 내 말을 믿지 않고 비웃었다. "귀신이라도 나타났어? 아니면 한스?" 나는 말 못한다고 했다. 뭘 말 못해? 그 애가 물었다. 말 못해, 내가 말했다. 왜? 그 애가 물었다.

"약속했으니까."

"누구한테 약속했다는 거야?"

메리 루는 커다란 푸른 눈동자로 최면을 거는 듯 나를 들여다보았다.

"새빨간 거짓말쟁이."

그러고 나서 메리 루는 다시금 무슨 일이 있었던 거냐, 비밀이 뭔데 그러냐, 한스와 무슨 연관이 있는 거냐 묻기 시작했다. 아직도 나를 좋아한대? 나한테 화났대? 나는 한스하고는 아무 상관도 없고 전혀 그런 문제가 아니라고 했다. 내가 한스를 어떻게 생각하는지 보여 주려고 입술을 실룩거리기까지 했다.

"그럼 누구?" 메리 루가 물었다.

"비밀이라고 했잖아."

"아, 쌍. 대체 무슨 비밀?"

"비밀이라고."

"'진짜' 비밀?"

나는 떨면서 메리 루에게서 고개를 돌렸다. 나도 모르게 입술이 뒤틀리며 기묘하게 상처받은 듯한 미소가 나왔다.

"그래. '진짜' 비밀." 나는 말했다.

내가 메리 루를 마지막으로 본 것은 버스에서 그 애가 내 옆자리에 앉지 않고 고개를 높이 치켜들고서 야멸차고 도도하게 나를 곁눈질했을 때였다. 그 애는 버스에서 내리기 전에 통로를 지나면서 나를 한번 치더니, 내게 몸을 기울이고 말했다. "비밀은 내가 직접 알아낼 거야. 그러잖아도 난 너 싫어." 그리고 버스 안 사람들 모두에게 들릴 만큼 큰 목소리로 말했다. "예전부터 늘 싫었어."

옛날 옛날에라는 말과 함께 동화는 시작된다. 그런데 동화가 끝나고 나면 그 안에서 무슨 일이 일어났던 건지, 정확히 뭐가 어떻게 되었다는 뜻인지 알 수 없을 때가 많다. 단지 우리가 들은 이야기와 그 말들이 암시하는 것만을 알 수 있을 뿐이다. 지금 내 이야기를 다 쓰고 나니 공책의 절반을 뒤덮은 내 필체가 너무 삐뚤빼뚤하고 어린애 글씨 같아서 실망스럽다. 이제 이야기가 끝났는데도 그게 무슨 뜻인지 이해가 되지 않는다. 내 인생에서 일어난 일은 아는데 이 공책에서 무슨 일이 일어났는지는 모르겠다.

메리 루는 내게 그 말들을 내뱉고 열흘 뒤 살해된 채 발견되었다. 그 애의 시신은 엘크크리크 개울에, 옛 민튼 저택과 도로가 있는 곳으로부터 400미터 떨어진 지점에 던져져 있었다. 신문 기사에 의하면 그곳은 15년 동안 아무도 살지 않았던 곳이라고 했다.

메리 루는 사망 당시 13세였으며, 이레 동안 실종 상태여서 군 전역에 걸쳐 수색 작업이 진행되고 있었다고 신문은 전했다.

또한 민튼 저택에는 오랜 세월 아무도 살지 않았으나 가끔 부랑자들이 그곳에 은신하곤 한다는 말과, 시신은 옷이 벗겨진 채 훼손되어 있었다는 정보도 실려 있었다. 그 이상 자세한 사항은 언급되지 않았다.

오래전에 벌어진 사건이다.

살인범(또는 신문에 늘 나오는 표현대로, 살인범'들')은 끝내 잡히지 않았다.

한스 모인처는 당연히 체포되었고 사흘 동안 유치장에 구금되어 심문을 받았지만 증거 불충분으로 석방되었다. 그 소식 역시 신문에 실렸다. 그러나 모두들 한스가 범인이라고 생각했다. 당연히 그 녀석 아니겠어? 그걸 누가 몰라. 이후 오랜 세월이 지나도록 사람들은 그렇게 수군거렸다. 한스도, 메리 루의 가족도 그곳을 떠나 아무도 모르는 곳으로 이주한 뒤에도 한참 동안 그랬다.

한스는 절대로 자기 짓이 아니라고, 자신은 몇 주 동안 메리 루를 본 적도 없다고 맹세했다. 그의 편에 서서 증언해 준 사람들도 있었다. 그들은 그때 한스가 더 이상 형의 차를 몰고 다니지 못했던 데다가 온종일 일만 하고 지냈다고, 그 이유 때문에라도 한스가 범인일 리는 없다고 주장했다. 한스는 밭에서 열심히 일하고 있었기 때문에 경찰이 말하는 그런 짓을 할 만큼 긴 시간 자리를 비울 수가 없었다는 것이었다. 게다가 한스 본인이 누차 결백을 주장했다. 당연히 결백하겠지. 그 개자식은 교수형을 당해야 해. 내 아버지가 말했다. 범인은 한스가 분명하지만, 만약 그가 아니라면 부랑자나 낚시꾼이리라고 사람들은 믿었다. 가끔 엘크크리크에 농어를 잡으러 차를 몰고 나가는 낚시꾼들이 있었는데, 그들은 개울가에 모닥불을 피우고는 잔해를 치우지도 않고 가곤 했으며, 어쩔 땐 민튼 저택 주위를 배회하며 훔칠 만한 물건을 찾아다니기도 했다. 경찰은 그런 사람 몇몇의 자동차 등록 번호를 확보하고 있었기에 그들을 심문했지만 아무 단서도 나오지 않았다. 마지막 용의자는 샤힌 쓰레기장 근처에서 타르지를 바른 판잣집에 사는 미치광이 은둔자 노인이었다. 그런 노인은 진작 주립 병원에 이송되었어야 했다고 모두가 말했다. 하지만 거기까지 갈 것도 없이, 범인은 한스일 게 뻔하다고들 했다. 한스는 재빨리 종적을 감추었다. 그의 가족조차 모르는 곳으로 홀연히 사라져 버렸다는데, 그거야 한스의 가족들이 거짓말을 했을지도 모르는 일이고 아마도 거짓말이 맞을 것이다. 그래도 그들은 진짜라고 주장했다.

어머니는 나를 품에 안고 흔들면서 울었다. 우리는 울고 있었다. 어머니는 메리 루는 이제 행복할 거라고, 메리 루는 이제 천국에 있다고 했다. 예수님이 같이 살려고 데려간 거야, 너도 알지, 그렇지? 나는 웃고 싶었지만 웃을 수 없었다. 메리 루는 남자애들이랑 어울리지 말았어야 했어. 한스 같은 고약한 녀석을 만나선 안 됐던 거야. 어머니는 말했다. 그렇게 어른들 몰래 돌아다니지 말았어야지, 너도 알지, 응? 어머니의 말들이 내 머릿속에 꽉 들어차서 웃음을 터뜨릴 위험은 없었다.

예수님은 너도 사랑하셔. 너도 알지, 그렇지 멜리사? 어머니는 나를 끌어안으며 물었다. 나는 안다고 했다. 울고 있어서 웃을 수 없었다.

어른들은 나를 장례식에 못 가게 했다. 관을 닫아 두고 진행하겠지만 나한테는 너무 무서울 거라고 했다.

사람이 나이가 들면 방금 전에 일어난 일보다 옛날 일이 더 잘 기억난다고들 하던데, 내가 겪어 보니 그 말이 맞는 것 같다.

이를테면 이 공책을 울워스에서 샀던 게 지난주였는지 지난달이었는지 아니면 겨우 며칠 전이었는지도 기억나지 않는다. 내가 왜 여기에 글을 쓰기 시작했는지, 어떤 목적이었는지도 기억나지 않는다. 하지만 메리 루가 버스에서 나를 굽어보며 그 말들을 내뱉었던 것, 그로부터 며칠 뒤 저녁 식사 때 메리 루의 어머니가 우리 집에 찾아와 그날 메리 루를 보았느냐고 물었던 것은 선명히 기억난다. 그때 내 그릇에 있던 음식까지도 기억난다. 말라붙은 매시트포테이토가 조그마한 언덕처럼 올려져 있었다. 그리고 메리 루가 우리 집 마당에 서서 손나팔을 하고 내 이름을 부르던 것도 기억난다. 어머니는 그게 백인 쓰레기들이나 하는 행동이라고 질색했지만.

"리사!" 메리 루가 부르면 내가 대답했다.

"응, 지금 나갈게!" 옛날 옛날에.

인형

　옛날에 한 소녀가 네 살 생일 선물로 인형의 집을 받았다. 유별나게 아름답고 섬세하고, 아이 하나가 기어 들어갈 수 있을 만큼이나 거대한 집이었다.

　거의 100년 전에 소녀의 먼 외가 쪽 친척이 만든 것이라고 했다. 가문 대대로 고이 전해 내려와서 상태는 여전히 훌륭했다. 가파른 박공지붕, 진짜 유리가 끼워진 높고 좁은 창문들, 그 위를 덮은 진녹색 덧창들, 석조 벽난로 세 개, 가짜 피뢰침, 집 전체를 빙 두르다시피 하는 베란다. 외벽에는 흰색 널판들이 덧대어 졌고, 현관문과 층계참에는 스테인드글라스가 끼워져 있는가 하면 건물의 꼭대기에 솟아오른 탑을 덮은 조그맣고 둥근 지붕은 마술처럼 벗겨 낼 수도 있었다. 안방에는 캐노피에 흰색 오건디 천으로 만든 주름 장식이 달린 침대가 놓여 있고, 거의 모든 창문 밑에 앙증맞은 화분이 달려 있었으며, 가구들은 당연히 전부 빅토리아풍으로 몹시 정교해서 꼼꼼하게 정성 들여 만든 티가 났다. 등잣엔 조그마한 금빛 술 장식이, 근사한 욕조에는 갈고리발톱이 달린 동물 발 모양의 다리가 달려 있었고, 샹들리에도 거의 방마다 하나씩 있었다. 네 살 생일 아침에 인형의 집을 처음 본 소녀는 놀라서 말문이 막혔다. 뜻밖의 선물이었던 데다 섬뜩할 만큼 진짜 같아서였다. 소녀의 유년 시절을 장식할 근사한 선물이자 근사한 기억이 될 것이 틀림없었다.

플로렌스에게는 인형 몇 개가 있었지만 다 보통 크기여서 그 집에 넣기에는 너무 컸다. 그래도 그녀는 집의 열린 면 앞에 인형들을 가까이 가져다 대고 놀았다. 수선을 피우고, 속닥거리고, 야단을 치고, 인형들 사이의 대화를 지어냈다. 그러던 어느 날 불현듯 바살러뮤라는 이름이 생각났다. 바살러뮤는 이 집 주인 가족의 성이었다. 그런 이름은 어디서 봤니? 부모님이 묻자, 플로렌스는 이 집에 사는 사람들의 성이라고 답했다. 그래, 그건 알지만 어디서 따왔느냐 말이야? 부모님은 물었다.

소녀는 당황하고 약간 짜증을 내면서 말없이 인형들만 손짓했다.

한 인형은 반짝이는 금빛 곱슬머리와 풍성한 속눈썹 아래, 부자연스러울 정도로 동그란 파란색 눈이 박혀 있는 여자아이였다. 다른 인형은 주근깨투성이의 붉은 머리 남자아이로 데님 멜빵바지와 격자무늬 셔츠를 입고 있었다. 당연히 둘은 남매 사이였다. 또 하나는 보드라운 잿빛 깃털들과 흰색 깃털들로 정교하게 만들어진 모자를 쓴 새빨간 입술의 성인 여자 인형이었다. 그 애들의 엄마인 듯했다. 아기 인형도 있었다. 말랑말랑한 고무로 만든 머리털이 없고 무표정한 아기 인형은 다른 인형들에 비해 상대적으로 크기가 컸다. 그리고 스패니얼종 개 인형도 있었는데, 몸길이가 23센티미터였고 커다란 눈은 갈색이었으며 약간 놀란 듯 꼬리를 치켜 올린 모습이었다. 플로렌스가 가장 좋아하는 인형은 그때그때 달랐다. 한동안은 금발 여자아이 인형을 좋아했다. 그 인형은 눈알이 뒤로 돌아가 눈을 감을 수도 있었고, 밝은 복숭앗빛으로 물든 얼굴색이 사랑스러웠다. 그러다 또 한동안은 장난꾸러기 빨간 머리 남자아이가 그녀의 애정을 독차지했다. 가끔은 사람 인형을 다 쫓아 버리고 스패니얼 인형하고만 놀 때도 있었다. 그 녀석만은 인형의 집 속 거의 모든 방에 들어갈 수 있을 만큼 작았다.

이따금씩 플로렌스는 사람 인형들의 옷을 벗기고 조그마한 스펀지로 몸을 씻겨 주었다. 옷이 없으면 인형들은 참 이상해 보였다! 모공 하나 없이 매끈하고 밋밋한 그들의 몸에는 은밀하거나 고약한 부분이라곤 하나도 없었다. 눈에 띄지 않게 때가 끼는 틈새도 없고, 골치 아플 만한 구석이랄 게 전혀 없었다. 얼굴은 언제나 동요 없이 담담했다. 차분하고 현명하고 두려움 없이 앞을 쳐다보는 그들의 눈은 아무리 모진 말을 듣거나 매를 맞더라도 흔들리지 않을 듯했다. 하지만 플로렌스는 인형들을 무척 사랑했기에 벌을 줘야겠다고 생각한 적이 거의 없다.

인형의 집은 그녀의 보물이었다. 가파른 빅토리아풍 지붕과 아기자기한 테두리 장식과 많은 창문, 근사한 베란다와 그 위에 올린 목제 흔들의자들, 의자마다 놓인 깜찍한 쿠션들까지. 플로렌스의 집에 찾아오는 손님이라면 누구나, 그게 부모님의 친구들이든 플로렌스의 또래 여자아이들이든, 인형의 집을 보면 경탄했다. "어머, 아름답네요!" 이렇게 말하기도 했다. "거의 진짜 집처럼 크잖아?" 하지만 물론 그 정도는 아니었다. 그건 높이가 90센티미터쯤 되는 인형의 집일뿐이었다.

그로부터 40여 년이 흘러, 플로렌스 파는 한 번도 와 본 적 없고 아는 바도 없는 도시인 펜실베이니아주 랭커스터의 이스트 페인라이트 거리를 지나다가, 길가 저편 느릅나무 그늘이 드리운 언덕 위에 위풍당당하게 자리 잡은 옛 인형의 집을 보고 깜짝 놀랐다. 아니, 그건 그냥 집이었다. 사람의 집. 인형의 집은 그 집의 모사품이었던 것이다.

그녀는 너무 놀라서 몇 초 동안 아무 생각도 나지 않았다. 가장 먼저 취한 행동은 브레이크를 밟은 것이었다. 워낙 세심하고 주의 깊게 운전하는 성격이었기에, 뭔가 당황스럽거나 곤란하다 싶으면 일단 차부터 세우는 그녀였다.

느릅나무와 플라타너스가 줄지어 늘어선 널찍하고 멀끔한 거리도, 매력적인 도시의 경관도 그녀에게는 생경했다. 때는 4월 말, 유난히 질질 끌었던 매서운 겨울이 물러가고 찾아온 봄날은 향긋하고 아찔하기까지 했다. 온기와 색채를 듬뿍 머금은 공기가 떨리고 있었다. 이 부근의 집들은 그녀가 본 어떤 집보다 장엄하고 웅장했다. 사실상 대저택이라 불러야 할 집들이 부를 뽐내는 가운데, 비스듬히 경사진 우아한 잔디밭들은 벽돌담이나 연철 울타리나 무성한 상록수 산울타리로 인도와 분리되어 있었다. 그리고 사방에 진달래가 — 가장 근사한 봄꽃들이 진홍색과 흰색과 노란색과 불꽃 같은 주홍색으로 피어나 눈부시게 아름다웠다. 새로 일군 듯한 화단에는 주로 빨간색인 튤립들과 섬세한 사과꽃과 벚꽃, 그 외에도 그녀가 본 적은 있지만 이름은 모르는 꽃나무들이 심겨 있었다. 그중에서 고풍스러운 연철 울타리로 둘러싸인, 으리으리한 앞마당에 무성한 풀들 사이로 빨간색과 노란색 튤립들이 피어난 집이 바로 '그녀의' 집이었다.

그녀는 어느새 대문 앞의 인도에 서 있었다. 이 대문도 그렇고, 진입로 중간에 있는 거추장스러운 중문도 그렇고 모두 열어젖혀진 채로 밑부분의 창살들이 바닥에 꽂혀 있었다. 닫을 일이 없어져서 아예 없애려고 했는데 잘 안 된 모양이었다. 대문 앞에는 적은 지 얼마 안 되어 보이는, 검은색 손 글씨로 된 팻말이 붙어 있었다. '이스트 페인라이트 1377번지'. 그 외에는 이름도, 성도 없었다. 그 앞에 서서 집을 바라보고 있으니 플로렌스의 심장이 빠르게 뛰었다. 자신의 눈이 믿어지지 않았다. 물론 이건 진짜였다. 하지만 그럴 리가 없었다. 이렇게까지 세밀할 수 있다니.

앤디크 인형의 집. 그녀의 집. 그때로부터 너무나 긴 세월이 흘렀는데, 그녀의 앞에 슬레이트로 만든 듯한 가파른 박공

지붕이, 오래된 피뢰침이, 어이없을 정도로 깜찍한 둥근 지붕이, 베란다가, 흰색 널판들이 덧대어진 외벽이(밝은 봄 햇살에 바래서 잿빛에 가까워졌지만), 그리고 무엇보다도 매력적인, 층마다 네 개씩 자리 잡은 높고 좁은 창문들과 그 위를 덮는 짙은 빛깔의 덧창들까지 있었다. 그 덧창들이 원래 아주 진한 녹색이었을지 아니면 검정색이었을지 분간하기 어려웠다. 인형의 집에 있던 덧창들은 무슨 색깔이었더라……. 테두리 장식은 심하게 부식되어 있었다.

처음 차 안에서 그녀에게 밀어닥쳤던 현기증에 가까운 흥분은 잦아들었다. 다만 뭔지 모를 꺼림칙한 조급증이 남아 있었다. 그녀의 옛 인형의 집이 여기에, 펜실베이니아주 랭커스터, 이스트 페인라이트 거리에 있다는 것. 이 따뜻한 봄날 아침에 별안간 눈앞에 나타났다는 것. 이게 무슨 뜻일까……. 물론 어떻게 된 일인지 짐작이야 갔다. 딸을 위해 인형의 집을 만들었다던 먼 친척이 이 집을 본뜬 것이리라. 아니면 이 비슷한 집을 베꼈겠지. 플로렌스는 빅토리아 시대 건축에 대해 잘 알지는 못했지만 이것과 똑같이 생긴 집이 세상에 많으리라고 추측했다. 그중에는 더욱 크고 값비싼 저택도 있으리라. 오늘날과 달리 당시에는 건축가가 절대적으로 부족했을 테니, 기본적인 틀과 일정한 패턴의 장식을 몇 번이고 재활용할 수밖에 없었을 것이다. 둥근 지붕, 박공지붕, 섬세한 테두리 장식까지도. 이 일은 그녀에게는 너무나 기이하고 불가사의하게 느껴졌지만 실은 우연의 일치에 지나지 않았다. 집에 돌아가서 사람들에게 이야기해 주면 좋겠다는 생각이 들었다. 재미난 일화가 될 것이다. 하지만 다시 생각해 보면, 언급할 가치도 없는 일인지도 몰랐다. 부모님이라면 흥미를 느꼈겠지만 두 분은 이미 돌아가셨다. 게다가 그녀는 자신의 개인사에 대해 말하고 다니는 것을 삼가는 편이었다. 친구, 지인, 동료 들이 그녀의 사적인 이야기를 들으면 거의 무조건 공인(公人)으로서의 그녀를 보는 관점에 따라 해석할 것 같아서, 그런 이야기는 웬만하면 피하고 싶었다.

2층 창문에서 무언가 움직이는 것이 눈에 띄었다. 그것은 마술처럼 매끄럽게 옆 창문들로 움직여 갔다. 오른쪽에서 왼쪽으로……. 아니, 실은 그녀의 뒤편 하늘을 흘러가는 구름이 유리창에 비쳤을 뿐이었다.

플로렌스는 가만히 서 있었다. 평소의 그녀답지 않은 행동이었지만, 그럼에도 서 있기만 했다. 베란다 계단으로 올라가거나 초인종을 누르고 싶지는 않았다. 우스꽝스러운 짓이 될 터였다. 어차피 시간도 없었다. 지금도 이러고 있을 게 아니라 운전 중이어야 했다. 사람들은 그녀가 곧 도착할 줄 알 터였다. 그러나 플로렌스는 도무지 발길이 떨어지지 않았다. 여기가 바로 그 집이었으니까. 옛날 그 인형의 집이 여기 있었으니까. (물론 그건 버린 지 오래였다. 30년인가, 35년 전에 버린 이후로 거의 생각해 본 적도 없었다.) 그래서 어처구니없게도 여기에 이렇게 멀거니, 얼떨떨하게, 극도로 무방비한 상태로 서 있는 것이었다……. 하지만 그 외에 어떤 태도를 취해야 적절할까? 이 집이 불러일으킨 신성하고 비현실적인 감각을 어떻게 해야 훼손하지 않을 수 있나?

초인종을 눌러야겠다. 못할 건 또 뭐란 말인가? 그녀는 훤칠하고 어깨가 넓은 체형에 세련된 크림색 봄 정장을 차려입은 자신감 넘치는 여성이었다. 그녀가 누군가에게 변명을 하거나 쑥스러워하는 일은 드물었다. 오래전, 수줍고 미련하고 남들 시선을 의식하던 소녀 시절에는 그러기도 했겠지만 이제는 아니었다. 잿빛으로 바래 가는 굽슬굽슬한 머리카락은 넓고 튼튼한 이마 위로 말쑥하게 빗어 넘겼고, 화장은 몇 해 전부터 성가셔서 그만뒀기에 매끈한 민낯에 자연스러운 혈색이 드러났다. 그녀는 멋지고 위엄 있는 여성이었다. 편안한 검은 눈으로 상대를 바라보며 미소를 지을 때면 특히나 매력적이었다. 그녀는 초인종을 누르기로 마음먹었다. 안에서 누가 나오는지 보고, 아무 말이나 생각나는 대로 하면 될 것이다. 이 근처에 사는 누군가의 집을 찾고 있었다든지, 공립 학교 기금 조성을 위한 세금 인상안 홍보차 나왔다든지, 중고 옷이나 가구가 있는지 물어보러 왔다든지……

진입로를 절반쯤 걸어 들어왔을 때, 그녀는 차 안에 열쇠를 꽂고 시동을 켜둔 채로 핸드백까지 좌석에 놓고 나왔다는 것을 깨달았다.

발걸음이 비정상적으로 느렸다. 그녀답지 않은 걸음걸이였다. 방향 감각이 흩어지는 듯한 비현실감, 다른 세상으로 들어서는 듯한 느낌, 모두 생소한 경험이었다. 어딘가 가까운 곳에서 개 짖는 소리가 들렸다. 소리가 그녀의 가슴과 창자를 꿰뚫는 듯했다. 덜컥, 공황 증상이 몰려왔다. 자신도 모르게 눈꺼풀이 파르르 떨렸다…… 하지만 말도 안 되는 생각이다. 이대로 가서 초인종을 누르면 된다. 그러면 누군가가, 아마도 하인이나 노부인이 나와서 문을 열어 줄 테고 그녀와 짧은 대화를 나눌 것이다. 그 틈에 플로렌스는 그 사람의 어깨 너머로 로비를 흘긋 들여다보고, 원형 계단이 자신의 기억과 똑같은지, 낡은 놋쇠 샹들리에가 아직 거기에 있는지, '대리석' 바닥도 그대로인지를 확인할 수 있을 터였다. 그런 다음 혹시 파 가문을 아느냐고 물을 것이다. 저희 가족이 매사추세츠주 커밍턴에서 몇 세대 째 살아왔는데요, 친인척 중 누군가가 이 집에 방문했던 모양입니다. 물론 아주 오래전 일입니다. 번거롭게 해서 죄송하지만, 지나던 길에 이 아름다운 집을 보고 호기심에 들르지 않을 수가 없었어요…….

떡갈나무로 만든 현관문 두 짝에 스테인드글라스 창이 달려 있었다! 굉장히 컸고 색깔도 화려했다. 인형의 집에 있던 스테인드글라스는 눈에 잘 띄지 않는 착색 유리 조각일 뿐이었는데, 이건 가로 세로 길이가 각각 30센티미터쯤 되었고 몹시 아름다웠다. 빨간색, 녹색, 파란색……. 딱 교회에 있는 것 같았다.

번거롭게 해서 죄송하지만……. 플로렌스는 작게 중얼거렸다. 지나던 길에…….

번거롭게 해서 죄송하지만 저는 바살러뮤라는 성씨를 쓰

는 가족을 찾고 있는데요, 그분들이 이 근방에 산다고 여길 만한 이유가 있어서…….

그런데 베란다로 올라서려 하자 공황 증상이 더욱 심해졌다. 호흡이 얕아지면서 가빠지고, 생각은 종잡을 수 없이 사방으로 흩어지고, 완전히 겁에 질려서 꼼짝도 할 수 없었다. 개 짖는 소리가 더욱 발작적으로 솟아올랐다.

플로렌스는 화가 나거나 괴롭거나 불안할 때면 자기 이름을 외는 버릇이 있었다. 플로렌스 파, 플로렌스 파. 그러면 위안이 되었다. 마음이 진정되었다. 플로렌스 파. 종종 그 말에는 자신을 막연히 나무라는 뜻이 실려 있었다. 그녀가 바로 플로렌스 파였고, 권한이 있을 뿐만 아니라 책임도 있는 사람이었으니까. 자신에게 이름을 붙이고, 그 이름으로 자신이 누구인지를 밝히는 것. 대개 그렇게만 해도 그녀는 날뛰던 생각들을 다스릴 수 있었다. 하지만 공황 발작을 마지막으로 겪은 지 몇 년은 지났다. 온몸의 힘이 빠져나간 것만 같았다. 여기서 기절할지도 모른다고 생각하니 겁이 났다. 대체 얼마나 웃음거리가 될 것인가…….

젊은 시절에 대학 강사로 일하던 어느 날 공황 발작에 굴복할 뻔한 적이 있었다. 형이상학파 시인들에 대해 한창 강의하던 중이었다. 이상하게도 발작은 학기 초엔 잠잠하더니 개강한 지 한 달은 족히 지났을 때, 자신이 나무랄 데 없는 유능한 교사라고 자신하게 됐을 때에야 찾아왔다. 그녀가 느껴 본 중 가장 기이한 공포였다. 헤아릴 수도 없고 아무 근거도 없었다.

이후로도 좀처럼 그 공포를 이해할 수 없었다……. 존 던의 시 「유골」에 나오는 유명한 시상 "뼈 옆의 밝은 머리카락"에 대해 이야기하는데 갑자기 엄청난 공포가 밀어닥쳐 숨이 턱 막혀 왔다. 강의실을 뛰쳐나가 건물 밖으로 도망쳐 나가고 싶었다. 마치 악마가 나타난 것 같았다. 악마가 그녀의 얼굴에다 숨을 내쉬고 밀어 대고 저 밑으로 끌어내리려 하는 것만 같았다. 질식할 것이다. 파괴될 것이다. 실체적인 고통이나 뇌리에 떠오르는 장면 같은 건 전혀 없었는데도 그 감각은 그녀가 평생 겪은 그 무엇보다도 끔찍했다. 왜 그토록 겁이 났는지는 알 수 없었다. 왜 강의실 밖으로 나가고만 싶었는지, 학생들의 호기심 어린 눈길에서 벗어나고만 싶었는지, 좀처럼 이해가 되지 않았다.

하지만 도망치지 않았다. 그녀는 억지로 강단에 남았다. 목소리가 떨려도 말을 멈추지 않고, 눈앞이 하얘지는 안개 속에서 강의를 이어 나갔다. 학생들은 당연히 그녀가 떠는 것을 알아차렸으리라……. 하지만 그녀는 끈질기게, 스물네 살의 젊은 여자치고는 너무나 완강하게 자신을 몰아붙여 자신을 흉내 내고, 자신의 평소 어조와 버릇을 따라 함으로써, 마침내 발작을 이겨 냈다. 공포가 서서히 걷히면서 시야가 되돌아오고 심장 박동도 느려지자, 앞으로는 절대로 강의 중에 발작이 일어나지 않으리라는 예감이 들었다. 그 예감은 적중했다.

그런데 지금 그녀는 불안을 이겨 낼 수 없었다. 이번에는 붙잡을 만한 연단도, 읽을 수 있는 강의안도, 흉내 낼 자기 자신도 없다. 지독한 웃음거리가 될 판이었다. 집 안에서 분명 누군가가 지켜보고 있을 텐데……. 그러고 보면 그녀는 여기에 있을 이유도, 핑계도 없었다. 초인종을 누르고는 대체 뭐라고 말한단 말인가? 그녀를 미심쩍어할 낯선 사람에게 뭐라고 해명할 수 있겠는가? 전 그냥 이 집 안을 봐야 해서 왔어요. 설명 못할 힘에 이끌려서 여기까지 오게 됐어요. 제발 용서해 주세요. 너그럽게 봐 주세요. 제가 실은 좀 아파요. 오늘 상태가 정상이 아니에요. 제가 기억하는 그 집이 맞는지 안을 보고 싶을 뿐이에요……. 이런 집을 저도 갖고 있었거든요. 당신 집이었죠. 하지만 제 집에는 인형들만 살았어요. 인형 가족이요. 저는 인형들을 정말 좋아했지만, 걔네들이 항상 뭔가를 가로막는다는 느낌이 들었어요, 저와 무언가의 사이를 막고 서 있다는 느낌이…….

개 짖는 소리에 또 다른 개가 화답했다. 이웃집 개일 것이다. 플로렌스는 뒤로 물러났다. 그리고 몸을 돌려 허겁지겁 차로 돌아갔다. 과연 열쇠가 시동 장치에 꽂혀 있었고, 그녀의 말쑥한 가죽 핸드백은 경솔하게 좌석 위에 팽개쳐 둔 그대로였다.

그렇게 그녀는 인형의 집에서 도망쳤다. 심장이 애처롭게 펄떡펄떡 뛰었다. 이게 무슨 바보 짓이야, 플로렌스 파. 그녀는 얼굴 깊이 스며든 뜨거운 홍조를 느끼며 자신을 모질게 꾸짖었다.

남은 하루는 순조롭게 흘러갔다. 늦은 오후의 리셉션도, 저녁 식사도, 식사 이후의 모임도. 판에 박힌 듯 일상적인 흐름이었다. 하지만 그녀에게는 진짜처럼 느껴지지 않았다. 잘 믿기지가 않았다. 자신이 챔플레인 대학 총장인 플로렌스 파라는 것도, 소형 사립 인문대 경영자들의 학회에서 특별 연사를 맡고 있다는 것도. 어쩐지 다른 사람을 사칭하는 사기꾼이 된 기분이었다. 인형의 집이 자꾸만 뇌리에 아른거렸다. 그 경험이 얼마나, 얼마나 기이했는데, 아무에게도 털어놓을 수 없었다. 재미있는 일화쯤으로 축소해 이야기할 만한 상대조차 없었다……. 사람들은 그녀의 불편함을 눈치채지 못했다. 오히려 다들 그녀가 건강해 보인다며, 만나서 기쁘다고 악수를 청했다. 그중에는 그녀와 안 지 오래된 지인이 많았다. 여자들도 있었지만 대부분은 이런저런 대학에서 그녀와 같이 일했던 남자들이었다. 그밖에도 챔플레인 대학에서의 세운 영웅적인 공로에 대해 전해 들은 더 젊은 세대의 대학 경영자들도 그녀에게 인사하고 싶어 했다. 시끌벅적한 칵테일 파티에서도, 만찬 때에도, 그녀는 어딘가 다른 데 정신이 팔린 듯한 자신의 목소리가 통상적인 사안들에 대해 이야기하는 소리를 들었다. 신입생 감소, 기금 운동 추진, 졸업생 지원, 기부, 투자, 주 및 연방 단위의 원조 등에 대해서. 언제나처럼 사람들은 그녀의 발언에 전혀 틀린 데가 없다는 듯 정중하게 경청했다.

만찬 자리에서 그녀는 연푸른색 바탕에 파란 줄무늬가 들어간 리넨 드레스로 갈아입고 있었다. 그녀의 큰 키와 우아한 몸매를 강조하고 넓은 어깨와 두툼한 허벅지를 감춰 주는 옷이었다. 얼마 전에 새로 산, 굽 높이가 7.5센티미터인 구두도 신었다. 그녀는 질색하는 스타일이었지만 요즘엔 그런 구두가 유행이었다. 머리 모양도 옷과 잘 어울렸고, 손톱은 전날 저녁에 손질하고 매니큐어도 발라 둔 참이었다. 이만하면 충분히 매력적인 용모이겠지 싶었다. 중장년층이 모인 자리이니 더더욱 돋보일 것이다. 하지만 주의가 자꾸만 산란해졌다. 주위 사람들에게도, 거무스름한 빛깔의 근사한 식민지 시대풍 식당의 정경에도, 유명한 대학 경영자 겸 작가가 펼치는 활기차고 재치 있는 식후 연설에도 집중할 수 없었다. 연설자는 윌리엄스 대학의 전 총장으로, 아주 오래전에 스워스모어 대학에서 플로렌스와 함께 일했던 사이였다. 그녀는 다른 사람들과 덩달아 미소를 짓기도 하고 소리 내어 웃기도 했지만, 저 품위 있는 백발의 신사가 던지는 날카로운 위트가 귀에 들어오지 않았다. 그녀의 마음은 저 밖의 이스트 페인라이트 거리로, 그 인형의 집으로 향하고 있었다. 그때 초인종을 누르지 않기를 잘한 일이었다. 만약 그 집 주인이 이 학회에 참석하는 사람이었다면 어떻게 됐겠는가. 여긴 랭커스터 대학에서 주최하는 자리이니 충분히 그럴 수도 있었다. 얼마나 심각한 바보 꼴이 되었을까⋯⋯.

10시 직후, 그녀는 자신과 이야기하고 싶어 하는 기색이 역력한 사람들을 뒤로 하고 동문회관 건물에 마련된 자기 방으로 들어갔다. 어차피 오늘 밤엔 잠을 이루지 못할 게 뻔했지만. 방 안의 앤티크 가구들과 작위적으로 고풍스럽게 꾸며진 벽지를 마주하자마자 그녀는 아래층의 열띤 분위기를 벗어난 게 후회되었다. 요즘 소형 사립대들은 형편이 어려웠고 이 학회에 참석한 경영자들도 대다수가 심각한 재정난과 교수진의 의욕 부진으로 허덕이고 있었지만, 그럼에도 그들 사이에는 동지애와 열정이 살아 숨 쉬고 있었다. 하기야 사교 모임이란 원래 그런 식이다. 비록 다 같이 불행한 운명을 앞둔 처지라도 모임에서 기발한 농담, 고마워하는 웃음, 유쾌한 유대감을 나누는 것은 어쩔 수 없는 법이다. 사람의 인격이란 얼마나 희한한가. 플로렌스는 평소답지 않게 느릿느릿 움직여 잠자리를 준비하면서 생각했다. 타인들을 대할 때는 공적인 자아가, 혼자 있을 때는 사적인 자아가 나오는데 둘 다 진짜 자신이라니……. 두 가지 체험 모두 진짜라니.

그녀는 낯선 침대에 뜬눈으로 누워 있었다. 멀리서 웅성웅성하는 소음이 들려왔다. 에어컨의 환풍 기능을 틀어서 소음을 막아 보았지만 그래도 잠은 오지 않았다. 말똥한 눈으로 누워서 이런저런 부조리하고 일관성 없는 생각들을 하고 있으려니 이스트 페인라이트 거리의 집이, 어린 시절 인형의 집이 생각났다. 어째서 그깟 시시한 불안감쯤 던져 버리고 베란다 계단을 올라 현관문 앞으로 가지 못했을까? 그녀는 플로렌스 파인데. 자신을 바라보는 사람들을 상상하기만 하면 될 일이었다. 교수 평의회, 학생들, 동료 경영자들을 떠올렸다면 그녀는 민첩성과 자신감을 되찾고 자신이 어떻게 행동해야 하는지 알았을 것이다. 그녀가 불확실함에 빠져 맥을 못 추고 공포에 무너질 때는 자신이 누구인지를 잊고 왼전히 혼자가 되었다고 상상할 때뿐이었다.

손목시계의 야광 숫자판을 보니 겨우 10시 35분이었다. 지금이라도 옷을 입고 그 집으로 가서 초인종을 눌러도 늦지 않다. 물론 1층에 불이 켜져 있는지 보고, 안에 있는 사람들이 잠자리에 들지 않은 게 확실한지부터 확인해야겠지만…… 어쩌면 늙직한 신사가 혼자 살고 있을지도 모른다. 그녀의 할아버지를 아는 누군가거나, 커밍턴의 파 가문을 방문한 적이 있는 사람. 어쨌든 두 집안 사이에 무슨 관계가 있는 것만은 틀림없으니까. 순전히 우연의 일치일 수도 있겠지만, 그녀는 인형의 집과 이 도시의 그 집 사이에 분명히 어떤 상관관계가 있음을 확신하고 있었다. 마음속의 깊고 흔들림 없는 확신이 그녀에게 알려 주었다. 그녀의 유년과 현재의 그 집 사이의 연관성을…… 하지만 그 집 사람에게 설명할 때는 어디까지나 대수롭잖은 투로 가볍게 이야기해야 할 것이다. 오랜 세월 학교 행정을 봐 오면서 그녀가 터득한 사교의 원칙은, 상대방에게 지나치게 심각해 보여선 안 된다는 것이었다. 지도자가 엄숙하게 행동하면 사람들은 쩔쩔매게 되어 있다. 가벼우면서 자신감 있게, 사적이거나 심지어는 은밀한 무언가를 공유하는 듯한 분위기가 필요하다. 사람들은 지도자와 대등해지고 싶어 하지 않는다. 그들은 우월한 지도자를 원할 뿐더러 절박하게 필요로 한다. 하지만 우월성은 은연중에 전달하지 않으면 불쾌감을 불러일으키기 십상이다…….

불현듯 겁이 났다. 다음 날 아침에 연설하는 도중 공황 발작이 닥칠 수도 있겠다 싶어서였다. 그녀의 연설은 '미국 교육에서 인문학의 미래'라는 주제로 9시 30분에 예정되어 있었다. 그날의 첫 연설이었고, 학회의 공식 일정상으로도 첫 번째 연설에 해당했다. 그때 예의 그 당혹감이 되살아나는 것도 충분히 있을 수 있는 일이었다. 자신이 연약해진 듯한, 거의 어린아이가 된 듯한 철저한 무력감……

그녀는 일어나 앉아서 불을 켜고 연설문을 꺼내 보았다. 타자가 아니라 자필로 적은 원고였다. 연설할 때는 원고와 다른 화법으로 할 테니 굳이 타자로 쳐 둘 필요는 없다고 비서에게 미리 말해 두었다. 중요한 통계는 정확히 인용해야겠지만, 그 외에는 격식을 갖추기보다 대화하듯이 이야기할 생각이라고……. 하지만 타자로 쳐 놓지 않은 건 실수였던 듯했다. 자신의 손 글씨를 알아보지 못할 때도 종종 있었다.

술이라도 조금 먹으면 나을까. 학회가 열리는 랭커스터 인에 바가 있지만, 거기까지 갈 수는 없었다. 이 방에는 당연히 술이라곤 없었다. 술은 웬만하면 마시지 않는 것이 그녀의 규칙이었다. 더욱이 혼자서는 절대로……. 하지만 지금은 술이 있으면 잠들기가 더 수월할 듯했다. 이리저리 치닫는 생각들도 진정될 테니.

인형의 집은 생일 선물로 받은 것이었다. 아주 옛날에. 얼마나 옛날인지는 기억나지 않았다. 인형들도 있었다. 그 인형 가족을 평생 생각도 안 하고 살아왔다니. 상실감과 애틋함에 가슴이 짠해졌다.

플로렌스 파는 자주 불면증에 시달리는 사람이었다. 하지만 아무도 그 사실을 몰랐다.

플로렌스 파는 38세 생일 직후에 오른쪽 젖가슴의 혹을 제거했다. 사실 해로울 것도 없는 물혹이었지만. 챔플레인 대학의 친구들 중 그 사실을 아는 사람은 아무도 없었다. 비서조차 몰랐다. 결국 그 조그맣고 흉측한 것은 전혀 해롭지 않은 양성종양으로 밝혀졌으니, 아무에게도 알리지 않길 잘한 일이었다.

플로렌스 파는 남들과 거리를 두는 편이고 심지어는 방어적이라고 일컬어지는 사람이었다. 친해지려고 해도 친해지지 않는 사람이라고 누군가는 말했다. 하지만 한편으로는 아주 다정하고 열려 있고 솔직하며 꾀를 전혀 부리지 않는 사람이라는 평도 자주 들었다. 그녀는 인기 있는 총장이었고, 교직원들의 지지도 받고 있었다. 간혹 부총장이나 학장을 비롯한 일부 사람들이 그녀를 시기하기도 했지만, 그래도 전반적으로는 대다수가 그녀를 지지해 주었다. 그녀는 그 사실을 알았고 고마워하고 있었다. 앞으로도 쭉 그렇게 해 나가고 싶었다.

문제는 밤늦도록 멈추지 않는 그녀의 생각들이었다. 좀처럼 가만히 있질 못하고 날뛰는 생각들.

충동에 굴복해 재빨리 옷을 갈아입고 그 집으로 가 봐야 할까? 10분도 안 걸릴 텐데. 그 집 사람들이 잠자리에 들었을 가능성도 높았다. 그러면 1층에 불이 꺼져 있는 게 길에서도 보일 테니, 방문할 생각을 접고 곧장 숙소로 돌아오면 된다. 그렇게 되면 뻔뻔한 행동을 안 하고 넘어갈 수 있으리라.

만약 이렇게 한다면, 결과는…….

만약 실패한다면…….

그녀는 충동적인 성격이 아니었다. 충동적이고 소위 '즉흥적'인 사람들을 동경하지도 않았다. 그녀는 그런 사람들이 미성숙할 뿐더러 대부분 과시욕도 심하다고 생각했다. 자신의 '즉흥적'인 행동을 스스로 뻔히 의식하는 경우가 많으니까…….

그녀는 계산적이라기나 지나치게 조심스럽다는 비난에 항변할 준비가 되어 있었다. 그녀는 단지 매우 실용주의적인 사고방식을 타고났을 뿐이었다. 지대한 흥미를 끄는 일이 생길 때마다 거기에 몰입해 푹 파묻혔다. 그렇게 몇 달이고 몇 년이고 이어 가다 보면 다른 고려 사항들은 한편으로 젖혀 두게 되었다. 그래서 결혼도 안 한 것이다. 만약 플로렌스 파가 결혼한다면, 결혼 그 자체보다도 거기까지 갈 만한 관계를 누군가와 꾸릴 시간이 있었다는 게 놀라운 일이리라. 언젠가는 무심결에 이런 천진한 발언을 한 적도 있었다. 제가 결혼에 반대하는 건 아니에요. 다만 남자와 만나고, 데이트하고, 대화하는 데에 시간이 너무 많이 걸리잖아요……. 하나같이 그녀를 좋아하는 챔플레인 대학 사람들 사이에서 떠도는 일화 중 하나에 의하면, 그녀는 젊었을 적에도 남자들에게 무관심하다 못해 자신에게 적극적으로 접근하는 남자조차도 안중에 없었다고 한다. 그래서 와이드너 도서관에서 그녀와 개인 열람실을 이웃하고 지냈던 한 젊은 언어학자가 매일같이 그녀에게 인사하고 가끔 커피 마시러 가자고 했는데도 몇 년 후 다시 만났을 때는 그녀가 그의 얼굴도 못 알아보더라고 했다. 그 남자가 결혼하고 호평받는 언어학 이론서의 저자가 되어 챔플레인의 인문학부 부교수로 돌아왔을 때, 플로렌스는 그를 못 알아봤을 뿐 아니라 아예 기억하지도 못했다. 반면에 그는 그녀를 무척 생생하게 기억했기에 그 해 겨울에 플로렌스가 입었던 다양한 옷들과 그녀가 신었던 니트 양말의 색깔까지 거론하면서 사람들을 즐겁게 해 주곤 했다. 그때 그녀는 무척 부끄러웠지만, 우쭐한 기분도 들고 재미있기도 했다. 플로렌스 파가 언제나 플로렌스 파였다는 증언을 들은 셈이었으니까.

그런데 지나고 나니 다소 서글펐다. 그 일화는 결국 그녀가 남자에 정말로 관심이 없다는 뜻이었다. 그녀를 선택하는 남자가 아무도 없어서도 아니고, 그녀가 남자를 고르는 안목이 너무 까다로워서도 아니라, 단지 그녀가 자신에게 다가오는 남자를 '보지도' 못할 정도로 남자들에게 관심이 없었기에 노처녀가 되었다는 뜻이었다. 슬프지만 반박할 수 없었다. 그녀는 자기 의지가 아니라 타고난 기질 때문에 금욕 생활을 하고 있었다.

바로 여기까지 생각했을 때 그녀는 연설문 원고를 치워 버렸다. 가슴이 소녀처럼 두근거렸다. 선택의 여지가 없었다. 그 집에 대한 호기심을 반드시 충족시켜야 했다. 잠들고 싶다면, 제정신으로 있고 싶다면.

인형의 집을 선물받은 일은 그녀의 유년 시절에서 일대 사건이었다. 마찬가지로 이스트 페인라이트 거리의 저택을 방문한 것은 그녀의 성인기에서 일대 사건이 되었다. 하지만 플로렌스 파는 그날 일을 다시는 되돌아 볼 수 없었다.

꽃향기가 감도는 온화하고 조용한 밤이었다. 전혀 위협적이지 않았다. 그 집으로 향하는 길을 따라 차를 몰다 보니 인근 집들에 불이 켜져 있어서 위안이 되었다. 당연히 아직 늦은 시간이 아니었다. 그녀가 하려는 일은 전혀 비상식적이지 않았다.

그 집 1층에 불이 켜져 있었다. 그 안에 사는 누군가가 깨어 있는 것이다. 거실에서, 그녀를 기다리며.

그녀는 놀라울 정도로 침착했다. 그토록 오랜 시간을 주저하며 보냈다니 바보 같았다.

베란다 계단을 올랐다. 바닥이 발밑에서 약간 내려앉는 느낌이 났다. 초인종을 눌렀다. 그리고 1분쯤 기다리자 외부 등이 켜졌다. 자신이 너무 노출된 기분이 들었다. 그녀는 초조한 미소를 지었다. 일단 웃으면 어떻게 웃는지 알게 된다. 이제는 물러설 수 없었다.

베란다에 있는 낡은 고리버들 가구가 눈에 띄었다. 흔들의자 두 개와 긴 안락의자 한 개. 원래는 흰색 칠이 되어 있었던 모양이지만 심하게 닳고 벗겨져 있었다. 쿠션은 없었다.

개 한 마리가 화난 소리로 짖어 댔다.

플로렌스 파, 플로렌스 파. 그녀는 자신이 누구인지 알았다. 하지만 '그'에게 말한 필요는 없었다. 저 짙은 스테인드글라스 너머로 자신을 내다보고 있는 사람이 누구이든. 아마 노인이리라. 자식들이 떠나고 홀로 남은 노인. 그래도 이 지역에서 집을 소유하고 있다면 돈과 지위가 있다는 뜻이었다. 비웃을 수도 있겠지만 이런 것들은 정말로 중요하다. 재산세도 낼 수 있을 테고, 교육세도⋯⋯.

문이 열리고 한 남자가 그녀를 내다보았다. 반쯤 미소 띤, 의아해하는 표정이었다. 예상과 달리 노인은 아니었는데 나이가 정확히 가늠되지 않았다. 그녀보다는 젊은 것 같기도 했다.

"네, 무슨 일이시죠⋯⋯?" 그가 말했다.

그녀의 낭랑하고 차분한 목소리가 미리 연습한 말을 꺼냈다. 확고한 자신감을 내비치면서도 미안해하는 기색이 깔려 있는 어조였다.

"⋯⋯아까 근처를 지났거든요. 친구네 집에 가던 길이었는데⋯⋯."

"옛날에 저희 가족과 연관이 있었던 듯해 그저 궁금해서⋯⋯."

"적어도 이 집을 지은 사람들은 저희 가족과 연관이 있겠지요⋯⋯."

그는 그녀의 등장에 놀란 기색이 확연했고 그녀의 이야기를 잘 알아듣지 못한 눈치였다. 그녀가 너무 빠른 속도로 말한 모양이었다. 다시 말해야 할 것 같았다.

그는 일단 그녀를 안으로 들였다. 무의식적이고 반사적으로 정중한 태도를 취하는 듯했다. 아주 예의 바른 남자였다. 의문스러워하면서도 의심을 품지는 않았고, 쌀쌀맞게 굴지도 않았다. 이렇게 오래되고 쇠락한, 우아한 저택을 간수하기에는 너무 젊은 듯도 했다. 그는 현관에 들이닥친 그녀의 존재, 대담한 질문들, 입가에 띤 환하고도 부자연스러운 미소에 당황한 게 분명했지만 그녀를 괴짜로 보지는 않았다. 섣불리 재단하지 않고 존중하며 대우했다. 친절하고 단순한 사람이었다. 그녀는 자못 안심이 되었다. 어쩌면 약간 우둔한, 두뇌 회전이 느린 사람인지도 몰랐다. 그리고 확실히…… 그녀가 이 지방에서 참여하고 있는 일하고는 아무 관련도 없는 사람이었다. 그녀에 대해 누군가에게 말할 일도 없을 것이다.

"……이 도시에 초행이시라고요? ……친구 집에 머물고 계시고요?"

"저는 그저 한 가지만 여쭙고 싶은데요, 혹시 '파'라는 성을 들어 보신 적이 있나요?"

개가 미친 듯이 짖어 댔다. 하지만 멀찍이서 거리를 지키고 있었다.

남자는 플로렌스를 거실로 안내하는 중이었다. 1층에서 불이 켜진 방은 여기뿐이었다. 계단은 낡긴 했어도 예전처럼 우아했다. 하지만 바람막이벽은 기묘한 회청색으로 칠해져 있어서 어색해 보였다. 게다가 바닥이 대리석이 아니라 조잡한 가짜였다. 리놀륨 타일인 것 같았다…….

"샹들리에." 그녀가 불쑥 말했다.

남자는 특유의 상냥하고 의아한 미소를 띤 얼굴로 그녀를 돌아보았다.

"네……?"

"무척 예쁘네요. 앤티크인가 봐요."

거실을 밝힌 편안한 오렌지색 불빛 아래서 보니 그의 머리카락은 붉은 모래 빛깔이었다. 정수리 부분은 벗어져 가고 있었지만 곱슬곱슬한 옆머리가 소년 같아 보였다. 30대 후반쯤 되는 듯한데 얼굴에는 나이와 어울리지 않게 주름살이 있었고, 한쪽 어깨가 다른 쪽보다 약간 쳐져서 서 있는 자세가 무척 피곤해 보였다. 그녀는 방해해서 미안하다고 다시금 사과했다. 쓸데없는 일이 될 수도 있음을 알면서도 충동적인 호기심에 못 이겨 그의 시간을 빼앗았다고.

"아닙니다." 그가 말했다. "저는 보통 자정이 훨씬 지나서야 잠자리에 들어요."

어느새 플로렌스는 속이 지나치게 꽉 채워진 소파의 한쪽 끝에 앉아 있었다. 미소는 경직되었지만 어느 때보다도 활짝 웃고 있었고, 얼굴은 뜨겁게 달아올랐다. 아마도 그 남자는 그녀의 홍조를 눈치 못 챌 듯 싶었다.

"…… 불면증이요?"

"네, 가끔요."

"저도……. 가끔은 그럴 때가 있습니다."

그는 녹색과 파란색 격자에 가느다란 빨간색 줄무늬가 들어간 셔츠를 입고 있었다. 플란넬 셔츠였다. 소매는 팔꿈치까지 걷어 올렸고, 일할 때 입는 것 같은 바지를 입었다. 청바지. 정원사 복장 같았다. 그녀가 무언가 할 말을 찾아 절박하게 헤매고 있으려니, 이 집의 정원과 잔디밭에 대해 묻는 자신의 목소리가 들렸다. 예쁜 튤립이 무척 많았다. 대부분 빨간색이었다. 플라타너스 나무들도 있고 느릅나무도 몇 그루…….

그는 그녀를 마주 보며 몸을 기울이고 무릎 위에 팔꿈치를 얹었다. 얼굴이 햇볕에 살짝 그을려 있었다. 붉은 머리칼을 가진 사람 특유의 창백한 피부에 약간의 주근깨가 비쳤다.

그가 앉은 의자는 눈에 설어 보였다. 흉한 갈색의 인조 벨벳이었다. 누가 저런 의자를 사들였을지 궁금했다. 그의 젊고 어리석은 아내가 아니었을까.

"…… 파 가문을 아세요?"

"랭커스터에 있는 가문인가요?"

"아, 아뇨. 매사추세츠주 커밍턴이요. 저희 집안은 여러 대 전부터 거기서 살았답니다."

그는 기억을 더듬어 보는 듯 얼굴을 찡그린 채 카펫을 내려다보았다.

"…… 어디서 들어 본 것 같긴 한데요……."

"오, 그런가요? 저는…….'"

개가 그들에게 다가왔다. 이제 더는 짖지 않았다. 녀석이 흔드는 꼬리가 소파 옆면에, 또 고풍스러운 탁자 다리에 부딪치는 바람에 램프가 엎어질 뻔했다. 남자가 손가락을 튕겨 딱 소리를 내자 개는 더 가까이 오지 못하고 부들부들 떨면서 반쯤은 으르렁거리고 반쯤은 낑낑거리는 듯한 소리를 냈다. 그러더니 바닥에 엎드려 앞발에 주둥이를 얹고 앙상한 꼬리를 쭉 뻗었다. 플로렌스에게서 몇 발짝 떨어진 자리였다. 그녀는 개를 구슬리고 친해지고 싶었다. 하지만 몰골이 너무 흉측했다. 털이 군데군데 빠졌고 흰 수염은 꾀죄죄했고, 털 없는 뱃가죽이 축 늘어져 있었다.

"개가 신경 쓰이시면……."

"오, 아니에요. 전혀요."

"그냥 반가워서 저러는 거예요."

"그런 것 같네요." 플로렌스는 소녀스럽게 웃으며 말했다. "…… 아주 잘생겼어요."

"들었어?" 남자가 다시 손가락을 딱 하고 튕겼다. "숙녀분이 너더러 아주 잘생겼대! 최소한 침이라도 그만 흘릴 순 없어? 매너가 있어야지."

"저는 동물을 키워 본 적은 없지만, 좋아하긴 해요."

그녀는 슬슬 긴장이 풀어졌다. 거실은 딱 그녀가 예상한 대로는 아니었지만 이만하면 그리 나쁘진 않았다. 그녀가 앉아 있는 소파는 높이가 좀 낮았고, 깃털처럼 반지르르 빛나는 은백색과 은회색 천으로 된 쿠션들은 속이 꽉 채워져 사람의 배나 젖가슴처럼 둥실둥실 부풀어 있었다. 어마어마하게 오래된 가구였지만 팔아 없애진 못할 것이다. 20세기가 시작될 무렵부터 가문 대대로 전해져 내려온 물건일 테니까. 빅토리아풍 탁자도 있었다. 수줍은 듯 얌전한 모양새로 장식된 다리가 달렸고, 술 달린 덮개 위에는 어마어마하게 큰 램프가 놓여 있었다. 앤티크 가게에서 보았다면 웃어넘길 만한 물건이었지만 여기에 있으니 제법 잘 어울렸다. 램프를 너무 대놓고 쳐다보던 그녀는 그 물건에 대해 뭐라도 한마디 하지 않을 수 없었다.

"…… 앤티크인가요? 유럽?"

"아마 그럴 거예요. 네." 남자가 말했다.

"과일 모양으로 만든 것 같네요. 아니면 나무나……."

둥글넓적한 모양에 사람 살결 같은 복숭아색을 띠는 램프였다. 놋쇠 스탠드는 변색되어 있었다. 테두리에 푸른색 수가 놓인, 먼지가 쌓여 침침해진 황금색 등갓은 한때는 굉장히 예뻤을 것 같았다.

그들은 앤티크에 대해 이야기를 나누었다. 옛날 집과 가문들에 대해서도.

어디선가 기묘한 냄새가 났다. 딱히 불쾌한 냄새는 아니었다.

"뭐 마실 거라도 드릴까요?"

"어머, 저야 좋죠."

"잠시만 기다리세요."

혼자 남은 그녀는 거실 안을 좀 둘러볼까 싶었지만, 길고 좁은 거실의 끝자락은 조명이 너무 어두웠다. 사실상 어둠에 묻혀 있었다. 그쪽에 있는 가구들이 어렴풋이 보이긴 했다. 낡은 소형 피아노, 의자 몇 개, 정원이 내다보일 법한 퇴창. 벽난로 선반 위에 놓인 초상화를 가까이에서 보고 싶었지만, 그녀가 다른 데로 움직이면 개가 흥분해서 짖어 댄 것 같았다.

개가 그녀의 발치에 더 가까이 기어 오더니 기뻐하며 몸을 떨었다.

어깨가 살짝 굽은 붉은 머리 남자는 무언가 검은 액체가 든 유리잔을 들고 돌아왔다. 한 손에는 그의 잔을, 다른 손에는 그녀의 잔을 들고 있었다.

"맛보시고 어떤지 말해 주세요."

"진해 보이네요……."

초콜릿이었다. 검고 씁쓸하고 걸쭉한 초콜릿.

"원래는 뜨겁게 내드려야 하는데요."

"안에 술 같은 게 들었나요?"

"너무 독한가요?"

"오, 아뇨. 아녜요. 전혀요."

플로렌스는 이토록 쓴맛은 생전 처음이었다. 하마터면 구역질이 나올 뻔했다.

하지만 잠깐 참으니 괜찮아졌다. 억지로 세 모금까지 삼키고 나니 입안을 찌르던 아픈 감각은 사라졌다.

붉은 머리 남자는 의자로 돌아가 앉지 않고 그녀의 앞에서 빙그레 웃으며 서 있었다. 다른 방에서 머리를 급히 손질하고 온 모양이었다. 손으로 머리를 쓸어 넘긴 듯했다. 높은 이마가 땀으로 얇게 덮여서 반질거렸다.

"여기서 혼자 사세요?"

"혼자 살기에는 집이 좀 커 보이기는 하죠?"

"그래도 개가 있으니까……."

"당신은 혼자 사십니까?"

플로렌스는 초콜릿 잔을 내려놓았다. 이 초콜릿이 불현듯 옛 기억을 불러일으켰다. 그녀가 어렸을 때 아버지의 사업 동료가 러시아에 다녀오면서 초콜릿 한 상자를 사다 준 적이 있었다. 어린 플로렌스는 초콜릿 한 알을 입에 넣어 보고는 의외로 맛이 써서 깜짝 놀랐다.

그때 그녀는 모두가 보는 앞에서 초콜릿을 손에 뱉어 버렸다.

붉은 머리 남자가 그녀의 생각을 읽기라도 한 듯 턱과 오른쪽 어깨를 움찔했다. 하지만 그의 미소는 그대로였고, 플로렌스도 불편한 내색을 한 건 아니었다. 오히려 그녀는 거실의 가구들을 두고 살갑게 이야기하고, 이 집과 같은 멋지고 오래된 저택들에 대한 찬탄을 되풀이하고 있었다. 남자는 그녀가 더 말하기를 기다리는 듯 고개를 끄덕였다.

"…… 바살러뮤 가문이요. 물론 아주 오래전이었지만요."

"바살러뮤 가? 이 근처에 살던 사람들이라고요?"

"음, 네. 그럴 거예요. 실은 그래서 제가 여기 들른 거예요. 어렸을 때 알던 여자애가……."

"바살러뮤, 바살러뮤라."

남자가 천천히 되뇌며 눈살을 찌푸렸다. 얼굴에 주름이 잡혔다. 집중한 탓인지 한쪽 입꼬리가 실룩거리고 오른쪽 어깨가 다시금 움찔했다. 플로렌스는 그가 초콜릿을 쏟을까 봐 걱정되었다.

모종의 신경증 같은 게 있는 모양이었다. 하지만 캐물을 수는 없었다.

'바살러뮤'라는 이름을 중얼거리며 그는 표정이 점점 심각해졌고 심지어는 짜증스러운 빛을 띠었다. 플로렌스는 그 질문을 하지 말걸 후회되었다. 거짓말이었으니까. 그녀는 거짓말을 잘 하지 않는 성격인데도, 아까는 입에서 그 질문이 저절로 나와 버렸다. 매끄럽게 미끄러지듯이.

그녀는 죄책감에 미소 지으며 고개를 수그리고는 초콜릿을 한 모금 더 마셨다.

모르는 사이에 개가 더 가까이 다가와 그녀의 발 위에 커다란 머리를 얹고 있었다. 축축한 갈색 눈으로 그녀를 올려다보는데 이상하게 애정 어린 눈빛이었다. 아기의 눈 같았다. 남자의 말마따나 녀석은 침을 흘렸고, 이제는 그녀의 발목에 침을 흘리고 있었다. 하지만 녀석도 주체하지 못해서 그러는 것일 테니……. 그런데 카펫에 무언가 젖은 자국이 눈에 띄었다. 몇 발짝 너머에 짙은 색깔로 물든 작은 웅덩이가 있었다.

역겨워도 피할 순 없었다. 결국 그녀는 손님이었고 아직나갈 수 있는 분위기가 아니었으니까.

"…… 바살러뮤라고요. 그 가족이 이웃에 살았다고요?"

"아, 네."

"언제요?"

"글쎄요, 기억이 잘…… 너무 어렸을 때라…….''

"그러니까 그게 언제였냐고요."

그는 기묘한, 거의 무례하기까지 한 눈길로 그녀를 쳐다보왔다. 입꼬리의 경련이 더욱 심해졌고, 유리잔을 내려놓으려는 몸놀림은 꼭 꼭두각시 인형처럼 덜컥거렸다. 그는 움직이는 동안에도 내내 그녀만을 쳐다보고 있었다. 플로렌스는 앞을 빤히 쳐다보는 자신의 커다랗고 검은 눈동자 때문에 상대방이 거북해할 때가 많다는 걸 알았지만 스스로 어떻게 주체할 수가 없었다. 그녀의 표정은 상대방을 다그치고 나무라는 듯 보였지만 실제 감정은 전혀 그렇지 않았다. 그래서 표정을 누그러뜨리려고 웃음을 짓곤 했지만, 웃음이 먹히지 않을 때도 있었다. 아무도 속아 주지 않을 때.

집 주인은 웃음기를 거두었다. 그러고 나서 보니 그는 사실 그녀를 조롱하고 있었다. 얼크러진 모래색 눈썹이 의뭉스럽게 솟아올랐다.

"이 도시에 초행이라고 하셨으면서, 이제는 또 여기서 살아 본 적이 있다고 하다니……."

"하지만 너무 오래전이라서요, 그때 저는 겨우……."

그가 몸을 꼿꼿이 세워 일어섰다. 키가 크지 않고, 탄탄하지도 않은 체격이었다. 남자 치고는 허리가 가는 편이었다. 이제 보니 바지가 이상했다. 허벅지에 딱 붙는 바지였는데, 지퍼나 단추가 없었다. 아무런 틈도 없는 가랑이 위에 바지가 매끈히 달라붙어 있었다. 그의 몸통과 팔에 비해 다리는 짧은 편이었다.

그는 플로렌스를 향해 히죽 웃었다. 엉큼한 비난조의 웃음이었다. 그의 머리가 기계적으로 까딱 움직여 바닥에 있는 무언가를 가리켰다. 나름의 턱짓이었지만 움직임이 어설펐다.

"바닥에 고약한 짓을 해 놓았군. 카펫을 보시지."

플로렌스는 숨을 헉 들이켜고는, 즉시 개에게서 몸을 떨어
트리며 부인했다.

"아니에요……. 이건 제가 아니라……."

"저기 카펫 위에 말이야. 사람들 다 보는 데다 떡하니. 냄
새도 풍기고."

"제가 한 게 아니에요." 플로렌스는 얼굴을 붉히며 발끈했
다. "당신도 잘 알잖아요……."

"누군가는 저걸 치워야 할 텐데 '나'는 안 할 거야." 남자가
히죽거리며 말했다.

그의 눈은 여전히 화가 나 있었다.

그는 그녀에게 전혀 호감이 없었다. 분명했다. 여기 온 건
실수였다. 하지만 여기서 어떻게 빠져나갈 수 있나, 어떻게 탈
출할 수 있나? 개가 또다시 그녀에게 기어 와 발목에 대고 주
둥이를 비비며 침을 흘렸고, 아까까지만 해도 무척이나 친절해
보이던 붉은 머리 남자는 무례하게 히죽거리며 그 날씬한 옆구
리 위에 양손을 올린 채 그녀를 굽어보고 있었다.

그는 그녀를 겁주려는 듯, 마치 동물이나 어린아이에게 하
듯이 힘차게 손뼉을 쳤다. 갑작스러운 소음에 플로렌스는 눈
을 껌뻑였다. 그는 몸을 앞으로 내밀더니 그녀의 얼굴 바로 앞
에다 대고 또다시 손뼉을 쳤다. 그녀는 눈에 눈물이 불쑥 솟아
나는 걸 느끼며 자신을 가만히 놔두라고 비명을 지르고 쿠션에

몸을 파묻어 고개를 최대한 뒤로 젖혔지만, 남자가 다시 그녀의 얼굴에 손을 들이대고는 화끈거리는 그녀의 두 뺨을 양손으로 동시에 짝 하고 쳤다. 작열하듯 뜨거운 감각이 날카롭게 그녀의 전신을 꿰뚫었다. 얼굴에서 목을 거쳐 배와 명치까지, 그리고 명치에서부터 다시 가슴속과 입속까지, 심지어는 뻣뻣해진 두 다리까지도. 그녀는 그만하라고 소리 지르며 붉은 머리 남자에게서 빠져나가려고 소파 위에서 몸을 발작적으로 뒤틀었다.

"거짓말쟁이! 못된 년! 더러운 년!" 누군가가 고함쳤다.

그녀는 얼마 전에 새로 산, 세련된 플라스틱 테가 대어진 독서용 안경을 끼고 있었다. 말쑥한 봄 정장과 꽃무늬 실크 블라우스를 입고, 발에 꼭 끼지만 유행에 잘 맞는 구두를 신었다.

청중은 그녀의 연설을 주의 깊게 경청하고 있었지만, 연단 뒤에서 덜덜 떨리는 그녀의 손이나 조금씩 후들거리는 무릎은 볼 수 없었다. 그녀가 그날 아침도 먹지 못했으며 우울하고 기진맥진한 상태라는 사실을 안다면 깜짝 놀랄 것이다. 그녀는 전날 밤 어찌어찌 잠드는 데 성공했다. 새벽 두 시쯤 곯아떨어져 평소처럼 곤히 꿈도 안 꾸고 잔 것 같았다.

그녀는 헛기침을 몇 차례 하며 목을 가다듬었다. 남들이 그러면 질색했으면서도.

그래도 점차 본연의 힘이 되돌아오는 느낌이 들었다. 오늘 아침은 너무나 화창했고, 또 너무나 순결했다. 게다가 이 사람들은 결국 그녀의 동료이자 친구가 아닌가. 그들은 틀림없이 그녀가 잘 되기를 바랄 것이고, 인문학의 미래에 대해 그녀가 하려는 말에도 진심으로 관심이 있을 터였다. 자신들이 모르는 무언가를 파 박사가 알고 있을 거라고, 전문가로서의 비밀을 공유해 줄 거라고 생각하면서…….

시간이 흐르면서 플로렌스는 자신의 목소리가 점점 익숙한 리듬을 타고 낭랑하고 힘차게 울려 퍼지는 것을 느꼈다. 슬슬 안심이 되었다. 호흡도 갈수록 가지런해졌다. 그녀는 자신이 익히 아는 길을 따라가고 있었다. 이전에도 챔플레인의 학장들과 평의회 의장들 앞에서나 다른 교육자들 앞에서 이와 같은 논지를 숱하게 펼친 바 있었다. 그녀가 소형 사립대들끼리 어리석은 경쟁에 빠져들 위험에 대해 지적하자 몇몇 청중이 열띤 갈채를 보냈다. 그리고 대형 종합 대학의 시대에 대두되는 소형 사립 학교의 필요성을 강하게 역설하는 대목에서도 다시금 갈채가 터져 나왔다. 사실 누구나 할 수 있을 만한 발언들이었고 전혀 새로울 건 없었지만, 그럼에도 청중은 그런 이야기를 그녀에게서 들을 수 있어서 굉장히 기쁜 기색이었다. 그들은 정말로 플로렌스 파를 존경하는 것이었다. 분명했다.

그녀는 독서용 안경을 벗어 버리고 미소를 지으며 연설을 이어 갔다. 이제부터는 원고를 볼 필요가 없었다. 그녀가 챔플레인 대학의 총장이 되고부터 실시한 실험적인 프로그램들의 성과를 재미있게 요약한 부분이었기 때문이다. 이 부분이야말로 구체적이고 흥미진진할 뿐더러, 그녀가 아주 잘 외우고 있는 내용이기도 했다.

그녀는 유난히 힘겨운 밤을 보낼 때가 있었고, 어제도 그런 날이었다. 적어도 처음에는. 머릿속에서 통제되지 않는 생각들이 이리저리 날뛰었고 공포가 불길처럼 훅 끼쳐 올랐다. 추스를 도리도 없고 빠져나갈 길도 없는 불면이었다. 그러다 연설문 원고를 소리 내어 읽던 도중 잠들었는데, 어느 순간 퍼뜩 깨어 보니 심장이 미친 듯이 쿵쾅거리고 온몸이 땀에 푹 젖어 있었고, 그녀의 몸은 침대 머리판에 기댄 채 뒤틀린 자세로 널브러져 있었다. 목이 뻐근히 아파 왔고 왼쪽 다리는 그녀의 엉덩이 밑에 깔려서 감각이 없었다. 충동에 못 이겨 인형의 집을 보러 간 꿈을 꾸었는데, 물론 그건 꿈일 뿐이었다. 그녀는 내내 호텔 방 안에 있었으니까. 호텔 방을 떠난 적이 없었으니까.

호텔 방을 떠나지 않았고, 잠들었다가 꿈을 꾼 것이었지만 꿈을 다시 돌이켜 보지는 않았다. 그 꿈만이 아니라 다른 꿈들도 마찬가지였다. 깨고 나면 전혀 기억하질 않으니 사실 자신이 꿈을 꾸기는 하는지 긴가민가했다. 플로렌스 파는 일단 잠에서 깨고 나면 확실히 깨는, 그리고 하루를 열성적으로 시작하는 사람이었다.

연설이 끝나자 모두가 열광적으로 박수를 쳤다. 이전에 수없이 했던 연설들과 다를 바 없었다. 공연히 걱정했던 자신이 바보 같았다.

축하 인사와 악수가 오고 갔다. 커피가 나왔다.

플로렌스는 지지자들에게 둘러싸여 안도감과 기쁨으로

얼굴이 발그레해졌다. 이곳이 그녀의 세상이고, 이 사람들이 그녀의 동료였다. 그들은 그녀를 알았고, 존경했다. 무엇을 걱정한단 말인가! 플로렌스는 다정한 얼굴들을 마주 보며 미소 짓고 악수를 하며 생각했다. 모두 좋은 사람들이고, 진지하고 프로다운 사람들이었다. 그녀는 그들을 정말 좋아했다.

아득히 멀리서 그녀를 조롱하는 소리가 어렴풋이 들려왔다. 거짓말쟁이! 더러운 년! 하지만 플로렌스는 바사르 대학 인문학부의 새 학장으로 취임한 젊은 남자의 명민한 발언에 귀를 기울이고 있었다. 갓 끓인 뜨거운 커피 맛이 참 좋았다. 누군가가 권한 은쟁반에서 집어 든, 얇은 속살들이 겹쳐진 살구 페이스트리도 맛있었다.

지난밤의 오욕과 불쾌감은 희미해져 갔다. 인형의 집 역시 기억에서 희미하게 사그라들었다. 돌이켜 보지 않을 생각이었다. 두 번 다시 생각도 않을 것이다. 친구와 지인과 지지자 들에 둘러싸인 그녀의 피부는 소녀처럼 발갛게 달아올라 있을 게 분명했다. 눈은 밝고 또렷하고 희망찰 것이다. 이렇게 사람들 틈에서나 박수갈채의 물결 사이를 떠다닐 때면 자신의 나이도, 외로움도 — 영혼의 경계선 자체도 잊어버린다.

깨어 있는 시간만이 현실이었다. 그녀는 언제나 알고 있었다.

학회는 성공적이었다. 이번 행사에서 플로렌스가 특히 큰 공헌을 했다는 소식이 그녀의 대학 동료들에게도 가 닿았다. 하지만 불과 몇 주가 지나자 플로렌스의 기억에서 그 일은 희미해졌다. 학회가 너무나 많았다! 연설도, 열광적인 갈채도! 플로렌스는 프로다운 여성으로서 의도치 않고도 남자와 여자 모두를 기쁘게 하는 재능이 있었다. 그녀는 결코 논란을 일으키지 않았다. 다만 '토론을 촉발'했다. 이제 그녀는 9월에 런던에서 열릴 학회에 참석할 준비를 하느라 바빴다. 그만큼 큰 학회에서 연설하기는 처음이었다. '21세기 인문학의 역할'이라는 주제였다. 물론 걱정되기는 했지만 "진정한 도전의 기회가 생겼다."라고 그녀는 친구들에게 말했다.

펜실베이니아주 랭커스터에서 했던 연설의 사례금으로 500달러 수표가 우편으로 날아왔을 때 플로렌스는 어리둥절했다. 자신의 연설도, 그때의 상황도 기억나지 않았다. 희한하기도 해라! 그런 데 간 적이 있었던가? 그러다 마치 꿈이 서서히 떠오르듯 기억이 어느 정도 되살아났다. 봄꽃으로 휘황찬란하던 펜실베이니아의 아름다운 풍경도, 그녀와 악수하려고 몰려드는 지지자들이 작은 무리를 이루던 것도. 플로렌스는 의아해졌다. 어째서 자신이 연설 때문에, 공적인 자아 때문에 전전긍긍했던가? 정교하고도 정확하게 제작된 시계태엽 장치처럼, 살아 움직이는 마네킹처럼 그녀는 언제나 잘할 터였다. 당신도 그녀의 연설을 들으면 박수를 치게 될 것이다.

빙고의 왕

10분 내지 15분 늦은 시각에 빙고의 왕 조 파이가 극적으로 나타나자, 빙고장에 있던 사람들 중 로즈 말로 오덤[2]을 제외한 모두가 열광적으로 환호하거나 적어도 활짝 웃음을 지음으로써 그에게 반갑다는 인사를, 늦었지만 괜찮다는 격려를 보낸다. "오늘 옷차림 좀 봐요!" 로즈의 건너편에 앉은 통통한 체형의 젊은 애 엄마가 탄성을 지르며 예쁜 얼굴에 아이 같은 보조개를 짓는다. "정말 대단하지 않아요?" 그녀는 뜨악해하는 로즈와 기어이 눈을 마주치고는 속닥거린다.

빙고의 왕 조 파이. 그는 토펫의, 적어도 토펫 일부 지역의

---

2   이 소설의 인명 및 지명의 상당수는 미국의 흔한 잡초나 들꽃에서 따온 것이다. 조 파이는 등골나무, 로즈 말로는 아욱과의 꽃이다.

화젯거리다. 그가 퍼슬린 거리의 게이페더[3] 호텔(로즈는 그 호텔이 폐쇄되거나 아예 철거되었는 줄 알았는데 실은 여전히 운영 중이었다.) 옆에 있는 오래된 할리퀸 게임 센터를 사들여 빙고장으로 대박을 터뜨린 이후로, 로즈의 아버지가 교회나 클럽에서 어울리는 고리타분한 어르신들조차도 온통 그 이야기뿐이다. 토펫 시 의회에서는 지난봄에 그 빙고장을 폐쇄하려고 했다. 첫째로는 빙고장에 사람이 너무 많이 몰리는 데다 화재의 위험이 있기 때문이었고, 둘째로는 보건위생국 조사관이 그곳의 화장실 상태와 매점에서 판매하는 대형 샌드위치 및 치즈 소시지 피자의 질에 '충격과 경악을 금치 못했음'에도 불구하고 조 파이가 거기에 해당하는 모종의 벌금을 내지 않았기 때문이었다. (로즈 말로는 벌금이 아니라 뇌물을 안 내서 그런 것이리라고 심술궂게 생각했지만.) 마지막으로 조 때문에 자기네 수익이 축나서 시샘한 교회 두세 곳이(다행히도 오덤 가가 다니는 성 마태 성공회 교회는 예외였지만, 토펫의 몇몇 교회는 목요일 저녁마다 벌이는 빙고 게임판을 주 수입원으로 삼고 있었다.) 조 파이의 빙고장도 '성인용' 서점들과 18세 이상 관람가 영화 제작사들처럼 시 외곽으로 강제 이전이라도 시켜야 한다고 주장하며 발을 동동 구르고 있기 때문이었다. 신문에는 그 문제에 관한 사설과 찬반양론으로 분분하는 투고문들이 실렸고, 로즈 말로는 지역 정치에 대해서라면 경멸밖에 느끼지 않았고 자기가 사는 고장이 뭐가 어

---

3   퍼슬린은 쇠비름, 게이페더는 국화과에 속하는 리아트리스라는 식물이다.

뗗게 돌아가는지도 잘 몰랐지만──그녀의 아버지와 고모 말마따나, 그녀의 정신이 어딘가 딴 데 팔려 있었으므로──"조 파이 논란"만은 흥미롭게 지켜보았다. 빙고장이 영업을 계속해도 된다는 허가가 떨어졌을 때 그녀가 기뻐한 까닭은 그녀의 동네 사람들, 즉 토펫시 중에서도 골프장과 공원과 밴두센 대로 인근의 거주민들이 심란해하기 때문일 뿐이었다. 만약 누군가가 그녀에게 빙고장에 다니느냐고 물었다면 로즈 말로는 코웃음을 치고 손을 내저으며, 그녀의 고모가 '부적절'하다고 평하는 특유의 제스처로 상대방의 말을 일축해 버렸을 것이다. 하지만 오늘 밤 그녀는 이렇게 조 파이의 도박장에, 흉측하고 눈부신 조명 아래 방수 테이블보가 덮인 경악스럽게 긴 탁자들 중 한 자리에 앉아 있다. 그녀의 주위에는 서로를 잘 아는 듯한 사람들이 시끌벅적 유쾌하게 떠들면서, 이제 겨우 7시 반이고 저녁을 방금 먹고 왔을 텐데도 '간식'을 게걸스럽게 먹어 대다가, 이제는 한심한 조 파이의 등장에 눈을 휘둥그레 뜨고 있는 것이다!

그렇다, 지금 로즈 말로 오덤은 정말로 조 파이의 빙고장에, 심지어는 일찌감치 찾아와서, 가슴 아래 팔짱을 끼고 앉아서 전설적인 빙고의 왕을 두 눈으로 직접 보고 있다. 물론 이곳에는 다른 직원들도 있다. 고등학생 정도 돼 보이는 여종업원들이 산더미처럼 풍성한 탈색 머리에 귀고리를 끼고 능숙하게 화장한 얼굴로 돌아다니고, 그들보다 나이가 더 많은, 칼라에 '조 파이'라는 가느다란 녹색 글씨와 당초 무늬가 수놓인 선명한 핑크색 원피스를 입은 여자 두 명도 눈에 띈다. 이 빙고장은 시내에서도 상당히 평판이 안 좋은 지역에 위치하니 만큼 입구 쪽에는 손님들은 환영하되 그 외의 잡배들이 얼씬거리면 백인이든 흑인이든 쫓아 버리기 위해 배치된 듯한, 밀크초콜릿색 피부에 쓰리피스 정장을 차려입은 젊고 예의 바른 남자도 한 명 서 있다. 하지만 이곳에서 가장 이목을 끄는 사람은 단연 조파이다. 조 파이야말로 주인공이다. 로즈는 그가 마이크에 대고 살갑게 늘어놓는 수다에서 주의를 돌리려고 테이블의 전화기 다이얼을 돌리지만, 그럼에도 언뜻 귀에 들어오는 그의 말을 듣자 하니, 이 지역의 여느 DJ들이 정신없이 떠벌이는 독백만큼이나 유치한 데다 속도가 너무 빨라서 반쯤은 무슨 뜻인지 알아들을 수 없는데도, 사람들은 모두 열성적으로 귀를 기울이며 그의 농담이 채 끝나기도 전에 킬킬 웃기부터 하는 것이다.

빙고의 왕은 아주 잘생긴 남자다. 로즈는 첫눈에 그 사실을 알아보았고 수긍했다. 그의 염소수염과 시커먼 눈썹은 싸구려 잡화점에서 산 잉크로 염색한 것처럼 보이고, 돌 표면처럼 매끈매끈하다 못해 비현실적으로 보이는 피부는 너무 심하게 그을린 나머지 옥외 광고판에 흔히 나오는, 손가락 사이에 담배를 낀 채 태양을 게슴츠레 올려다보는 남자 그림을 연상시키며, 입술 색이 너무 붉고 윗입술은 너무 도드라져서 뿌루퉁히 내민 것처럼 보이기는 했다. 번쩍거리는 흰색 터번을 두르고, 은색과 연어색 실로 누빈 튜닉을 걸치고, 실크처럼 착 달라붙는 천으로 된, 파자마 같은 새까만 통바지를 입은 그의 옷차림은 또 얼마나 해괴한지, 하도 기가 막혀서 눈을 돌리고 걸음도 돌리고 싶어질 정도지만, 그럼에도 불구하고 그는 매력적이다. 심지어 아름답기까지 하다. 남자를 아름답다고 부르는 취미가 있다면 말이다. 로즈는 그런 취미가 없지만. 깊이 꺼진 그의 두 눈은 꾸밈없는, 아니 적어도 다 꾸며 낸 것만은 아닌 열정으로 빛나고 있다. 그의 복장은 해괴하긴 하지만 몸에 잘 맞아서 균형이 잘 잡힌 어깨며, 늘씬한 허리와 옆구리가 돋보인다. 그가 황홀한 미소를 지어 보이려는 뻔한 의도에서 자주, 아니 지나치게 자주 내보이는 치아는 완벽한 흰색이고 고르고 가지런하다. 로즈 말로도 한때 그런 치아를 갖게 해 준다는 명목하에 흉하고 고통스러운 교정기를 끼고 더더욱 흉한 데다 구역질을 일으키는 재갈까지 물고 지냈지만, 매력적이지 못한 자신의 치아가 그런다고 해서 더 매력적으로 변하지는 않으리라는 것을 열두 살의 어린 나이로도 이미 잘 알고 있었다. 그의 치아를 보니 감탄스럽고, 부럽고, 부아가 치민다. 조 파이가 손을 열심히 맞비비며, 자신을 숭배하며 웃어 주는 청중을 둘러보며 너무나 자주 벙긋벙긋 웃는 꼴에는 더더욱 열불이 난다.

당연하지만 그의 목소리는 '열정적'으로 높아질 때를 제외하면 감미롭고 다정하다. 만약 그가 하는 말이 외국어였다면 ―'어여쁜 여성분들'이라느니 '잭팟 당첨금'이라느니 '미스터리 카드'라느니 '게임 일곱 판 참가비로 열 판 즐기기(그녀로서는 이해할 수 없는 무슨 복잡한 조건하에서 가능한)' 따위의 시시껄렁한 말들을 참아 낼 필요가 없었다면, 그녀도 그 목소리가 무척 매력적이라고 느꼈을 듯하다. 어쩌면 조 파이 자체를 매력적이라고 느낄 수도 있었다. 그녀가 노력만 한다면. 하지만 그가 떠벌이는 잡소리들 때문에 그 유혹적인 힘이 분산되고, 로즈 역시 자꾸만 신경이 분산된다. 그녀는 핑크색 원피스 차림의 여직원들 중 한 명에게 돈을 건네고 충격적으로 더러운 빙고 카드를 받으면서 짜증스러움에 얼굴을 붉힌다. 물론 오늘 저녁 외출은 실험일 뿐이다. 딱히 심각한 실험인 것도 아니다. 그녀가 평소처럼 투박한 외양을 과시하지 않고, 스타킹과 높은 하이힐을 신고 립스틱과 향수까지 바르고서 동반자 없이 버스를 타고 시내로 나온 것은, 흔한 표현을 빌리자면 처녀성을 잃기 위해서다. 아니면 차라리 애인을 만들러 나왔다고 하는 편이 더 정확하고 덜 자기도취적인 표현일까……?

아니다. 로즈 말로 오덤은 애인을 원하지 않는다. 그녀는 남자 자체를 전혀 원하지 않는다. 단지 그녀가 원하는 의식을 수행하는 데에 남자가 반드시 필요할 뿐이다.

"자, 숙녀 여러분, 신사 숙녀 여러분, 준비되셨습니까? 모두 시작할 준비되셨나요?"

조 파이가 우렁차게 외치자, 당근 색깔의 머리카락을 곱슬곱슬하게 지지고 진한 핑크색의 거대한 입술을 활짝 벌리며 웃고 있는 여자가 철사 바구니의 손잡이를 돌린다. 그 안에 든, 크기도 무게도 탁구공만 해 보이는 흰 공들이 경쾌하게 달그락거린다.

"저는 준비가 됐습니다. 여기 계신 모든 분들에게 최고의,

최상의 행운이 있기를 진심으로 빕니다. 그리고 한 판에 승자가 한 명 이상이라는 것, 잊지 마세요. 저희 빙고장에서는 매일 밤 우승자가 수십 명이나 나옵니다. '아무도' 빈손으로 돌아가지 않게 한다는 것이 이 조 파이의 철칙이니까요! 아, 좋습니다. 이제 볼까요? 첫 번째 숫자는……."

로즈 말로는 자기도 모르게 지저분한 판지 카드 위에 몸을 구부리고, 손에는 옥수수 한 알을 집어든 채로 아랫입술을 깨문다. 첫 번째 숫자는…….

로즈 말로 오덤이 누군가를 만나 처녀성을 '잃어'야겠다는 생각을 한 것은 약 두 달 전, 서른아홉 살 생일 저녁의 일이었다.

전적으로 그녀 혼자서 생각해 낸 발상은 아니었는지도 모른다. 뉴욕시로 돌아간 조진 웨스코트에게 그녀 특유의 박진감 넘치는 편지를 급히 써 내려가던 중(그녀의 친구들은 이런 편지를 읽으며 그녀를 그리워했다. "로즈는 참 웃겨!", "로즈는 용감하기도 하지!"라면서.) 그 생각이 머릿속에 퍼뜩 떠올랐으니 말이다. 그때 조진 웨스코트는 두 번째 이혼을 한 뒤 콜럼비아에서 무언가 복잡하고 멋있어 보이지만 (로즈가 생각하기엔) 급여가 별로 높지는 않은 일을 막 시작했고, 뉴욕의 일류 출판사에서 동시대 여성 예술가들에 대한 에세이 모음집을 출간하기로 계약하고 집필에도 착수한 참이었다. 로즈는 그녀에게 이렇게 썼다.

친애하는 조진, 토펫시의 삶은 언제나처럼 우스꽝스럽게 돌아가고 있어. 나는 전에 얘기했던 대로 몸값 비싼 '전문가' 양반들을 만나러 아버지와 올리비아 고모와 함께 그 끔찍한 병원을 오락가락하며 지내고 있단다. 그리고 토펫 여성 협회에서는 엄청난 스캔들이 터진 것 같아. 그 건물에 세 들어 있는 무슨 자매 클럽(좌파 성향의 자선 단체 같은 건가 봐. 너랑 햄이랑 캐롤린이 운 나쁘게 이 동네에 계속 죽치고 있었다면 가입했을 법한 단체야.)이 흑인을 두세 명 가입시켰다나 봐. 그건 여성 협회의 규정 위반은 아니지만 기본 정신을 거스르는 짓이라나.

　로즈가 이 편지를 쓰고 있을 때는 올리비아 고모도 잠자리에 들고, 그녀처럼 악명 높은 불면증 환자인 아버지조차도 잠들고 난 늦은 밤 시간이었다.

　그리고 내가 말했던가? 여기서 NSWPP라는 단체의 모임이 열린다고……. 주간 고속도로 근처에 있는…… 홀리데이 인에서 말이야……. (이 호텔은 너랑 잭이 여기 왔을 당시에는 아직 지어지지 않았을 거야.) 어쨌든 (아마 너한테 말했던 것 같아. 아니면 캐롤린에게 말했든가, 너희 둘 모두에게 말했든가.) 행사 준비도 다 되고 호텔 연회실이랑 방이랑 다 예약됐을 때, 토펫 글로브 타임스 신문사 소속의 어떤 진취적인, 구린 것들을 들춰내길 좋아하는 젊은 기자가(지금은 돈을 더 주는 일자리를 찾아 노포크 지방으로 올라갔대.) 폭로하기를, NSWPP가 실은 '국가사회주의자백인당'의 약자이며 (이건 허풍이 아니야, 조진. 아마도 너는 지금쯤 로즈 말로가 또 황당무계한 상상의 비약을 펼치는구나 싶어서 코를 찡그리고 있겠지만. "이런 건 다 소설로 엮어 내거나, 예전에 했던 것처럼 시를 써서 상징화하면 될 텐데. 그러면 자기 유배 생활, 침묵, 잔꾀까지도 다 합리화가 될 거 아냐."라며 네가 중얼거리는 게 다 들린다. 그리고 그 말이 100퍼센트 옳아.) 그리고 '국가사회주의백인당'이라는 건 사실상 (마음의 **준비 됐어?**) '미국 나치당'이라는 뜻이라지 뭐야! 그래, 정말이야. 이런 당이 정말로 있는 데다, 아버지가 심술궂게 말하기를 그 당과 이해관계가 일치하는 KKK단이나 여타 시민 단체들이 이 근방에 더 있대. 하지만 노처녀 딸이 너무 흥분하고 경악하니까 구체적인 말씀은 안 하시더라. 아무튼 그래서, 토펫 홀리데이인에서는 나치들의 예약을 다 취소해 버렸고, 신문에는 너도 보면 놀랄 만큼 강력한 어조로 나치들을 비난하는 사설들이 실렸단다. (뜬소문일지도 모르지만 나치들은 비밀리에 스와스티카(卐) 완장을 차고 다닐 뿐 아니라, 옷깃 안에 조그마한 핀도 꽂고 다닌대. 그것도 당연히 스와스티카 모양이고…….)

여기까지 쓴 다음 그녀는 화제를 바꿔서 친구들, 친구들의 남편 및 아내 들, 친구들의 전 남편 및 전 아내 들, 지인들의 추문이나 여타 근황을 전한 다음(왜냐하면 매사추세츠주 케임브리지에서 근 20년 전에 비공식적으로 결성된 활발하고 사교적인 천재 집단의 구성원들 중에서 오로지 로즈 말로 오덤만이 편지 쓰기에 열심이고, 편지를 통해 모두를 하나로 엮어 내는 역할을 맡고 있으며, 상대방에게서 한두 해쯤 답신이 없어도 명랑한 편지를 계속해서 보내는 사람이기 때문이었다.) 살짝 경쾌한 추신도 덧붙였다. 자신의 서른아홉 살 생일이 시시각각 다가오고 있으니, 자기 자신을 위한 선물 삼아서 빌어먹을 처녀성을 없애 볼까 생각 중이라고.

지난봄에 연례 행사로 감기에 걸린 데다 망할 기관지염까지 도지는 바람에, 한바탕 앓고 났더니 가뜩이나 다리미판 같기로 유명한 내 몸매는 그 어느 때보다도 평평해졌고 젖가슴은 종이컵만 해졌어. 그러니 이번에 처녀성을 잃으려면 꽤나 큰 도전이 필요하겠지.

물론 그건 로즈가 평소에 자주 하는 엉뚱한 자기 비하적 농담들 중 하나였고, 졸려서 눈이 감기려 하는 시점에 아무렇게나 써 갈긴 추신일 뿐이었다. 하지만……. 하지만 막상 "빌어먹을 처녀성을 없애 볼까 생각 중"이라는 말을 써 놓고 편지를 봉하고 나니, 그 계획은 필연적으로 실현해야 한다는 생각이 들었다. 치러 내야 했다. 예전처럼 치러 낼 것이었다. 몇 년 전, 그녀가 문학 서클 안에서 가장 전도유망한 젊은 작가였고 각종 보조금이며 장학금이며 상금이 그녀의 무릎 위로 굴러 들어오던 시절에, 그녀는 순전히 역경에 도전하고 고통을 겪기 위한 목적으로 자신을 밀어붙여 수많은 프로젝트를 완수하곤 했다. (로즈는 쾌락을 폄하하는 오덤 집안사람들의 청교도적 가치관을 지적인 차원에서 경멸하긴 했지만, 그럼에도 불구하고 고통스러운 경험이, 더 나아가 고통 그 자체가 건강에 전반적으로 유익한 영향을 끼친다고 믿었다.)

그래서 바로 다음 날인 목요일 저녁에 그녀는 아버지와 올리비아 고모에게 시내 도서관에 간다고 말하고는 외출했다. 두 분은 예상대로 대체 왜 이런 시간에 나가느냐고 물었지만 그녀는 여학생처럼 그들을 째려보며 상관할 바 아니라고 대꾸했다. 이런 시간에 도서관 문이 열려 있기는 하냐고 올리비아 고모가 묻기에, 목요일은 9시까지 연다고 대답했다.

첫 번째 목요일에 로즈가 가려고 마음먹은 곳은 예전에 들은 적이 있는, 새로 지어진 사무용 고층 빌딩의 1층에 위치한 싱글 바[4]였다. 발에 안 맞는 하이힐을 신고 유리와 콘크리트로 지어진 거대한 건물 주위를 맴돌면서 그녀는 아무리 고통스러운 경험이라 해도 이렇게까지 고생할 가치가 있을까 하고 중얼거렸다. (당연하게도 그녀는 정숙한 여성으로서, 섹스에 대해 그녀가 하는 전반적인 생각들은 초등학교 시절, 그녀보다 상스럽고 난폭하고 더 많이 아는 아이들이 그녀의 앞에서 특정한 몇몇 단어를 읊을 때마다 두 손으로 귀를 막곤 했던 시절에서 크게 달라지지 않았다.) 그러다 그녀는 바를 발견했다. 더 정확히 말하자면, 어둑한 콘크리트 계단과 계단으로 이어지는 인도에 몇 십 미터에 걸쳐 길게 줄지어 서 있는, '챈티클리어'라는 이름의 바에 들어가려고 기다리는 듯 보이는 젊은이들을 발견했다. 사람이 너무 많을 뿐만 아니라 다들 파릇파릇하게 젊다는 데에 그녀는 기겁했다. 나이가 스물다섯 이상 되어 보이는 사람은 아무도 없었고 그녀처럼 옷을 입은 사람도 아무도 없었다. (그녀는 교회 갈 때 입

---

4 독신자들이 데이트 상대를 찾으러 가는 술집.

는 옷을 입고 있었다. 질색하는 옷차림이었지만, 그 외에는 어떻게 입어야 하는지 몰랐다.) 그래서 그녀는 발길을 돌려 결국엔 시내 도서관으로 향했다. 그곳 사서들은 모두 그녀를 알았기에 요즘 '작업'은 어떻게 되어 가느냐고 정중하게 물었다. (하지만 이미 몇 해 전에 그녀는 더 이상 '작업'을 하지 않는다고 명확히 밝힌 바 있었다. 오랫동안 아픈 어머니 병수발을 들어야 했던 데다가 아버지 건강도 위태로워졌고, 그녀 자신도 호흡기 질환과 빈혈에 시달린 이력이 있고 뼈가 쉽게 부러지는 체질이어서 더 이상 원고에 집중하기가 불가능했기 때문이었다.) 사서 아주머니들의 세심한 배려와 키득거리는 웃음소리를 떨쳐 내고 나서 그녀는 그날 저녁 남은 시간을 꽤 유익하게 사용했다. 『오레스테이아』의 새 번역판을 읽으며, 언제나처럼 메모를 하면서 논설이나 소설이나 시에 써먹을 단상들을 떠올리고 흥분하다가, 막판에는 메모한 종이를 구겨서 쓰레기통에 버리는 것이었다. 그래도 그날 저녁을 완전히 날린 것은 아니었다.

두 번째 목요일에는 토펫에서 유일하게 좋은 호텔인 파크 애비뉴 호텔의 어두침침한 칵테일 라운지에 앉아 무슨 일이 일어나기를 기다릴 작정이었지만 호텔 로비에 들어서자마자 바버라 퍼슬리가 그녀를 불렀고, 결국 로즈는 토펫에 며칠간 머물고 있다는 바버라 부부와 바버라의 부모님(로즈는 그분들을 좋아했다.)까지 함께하는 저녁 식사 자리에 동참하게 되었다. 바버라를 못 본 지 15년은 되었고 솔직히 그 15년 동안 그녀를 한 번도 생각하지 않았음에도 불구하고,(6학년 때 바버라의 친한 친구 하나가 그녀에게 잔혹하지만 어느 정도 어울리기는 하는 '타조'라는 별명을 지어 주었던 사건을 떠올렸을 때를 제외하고.) 로즈는 그들과 함께 정말로 즐거운 저녁 시간을 보냈다. 파크 애비뉴 호텔의 아치형 천장 아래 오크목 벽판이 둘러진 식당에서 식사하는 그들의 모습을 누군가 보았더라면, 그중에서 훤칠하고 호리호리하고 초조하면서도 열성적인 여자('온화'하고 표정이 풍부한 초콜릿색 눈동자가 얼빠진 열여섯 살 소녀 같아 보이기도 하고 50대 여자 같아 보이기도 해서 나이를 가늠하기 어려운 여자)가 툭 하면 잇몸을 내보이며 깔깔 웃고, 자기 손을 주체하지 못하는 듯 자꾸만 머리카락을 만지작거리고,(그녀의 머리카락은 연갈색에 아기처럼 결이 고와서, 멋이라고는 전혀 부리지 않았어도 꼴사납지는 않았다.) 옷깃이나 귀고리를 연신 매만지는 것을 눈여겨보았다면, 그녀가 원래는 그날 저녁 남자를 만나러 어슬렁거릴 계획이었다는 사실은 전혀 짐작도 할 수 없었을 것이다.

그리고 세 번째 목요일에는(이때쯤에는 매주 목요일 외출이 의례처럼 되어서, 고모는 미약하게 핀잔만 줬고 아버지는 반납할 도서관 책을 맡겼다.) 영화를 보러 갔다. 그 영화관은 그녀가 열세네 살 때 친구 재닛 브룸과 함께 열일고여덟 살 '오빠들'인 듯한 남자애들을 만났던…… 아니, 만날 뻔했던 곳이었다. (그들은 농장 출신의 덩치 큰 청년들로서 여자를 만나려고 토펫을 어슬렁거리고 있었지만, 어두침침한 극장가에서조차도 로즈와 재닛은 그들이 찾는 유형의 여자애들과는 거리가 멀었던 것이다.) 그런데 아무 일도 일어나지 않았다. 아무 일도. 로즈는 맨해튼을 배경으로 벌어지는 불륜을 그린, 느끼하고 자의식 과잉인 코미디 영화를 반만 보고 극장을 나와서 집으로 돌아가는 버스를 탔고, 때마침 아이스크림과 비스킷을 사러 나온 아버지와 고모와 마주쳐 합류했다. "너 감기 걸린 거 아니냐?" 로즈의 아버지가 물었다. "눈이 젖어 있는걸." 로즈는 아니라고 했지만, 아니나 다를까 바로 다음 날 감기 증상이 나타났다.

다음 목요일은 제치고 그다음 목요일에는 다시 모험에 나섰다. 그녀는 침실 거울(초라하고 빛바래 보이는 거울이었다. 그런데 거울도 오래 쓰면 낡던가? 로즈는 의아해졌다.)에 비친 자신을 냉소적으로, 일말의 애정도 없이 마주 보면서 '그래, 내겐 커다란 타조 같은 눈, 타조 같은 키, 얼빠진 위엄이 있어. 남자가 적당히 어둑한 데에서 눈을 게슴츠레 뜨고 딱 맞는 각도로 나를 본다면 예쁘게 보일 수도 있을 거야.'라고 판단했다. 이쯤 되니 그녀의 프로젝트는 망할 게 뻔히 보였지만, 얼마 전 편지에 적었다시피,(이 편지는 그녀가 래드클리프 대학원에서 룸메이트였던 여자애, 아니 여자 폴린에게 쓴 것이다. 한때는 폴린도 로즈처럼 숫처녀였고 로즈보다 더 남자들을 무서워했지만, 이제 그녀는 이혼하고 두 자녀를 데리고 슬라이고 북부로 옮겨 가, 예이츠의 생가와 비슷한 저택에서 아일랜드 토박이 시인과 같이 살면서, 그 시인과의 사이에서 낳은 아이들까지 데리고 살고 있었다.) 로즈는 그냥 재미 삼아서라도 파크 애비뉴 호텔에 다시 가 본다는 데에서 분노에 찬 만족감 같은 것을 느끼고 있었다.

이번에야말로 좀 잘 풀리려나 싶었다. 마침 호텔에서는

'제2회 진화의 친구들 연례 총회'가 열리고 있었다. 북적이는 연회실로 우연히 흘러들어 간 로즈는 뒷자리에 앉아서, 코안경을 쓰고 붉은 카네이션을 단춧구멍에 꽂은, 통통하고 기품 있는 신사의 발표를 경청했고, 낭독이 끝난 뒤에는 다른 청중과 함께 열광적인 박수를 보냈다. (발표문의 내용을 온전히 이해하지는 못했지만, 외계와의 의사소통이 필요하다는 것, 또는 그러한 의사소통이 이미 이루어지고 있는데 FBI와 '대학 교수들'이 단합해서 그 사실을 억누르고 있다는 게 요지인 듯했다.) 그다음으로는 로즈와 비슷한 나이대인 여성이 지팡이를 짚고 나와서 두 번째 발표를 했는데, 예수가 우주에 ─'우주 저 밖에' ─ 있으며 성 요한의 서를 상세히 분석하면 그 사실이 증명된다고 주장하는 듯했다. 먼젓번보다 더욱 열광적인 갈채가 쏟아졌지만 로즈는 이번엔 그저 예의상 박수를 보냈다. 그녀는 오래전부터 나사렛 예수에 대해 많은 생각을 해 왔고 그 생각들에 대한 생각도 많이 했다. 그러다 어느 날은 급기야 마운트 야로우[5] 병원의 정신과 의사 앞에서 수치심에 눈물을 글썽이며 비밀을 털어놓은 적이 있었다. 그때 그녀는 그 모든 게, 그야말로 모든 게 말도 안 되는 공상이라는 걸, 그것도 재미없는 공상이라는 걸 알지만 그럼에도 가끔은 애써 그 공상을 믿고 싶어 하는 자신을 발견하게 된다고, 이런 자신이 미친 거냐고 물었다. 그러자 의사는 그녀의 억양과 위를 올려다보는 그녀의 야릇한 눈짓 어딘가에서 로즈 말로 오덤이 자신과 비슷한 부류라는 사실을 느꼈던 모양이었다. ─ 그녀도 북부에서 학교를 다니지 않았던가? ─ 그는 그녀의 걱정들을 일축하고는 당연히 말도 안 되는 소리이긴 하지만 자꾸만 그녀가 가족처럼 느껴진다고, 물론 자신은 가족과 싸우기도 하고 끔찍한 말을 퍼붓기도 하지만 그래도 가족 사이에는 가족만의 신의가 있지 않느냐고 했다. 그러고는 불면증에 시달리고 있다면 신경안정제를 처방해 주겠다며, 신체 검사도 따로 받아 보는 게 낫지 않겠냐고, 피곤해 보인다고 했다.(그는 선의로 한 말이었지만 그때 그녀의 가슴은 찢어졌다.) 로즈는 자신이 반년에 한 번씩 받는 정기 검진을 '방금' 받았으며, 그 결과 흉부 문제도 없었고 빈혈도 양호한 수준이었고 그녀로서는 더할 나위 없이 좋은 컨디션이었다는 사실을 그에게 구태여 말하지 않았다. 그러다 대화가 끝나갈 즈음 의사는 로즈가 누구인지를 기억해 냈다. "아, 그러고 보니 유명하신 분 아닙니까? 모두를 충격에 빠뜨렸던 소설을 발표하시지 않았던가요?" 이때쯤 충분히 평정을 되찾은 로즈는 앨라배마주의 이 지역에 유명한 사람은 아무도 없다고 딱딱하게 받아칠 수 있었고, 애초의 화제는 이미 완전히 잊어버린 뒤였다. 그런데 이제 나사렛 예수가 우주를 떠다니고 있다니……. 아니면 무슨 달 주위를 공전하고 있다거나……. 아니 어쩌면 예수는 우주선(이 총회 참가자들은 '우주선'이라는 단어를 빈번히 사용했다.)에 탄 채로 지구에서 올 첫 방문자들을 기다리고 있는 것은 아닐까? 로즈는 70대의 백발 신사와 말을 섞게 되었다. 그는 원래 로즈와 접이식 의자 두세 개를 사이에 두고 떨어져 앉아 있었는데, 그녀에게 말을 붙이기 위해 옆자리로 건너온 것이었다. 게다가 그보다 더 젊은, 50대쯤 될 듯한 남자 한 명도 그녀에게 이번 발표가 끝나고 나서 커피를 한 잔 사겠다고 했다. 그는 머리카락이 기름에 떡진 새 깃털 같았고, 말을 살짝 더듬었으며 '플로리다 주 시온의 H. 스피드웰[6]'이라고 표기된 뱃지를 달고 있었다. 로즈는 불쑥 — 이 감정을 뭐라고 해야 할까? — 즐거움인지, 흥미인지, 체념인지 모를 감정을 느꼈다. 오른편의 나이 지긋한 신사도, 왼편의 H. 스피드웰도 그녀에게 강한 인상을 주고 싶은지 자신들이 UFO를 직접 목격했다는 이야기를 상당히 열렬하게 늘어놓았다. 세 번째 발표가 시작되었기에, 그녀는 깐깐한 여선생처럼 손가락 하나를 입술에 올려서 두 남자에게 조용히 하라는 신호를 주었다.

이번 발표는 '진화의 다음 단계이자 마지막 단계'라는 주제로, 켄터키주 스톤시드의 뉴홀랜드 종교 연구 기관에서 나온 제이크 그롬웰[7] 목사가 연사였다. 로즈는 매우 꼿꼿한 자세로 앉아 두 손을 무릎 위에 포개고 무릎도 얌전히 붙이고서(아마 실수였겠지만, 스피드웰 씨의 오른쪽 무릎이 그녀의 무릎을 지그시 눌렀기 때문이었다.) 귀를 기울이는 척했다. 하지만 마음속은 닭장 안에 개가 쳐들어온 것처럼 온통 난리 법석이었고, 그 난리

6   개불알풀.
7   지칫과의 식물.

법석이 진정되기 전까지는 자신이 무슨 감정을 느끼는지도 알 수가 없을 것 같았다. 어쩌다 보니 그녀는 9월의 어느 목요일 저녁 파크 애비뉴 호텔의 리전시 연회실에 앉아, 몸에 딱 붙는 회색과 빨간색 격자무늬 정장을 입고 새빨간 넥타이를 맨 돼지 같은 인상의 남자가 하는 발표를 듣고 있는 것이었다. 이 행사 참가자들 중 상당수가 장애인이라는 점이 눈에 띄었다. 지팡이 나 목발을 짚었거나 심지어 휠체어를 탄 경우도 있었다.(그중 에서 로즈와 비슷한 나이이면서도 체구로는 열두 살밖에 안 되어 보이는, 매처럼 날카로운 이목구비를 지닌 한 남자는 근사한 최고급 휠 체어를 타고 있었다. 버튼 여러 개가 달린 제어판으로 무엇이든 어떻 게든 마음대로 조작할 수 있는 듯했다. 로즈도 몇 년 전에 등의 신경 에 문제가 생겨서 몸을 못 쓰게 되는 바람에 휠체어를 대여한 적이 있 었지만 그건 무척 평범한 모델이었다.) 게다가 대부분 노인이었다. 그녀 또래의 남자들도 있기는 했지만 별로 그럴듯해 보이지 않 았다. 그리고 뭔가 밍밍하고도 기묘한, 마치 타피오카 같은 냄 새를 풍기는 스피드웰 씨 역시 그럴듯해 보이지 않았다. 로즈 는 그 자리에 몇 분 더 앉아서, 예의 바르고 착하게 행동하려 고 의식하면서, 그롬웰 목사의 단조로운 목소리와 연회실 내부 의 장식들에 주의를 쏟으며 마음을 달래고 있다가(카펫에는 형 광 오렌지색, 초록색, 보라색 뱀들이 물결무늬를 그렸고, 두툼한 12미 터짜리 벨벳 장막은 그 뒤의 통풍구에서 나오는 미적지근한 바람에 떠밀려 들썩거렸다. 천장에 박힌 거울들과 '성운' 콘셉트의 조명이 요 란하고 경망스러우면서도 몽롱한 빛을 뿜어낸 덕분에, 이곳 사람들은 대머리, 바들바들 떨리는 목, 목발 등에도 불구하고 약간 방탕하고 한량 같은 분위기를 풍겼다.) 마침내 미안해하는 기색을 띠고 그곳을 빠져나왔다.

지금 로즈 말로 오덤은 조 파이의 빙고장에서 긴 탁자들 중 하나의 앞에 앉아, 그럴듯해 보이는, 아주 그럴듯해 보이는 카드 한 장을 눈앞에 두고 있다. 오렌지맛 소다수를 마셨더니 속이 울렁거린다. 점점 흥분이 커져 가는데 이 감정이 상황에 맞는 건지, 아니면 이것도 오렌지맛 소다수와 관련이 있는 건지 알 수 없다. 어쩌면 순전히 지적 두려움 때문인지도 모른다. 당연하게도 그녀는 게임에서 이기고 싶지 않기 때문이다. 자신이 사람들에게 들릴 만큼 큰 목소리로 "빙고!"라고 외치는 것은 상상할 수도 없다. 지금은 밤 10시 30분이 넘었고, 그동안 여러 우승자와 준우승자가 나오는 것을 보았고, 그들이 지르는 비명, 환희에 찬 "빙고!", 우렁찬 "빙고!", 그리고 믿을 수 없다는 듯 숨을 헉 들이켜는 소리까지 두어 번 들었다. 지금쯤이면 그녀는 진작 집에 갔어야 했다. 여기서 조금이라도 매력적이라고 할 만한 남자는 조 파이뿐인데,(이곳에 남자라고는 열두 명뿐이다.) 우아한 어깨에 화려한 의상을 차려입고 눈부시도록 하얀 터번을 금색 핀으로 고정하고 설탕 시럽 같은 목소리로 말하는 저 사내가 로즈에게 딱히 관심을 기울일 성싶지는 않다. 그런데도 그녀는 관성에 의해서인지, 호기심 때문인지 지금까지도 이곳에서 죽치고 있는 것이다. '이게 뭐 하는 짓이람.' 로즈는 두껍고 네모난, 닳아 해진 판지 위에 옥수수 알갱이를 굴리면서 생각한다. '토펫의 동료 시민들과 어울리며 친해지고 있잖아. 목요일 밤을 이보다 더 나쁘게 보낼 수 있을까?' 이번 주말에는 해밀턴 프라이와 캐롤린 시어스에게 편지를 써야겠다고 생각했다. 원래는 그들이 로즈에게 답장을 보낼 차례지만 어쨌든 그들에게 편지를 써서 오늘 저녁 새로 사귄 친구들에 대해 자세히 이야기해야겠다.(그녀의 맞은편에 앉아 있는, 통통한 체구에 땀을 많이 흘리는 서글서글한 젊은 여자는 이름이 로벨리아[8]라고 한다. 이번 판이 시작하기 직전에 로벨리아가 충동적으로 카드를 맞바꾸자며 "로즈는 내 카드를 줘요, 나는 당신 카드를 줄 테니!"라고 매력적이게도 틀린 문장을 구사하면서 활짝 웃기에, 로즈는 주저없이 그녀의 제안에 응했다. 그런데 공교롭게도 이번 판에서 로즈는 엄청나게 좋은 성적을 올리고 있다.) 그리고 실내를 밝힌 울적하도록 환한 조명과 조 파이가 서 있는 단상 옆에 걸린 지나치게 큰 미국 국기에 대해서도 묘사하고, 이상하고 기묘하고 서글프고 의욕적이고 열성적인 빙고꾼들에 대해서도 설명하는 거다. 일부는 얼굴이 쪼글쪼글하고 손을 잘 못 움직일 정도로 노령이고, 몇몇은 몸이 불구이거나 극도로 왜소하거나 정확히 꼬집어 말할 수는 없지만 어딘가 분명히 온전치 못한 사람들이고, 상당수는 굉장히 어리더라고.(아이들이 이렇게 늦은 시간까지 엄마 옆에서 빙고를 하고 있다니, 사실 추문에 오르내릴 만한 일이다. 엄마들

---

8   도라지과에 속하는 식물.

이 카드를 최대 한도인 네 장까지 탐욕스럽게 챙겨 가지고 숫자를 매기는 동안 녀석들은 두세 장씩 들고 있기가 예사다.) 그런 다음에는 지치지도 않고 말을 이어 가는 조 파이의 목소리 너머로 줄기차게 흘러나오는, 테이프로 재생되는 끔찍한 음악 소리도 언급할 것이고, 물론 빙고의 왕 조 파이에 대해서도 적을 것이다. 그가 빙고장에 있는 모든 손님에게 이를 드러내며 지어 보이는 다정스러운 웃음과, 아까는 로즈가 새로운 손님임을 알아봤는지 그녀를 향해 특별한 웃음과 윙크를 보내기까지 했다는 사실도. 그 부분은 그녀의 연약한 눈이 조명 때문에 흐려져서 착각했는지도 모르지만, 어쨌든 편지에 적을 것이다. 이 경험을 살려서 그녀 특유의 우스꽝스럽고 흥미진진한 이야기를 만들어 낼 것이다. 자기 자신을 가혹하게 비하하는 그녀만의 문체를 사용하면서, 서스펜스 현상과 그 심리학적 의미를,(단지 빙고장의 서스펜스만이 아니라, 모든 서스펜스에는 어딘가 어리석은 데가 있지 않은가?) 그리고 인생의 패자들은 설령 게임에서 이길지라도 패자로 남아 있다는 사실을 고찰할 것이다.(헤어 드라이어, 100달러 현금, 야외 바비큐 그릴, 선로가 갖춰진 전동 열차 장난감, 흰색 인조 가죽 장정에 삽화가 들어간 커다란 성경 한 권 따위를 받는다고 해서 이 사람들의 인생에 무슨 변화가 일어나겠는가?) 누군가가 "빙고!"를 외치는 순간 사람들에게서 쏟아져 나오는 실망과 낙담의 신음도, 지루해 보이는 여직원이 우승자의 카드 숫자를 읽어서 당첨을 확인해 줄 때 사람들이 쑥덕거리는 소리도 로즈는 기록할 것이다. 우승자들이 곧잘 터뜨리는 눈물도, 조 파이가 우승자 한 명 한 명이 각별하다는 듯이, 마치 그의 마중을 받으러 서둘러 나온 옛 친구를 맞이하듯이 우승자와 뜨거운 악수와 볼 키스를 나누는 모습도 기록할 것이다. 그리고 대형 샌드위치에 뿌려진 샛노란 머스터드와 설익은 빵과, 유감스럽게도 하필이면 그녀와 가까운 벤치에서 아기 기저귀를 가는 아기 엄마 몇 명과, 목걸이에 달린 조그마한 금 십자가를 부적 삼아 만지작거리는 로벨리아와, 자기 가족이 몇 시간 전에 빙고로 딴 듯한 핑크색 곰인형을 베고 바닥에서 잠들어 버린 여자아이와, 그리고……

"아가씨가 이겼네! 여기요, 여기! 이 아가씨 이겼어요! 여기예요! 이 카드 좀 보세요! 이 카드 말예요! 조 파이, 여기라고요!"

로즈의 왼편에 있던, 아까 그녀와 몇 마디 담소를 나누었던 늙직한 여자가(알고 보니 그녀는 예전에 오덤 가의 이웃인 필라리스[9] 가의 청소부로 일했던 코닐리아 티슬이었다.) 갑자기 그렇게 외치며 로즈의 손을 덥석 움켜쥐는 바람에 카드 위에 있던 옥수수 알갱이들이 모두 흩어져 버렸지만, 그래도 상관없다. 상관없다. 로즈는 정말로 우승패를 쥐었고 빙고에 이르렀다. 이 사실을 피할 도리는 없다.

늘 그랬듯 신음과 반쯤 흐느끼는 소리, 분노와 실망으로 쑥덕거리는 소리가 일지만 이 판은 이미 끝났다. 놋쇠 투구 같

---

9 쥐손이풀과의 식물.

은 머리 모양을 한 아가씨가 껌을 씹으면서 로즈의 숫자를 조 파이에게 읽어 준다. 그러자 그는 각 숫자에 일일이 "그래요, 좋아요.", "계속하세요.", "거의 다 됐습니다." 하고 맞장구를 치면서, 인생에서 이토록 근사한 것은 처음 본다는 듯 눈부신 함박웃음을 지어 보인다. 100달러 우승자! 처음 온 손님(그가 잘못 본 것이 아니라면)이 100달러 우승을 거머쥐다니!

로즈는 부끄러워서 얼굴이 벌겋게 달아오르고 맥박이 쿵 쿵 뛰지만 어쩔 수 없이 조 파이의 단상으로 올라가, 상금을 받 고, 조 파이의 다정하고 따뜻하기 그지없는 축하 인사와 키스 를 받는다. 습기를 머금은 조 파이의 입술이 그녀의 입술과 너 무 가까운 자리에 와 닿아 쪽 하고 요란한 소리를 낸다.(그녀는 뒤로 확 물러나고 싶은 걸 참느라 애를 먹는다. 이 남자의 물리적인 존 재감이 너무나 생생하고, 너무나 살아 있고, 너무나 실제적이다.)

"이것 봐요, 예쁜이. 이제 웃는군요!"

그가 뿌듯한 듯 말한다. 가까이에서 봐도 그는 잘생겼다. 눈 흰자위가 너무 하얀 것 같기도 하지만. 터번을 고정한 금색 핀은 노래하는 수탉 모양이다. 그의 피부는 굉장히 많이 그을 렸고, 염소수염은 로즈가 처음 생각했던 것보다도 더욱 새까 맣다.

"아까부터 내내 지켜봤어요, 귀염둥이. 당신은 이렇게 긴 장을 풀고 웃는 게 훨씬 예뻐요."

조 파이가 그녀의 귓가에 속삭인다. 그에게서 설탕에 조린 과일이나 와인처럼 달콤한 냄새가 난다.

로즈는 불쾌감에 뒷걸음을 치지만, 그녀가 빠져나가기도 전에 조 파이가 다시금 그녀의 차갑고 가느다란 손을 붙잡고는 자기 손으로 활기차게 맞비비며 묻는다.

"여기 처음이죠, 그렇죠? 오늘 밤이 처음?" 그가 묻는다.

"네."

로즈가 너무 작게 말한 탓에 그는 몸을 구부려 귀를 기울인다.

"토펫 분이시고요? 이 도시에 사세요?"

"네."

"그런데 조 파이의 빙고장에 한 번도 와 본 적이 없다고요?"

"없어요."

"그런데 오늘 100달러 현금 당첨자가 되어서 이곳을 떠나게 됐군요! 기분이 어떠십니까?"

"오, 괜찮아요……."

"네?"

"그냥 괜찮아요……. 전혀 기대 안 했는데……."

"평소에 빙고 하십니까? 그 있잖아요, 시내의 교회들이라든지, 뭐 그런데서 말이죠."

"아뇨."

"빙고꾼도 아니시라고요? 그냥 재미 삼아 오셨다고요? 첫 경험인데 100달러를 따다니, 엄청나게 운이 좋으시군요! 있잖아요, 귀염둥이, 당신 정말 매력적이에요. 온통 발그레해진 얼굴도 그렇고. 혹시 여기서 조금 더 기다려 줄 수 있어요? 제가 일 마무리할 때까지, 한 30분만 있으면 되는데요. 바로 옆에 아늑한 바가 있거든요. 보아하니 오늘 밤 혼자이신 것 같은데, 가볍게 술 한잔하면 어때요? 우리 둘이서만요."

"오 그건 어려울 것 같아요, 파이 씨……."

"조 파이! 조 파이라고 부르세요." 그가 빙긋 웃으며 그녀를 향해 몸을 내밀었다. "그리고 당신 이름은 뭐지요? 혹시 꽃과 관련이 있지 않나요? 어떤 꽃 이름이라든지……."

로즈는 너무나 당혹스럽고 여기서 나가고만 싶다. 하지만 그가 손을 꽉 붙들고 있다.

"조 파이에게 이름을 알려 주기가 너무 부끄러운가 보죠?" 그가 말한다.

"저는…… 올리비아예요." 로즈가 더듬더듬 대답한다.

"오. 올리비아. 올리비아였군요." 조 파이가 여전히 미소를 띤 채 느릿느릿 말한다. "올리비아란 말이죠……. 뭐, 가끔은 저도 착각할 때가 있어요. 뭔가를 잘못 이해하고 착각해 버리는 거죠. 제가 100퍼센트 정확하다고 자처하지는 않는답니다. 올리비아, 그래요. 좋아요. 올리비아. 왜 그렇게 수줍어하는 거죠, 올리비아? 지금 우리 대화는 마이크로 나가지 않는데요. 11시쯤 술 한잔 하실까요? 괜찮지요? 우리가 서 있는 이곳의 바로 옆 건물, 게이페더 호텔의 라운지가 참 아늑하고 편안하거든요. 아주 오붓하고 좋은 곳이죠. 우리 둘이서만 보자고요. 아무 조건도 없고……."

"저희 아버지가 기다리고 계셔서요, 그리고⋯⋯."

"이봐요, 올리비아, 당신은 토펫 여자잖아요. 토박이로서 외지인인 저를 환영해 주시지 않겠어요?"

"저는 그냥⋯⋯."

"그럼 괜찮은 거죠? 그렇죠? 데이트하는 겁니다. 여기 문 닫자마자요. 바로 옆의 게이페더에서요."

로즈는 조 파이를, 밝게 반짝이는 그의 두 눈을, 터번 위에서 반짝이며 뭔가를 포고하는 듯한 수탉 핀을 바라보며, 조그맣게 좋다고 웅얼거리는 자신의 목소리를 듣는다. 그러자 비로소 조 파이가 그녀의 손을 놓아 준다.

그렇게 해서 터무니없게도, 믿을 수 없게도, 로즈 말로 오덤은 자정이 다 되어 가는 시각에 무덤가처럼 침침한 게이페더 라운지에서, 낙오되고 울적하고 고독해 보이는, 서로 간에 아무 볼일도 없는 게 확실한 술꾼 두세 명의 어두침침한 형체들 사이에서, 빙고의 왕 조 파이(바 위에 달린 텔레비전 화면에서 가물거리는 요란스러운 빛과 실내에 떠다니는 담배 연기 속에서 보니 그의 흰색 터번이 더더욱 반짝거린다.)와 함께 앉아 있는 자신을 발견한다. 그녀는 '오렌지꽃'이라는 이름의 새콤달콤한 칵테일을 초조하게 홀짝거리고 있다. 1962년 이래 마셔 본 적이 없는 칵테일이지만, 마실 수 있는 술이 그것밖에 없기 때문에 주문했다. 정확히는 그녀의 데이트 상대가 주문하도록 했다. 조 파이는 베네수엘라, 에티오피아, 티베트, 아이슬란드 등의 먼 나라들을 여행한 이야기를 들려주고, 로즈는 그를 믿는 척, 그런 이야기를 믿을 정도로 순진한 척하려 애쓰고 있다. 그녀는 오늘 하룻밤 동안은, 적어도 오늘 밤의 일부 시간 동안은 이 기이한 사기꾼을 애인으로 삼기로 결심했고, 그래서 일을 치르기까지 과정이 얼마나 걸리든 헤쳐 나가 볼 작정이다. "한 잔 더 마실래요?" 조 파이가 속닥거리며 그녀의 온순한 손목에 손을 얹는다.

바 위에 심하게 기울어진 각도로 달려 있는 텔레비전에서 기관총 발사음이 지직거리며 새어 나오고, 화면 속에서는 아마도 사람인 듯한 형체가 터키석빛 하늘 아래 밝은 모래밭을 가로질러 질주하는 장면이 나온다. 성가셔진 조 파이가 바텐더를 돌아보고는 시계 반대 방향으로 손가락을 야멸차게 돌리는 제스처를 하자, 바텐더가 재깍 텔레비전의 볼륨을 줄여 준다. 로즈는 바텐더가 조 파이에게 그토록 공손한 데 감탄한다. 하지만 그녀는 워낙 쉽게 감탄하는 편이다. 아니, 하지만 보통은 쉽게 감탄하지 않는 성격이다. 지금은 톡 쏘는 탄산 오렌지 음료 때문에 머리가 어떻게 된 모양이다.

"그렇게 화물선이며 기차를 타고, 때로는 두 발로 걷고. 걸어서 산을 넘기도 하면서, 이 지구의 북쪽과 남쪽을, 또 동쪽과 서쪽을 돌아다녔어요. 한 해는 여기, 여섯 달은 저기, 또 두 해는 거기에서 머무는 식으로요. 그러다 마침내 고국으로, 여기 미국으로 돌아온 다음에는, 뭐라고 할까요, 여기다 싶은 곳을 발견할 때까지 떠돌아다녔지요. 가끔은 어떤 동네나 풍경을 보

면, 또 어떤 사람을 보면 이게 내 운명이구나 싶을 때가 있잖아
요."

조 파이가 부드럽게 말한다.

"내 말 무슨 뜻인지 알겠어요, 올리비아?"

짙은 빛깔의 손가락 두 개가 그녀의 손등을 훑는다. 간지
러운 감각에 가까운데도 그녀는 섬찟한 듯 몸을 떤다.

"……운명이요. 네. 무슨 뜻인지 알 것 같아요."

그녀는 조 파이에게 자신이 공정하게 이긴 거냐고 묻고 싶
다. 그가 게임을 그녀에게 유리하도록 몰아간 것은 아닌지. 그
는 진작 그녀를 알아보고 빙고가 진행되는 내내 눈여겨보고 있
었을 게 분명하다. 웬 낯선 여자가, 그것도 미심쩍어하는 표정
으로 낯을 찡그린 낯선 여자가 빙고장 손님들 중 가장 보수적
이고 고상한 옷을 차려입고서 지적이고도 회의적인 시선으로
그를 쳐다보고 있었으니 말이다. 하지만 그는 자기 사업보다는
'풍운아'— 그게 무슨 뜻인진 몰라도 — 로 살아온 자신의 인
생 이야기만 하고 싶어 하는 눈치인 데다, 로즈는 그런 질문이
너무 순진하거나 모욕적으로 들릴까 봐 저어된다. 그러면 다름
아닌 조 파이가 부정직한 사람이며 빙고 게임이 조작되었다는
의미가 될 테니까. 하지만 빙고란 원래 조작되는 것이고 모두
가 그 사실을 아는 것은 아닐까? 경마도 그렇듯이?

그녀는 묻고 싶지만 물을 수 없다. 지금 두 사람은 칸막이
좌석 안에 붙어 앉아 있다. 그녀에게 바싹 다가앉은 그의 피부
는 불그레하고, 입술은 아주 짙고, 이는 아주 하얗고, 염소수염

은 악마처럼 보이고, 그의 매너는 "무대에서 내려와" "자기 자신"이 되어서인지 굉장히 친밀하게 아양을 부리는 듯해서 혼란스럽다. 그녀는 자신의 처지를 우스꽝스럽게, 심지어는 어처구니없게 여기고 싶지만,(다름 아닌 그녀가, 남자들뿐만 아니라 육체적인 것 전반을 경멸하는 로즈 말로 오덤이, 이 돌팔이로 하여금 자신을 '유혹'하고 있다고 상상하도록 허락한다니. 그런데 또 한편으로는 너무 초조해서 의사 표현도 제대로 못하고 있다니.) 이 상황을 '무언가'로 받아들이고 해석해야만 한다. 그런데 조 파이는 이야기를 계속한다. 이야기하는 것 자체를 반쯤은 즐기는 듯하다. 마치 평범한 대화를 하고 있다는 듯이. 취미가 뭐예요? 키우는 동물은 있어요? 토펫에서 자라서 학교도 여기서 다녔나요? 부모님은 살아 계시고요? 아버지가 어떤 직업에 종사하셨나요? 특정한 직업이 있긴 하셨나요? 당신은 여행 많이 해 봤어요? 아니라고요? 결혼은 해 봤어요? '일'을 해 본 적은 있습니까? 사랑에 빠져 봤나요? 사랑에 빠져 보고 싶진 않아요?

로즈는 얼굴이 달아오르고 민망해서 키득키득 웃음이 나오고 말이 자꾸만 헛나온다. 조 파이가 가까이 몸을 기울여 그녀의 팔을 간지럽힌다. 검은 실크 파자마 바지를 입고 터번을 두른, 지나치게 익은 과일 같은 냄새를 풍기는 광대. 그의 짙은 눈썹은 뾰족하게 솟았고, 눈의 흰자위가 반들반들 빛이 나고, 육감적인 입술은 얼굴에 어울리게도 비죽 튀어 나왔다. 거부할 수 없는 상대다. 짐짓 격정적으로 콧구멍을 벌름거리기까지 한다……. 로즈는 키득거리는 웃음을 멈추지 못한다.

"당신은 몹시 매력적인 소녀예요. 이렇게 자기 자신을 놓을 때는 더더욱 그렇죠." 조 파이가 부드럽게 말한다. "저기, 같이 내 방으로 올라가도 돼요. 거기라면 더 오붓할 거예요. 어때요?"

"나는……." 로즈는 정신을 차리려고 떨리는 숨을 한껏 들이쉰다. "나는 '소녀'가 아니에요. 서른아홉 나이에 어떻게 소녀라고 하겠어요."

"내 방에서는 더 오붓하게 있을 수 있어요. 아무도 우리를 방해할 수 없지요."

"저희 아버지가 몸이 안 좋으세요. 저를 기다리고 계세요." 로즈가 재빨리 말한다.

"지금쯤이면 잠드셨을 텐데요!"

"오 아뇨, 아니에요. 아버지는 불면증이 있어요. 저처럼요."

"당신도 불면증이라고요! 그래요? 저도 불면증이 있는데요." 조 파이가 흥분해서 그녀의 손을 힘껏 움켜쥔다. "예전에 사막에서……. 먼 데서 고생을 한 이후로 그렇게 됐어요. 하지만 그 얘기는 나중에 하죠. 우리가 더 친해진 다음에요. 우리 둘 다 불면증이 있으니, 올리비아, 서로 곁에 있어 주어야 해요. 토펫의 밤은 너무나 길잖아요."

"밤은 정말로 길죠." 로즈가 얼굴을 붉히며 말한다.

"그런데 당신 어머니는 당신을 기다리고 계시지 않은가 보군요."

"어머니는 오래전에 돌아가셨어요. 어떤 병이었는지는 말하지 않겠지만, 아무튼 병세가 하염없이 지속됐죠. 돌아가신 이후에 저는 일감을 모두 챙겨서 태워 버렸어요. 제가 좀 희한한 일을 했거든요. 굳이 자세히 아실 필요는 없지만 종이랑 소설이랑 메모랑, 뭐 그런 것들을 다 가져다 내놓고 태웠어요. 그날 이후로 매일 낮이고 밤이고 집에서 지내요. 그것들을 불태울 때 저는 기분이 좋았고, 이후로도 그때를 돌이켜 보면 늘 기분이 좋았어요. 지금도 기분이 좋네요."

로즈는 반항적으로 말하고 잔에 남은 칵테일을 마저 들이켠다.

"그러니 제가 한 행동은 죄였다는 뜻이겠죠."

"죄를 믿나요? 당신처럼 교양 있는 분이?"

조 파이가 활짝 웃으며 말한다. 알코올이 따스한 황금빛 숨이 되어 그녀의 폐를 그득히 채우고 넘쳐흘러 온몸으로, 발가락 끝까지, 귀 끝까지 번져 간다. 그런데 손은 물고기처럼 차갑게 늘어뜨린 채 조 파이가 마음대로 어루만지게 놔두고 있다. 그녀는 유혹받고 있다. 딱 상상했던 대로 한심하고 어쭙잖은 꼴이다. 심지어 소녀 시절에도 꼭 이런 식이 되리라고 상상하지 않았던가. 그래, 데카르트 말마따나 나는 나, 이 머릿속에 있는 것이고 내 몸은 내 몸, 저 우주에 '저 밖에' 뻗어 있는 것이니, 그 몸에 뭐가 일어나는지 관찰하는 것도 흥미로울 거야. 로즈는 침착하게 생각한다. 하지만 그녀는 침착하지 못하다. 몸이 떨리기 시작한다. 하지만 침착해져야 한다. 이건 다 우스꽝스러운 일 아닌가.

302번 방으로 올라가는 길에(엘리베이터가 수리 중인지 아니면 아예 엘리베이터가 없어서인지 몰라도 그들은 비상용 계단을 써야 했고, 계단을 오르다 로즈가 매혹적이게도 어지러워하는 바람에 그녀의 데이트 상대가 한 팔로 안아 주어야만 했다.) 그녀는 조 파이에게 자신은 빙고에서 우승할 자격이 없으며 100달러를 반납하거나 로벨리아(그런데 그녀는 로벨리아의 성이 뭔지 모른다! 이를 어쩌나.)에게 돌려주기라도 해야겠다고, 그 카드는 원래 로벨리아 것이지 자신의 것이 아니었다고 말한다. 조 파이는 고개를 끄덕이지만 그녀의 말을 못 알아들은 눈치다. 그가 잠긴 문을 여는 동안 로즈는 이제껏 아무에게도 말한 적 없는, 자신이 열한 살 때 했던 어떤 행동에 대한 이야기 또는 고백을 두서없이 늘어놓는다. 조 파이는 그녀를 방 안으로 들인 뒤 극장에 있는 것 같은 장식적인 조명들을 켜고, 텔레비전도 켜더니 금세 다시 끈다. 로즈는 카펫에 새겨진 뱀과 아주 비슷해 보이는 복잡한 줄무늬를 내려다보며 눈을 깜빡이면서, 흐릿한 목소리로 자신의 고백을 끝맺는다.

"……그 애는 너무 인기가 많고 너무 예뻐서 미웠어요. 저는 학교가 끝나면 일찌감치 밖으로 나온 다음, 걔가 따라올 수 있게 발길을 늦추곤 했죠. 어쩔 땐 그 방법이 먹혔고, 안 먹힐 때도 있었어요. 나는 그냥 걔가 미웠어요. 밸런타인데이 카드를 산 적이 있어요. 우스갯소리가 적힌 카드 있잖아요. 30센티미터쯤 되는 커다랗고 반짝거리는 카드였는데, 겉면에는 '어머니는 나를 사랑하셨어.'라는 글씨와 함께 무슨 머저리 같은 그림이 그려져 있고, 열어 보면 안에는 '하지만 어머니는 죽었지.'라고 적혀 있는 카드였어요. 그래서 저는 그걸 샌드라한테 보냈죠. 걔네 어머니가 돌아가셨거든요……. 5학년 때 일이었어요. 그리고…… 그리고……."

조 파이가 금색 수탉 핀을 빼고 터번을 푼다. 풀고 나니 놀랍도록 길다. 로즈는 싱글거리면서 드레스의 첫 번째 단추를 만지작거린다. 천으로 덮인 작은 단추가 그녀의 손을 거부하고 구멍 밖으로 도통 빠져나오질 않는다. 하지만 끝끝내 그녀는 단추를 빼내고 서서 숨을 헐떡인다.

그녀는 이것을 개인적인 일이 아닌 것으로, 정신이 아닌 육체로 겪는 경험으로 생각할 것이다. '그렇게 생각해야만 해. 산부인과 검진처럼.' 하지만 로즈는 산부인과 검진을 질색한다. 질색하고 두려워하고, 막판까지 검진 예약을 미루기 일쑤다. '이러다 암에 걸려도 싸지…….' 그녀는 자주 생각한다. 하지만 그녀의 어머니가 암에 걸렸던 부위는 거기가 아니다. 다른 데에 암이 생겼다가 온몸으로 퍼졌다. 이 감정은 어머니하고는 관련이 없는 것인지도 모른다.

조 파이의 머리카락은 아주 빽빽한 데다 짧게 깎여 있어서 이끼 같다. 예전에 한번 삭발했던 머리가 들쑥날쑥 자란 듯하다. 불그레하게 탄 피부는 이마 선에서 끝나고, 머리카락 속 피부는 로즈와 마찬가지로 밀가루 반죽처럼 희다. 그는 로즈를 향해 애틋하면서도 의문스러운 미소를 보내며, 아무 거리낌 없이 염소수염을 확 뜯어낸다. 로즈는 깜짝 놀라서 숨을 들이켠다.

"그런데 올리비아, 지금 뭐하는 거예요?" 그가 묻는다.

바닥이 갑자기 기울어져서 그녀는 그의 품으로 고꾸라질 뻔한다. 그녀는 한 발짝 물러선다. 자신의 체중으로 바닥을 눌러서 제자리에 고정시킨다. 초조감과 분노에 겨운 채 그녀는 새침하고 못생긴 단추들을 잡아 뜯으며 중얼거린다.

"나는…… 나는…… 최대한 서두르고 있어요."

조 파이는 분홍빛으로 물든, 마치 껍질이 벗겨진 듯 보이는 턱을 문지르면서 로즈 말로 오덤을 쳐다본다. 위풍당당한 터번과 염소수염이 없어졌어도 그의 용모는 한 폭의 초상화처럼 빼어나다. 그는 균형 잡힌 자세로 어깨를 약간 세우고 있다. 그리고 자신의 눈을 믿을 수가 없다는 듯한 표정으로 로즈를 바라본다.

"올리비아?"

그녀가 드레스 앞섶을 잡아당기자 단추 하나가 뜯겨져 튀어 나온다. 웃기는 상황이지만 자세히 생각할 겨를이 없다. 뭔가 잘못되었다. 드레스가 벗겨지지 않는다. 벨트 버클도 단단히 채워져 있으니 드레스는 벗겨지지 않을 것이다. 저 머저리가 쳐다보지만 않으면 괜찮을 텐데. 흐느껴 울면서 그녀는 어깨 끈을 깡마른 어깨 너머로 당겨 내리고 맨가슴을, 조그마한 젖가슴을 드러낸다. 로즈 말로 오덤이, 오래전 초등학교 여자 탈의실에서도 수치심에 달아올라 몸을 웅크리던, 몸에 대한 생각만으로도 수치심에 휩싸이던 그녀가, 이런 광경은 난생처음

본다는 듯 입을 딱 벌리고 있는 낯선 사람 앞에서 경멸스럽게 옷을 벗어젖히고 있다.

"하지만 올리비아, 대체 뭘 하시는 거죠……?"

그가 묻는다. 불안하면서도 격식 있는 어조다. 로즈는 눈물을 문질러 닦아 내고, 어리둥절해져서 그를 마주 본다.

"올리비아, 사람들은 이런 식으로 하지 않아요. 이렇게 빠르게, 화를 내면서 하지는 않는다고요."

조 파이가 말한다. 그의 눈썹은 치켜 올라가고, 눈은 못마땅한 듯 가늘어진다. 그의 자세에서는 강력한 위엄이 배어 나온다.

"제 제안의 뜻을 오해하신 것 같습니다."

"그게 무슨 뜻이죠, 사람들이라니…… 어떤 사람들……."

로즈가 훌쩍거린다. 그를 제대로 보려고 눈을 재빨리 깜빡이지만 눈물이 자꾸 솟아나 뺨을 타고 흘러내린다. 몇 시간 전에 경멸스럽게 치덕치덕 발라 놓았던 건조한 화장 위로 물길이 나게 생겼다. 뭔가 잘못되었다, 끔찍하게 잘못되었다. 저 머저리가 어째서 저토록 딱하다는 눈초리로 쳐다보는 건가?

"품위 있는 사람들이요." 조 파이가 느릿느릿 말한다.

"하지만 저는…… 저는……."

"품위 있는 사람들 말입니다." 그가 낮은 목소리로 말하고는, 한쪽 입꼬리를 들어 올려 조그맣게 비꼬는 듯한 보조개를 짓는다.

로즈는 목구멍 속에서 타오르는 황금빛 열기에도 불구하

고 몸이 떨려 온다. 그녀의 젖가슴은 희푸르고, 연갈색 젖꼭지는 두려움 때문에 딱딱해졌다. 두려움과 추위, 그리고 또렷한 현실 때문에. 두 팔로 몸을 가려 조 파이의 번뜩이는 시선을 막아 보려 하지만 소용없다. 그는 모든 것을 본다. 바닥이 또 기울어진다. 미치도록 느린 움직임이다. 멈추지 않으면 고꾸라지고 말 것이다. 아무리 저항해도, 떨리는 발꿈치에 아무리 단단히 체중을 실어도 그의 품으로 쓰러져 버릴 것이다.

"하지만 저는 당신이…… 당신은…… 원하지 않으세요?" 그녀가 속삭인다.

조 파이가 꼿꼿이 몸을 세우고 일어선다. 그는 정말로 거대하다. 은빛 튜닉을 걸치고 검은 통바지를 입은 빙고의 왕이, 수염을 뜯어낸 자리에 남은 발진 같은 흔적을 입가에 액자처럼 두른 채 희미하게 성난 미소를 띠며, 눈을 가늘게 뜨며 넌더리를 낸다. 그가 고개를 내저어 "아뇨."라고 하는 말에 로즈는 울음을 터뜨린다. 그는 재차 말한다. 아뇨, 아뇨.

그녀는 울면서 그에게 애원한다. 현기증에 비틀비틀 몸이 앞으로 쏠린다. 뭔가 잘못되었는데 그게 뭔지 이해가 되지 않는다. 그녀의 머릿속에서는 모든 게 필연적으로 굴러갔고, 그 생각들을 냉철하고 영리하게 묘사할 단어들을 이미 골라 놓았는데, 가장 호소력 있게 마음을 사로잡는 이야기를 할 수 있는데, 조 파이는 그녀의 계획도, 그녀의 이야기도 전혀 모른다. 그녀에게 전혀 관심이 없다.

"아니라니까!" 그가 날카롭게 소리치며 그녀에게 팔을 휘두른다.

무릎에 힘이 풀려서 자신도 모르게 그를 향해 고꾸라졌는지, 어느새 그가 그녀의 벌거벗은 어깨를 붙들고 있다. 그는 피가 쏠려 불그죽죽해진 얼굴로 그녀를 마구 흔든다. 그녀의 고개가 앞뒤로 획획 젖혀진다. 별안간 뒤통수가 서랍장에, 그리고 또 벽에 쾅 하고 부딪친다. 너무 세게 부딪친 나머지 이가 덜그럭거리고 눈구멍 속 눈알이 휘둥그레지며 일순 멀어 버린다.

"아니야, 아니야, 아니야, 아니라고."

정신을 차려 보니 그녀는 바닥에 널브러져 있다. 입 오른쪽 부근이 무언가에 맞은 듯 얼얼한 감각을 느끼며, 그녀는 겹겹이 일렁이는 공기의 층 너머로 이제껏 한 번도 본 적 없는 한 남자의 축축하고 광포한 눈을 올려다보고 있다. 그의 둥근 머리 위로 저 멀리 천장의 소켓에 끼워진, 갓이 씌워지지 않은 전구알이 태양처럼 눈부시게 맹렬히 작열한다.

"하지만 저는…… 제 생각엔……." 그녀가 속삭인다.

"조 파이의 빙고장에 뛰어들어 와 그곳을 더럽혀 놓고는, 이제는 여기까지 뛰어들어 와 내 방을 더럽히다니. 뭐라고 변명할 겁니까, 아가씨!"

조 파이가 그녀를 일으켜 세우고 드레스를 끄집어 올리더니, 다시 그녀의 어깨를 붙들고 손을 움켜쥐고서 우악스럽게 문 쪽으로 끌어낸다. 어째서 이다지도 매정하단 말인가! 일말의 애정이나 예의조차 없이 그녀는 복도로 팽개쳐지고, 인조 가죽 핸드백도 문 밖으로 팽개쳐지고, 302호 방문은 탕 닫혀 버린다.

모든 게 너무 순식간에 벌어진 일이라서 이해가 되지 않는다. 로즈는 문이 다시 열리기를 기대하기라도 하듯 그쪽을 바라보지만, 문은 열릴 기미가 없다. 복도 저편에서 누군가가 문을 열고 고개를 빠끔히 내밀더니 엉망진창인 그녀의 꼴을 보고는 황급히 문을 닫아 버린다. 그렇게 로즈는 완전히 혼자가 된다.

너무 멍해서 고통도 별로 느껴지지 않는다. 턱이 바늘에 찔리는 듯 따끔거리고, 조 파이의 억센 손가락이 여전히 그녀의 어깨를 거머쥐고 있는 듯 욱신거릴 뿐이다. 어째서 그렇게도 매정했던 걸까…….

그녀는 술 취한 여자처럼 이리저리 비틀거리며 복도를 나아간다. 한 손으로는 찢어진 드레스를 여미고 다른 한 손으로는 핸드백을 옆구리에 어설프게 대고서, 비틀거리고 휘청거리고 중얼거리며 술 취한 여자처럼 걷는다. 아니, 그녀는 술 취한 여자가 맞다.

"그게 무슨 뜻이에요, 사람들이라니…… 어떤 사람들……."

그가 그녀를 부드럽게 안아 주기만 했더라면 좋았을 텐데! 그녀를 사랑해 주기만 했더라면!

비상용 계단의 첫 번째 층계참에 이르러 현기증이 너무 심해진 그녀는 아무래도 앉아야겠다는 생각이 든다. 드디어 좀 앉아 보겠구나 싶다. 주체할 수 없이 쿵쿵 울리는 머릿속의 맥박이 조 파이의 맥박인 것만 같고, 그의 분노한 음성이 머릿속에서 뒤죽박죽 얼크러지며 그녀 자신의 생각들과 뒤섞인다. 입안에서 무언가 흥건히 고이는 느낌이 든다. 구역질을 하며 피를 뱉어 내자, 앞니 하나가 피에 딸려 나온다. 앞니가 하나 빠져 버렸고 그 옆의 치아도 잇몸 속에서 덜렁거리고 있다.

"오, 조 파이. 오 맙소사, 당신 대체 무슨 짓을 한 거야……."

그녀는 훌쩍거리고 흐느껴 울면서 핸드백의 도금 잠금쇠를 손으로 더듬어, 어찌어찌 핸드백을 열고 그 안을 확인해 보니 ― 없어진 것 같다. ― 아니, 찾았다. ― 아, 정말로 있기는 있다. 조그맣게 접히고 약간 구깃해진(너무 민망해서 허겁지겁 핸드백에 쑤셔 넣는 바람에 그렇게 된 것이다.) 100달러짜리 수표. 두꺼운 검은색 글씨로 조 파이의 사인이 커다랗게 적혀 있는 진짜 수표일 텐데, 도무지 시야에 초점이 잡히지 않아 제대로 보이지가 않는다.

"조 파이, 어떤 사람들이요?"

그녀는 눈을 깜빡이며 훌쩍거린다.

"나는 들어 본 적 없는데……. 어떤 사람들이, 어디에……?"

하얀 고양이

그는 일하지 않아도 될 만큼의 재력을 갖춘 쉰여섯 나이의 신사로, 자신보다 훨씬 젊은 아내가 키우는 하얀 페르시안 고양이를 열렬히 증오했다.

고양이에 대한 그의 증오심은 모순적이었고 영문을 알 수 없었다. 몇 년 전 그녀와 결혼할 때 새끼 고양이를 선물하고, 좋아하는 셰익스피어 희곡의 여주인공 이름을 따서 미란다라는 이름까지 붙여 준 사람이 다름 아닌 그였다.

게다가 그는 평소에 비합리적인 감정에 휩싸이지 않는 성격이었다. 아내를 제외하면(그는 늦은 나이에 그녀를 만났다. 그는 초혼이었고 그녀는 재혼이었다.) 누군가를 각별히 사랑하는 일도 없었고, 누군가를 증오하는 것은 채신 없는 짓이라 생각했다. 그렇게까지 심각하게 여길 상대가 누가 있단 말인가? 일하지 않아도 될 만큼의 재력을 갖추었기에 그는 많은 남자가 가지지 못한 영혼의 자유를 누릴 수 있었다.

줄리어스 뮤어는 체격이 호리호리하고, 움푹 꺼진 눈자위에 뚜렷한 색깔이 없는 침울한 눈동자가 박혀 있고, 아기처럼 결이 고운 머리카락은 숱이 적고 잿빛으로 새었으며, 좁고 주름진 얼굴은 한창 때에는 저속한 아첨의 뜻이 아니어도 진정으로 '섬세하다'라는 형용사를 붙일 수 있었을 법했다. 유서 깊은 미국인 집안 혈통으로서 그는 요즘 유행하는 '정체성'의 불안 따위의 동요를 느끼지 않았다. 그는 자신이 누구인지 알았고, 자신의 조상들이 누구인지도 알았으며, 그 주제에 별 흥미가 없었다. 그가 국내외를 넘나들며 수학한 것은 학자보다는 딜레탕트로서의 즐거움을 위해서였고 배운 것을 적극적으로 활용하고픈 마음은 없었다. 남자에게 가장 중요한 공부는 결국 인생이니까.

여러 언어에 유창한 뮤어 씨는 자신이 하는 말을 공통 언어로 통역이라도 하듯 지나치게 공들여 말을 다듬는 버릇이 있었다. 또한 자기 자신을 주의 깊게 의식하는 태도를 보였는데, 허영심이나 자만을 부리는 기미는 전혀 없었지만 그렇다고 무의미한 겸손을 떠는 것도 아니었다. 그는 수집가였으나(주로 희귀 도서나 동전을 수집했다.) 수집에 특별히 집착하지는 않아서, 동료 수집가들 중 몇몇이 내보이는 광적인 수집욕을 떨떠름하고 경멸스러운 마음으로 지켜볼 따름이었다. 그러니 아내의 아름다운 하얀 고양이에게 시시각각 증오감이 부풀어 오르는 데에 그는 놀랐고, 한동안은 재미있어했다. 아니면 겁이 났던가?

어떻게 받아들여야 할지 알 수가 없었다!

적대감은 집안에서 빚어지는 악의 없는 짜증에서 시작되었다. 자신은 밖에서 대단한 품격과 관록이 있는 인물로 여겨지고 실제로도 그러하며 사람들에게 많은 존경을 받으니만큼, 집에서도 그런 대우를 받아야 한다는 생각이 반쯤은 무의식적으로 표출된 것이었다. 물론 고양이들은 상대방에 대한 호오를 표현하는 자기네만의 방식이 있고 인간과 같이 교묘한 요령을 쓰지 않는다는 사실을 모를 정도로 그가 무지하지는 않았다. 하지만 미란다는 나이를 먹어 갈수록 버릇이 나빠지고 까탈스럽게 사람을 가렸고, 뮤어 씨에게는 애정이 없다는 점을 분명히 했다. 녀석이 가장 좋아하는 사람은 당연히 아내인 알리사였고, 그다음으로는 가정부들 중 몇몇에게 호감을 가졌다. 그리고 뮤어 가를 처음 방문한 손님이 미란다의 변덕스러운 마음을 사로잡는, 또는 그런 것처럼 보이는 경우도 왕왕 있었다.

"미란다! 이리 와!"

뮤어 씨가 부드러우면서도 강하게, 사실 동물에게 취하기에는 좀 우스꽝스럽게 정중한 태도로 녀석을 불러도, 미란다는 한번 깜빡이지도 않는 눈으로 무심하게 그를 응시할 뿐 다가와 주지 않았다. 자기한테 관심도 없는 상대에게 구애하다니, 저런 바보가 다 있담! 녀석은 이렇게 말하는 듯했다.

그가 미란다를 안아 들어 장난치듯이 녀석을 제압하려 하면 미란다는 낯선 사람이 자기를 붙잡았을 때처럼 격렬하게, 진정한 고양이다운 몸짓으로 발버둥 치며 빠져나오려 안간힘을 썼다. 한번은 녀석이 그렇게 그의 손아귀 밖으로 빠져나가다 뜻하지 않게 그의 손등을 할퀴는 바람에 피가 나서 턱시도 재킷의 소매에 희미한 얼룩을 남긴 일도 있었다.

"어머, 줄리어스, 당신 다쳤어요?" 알리사가 물었다.

"별거 아니오."

뮤어 씨는 손수건으로 손등을 가볍게 두드렸다.

"미란다가 손님들 때문에 흥분했나 봐요. 얼마나 예민한 앤지 알잖아요."

"알다마다."

뮤어 씨는 담담히 말하고 손님들에게 윙크했지만, 머릿속에서는 맥박이 거세게 뛰었고 저 고양이의 목을 맨손으로 졸라 버리고 싶다는 생각이 들었다. ─ 그가 그런 종류의 행동을 할 수 있는 남자였다면 말이지만.

더욱 성가신 것은 미란다가 일상적으로 그에 대한 혐오감을 드러내는 행동을 한다는 것이었다. 저녁 시간에 그와 알리사가 소파 양쪽 끝에 앉아서 뭘 읽고 있거나 하면, 미란다는 알리사가 부르지 않아도 그녀의 무릎 위로 뛰어오르곤 했지만, 뮤어 씨에게는 자칫 몸이라도 닿을세라 철저히 피했다. 그는 상처 받았다고 했다. 우습다고 말하기도 했다.

"미란다가 나를 더 이상 안 좋아하나 봐요."

그는 자못 서글프게 이렇게도 말했다. (하지만 사실 저 녀석이 그를 좋아한 적이 있기는 있었는지 기억나지도 않았다. 아무 사람이나 좋아했던 새끼 시절에나 그랬을까?) 알리사는 소리 내어 웃고 사과하듯이 말했다.

"당연히 미란다도 당신을 좋아하죠, 줄리어스."

그러는 동안 고양이는 그녀의 무릎 위에서 요란하고도 관능적으로 가르랑거리고 있었다.

"그냥…… 고양이들이 어떤지 당신도 알잖아요."

"아무렴, 잘 배우고 있소." 뮤어 씨는 경직된 미소를 띠고 말했다.

정말로 배우고 있다는 느낌은 들었다. 뭘 배우고 있는지는 정확히 설명할 수 없었지만.

미란다를 죽인다는 발상, 아니 상상이라고 해야겠지만 그것을 어쩌다 떠올리게 되었는지는 기억나지 않았다. 언젠가 녀석이 아내의 친구인 연극 연출가의 발목에 몸을 비벼 대며, 자기를 숭배하는 한 떼의 손님들과 방탕하게 놀아나는 모습을 지켜보면서,(심지어 고양이를 별로 안 좋아하는 사람들조차도 미란다에게만은 감탄을 금치 못하며 쓰다듬고, 귀 뒤를 긁어 주고, 옹알옹알 어르면서 머저리처럼 굴었다.) 뮤어 씨는 자신이 자유 의지로 고양이를 이 집으로 데려왔고 그러느라 돈도 꽤나 많이 들었으니 고양이를 마음대로 처분할 권리도 있다는 생각을 했다. 이 집에 쉽게 또는 값싸게 얻은 것은 아무것도 없었다. 저 순혈 페르시안종 고양이도 이 집안의 귀중한 재산 중 하나인 것은 사실이었고, 알리사가 녀석을 무척 아끼는 것도 사실이었다. 하지만 궁극적으로 미란다는 그의 소유였고, 녀석의 생사를 결정할 권한도 오로지 그에게 있는 것이다. 그렇지 않은가?

"예쁘기도 해라! 수컷이에요, 암컷이에요?"

손님들 중 한 명이 뮤어 씨와 대화하다가(엄밀히는 알리사의 손님이었다. 알리사는 최근 연극계 일로 되돌아가 새롭고, 폭넓고, 약간 난잡한 인간관계를 꾸리고 있었다.) 그렇게 묻자, 그는 일순간 뭐라고 대답해야 할지 떠오르지 않았다. 그 질문이 그에게 수수께끼처럼 깊이 박혀 들었다. 수컷이에요, 암컷이에요?

"물론 암컷이지요. 이름부터가 미란다잖아요."

뮤어 씨는 명랑하게 대답했다.

그는 고민했다. 알리사가 새 연극의 리허설을 시작할 때까지 기다려야 할까, 아니면 결심이 흐지부지되기 전에 해치워야 할까? (알리사는 유명하지는 않지만 인정받는 배우로서, 9월에 개막하는 브로드웨이 연극에서 여주인공의 대역을 맡게 되었다.) 그리고 한다면 어떻게 해야 하나? 목을 조를 순 없다. 그렇게 직접적이고 적나라한 만행을 저지를 수야 없지 않나. 그렇다고 차로 쳐 버리고 사고로 위장하는 것도 여의치 않았다. (그렇게만 된다면야 정말 행운이겠지만.) 그러던 어느 한여름날 저녁, 미란다가 교활하고도 나긋나긋하게 알리사의 새 친구인 알반(배우이자 작가이자 연출가라는데 재능이 아주 많은 사내인 모양이었다.)의 무릎 위로 슬그머니 기어올라 갔을 때 그들 사이의 대화가 악명 높은 살인(독살) 사건에 대한 화제로 넘어갔고, 그때 뮤어 씨는 간단히 결론 내렸다.

'바로 그거야. 독살.'

다음날 아침에 그는 정원사의 헛간을 뒤져서 하얗고 거친 쥐약 알갱이들이 든 4.5킬로그램짜리 자루를 찾아냈다. 지난 가을에 집 안에 쥐가 끓어서 골머리를 썩은 적이 있었는데, 그때 정원사가 다락방과 지하실에 쥐약을 치고 남은 것이었다. (쥐는 확실히 사라졌으니 효과는 아주 좋은 듯했다.) 이 독약에는 정말로 기발한 특성이 있었는데, 섭취한 동물에게 극도의 갈증을 유발한다는 점이었다. 그래서 동물이 미끼를 먹고 중독되면 물을 찾으러 나가 집 밖 어딘가에서 죽게 되어 있었다. '인도적'으로 고통 없이 죽게 해 주는 약인지 아닌지까지는 뮤어 씨도 몰랐다.

하인들이 일을 쉬는 일요일 밤 시간에 그는 기회를 잡았다. 아직 리허설이 시작되기 전이었지만 알리사는 도시에서 며칠 지내야 한다며 집을 비우고 있었다. 그래서 뮤어 씨는 미란다가 보통 식사하는 자리인 부엌 구석에서, 녀석이 평소 먹는 밥에 쥐약을 한 스푼 듬뿍 섞어 직접 먹여 주었다. (이 녀석은 식사 버릇도 얼마나 고약하게 들었는지! 생후 7주짜리 새끼 고양이였던 녀석을 처음 데려왔을 때부터 알리사는 특수 고단백, 고비타민 사료와 함께 생간이며 닭 내장 기타 등등을 곁들여 먹여 왔다. 후회스럽게도 뮤어 씨 역시 녀석의 버릇을 망치는 데 한몫했다.)

미란다는 평소처럼 탐욕스럽고도 깐깐하게, 제 주인을 의식하거나 고마워하는 기색이라고는 조금도 없이 음식을 먹었다. 밥을 준 사람이 하인들 중 누군가인 듯이. 아무도 아닌 사람이라는 듯이. 무언가 평소와 다른 점을 느꼈을지도 모르지만 — 예컨대 물그릇을 치워 놓았다는 점이라든지. — 녀석은 진정한 귀족인 양 아무 내색도 하지 않았다. 뮤어 씨가 아는 모든 사람과 동물을 통틀어 저 하얀 페르시안 고양이처럼 태연자약하기 그지없는 생명체는 본 적이 없었다.

미란다가 꼼꼼하게 자기 자신을 중독시키는 과정을 지켜보면서 뮤어 씨는 예상처럼 희희낙락하지 않았고, 정의를 집행하고 잘못된 것을 바로잡는다(이론의 여지가 있긴 하지만)는 데서 오는 만족감을 느끼지도 않았다. 오히려 깊은 회한을 느꼈다. 저 버릇없는 동물이 죽어야 마땅하다는 점에는 한 치의 의심도 없었다. 고양이들이란 평생 새, 쥐, 토끼 들에게 헤아릴 수 없이 많은 잔혹 행위를 저지르지 않던가! 하지만 다름 아닌 줄리어스 무어가, 미란다를 위해 돈을 그렇게나 쏟아붓고, 실은 아내와 마찬가지로 녀석을 자랑스러워하기도 했던 그가, 이제는 부득이하게 사형 집행인의 역할을 맡게 되었다는 사실이 울적하게 다가왔다. 그러나 이건 반드시 해야 하는 일이었다. 왜 꼭 그래야 하는지는 잘 기억나지 않았지만, 그 일을 할 사람은 자신이라는 것, 오로지 자신만이 맡은 사명이라는 것은 분명했다.

언젠가 손님 몇이 저녁 식사에 초대받아 왔을 때, 그들이 테라스 자리에 앉는 순간 딱 맞춘 듯이 어디선가 뛰어나온 미란다가 깃털 장식 같은 꼬리를 세우고, 꼿꼿이 쳐든 머리에 비단결 같은 털을 나부끼고, 황금색 눈을 번쩍이며 그 하얀 몸으로 정원 담장 위를 지나가자 알리사가 기뻐하며 외친 적이 있었다.

"얘가 미란다예요. 여러분에게 인사하러 왔네요! 참 예쁘지 않나요!"

(그녀는 자기 고양이의 아름다움을 칭찬하는 일에 좀처럼 싫증을 내지 않았다. 뮤어 씨가 생각하기에는 악의 없는 나르시시즘의 표현인 것 같았다.) 그러자 언제나와 같이 찬사와 아첨이 쏟아졌고, 고양이는 자신에게 쏠린 관심을 한껏 의식하며 몸단장을 하더니, 우아하면서도 역동적인 몸짓으로 뛰어올라 강둑으로 이어지는 가파른 돌계단을 따라 사라졌다. 그때 뮤어 씨는 미란다가 왜 그토록 섬뜩할 만큼 '흥미로운' 존재인지 깨달았다. 녀석은 무목적적이면서도 동시에 필수적인 아름다움을 상징하는 존재였던 것이다. 미란다의 혈통으로 보자면 완전히 인위적으로 고안된 아름다움이지만, 한편으로는 피와 살을 지닌 생명체이니 완전히 자연적인 아름다움이기도 했다. 자연.

자연이라고 해서 언제나 무조건 '자연적'인 걸까?

미란다가 식사를 마쳤을 때(늘 그렇듯 4분의 1은 먹지 않고 남겼다.) 뮤어 씨는 큰 소리로, 한없는 후회와 만족이 뒤섞인 어조로 말했다.

"하지만 아름다움은 너를 구해 주지 못해."

고양이는 멈칫하더니 담담한 시선으로, 눈 한번 깜빡이지 않고 그를 올려다보았다. 그 순간 더럭 공포가 들었다.

'저 녀석, 알고 있나? 이미 아는 건가?'

미란다는 오늘따라 전에 없이 화려해 보였다. 순백색의 비단 같은 털, 막 빗질한 듯 풍성하게 부풀어 오른 목털, 심통 사나운 퍼그 같은 얼굴, 길고 빳빳한 수염, 아주 이지적으로 솟아오른 매끈한 형태의 두 귀. 눈동자는 물론 말할 것도 없고…….

그는 늘 미란다의 눈에 매혹되었다. 금빛으로 물든 황갈색 눈동자는 마치 녀석이 뜻대로 조절할 수 있는 듯 불가사의하게 확 타오르곤 했다. 밤에는 달빛이 반사되거나, 집으로 돌아오는 뮤어 부부의 차 전조등의 빛을 받아서 녀석의 두 눈이 가느다란 빛줄기처럼 반짝거렸다. "미란다 아니에요? 맞죠?" 알리사는 길가의 키 높은 풀들 사이로 반짝이는 한 쌍의 불빛을 보고서 그렇게 묻곤 했다. "그럴걸." 뮤어 씨가 대답하면, 알리사는 "아, 저 애가 우리를 기다렸나 보네! 사랑스럽기도 해라! 우리가 집에 오기를 기다리고 있었던 거예요!"라며 어린아이처럼 신나서 탄성을 질렀다. 뮤어 씨는 저 고양이가 부부를 간절히 기다리기는커녕 그들이 집에 없다는 걸 알기는 했을지 의문이었기에 아무 말도 하지 않았다.

미란다의 눈에는 늘 도착적으로 느껴지는 구석이 하나 있었다. 사람의 안구는 흰자위 위에 색깔 있는 눈동자가 있는데, 고양이는 거꾸로 안구에 색깔이 있고 눈동자는 새까맣다는 점이었다. 안구 전체가 녹색이거나, 노란색, 회색, 심지어 파란색을 띠기도 했다! 그리고 눈동자는 주변의 빛이나 자극의 정도에 따라 마술처럼 미세하게 반응해 면도날처럼 가늘게 수축되는가 하면, 거의 눈 전체를 덮을 만큼 새까맣게 팽창되기도 했다……. 지금 그를 올려다보는 미란다의 눈동자는 너무나 커져서 안구의 색깔이 가려질 정도였다.

"아니, 아름다움은 너를 구할 수 없어. 그걸로는 부족해."

뮤어 씨는 조용히 말했다. 그리고 고양이가 밤의 어둠으로 나갈 수 있도록 떨리는 손으로 방충망 문을 열었다. 정말이지 성미가 비뚤어진 녀석이었다! 미란다는 그를 스쳐 가면서 뮤어 씨의 다리에 몸을 가볍게 비볐다. 몇 달 만에 처음 있는 일이었다. 아니, 몇 년이었던가?

알리사는 뮤어 씨보다 스무 살 어렸고 용모는 더더욱 어려 보였다. 조그마한 체구에 굉장히 크고 굉장히 예쁜 갈색 눈을 하고, 금발을 어깨까지 기르고, 낙천적이다 못해 가끔은 좀 부산스럽게 구는 성격이었으며, 천진난만한 처녀 역할을 능숙하게 연기할 줄 알았다. 그녀는 큰 야망이 없는 이류 배우였고 그 사실을 스스로 흔쾌히 인정했다. 배우 일을 직업적으로 진지하게 하려고 들면 경쟁에서 살아남기도 어렵거니와, 어찌어찌 살아남는다 해도 무지막지한 고생길이 펼쳐지기 때문이었다.

"게다가 줄리어스가 저를 얼마나 잘 보살펴 주는데요." 그녀는 그렇게 말하며 뮤어 씨와 팔짱을 끼거나 그의 어깨에 머리를 잠깐 얹곤 했다. "저는 이미 원하는 걸 모두 가졌어요. 지금 이곳의 삶에 만족해요……." 지금 이곳이란 결혼할 때 뮤어 씨가 그녀를 위해 매입한 시골집이었다. (물론 맨해튼에 아파트 한 채도 따로 있었고, 시골 집은 거기서 북쪽으로 두 시간쯤 걸리는 거리에 있었다. 하지만 뮤어 씨는 점점 그 도시가 싫어져서 이제는 발길을 끊다시피 했다. 뉴욕은 방충망을 긁어 대는 고양이 발톱처럼 그의 신경을 긁어 댔다.) 그와 결혼하기 전에 알리사는 호스라는 처녓적 성으로 8년 동안 간간이 배우 일을 해 왔다. 초혼은 열아홉 살에 유명하고도 악명 높은 할리우드 배우와 했다가 사별했는데, 재앙 같은 경험이었다며 자세히 말하고 싶어 하지 않았다. (뮤어 씨도 그 시절에 대해 굳이 묻고 싶지는 않았다. 그에게는 존재하지도 않았던 시간이나 마찬가지였다.)

둘이 만났을 때 알리사는, 그녀의 표현에 따르면 연극계에서 "잠정적으로 은퇴"한 시기였다. 그녀는 브로드웨이에서 얼마간의 성공을 거두었지만 오래가지 않았고, 이런 식으로 더 계속해 봤자, 더 노력해 봤자 무슨 의미가 있나 하는 회의감을 느꼈다. 시즌마다 되풀이되는 힘겨운 오디션과 '전도유망한' 신인 배우들과의 경쟁……. 첫 결혼은 끔찍하게 막을 내렸고 그 외에 여러 남자를 만나 중요한 관계도 사소한 관계도 두루 맺어 봤으니(정확히 몇 명이었는지는 뮤어 씨가 알 길이 없었다.) 이제는 슬슬 자신만의 조용한 생활을 꾸릴 때도 됐다고 생각했다. 그때 줄리어스 뮤어를 만난 것이다. 젊지도 않고 특별히 매력적이지도 않지만, 부유하고 본데 있는 집안 출신인 데다 그녀에게 홀딱 반해서 정신을 못 차리는……. 그래, 그런 남자.

당연하게도 뮤어 씨는 그녀에게 완전히 빠졌고, 그때껏 그녀에게 접근한 그 어떤 남자보다도 열성적으로 구애할 시간과 자원도 갖추고 있었다. 또한 그녀에게서 아무도 보지 못했던 매력들을 알아봐 주기도 했다. 그는 아주 과묵하고 점잖으면서도 상상력은 풍부하다 못해 열병에 가깝도록 생생하게 치솟아, 온갖 말들로 그녀의 환심을 살 수 있었다. 게다가 그는 그녀의 사랑보다 자신의 사랑이 더 커도 신경 쓰지 않는다며 얼토당토않은 말을 했다. 알리사는 자신도 그를 사랑한다고 반박했다. 사랑하지 않았다면 왜 청혼을 받아들였겠느냐고.

몇 년 동안 그들은 막연히 '부모가 되자'라는 이야기를 했지만 본격적으로 실행에 옮기지는 않았다. 그러기에는 알리사가 너무 바쁘거나, 건강이 안 좋거나, 부부 여행을 하는 중이라서 여의치 않았고, 그게 아니더라도 뮤어 씨가 아이 때문에 부부 관계에 생길 변화를 염려해서 주저했다. (무엇보다도 알리사가 그를 위해 쓸 시간이 줄어들 것은 당연하지 않은가?) 그는 자신이 죽더라도 후계자가 없다는, 정확히는 재산을 물려 줄 친자식이 없다는 생각에 점점 초조해졌지만, 그렇다고 딱히 할 수 있는 일은 없었다.

부부는 풍요로운 사교 생활을 누리고 있었다. 멋지고도 분주한 삶이었다. 그리고 근사한 흰색 페르시안 고양이도 키우고 있지 않은가. "우리 집에 아기가 생기면 미란다가 충격받을 거예요." 알리사는 이렇게 말하기도 했다. "미란다에게 그런 짓을 할 순 없잖아요."

"그럴 순 없지." 뮤어 씨도 수긍했다.

그러다 별안간 알리사가 배우 일을 다시 시작한 것이었다. 그 일이 그녀의 의지를 벗어난 어떤 현상이라는 듯이, 저항할 수 없는 힘이라는 듯이 그녀는 자못 진지하게 '커리어'라고 표현했다. 뮤어 씨도 그녀의 결정에 기뻐했다. 정말로 기뻤다. 그는 아내의 프로 의식이 자랑스러웠고, 점점 불어나는 그녀의 친구, 지인, 동료 들에게 질투 따위는 전혀 느끼지 않았다. 그녀의 동료 남배우 및 여배우 들, 리카, 마리오, 로빈, 시빌, 에밀이 한 명씩 차례대로 나타나도 그는 질투하지 않았고, 지금 그녀와 같이 일하는, 촉촉히 젖은 검은 눈이 반짝거리며 순식간에 입가에 달콤한 미소를 띄우곤 하는 알반도 질투하지 않았다. 그녀가 집 밖에서 보내는 시간도 질투하지 않았고, 그녀가 집에 있을 때도 작업실이라고 불리는 방 안에 틀어박혀 일에만 몰두하더라도 질투하지 않았다. 원숙기에 들어선 알리사 호스는 씩씩하고 서글서글한 기질이 생겼고 그에 따라 무대에서의 존재감도 더욱 강해졌다. 나이 든 여배우들은 육체적으로 아무리 아름다워도 특정한 배역들만 맡게 마련이니만큼 알리사도 한정된 배역들로 밀려나긴 했지만, 그래도 그녀는 전보다 훨씬 능숙하고 세련된 연기를 하는 배우가 되었다고 모두가 입을 모았다.

정말이었다. 뮤어 씨는 그녀가 자랑스러웠고, 기뻤다. 이따금씩 어렴풋한 울분을 느끼더라도 — 딱히 울분이라기보다는, 그들의 삶이 각자의 삶으로 갈라진 데에 살짝 섭섭한 기분이 들기는 했지만, 그는 워낙 신사였으므로 내색하지 않았다.

"미란다 어딨지? 오늘 미란다 봤어요?"

정오가 지나고, 네 시가 지나고, 해 질 무렵이 되어도 미란다는 돌아오지 않았다. 알리사는 그동안 전화 통화에 정신이 팔려 있었기에 고양이가 좀처럼 눈에 띄지 않는다는 사실을 뒤늦게야 깨달았다. 전화벨은 온종일 끊임없이 울리는 것 같았다. 그녀는 밖으로 나가서 미란다를 불러 보고, 하인들에게도 찾아보라고 지시했다. 뮤어 씨도 물론 그녀를 도와서 집 주변과 근처의 숲까지 둘러보며, 손나팔을 한 채 높고 떨리는 음성으로 외쳤다.

"야옹 야옹 야옹아! 야옹 야옹 야옹……."

이 얼마나 한심하고, 미련스럽고, 부질없는 짓이란 말인가! 그래도 이렇게 연기를 해야 했다. 만약 그가 무고한 입장이라면 응당 해야 하는 행동이니까. 아내를 세심히 챙겨 주는 남편으로 둘째 가라면 서러운 줄리어스 뮤어라면 아내의 페르시안 고양이를 찾아 수풀을 헤치고 돌아다녀야 하는 것이다…….

'딱한 알리사!' 그는 생각했다. '며칠 동안 상심하겠지……. 몇 주는 가려나?'

뮤어 씨도 미란다가 그리울 터였다. 어쨌든 집 안에 늘 있던 것이 없어졌으니. 미란다를 키운 지도 올해 가을로 어언 10년째였다.

그날 저녁 식사 분위기는 무겁고 침울했다. 실종된 미란다를 두고 알리사가 진심으로, 과하게 걱정했기 때문이기도 했지만 부부가 난 둘이시민 식사하는 상황 자체가 그랬다. 둘만을 위해 차려진 식탁이라니, 미학적으로 잘못된 것처럼 보이기까지 했다. 그 적적함이란 기괴할 정도였다……. 뮤어 씨는 대화를 하려고 애썼지만, 매번 말끝이 흐려지면서 죄책감에 입을 다물기 일쑤였다. 알리사는 식사 도중에 전화를 받으러 자리를 떴고(물론 뉴욕에서 온 전화였다. 에이전시인지, 연출가인지, 알반인지, 아니면 여자 친구인지, 누가 했는지는 몰라도 아무튼 긴급한 전화일 터였다. 그렇지 않다면 이렇게 가족만의 사적인 시간에 전화를 받지는 않았을 테니까.) 의기소침해지고 기분이 상한 뮤어 씨는 일종의 무아지경 상태에서 아무 맛도 나지 않는 음식을 혼자 끝까지 먹었다. 전날 밤의 기억이 떠올랐다. 톡 쏘는 듯한 고양이 사료 냄새, 희고 거친 쥐약 알갱이들, 그 영악한 동물이 그를 올려다보고는 다리에 몸을 비비며 뒤늦게 감정 표현을 하던 것……. 애정의 표현이었을까? 아니면 비난? 조롱? 그 생각에 뜨끔 죄책감이 되살아났고, 그만큼 더욱 강렬하고 본능적인 만족감이 불쑥 치솟았다. 그러다 무심코 눈을 들었는데, 정원 담장 꼭대기에서 무언가 흰 것이 조심조심 지나가는 게 눈에 띄었다…….

미란다가 집에 돌아온 것이었다.

그는 기겁해서, 말문이 막힌 채 쳐다보았다. ― 유령이 사라지기를 기다렸다.

그러다 천천히 멍하니 자리에서 일어나, 환희에 찬 목소리를 꾸며 내 옆방에 있는 알리사에게 외쳤다.

"미란다가 왔어!"

"알리사! 여보! 미란다가 돌아왔소!"

정말로 미란다였다. 테라스에서 반짝이는 금색 눈으로 식당 쪽을 바라보는 미란다. 뮤어 씨는 몸이 후들거렸지만, 그의 두뇌는 신속히 현실을 받아들이고 그 현실을 이해할 논리를 엮어 냈다. 미란다가 쥐약을 토한 게 틀림없었다. 아, 틀림없었다! 아니면 쥐약이 춥고 습한 겨울 동안 헛간에 방치되어 있었던 탓에 효능이 사라졌는지도 모른다.

아직은 분연히 미닫이문으로 걸어가 문의 걸쇠를 젖히고 고양이를 안으로 들여 줄 엄두가 나지 않았지만, 그의 목소리는 흥분으로 자못 떨렸다.

"알리사! 이것 봐요! 미란다가 돌아왔대도!"

알리사가 너무나 기뻐했고, 뮤어 씨도 처음에는 진심으로 안도감을 느꼈기에 알리사가 녀석을 끌어안고 황홀해하는 동안 그는 미란다의 꼬리 털을 쓰다듬기도 했다. 뮤어 씨는 자신이 잔인하고 이기적인 짓을 했다는 생각이 들었다. 정말이지 그답지 않은 행동이었다. 제 주인의 손에 죽을 뻔한 위기에서 탈출한 미란다에게 응당 살 기회를 주어야 한다고, 두 번 다시 이런 짓을 하지 말자고 그는 마음먹었다.

줄리어스 뮤어는 마흔여섯 나이로 결혼하기 전까지 부부란 무조건 부부로서 살 거라고 믿었다. 내성적이고, 자의식 강하고, 삶의 참여자라기 보다는 방관자에 가까운 기질의 미혼자들이 으레 그렇듯, 그는 단순한 비유 이상의 의미에서 남편과 아내는 한 몸이라고 생각했던 것이다. 그런데 막상 결혼을 하고 보니 부부라는 관계는 그렇게 절대적이지 않았다. 알리사와 그는 더 이상 잠자리를 갖지 않았고 앞으로 다시 시작할 가망도 별로 없어 보였다. 그의 나이가 곧 쉰일곱이니 그럴 만도 했다. (하지만 가끔은 의문이 들었다. 이 나이가 그렇게 많은 건가?)

결혼하고 처음 2~3년 동안, 즉 알리사의 표현대로 그녀의 배우 일이 '침체기'였을 시절에는, 더블베드를 둘이서 같이 썼다. 여느 부부들이 그러듯이.(하지만 이건 뮤어 씨의 추측일 뿐이었다. 그의 부부 생활만으로는 일반적인 의미에서의 '부부 생활'이 어떤 것인지 가늠이 되지 않았다.) 그런데 시간이 좀 지나자 알리사가 뮤어 씨의 '불안한' 잠버릇 때문에 잠을 잘 수 없다고 조심스럽게 불평을 꺼냈다. 그가 자면서 움찔거리거나, 발버둥이나 몸부림을 치거나, 소리를 지르거나, 심지어 가끔은 공포에 질린 고함을 내지르기도 한다는 것이었다. 그녀가 깨우면 그는 잠시 무슨 영문인지 몰라 얼떨떨해하다가 연거푸 민망한 사과를 하고는 다른 침실로 슬그머니 옮겨 가서 마저 잠을 자거나 설치거나 했다. 뮤어 씨는 이런 상황이 유감스럽기는 했지만 알리사의 처지에 십분 연민이 들었다. 그토록 신경이 예민한 여자가 그동안 말도 못하고 밤잠을 못 이룬 날이 많았으리라고 생각하면 딱한 노릇이었다. 상대방의 마음이 상할까 봐 그토록 배려하고 조심해 왔다니 알리사다운 행동이었다.

그렇게 해서 부부 사이에는 편안한 습관이 자리 잡았다. 뮤어 씨가 알리사와 같이 잠자리에 들기는 하되, 30분쯤 지나면 잠든 그녀가 깨지 않도록 살금살금 까치발로 걸어 나가 다른 방에서 혼자 편하게 자는 것이었다. (이따금씩 악몽 때문에 편하게 잘 수 없을 때도 있긴 했다. 하지만 깨지도 못하는 악몽이야말로 최악이었으므로 차라리 잠을 좀 설치는 편이 나았다.)

그런데 근년에는 패턴이 달라졌다. 알리사가 밤에 침대에서 책을 읽거나 텔레비전을 보거나 가끔은 전화 통화를 하느라고 늦은 시간까지 잠을 안 자는 버릇이 생겼기에, 부부가 같이 잠자리에 들기 보다는 그냥 뮤어 씨가 그녀에게 잘 자라고 입 맞춰 인사하고 자기 침실로 들어가는 쪽이 더 간편해졌다. 가끔 그는 잠결에 알리사가 부르는 소리를 들었다고 착각하고 퍼뜩 일어나 부랴부랴 컴컴한 복도로 걸어 나가곤 했다. 그러고는 그녀의 방문 앞에 1~2분쯤 서서 열의와 희망에 부푼 채로, 감히 목소리를 높이지도 못하고 "알리사? 알리사, 여보, 혹시 불렀소?"라고 속삭이는 것이었다.

뮤어 씨의 악몽만큼이나 미란다의 잠자리 습관도 변덕스럽고 예측불허였다. 녀석은 알리사의 침대 발치에 편안하게 웅크리고 새벽까지 단잠을 잘 때도 있었지만, 또 어쩔 때는 알리사가 아무리 침대에 올려서 재우려 해도 밖으로 내보내 달라고 고집을 부렸다. 알리사는 그 하얀 페르시안 고양이가 밤새 자신의 곁에 있다고 생각하면, 또 새틴 침대 덮개 위로 전해지는 녀석의 온기와 무게를 느끼고 있으면 어떤 위안을 받는다고 말했다. 비록 유치한 위안이라 해도.

하지만 고양이가 하기 싫어하는 일을 억지로 시킬 도리는 없었다.

"그건 자연의 법칙 같은 거니까요."

알리사는 엄숙한 투로 그렇게 시인했다.

독살 시도가 실패로 돌아가고 며칠 뒤, 이른 저녁 집으로 차를 몰던 뮤어 씨는 집에서 1킬로미터쯤 떨어진 지점의 도로 전방에서 미란다를 목격했다. 그 하얀 고양이는 전조등의 불빛을 받아 얼어붙기라도 한 듯 옆 차선에서 미동도 않고 있었다. 그 순간 뜻하지 않은 생각이 떠올랐다.

'그냥 겁만 주는 거야.'

그는 운전대를 돌려 고양이가 있는 쪽으로 차를 틀었다. 그러자 녀석의 황금 눈동자가 순전한 놀라움으로 — 아니면 공포나 깨달음 때문이었는지 — 화르륵 타올랐다.

'그냥 불공평한 상태를 바로잡기 위한 것뿐이야.'

뮤어 씨는 액셀러레이터를 더욱 세게 밟아 고양이를 향해 직진했고, 녀석은 배수로 쪽으로 후다닥 달아나려는 찰나에 왼쪽 앞바퀴에 치어 버렸다. 쿵 하는 소리와 함께 고양이가 캬악 울부짖는 소리가 — 믿을 수 없다는 듯한 비명이 들렸다. 그게 끝이었다.

맙소사! 정말 저질러 버렸잖아!

뮤어 씨는 입안이 바싹 말라붙고 몸이 떨렸다. 백미러에 비친 도로 위에 흰색 형체가 널브러져 있었고, 그 주위로 번져 가는 새빨간 액체도 보였다. 미란다를 죽일 의도는 아니었는데, 이번에는 정말로 저질러 버린 것이었다. 계획한 일이 아니니 가책을 느낄 필요도 없었다.

이젠 영영 끝난 일이었다.

"아무리 후회해도 돌이킬 수 없는 거야." 그는 아연히, 천천히 중얼거렸다.

뮤어 씨는 근처 마을의 약국에서 알리사의 약을 받아 오는 길이었다. 그녀는 연극 일로 도시에 갔다가, 혼잡한 퇴근 시간대 기차를 타고 늦게 집에 돌아와서 편두통 기미가 있다며 곧장 앓아누웠다. 그가 방금 무슨 짓을 했는지 그녀가 안다면 편두통이 열 배는 더 심해지리라는 사실을 뻔히 알면서 두통약을 내밀려니 인두겁을 쓴 짐승에 위선자가 된 기분이었다. 하지만 자신은 미란다를 죽일 의도가 아니었다고, 운전대가 저절로 그의 손아귀를 거슬러 움직이는 것 같더라고 그녀에게 어떻게 설명할 수 있겠는가? 적어도 그의 기억에는 그렇게 남아 있었다. 스스로 비명횡사할 뻔한 위기에서 간신히 벗어나기라도 한 듯이 흥분해 부들부들 떨면서, 그는 집 쪽으로 빠르게 차를 몰아가며 기억을 곱씹었다.

고양이의 흉측한 비명이 기억났다. 비명이 터져 나오자마자 차에 부딪쳐 뚝 끊어지던 것도 — 아니, 그렇게 금방 끊어지지는 않았지만.

그런데 그의 근사한 영국제 차 범퍼는 우그러졌나? 아니었다.

왼쪽 앞바퀴에 핏자국이 남았나? 아니, 없었다.

아주 경미하게라도 사고가 난 흔적이 있나? 지극히 무고

해 보이는 흔적이라도? 아니, 전혀 없었다.

"증거가 없다! 증거가 없어!"

뮤어 씨는 유쾌하게 혼잣말을 하며, 계단을 한 번에 두 개씩 뛰어올라 알리사의 방으로 갔다. 그리고 방문을 두드리려고 손을 들었다가, 알리사가 아까보다 나은 기색임을 알아차리고 더더욱 안도했다. 방 안에서 그녀는 누군가와 활기차게 전화 통화를 하면서 특유의 가볍고 낭랑한 소리로 웃고 있었다. 한여름 밤의 풍경 소리와 꼭 닮은 음색이었다. 그는 사랑과 감사로 가슴이 벅차올랐다.

"나의 알리사, 이제부터 우리는 정말 행복할 거요!"

잠자리에 들 시간 즈음에 믿을 수 없는 일이 일어났다. 그 하얀 고양이가 다시 나타난 것이었다. 미란다는 죽은 게 아니었다.

그때 뮤어 씨는 알리사와 함께 그녀의 침실에서 브랜디를 마시고 있었다. 뮤어 씨가 먼저 고양이를 발견했다. 미란다는 녀석이 종종 하던 대로 장미 넝쿨이 뒤얽힌 격자 지지대를 타고 올라왔는지 지붕 위로 기어올라 와 퍼그 같은 얼굴을 침실 창문에 들이대고 있었다. 며칠 전 밤에 봤던 장면과 징그럽도록 똑같은 장면의 반복이었다. 뮤어 씨는 충격으로 얼어붙었고, 알리사가 침대에서 뛰어내려 창문을 열어 주었다.

"미란다! 이게 웬 장난이야! 대체 무슨 꿍꿍이니?"

미란다는 걱정할 만큼 오래 종적을 감췄던 것은 아니었지만, 알리사는 마치 그런 것처럼 열렬히 녀석을 맞아 주었다. 그리고 뮤어 씨는, 심장은 쿵쾅거리고 영혼은 혐오감으로 경기를 일으켰을지언정, 거짓 연기를 계속하지 않을 수 없었다. 그의 눈에 뻔히 드러났을 메스꺼운 공포를 알리사가 눈치채지 못했기를 바랄 뿐이었다.

차에 치였던 고양이는 미란다가 아니라 다른 고양이었을 것이다……. 당연히 미란다는 아니었다. 또 다른 금색 눈의 하얀 페르시안 고양이였을 뿐이다.

알리사가 그 짐승을 어르고 쓰다듬으며 오늘 밤은 침대에서 같이 자자고 꼬드겼지만, 몇 분 뒤 미란다는 바닥으로 뛰어내리더니 내보내 달라고 방문을 긁어 댔다. 저녁 때를 놓쳤으니 배가 고플 터였다. 안주인의 사랑은 이제 받을 만큼 받았다는 것이다. 내내 자기를 역겨워하는 시선으로 쳐다보는 바깥주인에게는 눈길 한번 던지지 않았다. 이제 그는 녀석을 '반드시' 죽여야 한다는 것을 알았다. 문제는 그 방법이었다.

이 사건 이후로 미란다는 뮤어 씨를 철두철미하게 피했다. 예전처럼 느긋한 무관심이 아니라, 그와의 관계가 변한 것을 예리하게 인지하는 듯한 움직임이었다. 그가 자기를 죽이려했다는 사실을 알 리가 없을 텐데도 꼭 알고 있는 것만 같았다. 어쩌면 그가 미란다의 불운한 도플갱어를 향해 차를 몰아 들이받는 광경을 길가의 수풀 속에서 지켜보았는지도 모른다…….

물론 그럴 가능성은 적었다. 정말로 억지스러운 발상이었다. 하지만 그게 아니고서야 녀석이 그에게 보이는 행동들을,

동물적인 두려움을 표출하는, 또는 그런 두려움을 모방하는 행동거지를 어떻게 설명할 수 있나? 그가 방에 들어오면 녀석은 달아나려는 듯 서랍장 위로 뛰어오르거나, 벽난로 선반 위에 뛰어올라 비취 조각상들 중 하나를 바닥에 떨어뜨려 박살냈다.(고의로 그러는 것 같았다.) 그도 아니면 날카로운 발톱을 원목 마루에 부딪히며 문밖으로 우아하게 미끄러지듯 뛰어나가곤 했다. 집 밖에서도 마찬가지였다. 그가 의도치 않게 녀석이 있는 쪽으로 향하기라도 하면, 미란다는 요란한 소리를 내며 장미 지지대나 포도 시렁이나 나무를 타고 부리나케 올라간 다음 야생 짐승처럼 관목숲 속으로 뛰어들어 도망쳐 버렸다. 알리사는 어쩌다 그와 같이 있을 때 녀석이 그러는 걸 보면 매번 깜짝 놀랐다. 도무지 말이 안 되는 행동이었으니까.

"미란다가 아픈 걸까요?"

그녀는 물었다.

"동물 병원에 데려가 봐야 하는 게 아닐까요?"

뮤어 씨는 과연 그런 목적으로 미란다를 붙잡는 게 가능할지 모르겠다고 불안해하며 답했다. 적어도 자신은 절대 못 잡을 것 같았다.

그는 자신의 범죄 또는 범죄 미수를 알리사에게 털어놓고 싶은 충동을 느꼈다. 그가 그 가증스러운 짐승을 죽여 버렸다고, 그런데 녀석이 죽지 않았다고.

8월의 마지막 날 밤, 뮤어 씨의 꿈에 한 쌍의 눈이 나왔다.

몸은 없이 두 눈만 덜렁 그를 노려보고 있었는데, 눈 한가운데에는 그 새까만, 구식 열쇠 구멍 같은 새까만 동공이 있었다. 공허로 열려 있는 구멍. 그는 자신을 보호하고 싶었지만 몸이 움직여지지 않았다. 그리고 뜨듯하고 묵직하고 북슬북슬한 무언가가 그의 가슴 위에 느긋하게 자리 잡았다……. 얼굴 위에도! 수염 달린 하얀 주둥이가 그의 입술에 부딪어 와 섬뜩한 키스를 하더니, 한 순간 허파에서 숨이 탁 빠져나갔다…….

"오, 안 돼! 살려 줘! 하느님…….'

축축한 주둥이가 그의 입에서 생명의 숨을 빨아내고 있었다. 뿌리칠 수가 없었다. 납덩이처럼 무거운 두 팔이 옆구리에 붙어 있었고, 온몸이 마비된 듯 뻣뻣했다…….

"살려 줘……. 살려 줘!"

이불 속에서 허우적거리는 자신의 몸부림과 고함 소리 때문에 잠에서 깼다. 깨자마자 꿈이었다는 것을 알았지만, 호흡이 여전히 얕고 가쁜 데다 심장이 너무 격하게 쿵쾅거려서 이러다 죽는 게 아닌가 공포스러웠다. 겨우 몇 주 전에 의사가 심장병의 위험을 엄중하게 경고하지 않았던가? 당장이라도 심장 마비가 일어나도 이상하지 않다면서. 정말 희한한 일이었다. 평생 혈압이 이렇게 높았던 적이 없었다…….

뮤어 씨는 몸에 뒤엉킨 축축한 이불을 떨쳐 내고 떨리는 손으로 스탠드를 켰다. 혼자이기를 천만다행이었다. 이렇게 발작하는 꼴을 알리사가 봤더라면 어떻게 됐겠는가!

"미란다." 그는 속삭였다. "여기 있니?"

그는 천장 등도 켰다. 방 안에 그림자가 어른거리며 밝아지자 순간 여기가 어디인가 싶었다.

"미란다······?"

교활하고 사악한 동물 같으니! 악마 같은 짐승! 그 고양이의 주둥이가 그의 입술에 닿았다고 생각하면······ 생쥐며 들쥐는 물론이고 숲속에서 온갖 역겨운 것들을 게걸스럽게 집어삼켰을 텐데! 뮤어 씨는 욕실로 들어가서 입을 헹궜다. 그러면서도 꿈은 꿈일 뿐이라고, 그가 본 고양이는 환상에 지나지 않으며 미란다는 이 방에 없다고 차분하게 자신을 타일렀다.

하지만 그의 가슴에는 분명 뜨듯한 온기, 북슬북슬한 감촉, 묵직하던 무게감이 남아 있었다. 녀석은 그에게서 숨을 빨아내서 질식시키고 그의 처량한 심장을 멈추려 했던 것이다. 녀석은 정말로 그렇게 할 수 있었다.

"꿈일 뿐이야."

뮤어 씨는 큰 소리로 말하고 거울에 비친 자신을 바라보며 떨리는 미소를 지었다. (오! 저 창백하고 초췌한 유령이 정말로 나란 말인가······.) 뮤어 씨는 목소리를 더욱 높여 학자답게 정확한 발음으로 말해 보았다.

"어리석은 꿈이야. 유치한 꿈이고. 여자나 꿀 꿈이야."

방으로 돌아온 순간 언뜻 희끗한 형체가 침대 밑으로 달음질쳐 들어간 것을 본 듯했다. 하지만 엎드려서 침대 밑을 들여다보니 물론 아무것도 없었다.

그런데 푹신한 카펫 위에 떨어진 여러 가닥의 고양이 털을 발견했다. 희고 약간 빳빳한 게, 확실히 미란다의 털이었다. 아, 확실했다.

"여기 증거가 있잖아!"

그는 흥분해서 말했다. 그러고 보니 방문 언저리와 침대 옆에도 빛을 받아 반짝이는 털들이 잔뜩 있었다. 그 동물이 여기서 잠시 누워 있다가 몸을 굴리기도 하고(녀석이 테라스에서 햇빛을 받으며 자주 하는 짓이었다.) 우아한 팔 다리를 쭉 펴며 방종을 한껏 즐겼던 것만 같았다. 미란다가 그럴 때마다 뮤어 씨는 녀석이 내보이는 흐드러지는 방만에 아연해지곤 했다. 그 육체와 털로 즐기는 기쁨이 어느 정도일지 감히 상상도 되지 않았다. 미란다와의 관계가 악화되기 전에도, 그는 종종 녀석이 무방비하게 드러낸 말랑한 연분홍빛의 배를 발꿈치로 힘껏 지르밟아 보고 싶은 충동을 느꼈다…….

"미란다? 어디 있어? 아직 여기 있니?"

뮤어 씨가 말했다. 숨이 차고 신경이 곤두섰다. 몇 분쯤 쪼그려 앉아 있다가 일어서려니 다리가 저렸다.

방 안을 두루 살폈지만 미란다는 이미 떠난 게 분명했다. 그는 발코니로 나가서 난간에 기대선 채, 달빛으로 희미하게 밝혀진 밤 풍경을 내다보며 눈을 껌뻑거렸다. 아무것도 보이지 않았다. 너무 황망해서 안경을 끼는 것도 잊은 탓이었다. 뮤어 씨는 몇 분 동안 후텁지근하고 느른한 밤공기를 들이마시며 마음을 가라앉히려 애썼다. 그런데 무언가 정말로 잘못됐다는 느낌이 들었다. 어디선가 나지막이 웅얼거리는 소리 같은 게……

목소리인가? 목소리'들'인가?

바로 그때였다. 관목숲 사이에 있는 희끄무레한 형체가 보였다. 뮤어 씨는 눈을 깜빡이고 그쪽을 쳐다보았지만 시야에 초점이 잘 잡히지 않았다.

"미란다……?"

그런데 위쪽에서 무언가가 화닥닥 움직이는 소리가 들려서 고개를 들어 보니, 또 다른 희끗한 형체가 가파른 지붕을 따라 꼭대기로 올라가고 있었다. 그는 그 자리에 가만히 서서 미동도 하지 않았다. 공포 때문인지, 교활한 경계심 때문인지 스스로 분간이 되지 않았다. 고양이가 한 마리만이 아니었던 것이다. 하얀 페르시안 고양이가 더 있었다. ── 아니, 미란다가 더 있었다. 생각지도 못한 가능성이었다!

"하지만 그러면 합리적으로 설명은 되지."

그는 말했다. 지독하게 겁이 났지만 두뇌는 언제나처럼 명철하게 굴러갔다.

그리 늦은 시간은 아니었다. 새벽 1시가 되기 직전이다. 그가 들은 나지막한 소리는 알리사의 음성, 그리고 간간이 섞여 드는 그녀 특유의 가볍고 낭랑한 웃음소리였다. 침실에 다른 사람과 같이 있는 것처럼 들릴 정도였지만 물론 그럴 리는 없었다. 단지 전화 통화를 하고 있을 뿐. 아마도 알반과의 통화일 것이다. 둘이서 동료 배우들, 공통의 친구와 지인 들에 대해 악의 없는 친밀한 수다를 떨고 있을 것이다. 알리사의 방 발코니는 그의 방과 같은 방향으로 나 있었으니 그녀의 목소리가 이토록 또렷하게 여기까지 들릴 만도 했다.(그런데 혹시 목소리 '들' 아닌가? 뮤어 씨는 어리벙벙한 채 귀를 기울였다.) 그녀의 방에서 불빛은 새어 나오지 않았다. 불을 꺼 놓고 통화를 하는 모양이었다.

뮤어 씨는 몇 분쯤 더 기다렸지만 관목숲 속의 흰 형체는 사라지고 없었다. 슬레이트 지붕 위에도 아무것도 없었고 얼룩덜룩한 색조의 칙칙한 지붕널들이 달빛을 반사하고 있을 뿐이었다. 그는 혼자였다. 잠자리로 돌아가도 될 것 같았다. 하지만 그 전에 자신이 정말로 혼자인지부터 주의 깊게 점검해야 했다. 그는 창문을 다 잠그고 방문도 잠가 놓고 불을 다 켜 두고서야 잠이 들었다. 너무나 곤히 늘어지게 자는 바람에 아침에 알리사가 문 두드리는 소리가 들렸을 때에야 깼다.

"줄리어스! 줄리어스! 당신 괜찮아요?"

그녀가 외치고 있었다. 거의 정오가 다 된 것을 보고 그는 깜짝 놀랐다. 보통 일어나는 시간보다 네 시간이나 더 자다니!

알리사는 허둥지둥 그에게 작별 인사를 했다. 자신을 도시로 데려다 줄 리무진이 대기하고 있다면서, 며칠 집을 떠나 있어야 한다고 했다. 하지만 그의 건강 때문에 못내 걱정된다고, 아무 문제도 아니었으면 좋겠다고 했다…….

"당연히 아무 문제도 없소."

그는 성가셔하며 대꾸했다. 너무 늦게 일어났더니 축 처지고 혼란스러운 기분이었다. 전혀 개운하지 않았다. 알리사가 잘 있으라고 입을 맞추자 그는 그녀에게 마주 키스하지 않고 애써 참는 식으로 대응했고, 그녀가 가고 난 뒤에는 손등으로 입을 문질러 닦고 싶은 충동을 억눌렀다.

"우린 이제 어쩌나!"

그는 중얼거렸다.

뮤어 씨는 마음이 심란해짐에 따라 수집에도 점점 열의를 잃어 갔다. 한 고서적상이 희귀한 8절판 『종교 재판관의 지침서』[10]를 사지 않겠느냐고 했을 때 그는 아주 약간의 흥미를 느꼈을 뿐 결국엔 그의 경쟁자가 그 보물을 낚아채게 놔두었다. 며칠 뒤에는 마키아벨리의 『벨파고르』[11] 고딕체 4절판에 입찰할 기회가 왔는데도 더더욱 심드렁한 반응을 보였다.

"안 좋은 일이라도 있으십니까, 뮤어 씨?"

서적상이 물었다. (두 사람은 어언 사반세기 동안 거래해 온 관계였다.)

"안 좋은 일이 있냐고?"

뮤어 씨는 이렇게 비꼬고는 전화를 끊어 버렸다. 그러고는 그 남자와 다시는 연락하지 않았다.

---

10 『종교 재판관의 지침서(Directorium Inquisitorum)』. 14세기 후반 스페인의 가톨릭 신학자이자 종교재판관이었던 니콜라스 에이메리크가 쓴, 이단 심문과 마녀 재판을 위한 지침서.

11 『벨파고르 이야기(Belfagor Arcidiavolo)』. 허영이 심한 아내를 만나 파산한 사내의 이야기를 담고 있다. 『종교 재판관의 지침서』와 함께 에드거 앨런 포의 「어셔 가의 몰락」에 언급된다.

재정적인 사안에는 더더욱 확고하게 흥미를 잃었다. 그의 돈을 관리해 주는 월스트리트 각처의 중개인들이 걸어오는 전화도 받지 않았다. 돈이 거기에 있고 앞으로도 늘 있기만 하다면 족했다. 돈과 관계된 자잘한 문제들은 짜증스럽고 천박하게 느껴졌다.

9월 셋째 주에 알리사가 대역으로 참여하는 연극이 막을 올려 평단의 극찬을 받았다. 상연 기간이 꽤 길어질 거라는 뜻이었다. 여주인공 역의 배우는 지극히 건강했고 출연을 빼먹을 가능성도 거의 없었지만, 그래도 알리사는 도시에 남아 있어야 한다는 의무감을 느꼈고 어쩔 때는 일주일 내리 귀가하지 않기도 했다. (거기서 낮이고 밤이고 매일같이 뭘 하느라 그렇게 바쁜지 뮤어 씨는 알지 못했고 자존심 때문에 물어보지도 못했다.) 그녀가 주말에 오지 않겠느냐고 권했을 때("고서적 상점에 들르지 그래요? 당신 그런 거 무척 좋아했잖아요.") 뮤어 씨는 간단히 대답했다.

"내게 필요한 행복이 여기 시골에 다 있는데 뭐 하러 거길 가겠소?"

질식할 뻔한 밤 이후로 뮤어 씨와 미란다는 더더욱 예민하게 서로를 의식했다. 그 하얀 고양이는 이제 뮤어 씨 앞에서 달아나기는커녕 오히려 그가 방에 들어올 때마다 조롱이라도 하듯 제자리에서 버텼다. 그가 가까이 다가오면 녀석은 막판이 되어서야 아슬아슬하게 피했고, 그럴 때면 바닥에 몸을 낮게 깔고 뱀처럼 재빨리 기어가곤 했다. 그는 욕을 뇌까렸다. 녀석은 이를 드러내며 하악 소리를 냈다. 그는 같잖다는 뜻으로 큰 소리로 비웃었고, 녀석은 그의 손이 닿지 않는 수납장 위로 올라가 고양이답게도 달게 잠들었다. 매일 저녁 알리사는 정해진 시간에 전화해 미란다의 안부를 물었는데, 그때마다 뮤어 씨는 이렇게 대답했다.

"여전히 예쁘고 건강하지! 당신이 못 봐서 안타깝네."

시간이 갈수록 미란다는 점점 뻔뻔해지고 무모해졌다. 제 주인의 반사 신경을 과소평가한 듯했다. 그가 계단을 내려가거나 현관으로 나설 때 녀석이 발밑에 들이닥치는 바람에 넘어질 뻔하는 일도 종종 있었고, 그의 손에 무기가 될 만한 물건 ─ 조각칼, 부지깽이, 무거운 가죽 장정 책 등이 들려 있을 때 녀석이 과감히 다가오기도 했다. 심지어는 뮤어 씨가 혼자 식사하면서 멍하니 몽상에 빠져 있을 때 녀석이 그의 무릎 위로 뛰어올라 식탁을 가로질러 뛰어가서 그릇이며 유리잔을 엎어뜨린 적도 두어 번 있었다. 그는 녀석의 뒤에다 대고 주먹을 휘두르며 소리 질렀다.

"악마 같으니! 나한테 뭘 원하는 거야!"

하인들이 자신에 대해 뭐라고 수군덕거릴까 싶었다. 뉴욕에 있는 알리사에게까지 말이 새어 나가지는 않을까.

그러던 어느 날 밤 미란다가 전술상 실수를 저질러서 드디어 뮤어 씨의 손에 잡혔다. 그가 서재에서 가장 희귀하고 귀중한 동전들(메소포타미아와 에트루리아의 동전)을 스탠드 불빛에 비추어 관찰하고 있는데, 어느새 안에 슬그머니 들어와 있던 녀석이 나타난 것이었다. 문으로 빠져나갈 계획이었던 듯했지만, 뮤어 씨는 흡사 고양이 같은 비상한 순발력을 발휘해 의자를 박차고 일어나 문을 발로 걷어차 닫아 버렸다. 이후에 벌어진 추격전, 몸싸움, 미친 아수라장이란! 뮤어 씨는 그 동물을 붙잡았다 놓치고 또 붙잡았다 놓쳤고, 그 사이에 녀석은 그의 양손 손등과 얼굴을 악랄하게 할퀴어 댔지만, 그는 기어이 녀석을 어찌어찌 붙잡아서 벽에 쾅 밀어붙이고 피투성이 손가락으로 목을 졸랐다. 조르고 또 졸랐다! 드디어 저것을 손에 넣었으니 세상 그 무엇이 방해해도 절대로 놓아 주지 않을 것이다! 고양이는 비명을 지르고 발톱을 휘두르고 몸부림치며 단말마의 경련을 일으키는 듯 바르작거렸다. 녀석을 굽어보는 뮤어 씨의 눈은 고양이와 마찬가지로 광기로 툭 튀어나왔고, 이마의 동맥이 눈에 보일 만큼 펄떡펄떡 뛰고 있었다.

"잡았다! 잡았다고! 이제 널 잡았단 말이야!"

그가 고함쳤다. 그런데 그 하얀 페르시안 고양이의 숨이 넘어갈락 말락하던 그 순간, 서재 문이 벌컥 열리더니 하인 한 명이 아연실색한 얼굴로 뛰어들었다.

"뮤어 씨! 무슨 일이십니까? 밖에서 소리가⋯⋯."

그 멍청이가 말하는 동안 당연하게도 미란다는 뮤어 씨의 느슨해진 손아귀에서 빠져나와 밖으로 뛰쳐나가고 말았다.

그 사건 이후로 뮤어 씨는 두 번 다시 그런 기회를 얻을 수 없으리라고 체념한 듯했다. 파국이 빠르게 닥쳐오고 있었다.

알리사가 별안간 집에 돌아온 것은 11월 둘째 주의 일이었다.

그녀는 이번 연극을 그만뒀을 뿐아니라 '프로 배우 활동'을 그만뒀다고 했다. 앞으로 오랫동안 뉴욕에는 발 들일 생각이 없다며, 사뭇 격앙된 어조로 남편에게 설명했다.

뮤어 씨는 그녀가 울었다는 것을 깨닫고 놀랐다. 눈이 기이하리만큼 빛났고 전보다 더 작아진 듯했다. 그리고 그녀의 예쁜 얼굴은 닳아 버린 듯, 그 안에서 더 작고 단단한 얼굴이 밀고 나오는 듯 보였다. 가엾은 알리사! 그렇게 희망에 부풀어 갔는데! 그런데 뮤어 씨가 그녀를 달래 주려 끌어안으려 하자 그녀는 뒤로 물러나 버렸다. 그의 냄새마저 불쾌한 듯이 콧구멍을 오므리기까지 했다.

"제발……." 그녀는 그의 눈을 피하며 말했다. "컨디션이 안 좋아요. 내가 원하는 건 무엇보다도 혼자 있는 거예요……. 그냥 혼자 있을래요."

그녀는 자신의 방으로, 침대로 들어갔다. 이후로 며칠을 거기 틀어박힌 채 아무도 만나지 않았다. 하인들 중에서도 여자 한 명, 그리고 애지중지하는 미란다만을 방 안에 들일 뿐이었다. 물론 녀석이 친히 왕림할 때의 이야기였다. (천만다행으로 그 하얀 고양이에게 최근 벌였던 몸싸움의 후유증은 없어 보였다. 그의 손과 얼굴에 났던 상처들은 회복이 더뎠지만, 알리사는 자기 슬픔에 빠져서 눈치채지 못한 듯했다.)

잠긴 방 안에서 알리사는 뉴욕 사람들과 전화 통화를 곧잘 했다. 종종 통화하면서 우는 소리도 들렸다. 이렇게 특수한 상황에서는 통화를 엿들을 수밖에 없었다. 이제까지 뮤어 씨가 듣기로는 알반과 통화한 적은 한 번도 없었다.

그건 무슨 의미일까……? 뮤어 씨는 알 길이 없었고, 알리사에게 물어볼 수도 없었다. 그랬다가는 자신이 엿들었다는 사실을 고백하는 꼴이 될 테고 알리사는 크게 충격받을 테니까.

뮤어 씨는 가을 꽃들을 엮은 작은 꽃다발을 알리사의 병실로 보내 주었다. 초콜릿과 봉봉 사탕, 얇은 시집, 새 다이아몬드 팔찌 등도 보냈다. 예전처럼 열렬한 구애자가 되어 그녀의 방문 앞에 찾아가기도 했다. 하지만 그녀는 아직 그를 만날 준비가 되지 않았다고, 아직은 안 된다고 했다. 그녀의 목소리는 한 번도 들어본 적 없는 쨍한 금속성 음색으로 날이 서 있었다.

"나를 사랑하지 않는 거요, 알리사?"

그가 불쑥 외쳤다. 잠깐 난처한 침묵이 흐른 끝에 그녀가 답했다.

"당연히 사랑하죠. 하지만 제발 나를 혼자 내버려 두란 말예요."

뮤어 씨는 알리사 때문에 걱정이 된 나머지 한 번에 두 시간 이상 자지 못했고, 그나마 잠든 동안에도 꿈자리가 뒤숭숭했다. 그놈의 하얀 고양이! 소름끼치는, 숨 막히게 묵직한 감각! 입안에 들어온 털! 그는 깨어 있을 때는 오로지 알리사 생각뿐이었고, 어떻게 그녀가 집에 왔는데도 불구하고 '그에게'는 오지 않을 수가 있는지에 대한 의문이 머릿속에 가득했다.

그는 혼자만의 침대에서 헝클어진 이불 사이에 홀로 누워

쉰 목으로 흐느껴 울었다. 어느 날 아침 턱을 만져 보니 꺼끌꺼끌했다. 며칠째 면도도 하지 않았던 것이다.

그는 발코니로 나갔다가 하얀 고양이가 정원 담장 위에 올라앉아 몸단장을 하는 것을 보았다. 기억하는 것보다 덩치가 더 컸다. 그의 공격에서 완전히 회복한 모양이었다. (애초에 다치기나 했는지 의문이기는 했다. 서재에 들어왔다 봉변을 당했던 고양이와 저 담장 위 고양이가 같은 고양이인지도 의문이었다.) 녀석의 하얀 털이 햇빛을 받아 눈부시게 타오르다시피 했고, 두 눈은 두개골 속 깊숙이 이글거리는 황금빛 석탄 조각이었다. 그 광경에 뮤어 씨는 가벼운 충격을 받았다. 저렇게 아름다울 수가!

물론 바로 다음 순간에 그 녀석의 실체를 깨달았지만 말이다.

11월 말의 어느 날, 비바람이 몰아치는 밤에 뮤어 씨는 강변의 좁은 아스팔트 도로를 따라 운전하고 있었다. 조수석에 앉은 알리사는 조용했다. 고집스러운 침묵이라고 뮤어 씨는 생각했다. 그녀는 검은 캐시미어 망토를 걸쳤고, 머리에 꼭 맞는 부드러운 검은 펠트 모자를 써서 머리카락이 거의 다 가려졌다. 옷도 모자도 뮤어 씨가 처음 보는 것으로, 세련되면서도 금욕적인 스타일이 둘 사이에 점점 벌어져 가는 거리를 암시하고 있었다. 그가 알리사를 에스코트해 차에 태웠을 때 그녀는 "오! 꼭 나를 만져야겠어요?"라고 반문하는 투로 "고마워요."라고 웅얼거렸고, 맨머리로 비를 맞고 있던 뮤어 씨는 허리를 살짝 굽혀 조롱조로 절하는 시늉을 해 보였다.

'나는 당신을 그렇게도 사랑했는데.'

그녀는 아무 말도 하지 않았다. 그 사랑스러운 옆얼굴을 그에게서 돌린 채 앉아 있을 뿐이었다. 그녀는 휘날리는 빗줄기와 저 아래에서 이랑지고 들썩거리는 강물, 영국제 차체를 흔들어 대는 돌풍에 넋을 빼앗긴 듯했고, 그동안 뮤어 씨는 점점 더 세게 가속 페달을 밟았다.

"이렇게 하는 편이 나을 거요, 내 소중한 여보."

뮤어 씨가 조용히 말했다.

"설령 당신이 따로 사랑하는 남자가 없다 해도, 당신이 나를 사랑하지 않는다는 것은 고통스럽지만 명백한 사실이오."

그의 엄숙한 말에 알리사는 죄책감을 느낀 듯 흠칫했지만 여전히 그를 마주 보지는 않았다.

"여보, 이해가 되오? 이렇게 하는 편이 낫소. 겁먹지 말아요."

뮤어 씨가 속력을 높여 가면서 차체가 더욱 격하게 요동쳤다. 알리사는 항변이 나오지 않게 억누르려는 듯 두 손으로 자기 입을 틀어막은 채 차창 밖을 휙휙 스쳐 가는 포장 도로에 멍하니 시선을 못 박고 있었다. 뮤어 씨의 눈길도 도로에만 붙박여 있었다.

뮤어 씨가 용감하게 차 앞바퀴를 가드레일 방향으로 틀었을 때에야 그녀는 굳은 침묵을 깨고 숨 가쁜 비명을 몇 차례 내지르며 좌석 등받이에 몸을 파묻었다. 하지만 그의 팔이나 운전대를 붙잡으려 들지는 않았다. 어차피 눈 깜짝할 사이에 모든 게 끝났다. 차가 가드레일을 부수고 날아기 허공에서 회전하는 듯하더니, 바위투성이 비탈로 추락해 폭발을 일으켰다. 차는 불길에 휩싸여 데굴데굴 굴러 내려갔다……

그는 바퀴 달린 의자에 앉아 있었다. 휠체어! 대단한 발명품이었다. 누가 교묘한 재간을 발휘해 이런 걸 만들었을지 궁금해졌다.

하지만 몸이 거의 다 마비된 그는 자기 의지대로 휠체어를 작동시킬 수가 없었다.

게다가 눈까지 멀었으니 자유 의지라고는 전혀 없었다! 그래도 지금 그가 머무는 곳은 꽤 마음에 들었다. 외풍만 들지 않는다면. (이 방이 어떻게 생겼는지 보이진 않았지만 난방은 대체로 아늑하게 잘 돌아가고 있었다. 아내가 조치해 두었으니까. 하지만 그럼에도 이따금씩 예상치 못한 한기가 불쑥 끼쳐 오곤 했다. 그의 체온 조절 기능이 주변 환경의 지속적인 공격에 더 이상 대응할 수 없게 된 것 같았다.)

많은 것의 이름을 잊었지만 그리 슬프진 않았다. 이름들을 모르니 그 이름들 너머 영영 얻을 수 없는 허깨비 같은 것들에 대한 갈망도 줄어들었다. 물론 여기에는 실명 상태도 한몫했다. 눈이 멀어서 다행이었다! 정말 다행스러웠다!

하지만 아예 아무것도 안 보이는 것은 아니었다. 아무것도 보지 않는 것은 불가능했다. 시야를 한 겹 내리덮는 흰빛. 놀랍도록 미세하게 농담(濃淡)이 변화하는 흰빛이, 끊임없이 흘러내리는 개울물처럼 그의 머리에 쏟아지고 부서졌다. 어떤 형체나 윤곽으로도 분별되지 않고, 이 공간에 존재하는 그 어떤 물체도 저속하게 시사하지 않는…….

그는 머리에 수술을 여러 번 받았다고 했다. 얼마나 많이 받았는지는 몰랐고, 알고 싶지도 않았다. 지난 몇 주 동안 사람들은 그에게 뇌 수술을 한 번 더 해야 할 수도 있다고 솔직히 말해 주었다. 그가 제대로 이해했는지는 모르겠지만, 그 수술을 하면 왼발의 발가락 몇 개를 움직일 수 있게 되리라는 가설을 세우고들 있는 모양이었다. 웃을 수 있었다면 웃었겠지만, 침묵으로 위엄을 지킬 수 있으니 더 나은 것 같기도 했다.

사람들이 절망스럽고도 열광적인 합창을 하는 가운데 알리사의 달콤한 목소리도 끼어들었다. 하지만 그가 느끼기에는 아직 수술 따위는 하지도 않은 것 같았다. 만약 했다고 해도 뚜렷한 성공은 거두지 못한 셈이었다. 왼발 발가락은 몸의 다른 모든 부위와 마찬가지로 그에게서 아득히 멀리 단절되어 있었다.

"얼마나 다행이에요, 줄리어스. 그때 다른 차가 왔으니 망정이지! 안 그랬으면 당신은 죽었을 수도 있었어요!"

사람들의 이야기에 따르면 줄리어스 뮤어는 거센 폭풍이 몰아치던 날 높은 강둑 위에 난 좁은 리버 도로에서 혼자 운전하다가, 그답지 않게 빠른 속도로 질주하는 바람에 차가 그의 통제를 벗어나 가드레일을 들이받고 비탈 너머로 굴러떨어졌고……. 그는 불타는 차의 잔해에서 '기적적으로' 튕겨 나왔다고 했다. 그의 호리호리한 몸속 뼈들 중 3분의 2가 부서졌고, 두개골에 심한 균열이 생겼으며, 척추가 박살 났고, 폐가 꿰뚫렸다고……. 그렇게 해서 줄리어스는 박살 난 자동차 앞 유리처럼 지리멸렬하게 조각조각 부서진 채로 바로 이곳으로, 우윳빛 평화가 깃든 최후의 휴식처로 오게 되었다는 것이었다.

"줄리어스, 여보? 깨어 있어요? 아니면……."

안개 속에서 누군가의 친숙한 목소리가 결연하게도 명랑하게 말을 걸어왔다. 저 목소리의 이름이 무엇이었던가, 알리사? 아니, 미란다? ─어느 쪽이지?

언젠가는 그의 시력이 일부 회복될 수도 있다는 이야기가 들려왔다. 사람들은 그에게 다 들릴 만큼 가까운 거리에서 대화를 나누기도 했다. 하지만 줄리어스 뮤어는 그런 대화에 별로 귀를 기울이지도, 신경 쓰지도 않았다. 다만 간혹 낮잠에서 깼을 때 "줄리어스, 여보, 아주 특별한 손님이 왔어요!"라는 말과 함께 북슬북슬하고 따뜻한 무언가가 무릎 위에 올려지곤 했는데, 부드러우면서도 놀라울 만큼 묵직하고, 따끈하지만 불쾌하게 뜨뜻하지는 않은 그것이, 처음에는 약간 안절부절못하다가(고양이는 이상적인 위치에 자리 잡기 전에 수선스럽게 빙글빙글 맴도는 습성이 있다.) 몇 분쯤 지나면 아주 편안해져서 그의 다리를 부드럽게 꾹꾹 누르고 가르랑거리며 그를 벗 삼아 잠들 때가 있었다. 그는 바로 그 시간 때문에 아직 살고 있었다. 시야에 아른거리고 일렁거리는 흰빛 너머에 있을 그 녀석의 특별한 흰색을 보고 싶었다. 그 부드러움을, 실크처럼 매끄러운 털 결을 다시 한번 만져 보고도 싶었다. 하지만 목 깊은 데서 울리는 음악 같은 가르랑 소리가 들려오고, 그를 누르는 따스한 몸의 무게도 어느 정도는 느낄 수 있으니 ─그 불가사의한 살아 있음의 경이가 그의 곁에 있으니, 그것만으로도 한없이 고마웠다.

"내 사랑!"

2부

모델

1. 스타 씨의 접근

　그는 돌연히 나타난 것일까, 아니면 그의 주장보다 더 오랜 시간 동안, 다른 목적으로 그녀를 지켜보고 있었던 것일까? 그 의문을 떠올리면 그녀는 몸서리가 쳐졌다. 그랬다, 마을이나 공원에서 그를 얼핏 본 적이 여러 번 있었던 것 같았다. 제대로 눈여겨본 건 아니었지만. 설령 그를, 자칭 스타 씨라고 하는 남자를 눈여겨보았다 해도 그 길쭉하고 번쩍거리는 검정색 리무진을 그와 연관 지어 생각하지는 못했을 것이다.

　매일 그녀의 눈은 친숙하면서도 낯선 수많은 사람들을 빠르고 가볍게 훑고 지나갔다. 영화 속에서 전경만이 핵심적인 현실로, 영화 자체의 요점으로 그려질 때의 배경처럼 그들은 흐릿하게만 보였다.

그녀는 열일곱 살이었다. 사실 그날은 생일을 맞은 지 불과 하루가 지난 쾌청하고 바람이 심한 1월이었고, 그녀는 방과 후 늦은 오후 바다가 내다보이는 공원에서 달리기를 하다가 슬슬 집으로 돌아가려고 발길을 돌린 참이었다. 빨라진 심장 박동에서 전해지는 힘과 다리 근육이 기분 좋게 욱신거리는 감각을 느끼며 잠시 멈춰 서서 얼굴을 닦고 땀에 젖은 운동용 머리띠를 고쳐 매고는 문득 눈을 들었는데, 전에는 한 번도 눈여겨본 적 없는 남자가 앞에 서 있기에 그녀는 놀랐고 머쓱해졌다. 그는 그녀를 향해 웃음 짓고 있었다. 열렬하고 희망에 찬 함박웃음이었다. 지팡이를 짚고 살짝 기대선 그의 자세는 그녀의 길을 가로막으려는 듯했지만, 그러면서도 위협할 의도는 없다고 말하는 듯 어디까지나 신사적으로 정중하게 여지를 주는 태도였다. 그는 오랫동안 목소리를 내지 않고 지냈는지 탁하게 가라앉은 음성으로 말을 걸었다.

"저기, 실례지만, 아가씨! 사적인 시간을 갑작스럽게 방해해서 미안하지만, 나는 화가고 모델을 구하고 있다네. 혹시 흥미가 있다면 내 그림의 모델이 되어 주지 않겠나? 바로 여기, 공원에서, 환한 대낮에만 작업할 거야! 모델료도 주겠네. 시간당……."

시빌은 남자를 빤히 쳐다보았다. 10대 아이들이 으레 그렇듯 그녀도 서른다섯 살 이상의 어른들 나이는 가늠할 수 없었다. 저 이상한 사내는 40대인 것 같기도 하고 50대 중반은 된 듯도 했다. 숱이 적고 힘없는 생머리는 오래된 은 같은 빛깔이었다. 그걸 보면 더 늙은 사람일지도 몰랐다. 푸르스름하도록 창백한 피부는 우둘투둘 거칠었고 맹인들이 쓰는 안경을 연상시킬 만큼 짙게 착색된 안경을 끼고 있었다. 옷은 거무스름한 빛깔에 수수하고 보수적인 스타일로 헐렁한 트위드 재킷을 걸치고, 목까지 단단히 단추를 채운 셔츠에 넥타이는 매지 않았고, 유행에 뒤떨어진, 광을 잘 낸 검은 가죽 구두를 신고 있었다. 그의 태도에는 어딘가 주춤거리는, 병에 걸렸다가 회복 중인 사람 같은 구석이 있었다. 인구 중 대다수가 은퇴한 고령자와 병약자로 이루어진 이 캘리포니아 남부 해안 도시 사람들이 대개 그렇듯 땅이 자신을 잘 지탱해 주리라고 완전히 믿지 않는, 조심조심 운신하는 법을 경험으로 터득한 사람 같았다. 그의 이목구비는 세련됐지만 지쳐 보였다. 이랑진 유리나 물결 너머로 보이는 얼굴처럼 살짝 왜곡되어 있었다.

시빌은 남자의 눈이 보이지 않아서 꺼림칙했다. 다만 그가 실눈을 뜨고 그녀를 힘껏 건너다보고 있다는 것은 알 수 있었다. 눈언저리에 하얗게 주름이 잡힌 걸 보니 평생 숱하게 실눈을 뜨고 웃었나 보다 싶었다. 시빌은 재빨리, 예의 바르게 웅얼웅얼 대답했다.

"고맙습니다. 하지만 사양할게요."

그녀는 돌아서려 했지만 남자가 미안한 투로 말했다.

"놀란 건 이해하네. 하지만…… 그게, 달리 어떻게 물어야 할지 모르겠어서 말이야. 나는 이 공원에서 막 스케치를 시작했는데……"

"죄송해요!"

시빌은 몸을 돌려 뛰기 시작했다. 겁에 질려 허둥거리는 건 전혀 아니고, 평소처럼 침착한 걸음걸이로 고개를 들고 두 팔을 옆구리께에 흔들며 뛰었다. 비록 열일곱 살도 안 되어 보이는 앳된 외모였지만 그녀는 겁을 잘 내지 않는 성격이었고, 지금도 겁이 나지 않았다. 단지 당황스러워서 얼굴이 달아올랐을 뿐이었다. 공원에 누군가 아는 사람이 그녀를 보지 못했기를 바랄 뿐이었다. 글렌코는 작은 도시였고, 그녀가 다니는 고등학교는 겨우 1마일 떨어져 있었다. 저런 희한한 남자가 왜 하필 그녀에게 접근했단 말인가!

그가 그녀를 부르는 소리가 들렸다. 아마도 그녀를 향해 지팡이를 흔들고 있을 듯했지만, 그녀는 차마 뒤돌아보지 못했다.

"내일 여기 오겠네! 내 이름은 스타라고 해! 너무 섣불리 판단 내리지 말게, 부탁이야! 나는 약속을 지키는 사람이라네! 나는 스타라고 하네! 자네에게 시간당 보수를……."

그가 제시한 금액은 엄청난 액수였다. 시빌이 베이비시터나 집 근처 도서관에서 업무 보조로 일해서 받는 급료는 그의 절반도 못 미쳤고, 그나마도 매번 채용될 수 있는 것도 아니었다. 그녀는 어안이 벙벙해져서 생각했다.

'저 사람 미쳤나 봐!'

2. 유혹

자신을 스타라고 소개한 남자에게서 빠져나와, 부에나비스타 대로를 거쳐 샌타클라라 거리로, 샌타클라라 거리에서 메리디언 거리로 달려서 마침내 집에 도착하자마자, 시빌 블레이크는 스타 씨의 제안이 터무니없기는 해도 아주 유혹적이라는 사실을 깨달았다. 모델 일은 한 번도 해 본 적 없었지만 학교에서 미술 시간에 반 친구들 중 몇몇이 모델을 서는 걸 본 적은 있었다. 그들은 옷을 다 입은 채로 평범한 자세로 앉아 있거나 서 있고, 시빌을 비롯한 학생들은 그들을 보고 스케치를 하거나 스케치를 하려 노력했다. 인체의 형상을 그리는 것은 보기보다 쉽지 않았고, 얼굴을 그리는 것은 더더욱 어려웠다. 하지만 모델이 되는 것 자체는 힘들지 않았다. 사람들의 시선을 한 몸에 받는 데에서 오는 부끄러움만 극복하고 나면, 도덕적으로 문제될 것 없는 일이라 할 수 있었다. 스타 씨는 이렇게 말하지 않았던가.

"바로 여기, 공원에서, 환한 대낮에만 작업할 거야. 나는 약속을 지키는 사람이라네!"

그리고 시빌은 돈이 필요했다. 대학 등록금도 모아야 했고, 샌타바버라 대학의 하계 음악 강습에도 지원하고 싶었다. (그녀는 성악을 공부하는 학생으로, 합창부 선생님에게서 전문적인 교육을 받아 보라는 격려도 들은 바 있었다.) 두 살하고도 8개월이었을 적부터 그녀를 키워 주고 있는 이모 로라 델 블레이크는 기꺼이 학비를 대 주겠다고, 반드시 대 줄 거라고 단언했지만,

시빌은 그녀에게서 돈을 받기가 부담스러웠다. 글렌코의 공공 의료 시설에서 물리 치료사로 일하는 로라 이모의 봉급은 공무원 급여 체계상 최고액이었지만 캘리포니아주 평균으로 따지면 대단찮은 수준이었다. 시빌은 로라 이모가 자신을 영원히 뒷바라지해 줄 수는 없다고 생각했다.

시빌은 오래전에, 죽음이 뭔지 이해하기에는 너무 어린, 사람들 말로는 그렇다고 하는 나이에 치명적인 재난으로 양친을 한꺼번에 잃었다. 부모님이 챔플레인 호수에서 선박 사고로 돌아가셨을 때 어머니는 스물여섯 살이었고 아버지는 서른한 살이었다. 아주 매력적이고 젊고 '인기 있는' 부부였다고 로라 이모는 신중하게 표현했고 그 이상 자세한 이야기는 해 주지 않았다. 그런 건 뭐 하러 물어? 눈물만 날 텐데. 로라 이모는 그렇게 경고하는 듯했다. 이모는 시빌이 걷고 뛸 수 있게 되고 영구적인 양육권을 얻자마자 이곳으로, 캘리포니아주의 샌타모니카와 샌타바버라 사이에 있는 햇살에 씻긴 바닷가 동네로 이주했다. 글렌코는 이웃 도시들에 비해 눈에 띄게 부유한 지역은 아니었지만 야자수가 늘어선 거리, 화창하고 평온한 분위기, 바다로 탁 트인 환경 등이 블레이크 가가 대대로 살았던 버몬트주 웰링턴과는 매우 대조적이라고 이모는 말했다. (캘리포니아로 이주한 후 로라 델 블레이크는 공식적으로 시빌을 입양했고, 시빌의 성은 어머니를 따라 '블레이크'가 되었다. 아버지의 성이 뭐였느냐고 누군가가 물으면 시빌은 잠시 생각하고서야 '콘트'라고 자신없이 말하곤 했다.) 로라 이모가 뉴잉글랜드 전반에 대해, 특히 버몬트 주에 대해 워낙 부정적으로 이야기해서 시빌은 그 지역에 대한 향수가 없었고, 고향에 가 본다거나 심지어 부모님의 무덤을 찾고 싶은 감상적인 욕구조차 들지 않았다. 로라 이모의 이야기로 미루어 보면 버몬트는 1년 열두 달 습하고 썰렁한 데다 겨울에는 미친 듯이 추운 모양이었다. 봉우리에 눈이 덮인 아름다운 서부의 산들과는 사뭇 다른 울창한 산들이 오래된 도시들에 그림자를 드리우고, 그 도시들은 조그맣고 비좁고 인구도 적고 빈곤하다고 했다. 뉴잉글랜드 토박이인 로라 이모는 캘리포니아에 대한 격찬을 아끼지 않았다.

"서쪽에 태평양이 있으니, 벽 하나가 뚫린 방 안에 있는 것 같잖아. 안이 아니라 밖을 내다보는 게 사람의 본능이란다. 좋은 본능이지."

로라 델 블레이크는 대화할 때 상대방에게 반발을 사기 쉬운 방식으로 선언하는 부류의 사람이었다. 하지만 훤칠하고 팔다리가 긴 체격에 좀처럼 가만히 있지 못하는 호전적인 그녀에게 반박하고 싶어 하는 사람은 별로 없었다.

로라 이모는 시빌이 죽은 부모님에 대해서나, 부모님을 죽음으로 몰아간 비극적인 사고에 대해서 묻지 않기를 원했다. 버몬트주 웰링턴에서의 삶을 추억할 만한 사진이나 기념품 따위는 갖고 있지도 않거나, 있다고 해도 시빌이 볼 수 없는 곳에 안전하게 숨겨 둔 듯했다.

"마음이 너무 아파질 테니까. 우리 둘 다 말이야."

이모의 말은 부탁이면서 동시에 경고이기도 했다. 당연히 시빌은 그 화제를 피해 주었다.

　왜 이모랑 같이 사느냐, 어째서 부모님이나 최소한 부모님 중 한 분과 살지 않느냐고 누군가가 물어볼 경우를 대비해서 그녀는 신중한 답변을 준비해 두었다. 하지만 여기는 캘리포니아 남부였고, 친부모님 두 분과 온전히 사는 급우는 매우 드물었다. 그래서 아무도 묻지 않았다.

　고아냐고? 고아는 아니야. 시빌은 이렇게 대답할 작정이었다. 로라 이모가 늘 곁에 있었으니 고아였던 적은 없었어.

　그 사고가 일어났을 때 나는 두 살이었는걸.

　아니, 기억 안 나.

　하지만 아무도 묻지 않았다.

　시빌은 공원에서 만난 자칭 스타라는 이름의 남자에 대해 로라 이모에게 일언반구도 하지 않았을 뿐더러 그에 대한 생각도 아예 제쳐 두었다. 하지만 밤에 침대에 누워 잠들려 하니 불현듯 그가 생각났고 그의 모습도 생생하게 되살아났다. 그 은빛 머리, 반질거리던 검정 구두, 색안경에 가려진 눈도. 그의 제안은 정말 유혹적이었다! 하지만 절대로 응하지 않을 작정이었다. 어림도 없다.

　하지만 스타 씨는 해로워 보이는 사람은 아니었다. 좋은 의도에서 접근한 듯했다. 물론 괴짜 같긴 했지만 한편으로는 흥미롭기도 했다. 모델료를 그만큼이나 주겠다고 하는 걸 보면 돈이 많은 모양이었다. 그에게는 어딘지 '현대적'이지 않은 구석이 있었다. 머리와 어깨의 선 하며, 기이한 요청을 하면서도 조심스럽게 격식을 차리는 신사적인 태도가 그랬다. 지난 몇 년간 글렌코에는 노숙자와 부랑자 들이 눈에 띄게 늘었고, 해변가 공원에는 특히 많았다. 하지만 스타 씨는 확실히 그런 부류는 아니었다.

그러다 이제껏 잠겨 있던 문이 저절로 열리듯 퍼뜩 생각이 났다. 그녀는 전에 스타 씨를 본 적이 있었다…… 어디서였던가? 거의 매일 오후 공원에서 한 시간씩 달리기를 하니, 그때 본 걸까? 아니면 길거리에서? 도서관에서? 글렌코 고등학교 근처에서? 아니면 학교 안, 강당 같은 데서? 시빌은 물리적인 노력을 기울이듯 힘겹게 기억을 끄집어냈다. 지난달에 크리스마스 공연 준비를 위해 학교 합창부에서 헨델의「메시아」리허설을 했을 때, 시빌이 알토 음역의 까다로운 솔로 부분을 소화해 내고 모두의 앞에서 선생님에게 칭찬을 받았을 때…… 그때 강당 맨 뒷자리에 앉아 있던 낯선 남자를 언뜻 본 것 같았다. 이목구비는 희미했지만 회색 머리카락은 기억에 선명했고, 게다가 그는 소리 없이 박수 치는 시늉을 하고 있지 않았던가?

'그래, 맞아. 맨 뒷줄, 통로 쪽이었어.'

리허설에 방문객이 들르는 경우는 흔했다. 합창부원들의 부모님이나 친지, 선생님의 동료들이 찾아오곤 했기에 강당 뒷줄에 방해되지 않게 앉아 있던 낯선 남자에게 특별히 주의를 기울이는 사람은 아무도 없었다. 그는 이목을 끌지 않는 거무스름하고 보수적인 옷을 입었고 색안경으로 눈을 가리고 있었다. 하지만 그 사람이 맞았다. 시빌 블레이크를 보러 온 사람. 그는 시빌 때문에 거기 있었던 것이다. 하지만 그녀는 그를 눈여겨보지 않았다.

그 남자가 떠나는 것도 보지 못했다. 거의 눈에 띄지 않을 만큼 살짝 절름거리며, 지팡이를 짚으며 조용히 자리에서 빠져나가던 모습을.

3. 제의

시빌은 스타 씨를 찾아 나설 생각은커녕 그가 있는지 주위를 살필 생각조차 하지 않았지만, 다음 날 오후 달리기를 마치고 집으로 돌아가는 길에 그 남자가 그녀의 앞에 불쑥 나타났다. 그는 시빌의 기억보다 키가 더 커 보였고, 검은 안경알이 햇빛에 번쩍거리고, 창백한 입술은 머뭇거리는 미소로 팽팽히 당겨져 있었다. 옷차림은 전날과 같았지만 격자무늬 골프 모자를 써서 한량 같으면서도 서글픈 분위기가 배어났고, 목에는 급하게 맨 듯 구겨진 크림색 실크 스카프가 둘러져 있었다. 지난번과 거의 같은 지점에 서서 지팡이를 짚고 있었는데, 그 옆의 벤치에 놓인, 학생들이 들고 다닐 법한 캔버스 천 가방에 들어 있는 미술 용품들 같은 것이 눈에 띄었다.

"아, 안녕!"

그가 쭈뼛거리면서도 열성적으로 말했다.

"아마 다시 오지 않을 거라고 생각했지만……."

절박감에 빠지기 일보직전인 듯 그의 웃음이 더욱 크게 벌어졌고 눈가의 주름진 피부가 팽팽해졌다.

"……그래도 오기를 바랐다네."

시빌은 달리고 나면 늘 기분이 좋았다. 팔, 다리, 폐에 힘이 흘러드는 느낌이었다. 어렸을 때 호흡기 질환에 자주 걸린 탓에 뼈대가 연약한 체질로 자랐지만, 최근 몇 년간은 격렬하게 운동한 덕분에 튼튼해졌고, 육체적으로 자신감이 생기니 심리적인 자신감도 늘었다. 그녀는 저 이상한 사내의 말에 그저 가볍게 웃고는 어깨를 으쓱했다.

"뭐, 여긴 원래 제가 다니는 공원인걸요."

스타 씨는 열심히 고개를 주억거렸다. 그녀에게서 나오는 반응이라면 그 어떤 것이라도 지대한 흥미를 느낀다는 듯이.

"그렇지, 그래. 맞아. 근처에 사나?"

시빌은 어깨를 으쓱했다. 자신이 어디에 사는지는 그가 알 바가 아니지 않는가?

"글쎄요."

"그리고 이름이……?"

그는 안경을 고쳐 쓰며 희망에 찬 표정으로 그녀를 쳐다보았다.

"……내 이름은 스타라고 하는데."

"저는 블레이크예요."

스타 씨는 그녀의 말이 농담인지 긴가민가한 듯 눈을 깜빡이며 미소 지었다.

"블레이크라고……? 여자 이름 치고는 특이하구면."

시빌은 얼굴이 달아오르는 걸 느끼며 다시 웃었다. 그의 오해를 군이 바로잡아 줄 필요는 없을 듯했다.

이번 만남은 이미 예상했고 몇 시간 전부터 마음의 준비를 한 참이었기에 전날보다는 훨씬 덜 불안했다. 저 남자는 그녀에게 사업상 제안을 하는 것뿐이었다. 그리고 이곳 공원은 탁트여 있고 사람도 많은, 안전한 장소였다. 그녀에게는 로라 이모네 집에 딸린 아담하고 말끔한 마당만큼이나 친숙했다.

그래서 스타 씨가 다시금 제안을 꺼내자 시빌은 좋다고, 사실 흥미가 있다고 대답했다. 대학 등록금을 마련해야 해서 돈이 필요하다고.

"대학이라고? 정말인가? 아직 이렇게 어린데?"

스타 씨는 놀라서 물었다. 시빌은 대답이 필요치 않은 질문이라는 식으로 어깨만 으쓱해 보였다.

"아무래도 여기 캘리포니아에서는 청소년들이 빨리 자라나 보구면."

스타 씨는 스케치북을 가져와서 자기 그림들을 보여 주었다. 시빌이 예의 있게 관심을 나타내며 스케치북을 넘기는 동안 스타 씨는 수다를 늘어놓았다. 자신은 "아마추어 예술가", 그야말로 아마추어의 완벽한 전형으로서, 자기 재능에 대해 허황된 자만심은 없지만, 예술이 세상을 구원한다는 굳건한 신념을 갖고 있다고 했다.

"알다시피 이 세상은 속되고 악에 푹 빠져 있어서 끊임없이, 거듭해서 구원을 받아야 하거든."

　　그는 예술가란 이 사실을 "증거"하는 사람이며, 예술은 텅 비어 있는 마음에 "감정을 전하는 통로"가 될 수 있다고 했다. 시빌은 스타 씨의 어수선한 설명을 듣는 둥 마는 둥하고 스케치들을 훑어보았다. 솜털처럼 부드럽고 흐릿한, 어딘지 '경건한' 느낌이 나는 디테일들이 인상적이었고, 그녀가 보기에는 프로의 솜씨라 할 수는 없을지라도 생각보다 나쁘지 않은 수준이었다. 스타 씨가 그녀의 옆으로 다가와 어깨 너머로 같이 그림을 보기 시작하자, 종이 위로 드리워진 그의 그림자에서 쑥스러우면서도 들뜬 기색이 전해졌다. 바다, 파도, 절벽 위에서 내려다본 드넓은 해변의 물결, 야자수, 히비스커스, 꽃, 공원의 2차 세계 대전 기념비, 어린아이들을 데리고 있는 여자들, 벤치에 혼자 웅크려 앉은 사람들, 자전거를 타는 사람들, 조깅하는 사람들. 몇 장에 걸쳐 조깅하는 사람들이 나왔다. 스타 씨의 그림은 평범했고 심지어 진부하다고도 할 수 있었지만 진지한 마음가짐으로 그리고 있는 것만은 확실했다. 조깅하는 사람들 중에는 시빌, 또는 시빌일 거라고 생각되는 인물도 있었다. 어깨까지 내려오는 검은 머리를 머리띠로 넘기고 청바지와 운동복 상의를 입은 소녀가 허공에 팔다리를 넓게 내뻗으며 뛰는 순간이 포착되어 있었다. 분명 그녀가 맞았다. 너무 어설프게 그려진 데다 옆얼굴이 심하게 번져서 아무도 알아보지 못할 테지만, 그럼에도 시빌은 얼굴이 달아올랐다. 곁에 있는 스타 씨의 기대감이 마치 숨 죽인 사람의 침묵처럼 그녀에게도 느껴졌다.

열일곱 살인 그녀가 중년 남자의 재능을 두고 이렇다 저렇다 평가하기는 부적절한 듯해서 그녀는 막연히 의례적이고 긍정적인 말을 웅얼거렸다. 그러자 스타 씨가 스케치북을 도로 가져가면서 말했다.

"오, 나도 알아. 아직 별로 대단치는 않지. 하지만 노력할 거야."

그는 빙긋 웃고는 깨끗하게 세탁된 하얀 손수건을 꺼내 이마를 문질러 닦았다.

"모델 일에 대해 궁금한 점 있나? 아니면 바로 시작할까? 지금부터 해 지기 전까지 적어도 세 시간은 할 수 있겠군."

"세 시간이라고요! 그렇게 오래요?"

스타 씨가 냉큼 말했다.

"불편해지면 언제라도 쉬면 돼."

시빌이 얼굴을 찌푸리는 것을 보고 그는 애타게 덧붙였다.

"간간이 쉬는 시간을 가질 거야. 약속하네. 그리고, 또……."

시빌이 여전히 주저하는 기미를 보이자 그는 내처 말했다.

"얼마나 쉬든 상관없이 시간당 보수는 그대로 지급하겠네."

그래도 시빌은 로라 이모에게든 누구에게든 알리지 않고 이런 일에 동의해도 괜찮은 것인지 못내 망설여졌다. 스타 씨의 태도도 그렇고, 이렇게 별일 시키지도 않으면서 거금을 주겠다고 하는 것도 어딘가 수상쩍지 않은가? 그리고 그녀에게 지나친 관심을 보이는 점도 (덕분에 우쭐한 기분이 들기는 하지만) 꺼림칙한 구석이 있지 않은가? 시빌의 기억이 맞다면 그는 그녀를 한동안…… 최소한 한 달 동안은 지켜보면서 의식하고 있었던 것이다.

"보수는 기꺼이 선금으로 주겠네, 블레이크."

'블레이크'라는 이름을 저 낯선 남자에게서 들으니 굉장히 기묘하게 들렸다. 시빌은 이때까지 한 번도 성으로만 불려 본 적이 없었다. 그녀는 초조한 웃음을 터뜨리고 말했다.

"선금으로 주실 필요는 없어요. 고마워요!"

그렇게 해서 시빌 블레이크는 이게 아닌데 싶으면서도 스타 씨의 그림에 모델을 섰다.

스타 씨는 젠체하는 태도로 까탈스럽게 수선을 피우며 그녀를 열정적으로 스케치해 나갔다.(그는 완벽주의자이거나, 완벽주의자라는 인상을 주고 싶어 하는 사람이었다. 종이 대여섯 장을 구겨 버리고 연신 새 목탄을 꺼내 쓰고 나서야 비로소 마음에 드는 구상을 잡고 스케치를 해 나갔다.) 그러는 내내 시빌은 자기 자신이 의식되었고 이 시도가 뭔가 우스꽝스럽다는 기분이 간간이 들기는 했지만, 일 자체는 전혀 힘들지 않았다.

"내가 포착하고 싶은 것은……."

스타 씨가 말했다.

"……그것은, 블레이크, 자네의 아름다운 옆얼굴 너머로, 그래, 자네는 정말 아름다운 아이야! 그 너머로 보이는 바다의 사색적인 분위기라네. 그런 분위기가 느껴지지? 바다가 제 나름의 의식을 가진 듯, 생각에 잠긴 듯하잖은가. 그래, '사색적'

이야!"

시빌은 하얀 물머리가 진 물결, 규칙적으로 부서지는 파도, 이따금씩 양서류처럼 민첩하게 서핑 보드를 타고 움직이는 사람들을 실눈으로 바라보며, 저 바다에 '사색적'이라는 말만큼 어울리지 않는 단어도 없다고 생각했다.

"왜 웃나, 블레이크?" 스타 씨가 멈칫하고 물었다. "뭐가 웃긴 건가? 내가 우스운가?"

시빌은 재빨리 말했다. "오, 아니에요, 스타 씨. 당연히 그렇지 않아요."

"하지만 내가 우스울 텐데. 틀림없어." 그가 명랑하게 말했다. "웃기다면 부디 마음껏 웃게나!"

시빌은 누군가가 거칠거칠한 손가락으로 간지럼을 태우기라도 한 듯 까르르 웃었다. 만약 그랬더라면…… 그녀에게 아버지가, 그리고 어머니가 있었다면 어땠을까 하는 생각이 들었다. 그녀만의 온전한 가족이 있었더라면.

스타 씨는 가까운 풀밭에 쪼그려 앉아 고도로 집중한 표정으로 시빌을 올려다보고 있었다. 목탄을 쥔 손이 빠르게 움직여나갔다.

"'웃는' 능력은 곧 '사는' 능력이지. 두 가지는 동의어라네. 자네는 너무 어려서 아직 이해가 안 되겠지만 언젠가는 이해하게 될 거야."

시빌은 눈을 문질러 닦으며 어깨를 으쓱했다. 스타 씨가 엄숙하게 말했다.

"이 세상은 속되고 타락했어. '신성함'과는 정반대의 의미지, '속되다'라는 것은. 그렇기 때문에 끊임없는 경계, 끊임없는 구원이 필요하네. 예술가는 자신이 할 수 있는 곳에서 세상의 순결함을 되찾아 줌으로써 구원하는 사람이야. 예술가는 주기만 할 뿐 빼앗지는 않아. 무언가를 다른 것으로 대체하지도 않고."

시빌은 회의적으로 물었다. "하지만 스타 씨도 그림으로 돈을 벌고 싶으시잖아요, 안 그래요?"

스타 씨는 진심으로 충격받은 눈치였다. "오, 맙소사, 전혀. 결단코 아니야."

시빌은 끈질기게 말했다.

"그런가요? 보통 사람들은 돈을 벌 텐데요. 제 말은, 보통 사람들은 그러지 않을 수가 없단 뜻이에요. 재능이 있다면……." 그녀는 놀라울 만큼 퉁명스럽게, 거의 어린애처럼 당돌하게 말하고 있었다. "……어떻게든 그 재능을 팔아야 하는 처지가 되니까요."

스타 씨는 범죄를 벌이다 발각당하기라도 한 듯 미안한 투로 더듬거렸다.

"하기야 그건 그렇네, 블레이크. 나는…… 나는 보통 사람들과 다른 것 같아. 상속받은 돈이 좀 있어서 말이야. 큰 재산은 아니지만 여생을 편안하게 살 정도는 되지. 그동안 외국 여행을 다녔어." 그는 모호하게 말했다. "……그리고 내가 없는 사이에 수익이 늘어났고."

시빌은 미심쩍어서 물었다. "고정적인 직업이 없으신 거예요?"

스타 씨는 흠칫 놀라서 웃음을 흘렸다. 이렇게 가까이에서 보니 그의 치아는 두툼하고 들쑥날쑥했으며 살짝 얼룩져 있었다. 낡은 피아노의 흰 건반 같았다.

"이런, 아이야, 이게 바로 내 직업인걸. '세상을 구원하는' 일 말이야!"

그러고는 새삼 의욕을 내서 스케치에 열을 올렸다.

몇 분이 지났다. 길게 느껴지는 몇 분이었다. 시빌은 어깨가 살짝 뻐근해졌다. 가슴께도 조금 불편했다. '스타 씨는 미쳤어. 아니, 스타 씨가 과연 미친 걸까?' 그녀의 뒤편에 난 길로 사람들이 지나다니고 있었다. 조깅하는 사람들, 자전거 타는 사람들. 한편 스타 씨는 무아지경 상태로 집중하느라고 그들에게는 일말의 주의도 기울이지 않았다. 시빌은 그중에 자신을 아는 사람이 있을지, 이 괴상한 상황을 주목하고 있진 않을지 걱정되었다. 아니면 자신이 공연히 지나치게 신경 쓰는 것일까? 오늘 저녁에는 로라 이모에게 스타 씨에 대해 이야기해야겠다는 결심이 섰다. 돈을 얼마나 받는지도 솔직하게 털어놓을 것이다. 그녀는 이모의 판단을 존경하면서 동시에 두려워했다. 시빌의 상상 속에서, 그러니까 사람들이 상상이라고 부르는 검증되지 않은 영역에서 로라 델 블레이크는 죽은 양친 모두의 권위를 갖고 있었다.

그래, 이모에게 말해야겠다.

겨우 1시간 40분 뒤, 시빌이 자꾸만 뒤척거리고 무의식적으로 몇 차례 한숨도 쉬었을 때 스타 씨가 갑자기 작업을 마치겠다고 선언했다. 괜찮은 스케치를 이미 세 점이나 건졌고, 그녀도 자신도 너무 지치는 건 원치 않는다는 것이었다. 그러고는 그녀에게 내일도 와 줄 거냐고 물었다.

"글쎄요. 아마도요."

스타 씨가 세 시간치 모델료를 다 주겠다고 하기에 시빌은 사양했지만 강경하게 거부하지는 않았다. 그는 그 자리에서 현찰로 보수를 지급했다. 지폐가 넘치도록 그득히 담긴 비싼 새끼 염소 가죽 지갑에서 돈을 꺼내 주었다. 시빌은 고맙다고 인사하면서도 심하게 민망했고 그 자리를 벗어나고만 싶었다. 오, 이 거래에는 무언가 창피한 구석이 있었다!

스타 씨를 가까이에서 마주하니 검은 색안경 너머로 그의 눈이 어렴풋이 보였다. 그녀는 모종의 섬세한 요령을 발휘해 시선을 재빨리 피하긴 했지만, 언뜻 본 그의 눈빛은 상냥하고 온화한 느낌을 주었다.

시빌은 돈을 받아 주머니에 넣고 서둘러 발길을 돌렸다. 스타 씨는 누가 듣든 말든 개의치 않고 그녀의 등 뒤에 대고 외쳤다.

"이제 알겠지, 블레이크? 나, 스타는 약속을 지키는 사람이야. 반드시!"

4. 진실의 생략은 거짓일까, 아니면 단지 생략일 뿐일까?

"하! 오늘 하루 '너'는 어떻게 보냈는지 어디 한번 들어보자, 시빌!"

로라 델 블레이크가 어처구니없고 짜증스럽다는 투로 그렇게 말하는 걸 듣고, 시빌은 이모가 사실 그녀보다 먼저 하고 싶은 이야기가 있나 보다고 짐작했다. 이모는 자주 그랬다. 글렌코 의료원에서의 근무가 우스꽝스럽고 엉뚱한 이야깃거리들을 무궁무진하게 가져다주는 것 같았다. 그래서 시빌은 평소대로 로라 이모와 함께 저녁 식사를 준비하고 식탁 앞에 앉아 먹으면서, 기꺼이 이모의 이야기를 들었고 또 웃었다.

그 이야기들은 정말로 재미있었고, 정말로 엉뚱했다. 최근 의료 센터에서 벌어지고 있는 코미디의 최신 방영분이라 할 만했다.

로라 델 블레이크는 40대 후반으로, 껑충한 체격에 잠시도 가만히 있지 못하는 성격의 여자였다. 회색 머리는 짧게 깎았고 눈동자와 피부는 둘 다 모래색이었고, 성품이 너그러웠지만 겉으로는 빈정거리는 버릇이 있었다. 그녀는 남부 캘리포니아를 사랑한다고 주장했고 "천국이 어딘지 모르는 사람들은 평생을 여기서만 살았으니까 그렇겠지."라고도 했지만, 실은 타지 생활하는 티가 나는 어줍은 뉴잉글랜드 토박이로서, 이 지방에 대한 기대와 동시에 이 지방과는 잘 맞지 않는 무결한 원칙주의 내지는 외골수 기질이 몸에 배어 있었다. 그녀는 어리석은 사람들은 참아 줄 수가 없다고 말하길 즐겼고 실제로도 그랬다. 글렌코 의료원에서 현재 직위로 일하기에는 과분한 자질과 경력을 갖춘 사람이었지만 그곳 외에는 다른 일자리를 구할 수가 없었다. 그녀가 아직 학교를 다니고 있는 시빌을 "뿌리째 뽑아서" 다른 동네로 데려가길 원치 않았기 때문이기도 했고, 그나마 어딘가에 지원을 해도 면접에서 다양한 방식으로 죽을 쒔기 때문이었다. 로라 델 블레이크는 온순하고 고분고분하고 '여성적'이고 위선적인 사람이 될 수 없었고, 그런 척할 수도 없었다.

시빌에게 친척은 로라 외에도 있었다. 블레이크 가와 콘트 가 사람들이 버몬트에 여전히 살고 있었다. 하지만 로라는 캘리포니아주 글렌코의 메리디언 거리에 있는, 회반죽이 칠해진 조그마한 단층집에 손님을 부르기를 꺼려했다. 그녀가 "비극"이라 부르는 사건이 일어나 조카를 입양하고 신변을 정리하고 그녀가 전혀 모르는 대륙 건너편 지방으로 건너온 이후로는, 친척들이 보내오는 편지나 카드에 굳이 답장도 하지 않았다.

"나는 아이를 위해서라도 과거를 지우고 새 삶을 시작할 작정이니까요."

그녀는 이렇게 말했다.

"그 아이, 우리 가엾은 시빌을 위해서라면 나는 어떤 희생이라도 할 거예요."

이모를 무척 사랑하는 시빌은 오래전에 이모가 여러 사람에게서 항의와 질문에 부딪쳤고 전화로 옥신각신했다는 것, 끝끝내 그 모두를 물리치고 새롭고 '단순한' 둘만의 삶을 꾸리는 데에 성공했다는 것을 막연하게나마 알고 있었다. 로라 이모는 본래 성격도 강했지만 남들의 도전을 받으면 더더욱 굳세고 강해지는 부류의 사람이었다. 친척 어른들이든 의료원의 고용주들이든, 그녀에게 이래라저래라할 만한 위치의 사람들과 대립하는 데서 활기를 얻는 것 같았다. 시빌을 보호하는 데에는 특히 예민했다. 이모가 누차 말하듯 그들 두 사람에게는 서로밖에 없으니까 말이다.

그건 사실이었다. 로라 이모가 그렇게 만들었으니까.

시빌이 이모에게 입양되기는 했지만 어디까지나 이모와 조카일 뿐 서로가 그 이외의 관계, 가령 모녀 관계를 꾸며 내는 일은 전혀 없었다. 둘이 같이 있으면 외모가 닮지 않았으니 사람들도 그런 오해는 거의 하지 않았다.

그래서 시빌 블레이크는 버몬트에서 태어난 자기 출신 배경에 대해 두루뭉술한 비극적 내력 외에는 사실상 아무것도 모르고 자랐다. 어머니와 아버지, 두 분의 죽음을 둘러싼 정확한 정황에 대해서는 어린 시절 들은 동화처럼 모호하고 검증되지 않은 지식으로 잠재의식 속에 남아 있을 뿐이었다. 그녀가 어렸을 때 이런 질문을 꺼내기만 하면 로라 이모는 서운해하거나 놀라거나 나무라거나 불안해했다. 불안한 반응이 무엇보다도 신경 쓰였다. 좀처럼 울지 않는 로라 이모가 눈시울을 적시며, 시빌의 두 손을 잡고는 힘껏 눌러 쥐며, 눈을 들여다보면서 조용하고도 위엄 있는 목소리로 말하는 것이었다.

"애야, 너는 알고 싶지 않을 거야."

그날 저녁에도, 시빌이 어쩌다 그 화제를 꺼내 부모님이 정확히 어떻게 돌아가셨느냐고 묻자 로라 이모는 놀라서 그녀를 쳐다보더니, 마치 자신도 기억이 안 나는 양 한참 동안 호주머니들을 더듬으며 있지도 않은 담배를 찾았다.(로라 이모는 지난달에 담배를 끊었다. 이번으로 다섯 번째인 것 같았다.)

"시빌, 애야, 그런 건 왜 묻니? 그러니까 왜 하필 지금?"

"글쎄요." 시빌은 얼버무렸다. "그냥…… 궁금해서요."

"학교에서 무슨 일 있었던 건 아니지?"

시빌은 이 질문이 자신의 질문과 무슨 상관인지 이해가 되지 않았지만 그래도 공손하게 대답했다.

"그럼요, 로라 이모. 아무 일 없었어요."

"나는 그냥, 너무 갑작스러워서 말이다." 로라 이모가 얼굴을 찌푸리며 말했다. "왜 꼭 알려고 하는지 궁금해서 그래."

로라 이모는 걱정스러운 눈빛이었다. 너무나 익숙한 그 눈빛에 시빌은 일순 고무줄에 가슴이 조이듯 숨이 막혀 왔다.

'어째서 제가 이런 걸 알고 싶으면 이모에 대한 사랑을 시험 받게 되는데요? 매번 저한테 왜 그러세요, 로라 이모?'

그녀는 가시 돋친 목소리로 말했다. "저는 지난주에 열일곱 살이 됐잖아요, 로라 이모. 이제 더 이상 아이가 아니에요."

로라 이모가 깜짝 놀라 웃었다. "아무렴, 아이가 아니지!"

그러고는 한숨을 쉬고서 두 손으로 빠르게 머리를 쓸어 넘겼다. 이모가 조바심과 더불어 상대방을 만족시키고 싶은 의무감을 느낄 때 나오는 특유의 손짓이었다. 그러더니 사실 시빌이 알 건 별로 없다며 운을 뗐다. 그 사고, 아니 비극은 너무 옛날 일이라고.

"너희 어머니, 멜라니는 스물여섯 살이었어. 예쁘고 상냥한 성격의 젊은 여자였지. 눈과 광대뼈가 널 닮았고, 굽슬거리는 옅은 금발이었고. 너희 아버지, 조지 콘트는 서른한 살의 전도유망한 젊은 변호사였단다. 자기 아버지의 로펌에서 일하는 매력적이고 야망 있는 남자……."

이 대목에서 로라 이모는 전에도 으레 그랬듯, 오래전에 죽은 부부를 되살리려다 보니 그들의 기억이 날아가 버린 양 멈칫 말을 끊었다. 지금 이모가 하는 말들은 그저 전부터 되풀이해 온 옛날이야기 내지는 가족 설화 같은 것이었다. 글렌코 의료원에서 보낸 하루를 유난히 극단적으로 이야기할 때와도 같았다.

"선박 사고요. 7월 4일이었죠." 시빌이 맞장구를 치며 재촉했다. "그때 저는 이모랑 같이 있었고요, 그리고……."

"너는 나와 네 할머니하고 같이 있었지. 별장에서. 너는 조그만 어린아이였고!"

로라 이모가 눈을 깜빡여 눈물을 참으며 말을 이었다.

"해 질 녘이 다 되어서 불꽃놀이가 시작될 즈음이었어. 네 엄마 아빠는 호수 건너편에, 사교 클럽에 있었어. 너희 아빠의 모터보트를 타고 나가 있었거든……."

"그리고 호수를 건너 돌아오려고 했죠. 챔플레인 호수요……."

"맞아, 챔플레인 호수. 아름답지만 위험한 곳이지. 갑자기 폭풍이 불면……."

"그리고 아빠가 배를 몰고 있었고요……."

"……그러다 어째서인지 배가 뒤집혀 버렸어. 그래서 익사했고. 구명정이 즉시 파견됐지만 너무 늦은 뒤였단다."

로라 이모의 입꼬리가 실그러졌다. 눈물 어린 눈이 사뭇 반항적으로 반짝거렸다.

"익사했어."

시빌의 심장이 아프게 뛰었다. 그게 다일 리가 없었다. 비록 그녀는 아무것도 기억하지 못했지만, 영영 돌아오지 못할 엄마 아빠를 기다리던 두 살배기 아이였던 자기 자신조차 기억나지 않았지만. 부모님에 대한 그녀의 기억은 형체 없이 막연하고 희미했다. 의식 위로 떠오르려는 듯하다가도 이내 어둠 속으로 사라져 버리는 꿈처럼. 그녀는 조그맣게 속삭였다.

"사고였단 말이죠. 누구의 책임도 아니었고."

로라 이모는 신중하게 말을 골랐다.

"누구의 책임도 아니었지."

침묵이 흘렀다. 시빌은 이모를 보았지만 이모는 이제 시선을 피했다. 저 나이 든 여자의 얼굴은 주름지다 못해 낡은 가죽 표면처럼 보였다! 평생을 햇볕이며 비바람에 무감각하게 살아온 탓에 지금 40대 후반이 된 그녀는 10년은 더 늙어 보였다.

시빌은 주저하며 물었다.

"'누구도' 책임이 없었다고요……?"

"글쎄, 굳이 알려 주자면, 너희 아빠가 술을 마셨다는 증거는 있었단다. 둘이서 같이 마셨지. 클럽에서."

시빌은 이모가 몸을 내밀어 자신의 손등을 꼬집기라도 한 듯이 화들짝 놀랐다.

"술이라고요?"

이런 이야기는 처음이었다. 로라 이모는 어두운 표정으로 덧붙였다.

"영향이 갈 정도로 많이 마신 건 아니었을 거야."

그러더니 멈칫했다. 이모의 눈은 시빌을 피하고 있었다.

"아마도."

시빌은 어안이 벙벙해져서 더 이상 아무런 할 말도, 질문도 생각나지 않았다.

로라 이모는 일어서서 주위를 서성거리고 있었다. 짧은 머리카락이 헝클어진 채, 청중 앞에서 논쟁이라도 하듯 공격적으로 말을 이어 갔다.

"바보들 같으니라고! 나는 경고했어! '인기 있는' 부부, '매력적인' 부부, 많은 친구들……. 무슨 친구가 그렇게 많았는지! 그 빌어먹을 챔플레인 클럽 인간들은 하나같이 술을 너무 먹었단 말이야! 그 많은 돈이며 명예며, 다 무슨 소용이냐고! 멜라니, 걔는 그 클럽에 초대받은 것도, 그 남자하고 결혼한 것도 너무 자랑스러워했어. 그러다 제 목숨만 날려 버렸지! 결국

결론은 그런 거야. 나는 진작 위험하다고 말했어. 불장난이라고. 그런데 걔가 듣겠니? 둘 다 귓등으로라도 들었겠어? 내 말을, 로라 따위가 하는 말을? 그 나이 때는 말이다, 너무 철이 없어서 자기가 영원히 살 줄 알아. 목숨을 홀라당 내버린단 말이야……."

시빌은 속이 거북해졌다. 그녀는 후닥닥 밖으로 걸어 나가서 자기 방으로 들어가 문을 닫고, 어둠 속에 서서 울기 시작했다.

'그런 거였어. 비밀이란 게. '비극' 속에 숨겨진 너저분하고 하찮은 비밀이란 결국 술이었다고, 술에 취해서였다고.'

로라 이모는 그녀답게 눈치껏 시빌의 방문을 두드리지 않고 그날 밤 내내 혼자 있게 내버려 두었다.

시빌은 집 안 불이 다 꺼지고 잠자리에 들었을 때에야 이모에게 스타 씨에 대해 이야기하는 걸 깜빡했다는 사실을 깨달았다. 그에 대해서는 까맣게 잊고 말았다. 스타 씨가 그녀의 손에 쥐어 줬던 돈은 곱게 말린 채 서랍장 안 속옷 밑에 깔려 있었다. 일부러 숨기기라도 한 듯이……. 시빌은 죄책감을 느끼며 생각했다.

'내일은 꼭 말해야지.'

5. 영구차

시빌 블레이크의 앞에 쭈그려 앉은 스타 씨는 그녀의 초상을 열심히 스케치하면서 황홀한 목소리로 재잘거렸다.

"그래, 그래, 바로 이거야! 좋아! 태양으로 들어 올린 얼굴이 꼭 피어나는 꽃 같군! 딱이야!"

그러고는 이런 말도 했다.

"이 세상에는 영원한 질문 두세 가지가 있단다, 블레이크. 파도처럼 끊임없이 되돌아오는 질문 말이야. '우리가 왜 여기에 있나?', '우리는 어디서 왔고, 어디로 가는가?', '우주에는 목적이 있는가, 아니면 우연일 뿐인가?' 예술가는 이런 질문들을 자신이 아는 영상들로 표현하는 것 같아."

그리고 또 말했다.

"얘야, 너에 대해 이야기해 보지 않으련? 아주 조금만!"

간밤에 시빌의 심경에 무슨 변화가 일어나 새로운 결의가 선 듯, 오늘 오후에는 스타 씨의 그림에 모델을 서는 일에 대한 불안감이 덜했다. 서로가 서로를 잘 알게 된 것 같았다. 시빌은 스타 씨가 성도착자나 통상적인 의미의 미치광이도 아니라고 어느 정도 확신하고 있었다. 자신을 그린 스케치들을 언뜻 보니 지나치게 세심하고 손을 댄 흔적이 많고 얼룩덜룩하긴 했지만 초상화로서 나쁘지는 않았다. 그가 웅얼웅얼 늘어놓는 수다는 파도 소리처럼 최면을 거는 듯 편안하게 느껴질 뿐 이제는 그다지 난처하지 않았다. 그는 보통 그녀와 대화하는 게 아니라 그녀를 상대로 말할 뿐이었기에 대답할 필요도 없었다. 어떤 면에서 스타 씨는 로라 이모와 비슷했다. 이모가 글렌코 의료원에 얽힌 우스꽝스러운 일화들을 쏟아 낼 때도 이랬으니까. 로라 이모는 스타 씨보다 재미있게 이야기하는 반면, 스타 씨는 이모보다 사변적이라는 점이 차이였다.

그의 낙관주의가 지나치게 순진할지는 몰라도, 낙관적인 것만은 분명했다.

오늘 스타 씨는 공원 안에서도 남들의 방해를 받지 않을 만한 외딴 데에 자리를 잡았다. 그리고 시빌에게 머리띠를 벗고 벤치에 앉아, 고개를 뒤로 젖히고 눈을 반쯤 감은 채 태양을 향해 얼굴을 들고 있으라고 했다. 처음에는 불편한 자세였지만 저 아래에서 부서지는 파도 소리와 스타 씨의 독백에 마음이 차분해지면서 시빌은 붕 뜨는 듯한 기이한 평화를 느꼈다.

그래, 간밤에 무언가가 변한 게 분명했다. 하지만 그 변화가 어떤 방향인지, 어떤 느낌인지조차 이해가 되지 않았다. 격하게 울다가 곯아떨어지고 일어나 보니, 뭐라고 해야 할까? 어쩐지 연약해진 기분이었다. 그리고 연약해지고 싶었다. 들어올려진 채, 피어나는 꽃처럼.

시빌은 아침에 로라 이모에게 이야기하는 걸 또 잊어버렸다. 스타 씨에 대해서도, 자신이 버는 돈에 대해서도. 별일 하지도 않고 이렇게 많은 돈을 벌다니! 이모가 뭐라고 할지 생각하면 절로 움츠러들었다. 이모는 낯선 사람들을 불신하는 편이었고 남자라면 더더욱 그랬다……. 시빌은 오늘 저녁이나 내일 아침에는 이모에게 털어놓되, 스타 씨에게는 무언가 상냥하고 믿음직하고 아이 같은 구석마저 있다고 설명하기로 마음먹었다. 어떻게 보면 우습기까지 한데, 대놓고 웃으면 안 될 것 같은 느낌이 있다고.

중년의 나이인데도 불구하고 그는 어른들의 세상에서 따로 떨어진 어딘가에서 격리되고 보호받으며 지냈던 것만 같았다. 천진하고, 연약했다.

이번에도 그는 모델료를 선금으로 주겠다고 적극적으로 제안했지만 시빌이 재차 거절했다. 스타 씨에게 솔직히 말하고 싶지는 않았지만, 돈을 미리 받으면 일을 더더욱 일찍 끝내고 싶어질 것 같아서였다.

그런데 지금 스타 씨가 머뭇거리며 말하고 있었다.

"블레이크, 혹시……."

그는 멈칫하더니, 아무 생각이나 떠오르는 대로 꺼내는 투로 말을 이었다. "어머니에 대해 이야기해 줄 수 있겠니?"

이때까지 스타 씨를 별로 주목하지 않고 있던 시빌은 그 말에 눈을 완전히 뜨고 그를 똑바로 바라보았다.

스타 씨는 그녀에게 남긴 첫인상이나 행동거지와는 달리 나이가 그리 많지 않은 듯도 했다. 얼굴은 잘생겼는데 이상하게 거칠었다. 피부가 사포 같았다. 창백하다 못해 누리끼리한 낯색은 아파 보였고, 왼쪽 눈 위의 이마에 낚시 바늘이나 물음표 같은 모양의 옅은 흉터가 있었다. 모반(母斑)인 걸까? 그보다 덜 낭만적으로 보자면, 피부 잡티 때문에 생긴 걸까? 거칠고

194

울퉁불퉁한 피부는 10대 때 났던 여드름의 흔적일 뿐 그 이상도 그 이하도 아닐지도 모른다.

그가 조심스럽게 웃자 축축히 젖은 두툼한 치아가 드러났다.

오늘 스타 씨는 머리에 아무것도 쓰지 않아서 결이 곱고 가느다란, 신비로운 은빛 머리카락이 바람에 흩날리고 있었다. 지나치게 큰 셔츠에 카키색 재킷을 걸쳐 입고 소매를 걷어 올린 옷차림은 별 특징 없이 수수했다. 거리가 가까워서 그가 낀 착색된 안경알 너머로 눈이 들여다보였다. 작고 움푹 꺼진 두 눈이 이지적으로 빛났다. 그 옆의 피부는 멍이라도 든 듯 부풀고 그늘져 있었다.

스타 씨의 눈을 그렇게 똑바로 보니 몸서리가 쳐졌다. 마음의 준비도 없이 남의 영혼을 들여다본 것만 같았다. 시빌은 마른침을 삼키고 천천히 말했다.

"저희 어머니는…… 살아 계시지 않으세요."

희한한 표현이었다! 어째서 선뜻 "어머니는 돌아가셨어요."라고 평범하게 말하지 못했나?

시빌의 말은 고통스럽도록 오랫동안 허공을 맴돌았다. 스타 씨가 자기 실수에 무안해진 나머지 그 말을 듣고 싶어하지 않는 것 같았다. 그러다 그는 미안해하며 재빨리 말했다.

"오, 그랬구나. 무척 유감이다."

이때까지 시빌은 햇빛 속에서 포즈를 취하며 태양, 파도, 스타 씨의 목소리에 따스하게 취해 있었는데 이젠 누군가가 그녀를 툭 건드려서 깨운 듯, 스스로 의식하지 못한 채 빠져 있던 잠에서 깨어난 것만 같았다. 위아래가 거꾸로 뒤집혀 보이는 스타 씨의 스케치북, 그녀를 묘사한 얼룩덜룩하고 번잡한 스케치, 깊이 뉘우치는 태도로 빳빳한 흰 종이 위에 목탄을 들고 있는 그의 손이 눈에 들어왔다. 그녀는 소리내어 웃고 눈을 문지르며 말했다.

"오래전 일인걸요. 저는 별로 생각하지도 않아요."

스타 씨의 얼굴에 조심스럽고 복잡한 표정이 떠올랐다.

"그러면…… 그렇다면 지금은…… 아버지와 같이 사는 건가?"

이상하게 억지스러운 질문이었다.

"아뇨, 아니에요. 이 이야기는 더 이상 하고 싶지 않네요. 스타 씨, 괜찮으실까요?"

시빌은 간청하듯이, 하지만 단호하게 화제를 끝맺는 투로 그렇게 말했다.

"그럼, 괜찮고말고! 그만하자꾸나! 그만해!"

스타 씨가 재깍 대답하고는 얼굴을 찡그리며 스케치에 집중했다.

그 이후로 작업은 말없이 진행되었다.

오늘도 시빌이 힘들어하는 기색을 보이자마자 스타 씨가 작업을 끝냈다. 그녀도 자신도 너무 지치는 건 원치 않는다면서.

시빌은 약간 욱신거리는 목을 문지르고 팔다리를 쭉 폈다. 햇볕 때문인지 바람 때문인지 피부가 살짝 거칠어졌고 해를 똑바로 보기라도 한 것처럼 눈이 시큰거렸다. 아니면 울어서 그런가? 자신이 울었는지 기억나지 않았다.

스타 씨는 이번에도 지폐가 넘치도록 그득히 담긴 새끼 염소 가죽 지갑에서 꺼낸 현찰로 모델료를 지불했다. 시빌의 손에 돈을 쥐어 주는 그의 손이 눈에 띄게 떨렸다. (시빌은 부끄러워서 지폐를 황급히 접어 주머니에 집어넣었다. 그런데 집에 와서 보니 원래 받아야 할 금액보다 10달러가 많았다. 보너스인가? 그녀를 울리다시피 한 게 미안해서?) 시빌이 그에게서 벗어나고 싶어하는 티가 역력한데도, 스타 씨는 지팡이를 짚고 절름거리면서도 빠른 걸음걸이로 그녀를 따라 대로로 향하는 비탈을 오르면서, 여전히 시빌을 블레이크라고, 그것도 "친애하는 블레이크"라고 부르며, 근처 카페에서 다과라도 좀 들지 않겠느냐고 물었다. 시빌이 웅얼웅얼 사양하자 그는 "그래, 그래. 이해해. 이해할 것 같아."라고 하고는 다음 날도 올 거냐고 묻더니, 시빌이 부정하지 않자 덧붙이기를 이제까지와 약간 다른 종류의 모델 일을 해 주면 시간당 보수를 더 늘려 주겠다고 했다.

"지금의 방식을 살짝 변경하는 거야. 장소는 여기 공원에서 그대로, 아니면 해변으로 내려가서 해도 좋고, 당연히 한낮에만 할 거고. 하지만 그 방식을……" 스타 씨는 적절한 단어를 찾아 초조하게 말을 골랐다. "……실험적으로 하자는 거야."

시빌은 미심쩍게 물었다. "'실험적'이라고요?"

"모델료는 올려 주마, 블레이크. 절반은 더."

"'실험적'이라는 게 무슨 뜻인데요?"

"삼성."

"네?"

"감정, 기억, 내면."

공원 밖으로 나와서 남들 눈에 더 잘 띄는 데에 있으니 시빌은 주위를 초조하게 두리번거리게 되었다. 학교 사람이나, 더욱 나쁜 경우 이모의 친구를 마주칠까 봐 두려웠다. 스타 씨는 유별나게 흥분한 기색으로 손짓을 곁들여 가며 말하고 있었다.

"'내면'이라는 건 우리의 눈에는 보이지 않게 숨겨져 있는 것이지. 더 자세한 이야기는 내일 해 줄게, 블레이크. 내일도 여기서 만나는 거겠지?"

시빌은 웅얼거렸다. "잘 모르겠어요, 스타 씨."

"오, 꼭 나와 주렴! 부탁이야."

시빌은 스타 씨에게 불쑥 연민을 느꼈다. 그는 정말로 친절하고 정중하고 신사다웠고, 확실히 무척이나 너그러웠다. 친구 없이 외롭게 사는 기인으로 보일 뿐 그 외에 어떤 삶을 살지 상상이 되지 않았다. 그와 같이 있으면 불편하긴 했지만, 어쩌면 그녀가 그의 별난 면을 확대 해석하는 것인지도 몰랐다. 아무 관계없는 사람이 그를 보면 뭐라고 생각할까? 멀쑥한 체격에 지팡이를 짚고 절름거리며, 캔버스 천 가방을 들고, 장례식을 연상시키는 반질반질한 검정 가죽 구두를 신고, 햇빛을 반사하는 색안경을 쓰고 다니는 곱고 가늘고 아름다운 은발 머리의 남자를……? 시빌 블레이크와 스타 씨가 같이 있는 모습을 누가 본다고 해서 특별히 눈길을 주기나 할까?

"저기 봐요." 시빌이 손짓하며 말했다. "영구차가 있네요."

가까운 도로변에 길쭉하고 미끈한 검정색 차가 한 대 있었다. 유리창이 짙게 착색되어서 안이 보이지 않았다. 스타 씨가 소리 내어 웃더니 겸연쩍은 듯 말했다.

"블레이크, 저건 영구차가 아니야. 실은…… 내 차란다."

"아저씨 차라고요?"

"그래, 맞아."

이제 보니 그 차는 길가에서 시동을 켠 채 대기하고 있는 리무진이었다. 운전석에는 선캡을 쓴 젊은 운전사가 앉아 있었는데, 옆얼굴을 보니 동양인 같았다. 시빌은 어리벙벙해져서 쳐다보았다. 스타 씨가 부자이긴 한 모양이었다.

그는 사과라도 하듯이, 그러면서도 소년처럼 신나서 말했다.

"보다시피 내가 직접 운전하지는 않아! 이것도 내 핸디캡에 해당하겠지. 한때는 나도 할 줄 알았어. 옛날에는 말이다. 하지만 상황이 여의치 않게 됐거든."

글렌코에서 운전사가 리무진을 몰고 다니는 광경은 종종 보았지만, 리무진을 소유한 사람을 시빌이 직접 알게 되기는 처음이었다. 스타 씨가 말을 이었다.

"블레이크, 집까지 태워다 주랴? 그럴 수 있다면 나도 기쁠 게다."

시빌은 누가 갈비뼈를 격하게 간지럽히기라도 한 듯 웃음을 터뜨렸다.

"태워 준다고요? 저 차로요?"

"아무 문제도 없어! 전혀!"

스타 씨가 절뚝절뚝 뒷좌석으로 다가가, 운전사가 밖으로 나와 문을 열어 줄 새도 없이 과장스러운 몸짓으로 손수 문을 열어젖혔다. 그러고는 가늘게 뜬 눈에 기대감 어린 미소를 띠고 시빌을 돌아보았다.

"오늘도 모델 서느라 고생했는데, 내가 이쯤은 해 줄 수 있지."

시빌은 빙그레 웃으며 차 안의 어둑한 내부를 들여다보았다. 제복 차림의 운전사는 일단 밖으로 나오긴 했지만 뭘 어떻게 해야 할지 모른 채 서서 지켜보고만 있었다. 필리핀 사람인 듯했는데, 다시 보니 전혀 젊지 않았고 조그만 얼굴에 주름이 쪼글쪼글했다. 그는 흰 장갑을 끼고 아주 꼿꼿한 자세로 서서 말없이 시빌을 주시하고 있었다.

그래, 스타 씨의 제안을 받아들여 저 길쭉하고 미끈한 검정 리무진의 뒷좌석에 올라탈까 싶었다. 그러면 스타 씨가 뒤따라 타고 문을 닫아 주겠지. 하지만 어쩐지, 정확히 알 수 없는 어떤 이유로 ── 자신을 쳐다보는 스타 씨의 열렬한 미소 때문인지, 흰 장갑을 낀 운전사의 뻣뻣한 자세 때문인지 ── 그녀는 마음이 바뀌었다.

"감사하지만 전 괜찮아요!"

스타 씨의 입매가 아래로 일그러진 걸 보니 실망하고 섭섭한 눈치였다. 그럼에도 그는 짐짓 명랑하게 말했다.

"오, 충분히 그럴 수 있지, 블레이크. 따지고 보면 나는 낯선 사람이잖니. 신중하게 행동하는 편이 나아, 아무렴. 하지만 얘야, 내일은 올 거지……?"

시빌은 "아마도요!"라고 외치고 길 건너편으로 뛰어갔다.

6. 얼굴

그녀는 공원에 가지 않았다.

'내가 가기 싫으면 안 갈 수도 있는 거야.'

어차피 목요일에는 방과 후 성악 레슨이 있었다. 금요일에는 합창부 리허설을 한 다음 친구들과 저녁 시간을 보냈다. 토요일 아침에는 조깅하러 나가긴 했지만 해변가 공원 대신 몇 킬로미터 떨어진 데에 있는, 스타 씨가 그녀를 찾아오지 못할 법한 공원으로 갔다. 그리고 일요일에는 로라 이모가 뒤늦은 생일 축하를 해 준다고 그녀를 로스앤젤레스로 데려갔다. 미술관도 가고, 저녁도 먹고, 연극도 봤다.

'봤죠? 난 이렇게 할 수 있다고요. 나한텐 당신 돈도, 당신도 필요없어요.'

로라 이모가 시빌의 부모님이 당한 선박 사고에 대해 술에 취해서 벌어진 것일 수도 있다고 이야기해 준 날 이후로, 시빌도 이모도 그 화제를 다시 꺼내지 않았다. 시빌은 그 이야기를 생각만 해도 몸서리가 쳐졌다. 호기심을 쫓으려다 응당의 벌을 빈은 기분이 늘었다.

알아서 뭐 하게? 눈물만 날 텐데.

스타 씨와 모델 일에 대해서는 로라 이모에게 끝내 말하지 못했다. 일요일에 한참을 같이 있었는데도, 서랍장 안에 감춰 둔 현금에 대해 한 마디도 꺼내지 못했다.

무엇을 위한 돈이냐고? 하계 강습, 그리고 대학.

미래를 위한 돈이었다.

로라 이모는 가족을 감시하는 성향의 사람은 아니었지만, 숙련된 임상의의 눈으로 시빌을 면밀히 관찰하고 있었다.

"시빌, 너 요새 유난히 말이 없네. 무슨 일이 있는 건 아니 겠지?"

이모가 그렇게 묻자, 시빌은 조바심에 냉큼 대답했다.

"전혀요! 무슨 일이 있겠어요?"

시빌은 로라 이모에게 말하지 않는 비밀이 생긴 데에 죄책 감을 느끼는 한편, 스타 씨를 피하는 데에도 죄책감을 느꼈다.

두 어른은 마치 양 극단 같았다. 물론 스타 씨는 생판 남이 기는 했다. 시빌 블레이크의 인생에 존재하지 않는 사람이었 다. 그런데 왜 이토록 기묘하게 존재하는 기분이 들까?

며칠이 흘러도 스타 씨는 잊히지 않았고, 모델을 서지 않 겠다는 결심이 더 굳건해지지도 않았다. 오히려 그 남자가 뇌 리에 더욱 선명하게 떠올랐다. 어째서 그가 자신에게 끌렸는지 이해가 되지 않았다. 성적인 끌림이 아니라 무언가 더 순수하고 영적인 성질인 것만은 분명했지만, 대체 왜? 어째서 그녀였을까?

왜 학교까지 와서 합창부 리허설을 관람했을까? 그녀를 찾아온 걸까? 아니면 단순한 우연의 일치였을까?

로라 이모가 이 사실을 안다면 뭐라고 생각할지 상상만 해도 오싹했다. 스타 씨에 대한 말이 이모의 귀에 들어간다면……

스타 씨의 얼굴이 눈앞에 어른거렸다. 그 헬쑥한 낯빛, 슬픈 표정. 회복기의 환자 같은 분위기. 기다림. 색안경. 기대감 어린 미소. 어느 날 밤 그녀는 유난히 생생하고 심란한 꿈을 꾸고 퍼뜩 깨어나, 순간 자신의 방 안에서 스타 씨를 본 줄 알고 어리둥절해지기도 했다. 꿈이었다니 믿기지가 않았다! 그가 얼마나 상처받은 표정이던지, 얼마나 당혹하고 서운해하던지. 같이 가자꾸나, 시빌. 서두르럼. 지금 바로 가야지. 너무 오래 기다렸잖니. 그는 공원에서 캔버스 가방을 어깨에 둘러매고 절뚝거리며, 행인이 나타날 때마다 희망에 차 고개를 들면서, 며칠이 지나도록 그녀를 기다리고 있었다.

그 뒤에는 우아하게 번쩍이는 검정 리무진이 있었다. 시빌의 기억보다 더 컸고, 운전사는 없었다.

시빌, 시빌? 스타 씨가 조급하게 불렀다.

마치 그녀의 진짜 이름을 내내 알고 있었던 것처럼, 그녀도 그가 아는 줄 알고 있었던 것처럼.

7. 실험

월요일 오후에 시빌 블레이크는 공원으로 돌아가 스타 씨의 그림에 다시 모델을 섰다.

공원에서 그녀를 기다린 게 뻔한 스타 씨를 만나자 미안한 마음마저 들었다. 그가 어떤 방식으로든 그녀를 책망한 것은 아니었고(다만 그의 얼굴은 그간 잠을 잘 못 잔 듯 초췌하고 칙칙했다.) 눈빛으로라도 '대체 어디 있었던 거야?'라고 무언의 질문을 던진 것도 아니었다. 전혀! 그녀를 본 순간 그는 행복하게 웃으며, 딸을 애지중지하는 아버지처럼 그녀를 향해 절뚝절뚝 다가오기부터 했다. 지난 나흘 동안 그녀가 오지 않았다는 사실은 언급하지 않기로 마음먹은 모양이었다. 시빌이 "안녕하세요, 스타 씨!"라고 외치자, 그랬다, 이상하게도 모든 게 정상으로 돌아온 느낌이 들었다.

"이렇게 반가울 수가! 오늘 날씨도 참 좋구나! '환한 대낮', 내가 약속한 그대로야!" 스타 씨가 소리 높여 말했다.

시빌은 40분을 달린 참이라 아주 기분이 좋았고 기운이 넘쳤다. 그녀는 축축해진 노란 머리띠를 벗어서 주머니에 쑤셔 넣었다. 스타 씨가 지난주에 말했던 조건과 더욱 높은 모델료를 다시금 제시하자 시빌은 즉시 동의했다. 당연하게도 그러려고 여기 온 것이니까. 합리적으로 아무리 따져 봐도 거부할 도리가 없었다.

스타 씨는 시빌이 포즈를 취할 자리를 고르느라 한동안 고민했다.

"이상적인 자리여야 해. 시와 현실성이 통합된 곳."

마침내 그가 선택한 곳은 공원 변두리의, 약간 부서진 바윗부리 너머로 해변이 내다보이는 외딴 장소였다. 그는 시빌에게 바위에 엎드려 바다를 바라보라고 요구했다. 두 손으로 바위 윗부분을 짚고, 고개는 불편하지 않은 범위 안에서 최대한 들어올리라고 했다.

"그런데 말이야, 친애하는 블레이크, 오늘 나는 어여쁜 소녀의 겉모습만 기록하지는 않을 생각이야. 소녀의 안에서 흐르는 '기억', 그리고 '감정'도 담을 거란다."

시빌은 손쉽게 자세를 잡았다. 운동 덕분에 활력이 솟았고 모델 역할을 다시 하게 되어서 기뻤기에, 그녀는 바다를 바라보며 오랜 친구를 보듯 방긋 웃었다.

"어떤 기억과 감정을 담으시려고요, 스타 씨?"

스타 씨는 의욕적으로 스케치북과 새 목탄을 꺼냈다. 온화한 날씨였고 하늘은 기복 없이 잔잔했지만, 저 멀리 빅서 해안 방향으로는 거대한 뇌운이 끼고 있었다. 파도가 높았고 물결이 강하게 철썩이며 최면을 거는 듯했다. 100미터쯤 떨어진 곳에서 핑복 차림의 젊은 남자들이 보드를 종이 장난감 다루듯 가뿐히 들고서 물에 들어갈 준비를 하고 있었다. 스타 씨가 헛기침을 하고는 거의 수줍기까지 한 태도로 말했다.

"네 어머니 말이다, 블레이크. 어머니에 대해 아는 것, 기억하는 것 모두 말해 주렴."

"어머니요?"

시빌은 움찔했다. 자세가 허물어질 뻔했지만 스타 씨가 재빨리 손을 내밀어 붙잡아 주었다. 그가 그런 식으로 시빌을 만진 건 처음이었다. 그는 부드럽게 말했다.

"고통스러운 주제라는 건 안다, 블레이크. 하지만…… 한번 해 보겠니?"

시빌이 말했다. "아뇨, 하고 싶지 않아요."

"그럼 안 하겠다고?"

"'못'해요."

"왜 못한다는 거니, 얘야? 어머니에 대해서라면 아무 기억이라도 괜찮은데."

"안 돼요."

시빌은 스타 씨가 빠르게 자신을 스케치해 나가는 것을 보았다. 적어도 그러려고 노력은 하는 것 같았다. 손이 떨리고 있었다. 그녀는 그 손에서 목탄을 낚아채 두 동강내고 싶은 충동을 느꼈다. 어떻게 감히! 저 빌어먹을 작자가!

"그래, 그래."

스타 씨가 기묘하게 들뜬 표정으로 허둥지둥 말했다. 그녀를 너무나 열심히 관찰하고는 있지만 정작 그녀를 전혀 보고 있지는 않은 표정이었다.

"……그래, 얘야, 그런 식으로. 어떤 기억이든 좋아! 네 기억이기만 하다면."

"그럼 제 기억이 아니면 누구 기억이겠어요?"

시빌은 웃음을 터뜨리고는 그 소리에 스스로 놀랐다. 꼭 흐느끼는 소리처럼 들렸다.

"아, 천진한 아이들은 어른들에게 기억을 주입당하는 경우가 많거든. 자신의 것이 아닌 기억으로 오염되어 버리는 거지."

스타 씨가 침울하게 말했다.

"그런 기억은 거짓이야. 진실하지 못해."

시빌은 위 아래가 거꾸로 뒤집혀 보이는, 빳빳한 백지에 그려진 자신의 초상을 내려다보았다. 그 그림에는 어딘가 혐오스러운 구석이 있었다. 그녀는 평소와 같은 운동복 차림인데도 스타 씨는 그녀가 몸에 착 달라붙고 나부끼는 드레스를 입은 것처럼, 아니면 아예 아무것도 안 입은 것처럼 그려 놓았다. 작은 젖가슴이 있어야 할 곳에는 목탄이 뭉개지고 회오리치는 흔적만 있어, 그녀의 몸이 그 부근에서 분해되어 사라지려는 듯했다. 얼굴과 머리는 생생하게 그려졌지만 다소 조잡했고 너무 원초적이고 노골적으로 표현된 듯 보였다.

그러고 보니 오늘은 스타 씨의 은발에 단조로운 금속성의 윤이 흘렀다. 턱에도 금속성 빛을 띠는 수염이 어렴풋이 자라 있었다. 그는 시빌의 생각보다 더 강했다. 그녀를 훨씬 뛰어넘는 지식도 갖추고 있었다.

시빌은 자세를 고쳐 잡고 바다를 내다보았다. 높이 솟아올라 화려한 흰색 물마루를 일으키는 파도를. 그녀는 왜 여기에 있나, 저 남자는 그녀에게서 무엇을 원하나? 그것이 무엇인진 몰라도 자신은 줄 수 없으리라는 불안감이 들었다. 그러나 스타 씨는 마냥 부드럽게 읊조리는 어조로 말하고 있었다.

"내가 '감정의 통로'라고 부르는 사람들이 있어. 대부분은 여성이지! 반쯤 죽은 사람도 그들과 같이 있으면 살아나곤 한다. 외모가 예쁜 여자라고 그럴 수 있는 건 아니야. 이건 피가 얼마나 따뜻한가에 달려 있는 문제야. 영혼의 고결함 말이다."

그는 스케치북을 한 장 넘기고 잇새로 가늘게 휘파람을 불며 새로운 스케치를 시작했다.

"얼음처럼 차가운 영혼을 가진 사람도 그렇게 축복받은 사람 옆에 있으면 잃어버린 자기 자신을 되찾기도 해. 가끔은 말이야!"

시빌은 어머니에 대한 기억을, 최소한 장면 하나라도 되살려 보려 애썼다. 멜라니. 스물여섯 살. 눈…… 광대뼈…… 굽슬거리는 옅은 금발. 허깨비 같은 얼굴 하나가 떠올랐지만 금세 사라져 버렸다. 시빌은 자기도 모르게 울음을 터뜨렸다. 눈물이 차올라 눈이 따끔거렸다.

"……네게서도 느꼈거든, 친애하는 블레이크…… 네 이름이 정말로 블레이크니? 아무튼 네가 그런 사람들 중 한 명이야. '감정의 통로', 더욱 고결하고 고귀한 것들의 통로. 그래, 맞아! 내 직관은 틀린 적이 거의 없어!"

스타 씨는 흥분해서 부랴부랴 시빌을 그려 나갔다. 그는 그녀의 바로 옆에 웅크려 앉아 있었다. 그의 검은 색안경이 햇빛을 받아 번뜩거렸다. 지금 시빌이 그를 본다면 눈이 안경알에 가려져 보이지 않을 게 분명했다.

스타 씨가 구슬리듯 말했다. "뭐 기억나는 것 없니? 어머니에 대해서?"

시빌은 고개를 저었다. 말하고 싶지 않다는 뜻이었다.

"이름이라도. 어머니 성함은 분명 알 테지?"

시빌은 중얼거렸다. "엄마."

"아, 그래. '엄마'. 네게는 그거야말로 이름이었겠지."

"엄마는…… 떠났어요. 사람들 말로는……"

"그래서? 계속해 보렴!"

"……엄마는 떠났어요. 그리고 아빠도요. 호수에서……"

"호수? 어디?"

"챔플레인 호수요. 버몬트주와 뉴욕주 사이에 있는……. 로라 이모는……."

"'로라 이모'?"

"엄마의 언니였어요. 언니예요. 이모가 저를 데려왔어요. 입양했죠. 이모는……."

"그러면 '로라 이모'는 결혼했고?"

"아뇨. 저랑 이모뿐이에요."

"호수에서는 무슨 일이 있었니?"

"……호수에서 보트를 타다가 벌어진 일이에요. 아빠가 보트를 몰고 있었대요. 아빠는 저를 데리러 오기도 했지만…… 모르겠어요, 이 기억이 그때인지 아니면 다른 때인지. 이야기는 들었지만, 전 모른다고요."

눈물이 얼굴을 타고 흘러내렸다. 평정을 유지할 수가 없었다. 그래도 시빌은 손으로 얼굴을 가리지는 않고 버텨 냈다. 스타 씨의 호흡이 빨라지는 소리, 목탄이 종이를 직직 긁는 소리가 들렸다.

스타 씨가 조심스럽게 말했다. "무슨 일이었는지 몰라도, 그 일이 일어났을 때 너는 어린아이였겠구나."

"그때 제가 스스로 '어리다'고 느끼진 않았죠. 어리긴 했지만."

"오래전이었지, 그렇지?"

"네. 아니, 아뇨. 그건 항상…… 있으니까요."

"항상 어디에 있다는 거니, 얘야?"

"제가…… 보는 곳에요."

"본다니, 무엇을?"

"난…… 몰라요."

"엄마를 보는 거니? 아름다운 분이셨어? 너를 닮았니?"

"날 가만 놔둬요. 모른다고 했잖아요."

시빌은 울음을 터뜨렸다. 스타 씨는 미안해서인지 조심스러워서인지 더 이상 아무 말도 하지 않았다.

누군가가 그들의 뒤에서 지나갔다. 자전거를 타는 사람인 것 같았다. 시빌은 의아해하며 자신을 관찰하고 있을 게 분명한 사람들의 시선을 의식했다. 얼굴이 눈물 범벅인 소녀가 바위 위에 엎드려 있고, 중년 남자가 웅크려 앉아 부지런히 스케치를 하는 광경이라니. 화가와 그의 모델. 아마추어 화가와 아마추어 모델. 하물며 여자애 쪽이 울고 있으니 얼마나 이상해 보일 것인가! 남자 쪽은 그 눈물을 열심히 묘사하고 있고!

눈을 감고 있으니 자신이 정말로 감정의 통로가 된 기분이 들었다. 그녀 자체가 감정이었다. 그녀는 땅에 서 있기는 하되 둥둥 떠 있었다. 스타 씨가 가까이에서 그녀를 닻으로 고정하고 있었지만 그래도 둥둥 떠 있었다. 베일이 젖혀지더니 얼굴 하나가 보였다. 엄마의 얼굴이었다. 예쁜 하트 모양의, 정다우면서도 심술 사나운 얼굴. 엄마는 정말 젊었다! 금갈색의 고운 머리카락을 틀어 올려서 녹색 실크 스카프로 묶고 있었다. 전화벨이 울렸고, 엄마는 허둥지둥 전화로 가서 수화기를 들어 올렸다. 네, 네? 오, 여보세요……. 전화벨은 늘 울렸고 엄마는 늘 허둥지둥 전화를 받았다. 그리고 엄마의 목소리에는 늘 기대감이, 희망과 놀라움이 어려 있었다. 오, 여보세요.

시빌은 더 이상 자세를 유지할 수 없었다.

"스타 씨, 오늘은 이만 가 볼게요. 죄송해요."

깜짝 놀란 스타 씨가 뒤따라올 새도 없이 발을 옮겼다. 그는 아직 모델료를 주지 못했다며 소리쳐 불렀지만, 아니, 오늘 모델 일은 이만하면 족했다. 그녀는 뜀박질을 시작해 그예 달아나 버렸다.

8. 옛날에……

너무 이르게 결혼한 처녀. 그런 것이었나?

하트 모양의 얼굴, 심통 난 듯 오므린 입술. 짐짓 놀란 듯 휘둥그레 뜨는 눈. 오, 시빌, 무슨 짓을 한 거야……?

몸을 구부려 어린 시빌에게 입을 맞추는 엄마, 그리고 기쁘고 신이 나서 키득거리며 엄마에게 안아 달라고, 침대로 데려가달라고 통통한 두 팔을 들어 올리는 시빌.

요 녀석, 넌 그러기에는 이제 너무 컸잖니. 너무 무겁단 말이야!

어깨 위로 풀어헤친 엄마의 옅은 금갈색 곱슬머리에서 풍기는 향수 냄새. 목에 두른 진주 목걸이. 화사한 꽃무늬 벽지 같은 천으로 된, 목 부분이 깊이 파인 여름 드레스. 엄마!

그리고 아빠는, 아빠는 어디 있지?

아빠는 사라졌다 다시 나타났다. 아빠가 그녀를 만나러, 어린 시빌을 만나러 온 적이 있었다. 시빌을 보트에 태우려고. 모터가 요란하게 울어 대며 머릿속을 윙윙 날아다니는 벌처럼 성을 내고 있었다. 그래서 시빌은 울었고, 그러자 누군가가 왔고, 아빠는 다시 떠났다. 모터 소리가 솟아오르다 잦아들었다. 그녀가 있는 곳에서는 물이 휘도는 것이 보이지 않았고, 어차피 밤이기도 했다. 하지만 그녀는 울지 않았고 아무도 꾸짖지 않았다.

엄마의 얼굴은 기억났다. 사람들이 다시는 보지 못하게 했지만. 아빠의 얼굴은 기억나지 않았다.

할머니가 말했다. 괜찮을 게다, 이 불쌍한 것. 넌 괜찮을 거야. 로라 이모도 그녀를 꼭 끌어안아 주었다. 이제부터 영원히 넌 괜찮을 거야. 로라 이모는 약속했다. 이모가 우는 모습을 보니 무서웠다. 로라 이모는 절대로 울지 않는 사람이 아니었나?

이모는 어린 시빌을 튼튼한 두 팔로 안아 들고 침대로 데려다주었지만 느낌이 달랐다. 앞으로도 영영 다를 터였다.

9. 선물

시빌은 바닷가에 서 있다.

그녀의 앞에 밀려드는 파도가 모래밭을 두들기고 부서진다……. 모래 위로 흘러드는 물에 그녀의 발이 젖을 뻔한다. 파도 속에 숨겨진 저, 저 시끌벅적한 외침이라니! 그녀는 이유 없이 웃고 싶어진다.

'아니, 이유는 알아. 아버지가 돌아왔잖아.'

해변은 누가 거대한 빗자루로 쓸어 버린 듯 넓고 깨끗하고 삭막하다. 꿈속의 풍경처럼 단순하다. 시빌은 이곳을 수도 없이 보았지만 오늘은 그 아름다움이 새삼 감탄스럽다.

'아버지가, 영원히 떠났다고들 하던 아버지가, 너를 만나러 돌아온 거야.'

겨울이어도 태양은 따뜻하고 찬란하다. 해가 삽시간에 떨어져 내릴 듯 하늘에 걸려 있다. 아무리 따뜻해도 겨울 해는 짧아서 금세 어둠이 깔릴 것이다. 30분 안에 기온이 6도는 뚝 떨어질 것이다.

'아버지는 죽지 않았어. 이제껏 내내 너를 기다리고 있었던 거야. 그러다 이제 돌아온 거야.'

울음이 나온다. 시빌은 뜨거워진 얼굴을 두 손으로 가린다. 그녀는 어린아이처럼 무방비하게 서 있고, 부서지는 파도가 물을 튀기고, 이제는 신발이, 발도 젖어 버렸다. 점점 싸늘해지는 공기 속에서 몸이 떨려 올 것이다.

'오, 시빌!'

시빌이 뒤를 돌아보니 스타 씨가 해변에 앉아 있었다. 균형을 잃고 넘어진 듯했다. 지팡이가 발치에 굴러다니고, 스케치북도 떨어져 있고, 머리에 쓴 골프 모자는 비뚤어져 있었다. 시빌이 심장 발작을 일으킨 것은 아니기를 빌며 무슨 일이냐고 걱정스럽게 묻자, 스타 씨는 맥없이 웃더니 자기도 모르겠다고, 현기증이 나고 다리에 힘이 빠져서 주저앉았다고 설명했다.

"네 감정에 갑자기 압도된 모양이야! 어떤 감정이었는지는 몰라도."

그는 애써 일어나지 않고 축축한 모래밭 위에 엉거주춤 앉아 있었다. 시빌은 자신을 실눈으로 올려다보는 그를 마주하고 서 있었는데, 자신과 그 사이에 무언가가 오고 가는 느낌이 들었다. 이해? 공감? 깨달음?

시빌은 그 순간을 웃음으로 넘기고 스타 씨를 일으켜 세워 주려고 손을 내밀었다. 스타 씨도 덩달아 웃었지만 내심으로는 깊이 감동하고 또 민망해하는 것 같았다.

"내가 아무래도 이것저것 너무 예민하게 받아들이는 것 같구나, 안 그러니?"

시빌은 그의 손을 잡아당겼고(그의 손이 얼마나 큰지! 그녀의 손을 감싸 쥐는 손가락은 또 얼마나 튼튼한지!) 그가 끙 신음을 흘리며 몸을 일으킨 순간 그녀를 끌어당기는 몸무게에 새삼 놀랐다. 성인 남자답게 무거운 몸이었다. 스타 씨는 시빌의 손을 여전히 붙잡은 채 가까이 서서 말했다.

"이번 실험은 지나치게 성공적이었어. 내 관점에서는 말이다! 다시 시도할 엄두가 안 날 정도로구나."

시빌은 애매한 미소를 지으며 그를 올려다보았다. 아버지가 살아 있다면 스타 씨 정도의 나이대일 것이다. 그렇지 않은가? 스타 씨의 거칠고 칙칙한 얼굴 너머에서 더 젊은 얼굴이 밀고 나오는 듯 보였다. 이마에 난 갈고리 모양의 기이한 흉터가 햇빛을 받아 묘하게 반들거렸다.

시빌은 스타 씨의 손을 공손히 놓고 시선을 떨어트렸다. 몸이 떨리고 있었다. 오늘은 달리기를 하지 않았고, 그의 요청대로 블라우스와 스커트 차림으로 모델만 서러 나왔다. 맨 다리가 드러났고 샌들을 신은 발은 바닷물에 젖어 있었다. 시빌은 그에게 들리지 않기를 바라는 듯 나지막히 말했다.

"저도 그런 느낌이에요, 스타 씨."

그들은 설벽 위로 향하는 나무 계단을 올라갔다. 약간 떨어진 곳에서 새까맣게 반짝이는 리무진이 대기하고 있었다. 이 시간대에는 공원이 꽤 붐볐고, 한 무리의 고등학생 여자애들이 키득거리며 근처를 지나가기도 했지만, 시빌은 신경 쓰지 않았다. 울고 났더니 마음이 산란하고 약해진 상태였는데 이상하게도 한편으로는 강하고 행복해진 기분이었다.

'그가 누구인지 너는 알아. 너는 쭉 알고 있었어.'

그녀는 곁에서 절뚝거리는 스타 씨의 존재감을 예리하게 의식했고 그가 늘어놓는 수다에 조바심을 느꼈다. 어째서 그는 솔직히 터놓고 이야기하지 못할까?

운전석에 앉은 제복 차림의 기사는 차려 자세를 취하듯 앞만 똑바로 보고 있었다. 선캡, 하얀 장갑. 그의 옆얼굴은 옛날 동전에 새겨진 사람 얼굴처럼 보였다. 시빌은 저 사람도 자신에 대해 알고 있을까 궁금해졌다. 스타 씨가 그녀에 대해 일러주지 않았을까. 누군가 다른 사람도 이 사실을 알 거라고 생각하니 불현듯 흥분이 몰려왔다.

스타 씨는 오늘 시빌이 아주 참을성 있게 모델을 섰고 기대 이상으로 잘해 주었으니만큼 선물을 주겠다고 했다.

"모델료에 더해서 주는 거야."

그는 리무진의 뒷좌석 문을 열고 흰 사각형 상자를 꺼내더니, 숫기 없이 웃으며 시빌에게 내밀었다.

"오, 이게 뭐예요?"

시빌은 외쳤다. 그녀와 로라 이모는 이제 선물을 주고받는 일이 거의 없었다. 과거 속 깊이 묻혀 버린 풍습 같던 것을 이렇게 다시 경험하니 무척 반가웠다. 상자 뚜껑을 열어 보니 그 안에 든 것은 아름다운 가방이었다. 새끼 염소 가죽으로 된, 진하고 어두운 꿀 같은 빛깔의 숄더백.

"오, 스타 씨…… 고맙습니다." 시빌은 가방을 두 손으로 꺼내 들고 말했다. "이렇게 예쁜 건 처음 봐요."

"열어 보지 그러니, 애야?"

스타 씨의 말에 그녀는 가방을 열어 보았다. 그 안에는 돈이 들어 있었다. 공장에서 갓 뽑아낸 빳빳한 지폐 뭉치였고, 맨 위의 지폐에 적힌 액면가는 20달러였다.

"지난번처럼 너무 많이 주신 건 아니길 바라요." 시빌이 불안해하며 말했다. "아직 세 시간을 채우지도 못한걸요. 이건 공평하지 않아요."

스타 씨가 기쁨으로 얼굴이 상기된 채 껄껄 웃었다.

"공평하다니, 누구에게? '공평'한 게 뭐지? '우리'가 하고 싶은 걸 '우리'가 하는 거잖니."

시빌은 수줍어하며 스타 씨를 향해 눈을 들어 올렸다. 그는 열띤 눈으로 그녀를 바라보고 있었다. 적어도 눈꼬리의 주름이 깊어진 건 확실했다.

"애야, 오늘은 꼭 집까지 태워다 주고 싶은데."

그가 미소 지으며 말했다. 그 어조에는 전에 없던 권위가 실려 있었는데, 시빌이 방금 받은 선물과 무언가 연관이 있는 듯했다.

"곧 날이 썰렁해질 테고, 너는 발이 젖었잖니."

시빌은 망설였다. 가방을 얼굴께에 들어 올리고 있으니 숨을 쉴 때마다 톡 쏘는 가죽 냄새가 났다. 이렇게 질 좋은 가방은 한 번도 가져 본 적이 없었다. 스타 씨는 여전히 미소를 띤 채, 누군가 보는 사람이 있는지 확인하려는 듯 주위를 흘끔 둘러보았다.

"괜찮으니 안에 타렴, 블레이크! 이제 나는 낯선 사람이 아니잖니."

그래도 시빌은 주저했다. 그녀는 반쯤 놀리는 투로 물었다.

"제 이름이 블레이크가 아니라는 걸 아시잖아요, 그렇지 않나요, 스타 씨? 어째서 그럴까요?"

스타 씨가 역시 놀리는 투로 웃었다.

"그래? 그럼 네 이름이 뭘까?"

"아시지 않나요?"

"내가 알아야 하나?"

"아실 수밖에 없잖아요?"

침묵이 흘렀다. 스타 씨는 시빌의 손목을 잡고 있었다. 부드러우면서도 강하게. 그녀의 가는 손목을 감싸 쥔 손가락에 손목시계의 밴드 같은 미세한 압력이 들어가 있었다. 스타 씨는 몸을 가까이 기울이고 비밀을 털어놓듯 말했다.

"음, 나는 네 노래를 들었단다. 학교에서 열린 멋진 크리스마스 공연에서, 네가 독창을 부르는 걸 봤지. 솔직히 고백하자면 리허설도 몰래 들어가 봤어. 아무도 제지하지 않더구나. 그리고 그때 합창부 선생님이 너를 부르던 이름을 들었던 것 같은데…… '시빌'이라고 했던가?"

스타 씨의 입에서 그녀의 이름이 나오니 아찔한 희열이 치솟았다. 시빌은 말없이 고개만 끄덕일 수밖에 없었다.

"그래? 제대로 들었는지 긴가민가했는데. 예쁜 소녀에게 어울리는 예쁜 이름이로구나. 그리고 '블레이크'는…… '블레이크'가 네 성이니?"

시빌은 웅얼거렸다. "네."

"아버지 성?"

"아뇨. 아버지 성은 아니에요."

"오, 왜 아니지? 보통은 그런데."

"왜냐하면……"

시빌은 말을 끊었다. 어떻게 말해야 할지 애매하고 혼란스러웠다.

"그건 어머니 성이에요. 어머니 가족 말예요."

"아, 그렇구나! 이제 알겠다."

스타 씨가 소리 내어 웃었다.

"음, 사실은 아직 잘 모르겠다만, 이 문제는 나중에 토론해 보도록 하자. 그럼 이제……?"

'그럼 이제 차에 탈까?'라는 뜻이었다. 시빌의 손목을 쥔 손아귀에 더욱 힘이 들어갔고, 그의 태도는 전처럼 상냥하긴 했지만 조바심이 나기 일보 직전인 듯 보였다. 악력이 생각보다 너무 셌다. 무방비하게 인도에 선 시빌은 그의 말을 마지못해 따를끼 싶었지만, 동시에 그러면 안 된다는 불안감이 들었다. 아직은 안 된다.

시빌은 초조하게 웃으며 물러났다. 스타 씨는 어쩔 수 없이 그녀를 놓아주며 실망한 듯 입꼬리를 내려뜨렸다. 시빌은 고맙지만 걷는 편이 더 좋다고 말했다.

"그럼 내일 보는 거겠지, 시빌?" 몸을 돌린 그녀의 뒤에서 스타 씨가 외쳤다. "그렇지?"

시빌은 봉제 인형을 껴안은 아이처럼 새 가방을 가슴에 끌어안고서 발길을 재촉했다.

'검은 리무진이 나를 따라오고 있진 않을까? 적당히 거리를 두면서?'

시빌은 돌아보고 싶은 충동을 강하게 느꼈지만 애써 참았다.

평생 그런 차에 타 본 적이 있었던가, 시빌은 기억을 더듬었다. 부모님의 장례식 때 기사들이 모는 리무진 여러 대가 쓰였겠지만 시빌은 장례식에 참석하지 못했다. 장례식과 관련된 기억이라곤 전혀 없었다. 할머니와 로라 이모와 다른 어른들이 보이던 이상한 행동거지만 기억날 뿐이었다. 다들 슬퍼 보였지만, 그 슬픔 아래에는 말을 잃을 만큼 큰 충격도 도사리고 있었다.

엄마는 어딨어요, 아빠는 어딨어요, 그녀가 그렇게 물으면 대답은 늘 똑같았다. 떠났어.

울어 봤자 소용없었다. 분노도 소용없었다. 시빌이 할 수 있는 그 어떤 행동도, 말도, 생각도 아무 소용이 없었다. 그게 그녀가 처음으로 터득한 교훈이었는지도 모른다.

'하지만 아빠는 죽지 않았어. 알잖아. 넌 알아. 아빠도 알고. 그래서 돌아오신 거야.'

10. "사로잡히다"

로라 이모가 또 담배를 피우기 시작했다! 전처럼 하루에 두 갑씩 피워 댔다. 시빌은 그 원인이 자신이라는 생각에 죄책감을 느꼈다.

문제는 새끼 염소 가죽 가방이었다. 비밀 선물. 시빌은 그 선물을 벽장 제일 안쪽에 숨겨 두었고, 냄새가 방 안에 배지 않게 비닐로 싸 두기까지 했다. (그래도 냄새는 나는 것 같았다. 향수처럼 진한 냄새가 미묘하게 스며 나오는 듯했다.) 그러고는 이모가 가방과 돈을 발견할까 봐 두려워하며 지냈다. 로라 델 블레이크는 절대로 조카의 방에 허락 없이 들어오지 않았지만, 그럼에도 어쩐지 그런 일이 일어날 것만 같았다. 시빌이 이모에게 무언가 중요한 것을 비밀로 하기는 난생처음이었고, 이 비밀은 그녀에게 흥분과 힘을 불어넣어 주었지만 동시에 어린애 같은 공포로 그녀를 약화시키기도 했다.

그러나 로라가 무엇보다도 걱정하는 문제는 시빌이 '그거'에 새삼 관심을 보이고 있다는 점이었다.

"오, 얘야, 너 또 '그거' 생각하니? 왜?"

'그거'란 로라가 '사고', '비극', '너희 부모님의 죽음'을 뭉뚱그려 간략하게 지칭하는 완곡한 표현이었다.

로라가 기억하는 한 시빌은 이제껏 '그거'에 대해 일시적인 호기심만 보이고 말았는데, 요즘은 로라가 "병적인 호기심"이라 부르는 감정에 사로잡혀 있었다. 그 애의 눈에 비친 말 없는 당혹감이라니! 동요하기도 하고 가끔은 시무룩해지는 입매는 또 어떻고! 어느 날 저녁 로라는 떨리는 손으로 담뱃불을 붙이며 퉁명스럽게 말했다.

"시빌, 애야, 난 정말 가슴이 찢어진다. 대체 뭘 알고 싶은 거니?"

시빌은 그 질문을 기다려 왔다는 듯 물었다. "제 아버지가 살아 있나요?"

"뭐라고?"

"제 아버지요. 조지 콘트. 그분이…… 아마도, 살아 있는 거죠?"

그 질문이 둘 사이의 허공을 맴돌았다. 시빌은 침묵이 고통스럽도록 길게 느껴졌고, 로라 이모의 표정이란, 격분해서 코웃음을 치고 자리를 박차고 나가 버릴 것처럼 보였다. 그러다 이모는 단호하게 고개를 내저으며 시빌의 눈을 피해 시선을 떨어트렸다.

"애야, 그렇지 않아. 그 남자는 죽었어."

그녀는 말을 끊고 담배를 피웠다. 콧구멍으로 연기를 거세게 뿜어내는 모습은 무언가 더 할 말이 있는 눈치였지만, 이내 마음을 바꾼 듯 조용히 말했다.

"어머니에 대해서는 안 묻는구나. 왜지?"

"저는…… 어머니는 돌아가셨다고 믿어요. 하지만……"

"하지만?"

"제…… 제 아버지는……."

"안 돌아가셨다고?"

시빌은 뺨이 화끈 달아올라 말을 더듬었다. "그냥 알고 싶단 말예요. 보고 싶다고요. 무, 무덤이라도! 사망 진단서라든지!"

"웰링턴에 연락해서 사망 진단서 사본을 보내 달라고 하마." 로라 이모가 느릿느릿 말했다. "그거면 되겠니?"

"여기에는 진단서가 없어요?"

"얘야, 내가 왜 그런 걸 간직하고 있겠니?"

시빌은 그 나이 든 여자가 자신을 응시하는 눈빛에서 연민을, 그리고 무언가 공포에 가까운 감정을 읽었다. 시빌은 여전히 달아오른 얼굴로 더듬거리며 말했다.

"이모의…… 이모한테 있는 법적 문서들이요. 서류들 있잖아요. 어디 안전한 데에……."

"아니야. 없어."

침묵이 흘렀다. 시빌은 반쯤 울다시피 말을 꺼냈다.

"저는 장례식에 가기엔 너무 어렸죠. 그래서 못 봤고요. 무슨 일이 있었건, 전 아무것도 못 봤다고요. 아시겠어요? 장례식을 치르는 목적이 그거라잖아요, 시신을 사람들에게 확인시켜 주는 거요."

로라 이모가 시빌의 손을 잡았다.

"그런 목적도 있기는 하지. 우리 의료원에서도 그런 일이 늘 벌어진단다. 사람들은 사랑하는 사람이 죽었다는 걸 믿지 않아. 머리로는 알지만 차마 인정할 수 없는 거지. 충격이 너무 커서 현실을 곧장 받아들이지 못하는 거야. 그리고, 그래, 네 말도 맞아. 그 사람이 정말로 죽은 걸 보지 못하면…… 그걸 명백하게 확인하는 공적인 의식을 치르지 않으면, 죽음을 받아들이기가 힘들어질 수 있겠지. 그렇게 되면……."

로라 이모는 멈칫하며 얼굴을 찌푸렸다.

"환상에 빠지기도 쉬워질 테고."

환상이라니! 시빌은 아연히 이모를 쳐다보았다.

'나는 아버지를 봤다고요. 나는 안단 말예요. 나는 아버지를 믿지, 당신을 믿지 않아요!'

오늘은 이쯤에서 화제가 일단락되는 분위기였다. 로라 이모는 담배를 야멸차게 비벼 끄며 말했다.

"아마 내 탓일 거야. 그 일 이후로 나는 2년 동안 상담 치료를 받았고, 더 이상 그 이야기를 하고 싶지 않았어. 그래서 몇 년 동안 네가 물어볼 때마다 끊어 버린 거지. 이해는 된다. 하지만 사실 정말로 할 이야기가 별로 없단다. 멜라니는 죽었고, '그'도 죽었어. 이미 오래전에."

그날 저녁 시빌은 글렌코 공립 도서관에서 빌린, 기억에 관한 책을 읽었다. 인간은 헤아릴 수 없이 많은 잠재 기억 흔적들에 '사로잡혀' 있으며, 대뇌 피질의 활성화 지점들이 자극되거나 여타 특정한 조건들이 충족될 경우 그 기억 흔적들이 발동될 수 있는 것으로 알려져 있다. 기억 흔적들은 신경계에 영구히 각인되어 있다가 흔히 연상 작용에 의해—단어, 장면, 소리, 특히 냄새에 의해 활성화된다. 데자뷔 현상은 이러한 경험들과 밀접하게 연관된 것으로, '의식의 중첩'으로 인해 동일한 경험을 예전에도 겪었다는 확신이 일어나게 된다. 그러나 인간의 기억 중 상당수는 사후에 수정되거나 취사선택되거나, 환상으로 왜곡되어……

시빌은 책을 닫았다. 그리고 스타 씨가, 자칭 스타 씨라고 하는 남자가 자기 힘을 의식하지 못하고 그녀의 손목을 움켜쥐었던 자리에 남은 어렴풋한 붉은 자국에 대해 생각했다. 그 생각을 이제껏 열두 번은 했다.

시빌도 당시에는 몰랐다. 그 손가락이 그렇게까지 억셌다는 걸, 자신의 손목을 그렇게까지 꽉 쥐고 있었다는 걸.

11. '스타 씨' 또는 '콘트 씨'

시빌은 그를 보았다. 자신을 기다리고 있는 그의 모습을. 그녀는 즉시 그에게 달려가, 자신을 본 그의 얼굴이 얼마나 환해지는지를 확인하고 아이 같은 기쁨을 느끼고 싶었다.

'여기예요! 나는 여기 있어요!'

그녀가 잘 알지도 못하고 그녀를 잘 알지도 못하는 사람에게 그런 영향력을 미칠 수 있다니. 그건 그녀가, 열일곱 살 소녀 시빌 블레이크가 지닌 막강한 힘인 것 같았다.

'그분은 나를 사랑하니까. 내 아버지니까. 그래서 그런 거야.'

'그런데 만약 아버지가 아니라면……'

늦은 오후의 하늘이 흐리고 칙칙했다. 그래도 공원 변두리의 이 지점은 사람들로 붐볐다. 조깅하는 사람들도 있었고, 그중 몇몇은 알록달록한 옷을 입고 있었다. 시빌은 그 사이에 끼지 않았다. 전날 밤에 생각이 너무 많아서 잠을 설쳤다. 무엇을 생각했던가? 너무나 아름다웠던 죽은 어머니, 기억나지 않는 아버지,(하지만 분명 그녀의 기억 세포들 속 깊디 깊은 어딘가에 각인되어 있으리라.) 진실을 말해 주지 않으면서 시빌을 세상 누구보다 사랑하는 로라 이모. 그리고 물론 스타 씨에 대해서도.

아니면 콘트 씨라고 해야 할까.

지금 스타 씨는 기대감에 부푼 미소를 띠고 주위를 둘러보고 있었고, 시빌은 그의 시선이 닿지 않는 곳에 숨어 있었다. 그는 평소와 같은 천 가방을 들고 지팡이를 짚었다. 거무스름하고 수수한 옷, 모자를 쓰지 않은, 반짝이는 은발 머리. 더 가까이 가 보면 그의 검은 색안경에 어리는 번뜩이는 빛도 볼 수 있을 것이다. 아까 한 블록 너머의 대로에 주차되어 있던 리무진도 봤다.

조깅하는 젊은 여자 한 명이 긴 다리를 내뻗으며, 머리카락을 나부끼며 스타 씨 옆을 지나쳐 뛰어갔다. 그는 여자가 길 저편으로 사라질 때까지 열띤 눈으로 지켜보았다. 그러다 고개를 돌려 도로 쪽을 내다보며 초조하게 어깨를 움직였다. 손목시계도 확인했다.

'너를 기다리고 있어. 왜인지는 뻔하지.'

그런데 별안간 시빌은 스타 씨를 만나지 말아야겠다는 결심이 섰다. 자칭 스타 씨라고 하는 남자를. 막판에 마음을 바꾼 그녀는 자기 자신이 이해가 되지 않았지만, 아마도 이 결정이 옳으리라는 직감 하나만은 확실히 들었다. 빠르게 발길을 돌리면서 그녀는 마치 큰 위험에서 가까스로 빠져나오기라도 한 듯 심장이 불규칙적으로 뛰었고 온몸의 신경이 곤두섰다.

12. '조지 콘트'의 최후

로라 델 블레이크는 월요일, 수요일, 금요일마다 퇴근 후 에어로빅에 다녔고, 그런 날 저녁에는 거의 항상 7시 이후에나 집에 왔다. 지금은 수요일 오후 4시였다. 이제부터 이모가 돌아오기 전까지 시빌이 이모의 개인 서류들을 뒤진 다음 원래대로 정돈해 놓을 시간은 충분하겠다 싶었다.

로라 이모의 집 열쇠들은 책상 맨 위 서랍에 보관되어 있었고, 그중에는 책상 옆의 작은 알루미늄 서류 캐비닛에 맞는 열쇠도 있다는 걸 시빌은 알고 있었다. 기밀 기록이며 문서 들이 보관된 캐비닛이었다. 열쇠 십수 개가 뒤섞여 있었지만 맞는 열쇠를 찾아내기는 어렵지 않았다.

"로라 이모, 용서해 주세요."

그녀는 중얼거렸다. 서류 캐비닛을 이렇게 쉽게 열 수 있다는 건 그녀에 대한 이모의 신뢰를 보여 주는 증거였다.

시빌 블레이크는 평생 한 번도 이렇게 이모와의 신뢰를 저

버린 적이 없었다. 캐비닛의 잠금장치를 풀고 서랍들을 열자니 돌이킬 수 없는 짓을 저지르는 기분이었다.

서랍 안에는 마닐라지로 된 서류철들이 어수선하게 꽉 채워져 있었고, 대부분 낡았고 귀퉁이가 접혀 있었다. 그걸 보니 무엇보다도 먼저 실망감이 들었다. 몇 년 치에 이르는 영수증, 장부, 세금 내역 등의 자료가 수백 건 쌓여 있었던 것이다. 그 사이에서 시빌은 로라 이모가 소녀였을 적에 받은, 날짜가 1950년 전으로 거슬러 올라가는 편지 묶음을 발견했다. 스냅 사진도, 정식으로 포즈를 취하고 찍은 사진도 몇 장 있었다. 고등학교 학사모를 쓰고 가운을 입은, 미성숙하지만 놀랍도록 예쁜 소녀가 반짝이는 입술로 미소 지으며 카메라를 보고 있는 사진도 있었다. 사진 뒷면에는 '1969년, 멜라니'라고 적혀 있었다. 시빌은 어머니의 초상을 — 그녀의 어머니가 되기 한참 전의 어머니를 쳐다보며 승리감과 동시에 경악에 휩싸였다. 그래, 이 사람은 바로 그 신비로운 '멜라니'이긴 했다. 하지만 과연 어린 시빌이 알던 그 '멜라니'인가? 차라리 시빌과 비슷한 나이대의 여고생쯤으로 보이지 않는가? 더구나 저 외양과 자기도취에 빠진 듯한 표정으로 미루어 보면, 시빌과 친구가 될 리 없을 법한 부류의 소녀로 보였다.

시빌은 떨리는 손으로 사진을 집어넣었다. 로라 이모가 과거의 기념품들을 별로 남겨 두지 않은 데에 반쯤은 고마운 심정이 되었다. 충격적인 사실을 접할 일도 덜할 테니까.

멜라니 블레이크와 조지 콘트의 결혼 사진은 없었다. 단한 장도.

시빌이 보기에는 '조지 콘트'의 사진 역시 전혀 남아 있지 않았다.

아기 시빌과 멜라니가 함께 찍힌 스냅 사진이 딱 한 장 있었다. 시빌은 그 사진을 한참 들여다보았다. 여름에 호숫가의 별장에서 찍은 사진으로, 멜라니가 흰 드레스 차림으로 아기를 팔에 고이 안고 예쁘게 포즈를 취하고 있었다. 누가 막 그 둘을 불러서 웃게 한 모양이었다. 멜라니는 근사하고도 달콤한 함박웃음을 짓고 아기 시빌은 입을 딱 벌린 채로 둘 다 카메라를 쳐다보고 있었다. 이 사진 속의 멜라니는 고등학교 졸업 사진에서보다 아주 약간 성숙해 보였다. 여러 색조의 밤색과 금색이 섞인 연갈색 머리카락은 어깨까지 내려와 끝이 위로 말려 있었고, 마스카라를 꼼꼼히 칠한 눈은 하트 모양의 얼굴에서 또렷하게 두드러졌다.

전경의 풀밭에는 한 남자의 상반신이 그림자를 드리우고 있었다. 혹시 '조지 콘트'일까? 사라진 사람.

시빌은 구겨지고 빛바랜 사진을 쳐다보았다. 무슨 생각을 해야 할지 알 수 없었다. 이상하게도 별다른 감정이 들지 않았다. 자신은 기억도 나지 않는데 사진 속의 아기가 정말로 시빌 블레이크라고 할 수 있나?

아니면 뇌 깊숙이 어딘가에 기억이 남아 있진 않을까? 영원히 지워지지 않는 기억 흔적이?

이제부터 그녀는 자신의 어머니를 이 사진에 찍힌 예쁘고 자신감 있는 젊은 여자로 '기억'하게 될 것이다. 이 총천연색 상(像)이 다른 모든 기억을 대체할 것이다.

시빌은 마지못해 사진을 꾸러미 안에 돌려 놓았다. 간직하고 싶은 마음은 굴뚝 같았다! 하지만 그랬다가는 로라 이모가 사진을 도둑맞은 것을 언젠가 알아챌 것이다. 친조카가 신뢰를 깨뜨리고 자신의 물건들을 뒤졌다는 사실을 이모가 알지 못하도록 보호해야 했다.

개인 자료가 든 서류철은 많지 않아서 금세 찾았다. 그런데 그 사고 내지는 "비극"과 관계된 자료는 없었다. 신문 부고조차 남아 있지 않은 걸까? 시빌은 바로 옆에 있던 다른 서류철들을 뒤지며 점점 커져가는 절박감을 느꼈다. 아버지가 누구였는가 또는 누구인가 하는 의문만큼이나 강력한 또 다른 의문은, 어째서 로라 이모가 개인적인 자료에서조차 남김없이 아버지의 흔적을 없애 버렸는가 하는 점이었다. 혹시 '조지 콘트'라는 사람이 아예 없었던 건 아닐까 하는 의문마저 들었다. 어머니는 애초에 결혼하지 않았고, 그 사실이 바로 비밀의 일부였다면? 그리고 멜라니가 무언가 끔찍한 방식으로, 적어도 로라델 블레이크가 보기에는 끔찍하게 죽었고, 그래서 오랜 세월이 지나도록 그 사실을 시빌에게 숨겨야 했던 것이 아닐까? 몇 년 전 로라 이모가 정직하게 말한 적이 있었다.

"네가 알아야 할 것은 딱 하나야, 시빌. 너희 어머니도, 아버지도, 자신들의 죽음 때문에 네가 그늘진 아이로 자라길 원치는 않으리라는 점. 그들은 네가 행복하기를 바랄 거야. 특히 너희 어머니는.”

시빌에게 행복의 유산을 물려받으라는 말은, 이렇게 화창하고 그늘도 없고 역사도 없는, 적어도 그녀와 관계된 역사는 없는 곳에서, 완벽하게 정상적인 미국인 소녀로 자라라는 뜻인 듯했다.

“하지만 나는 ‘행복’해지고 싶지 않아. 나는 ‘알고’ 싶어.”

시빌은 큰 소리로 말했다.

그러나 거의 빼낼 수 없을 만큼 빡빡하게 끼어 있는 나머지 서류철들을 뒤져 봐도 더 이상 아무것도 나오지 않았다.

시빌은 실망한 채 서랍을 닫고 캐비닛을 열쇠로 잠갔다.

그런데 이모의 책상 서랍들은 어떨까? 시빌이 기억하기로 그 서랍들은 잠겨 있지 않았다. 그러면 중요한 것은 들어 있지 않다는 뜻이겠지만, 오히려 이모가 무언가를 안전하게 감춰 두려고 잠가 두지 않았을 수도 있겠다는 생각이 들었다. 그래서 시빌은 큰 기대 없이 책상 서랍들을 빠르게 훑어보았다. 어지럽게 뒤얽힌 종이, 스크랩, 영수증, 오래전에 로스앤젤레스에서 시빌과 같이 본 연극들의 프로그램 책자들…… 그리고 가장 큰 서랍의 밑바닥에 깔려 있던, 앞면에 ‘의료 보험’이라고 선명히 인쇄된 구겨진 마닐라지 봉투 속에서, 시빌은 자신이 찾던 것을 발견했다.

누렇게 변색된 신문 스크랩들이었다. 몇몇은 오래된 접착 테이프로 이어 붙여져 있었다.

버몬트주 웰링턴에서 한 남성이 아내를 총기 살해
자살 시도는 미수에 그쳐

7월 4일, 말다툼 끝에 아내를 살해한 지역 주민 남성
챔플레인 호수에서 자살 시도

31세 조지 콘트, 살인죄로 체포
아내(26세)를 총기 살해한 웰링턴 변호사

'콘트' 재판 시작되다
기소 측 '계획적 범행' 주장
가족들 증언 잇따라

60초도 안 되어 시빌 블레이크는 로라 이모가 근 15년 동안 그녀에게 숨겨 온 비극의 실상을 파악했다.

그녀의 아버지는 정말로 '조지 콘트'라는 남자였고, 그 남자는 챔플레인 호수에서 '멜라니'와 함께 모터보트를 타다가 그녀를 총으로 쏘아 죽인 것이다. 시신을 배 밖으로 밀어 버린 다음 자신도 죽으려고 머리를 총으로 쐈지만 심각한 부상만 입었다. 응급 신경외과 수술을 받고 회복됐고, 체포된 후 재판을 받았으며, 2급 살인죄로 유죄 판결이 내려져 버몬트주 북부의 하트실 주립 교도소에서 12년에서 19년을 복역하라는 형을 선고받았다.

시빌은 감각이 사라져 버린 손가락으로 신문 스크랩들을 찬찬히 넘겼다. 이런 거였다! 이렇게 된 거였다! 살인, 자살 시도! 단순히 술에 취한 것도, 호수에서 '사고'가 일어난 것도 아니었다.

로라 이모는 스크랩들을 급하게, 또는 혐오감 때문에 거칠게 봉투 안에 욱여넣은 듯했다. 어떤 스크랩들은 사진 부분이 찢겨 나가서 없고 사진 밑의 설명만 남아 있었다. "멜라니와 조지 콘트 부부, 1975", "기소 측 증인 로라 델 블레이크가 법정을 나가는 모습." 조지 콘트의 사진들을 보니 확실히 '스타 씨'를 닮은 외모였다. 지금보다는 더 젊고 머리색도 짙고, 턱 부분의 선이 더 굵직하고, 젊은이다운 자신감과 기대감이 엿보이긴 했지만.

'그래, 이 사람이 아버지야. 스타 씨, 사라진 사람.'

멜라니 콘트의 사진도 몇 장 실려 있었다. 고등학교 졸업 앨범에 실린 사진과, "남편의 질투로 살해당한 웰링턴 여성"이라는 설명이 붙은, 길고 격식 있는 드레스를 입고 머리카락 끝부분을 멋들어지게 위로 말아 올린 사진, 아주 앳되고 매력적이고 행복해 보이는 부부의 결혼 사진과 "여름 별장의 콘트 부부" 사진, 그리고 "2급 살인 판결을 받은 변호사 조지 콘트"의 사진이 있었다. 얼떨떨하게 바닥을 내려다보며, 수갑을 찬 채로 엄격한 계호원들에게 끌려 나가는 죄수의 모습. 시빌의 가족에게 일어난 끔찍한 사건은 버몬트주 웰링턴 대중의 어마어마한 관심을 모았고, 그렇기 때문에 더더욱 끔찍하고 수치스러운 일이었던 듯했다.

지난번에 로라 이모가 뭐라고 했던가? 사건 이후에 상담 치료를 받았고, 그래서 기억을 돌이키고 싶지 않았다고 했다.

"이미 오래전에 일어난 일"이라고도 했다.

하지만 거짓말도 있었다. 이모가 시빌의 얼굴을 똑바로 마주보면서 지어낸 거짓말, 거짓말 들. 아버지가 살아 있다는 걸 시빌이 아는데도 죽었다고 했던 것.

시빌은 그가 살아 있다고 믿을 만한 근거가 있었는데도.

내 이름은 스타라고 해! 너무 섣불리 판단 내리진 마!

시빌은 낡은 신문 스크랩들을 읽고 또 읽었다. 스무 개는 되는 듯했다. 그녀는 전체적으로 두 가지 요점을 파악해 냈다. 첫째, 그녀의 아버지 조지 콘트는 자기 지역에서 명망 있는 가문 출신으로서 법정에서 자신을 방어하기 위해 매우 유능한 변호사를 선임했다는 것. 둘째, 그 지역 사람들은 슬픔에 빠진 블레이크 가에 애도를 표하면서도 스캔들은 스캔들대로 신나게 즐겼다는 것. 한 젊은 남편이 젊고 아름다운 아내를 "질투"해, 비싼 보트 위에서 그녀를 살해하고 챔플레인 호수로 떠밀어 빠뜨렸다니, 그런 흥미진진한 사건에 누가 무관심할 수 있겠는가? 언론에서 그 비극을 한껏 이용해 먹을 만도 했다.

'이제 알겠네, 그렇지? 네 성이 왜 바뀌었는지. 살인범인 콘트가 아니라, 희생자인 블레이크의 성을 따라야 했던 거야.'

시빌은 아이 같은 분노와 아이들 특유의 불분명한 슬픔에 휩싸였다.

'왜, 왜 그런 거야! 이 조지 콘트라는 남자가 폭력을 휘둘

러서 모든 걸 망쳐 버렸잖아!'

목격자 증언에 따르면, 조지 콘트는 부부가 속한 사교계 안에서 아내가 다른 남자들과 우정을 나누는 것을 "비이성적으로" 질투했고 몇 번은 남들 앞에서 공개적으로 다투기도 했으며, 음주 문제도 있다고 알려져 있었다고 했다. 7월 4일, 살인 사건이 일어난 날에 부부는 챔플레인 호수 클럽에서 친구들과 술을 마시며 오후 시간의 대부분을 보낸 후, 보트를 타고 남쪽으로 5킬로미터 거리에 있는 여름 별장으로 향했다. 그런데 가는 도중 말다툼이 벌어졌고, 조지 콘트는 32구경 리볼버로 아내를 몇 차례 쏘았는데, 나중에 자백한 바에 따르면 그 총은 자신이 "진지하다는 것을 아내에게 보여 주려고" 구한 것이었다고 했다. 그는 시신을 배 밖으로 밀어뜨린 뒤 "넋이 나간 채"로 별장으로 건너가서 두 살배기 딸 시빌에게 엄마가 기다리고 있다고 말하며 배에 태워 가려고 했다. 하지만 아이의 외할머니와 이모, 즉 살해된 여자의 가족들이 아이를 데려가지 못하게 막았으므로, 그는 혼자 보트를 타고 호수로 돌아가 꽤 멀리까지 나간 다음 자기 머리를 총으로 쐈다. 시동이 걸린 배 위에 쓰러져 있던 그를 구급대가 발견해 벌링턴의 병원으로 이송했고 그곳에서 그를 살려 냈다는 것이 사건의 전말이었다.

'왜, 대체 왜 '그'의 목숨을 살린 거야?'

시빌은 독한 의문을 품었다. 그녀는 '스타 씨'라고 자칭한 조지 콘트라는 사람에게 평생 한 번도 느껴 본 적 없는 격렬한 감정을, 분노를 느꼈다. 그는 시빌도 죽이려 했던 것이다. 당연하다. 그래서 집으로 돌아와서는 엄마가 기다린다며 그녀를 데려가려고 했던 것이다. 그때 외할머니와 로라 이모가 막지 않았더라면 그는 시빌도 쏘아 죽여서 호수에 던져 버리고 자살로 모든 걸 끝내려고 했을 것이다. 하지만 끝내 죽지 못했으리라. 자살도 제대로 못해서 실패해 놓고는, 회복된 뒤에는 살인 혐의로 기소당하자 '무죄 주장'으로 대응했던 것이다.

2급 살인죄로 기소됐는데 형이라고는 고작 12년에서 19년밖에 안 됐다. 그래서 이젠 석방됐다. 조지 콘트가 세상으로 나왔다. 그리고 아마추어 화가 '스타 씨'로서, 아름다움과 순수함을 사랑하는 사람이 되어서, 시빌을 만나러 여기까지 찾아왔다.

'왜인지는 뻔하지.'

13. "네 어머니가 기다리고 있어"

시빌 블레이크는 '의료 보험'이라는 문구가 대문짝만 하게 찍힌 봉투에 스크랩들을 집어넣고, 이모의 책상에서 잠기지 않은 서랍 밑바닥에 봉투를 돌려놓았다. 그리고 서랍을 조심스럽게 닫은 다음 방 안을 둘러보았다. 아무리 심란해도 혹시 무언가 부주의하게 잘못 놓은 것은 없는지, 자신이 여기 들어왔다는 증거가 남진 않았는지 확인은 해야 했다.

그랬다, 그녀는 로라 이모의 신뢰를 저버렸다. 하지만 로라 이모도 그녀에게 여러 가지로 거짓말을 하지 않았던가. 그것도 너무나 그럴싸하게.

시빌은 이제부터 그 누구도 온전히 믿지 못하리라는 예감이 들었다. 그녀를 사랑하는 사람들도 그녀에게 거짓말을 할 수 있고 더 나아가 거짓말하게 마련이라는 것을 깨달았다. 어떤 도덕적 확신하에 불가피한 거짓말이라 믿고 그럴 수도 있겠지만, 그리고 그런 확신이 옳을 수도 있겠지만, 그래도 거짓말은 거짓말인 것이다.

설령 그들이 그녀의 눈을 들여다보며 진실이라고 주장할지라도.

시빌 블레이크가 취할 수 있는 합리적인 대처 중에서 가장 합리적인 것은, 그녀가 알아낸 비극의 실상과 그 증거를 가지고 로라 이모와 대면하고 '스타 씨'에 대해 털어놓는 것이었다.

하지만 시빌은 그를 너무나 증오했다. 로라 이모도 그를 증오했다. 그런데 아무리 증오해도 그가 행동에 나선다면 어떻게 막을 수 있겠는가? 아버지는 틀림없이 그녀를 해칠 작정으로 돌아왔을 텐데?

조지 콘트가 형기를 마치고 출소했다면 그는 여느 시민과 마찬가지로 온 나라를 마음대로 돌아다닐 수 있고, 캘리포니아 주 글렌코에 올 권리도 있다. 그가 딸 시빌 블레이크에게 접근한 것도 범죄는 아니었다. 그녀를 위협한 적도 추행한 적도 없고, 어디까지나 상냥하고 너그럽고 예의 있게 행동했으니까. 다만 자신의 정체를 속였다는 잘못만 했을 뿐.(로라 이모에게는 천인공노할, 극악무도한 잘못으로 여겨지겠지만.)

'스타 씨'는 기깃이었고 추태였다. 하지만 시빌에게 그의 모델이 되라거나, 그에게서 비싼 선물을 받으라고 강요한 사람은 아무도 없었다. 어디까지나 그녀가 자발적으로, 고마워하며 한 일이다. 처음에만 꺼렸을 뿐 나중에는 오히려 적극적으로 모델 일에 나섰다.

그러니 '스타 씨'는 그녀를 거의 유혹해 낸 셈이었다.

만약 시빌이 이모에게 '스타 씨'에 대해 말한다면 그들의 삶은 돌이킬 수 없이 변할 것이다. 이모는 동요하다 못해 히스테리에 치달을 테고, 경찰에 신고해야 한다고 주장할 것이다. 신고가 묵살당할 것도 문제지만, 경찰들이 이모를 구슬리려고 할 경우가 더더욱 문제였다. 게다가 이모가 '스타 씨'를 직접 만나겠다고 나서기라도 하면 어쩌나?

안 된다. 이모를 연루시켜선 안 될 일이었다. 그 어떤 방식으로도 이모는 여기에 엮이지 않아야 했다.

"나는 이모를 너무 사랑하니까."

시빌은 중얼거렸다.

"나한테는 오로지 이모뿐인걸요."

그날 저녁 시빌은 로라 이모를 보지 않으려고, 아니, 정확히는 이모의 눈에 띄지 않으려고 일찍 잠자리에 들었다. 감기 기운이 있어서 그런다는 메모를 식탁에 남겨 두었다. 다음 날 아침 로라 이모가 방에 찾아와 몸은 좀 어떻냐고 걱정스럽게 물었을 때, 시빌은 힘없이 웃으며 어제보단 나아졌지만 학교는 하루 쉬어야 할 것 같다고 대답했다.

병에 대해서라면 늘 경계를 늦추지 않는 로라 이모는 시빌의 이마에 손을 얹었다. 미열이 있긴 있는 듯했다. 그녀는 시빌의 팽창된 동공도 확인하고, 혹시 목이 아프냐, 두통은 없냐, 속이 안 좋거나 설사를 하진 않느냐고 물었다. 시빌은 아니라고, 그냥 좀 기운이 없어서 자고 싶을 뿐이라고 대답했다. 로라 이모는 그 말을 믿고 해열제와 과일 주스, 꿀을 바른 토스트를 가져다준 뒤 조용히 집을 나갔다.

앞으로 두 번 다시 이모를 볼 수 있을까, 시빌은 궁금해졌다.

하지만 물론 다시 보게 될 것이다. 그녀는 해야 하는 일을 반드시 해낼 자신이 있었다.

어머니가 기다리고 있지 않은가.

바람이 많이 부는 쌀쌀한 오후였다. 시빌은 따뜻하고 편안한 바지와 양털 스웨터를 입고 운동화를 신었다. 오늘은 달리기를 할 생각이 없었지만. 어깨에는 새끼 염소 가죽 가방 끈을 메고 있었다.

근사한 염소 가죽 가방, 독특한 냄새.

집을 나서기 전에 그녀는 이모의 스테이크 나이프들 중 날이 가장 예리하게 갈린 것을 골라서 가방에 넣어 두었다.

학교에는 가지 않았지만 평소처럼 3시 45분쯤 공원에 도착했다. 우아하게 반짝이는 길쭉한 검정 리무진이 근처의 길가에 주차되어 있었고, 공원에서 스타 씨가 그녀를 기다리고 있었다.

그녀를 본 순간 환해지는 그의 얼굴이란! 예전과 똑같았다. 그에게는 아무것도 변하지 않았다니, 어떻게 그럴 수 있는지 이상하게 느껴졌다.

그는 시빌이 여전히 천진하고 아무것도 모르는 줄 알고 있었다. 손쉬운 먹잇감이라고.

그녀에게 미소 지으며, 손을 흔들며.

"안녕, 시빌!"

감히 그 이름을 부르다니, "시빌"이라니.

그는 지팡이를 짚으며 절뚝절뚝 그녀를 향해 서둘러 걸어왔다. 시빌은 웃었다. 웃지 않을 이유가 없었으므로 웃었다. 스타 씨가 저 지팡이로 어떤 재주를 부릴 수 있을지, 얼마나 숙련되었을지 궁금해졌다. 뇌 부상으로 다리를 절게 된 걸까? 아니면 교도소에서 또 다른 부상을 입었나?

교도소에서 보낸 세월 동안 그는 생각을 했을 것이다. 뉘우친 게 아니라. 시빌은 그가 뉘우치지 않았다고 확신했다. 단순히, 생각했으리라.

자신이 저지른 실수들을, 그리고 어떻게 하면 실수들을 바로잡을 수 있는지를.

"이야, 왔구나, 얘야! 그동안 보고 싶었단다."

스타 씨가 말했다. 목소리에는 살짝 나무라는 기색이 배어 있었지만 반가움을 표시하려고 웃고 있었다.

"그동안 어디 있었느냐고 묻진 않겠다. 지금 이렇게 여기 왔으니. 예쁜 가방도 메고 말이야……."

시빌은 스타 씨의 창백한 얼굴과 경직된 미소를 올려다보았다. 그녀는 감각이 마비된 듯이 반응이 굼떴다. 이 순간을 위해 미리 연습했음에도 불구하고, 몽유병자처럼 의식이 완전히 깨지 못하는 기분이었다.

"그러면…… 오늘 오후에도 모델을 서 줄 테지? 새로운, 개선된 조건에 따라서?"

"네, 스타 씨."

스타 씨는 천 가방과 스케치북과 목탄을 가지고 있었다. 모자를 쓰지 않아 드러난 고운 은발이 바람에 흩날렸다. 약간 때가 묻은 흰 셔츠에 남색 실크 넥타이를 매고 예의 그 낡은 트위드 재킷을 입었으며, 장례식을 연상시키는 번쩍이는 검정 구두도 신었다. 눈은 검은 색안경에 가려져 보이지 않았지만, 눈꼬리에 잡힌 주름을 보면 그가 열렬히, 탐욕스럽게 그녀를 쳐다보고 있음을 알 수 있었다. 그녀는 그의 모델이고, 그는 화가다. 언제 작업을 시작할까? 그의 손가락이 벌써부터 기대감을 주체하지 못하고 구부러졌다.

"그런데, 이 공원에서 가능한 소재들은 이제 다룰 만큼 다 다룬 것 같아. 그렇지 않니, 애야? 여긴 멋진 곳이지만 좀 평범하기도 하지. 그리고 너무나 '제한적'이고."

스타 씨가 두루뭉술하게 말했다.

"글렌코는 해변조차도 그래. 어쩐지…… 울림이 부족하단 말이지. 그래서 내 생각에는…… 오늘은 평소의 방식을 아주 실쩍 수정해서, 차로 해변을 따라 좀 이동해 보면 좋겠는데. 멀리는 말고, 몇 킬로미터만. 사람도 별로 없고 방해 요소도 별로 없는 곳으로."

시빌이 선뜻 대답하지 않자 그가 열성적으로 덧붙였다.

"모델료는 두 배로 주마, 시빌. 당연히 그렇게 해야지. 이제 너도 나를 믿지 않니? 안 그래?"

스타 씨의 이마에 난 기묘하고 흉한 갈고리 흉터가, 그 부드럽고 희끗한 표면이 흰빛으로 반질거렸다. 시빌은 저 자리가 총알이 관통했던 흔적일까 궁금해졌다.

스타 씨는 도로변에 주차된 리무진 쪽으로 시빌을 이끌고 있었다. 거의 들리지 않을 만큼 조용히 돌아가는 차 엔진 소리가 들렸다. 그가 뒷좌석 문을 열었다. 시빌은 새끼 염소 가죽 가방을 움켜잡고 차 안을 들여다보았다. 쿠션이 대어진 그늘진 내부가 보였다. 머리가 텅 빈 것 같았다. 다이빙 보드 위에 서서 물에 뛰어들기 직전, 자신이 어쩌다가 그리고 왜 여기까지 오게 되었는지 기억나지 않는 순간처럼. 돌아갈 수 없다는 것만 확실히 알 따름이었다.

스타 씨가 기대와 열의에 들뜬 미소를 지었다.

"갈까, 시빌?"

"그래요, 스타 씨."

시빌은 차에 올라탔다.

3부

정상 참작 사유

그것이 자비였기 때문이었어. 신이 그토록 잔인할지라도 가끔은 자비를 내려 주시니까.

금성이 사수자리에 들어섰기 때문이었어.

당신이 나를, 별자리에 대한 내 믿음을 비웃었기 때문이었어. 내 희망을.

그 애가 울었기 때문이었어. 당신은 그 애가 어떻게 우는지 모르지.

그럴 때는 그 애의 조그만 얼굴이 온통 일그러지고, 뜨거워지고, 코가 콧물로 범벅되고, 눈이 질끈 감기기 때문이었어.

그럴 때에는 그 애가 당신이 아니라 제 엄마를 닮았기 때문이었어. 나는 그 애가 그런 수치를 당하지 않게 해 주고 싶었어.

그 애가 당신을 기억했고 '아빠'라는 단어를 알았기 때문이었어.

그 애가 텔레비전에 나오는 남자를 가리키며 "아빠?"라고 물었기 때문이었어.

올여름은 너무나 길고 비도 내리지 않았기 때문이었어. 밤이면 천둥소리 없이 번개만 번쩍였으니까.

그렇게 고요한 밤이면 여름 벌레들이 비명을 질러댔기 때문이었어.

낮이면 운동장 옆의 숲을 밀어내는 불도저며 연삭기 소리가 끊임없이 들려왔기 때문이었어. 붉은 흙먼지가 우리 눈으로, 입으로 들어갔기 때문이었어.

그 애가 훌쩍이며 "엄마?"라고 불렀기 때문이었어. 그 어조에 가슴이 미어져서.

지난 월요일에 세탁기가 고장 났기 때문이었어. 요란하게 쿵 하고 무서운 소리가 나더니, 더러워진 비눗물이 빠지지를 않아서, 천장의 전구 불빛 속에서 젖은 시트들을 들고 "어떡하지? 어떡하지?"라며 소리 지르고 있는 나를 그 애가 보았기 때문이었어.

요즘 내가 처방받는 수면제가 밀가루와 백묵으로 만들어진 것이기 때문이었어. 확실해.

나에 대한 당신의 사랑보다 당신에 대한 내 사랑이 더 컸기 때문이었어. 처음에 당신의 눈이 내 눈으로 촛불처럼 옮겨 붙었던 순간부터도 이미 그랬는걸.

그때는 그 사실을 아직 몰랐기 때문이었어. 알기는 했는데 마음속에서 제쳐 둔 거였지만.

수치스럽기 때문이었어. 당신이 나를 충분히 사랑하지 않으리라는 걸 알면서 당신을 사랑한다는 게.

내 입사 지원서를 받아 본 담당자들이 늘 맞춤법이 틀렸다고 비웃고, 내가 자리를 뜨자마자 서류를 갈가리 찢어 버리기 때문이었어.

내가 가진 기술들을 말해도 그들이 믿으려 하지 않기 때문이었어. 그 애를 낳고부터 몸매가 망가져 버렸고 고통이 한 순간도 가시지 않기 때문이었어.

그게 그 애의 잘못이 아니라는 건 나도 알아. 그렇기 때문에 더더욱 그 애를 용서할 수 없기 때문이었어.

배 속에 그 애를 가졌을 때조차도(그 시절에 우린 참 행복했는데! 정말로 행복했지! 그 좁고 뒤뚝거리는 침대에서, 코듀로이 침대 덮개 위에 같이 누워서 지붕에 떨어지는 빗소리를 같이 듣던 시절, 그 지붕은 비스듬히 경사가 져서 키 큰 당신이 구부정히 몸을 숙이고 다녀야 할 정도였고, 밖에서 보면 거무스름한 지붕널들이 늘 젖어 있는 것처럼 보이고, 3층의 창문들은 가늘게 뜬 눈 같고 그 위의 지붕이 내려뜨린 눈썹 같았잖아. 그리고 당신은 지질학 연구실이나 도서관에서 공부를 마치고, 나는 경리부 사무실에서 나 말고는 아무도 못 알아챌 만큼 희미하게 깜빡거리는 조명 때문에 시큰해진 눈으로 일을 마치고, 모퉁이의 하디스 패스트푸드점에서 만나 대학 모임을 가진 뒤 같이 집으로 돌아오는 길이, 우리 둘이서 서로의 허리를 팔로 감고서 돌아오던 그 길이 얼마나 행복했는지. 여느 커플처럼, 딱 보통 대학생 여자 친구와 남자 친구처럼 '집'으로 돌아가던 길에 ── 나는 항상 거기가

'집'이라고 생각했어. —— 우리는 그 아파트의 창문을 올려다보며 웃으며 누가 저런 데 살까, 이름이 뭘까, 뭐 하는 사람들일까 말하곤 했고, 아늑하고 은밀해 보이는 방 위에 드리운 지붕 처마로 흘러내리던 시커먼 물줄기가 이 지붕을 때리는 소리가 요즘도 들리는데, 하지만 그럴 땐 내가 너무 피곤하고 진이 빠져서 옷을 입은 채로 낮잠이 들 때고, 깨어나 보면 밖에 비는 내리지 않고 그저 숲에서 울려 퍼지는 불도저와 연삭기 소리뿐이어서, 그제야 나는 깨닫게 되지. 지금은 다른 때라고, 지금이 지금이라고.) 나는 진작 알고 있었기 때문이었어.

왜냐하면 당신이 그 애가 태어나길 원치 않았기 때문이었어.

그 애가 닫힌 문 너머로, 집 안 어디에서도 다 들리도록 울어 댔기 때문이었어.

나는 그 애가 제 '엄마'처럼 되지 않기를, '아빠'처럼 강하기를 바랐기 때문이었어.

내가 어떻게 해야 할지 깨달았던 그때 마침 내 손에 수건이 있었기 때문이었어. 지금 내 손에 들린 이 수건 말이야.

당신이 아니라 변호사 사무실에서 수표를 보내 주기 때문이었어. 봉투를 뜯을 때마다 손가락이 떨리고 기대에 찬 눈빛을 하는 바람에 나 스스로가 벌거벗은 느낌이 들었기 때문이었어.

그 수치스러운 현장을 그 애가 보았기 때문에, 그 애가 목격자였기 때문이었어.

그 애는 겨우 두 살이었고 그런 걸 알아차리기에는 너무 어렸기 때문이었어. 하지만 그럼에도 알아차렸기 때문이었어.

물고기자리 한가운데에 있는 그 애의 생일이 징조였기 때문이었어.

그 애가 어떤 면들에서는 제 아빠를 고스란히 빼다 박았기 때문이었어. 나를 넘어선 지식을 갖추고 조롱하는 눈빛 말이야.

언젠가는 그 애도 당신처럼 나를 비웃을 것이기 때문이었어.

내겐 당신의 전화번호가 없고 교환원들도 알려 주지 않기 때문이었어. 당신이 있을 만한 곳들에 찾아가 봐도 당신이 없기 때문이었어.

당신의 여동생이 내 면전에서 거짓말을 하고 나를 속였기 때문이었어. 그녀는 한때 내 친구였는데, 친구라고 믿었는데, 실은 그렇지 않았기 때문이었어.

내가 그 애를 너무 사랑하게 될까 봐, 그 약점 때문에 그 애가 상처받지 않게 지켜 줄 수 없게 될까 봐 두려워서였어.

그 애의 울음에 가슴이 미어지면서 동시에 화도 나서, 뜻하지 않게 손찌검을 하게 될까 봐 두려웠기 때문이었어.

그 애가 나를 보고 움찔거렸기 때문이었어. 흠칫 신경을 곤두세우는 눈빛 때문에.

그 애가 늘 다치기 때문이었어. 몸놀림이 얼마나 어설픈지, 그네에서 떨어져 금속 기둥에 머리를 부딪혀서는 다른 엄마들 중 한 명이 "오! 오, 저기 봐요, 당신 아들 피가 나요!"라고 소리쳐 알린 적도 있었고, 또 한 번은 그 애가 부엌에서 징징거리며 나를 잡아당기면서 성깔을 부리던 때, 냄비에 손을 뻗어 손잡이를 잡았다가 끓는 물을 얼굴에 뒤집어쓸 뻔하는 바람에 나는 자제력을 잃고 그 애를 때리고 팔을 붙잡고 흔들어 대며 "못됐어! 못됐어! 못됐어! 못됐다고!"라며, 누가 듣거나 말거나 큰 소리로 화를 낸 적도 있었거든.

그날 법정에서 당신이 주먹을 꽉 쥐듯 닫혀 버린 얼굴로 내게서 철저히 시선을 피하고 당신 변호사까지도 그랬기 때문이었어. 내가 당신 신발 밑의 흙이라도 되는 것처럼. 그 애가 혹여 당신 아들이 아니더라도 그냥 친아들이라 치고 서류에 서명해 주겠다는 듯이, 그만큼 당신이 우월하다는 듯이.

그 법정은 내가 마땅히 기대했던, 텔레비전에 나오는 것 같은 법정이 아니었기 때문이었어. 거긴 판사가 앉는 책상과 여섯 개씩 세 줄로 늘어선 방청석이 있는 방일 뿐이었고, 창문 한 장도 없는 데다, 거기 있는 역겨운 누런 조명마저도 희미하게 깜빡거렸기 때문에 나는 판사에게 안 좋은 인상을 심어 주면서까지 색안경을 써야 했고, 훌쩍거리면서 코를 문지르는가 하면 질문을 받을 때마다 킬킬 웃음이 나와 버려서, 그래서 너무 초조하고 창피한 나머지 심지어는 내 나이와 이름을 말하면서도 더듬거리는 바람에, 당신이 경멸스러운 시선을 던졌기 때문이었어. 당신 말고도 모두가 다.

그들은 당신 편이었으니까, 그건 내가 막을 수 없는 일이었으니까.

당신이 아이의 양육비를 대 줘서 나를 떠날 권리를 얻었기 때문이었어. 나는 따라갈 수 없었고.

그 애가 바지에 오줌을 지리지 않을 나이가 되었는데도 지렸기 때문이었어.

그게 내 탓이 되기 때문이었어. 내 탓이 되었기 때문이었어.

우리 엄마마저도 통화하면서 내게 소리를 질러 댔기 때문이었어. 엄마는 내 인생을 도와줄 수 없다고, 그 누구도 내 인생을 도울 순 없다고 했고, 나도 엄마에게 소리를 질렀고, 그러다가 결국엔 둘 다 숨을 몰아쉬며 울음을 터뜨렸어. 나는 전화를 탁 끊어 버리고는 생각했지, 나한테는 엄마가 없다고. 그런데 처음의 슬픔이 지나고 나자 차라리 잘 됐다는 생각이 들더라.

그 애가 언젠가는 그 사실을 알고 상처받을 것이기 때문이었어.

그 애의 머리 색도, 눈도 나를 닮았기 때문이었어. 왼쪽 눈의 약점까지도.

끓는 물이 그 애에게 엎질러질 뻔했던 때, 그 일이 얼마나 쉬울지 알아 버렸기 때문이었어. 애가 비명만 못 지르게 막으면 이웃들은 아무도 모르겠구나 싶더라고.

물론 그들도 알게 되기야 하겠지만, 어디까지나 내가 알리고 싶을 때 알릴 수 있기 때문이었어.

그때에는 당신도 알 것이기 때문이었어. 어디까지나 내가 당신에게 알리고 싶은 때에.

그러면 내가 당신에게 이런 식으로 말할 수 있을 거라고 생각했기 때문이었어. 당신 변호사나 여동생을 통해 편지로 전하거나, 아니면 전화로, 심지어 면전에서 이야기할 수도 있을 거라고. 그런 상황에서는 당신이 도망칠 수 없을 테니까.

당신이 그 애를 사랑하지 않는다고 해서 그 애에게서 도망칠 수는 없으니까.

요즘에는 생리를 엿새나 해서 피를 너무 많이 흘리고, 그러고 나서도 사나흘쯤 피가 조금씩 비치기 때문이었어. 변기에 앉아 휴지 뭉치로 피를 훔쳐 내면서, 한 번도 피 흘린 적 없을 당신을 생각하면 손이 떨렸기 때문이었어.

나는 자존심 강한 여자라, 당신의 자비심을 경멸하기 때문이었어.

나는 훌륭한 엄마가 못 되기 때문이었어. 너무 지쳤기 때문이었어.

낮에는 땅을 파고 나무를 가는 기계들의 소리가, 밤에는 곤충들의 비명 소리가 내게는 고문이기 때문이었어.

잠을 못 자기 때문이었어.

몇 달 전부터 그 애가 내 침대에서 나와 같이 있어야만 잠이 들기 때문이었어.

그 애가 훌쩍거렸기 때문이었어. "엄마! 엄마 하지 마세요!"

아무 이유도 없이 그 애가 내 앞에서 움츠러들었기 때문이었어.

약사가 처방전을 받고는 오랫동안 자리를 비워서, 나는 그가 누군가에게 전화를 하고 있다는 걸 알았기 때문이었어.

내가 1년 반을 다녔던 드러그스토어 점원들이 내 이름을 모르는 척했기 때문이었어.

식료품점에서 눈물을 펑펑 쏟으며 내 팔을 잡아당기는 그 애와 나를 카운터 직원들이 쳐다보며 웃고 있었기 때문이었어.

그들이 내 뒤에서 수군거리고 비웃는데도 나는 자존심이 너무 강해서 아무 대응도 할 수 없었기 때문이었어.

그런 순간에도 그 애가 내 곁에 있었고, 목격자가 되었기 때문이었어.

그 애에겐 엄마밖에 없고 엄마에겐 그 애밖에 없었기 때문이었어. 그게 너무나 외로워서.

지난 일요일부터 지금까지 몸무게가 3킬로그램이나 불어서 바지 허리가 너무 꽉 끼기 때문이었어. 나는 내 몸의 지방을 너무 혐오하니까.

지금 내 알몸을 당신이 본다면 혐오스러워할 테니까.

나는 한때 당신의 눈에 아름다웠는데, 왜 그걸론 충분하지 않았는지 이해가 되지 않았기 때문이었어.

그날 하늘은 구름이 잔뜩 끼고 생간처럼 불그죽죽한 빛깔이었는데도 비가 오지 않았기 때문이었어. 천둥 없이 번개만 쳐서 조바심이 나는데 끝끝내 비는 안 와서.

그 애의 왼쪽 눈이 약하기 때문에, 앞으로도 언제까지고 약하게 두지 않으려면 근육을 강화하는 수술을 해야 하기 때문이었어.

잠든 그 애에게 고통과 공포를 주고 싶지는 않았기 때문이었어.

수술비를 당신이 내줄 테니까, 당신 변호사가 아무 메시지도 없는 수표를 전해 줄 테니까, 그래서 그랬어.

당신이 그 애를, 당신 아들을 증오하기 때문에 그랬어.

당신은 그 애가 '우리' 아들이라서 증오하는 거니까.

당신이 다른 데로 떠났기 때문이었어. 내가 알기로는 대륙 저 반대편으로 떠났다지.

그 애가 내 품 안에 누워 한바탕 울고 나면 너무나 잠잠해지기 때문이었어. 그럴 때면 우리 사이에 하나의 심장만 뛰기 때문에.

그 애가 상처받지 않게 해 줄 수 없다는 걸 알기 때문이었어.

운동장에서 들려오는 소리에 우리 귀가 아프고, 붉은 흙먼지가 피어올라 우리 눈과 입에 들어오기 때문이었어.

그 애를 깨끗이 씻기는 데에, 발가락 사이와 손톱 밑과 귓속과 목과 그 외에 여러 더럽고 은밀한 곳들을 닦아 주는 데에 진력이 났기 때문이었어.

배가 뒤틀리는 통증이 또 일어나서, 생리가 너무 일찍 시작돼서 겁에 질렸기 때문이었어.

그 애가 주변의 나이 많은 아이들에게 비웃음을 사는데도 막아 줄 수 없기 때문이었어.

처음의 끔찍한 고통만 지나고 나면 그 애는 고통에서 벗어날 것이기 때문이었어.

그것이야말로 자비였기 때문에, 그래서 그랬어.

신은 내가 아니라 그 애에게 자비를 베푸실 테니까.

나를 막을 사람이 여기엔 아무도 없었기 때문이었어.

이웃집 사람들이 텔레비전을 너무 크게 틀어 놔서, 그 애가 수건으로 입이 틀어막힌 채 비명을 질러도 아무도 못 들을 게 뻔해서였어.

당신도 여기서 나를 막아 주지 않았잖아, 안 그래?

결국엔 우리를 막을 사람이 아무도 없게 됐기 때문이었어.

결국엔 우리를 구할 사람이 아무도 없게 됐기 때문이었어.

내 어머니조차 나를 배신했기 때문에.

9월 1일 화요일까지는 집세를 내야 했기 때문이었어. 그때쯤이면 나는 떠나고 없겠지.

그 애의 몸은 깃털 이불로 감싸서 나를 수 있을 만큼 가볍기 때문이었어. 당신도 그 이불 기억하지? 맞아.

그 애의 침에 젖은 수건은 빨랫줄에 널어 말리면 아무 흔적도 없을 것이기 때문이었어.

치유를 위해서는 용서와 망각이 필요하기 때문이었어.

그 애가 울지 말아야 할 땐 울더니 정작 울어야 할 때는 안 울었기 때문이었어.

가스레인지의 앞쪽 화구에 올려 둔 커다란 냄비가 쉭쉭거리고 진동하면서 서서히 물이 끓었기 때문이었어.

창문을 너무 꽉 닫아 둔 부엌 안이 수증기로 너무 후텁지근해져서, 온도가 38도는 되었기 때문이었어.

그 애가 몸부림치지 않았기 때문이었어. 몸부림을 쳤을 때는 이미 너무 늦었고.

나는 손을 데지 않으려고 고무장갑을 끼고 있었기 때문이었어.

나는 겁을 먹어서는 안 된다는 걸 알았고, 실제로 겁을 내지 않았기 때문이었어.

그 애를 너무 사랑했으니까. 사랑은 너무 고통스러우니까.

이 이야기를 당신에게 하고 싶었기 때문이었어. 그냥 이렇게.

나를 못 믿는 거예요?

그 일이 일어난 때는 법령이 시행된 이듬해 초였다. 수많은 이들이 체포되고, 벌금을 물고, 구금당하고, 목숨을 날리는 일도 비일비재하게 벌어진 끝에, 극도로 어려운 처지의 여성들 외에는 모두가 새로운 조건을 받아들이고 '국가 도덕법'에 명시된 대로 아이를 가지기로 결정한 시기였다.

그러나 그녀에게는 선택의 여지가 없었다. 그녀는 학생이고, 돈도 없고, 졸업 전에 취직할 가망도 없었으니까. 가뜩이나 이혼하고 가난하게 사는 어머니는 그 소식을 들으면 엄청난 충격에 빠질 것이다. 도저히 아이를 키울래야 키울 수 없었다. 키우지 않을 것이다.

"나는 어떻게 해야 하는지 분명히 알아."

그녀는 굳게 결심함으로써 단호하고도 맹렬한 용기를 냈고, 공포는 저 멀리로 밀쳐 두었다.

불법적인 수술을 해 주는 의사를 어디서 찾을 수 있는지 조심조심 완곡하게 수소문하는 데에 몇 주가 걸렸다. 그녀는 오로지 신뢰가 가는 여자 친구들하고만 상의했다. '모성 법령'에 의하면 그런 수소문을 하는 것조차도 처벌 가능한 경범죄에 해당했다. 그녀도 1000달러 벌금을 물고 대학에서 퇴학당할 수도 있었다.

그녀를 임신시킨 애인 — 사실 애인 사이도 아니고, 그냥 지인 정도인 젊은 남자 — 역시 신뢰할 수 없었다. 그녀는 오히려 그를 피했다. 그는 임신 사실을 전혀 몰랐다. 둘이 같이 저지른 실수였지만 그녀는 오로지 혼자만의 실수로 받아들일 생각이었다.

흉흉한 소문에 의하면, 남자들이 자기 아내까지도 배신하고 의료 윤리 당국에 고자질하는 경우가 있다고 했다. 여자 쪽에 앙심을 품어서, 또는 탐욕 때문에 그런다는 것이었다. 범법자의 체포에 기여하는 정보를 제보한 사람에게는 포상금 500달러가 주어지기 때문이었다.

친구들을 대할 때도 그녀는 절박감을 숨기고, 무심하고도 신중한 표현을 써 가면서 이야기했다.

"내 친구 하나가 실수를 해서, 도움이 필요한데……."

이런 식으로 임신 4개월째에 접어들어서야 그녀는 마침내 나이트 박사를 만날 수 있었다.

'이대로는 절대로 못 살아. 절대로. 지금부터 한 시간이면 다 끝날 거야. 나는 자유로워질 거야.'

그녀는 사우스메인 거리의 한 연립 주택 후면에 딸린, 부서질 듯한 목재 옥외 계단을 올라가며 그렇게 생각했다. 지금은 평일 오후 10시 30분이었다. 그녀의 가방 안에는 생리대, 갈아입을 속옷, 현금 800달러가 들어 있었다. 그녀가 아는 거의 모든 사람에게 꿔서 마련한 돈이었다.

초인종을 울렸다. 잠시 기다리자 빗장이 풀리는 소리에 이어 문이 열리고 나이트 박사가 그녀를 맞았다.

"들어와요. 어서. 돈은 가져왔겠죠?"

그녀가 안에 들어서자 나이트 박사는 문을 닫고 빗장을 잠갔다. 이제껏 담배를 피우고 있었던 모양이었다. 매캐한 공기가 눈을 찔렀다. 막힌 배수관과 쓰레기에서 나는 텁텁하고 퀴퀴하고 살짝 들큼한 악취가 풍겼다.

놀랍게도 여기에는 대기실이랄 것도 없고 간호사도, 보조원도 없었다. 썰렁하게 외풍이 드는 어두침침한 방 한가운데에 원래는 식탁이었을 법한 것이 놓여 있고, 천장에 눈부신 조명 하나가 달려 있을 뿐이었다. 리놀륨 바닥 한쪽 구석에는 축축하고 더러운 수건 더미가 쌓여 있었다. 나이트 박사는 키가 컸고 근육질인 몸통에 살집이 좀 있었고, 염색한 듯한 반짝이는 검은 머리에, 뿔테 색안경을 꼈고 얼굴의 아래쪽 절반을 가리는 거즈 마스크를 쓰고 있었다. 온통 피투성이가 된 길다란 흰색 앞치마를 걸쳤고, 손에는 착 달라붙는 매끌매끌한 수술용 장갑을 꼈다.

"여기. 옷 벗고 이거 입어요. 얼른."

나이트 박사가 그녀에게 더러운 면 원피스를 건네주고는 돌아서서 돈을 셌다. 그녀는 그가 지시한 대로 했다. 공포에 질려서, 손이 너무 떨려서 옷을 벗기도 힘들 정도였지만, 아니다, 그래도 그녀의 결심은 확고했다. 이미 결정을 내렸고, 여기까지 올 수 있었던 것만도 행운이었다.

'한 시간 뒤면 나는 자유야.'

그녀는 악취 때문에 구역질이 나오려는 것을 애써 참았다. 리놀륨 바닥에 튀긴 별 같은 모양의 짙은 얼룩에서도 애써 눈을 돌렸다. 나이트 박사가 개수대에서 장갑 낀 손을 힘차게 씻으며 콧노래를 흥얼거리는 소리도 듣지 않으려고 안간힘을 썼다.

그가 그녀를 식탁 쪽으로 손짓했다. 이가 깨진 도자기 상판은 역시 얼룩져 있었고, 식탁의 한쪽 끝에 다리 지지대가 붙어 있었다. 그녀는 그쪽에 앉아서 나이트 박사를, 번쩍이는 산부인과 기구들과 수술 도구들이 실린 알루미늄 준비대를 마주했다. 그리고 겁에 질린 채 생각했다.

'도구들이 반짝이는 걸 보면 분명 깨끗하다는 뜻이겠지.'

당연히 그 남자의 실명은 '나이트'가 아니었다. 진짜 이름은 따로 있고, 진짜 의사로서 이 도시의 병원들 중 한 군데에 소속되어 있을 게 틀림없었다. 강력한 정치적 영향력을 발휘하는 PFF(Physician Friends of the Fetus, 태아의 의사 친구들)의 일원일 가능성도 매우 높았다. 그는 '스완 박사'나 '듀건 박사'처럼 호평이 자자하지는 않았지만 그들보다 수술비를 훨씬 저렴하게 받고 있었다.

싸늘한 식탁 위에서 두 다리를 벌리고 지지대에 얹은 채 누워 있으니 땀이 나고 몸이 떨렸다. 나이트 박사가 묻지는 않았지만 그녀는 마지막으로 생리를 한 지 얼마나 지났는지 밝혔다. 날짜를 그렇게 정확하게 기억한다는 데에 그가 깊은 인상을 받을 줄 알았다. 나이트 박사는 피식 웃고는 그녀의 위로 몸을 드리웠다. 눈이 색안경에 가려 그늘졌고, 잿빛 곱슬머리가 눈부신 조명을 받아 후광을 두르고 있었다. 코와 입을 모두 덮은 거즈 마스크는 침에 젖어서 축축했다. 그가 말했다.

"빨리 없애고 싶어서 좀이 쑤시죠? 응?"

농담으로 한 말일 터였다. 약간 거칠기는 해도, 적대적인 투는 전혀 아니었다.

나이트 박사는 친절한 남자였다. 그녀는 그렇게 확신했다. 그는 더 진지한 어조로 이야기했다.

"간단한 수술이에요. 별것 아니죠. 8분 동안 들어갔다 나가는 것뿐이에요."

그런데 그가 확장기의 차갑고 날카로운 끝부분을 그녀의 질로 밀어 넣자, 그녀는 패닉에 빠져 흑 소리를 내며 몸을 뒤로 빼고 말았다. 나이트 박사가 욕을 내뱉고는 말했다.

"하겠다는 거야, 말겠다는 거야? 맘대로 해요. 하지만 환불은 안 돼요."

그의 말이 귀에 잘 들어오지 않았다. 이가 딱딱 부딪치며 경련하고 있었다.

"혹시…… 마취제를 좀 놔 주실 순 없을까요?"

"800달러 줬잖아요. 그럼 이게 다예요."

클로로포름 마취는 추가 선택이라서 300달러를 더 내야 했다. 게다가 위험 부담도 너무 커서 받지 않기로 결정한 것이다. 과다 출혈이나 감염만큼이나 마취 사고 때문에 죽는 여자들도 많다는 소문이 자자했으니까. 그런데 지금은 너무 무서워서 돈을 더 꿔 올걸 하는 후회가 들었다.

'아니야. 깬 채로 받자. 끝나기만 하면 자유인데, 뭘.'

나이트 박사는 간단한 수술이라고 다시금 강조했다. 진공 흡인을 하는 것뿐이라고, 별로 안 아프고 피도 많이 안 난다고. 그리고는 오늘 밤 내내 수술 예약이 밀려 있는데 협조할 거냐 말 거냐 물으며, "나를 못 믿는 거예요? 응?"이라고 덧붙였다. 남성적인 짜증을 부리는 그의 태도에는 어딘가 짠할 만큼 부루퉁한, 심지어 상처받은 듯한 기색마저 있었다. 나를 못 믿는 거예요? 그러고 보면 그녀의 애인도 똑같은 질문을 했었다. 이제까지 잊고 있었는데.

그녀는 몸을 식탁 아래쪽으로 애써 다시 내리고 손으로 옆면을 꽉 붙잡았다. 그리고 약간 흔들거리고 빈약한 지지대 위에 발을 올리고, 덜덜 떨리는 두 다리를 활짝 벌린 뒤, 입술을 핥고는 나지막이 말했다.

"할게요."

그리고 눈을 질끈 감았다.

가해자

　조코는 거의 매일 아침 그녀를 깨우는 버릇이 있었지만, 오늘 아침의 공격은 유난히 거칠었고 목소리도 귀청을 찢을 정도였다. 그녀는 머리 위로 이불을 뒤집어썼지만 그 틈으로 그의 검고 반질거리는 단추 같은 눈이 보였다.

　"엄마, 일어나. 숨지 말라고. 오늘이 무슨 날인지 알잖아, 안 그래?"

　알았다. 알기는 했다. 교체할 때가 된 이불의 따뜻한 무게감 속에서 그녀는 솜털 같은 목소리로 항변했다.

　"안 돼. 오, 제발. 날 그냥 내버려 둬."

　조코는 그녀의 자식이었다. 소신 때문에 제왕 절개를 거부하고 열한 시간 동안 극도의 산통에 시달려 가며 낳은 아이다. 고작 두 살이고 기저귀도 이제 겨우 뗀 참인데, 그 애가 구사하는 말솜씨란, 그 무자비하고 강단 있는 언변이란, 아이의 보호자이자 엄마인 그녀조차 도대체 자기가 무슨 존재를 낳아 놓은 건가 아연해질 정도였다.

조코가 허용할 만하다고 여기는 시간을 넘어서까지 그녀가 늦잠을 잔 아침이면 그 애는 지금처럼 침실 문을 박차고 침대로 기어 올라와, 통통하고 조그마한 무릎으로 그녀의 위에 올라타고서 주먹으로 빵 반죽을 치대듯 속사포로 그녀를 두들겨댔다. 아플 수밖에 없는 주먹질이었다. 그의 목소리는 트럼펫처럼 높고 당당하게 쩌렁쩌렁 울렸고, 툭 튀어나온 검은 눈은 극렬한 전투 장면을 담은 르네상스 시대 그림에 나오는 무시무시한 아기 천사들, 신이 만든 그 특별한 피조물들의 눈동자와도 같았다. 조코의 입에서 나오는 "엄마"라는 말은 무기 같았다.

"엄마, 숨으려 들지 좀 말라고. 젠장. 나한테서 숨을 순 없어, 이 빌어먹을 멍청한 년아! 내가 누군지 몰라? 그리고 나는 배가 고프다고!"

그녀는 미약하게 항변했다.

"넌 항상 배가 고프잖아."

그는 이불을 버릇없이 끌어내렸다. 갑작스럽게 몸이 드러난 그녀는 나이트가운 어깨끈 하나를 주섬주섬 끌어올려, 조코가 맹렬하게 빨아 대는 탓에 멍이 좀처럼 지워지지 않는 평평하고 축 처진 젖가슴을 숨겼다. 그녀는 작게 비명을 지르며 그를 발로 차 떨어트리려 했지만 그는 더욱 단단히 그녀에게 몸을 붙였다. 너무 강하고, 또 너무 심술궂었다. 촉촉이 젖어 반짝이는 하얀 이를 몽땅 드러낸 그의 함박웃음은 그녀를 너무 심란하게 해서 차마 마주 볼 수가 없었다. 다른 엄마들도 모두 자기 자식을 보고 이런 생각을 할까, 그녀는 의아해졌다.

'내가 과연 자격이 있나?'

애 아빠도 물론 있었지만 그녀를 배신하고 떠나 버렸다. 조코가 태어나기도 전에.

이제 조코는 딱하다는 투로 그녀를 나무라고 있었다. 일어나야 한다. 계획을 세워야 한다. 그동안 수많은 날을 허투루 흘려보내고 오늘이 마지막 날이 되었으니 이제는 선택의 여지가 없다······.

"오늘 밤 자정이면 끝이란 말이야."

"아니. 난 아직 준비가 안 됐어."

"준비 됐잖아."

"아니야!"

"맞아!"

"날 가만 놔두라고!"

그녀는 아들을 시야에서 지워 내고 싶어서 주먹으로 눈을 문질렀지만 아들의 모습은 너무 눈부시고 너무 끔찍하게, 고동치는 네온사인처럼 그녀의 영혼에 너무 깊숙이 각인되어 있었다. 조코가 어디 갈 리 없는 건 확실했다.

"엄마는 대체, 자존심도 없어?!"

그들은 현대 미국 동부 해안의 오래된 공업 도시에 위치한 벽돌 연립 주택에 살았다. 둘이서, 엄마와 아들이 함께. 여자는 아직 엄마가 될 마음의 준비가 되지 않아서 아들이 태어난 지 오래되었음에도 불구하고 자신이 엄마라는 게 어리벙벙하기만 했다. 그녀는 그녀 자신인 동시에 엄마일 수 있다는 걸 믿을 수 없었다. 그녀는 피임에 각별히 주의하다 못해 때로는 편집증에 치닫기도 하는 성격이었고 당시 애인도 그녀 못지않은 주의력과 편집증이 있었는데, 어떻게 해서 임신을 할 수 있었는지 도저히 이해가 되지 않았기 때문이었다. 그녀의 인생에 조코 같은 존재가 생기지 않기 위해서 그녀는 뇌졸중, 혈전, 폐색전, 자궁 내막암, 우울증을 일으킬 위험이 있는 생화학적 피임 수단에 체계적으로 의존하면서, 활동적인 성생활을 지속하는 내내 불안감을 안고 살아온 터였다. 그 성생활은 이제 끝난 듯했지만 말이다. (그녀의 사랑이 파경을 맞고 애인이 떠난 이후로 그녀는 자신이 좀처럼 육체적인 존재로 생각되지 않았고, 하물며 아직 한창 때도 안 된 젊은 여자라는 생각은 더더욱 들지 않았다. 그리고 조코가 "엄마, 이제 내가 있잖아. 엄마 사업은 이제 그만 폐업해도 돼."라며, 어린애다운 협박도 아니고 자명한 사실 진술을 하듯이 말한 적도 있었다.)

여자는 상상 속에서라도 전 애인의 이름을 언급하기가 싫어서 'X'라고 불렀는데, 그 X라는 남자는 조코의 임신이 사고였을 뿐 그녀의 잘못이 아니라는 주장을 매몰차게 무시하고는, 그녀가 너무 늦어 버릴 때까지 낙태를 하지 않고 차일피일 미루자 냉혹하게도 그녀를 자신에게서 떼어 내 버렸다. 하지만 낙태를 했어도 그는 어차피 떠났을 것이다.

정열의 기억이란 얼마나 짧은가! 그리고 그 정열의 결과란, 결과가 생긴다면 말이지만, 사람을 필연적으로 바보로 만드는 것이다.

여자는 스스로를 독립적인 여성으로 여겼고 직업도 있었기에, 자신이 처한 곤경을 그녀 개인과는 무관한 것으로, 그저 현대 사회의 한 증상으로 받아들였다. 미혼모와 그 자식. 아버지 없는 자식. (그런데 X는 여전히 같은 도시에서 같은 직장을 다니며 살고 있었다. 그곳은 사무소와 연구소 건물 들이 들어선 거대 복합 단지였고, 여자도 그 직장에서 일하고 있었다.) 그녀는 잘잘못을 따지고 배반당한 신뢰라든지 배반당한 사랑을 운운해 봤자 소용도 없을 뿐더러 유치한 짓이라고 여겼다. 그러나 조코는 X를 '가해자'라고 부르면서 "그 개자식은 벌을 받아야 해"라고 했다.

조코는 X의 개수작을 용납하지 않았다. 그의 태도는 투박하고 딱 부러졌으며, 심지어 여자의 자궁 속에서조차도 "엄마는 굴욕이라면 충분히 당했어. 이제 우리는 정의를 구현해야 돼."라고 충고했다. 하지만 그녀는 그 말을 들으려 하지 않았다.

아침 식탁에서 조코는 수프 숟가락을 주먹 쥐듯 잡고 김이 나는 걸쭉한 오트밀 죽을 입에 퍼 넣으며 골똘히 생각에 잠긴 채 혼잣말을 했다.

"'그놈'은 내가 숨을 쉴 수 있게 되기도 전에 죽이고 싶어 했어. 그 쌍놈은 나를 엄마 안에서 빨아내고 싶어 했단 말이야.

엄마가 집 안 더러운 구석에 쌓인 먼지 덩어리랑 머리카락을 진공청소기로 빨아내듯이."

그는 게걸스럽게 음식을 씹으면서 나지막이 웃었다.

"그 쌍놈은 한 방 먹게 될 거야. 오늘 밤 자정에."

여자, 즉 엄마는 블랙커피가 담긴 컵을 떨리는 손으로 들고서 말했다.

"오 조코, 그럴 순 없어. 안 돼, 정말로."

"눈에는 눈으로, 이에는 이로 갚아 줘야지."

조코가 또 벙긋 웃었다. 밝은 부엌 불빛을 받아서 그의 튼튼한 하얀 치아가 더욱 눈부시게 빛나 보였다. 유치치고는 살짝 컸고 질감도 더 견고해 보였다.

"그 사람은 아기를 원하지 않았어. 미리 내게 경고도 했고…… 그러니 아무 잘못도 없어. 그 사람을 탓할 일이 아니라고 봐. 그리고……."

"나를 무슨 튜브로 빨아내서 변기에 버리려고 했잖아, 똥처럼! '나'를!"

"오, 하지만 조코, 그는 그 아기가 너일 줄은 몰랐잖아……."

"그럼 엄마는? 사랑하는 '엄마'는 내가 나일 줄 알았어?"

"나…… 나도 처음엔 몰랐지. 하지만…… 결국에는 알게 됐지."

"그야 내가 나섰으니까. 그래서 그런 거지. 빌어먹을 멍청한 년, 쥐뿔 아는 것도 없다니까. 허!"

"조코, 말이 너무 심하잖아. 그런 말 좀 하지 마!"

조코는 웃는 얼굴 그림들로 장식된 샛노란 시리얼 그릇을 노려보았다. 몇 달 전부터 그는 탁자가 딸린 어린이용 의자에 앉기를 거부하고, 식탁 앞에 전화번호부 두 권과 『월드북 백과사전』 몇 권을 쌓아 올려 그 위에 위태롭게 앉아서 그녀와 같이 식사하고 있었다. 지난주부터는 커피를 마시기 시작했다. 신경에 나쁜 영향을 미칠 게 분명했지만, 여자 자신도 커피를 마시면 신경에 무리가 오는데도 커피를 마시고 있고, 사실 아침나절 내내 커피를 달고 사는데, 어떻게 조코에게 커피를 마시지 말라고 할 수 있겠는가? 어떻게 하면 합리적으로 단속할 수가 있나? 그녀가 조심스럽게 훈계하려 해 봐도 그는 그냥 웃고 말거나 때로는 윙크까지 하면서 그녀와 농담을 주고받는 양 굴었다. 그녀가 엄마라는 것과 그가 아기라는 것에 대한 농담일까? 그런데 그 농담이 대체 무슨 뜻인가?

여자는 조코를 사랑했지만 그가 덩치만 작은 남자로 보일 때마다 겁이 났다. X에게서 배신당한 이후로 그녀는 남자들을 견딜 수 없어졌고 남자들과 세상을 공유하고 싶지도 않았기 때문이다. 그녀에게 조코는 심지어 신동, 괴짜, 의학적으로 설명 불가능한 괴현상으로 보였다. 그녀가 읽은 자료에 따르면 호르몬 불균형으로 일어날 수 있는 끔찍한 병이 있다는데, 그 병에 걸린 아동(보통 남성)은 급속도로 성장해 부모를 추월한 뒤 급기야는 경악한 부모의 눈앞에서 죽어 버린다고 했다. 조코도 그런 경우일까? 그런데 조코를 소아과로 데려가자, 그는 전형적인 두 살배기 아이의 태도를 취했고 정말로 두 살배기 아이처럼 보이기까지 했다. 몽크 박사는 아이의 명백한 영특함과 예리함에 놀랐고 "신체 건강"이 우수하다며 칭찬을 아끼지 않았으나, 조코의 성장을 다른 측면에서 살피지는 않는 것 같았다. 아무런 이상도 없다는 것이었다. 그도 그럴 것이, 조코는 너무나 기묘하게도 — 한편으로는 너무나 자기답게도! — 걸음마를 막 뗀 아기의 역할을 완벽하게 소화해 냈다. 어설프고 귀여운 몸놀림이나, 혀 짧은 소리에 단음절 위주로 멈칫멈칫 말하는 본새를 보면 제 엄마조차도 속을 지경이었다. 하마터면 그럴 뻔했다는 얘기다.

거칠고 호방한 남성적 어감을 띠는 '조코'라는 이름은 여자가 지어 준 것이 아니었다. 사실 그녀는 돌아가신 아버지의 이름을 따서 '앨런'이라고 부르려 했는데, 조코 본인이 '조코'라는 이름을 원했다. 이미 젖먹이 때부터도 그 외의 이름으로 부르면 노발대발 고함을 지르는 것이었다. "조코라고!", "조코는 이거 할래!", "조코 지금 배고파!" X는 조코를 딱 세 번 봤는데 그때마다 티가 날 만큼 혐오스러워했다. 그는 자기 아들에게 뽀뽀를 해 주기는커녕 안아 주지도 않았다. 키가 크고 뼈대가 길쭉한 몸에, 머리가 벗겨져 가고 안경을 쓴 X는 자기 신체에 자신감이 있는 부류의 남자가 아니었다. 그의 전공은 생화학과 수학이었고, 그에게 세상은 방정식으로 보이는 것 같았다. 반면 조코는 갓난아기였을 때부터 벌써 얼굴이 불그레하고 삐죽삐죽 솟은 검은 머리가 강렬하게 돋보이고 반짝이는 검은 눈동자는 상대방을 꿰뚫는 듯했으니, X가 조코에게서 자신과 닮은

구석을 발견하지 못한 건 당연했고, 더 나아가 '조코'를 닮은 사
람은 조코 자신밖에 없는 것 같았다.

두 살이 된 조코의 상체는 두꺼운 구식 빨래판 같았고, 얼
굴은 둥그렇고 통통했지만 때로는 근심스럽고 계산적인 어른
처럼 모난 모양새를 띠었으며, 앳된 이마도 가끔 생각에 잠기
면 무자비하게 찌푸려지곤 했다. 짧은 다리는 나이에 비해 덜
자란 건 전혀 아니었지만 땅딸보 어른처럼 토실토실하면서도
근육질이었고, 팔뚝과 몸통도 마찬가지였다. 그리고 그의 눈,
열렬히 갈망하는 듯한 그 비범한 눈은 또 어떻고? 하얀 면 팬
티의 고무줄이 팽팽히 늘어날 만큼 불룩 튀어나온 과일 같은
생식기는?

조코가 여기에 '있다'는 것 말고는 달리 어떻게 해석해야
할지 알 수 없었다. 어쩌면 다음 세기에 열릴 새로운 시대, 새
로운 삶을 가리키는 징조가 아닐까.

"뭘 봐, 엄마?"

조코가 짜증스러운 듯 물었다.

"아무것도······."

"허! 내가 '아무것도' 아니란 말이지!"

여자는 그녀의 어린 아들을 바라보면서, 그의 말에 집중하
지 못한 채(이렇게 이른 아침이면 조코는 자신과 그녀 모두를 위해
혼잣말을 하듯이 두서없는 독백을 주절주절 빠르게 늘어놓곤 했다.)
얼굴 앞에 커피 컵을 들고 있었다. 그녀는 컵을 어설프게 내려
놓고는 주먹으로 눈을 비비며 울음을 터뜨렸다. 그녀가 울면

조코가 얼마나 격분하는지 잘 알면서도.

"오, 제발. 무섭단 말이야. 나는 못하겠어, 조코. 너를 낳을 때 흘렸던 피만으로도 족해."

하루하루의 일상은 외부적인 문제였다. 그녀가 일상을 능숙하게 헤쳐 나갈 수 있는 까닭은 그것이 진짜가 아니었기 때문이다. 조코나, 조코의 아버지나, 그녀 몸에 난 상처에 비하면 일상은 진짜로 느껴지지 않았다.

그녀는 직장에 입고 갈 옷들을 기계적으로, 그러나 흠 잡을 데 없는 취향으로 차려입었다. 플란넬 정장의 재킷은 그녀의 몸에 낙낙하게 맞는 세련된 스타일이었고, 투명한 스타킹과 질 좋은 도마뱀 가죽 구두를 신었고, 붉은 실크 스카프를 둘러서 약간의 색채를 가미했다. 조코는 그녀의 길고 음울한 얼굴이 너무 창백해 보이는 날에는 야단을 쳤다.

"실제보다 더 나이 들고 못생기게 보일 필요는 없잖아, 엄마."

이미 한참 전부터 옷을 스스로 입을 수 있게 된 조코는 휘파람을 불면서, 불을 내뿜는 초록 비늘 용이 등판에 수놓인 진홍색 실크 재킷의 지퍼를 올리고, 가죽 부츠를 신고 발을 쿵쿵 구르고는 그녀가 떠 준 붉은 털모자의 챙이 눈썹까지 내려오도록 눌러썼다. 4월인 오늘 아침은 하늘이 흐렸고 비와 함께 조그만 우박까지 몰아쳐 창문을 두들겨 댔기에 조코는 자신도 그녀도 따뜻하게 입어야 한다고 우겼다. 병에 걸려서 '제 기능을 못하게' 되는 건 어리석은 시간 낭비라는 그의 믿음은 어른이나 할 법한 경제적인 사고방식이었다.

그는 여자의 차 열쇠를 가져와서 절그럭절그럭 흔들었다.

"얼른 와, 엄마! 엉덩이 후딱 움직이라고!"

"너 말 조심해, 이 녀석이…… 지금 간다고!"

여자는 일주일에 다섯 번 조코를 '리틀 비버 어린이집'에 데려다주었다. 그녀가 알기로, 거기서 조코는 그 나이대의 튼튼한 보통 아이처럼 행동하고 있었다. 그가 어떻게 변신하는지는 수수께끼였지만 그 변신을 즐기는 것만은 분명했다. '애새끼들이랑 시시덕거리기'는 몽크 박사 앞에서 걸음마 뗀 아기를 연기하는 것보다도 더욱 어려운 도전이라는 모양이었다. 그녀가 조코를 어린이집으로 데려가서 미소 짓는 주니 선생님 — 머리를 땋고 다니는 가슴 큰 여자 선생님 — 에게 넘겨주고 나면, 그는 키도 몸피도 조금 줄어드는 듯 보였고 휙휙 빠르게 움직이며 반짝거리는 두 눈에는 천진난만한 빛이 어렸고, 심지어 삐죽삐죽한 머리카락도 원래 색깔보다 밝아지면서 아이답게 천진한 인상을 자아내는 듯했다. 무엇보다도 돌변하는 것은 조코의 태도였다. 그의 엄마가 "안녕, 얘야. 착하게 지내야 해. 이따가 보자."라고 웅얼거리며 언제나처럼 뽀뽀를 해 주면, 조코는 그녀를 마주 껴안고 따뜻한 얼굴을 그녀의 얼굴에 맞비비며 이렇게 말하는 것이었다.

"엄마, 가지 마요."

이런 순간이면 무언가 불가사의한 현상이 일어나서, 조코가 아버지 없이 홀몸으로 일하는 어머니 밑에서 자라는, 버림받을까 봐 겁을 내는 두 살짜리 꼬마가 되는 것만 같았다.

리틀 비버 어린이집에서 조코는 나이에 비해 조숙하다는 평가를 받았다. 어쩔 땐 '비사교적이고 적대적'이며, 또 어쩔 땐 '상냥하고 수줍음 많고 내성적'이라고 했다. 그리고 뜻밖에도 그림 그리기에 소질이 풍부하다는 모양이었다. 해바라기, 웃는 얼굴이 그려진 풍선, 환각적인 행성 등을 원색으로 그린 커다랗고 화려한 포스터들이 어린이집 벽에 눈에 띄게 붙어 있었다. 친구도 몇 명 사귄 듯했지만 그들의 집에 놀러 가고 싶어 하지는 않았고, 친구를 집에 부르고 싶어 하지도 않아서 여자는 안심했다.

그는 몇 번인가 "어린애들과 어울리는 건 오라지게 피곤해."라며 익살맞게 입장을 밝히기도 했다.

오늘 아침에는 여자가 조코에게 뽀뽀해 주자 그는 여느 때보다 그녀를 더욱 꽉 끌어안으며 어리광을 부렸다.

"잊지 마요, 엄마! 돌아오는 거 잊지 마요! 오늘이 무슨 날인지 잊지 마요!"

여자는 주니 선생님의 눈길을 의식하며 초조하게 말했다.

"오, 조코. 어떻게 잊을 수 있겠니?"

오늘이 무슨 날이던가? X가 이 도시를 떠나기 전날이었다.

그가 이곳 산업 단지의 사무실에서 일하는 것도, 벨 연구소의 SPE(Special Projects, Engineering, 특별 프로젝트, 공학) 프로그램 현지 관리자로 있는 것도, 여자의 아파트에서 약 6.5킬로미터 떨어진 아파트에서 하루를 보내는 것도 오늘이 마지막이었다. 다음날 아침에는 이삿짐 트럭이 와서 그의 세간들을 오하이오주 클리브랜드로 실어 나를 것이다. X는 벨 연구소의 클리브랜드 지부에서 운영하는 더 큰 SPE 프로그램의 총책임자로 승진해서 매우 자랑스러워하면서 그곳으로 떠날 날을 벼르고 있었다.

이 굴욕적인 사실들을 그녀가 X에게서 직접 들은 것은 물론 아니었다. 딱히 누구에게 들었다고도 할 수 없었다. 어떻게 해서인지는 몰라도 그녀는 그냥 '알았다.' 그리고 조코 역시 그녀의 비밀을 캐내는 특유의 비범한 능력으로 그 사실을 알아차렸다. 그래서 조코는 몇 주째 그녀를 재촉하고 있었다.

"시간이 얼마 안 남았어, 이 멍청한 여자야. 그 인간은 달력에서 날짜를 지워 나가고 있을 거라고. 명심해."

이달의 말일이자 금요일인 오늘 하루는 한 떼의 구름처럼 불쑥거리고 요동치며 흘러갔다. 4월의 비구름이 생각에 잠긴 채 부풀어 올랐다 오므라들었다 하듯이. 술에 얼근히 취한 두 뇌가 작동하듯이. 여자는 일에 집중하려 애썼다. 결국은 이것이야말로 그녀의 공적인 삶, 외부적인 삶, 자본가와 소비자로 이루어진 이 사회를 살아가는 어느 누구의 삶만큼이나 가치 있는 삶일 테니까. 그녀가 태어나 살게 된 이 세기는 저물어 가고 있었고, 그녀의 세대가 믿었던 것 같은 불구덩이 속 멸망은 아닐지 몰라도 확실히 끝이, 최후가 닥쳐오고 있기는 했으며 '신세기'가 바짝 뒤따라오면서 젊고 새롭고 활기차고 굶주린 모든 것이 이전 세기를 조급하게 갈아엎고 있었다. 2000년이면 조코는 겨우 열두 살일 것이다. 그는 이미 다음 세기에 속했다.

그가 그녀를 너무 빨리 잊지는 않기를 바랄 뿐이었다.

그녀는 충동적으로 X의 사무실 번호로 전화를 걸었다. 그가 일하는 건물은 미로처럼 얽힌 통로들, 에스컬레이터들, 막다른 길들을 사이에 두고 떨어져 있었다. 그런데 그의 비서가 (그녀의 목소리를 듣고 누구인지 알아차린 눈치였다.) X는 '연결이 불가능'하다고 했다. 여자는 고맙다고 하고 메시지는 따로 남기지 않은 채 조용히 전화를 끊었다. 지난 24개월 동안 남긴 수많은 메시지에 답을 받지 못했는데 또 메시지를 남긴다는 건 자존심이 용납하지 않았다.

24개월이라니! 그렇게나 오래됐던가?

견딜 수 없는 시간이었다. X에게 배신당한 시간!

사실 아기가 태어나기도 전부터 X는 그녀와의 모든 관계를 몰인정하게 끊어 버렸으니 그 시간은 24개월보다 더 길다는 것을 여자는 잘 알고 있었다. 결별한 시간이 연애했던 시간보다 더 길었다. 처음에 X는 미안해하며 죄책감을 느꼈고, 또는 죄책감을 느끼는 것처럼 보였고, 낙태 수술 비용을 당연히 지불해 주겠다며 일반적인 금액을 제의했으며, 그녀(그리고 그녀의 자궁 속 조코)를 떼어 내고 싶은 절박감이 커져갈수록 점점 더 높은 금액을 제시했지만, 여자는 거절했다. 나는 당신을 사랑해, 그녀는 말했다. 우리의 사랑으로 이 세상에 새 생명이 생겨났는데 그걸 없애 버릴 순 없잖아. 하지만 X는 그녀의 말이 들리지 않는 듯했고, 그 말에 깔린 강렬하고 거의 신비롭기까지 한 황홀감에도 감화되지 않았다. 그러는 동안 그녀의 자궁 속 존재는 내내 채근하고 있었다. 그래! 그래! 바로 그거야! 계속 그렇게 나가, 그 개새끼는 말을 좀 들어야 해!

하지만 그는 끝내 듣지 않았다. 그저 그녀를 끊어 냈다. 그녀가 과거에 만난 다른 남자들과 마찬가지로 갑작스럽게, 극악무도하게 끊어 내 버렸다. 다만 그 경우들과 다른 점은 그녀가 임신했으며 낙태할 생각이 없다는 것이었다. 자궁 속의 존재가 허락하지 않았으니까. 나는 태어나고 싶어. 햇빛도 보고 싶고 진짜 입도 갖고 싶다고, 이 빌어먹을 쌍년아, 내 앞길은 누구도 막지 못해. 그건 사실이었고, 사실이 되었다. 그러나 X는 아기의 다급한 말을 듣지 못했고, 그녀의 손에 이끌려 배에 귀를 대 본 적도 없고 심지어 배를 어루만져 본 적조차 없었으므로, 그 안에 있는 생명의 기운을 감지하지 못했다. 기적적인 생명을, 부정할 수 없는 생명을. X는 여러 방식으로 그녀를 밀어냈다. "이봐, 정말로 미안해. 우리 친구가 될 수 없을까?"라거나, "우리 사이에 큰 오해가 있었던 것 같아. 그렇다면 미안해."라거나, 아니면 더 신경질적으로 "나를 좀 내버려 둬. 알았어? 이건 우리 둘 모두에게 창피한 짓이라고."라거나 "빌어먹을, 내가 그 애 아버지가 될 수 없는 것 알잖아. 날 좀 가만 놔두라고!"라고 말하더니, 급기야는 그녀의 전화를 받지도 않고 끊어 버리기에 이르렀다. 벨 연구소에서 그녀가 나타나면 그는 허둥지둥 피하기에 바빴다. 게다가 자기 상사와 이야기해서 근무 시간을 교묘하게 조절했는지, 그녀가 평소 그의 퇴근 시간에 맞추어 주차장에서 기다려도 더 이상 그를 만날 수 없었다. 그녀는 그의 아파트에도 몇 번 찾아갔지만 매번 퇴짜 맞았다. 물론 편지도 몇 통이고 보냈고, 대부분은 조코가 시키는 대로 받아쓴 것이었다. 마지막으로 보낸 크리스마스 편지는 시처럼 간결하고 함축적이었다. 죄책감이 곪으면 결백한 자마저도 망가지게 마련이니, 조심할 것!

X는 여자의 편지에 단 한 번도 답장하지 않았다.

둘의 관계가 완전히 악화된 것은 당연한 수순이었다.

그래도 여자는 직장을 그만두지 않고 계속 다녔다. 벨 연구소에서 그녀는 매우 유능한 사원으로서 상당히 높은 봉급을 받고 있었다. 영문학 석사 학위를 갖춘 그녀는 공학자, 물리학자, 화학자, 수학자 같은 특정 전문가 사원들이 소속 부서의 관리자나 워싱턴 D. C.의 국방부에 제출할 보고서를 준비하는 작업을 보조하는 책임을 맡고 있었다. 그중 어떤 남자들은(그들은 모두 남자였다.) 외국 출신이라서 특별한 도움이 필요했고, 일본인들은 더더욱 그랬지만, 심지어 토박이 미국인들조차도 자기 생각을 논리정연하고 매끄러운 구조로 표현하는 데에 하나같이 애를 먹는 듯했다. 그런 일을 여자는 성공적으로 해냈다. 그런데 정작 그 보고서들이 뭘 보고하기 위한 것인지는 몰랐고, 알 필요도 없었다. 국방부에서 재정 지원 관련으로 상세한 요청을 하거나 지원금이 어떻게 쓰였는지 자세한 설명을 요구하면, 그녀는 사실 그 주제에 대해서는 거의 아는 바가 없고 하물며 그것이 첨단 기술 세계에서 어떤 하드웨어 또는 '무슨무슨 웨어'로서 존재하는지는 깜깜무식이었지만, 그럼에도 워드프로세서로 신속하고도 차분하게 답변을 작성할 수 있었다.

조코는 이 사실을 두고 다소 모질게 촌평했다.

"그래도 거기서는 맡은 일을 할 줄은 아네. 자기가 무슨 일을 하는지는 모르지만."

그보다 부드럽게 격려하는 말도 해 주기는 했다.

"엄마는 기똥차게 잘하고 있고, 회사에서도 그걸 알아. 그러니까 쭉 그대로 나가기만 하라고, 알겠어?"

'엄마'는 동의했다. 알겠어.

늦은 오후, 같은 부서 직원들 대부분이 퇴근하고 나면 여자는 책상 위에 엎드려 두 팔에 고개를 묻고 울었다. 또는 울려고 노력했다.

"그는 아직 나를 사랑할지도 몰라. 나를 용서하고 데려가 줄지도 몰라."

그렇게 중얼거려도 몇 분 동안 아무 대답도 돌아오지 않았다. 오로지 정적만이, 아니면 천장의 형광등이 웅웅거리는 소리만이 들려올 뿐이었다.

"그가 마음을 바꿔서 우리를 클리브랜드로 데려가 줄지도 몰라. 그럴 수도 있어."

하지만 눈물이 나오지 않았다. 너무 많이 울어서 눈물샘이 말라붙었기 때문이다. 게다가 그녀는 사실 혼자가 아니었고, 결국엔 조코의 목소리가 정적을 깨뜨리고 그녀의 귀를 스타카토로 울려 대는 것이었다. 엄마, 왜 거부하는 거야? 엄마의 숙명이 뭔지 알잖아. 제기랄, 왜 따르지 않는 건데?

리틀 비버 어린이집에서 어린 아들을 데리고 집으로 돌아온 지 한 시간도 안 되어, 그녀는 그가 어디에서 뭘 하나 싶어 부엌에 들어갔다가 보고 싶지 않았던 광경을 목격했다. 그녀는 어디까지나 침착하게 물었다.

"이 칼들은 어디서 났니, 조코?"

조코는 생각 중이니 조용히 하라는 뜻으로 그녀에게 손짓했다.

그는 의자 위에 서서 칼 여섯 자루를 오렌지색 포마이카 조리대 위에 배열하고 있었다. 크기가 아니라 예리한 순서대로 놓고 있는 것 같았다.

"조코? 그 칼들 뭐냐고?"

"시치미 떼지 마, 엄마."

여자는 건물 전체가 진동하기라도 하는 듯 손을 심하게 떨렸다. 커피를 너무 많이 마셔서 시야에 보이는 것들을 곧이곧대로 믿을 수가 없었다. 아까 집으로 운전하는 길에는 차들이 들이닥치는 반대 차선으로 넘어갈 뻔한 아슬아슬한 순간도 있었다. 그냥 조코가 혼자 놀게 내버려 두고 부엌을 나가 버릴까 싶었다. 그런데 조코가 그녀의 마음을 읽기라도 한 듯 재빨리 손을 뻗어 그 작고 강철 같은 손가락으로 그녀의 손목을 붙잡았다.

그녀는 조그맣게 말했다.

"오, 난 안 만질래."

말은 그렇게 하면서도, 그녀는 가지런히 놓인 칼들 사이에서 조코가 약간 빼 놓은 칼 한 자루를 집어 들고 무게를 가늠했다.

대만제 고기 칼이었다. 25센티미터짜리 스테인리스 스틸 날은 잘 갈려서 면도날처럼 예리했다. 플라스틱으로 된 모조 나무 손잡이가 그녀의 손에 착 감겼다.

"이걸 내가 언제 샀지? 이런 건 산 적 없는데."

"시어스 마트에서 크리스마스 세일로 샀잖아, 엄마."

"아니야!"

"그럼 누가 샀겠어, 엄마?"

"그건 그래. 어쨌든 나는 이걸 들고 나가진 않을 거야. 이거 가지고는 아무 데도 안 나가."

"어두워진 다음에 가야 돼."

"언제?"

"9시쯤. 너무 이르지도 않고 너무 늦지도 않은 시간이지."

"안 갈래."

"꼭 가야 돼."

"혼지서는 못 가."

"엄마, 당연히 엄마 혼자 갈 순 없잖아."

"혼자가 아니라고?"

"어딜 가든 혼자가 아니지, 엄마. 안 그래? 이제는 그렇잖아?"

조코는 부엌 의자에 서서 제 엄마와 키를 맞춘 채 미소 지었다. 너무나 달콤하고, 위압적인 구석은 거의 없는 미소였다. 지난 몇 달간 그녀가 죽고 싶을 때마다 희망을 북돋아 주고, 자유분방한 소녀처럼 열렬히 살고 싶은 욕구를 불어넣어 주었던 바로 그 미소.

조코는 그녀의 목에 팔을 두르고 아이처럼 꽉 부둥켜안고서, 촉촉하고 따뜻한 입술로 뽀뽀를 하면서 재차 말했다.

"엄마, 엄마는 어딜 가든 혼자일 수 없다는 걸 알잖아. 이제 더 이상은!"

X의 아파트 건물에 도착한 여자는 엘리베이터를 타고 9층으로 올라가려고 했지만, 조코가 예리한 주의력을 발휘해 그녀의 팔을 붙잡고 계단으로 가자고 했다. 그들이 방문한 모습을 누군가가 목격해서는 안 되지 않겠냐며.

지금은 문명이 저무는 시간이었다. 조코가 여러 번 주장했듯 "가해자가 있는 경우에는 신이 벌을 내려 주기를 기다리고만 있을 순 없다."

조코와 함께 9층까지 올라가자 여자는 숨이 가빠 왔고 핏줄을 타고 흐르는 흥분이 불똥을 튀기는 듯했다. 가방 안에는

25센티미터짜리 고기 칼이 들었고, 옆에는 그녀의 자궁이 맺은 결실, 어린 조코가 그 짧고 튼튼한 다리로 그녀보다도 더 민첩하게 계단을 오르고 있었다. 그러고 보면 X는 자기 집에 그녀를 데려온 적이 거의 없었고 더욱이 아들은 한 번도 부르지 않았으니, 지금 둘이서 그를 보러 가는 것은 합당하고도 이치에 맞는 듯했다. 그들은 돌아가지 않을 것이다.

X는 그녀의 집으로, 그녀에게로 오기만 했다. 그녀가 곱게 차려 놓은 음식을 먹기만 했다. 다른 남자들처럼. 그와 같은 성별의 다른 이들처럼. 그는 그녀에게 사랑한다고 말하고, 긴장하고 기대하는 그녀의 몸에 키스로 세례를 내렸다. 그의 지도를 받아서 그녀는 더욱 아름다워졌다. 그렇지 않은가?

그녀가 그에게 여자로서의 영혼을 열어 주었을 때는 몰랐다. 남자의 정열이 소진되고 나면 그녀의 영혼은 구겨지고 더럽혀진 채로 자신에게로 되돌아오리라는 것을. 조코가 비아냥거린 표현대로라면, "그 개새끼가 코 풀고 버린 휴지처럼" 말이다.

하지만 앞으로는 절대로 그러지 않을 것이다.

X의 집이 있는 층에 이르러 조코는 계단실 문을 손가락한 마디쯤 열고 밖을 조심스럽게 내다보더니, 복도가 텅 비어 있는 것을 확인하고는 여자에게 손짓했다.

"엄마, 움직여. 얼른."

여자는 가방을 더듬었다. 눈앞이 삐딱하게 기울어져 보였다. 나오기 전에 와인을 몇 잔 마시고 커다랗고 하얀 알약도 한 알 먹어서 신경을 가라앉힌 참이다. 그녀는 몸을 구부려 조코에게 속삭였다.

"나를 떠나지 마, 알았지? 꼭 문을 열어 두고 있어야 돼. 약속해."

조코가 그녀의 다리를 밀면서 조급하게 말했다.

"아, 엄마! 당연하지!"

그녀는 질 좋은 도마뱀 가죽 구두를 신은 발을 옮겨 부드러운 아지랑이를 헤치고 휘청휘청 걸으면서, 다른 집들의 현관문을 헤아리며 X의 집 번호인 9-G호를 찾아가면서, 자꾸만 눈물이 차오르는 눈을 문질러 닦고, 길게 심호흡을 해서 마음을 다잡은 다음, 검지로 초인종을 눌렀다. 힘껏. 다시 돌아갈 수 없게.

그녀는 기억했다. 오래전에 갓 임신해서 몸이 아프고 겁이 날 때 X에게 전화를 걸고서 ─ X가 나중에 뭐라고 주장했든, 그녀는 애 아빠가 X라고 확신했으므로 ─ 수화기에서 울리고 울리고 또 울리는 신호음을 들으며 그녀의 생명을 유지하는 피가 가차 없이 빠져나가는 느낌에 휩싸였을 때, 처음으로 그녀의 자궁 속에서 태고의 진노를 품은 신처럼 거룩한 목소리가 한없는 위안을 건네 왔던 순간을. 언젠가 모두 대가를 치를 거야, 그 가해자들은. 그러니 그때까지 참고 기다려. 그랬다, 그래서 그녀는 기다렸고, 이제 다시금 초인종을 누르면서 누군가가 이쪽으로 오는 발소리가 들리지 않는지 귀를 기울이고 있었다. 이제 돌아갈 길은 없는 것이다.

침침한 조명이 밝혀진 기다란 복도 맨 끝, 화재용 비상구

바로 밖에서 조코가 기다리고 있었다. 그런데 곁눈으로 그쪽을 돌아보자 아무 표시도 없는 밋밋한 문짝만 보였다. 문은 꽉 닫혀 있었고 그녀와 그 문 사이의 공기가 거의 보이지 않을 만큼 미세하게 진동하고 있었다. 이 건물이, 어쩌면 건물 밑의 땅마저도 흔들리기 시작한 듯 복도가 떨리는 감각이 들어서, 그녀는 이성적인 사람으로서 이런 일이 진짜일 리 없다고, 적어도 그녀와 관련이 있는 일은 아니리라고 생각했다.

그러나 이미 그녀는 여기에 있었다. 그리고 열린 문 너머, X도 있었다.

예감

올해 크리스마스는 수요일이었다. 그 전 주 목요일 해 질 녘에, 휘트니는 차를 몰고 시내를 거쳐 퀸 형의 집으로 가면서 불길한 예감을 느꼈다.

휘트니는 원래 미신을 믿는 남자가 아니었다. 전혀 그렇지 않았다.

그는 다른 사람의 가정사에 끼어드는 성격도 아니었다. 형의 가정사라면 더더욱. 퀸에게 부탁받지도 않았는데 충고라도 했다가는 위험한 사태가 벌어질 수 있었다.

그러나 휘트니의 어머니를 방문한 고모가 휘트니의 누나에게 전화로 전해 준 이야기를 다시 전화로 전해 받은 막내 여동생이 그에게 전화해서 전해 준 바에 따르면, 퀸이 요즘 들어 다시 술을 마시고 있으며, 아내 엘렌과 더불어 아마 자기 딸들까지도 위협하고 있는 것 같다고 했다. 익숙하고도 우울한 이야기였다. 지난 열한 달 동안 퀸은 알코올 중독자 모임에 다녔다. 규칙적으로 나가지는 않았고 나가더라도 민망해하며 업신여기는 태도였지만, 그래도 모임에 다니기는 했고, 술도 끊었다고. ─ 이 부분에서는 가족들마다 말이 조금씩 다르긴 했지만 적어도 음주량을 대폭 줄인 것만은 확실하다고 했다. 퀸은 팩스턴 가의 장남으로서 부유하고 지역 내에서 명망 높은 남자인 만큼, 알코올 중독자 모임에 들어감으로써 자신이 술 중독이고 분노 조절에 문제가 있다는 사실을 밝히는 것이 평범한 남자들에 비해 훨씬 어려우리라는 것은 모두가 동의하는 바였다.

전날 밤에 휘트니는 퀸이 이성을 잃을지도 모른다는 예감을 느꼈고, 오늘 하루 동안 내내 마음이 뒤숭숭했다. 이번에는 엘렌과 딸들을 심각하게 해칠 것만 같았다. 퀸은 덩치 큰 30대 후반 남자로, 워튼 경영대학원에서 수학했고 회사법에 대해 아마추어 전문가 수준의 지식을 갖추었으며 사교적이고 서글서글한 성격이었지만, 한편으로는 다분히 욱하는 성질이 있는 사람이라는 것을 휘트니는 어려서부터 겪어서 잘 알았다. 그는 자기 표현의 수단으로 손을 사용하곤 했고 가끔 그 손은 상대방을 아프게 했다.

오늘 휘트니는 형의 집에 몇 차례 전화를 걸었지만 아무도 받지 않았다. 짤깍 하는 소리에 이어 자동 응답기가 귀에 익은 허스키한 음성을 들려줄 뿐이었다. 안녕하세요! 여긴 팩스턴 가족의 집입니다! 아쉽게도 지금은 전화를 받을 수 없지만……. 쾌활하고 기운찬, 그러면서도 위협적인 어조기 낄긴 퀸의 음성이었다.

퀸의 사무실에 전화해 보니 그가 자리를 비웠다는 비서의 대답만이 돌아왔다. 휘트니가 자신을 퀸의 동생이라고 매번 밝혔으니 비서는 그가 누구인지 분명 알 텐데도, 퀸에 대해 그 이상의 정보는 알려 주지 않았다.

"그러면 지금 집에 있나요? 아니면 출장 나갔어요? 어디 있는데요?"

휘트니는 짜증을 내비치지 않으려 애쓰며 물었지만, 퀸의 충직한 동료들 중 하나인 비서는 조용히 이렇게 대답할 뿐이었다.

"크리스마스 휴가 때 팩스턴 씨가 꼭 연락하실 겁니다."

그랜드뷰 거리에 있는 팩스턴 종가(宗家)의 으리으리한 집에서 친척들이 다 모여서 크리스마스를 맞을 텐데! 그런 정신없는 분위기에서 어떻게 휘트니가 퀸을 따로 불러내 대화할 수 있겠는가? 게다가 그때쯤이면 이미 너무 늦었을 것이다.

그래서 휘트니는 다른 사람의 결혼 생활, 더욱이 형의 사생활에는 좀처럼 간섭하지 않는 성격인데도 불구하고, 오늘은 차를 몰고 그가 몇 년째 야심 없는 독신자로서의 생활을 영위해 온 그럭저럭 부유한 동네의 아파트며 단독 주택 들 사이에서 빠져나와, 몇 년 전에 퀸 가족이 이사 간 전원풍의 주거 지역을 향해 시내를 가로질러 운전하고 있었던 것이다. 그 지역은 화이트워터 하이츠라는 이름으로, 거대하고 호화로운 백만 달러짜리 집들이 도로변의 가로수들과 산울타리로 가려져 있고 집터들이 모두 최소한 1만 2000제곱미터 이상은 되는 곳이었다. 퀸의 집은 본인이 직접 설계한 것으로, 신(新) 조지 왕조 풍과 현대적 양식을 절충한 건물에 실내 수영장과 사우나가 갖춰져 있고 후면에는 드넓은 삼나무 마루로 된 테라스가 딸려 있었다. 휘트니는 자신의 볼보를 몰고 그 집의 자갈 깔린 구불구불한 진입로를 따라 들어가서 차 세 대짜리 차고 앞에 주차한 뒤 현관문으로 다가가 초인종을 누를 때마다 자신이 남의 사유지를 침입하는 듯한, 어쩐지 대가를 치러야 할 것만 같은 느낌을 받았다. 심지어 초대를 받았을 때도 그랬다.

지금도 그는 짙은 불안감을 느끼며 초인종을 누르고 기다렸다. 홀도, 거실도 불이 꺼져 있었다. 아까 보니 차고 문은 닫혀 있었고 진입로에 퀸의 차도, 엘렌의 차도 보이지 않았다. 집에 아무도 없는 걸까? 하지만 음악 소리가 들리는 듯했다. 라디오인가? 이 집 딸들은 내일이면 학교에 가야 할 터였다. 방학은 다음주 월요일에나 시작할 테고, 아직은 학기 중이니 집에 있어야 하지 않나? 엘렌도 그렇고.

그는 기다리면서 싸늘한 밤 공기를 깊이 들이마셨다. 영하의 날씨였지만 아직 첫눈은 오지 않았다. 여기 오는 길에 화이트워터 하이츠의 몇 집이 크리스마스 전구로 장식된 것을 보았지만 본격적인 명절 분위기는 나지 않았고, 퀸과 엘렌 부부의 집에도 크리스마스 장식은 따로 없었다. 현관문에 상록수 화환조차 걸려 있지 않았다……. 크리스마스트리도 없었다. 그랜드 뷰 거리의 팩스턴 종갓집에서는 홀에 거대한 전나무를 세워 놓고 다듬는 것이 이맘때 연례 행사였다. 그 의례는 여전히 지켜지고 있었지만 휘트니는 더 이상 참석하지 않았다. 어른이 되어서 좋은 점들 중 하나는 불편과 고통의 원천으로부터 거리를 둘 수 있다는 점이다. 그는 이제 서른네 살이니 그럴 수 있었다.

물론 크리스마스 당일은 가족과 함께 보내긴 할 것이다. 하루 온종일은 아니겠지만. 고향에서 사는 한은 피할 수 없는 일이었다. 그래, 값비싼 포장지로 싼 선물들도 준비해 갈 테고, 그를 위한 선물들도 받아 올 것이다. 언제나처럼 어머니에게는 품위 있게, 아버지에게는 공손하게 대할 것이다. 휘트니는 자신이 퀸 형과 같은 아들로 자라지 않은 탓에 부모님을 실망시켰음을 잘 알았다. 하지만 많은 사람과 떠들썩한 소음이 자아내는 흥겨운 명절 분위기에 휩쓸리다 보면 상처도 가라앉을 것이다. 사실 그 상처를 안고 산 지 너무 오래되어서 이젠 기억만 남았을 뿐 상처 자체는 사라졌는지도 모른다.

그는 다시금 초인종을 울렸다. 그리고 조심스럽게 외쳤다.

"저기요, 집에 아무도 없어요?"

현관 창문 너머로 집 저 안쪽에 불빛이 켜진 게 보였다. 음악 소리는 멈춘 듯했다. 어둑한 홀의 계단 앞 바닥에는 상자들이 놓여 있었다. 아니면 여행 가방인가? 작은 트렁크들?

이런 시기에 가족이 여행을 떠난 것일까? 크리스마스 전인데?

몇 주 전에 들었던 소문이 떠올랐다. 퀸이 여자 친구들 중 한 명과 함께 엄청난 거금을 들여 어딘가 이국적인 곳으로 여행을 떠난다더라는 것이었다. 세이셸 제도로 간다나. 그는 소문을 믿지 않았다. 퀸이 아무리 오만하고 자기 아내의 감정에 무심하다 해도 그 정도로 반항적인 행동을 할 리는 없다고 생각했기 때문이다. 무엇보다도 아버지가 노발대발하실 테고, 퀸 자신도 언젠가는 공직에 진출하겠다는 생각을 몇 년 전부터 하고 있었기에 자기 지역 내의 평판에 예민했다. 그들의 증조부인 로이드 팩스턴은 인기 있는 공화당 의원이었고 팩스턴이라는 성은 여전히 이 주(州)에서 덕망 높은 이름으로 통했다……. 그 개자식이 감히 그럴 리가 없다고, 휘트니는 생각했다.

그럼에도 일말의 두려움이 있었다. 또다시 불길한 예감이 들었다. 만약 퀸이 욱해서 엘렌과 딸들에게 무슨 짓을 저질렀다면? 퀸이 피투성이가 된 요리사용 앞치마를 걸치고, 집 안뜰의 호화로운 삼나무 테라스에서 바비큐로 스테이크를 굽던 모습이 문득 뇌리를 스쳤다. 지난 독립기념일 때였다. 한 손에는 두 갈래짜리 포크를, 한 손에는 고기 써는 전동 칼을 들고 있던 퀸. 윙윙 돌아가던 전동 칼의 날에 번뜩이던 치명적인 섬광. 남동생이 늦게 온 데에 짜증이 난 퀸은 얼굴이 불그레해진 채, 술에 취하기 직전이지만 정신을 차리려고 단단히 마음 먹은 남자 특유의 경직된 패기만만함을 내보이며, 휘트니에게 마루 위에 올라가 있기나 하라며 손을 내저었다. 그때 퀸이 얼마나 권위 있어 보이던지! 190센티미터의 키에 90킬로그램이나 나가는 몸도, 얼굴에서 또렷하게 두드러지는 연푸른색 눈도, 우렁차게 울려 퍼지는 목소리도! 휘트니는 재깍 그의 말에 따랐다. 퀸은 뱃살이 붙은 허리에 우스꽝스러운 앞치마를 동여맨 채, 그 사악해 보이는 고기 칼을 휘트니를 향해 장난스럽게 내뻗었다. 악수하는 시늉이었다.

휘트니는 그 기억에 몸서리가 쳐졌다. 그때 다른 손님들은 웃었다. 휘트니 자신도 웃었다. 그건 장난일 뿐이니까, 재미있었으니까…… 엘렌은 그 장면을 보고 몸서리쳤던가? 그녀의 반응은 미처 눈여겨보지 못했다.

휘트니는 기억을 뇌리에서 몰아내려 애썼다.

하지만 가난하고 절망에 빠진 남자들이나 정신병력이 있는 남자들만이 가족을 살해하는 것은 아니었다. 지난번에 신문에서 중년의 보험사 간부가 별거 중인 아내와 자식들을 엽총으로 쏴 버렸다는 끔찍한 기사를 읽은 적이 있었다…… 그래도, 이런 생각은 제쳐 두는 게 낫다. 지금 당장은.

휘트니는 다시금 초인종을 눌러 보았다. 초인종이 고장난 건 아니었다. 분명 벨소리가 들렸다.

"여보세요? 퀸? 엘렌? 나예요, 휘트니……."

목소리가 너무나 가늘었고 심하게 떨렸다! 형의 집에 무슨 일이 생긴 게 틀림없다는 확신이 들었지만, 한편으로는 형이 만약 집에 있다면 섣불리 참견한 자신을 얼마나 면박 줄 것인가 하는 생각도 들었다. 어떻게 되든 퀸이 길길이 날뛸 건 분명했다. 팩스턴 가는 방대하고 사교적이면서도 굳게 결속된 가문으로, 괜한 데에 끼어들어 분란을 일으키는 구성원을 이해해 주는 분위기가 아니었다. 현재 휘트니와 퀸의 사이는 원만했지만, 2년 전 엘렌이 잠시 이 집을 떠나 이혼 수속을 감행했을 때

퀸은 휘트니가 자기 몰래 엘렌과 짜고 벌인 짓이라며 비난했다. 심지어는 엘렌의 불륜 상대들 중 한 명이 바로 휘트니라고 주장하기까지 했다.

"솔직히 말해 보시지! 난 괜찮으니까! 그녀도, 너도 해코지하지 않을 테니 사실대로 말해 보라고, 이 비겁한 새끼야!"

그러나 그렇게 화를 내는 퀸의 태도에는 가식적인 구석이 있었다. 당연하게도 그의 의심에는 아무 근거도 없었고, 엘렌은 퀸 외에는 아무도 사랑한 적 없었으니까. 그녀에게 퀸은 인생의 전부였다.

얼마 지나지 않아 엘렌은 딸들을 데리고 퀸에게 돌아갔고 이혼 수속을 취하했다. 휘트니는 실망하면서도 동시에 안심했다. 엘렌이 마땅히 퀸에게서 해방될 만하며 또 반드시 그래야 한다고 생각했기에 실망스러웠지만, 한편으로는 퀸이 가족을 되찾고 권위를 인정받아서 마음이 누그러질 테니 안심되기도 했던 것이다. 퀸은 이제 더 이상 남동생에게 화를 낼 이유가 없었다. 예전처럼 은근한 경멸감만 비칠 뿐.

"당연히 진심이 아니었지. 그녀와 네 사이를 의심하다니!" 퀸은 말했다. "술을 너무 먹어서 정신이 나갔었나 봐."

그러고는 그런 상상만으로도 터무니없다는 듯 소리 내어 웃었다.

그때부터 휘트니는 퀸과 엘렌 부부에게서 신중하게 거리를 유지했다. 크리스마스 같은 날 팩스턴 가 가족 모임에서 불가피하게 맞닥뜨려야 할 경우만 제외하고.

이제 휘트니는 몸이 떨려왔다. 집 뒤로 둘러가서 그쪽 문과 창문을 확인해 볼까 싶었다. 하지만 만약 퀸이 집에 있다면, 그리고 무언가 정말로 큰일이 일어났다면, 퀸을 상대하기는…… 위험하지 않을까? 그는 사냥용 라이플 몇 정과 산탄총, 소지 허가를 받은 리볼버까지 갖고 있었다. 게다가 그가 술을 마셨다면…… 휘트니는 경찰들이 가장 빈번하게 총을 맞는 경우가 가정 싸움 문제를 조사할 때라는 말을 들은 적이 있었다.

그런데 천만다행히도 현관으로 나오는 엘렌의 모습이 보였다. ─ 엘렌이 맞나? 그녀는 어딘가가 이상해 보였다. ─ 언뜻 느낀 막연한 첫인상이었지만, 한참 뒤에 그는 이 순간을 다시 돌아보게 될 것이다. 그녀는 머뭇거리며, 바닥이 기울어지기라도 하는 듯 거의 휘청거리기까지 하면서, 앞치마 위의 두 손을 힘껏 쥐어짜는 것인지 문질러 닦는 것인지 모를 손짓을 하며 걸어 오고 있었다. 초인종 소리 때문에 현관문 밖에 누가 찾아온 건가 두려워 조마조마해 하는 티가 역력했다.

"엘렌, 나예요. 휘트니!"

휘트니가 외치자 그녀의 얼굴에 어린아이처럼 마음 깊이 안도한 표정이 번졌다.

퀸을 기다리고 있었던 걸까? 휘트니는 의아해졌다.

하지만 엘렌이 즉시 현관 불을 켜고 문을 선뜻 열어 줬기에, 그는 우쭐한 기분이 되었다.

엘렌이 부드럽게 탄성을 질렀다. "휘트니!"

커다랗게 뜬 그녀의 눈은 촉촉히 젖었고 동공이 팽창되어 있었다. 얼굴은 피로해 보였지만 그러면서도 어딘가 열에 들뜬, 축제 분위기에 가까운 기색마저 엿보였다. 그녀는 휘트니의 손을 힘껏 붙잡고 약간 흔들었는데, 시동생을 보게 되어서 놀란 눈치였다. 혹시 술을 마신 걸까. 하지만 가끔 파티에서 그녀가 와인을 마실 때는 마치 스스로를 마취시키듯 천천히 규칙적으로 한 모금씩 홀짝거리곤 했고, 술에 취하기는커녕 지금처럼 특이한 상태를 보이는 경우는 한 번도 없었다.

휘트니는 미안한 어조로 말했다. "엘렌, 방해해서 미안해요. 하지만…… 전화를 아무도 안 받길래, 당신이 걱정돼서요."

"걱정됐다고요? 제가?"

엘렌은 미소를 지으며 눈을 깜빡였다. 그 미소는 약간 재미있다는 듯한 빛을 띠더니, 점점 크고 환하게 만면에 번져 갔다. 눈이 빛나고 있었다.

"'제'가요?"

"애들도요."

"제 딸들이요?"

엘렌이 깔깔 웃었다. 카랑카랑하게 치솟는, 경쾌한 멜로디 같은 웃음이었다. 그녀가 그렇게 웃는 건 처음 들었다.

엘렌은 재빨리, 생기롭기까지 한 몸놀림으로 휘트니 뒤의 문을 닫고 빗장을 걸었다. 그리고 그의 손을 잡고 홀 쪽으로 이끌더니 현관의 조명을 다시 껐다. 그녀의 손은 선득하고 축축했고, 뼈대가 튼튼했으며, 다급한 기색이 배어났디.

"휘트니 숙부야, 얘들아! 휘트니 숙부가 왔어!"

그녀의 어조에는 깊은 안도감과 함께 무언가 굉장히 우습다는 듯한 묘한 즐거움이 깔려 있었다.

휘트니는 당혹한 채 자신의 형수를 내려다보았다. 엘렌은 얼룩진 바지와 길고 헐렁한 상의를 입고 앞치마를 걸치고 있었다. 그녀의 연갈색 머리카락은 이마 위로 아무렇게나 빗어 넘겨 섬세한 귀를 드러냈고, 립스틱조차 바르지 않은 맨얼굴은 휘트니가 본 그 어느 때보다 앳되고 연약해 보였다. 퀸 팩스턴의 아내로 사람들 앞에 나올 때는 한결같이 근사한 모습이었다. 몸단장과 옷차림에 강박적인 주의를 기울이고, 할 말을 미리 계획해 둔 듯이 말하는 조용하고 과묵하고 아름다운 여성. 퀸은 하이힐을 신은 여자, 적어도 멀끔하게 생긴 여자를 좋아했기에 엘렌은 격의 없는 자리에 나올 때조차도 거의 항상 세련된 하이힐만 신었다.

그런데 오늘 저녁 그녀가 신은 신발은 굽이 낮았다. 이렇게 보니 휘트니가 알던 것보다 더 조그마한 체구의 여자였다. 큰딸인 몰리보다는 더 클까 싶었다.

엘렌은 휘트니를 데리고 부엌으로 향했다. 지나가면서 보니 집 안의 다른 방들은 모두 불이 꺼져 있었고, 식당에는 현관과 마찬가지로 바닥에 상자들이 널려 있었다. 엘렌은 예의 그 쾌활하고 카랑카랑한 목소리로, 다른 사람들에게 들으란 듯이, 사람들 앞에서 그가 말하도록 북돋워 주려는 듯이 말했다.

"걱정했다고요, 휘트니? 저와 제 딸들을요? 왜죠?"

"음…… 퀸 형 때문에요."

"퀸 때문이라고요! 정말요!"

엘렌이 휘트니의 손을 꼭 움켜쥐고 깔깔 웃었다.

"하지만 왜 하필 지금 '퀸 때문'이에요? 왜 하필 오늘 밤이죠?"

"로라와 통화했는데, 걔가 그러더라고요. 형이 나시 술을 마신다고요. 또 당신을 위협한다고요. 그래서……."

"친절하시네요. 로라도 그렇고요. 저와 우리 애들에게 그렇게 마음을 써 주시다니. 팩스턴 집안 사람답지 않네요! 하긴, 당신과 로라는 진정한 팩스턴 사람은 아니죠. 두 분은……."

그녀는 멈칫하고 말을 골랐다. 처음 떠오른 표현을 차마 입 밖으로 꺼낼 수 없는 모양이었다.

"……주변부에 계시다고 할까요. 두 분은……." 그녀는 결국 말끝을 흐렸다.

휘트니는 두려운 내색을 하지 않으려 애쓰면서 가장 시급한 질문을 꺼냈다. "지금…… 형이 있나요?"

"여기요? 아뇨."

"시내에 있나 보죠?"

"떠났어요."

"떠났다니……?"

"출장이요."

"아, 그렇군요." 휘트니는 숨을 더욱 깊이 쉬었다. "그러면 언제 돌아오는데요?"

"파리에서 그이가 우리를 부를 거예요. 아니면 로마일 수도 있겠네요. 어디든 간에, 그이가 일이 끝나고 우리와 같이 있을 시간이 되면 말예요."

"당신도 떠난다는 건가요?"

"네. 다 최근에 결정된 일이에요. 오늘 아침 내내 여기저기 뛰어다녔어요. 애들 여권 준비하느라고요. 멕시코 외에는 해외로 나가는 건 처음이라서 우리 모두 무척 들떠 있답니다. 퀸은 처음에는 반응이 별로 시원찮았어요. 도쿄에서 복잡한 사업 문제를 처리해야 해서요. 그 사람이 그렇잖아요, 항상 협상 중이고, 항상 계산 중이고, 뇌가 한 순간도 멈추지 않고……."

엘렌은 무언가에 놀란 듯 말을 끊고는 웃었다.

"음, 퀸이 어떤지야 당신도 알죠. 당신은 퀸의 동생이고, 형의 그늘에 묻혀 살았는걸요. 어떻게 모를 수가 있겠어요? 그러니 퀸을 굳이 분석해 드릴 필요는 없겠죠!"

엘렌은 또 웃음을 터뜨리고 휘트니의 손을 꼭 쥐었다. 그녀는 균형을 잡으려는 듯 그에게 살짝 몸을 기울이고 있었다.

휘트니는 마음 깊이 안도할 수밖에 없었다. 그의 형이 당장 나타날 가능성은 전혀 없고, 그에게 적극적인 위협을 끼칠 일도 전혀 없는 것이다. 그렇게 생각하니 평정을 상당히 회복할 수 있었다.

"그래서, 형은 먼저 출장 갔고, 엘렌은 아이들 데리고 형을 따라가는 건가요?"

"그이는 사업 문제들이 있어서요. 안 그랬으면 우리 모두 함께 움직였겠죠. 퀸은 우리가 같이 오기를 원했거든요."

엘렌은 아까보다 더 명확하게, 외워 둔 대사를 읊는 양 말했다.

"퀸은 정말로 그러길 바랐어요. 하지만…… 상황상 그건 효율적이지가 못해서요. 그이는 도쿄에 있다가 어디 다른 데에 들러야 할 거라던데…… 아마 홍콩일걸요."

"그러면 크리스마스는 여기서 안 쉬시겠네요? 가족 모두?"

"그래도 크리스마스 선물들은 사 뒀는걸요! 시댁에 못 가도 죄송스럽지는 않아요. 시부모님이 저희 선물들을 뜯어 보실 때 저와 우리 애들은 그 자리에 없는 것뿐이니까요."

엘렌이 쾌활하게 말했다. 발음이 뭉개지지 않도록 주의하는 듯 기묘하게 또박또박 강조하며 말하고 있었다.

"물론 다들 보고 싶을 거예요. 오, 정말로요! 사랑하는 아버님도, 인자하신 어머님도, 퀸 가문분들 모두…… 그래요, 끔찍하게 그리울 거예요. 퀸도 그럴 거고요."

휘트니가 물었다. "퀸이 언제 떠났다고 하셨죠, 엘렌?"

"제가 말했던가요? 어젯밤에요. 콩코드 여객기를 타고요."

"그럼 엘렌과 아이들은 언제……?"

"내일이요! 물론 콩코드는 아니지만요. 그냥 적당한 여객기 이코노미석을 타고 갈 거예요. 그래도 저희는 엄청나게 들떠 있다고요. 상상이 되시죠?"

휘트니는 조심스럽게 대답했다. "네. 상상이 깁니다."

휘트니는 퀸이 정말로 최근 만나는 여자 친구와 세이셸 제도인지 어디인지로 떠난 모양이라고 추측하고 있었다. '사업 기밀'인 출장을 떠난다는 말로 어수룩한 아내를 속여 놓고 말이다. 그리고 엘렌은 그런 해명에 만족하는 ── 고마워하는? ── 눈치였다.

여자들이란 얼마나 간절히 속고 싶어 하고, 착각하고 싶어 하는지! 딱한 엘렌.

휘트니는 그녀에게 사실을 알려 주는 역할을 떠맡을 생각은 없었다.

"언제쯤 돌아오실 거라고 하셨죠, 엘렌?"

"내가 그런 말을 했던가요? 기억이 안 나는데요!"

엘렌은 웃었다. 그러고는 부엌으로 이어지는 반회전문을 벌컥 열어 젖히고, 의기양양하게 휘트니의 손을 이끌었다.

"휘트니 삼촌이다!" 몰리가 외쳤다.

"휘트니 사암촌!" 트리시가 고무장갑을 낀 손으로 손뼉을 쳤다.

환하게 밝혀진 부엌 안은 온통 떠들썩하고 어수선하고 생기 발랄했다. 휘트니는 혹시 자신이 무언가를 축하하는 자리에 끼어든 건가 하는 생각이 들었다. 이 생각 또한 그는 나중에 다시 돌이켜 보게 될 것이다.

엘렌이 그의 외투를 벗겨 주는 동안 예쁜 조카딸들이 그를 보고 키득키득 숨 가쁘게 웃었다. 그 애들을 마지막으로 봤던

게 여섯 달 전이었는데, 그 사이에 둘 다 더 큰 것 같았다. 열네 살인 몰리는 너저분한 셔츠와 청바지를 입고 가는 허리에 앞치마를 둘렀으며, 흰 플라스틱 테에 자줏빛 렌즈가 끼워진 선글라스로 눈을 가리고 있었다. (한쪽 눈에 멍이 든 것 같기도 했다. 아연해진 휘트니는 그 애의 눈가를 보지 않으려 애썼다.) 열한 살인 트리시는 제 언니와 비슷한 옷을 입고 머리에 야구 모자를 거꾸로 썼다. 휘트니가 부엌에 들어왔을 때 그 애는 바닥에 쪼그려 앉아 스펀지로 무언가를 닦고 있었다. 지나치게 큰 노란색 고무 장갑을 낀 손으로 박수를 치니 고무가 들러붙고 바람이 빠지는 소리가 뻑뻑 새어 나왔다.

휘트니는 어린 조카들을 정말, 정말 좋아했다. 그 애들이 소녀답게 호들갑을 떨며 열렬히 반겨 주자 그는 머쓱해서 얼굴이 달아오르긴 했지만 그만큼 기분이 좋았다.

"와 주셔서 기뻐요, 휘트니 삼촌!" 그들은 동시에 그렇게 외치고는 까르르 웃었다. "'삼촌이' 와 주셔서 정말 기뻐요!"

혹시 누군가 다른 사람이 오리라고 예상했던 걸까?

그 생각에 휘트니는 얼굴을 찌푸렸다. 어쩌면 퀸이 떠난 게 아닐지도 모른다.

엘렌은 얼룩진 앞치마를 서둘러 벗으며 살갑게 말했다.

"오늘 밤 당신이 와 줘서 잘됐지 뭐예요. 당신은 우리 애들이 가장 좋아하는 숙부니까요. 우리 모두 크리스마스에 당신을 못 보면 얼마나 아쉬울까 생각하던 차였어요!"

"저도 다들 못 봐서 아쉬울 겁니다."

좌중에 흐르는 분위기가 너무나 여성적이었다. 저변에 깔린 히스테리의 기류가 느껴졌다. 인기 있는 음악 방송에 주파수가 맞춰진 라디오에서는 요즘 미국 젊은이들이 좋아하는, 둥둥거리는 리듬에 쉴 새 없이 날카로운 음을 내지르는 단순한 곡이 나오고 있었다. 엘렌이 저런 노래를 어떻게 참아 주고 있는지 의문이었다. 천장의 등들이 모조리 켜져서 눈부시게 빛났고, 세간이나 물건들의 표면이 막 닦은 것처럼 윤이 났다. 가스레인지 위의 환풍기가 세게 돌아가고 있었지만 부엌 안에는 여전히 어떤 냄새가 남아 있었다. 무언가 농밀하고 눅눅하고 들큼한, 역한 느낌의 냄새였다. 실내 공기도 후텁지근했다. 여기저기 빈 다이어트 콜라 캔들과 피자 빵 조각들이 뒹굴었고, 조리대 위에는 포장된 선물 상자들이 쌓여 있었으며, 그 옆에 캘리포니아산 레드와인 한 병이 놓여 있었다. (엘렌이 술을 마시긴 마신 것이다! 이제 보니 그녀의 눈빛은 흐리멍덩했고 입매도 축 처져 있었다. 그리고 그녀도 왼쪽 눈 바로 위에 멍 자국이 있었다. 멍이 그것 하나뿐일지는 모를 일이었다.) 그리고 놀랍게도 부엌 한가운데의 커다란 원목 식탁과 더불어 빈 공간이란 공간에는 죄다 크리스마스 선물들과 포장지, 리본, 주소 라벨 들이 널려 있었다. 그의 형수와 조카딸들은 야심 찬 여행을 떠나기 바로 전날 밤에 크리스마스 선물 준비를 하는 데 온 정신과 시간을 쏟고 있었던 것이다. 휘트니는 어안이 벙벙해졌다. 하여간 여자들이란, 이런 상황에서도 남들을 이렇게나 배려해 주다니! 그들의 얼굴이 유난히 밝고 열에 들떠 있고 눈이 흥분으로 반짝이는 것도 무리가 아니었다.

엘렌은 휘트니에게 술 한잔 하겠느냐고, 아니면 커피가 좋겠느냐고 묻고는 "밖이 너무 춥죠! 당신은 이따가 그 추위를 뚫고 돌아가야 할 텐데요!"라며 부르르 떨었다. 그러자 딸들도 부르르 떨고는 깔깔 웃었다. 뭐가 저렇게 우스운 걸까? 휘트니는 혹시 번거롭지 않으시다면 커피 한 잔만 부탁드리겠다고 했다. 그러자 엘렌이 냉큼 대답했다.

"전혀 번거롭지 않아요! 전혀요! '지금' 번거로울 건 아무것도 없어요!"

그러고는 셋 다 거의 동시에 웃음을 터뜨렸다.

혹시 저들도 아는 걸까? 퀸이 그들을 배신했다는 걸? 휘트니의 생각을 읽기라도 한 듯 트리시가 불쑥 말했다.

"아빠는 조개껍데기 섬들로 간대요. 아빠가 가는 데는 거기랬어요."

몰리가 약간 웃으며 말했다. "아니야, 바보야. 아빠는 도쿄에 가시는 거야. '지금' 도쿄에 계신다고. 출장 때문에."

"그런 다음에 우릴 만날 거잖아. 조개껍데기 섬들에서. '인도양에 있는 열대 낙원'에서." 트리시는 그렇게 대꾸하고는 얼룩진 고무 장갑을 벗어서 조리대 위에 던졌다.

"그게 아니라, '세이셸 제도'란다. 하지만 우리는 거기로 안 가. 우리 셋은."

엘렌이 살짝 높아진 음성으로 트리시에게 쏘아붙였다. 그러면서 손으로는 능숙하게, 별로 의식하지도 않고서 커피를 만들고 있었다.

"우리는 파리, 로마, 런던, 마드리드에 가는 거야."

"파리, 로마, 런던, 마드리드." 자매가 일제히 되뇌었다.

가스레인지 위의 환풍 팬이 요란하게 윙윙거렸다. 하지만 부엌 안의 텁텁한 수증기는 잘 빠지질 않았다.

엘렌이 곧 떠날 여행에 대해 수다를 늘어놓았다. 휘트니는 그녀의 이마에 든 누르스름한 보랏빛 멍 자국을 눈여겨보았다. 어쩌다 멍이 들었느냐고 물으면 그녀는 틀림없이 사고로 머리를 부딪쳤다고 말할 것이다. 몰리의 멍든 눈 역시, 물으나마나 사고였다고 할 게 뻔했다. 휘트니는 여러 해 전 팩스턴 가 잔디밭에서 열린 가족 모임에서 퀸이 갑자기 별 이유도 없이 아내의 이마를 찰싹 때리는 광경을 본 적이 있었다. 너무나 순식간에 일어난 일이라 손님들 대부분은 보지 못했지만. 퀸은 분노로 얼굴이 벌개진 채, 목격자들에게 들으라고 큰 소리로 외쳤다.

"벌이다! 빌어먹을 벌들! 불쌍한 엘렌을 쏘려고 했어!"

엘렌은 눈물을 글썽거리며 자세를 바로잡고는 수치심에 겨워 부랴부랴 집 안으로 돌아가 버렸다. 퀸은 그녀를 따라가지 않았다.

아무도 그녀를 따라가지 않았다.

퀸에게 그 일을 언급하는 사람도 없었다. 휘트니가 아는 한, 퀸이 없을 때조차도 그 화제는 아무도 입에 올리지 않았다.

크리스마스 날 퀸의 가족들이 오지 않으면 사람들 사이에서 무슨 말들이 나올지 걱정되었다. 더구나 의도적으로 불참한 걸로 보일 텐데. 휘트니는 엘렌이 시어머니와 미리 상의는 했는지, 해명이나 사과를 하기는 했는지 궁금했지만, 차마 물어볼 순 없었다. 왜 휴가를 1월로 미루지 않았느냐고. 퀸과 그 여자 친구는 왜 그러지 못했느냐고.

아니, 묻지 말자. 이건 휘트니 팩스턴이 상관할 바가 아니었다.

엘렌은 휘트니에게 커피를 주고 크림과 설탕, 찻숟가락을 건넸다. 그런데 숟가락이 그녀의 손에서 미끄러지는 바람에 막 물걸레질을 한 바닥에 땡그랑 떨어졌다. 그러자 관절이 유연한 트리시가 숟가락을 집어들더니 그걸 등 뒤로 높이 던졌다가 어깨 위로 손을 올려서 받았다. 엘렌은 신경질적으로 "트리시!"라고 외치고는 웃어 버렸고, 몰리도 발그레한 얼굴을 셔츠로 문질러 닦으며 웃음을 터뜨렸다.

"트리시는 신경 쓰지 마세요. 생리 중이라 저래요." 몰리가 짓궂게 말했다.

"몰리!" 엘렌이 꾸중했다.

"언니 미쳤어!" 트리시가 제 언니를 철썩 치며 외쳤다.

무안해진 휘트니는 그들의 말을 못 들은 척했다. 꼬마 트리시가 벌써 생리를 할 나이가 됐단 말인가? 그럴 수가 있나?

휘트니는 거의 눈에 띄지 않을 만큼 미세하게 떨리는 손으로 커피잔을 쥐고 입가로 가져갔다. 그리고 마셨다.

선물이 너무나 많았다! 엘렌과 그 딸들이 몇 시간은 공을 들였을 듯했다. 휘트니는 그들의 노고에 감동하는 한편 약간 어리벙벙해졌다. 하여튼 여자들이란, 대부분의 사람들이 별로 원하지도 않고 특히 부유한 팩스턴 가 사람들에게는 필요하지도 않은 선물들을 수십 개씩 사들일 수도 있는 거구나 싶었다. 그들은 신이 나서 수선을 떨며, 값비싸고 화려한, 반짝거리는 녹색 포장지며 빨간색 크리스마스 포장지로 선물들을 싸고, 커다란 장식 리본을 매고, 반짝이 조각을 뿌리고, 펠트 펜으로 카드까지 쓰고 있었던 것이다. ─"팩스턴 아버님께", "비니아 고모님께", "로버트에게" 등의 몇몇 이름이 눈에 띄었다. 대부분의 선물 상자는 포장이 다 끝나서 단정히 쌓여 있었고 남은 상자는 여남은 개 정도였다. 크기는 제각각이어서, 모자 상자만큼 작은 것도 있고, 가로 90센티미터, 세로 60센티미터쯤 되어보이는 가벼운 사각형 금속 상자도 있었다. 그중 하나는 반짝이는 금빛 깡통 같은 것이었는데 아마 비싼 초콜릿이 들었을 듯했다. 조리대와 식탁 위에는 종이며 포장지 조각, 리본 자투리, 스카치테이프, 면도칼, 가위, 심지어는 정원용 가위까지 널려 있었다. 바닥에는 절개된 녹색 쓰레기봉투가 펼쳐져 있었고 그 위에 각양각색의 도구들이 쌓여 있었는데, 차고로 내다 놓거나 아니면 버리려고 모아 놓은 듯했다. 장도리, 펜치, 또 다른 정원용 가위, 끝이 부스러진 고기칼, 퀸이 쓰던 전기 칼도 있었다.

"휘트니 삼촌, 보지 마요!"

몰리와 트리시가 휘트니의 팔을 잡아당기며 열을 올렸다. 그래, 그러고 보면 이 중에는 휘트니를 위한 선물도 있을 터였다. 미리 보여 주고 싶지 않은 것도 당연했다. 그래도 그는 짓궂게 떠 보았다.

"내 것은 지금 줘도 되잖니? 그러면 굳이 귀찮게 소포로 부치지 않아도 될 텐데. 내 선물도 준비했다면 말이지만."

"당연히 당신 것도 있죠, 휘트!" 엘렌이 나무라듯 말했다. "하지만 지금 줄 수는 없어요."

그는 조카들에게 윙크했다. "왜 안 되죠? 크리스마스 날까지 열어 보지만 않으면 되잖아요."

"왜냐면…… 그냥 그럴 순 없어서요."

"열어 보지 않겠다고 하늘에 대고 맹세해도?"

엘렌과 딸들은 눈을 빛내며 서로 시선을 교환했다. 이렇게 보니 모녀들끼리 참 닮았다는 생각이 들었고, 동시에 불현듯 애틋한 상실감이 느껴졌다. 상냥한 운명의 세 여신 같은, 저 사랑스러운 얼굴의 매력적인 여자 셋은 어디까지나 그의 형인 퀸의 가족이지 그의 가족일 수는 없는 것이다. 절대로. 두 조카는 엘렌의 섬세하고 흰 살결과 커다랗고 침울하고 아름다운 회색 눈을 그대로 빼다 박았다. 그 애들에게 퀸이나 팩스턴 가의 흔적이라고는 고불고불 말린 머리카락과 앙증맞은 윗입술밖에 없었다.

그들은 다 같이 키득거렸다. 그러더니 몰리가 말했다.

"휘트니 삼촌, 저희는 그냥 그럴 수가 없다고요."

이후로는 시간이 빠르게 흘러갔다. 그들은 중립적인 화제들로 대화를 나누었다. 여행 전반에 대해 잡담을 하고, 휘트니가 런던에서 보냈던 대학 시절 이야기도 했다. 퀸에 대해서는 언급하기는커녕 암시하는 말조차 하지 않았다. 엘렌과 딸들은 무척 유쾌해했고 휘트니를 좋아하는 기색이 확연했지만, 그래도 자기들끼리 얼른 선물 준비를 끝마치고 싶은 눈치였다. 휘트니도 얼른 집으로 돌아가고 싶었다.

어쨌거나 이곳은 퀸의 집이니까.

부엌과 마찬가지로 손님용 욕실 역시 막 청소한 상태였다. 세면대, 변기, 흠 한 점 없는 새하얀 욕조까지 청소 세제로 말끔히 닦아놓아서 숫제 번쩍거렸다. 천장의 환풍기가 윙윙거리며 맹렬히 돌아가고 있었다.

하지만 여기서도 예의 그 독특한 냄새가 났다. 살짝 시큼하고 역한, 피 냄새 같은 느낌. 휘트니는 손을 씻으면서 이 냄새는 뭘까 초조히 생각했다. 어디선가 맡아 본 적이 있는 것 같은데, 어디서……?

퍼뜩 기억이 되살아났다. 어린 시절에 메인주로 여름 캠프를 갔을 때 여자 요리사가 닭을 씻는 걸 본 적이 있었다. 그녀는 요란하게 휘파람을 불면서, 김이 피어오르는 물에 축 늘어진 닭 사체를 담그고, 깃털을 뽑고, 날개와 다리와 발을 칼로 텅텅 쳐서 뜯어 내고, 축축하고 미끈덩한 내장을 손으로 도려냈다. 으! 그 광경과 냄새에 얼마나 구역질이 나던지, 이후로 몇 달 동안 닭은 입에 댈 수가 없었다.

휘트니는 오싹 넌더리가 났다. 그러면 이 집에서 풍기는 피비린내 같은 냄새는 혹시 생리 때문이었던 걸까.

그 생각을 하니 뺨이 달아올랐다. 딱히 답을 알고 싶지는 않았다.

어떤 비밀은 여자들끼리만 간직하는 것이 상책이다. 그렇지 않은가?

휘트니가 슬슬 떠나려는데 엘렌과 딸들이 놀라운 소식을 전했다. 크리스마스 선물을 그냥 지금 주겠다는 것이었다.

"하지만 크리스마스 전까지는 절대로 열어 보지 않겠다고 약속하셔야 해요!"

"저얼대로 열어 보면 안 돼요!"

휘트니는 엘렌이 그의 품 안에 들이미는 선물을 기쁘게 받았다. 붉은색 금박 종이로 아름답게 포장된, 남자 셔츠나 스웨터가 들었을 만한 크기의 작고 가뿐한 상자였다. 휘트니 삼촌에게 사랑을 담아 - 엘렌, 몰리, 트리시. 퀸의 이름은 노골적으로 생략되어 있었다. 엘렌이 이렇게라도 이기적인 남편에게 복수했구나 싶어서 휘트니는 고소한 기분이 들었다. 비록 사소하고 부차적인 방식의 복수이긴 하지만.

엘렌과 그 딸들은 어두컴컴한 집 안을 가로질러 현관문까지 그를 배웅해 주었다. 이제 보니 거실 가구들에 덮개가 씌워져 있었고 카펫들도 둘둘 말린 채 치워져 있었다. 그늘에 잠긴 현관에 쌓인 상자, 여행 가방, 작은 트렁크 가방 들이 다시금 눈에 띄었다. 이만큼 준비한 걸 보면 잠깐의 휴가가 아니라 아주 장기간 떠나는 여행일 터였다. 퀸이 언제나처럼 자기 형편에 유리하게끔 무슨 거창한 계획을 떠벌여서 엘렌을 속인 모양이었다. 그게 무슨 계획일지는 짐작도 가지 않았고, 물어볼 생각도 없었다.

현관문 앞에서 작별 인사를 나누었다. 엘렌, 몰리, 트리시가 그에게 입 맞춰 인사했고, 휘트니도 그들에게 차례대로 입 맞춤을 한 다음 기운차고 홀가분한 마음으로 차에 올라탔다. 선물은 옆좌석에 놔두었다. 소녀들의 목소리가 그를 뒤쫓아왔다.

"약속하신 거예요, 크리스마스 전까지는 열어 보지 않기로요! 약속 기억하세요!"

"당연하지! 약속할게!"

휘트니는 웃으면서 외쳤다. 지키기 쉬운 약속이었다. 그들이 마련한 선물이 무엇이건 별로 궁금하지 않았으니까. 물론 선물을 받는 기분은 고맙고 좋았지만, 매년 반복되는 선물 교환 행사에서 자신이 무엇을 받게 될지는 거의 관심이 없었다. 그가 사람들에게 줄 선물은 모두 백화점에서 알아서 포장하고 발송하도록 조치해 두었고, 자신이 선물로 받은 옷 사이즈가 맞지 않아도 구태여 교환하지 않았다.

시내로 차를 몰면서 휘트니는 뿌듯한 기분이 들었다. 오늘 그는 용감하게 퀸의 집까지 찾아갔다. 엘렌과 그 딸들은 이 일을 잊지 않을 것이다. 그리고 휘트니 자신도 결코 잊지 못할 것이다. 그는 옆자리에 놓인 선물에 흘끔 눈길을 던졌다. 그들이 선물을 오늘 바로 줬다는 게 기뻤다. 휘트니가 선물을 때 이르게 열어 보지 않으리라고 믿어 줬다는 뜻이니까.

여자들이란 이런 식이었다. 남자들을 이토록 신뢰해 주다니, 얼마나 사랑스러운가! 적어도 가끔은 그들의 신뢰가 배신당하지 않는 때도 있어야 한다고, 휘트니는 생각하고 있었다.

상변화[12]

누구지? 여기까지 나를 따라온 건가? 아니면 문 안에서 기다리고 있었던 건가? 줄리아 마털링은 자신을 지켜보는 남자의 시선을 느꼈다. 아직 그를 보지는 않았고, 맞대면을 하지도 않았다. 하지만 그녀 시야의 왼쪽 맨 끝에(아마도 벽 앞에?) 가만히 서 있는 남자가 그녀를 끌어당기는 힘이 중력처럼 확연히 느껴졌다. 줄리아는 경계심이 들었지만 불안하거나 두렵지는 않았다. 이런 공공장소에서 위험한 일이 생길 턱이 없었기 때문이다. 여긴 브룸 카운티 법원 지하의 카운티 서기 사무실이었고 더구나 한창 분주한 평일 오후였다. 그녀는 자신과 남편의 갱신된 여권을 수령하러 와서, 카운터 뒤의 여직원에게 수표를 주고

---

12   Phase Change. 물질의 상태가 외적 조건의 변화에 따라 고체, 액체, 기체 등으로 변하는 현상.

여권과 영수증을 받아다 핸드백에 넣고서 막 떠나려던 차였다. 줄리아는 짐짓 무심한 태도로 몸을 돌리면서 자신을 지켜보고 있었던 게 분명한 남자를 흘끔 곁눈질했다. 그런데 놀랍게도, 그는 제복 차림이었다! 그는 법원에서 교대 근무를 서는 부보안관들 중 한 명이었다. 그리고 찜찜할 만큼 노골적인 시선으로 그녀를 쳐다보고 있었다.

내가 저 남자를 아나? 그럴 리가 없는데. 저 남자가 나를 아나?

그는 가무잡잡한 피부의 30대 중반 남성으로, 움푹 꺼진 눈에서 조롱기가 배어났고, 축 늘어진 희끗한 갈색 머리에 비꼬는 듯한 입매를 하고 있었다. 시골 청년 같은 거친 매력이 엿보였지만 너무 다부지고 살집이 많은 체격이었다. 푸른 띠가 둘러진 탁한 청회색 제복은 그의 몸에 낙낙하게 맞았고, 왼쪽 허벅지 위로 불룩 비어져 나온, 반질거리는 검정 가죽 권총집과 리볼버 손잡이가 보였다. ── 언뜻 보인 듯했다. 그녀로서는 생판 처음 보는 사람이었고 그 남자도 줄리아 마틸링이나 그녀의 남편 노먼을 알 리가 없을 텐데도, 아는 사이라도 되는 양 무례하게 계속 쳐다보고 있었다.

뭐야. 그만둬. 난 당신을 모른다고.

둘의 시선이 마주치고 몇 초쯤 흘렀다. 당황해서 얼굴이 달아오른 줄리아는 퉁명스럽게 눈을 돌리고 재빨리 사무실 밖으로 걸어 나갔다. 어처구니없게도 그녀의 안에서 여성적 본능이 발동해, 자신이 남자의 흥미를 불러일으켰다는 데에 죄책감이 들었다. 이런 상황을 만드는 데 그녀가 일조했다는 무슨 합리적인 근거라도 있는 것처럼!

브룸 카운티 법원은 너무나 음산한 건물이었다! 줄리아는 얼른 이곳을 빠져나가고 싶었다. 하지만 1층으로 향하는 계단을 오르려니 망설여졌다. 차라리 엘리베이터를 탈까 싶었다. 내려올 때는 계단을 이용했지만 거긴 어두침침한 데다 너무 지저분해서 꺼림칙했다. (최근에 한 대학 친구에게서 들은 이야기에 따르면, 뉴욕시에서 CBS 방송사 간부 여성 한 명이 보통 안전하다고 여기는 건물의 계단실에서 강간당하고 심하게 구타당한 사건이 있었다고 했다. 끔찍해라!) 엘리베이터가 더 안전하겠어. 줄리아는 그렇게 생각하고, 위로 올라가는 버튼을 누르고 기다렸다.

나를 보고 있나? 따라오는 걸까? 설마.

그녀는 등 뒤를 곁눈으로 슬쩍 돌아보았지만 카운티 서기 사무실로 들어가는 늙은 흑인 여자 한 명과 젊은 남자 한 명만 보일 뿐이었다. 부보안관은 어디에도 보이지 않았다. 내 착각이었나 봐! 어처구니가 없네. 줄리아 마틸링은 젊은 여자가 아니었다. 서른일곱 살이나 되었다. 한창 예뻤던 시절, 뼈대가 가늘고 눈이 검은 소녀였을 적에도, 어딘가에 들어가거나 길거리를 걸을 때 사람들의 불가항력적인 시선을 한 몸에 받는 유형의 여자는 전혀 아니었다. 그런 주목은 바라지도 않았다. 남자들이 보내는 그런 추상적인 관심에 무슨 의미가 있나? 그게 좋은 일을 가져다주나, 아니면 위협을 끼치나?

엘리베이터가 미치도록 느렸다. 이 법원이 전체적으로 그렇듯 엘리베이터도 낡다 못해 골동품에 가까웠다. 줄리아는 올라가는 버튼을 다시금 누르고 초조감을 억누르려 애쓰면서 기다렸다. 빨리 나가고 싶어서 이렇게 조바심을 치다니, 겁에 질린 미련한 아이 같았다!

줄리아와 노먼 마털링 부부는 여기서 32킬로미터 떨어진 교외의 퀸스턴 마을에 살았다. 그리고 대부분의 퀸스턴 주민들과 마찬가지로, 카운티 행정 당국이 위치한 지저분한 공업 도시에는 업무상 불가피한 용건이 있지 않고서는 거의 발걸음 하지 않았다. 줄리아가 여기 온 건 몇 년만에 처음이었고, 노먼은 아마 한 번도 와 본 적 없을 듯했다. 그는 퀸스턴 대학의 고등 학문 연구 센터에서 과학 부문 석좌 연구원 직함을 달고 일했다. 노먼이 마지못해서라도 퀸스턴을 떠날 때는 세계 곳곳에서 열리는 과학 관련 학회에 참석하러 수천 킬로미터 너머로 여행 가는 경우밖에 없었다. 정말이지 일에만 파묻혀 사는 사람이었다! 덩치만 큰 아이처럼 정신을 온통 딴 데 팔고 지냈다! 심지어 저녁 식탁 앞에서도, 노먼은 그릇을 내려다보며 인상을 찌푸린 채 음식을 씹었는데 그 속도는 으레 점점 느려지곤 했다. 너무 바빠서, '일'을 하느라고. 줄리아는 그럴 때 간섭해서 좋을 게 없음을 일찌감치 터득했다.

그녀는 퀸스턴에서 개인 기부자가 조성한 미술관의 보조 큐레이터로 일하고 있었다. 하지만 집안일도 모두 도맡아 했고 자신과 노먼의 여권을 갱신하는 것과 같은 잡다한 일 처리도 그녀의 몫이었다. (노먼은 초기 우주에서의 상변화를 다루는 중요한 논문을 다음 달에 도쿄에서 발표할 예정이었다. 줄리아는 그를 따라가고 싶었다.) 부부 생활에서 현실적이고 가정적인 부분들을 그녀가 책임지는 건 상관없었다. 전혀 개의치 않았다. 그녀에게는 돌봐야 할 자식도 없고 딸린 식구도 없었으니까.(노먼을 빼면)

현실적인 것과 천상의 것 ── 평범한 것과 비범한 것 사이의 계약이라고 할까?

마침내 엘리베이터가 도착했다. 문이 열리자 줄리아는 반사적으로 안에 올라탔다.

그런데 뒤늦게, 등 뒤의 문이 닫히는 순간에야, 그녀는 엘리베이터 안에 승객이 한 명 더 있었음을 깨달았다. 아까 그 부보안관이었다.

줄리아는 너무 놀라서 겁을 낼 생각도 못하고 그를 쳐다보았다. 정말로 그 남자였다! 그런데 어떻게 그가 그녀를 지나쳐 다른 층에서 엘리베이터를 탔을 수가 있나? 그는 얼굴을 찡그린 채 그녀를 향해 히죽 웃으며 들쑥날쑥하고 누런 치아를 드러냈다. 그러더니 개처럼 거칠게 머리를 흔들어 눈가에 붙은, 기름진 머리카락 한 가닥을 털어 냈다. 줄리아는 중얼거렸다.

"당신 뭐야……? 누구야……?"

그 순간 그가 다가왔다. 그녀를 향해. 줄리아가 작게 소리를 지르며 핸드백으로 그를 밀어내자 부보안관은 그녀의 양쪽 어깨를 붙잡아 벽에다 밀어붙였다. 그리고 아파서 비명을 지르는 그녀에게 자기 몸을 음란하게, 으스러뜨릴 듯이 밀착시켰다.

"안 돼! 하지 마! 도와줘요!"

줄리아는 악을 썼지만 이내 그의 손이 입을 틀어막았다. 이렇게 가까이에서 보니 남자의 피부가 곰보처럼 흠이 많고 거칠었다. 축축한 눈에는 잔인한 비웃음이 어렸고 얼굴이 기름에 덮여서 번들거렸다. 줄리아는 크게 소리도 못 내고 조용히, 속으로 반항했다. 안 돼! 날 해치지 마! 당신 누구야! 엘리베이터가 술 취한 것처럼 덜컹거리며 1층을, 2층을, 3층을 지나는 동안, 폭행범은 낄낄 웃고 헐떡거리면서 줄리아의 베이지색 리넨 정장 치마를 엉덩이 위로 끌어올리고, 자기 바지의 지퍼를 대충 내리고는, 그녀가 다치건 말건 아랑곳없이 벽에다 그녀를 쿵 밀치고서 성기를 쑤셔 넣었다. 그녀의 다리 사이로, 그녀의 안으로. 아니, 리볼버의 총부리를 밀어 넣고 있는 걸까? 줄리아가 틀어 막힌 입 속에서 싫어! 싫다고! 하고 비명을 지르는 동안, 펄펄 끓는 물을 끼얹은 듯한 감각이 그녀의 샅에서부터 시작되어 온몸으로 빠르게 퍼져 나갔고, 그리고…….

공포에 질려, 숨을 헐떡이며, 줄리아는 퍼뜩 깨어났다. 그녀는 다리 사이에 얽힌 무언가를 떨쳐내려고 절박하게 버둥거리고 있었다. 이불? 가만, 여기가 침대인가?

어리벙벙해진 그녀는 옆으로 더듬더듬 손을 뻗어 같은 침대에 있을 사람을 찾았다. 거무스름한 형체, 움직이지 않는 따뜻하고 묵직한 몸뚱이. 잠든 남편의 몸이었다.

"다행이다! 오, 다행이야!"

줄리아는 혼잣말을 중얼거렸다. 무슨 이런 흉측한 꿈이 다 있나! 그토록 생생하고 실제 같다니! 그 수치심이라니!

하지만 노먼은 무사태평해 보였다. 그는 목구멍을 쌕쌕 울리는 질척하고 거친 숨소리를 내며 드러누워 자고 있었다. 줄리아의 고통은 전혀 모른 채.

새벽 네 시쯤 된 것 같았다. 줄리아는 땀에 푹 젖은 나이트가운 차림으로 침대 한편에 누워 덜덜 떨면서 자다 깨다 했다. 노먼이 덩치 큰 젖먹이 아기처럼 곤히 자고 있어서 다행스러웠다. 가끔 그는 밤새도록 일하고 낮에 선잠을 자기도 했지만 일단 밤잠을 잤다 하면 부러울 만큼 인사불성이 되어 깊이 잤다. 그가 평생을 바쳐 연구해 온 초기 우주의 입자들처럼, 그의 존재를 이루는 입자들이 분해되는 것만 같았다. 그이는 절대로 모를 거야.

동이 트면서 방 안이 밝아질 때쯤 되어 줄리아는 꿈의 내용 대부분을 잊어버렸다. 그리고 다음날 아침 욕실 거울에 얼굴을 비춰 봤다가 목에 든 깃털 모양의 멍을 발견했을 때, 그녀는 어쩌다 그런 멍이 생겼는지 전혀 짐작도 못했다. 꿈결에 몸부림을 치다가 불쑥 깨어났던 일 자체도 잊은 것이다.

그날 아침 노먼을 연구 센터로 보내고 나서 줄리아는 계획대로 차를 몰고 브룸 카운티 법원으로 향했다. 그런데 참 희한했다. 무척…… 섬뜩했다……. 주차를 하고 건물로 걸어가 계단을 오르기 시작하자 기묘한 두려움과 흥분이 몰려오는 것이었다. 이 낡은 법원의 안팎이 너무나 친숙했고, 공기 중의 냄새

까지도 친숙했다. 꼭 최근에 왔던 것처럼! ── 이곳을 방문하는
건 몇 년만에 처음인데도. 줄리아는 엘리베이터를 타고 지하로
내려가 카운티 서기 사무실로 서둘러 들어가서 아무 문제없이
자신과 노먼의 여권을 수령하고 요금을 지불했다. 그런데 수표
를 내려니 난처하게도 손이 눈에 띄게 떨렸다. 주위를 둘러보
았지만 이곳에는 낯선 사람들과 카운터 너머의 공무원들, 그
리고 문 옆에 대기 중인 부보안관뿐이었다. 줄리아 마털링에게
조금이라도 신경 쓰는 사람은 아무도 없었다.

　　그녀는 한창 꽃피는 나이는 지났어도 매력적인 여성이었
고 스스로도 그 사실을 알았지만, 그렇다고 두드러지게 매력적
인 건 아니었다. 그래도 노먼은 한때 그녀가 아름답다고 믿었
다. 그는 수줍고도 어눌하게, 줄리아가 어색한 웃음을 한 번 터
뜨리기만 해도 반박되어 버릴 대단찮은 진실을 말하듯이 그렇
게 고백했다. (줄리아는 웃지 않았다. 깊이 감동받은 그녀는 여자 경
험이 부족한 노먼의 눈으로 보면 자신이 정말로 아름다울 거라고 믿
고 싶었고, 그래서 아무 말도 하지 않았다.) 하지만 오늘 아침, 리
넨으로 된 맞춤 정장을 입고 적당한 높이의 굽이 달린 세련된
구두를 신고 귀에 진주 버튼 귀고리를 단 그녀는 낯선 사람들
의 주목을 받을 리도 없었거니와 그런 주목을 원하지도 않았
다. 그러니 형식적인 용무를 보러 브룸 카운티 법원 안을 돌아
다니고 있는 그녀가 아무의 관심도 끌지 않는 것은 당연한 일
일 터였다. 투명 인간이라도 된 것처럼.

　　노먼의 쿼크늘 중 하나처럼 말이야. 아니면…… 렙톤? 하드론?

글루온? 스쿼크[13]라고 해야 할까? 마법처럼 눈에 보이지 않게 진공 속을 지나가는 존재?

건물에서 교대 근무를 서는, 푸른 띠가 달린 말쑥한 회색 제복을 입은 부보안관 몇 명이 눈에 띄었다. 지금으로선 그들은 할 일이 별로 없어 보였다. 공판이 열리는 날에는 급작스러운 폭력 사태가 벌어질 위험도 대비해야겠지만. 그들 중 일부는 미술관 경비원들처럼 매우 따분해 보였다! 저렇게 억지로 무기력한 시간을 보내다 보면 뜬눈으로 꿈을 꾸기도 하지 않을까, 그녀는 한가로운 의문이 들었다. 그녀답지 않은 별난 생각이었다.

줄리아가 법원 정문으로 나가려 하자 부보안관들 중 한 명이 정중하게 문을 열어 주었다. 피부가 가무잡잡하고 축 늘어진 갈색 머리카락이 희끗하게 새어 가는 남자였다.

"이쪽으로 나가시면 됩니다, 선생님!"

그는 그녀를 제대로 보지도 않고 웅얼거렸다.

그래도 줄리아 마털링은 무척 기분이 좋았다. 아침 용무를 성공적으로 끝내고 일찍 퀸스턴으로 돌아가는 그녀에게는 평일 하루의 스케줄이 주는 위안이 기다리고 있었다. 저 앞에서 기다리고 있었다! 공포와 흥분의 감각은 벌써부터 희미해졌다.

내게 무슨 일이 일어나고 있는 거지, 무슨 변화가 닥쳐오는 거

---

13 squark. 쿼크 입자의 초대칭 입자.

지? 그리고 왜 하필 이때에?

법원에 들른 날은 화요일이었다. 사흘 뒤, 우주의 구조에 대한 심포지엄이 열리는 퀸스턴 고등 학문 연구 센터의 북적이는 원형 강의실 뒷좌석에 앉으면서 줄리아는 예의 그 섬뜩한 감각을 다시금 느꼈다. 너무나 격심해서 욕지기마저 치미는, 아이 같은 흥분과 열망이 스민 공포였다.

그녀는 미술관 근무를 마치고 부랴부랴 연구 센터로 온 참이었다. 4시 30분에 있을 심포지엄에 늦고 싶지 않았지만 시간을 맞추긴 불가능할 듯했고, 늦게 온 모습이 남들 눈에 띄지 않기를 바랄 뿐이었다. 노먼은 어차피 눈치 못 챌 것이다. 그런 사소한 문제들을 신경 써서 살피는 남자가 아니니까. 하지만 다른 사람들, 그의 동료 연구자들과 그 아내들은 알아볼 것이고, 안 좋게 생각할 것이다. 줄리아는 가쁜 숨을 몰아쉬며 재빨리 좌석에 앉고 마음을 추슬렀다. 왜 이렇게 심장이 빨리 뛰지? 이러다 기절하는 거 아닐까? 노먼 마털링과 결혼한 이래 14년 동안 그녀는 저명인사인 남편의 발표나 연설을 들으러 전문적인 자리에 참석해 왔다. 아내로서의 불안감을 오늘 이 자리에서 느낄 이유는 없지 않은가?

강의실 맨 앞의 단상 위에서 다섯 명의 남성 학자 패널들이 무언가 중대한 문제에 대해 토론하고 있었다. 그중에서도 숱 적은 은빛 금발 머리에, 두꺼운 렌즈가 끼워진 안경을 쓴 노먼 마털링은 눈에 잘 띄었다. 줄리아는 그들의 토론에 신경을 집중했다. '곡률 반경', '초대칭성', '상변화', '지평선 문제' 등의 용어가 나오고 있었다. 줄리아에게는 성가시도록 친숙한 용어들이었다. 남편이 숱하게 설명해 주지 않았던가? 노먼 마틸링은 현 인류가 혁명적인 시대에 살고 있으며, 시대의 흐름을 따라오지 못하는 사람이 있다면 비극까지는 아니어도 안타까운 일이 아닐 수 없다고 믿었다.

강의실 좌석마다 줄지어 앉은 남자와 여자 들 모두가 몸을 기울이고 열심히 토론을 듣는 모습을 보며 줄리아는 자부심을 느꼈다. 패널들은 최근 진행된 실험의 중요성에 대해 논하고 있었는데, 그 실험이란 놀랍게도 우주가 생긴 지 겨우 100억 분의 1초였을 때의 초기 우주를 재현한 것으로, 기계를 통해 프로톤 광선 두 줄기를 광속에 가깝게 가속화해서 정면으로 충돌시키고, 그로써 우주 소립자들간의 약한 상호 작용과 전자기력이 통합될 수 있는 수준까지 온도를 상승시키는 실험이었다.

"그러므로……. 여기서 우리가 세울 수 있는 가설은……."

노먼 마틸링이 떨리는 목소리로 말했다.

그런데 줄리아는 노먼의 옷차림을 보고 움찔했다. 몇 년 전에 그녀가 내다 버린 줄로만 알았던, 헐렁하고 닳아 해진 황록색 코듀로이 재킷을 입고 있었던 것이다. 게다가 그의 성긴 머리카락은 정전기가 일어난 듯 두피에서 쭈뼛 솟구쳐 있었다. 왜 머리에 뭐라도 바르고 나오지 않았을까! 노먼은 본격적으로 무언가를 논하는 대목에서는 의자에서 엉거주춤 일어나 황급히 칠판으로 건너가서, 알아보기 힘든 글씨로 긴 방정식을 휘갈겨 적으며 말을 더듬거리고 침을 튀겼다. 지금도 꼭 그랬다. 그는 뒷다리로 일어선 곰처럼 골똘한 눈빛으로 몸의 균형을 유지하려고 기를 쓰는 듯이 보였다. 그런데도 패널들은 너무나도 정중하게 그의 말을 경청하고 있었다! 방청객들도 숨죽여 집중하며 귀를 기울이고 있었다! 노먼이 펼치는 가설은 우주 초기의 상변화에 대한 것으로, 그 상변화는 빅뱅의 순간으로부터 너무나 간발의 격차를 두고 발생했기에 10^{35}초라는 수학적 표현으로만 이해할 수 있다고 했다. (그는 소수점을 찍은 다음 서른네 개의 0을 나열하고 1을 써서 이 수치를 나타내 보였다.) 그리고 그 전까지는 "쿼크들이 하드론으로 굳어 있었다."라고 했다.

줄리아는 초조한 미소를 지었다. 그녀는 이것을 알고 있었던가?

상변화는 한 상태에서 다른 상태로의 변화였다. 기체가 액체로, 액체가 고체로 변할 때처럼, 온전해 보이던 것이 무한한 파편으로 변할 때처럼. 상변화는 추론되지 않고 단지 경험되는 것이다. 상변화는 돌이킬 수 없는, 또는 돌이킬 수 있는 것이다.

노먼 마털링은 초대칭적 입자들이 우리가 관측한 세상의 거울상을 형성하므로 이로부터 우주의 그림자 전체를, 즉 우리가 살고 있는 우주의 거울상을 추론해 낼 수 있다고 이야기했다.

"그건 오로지 중력을 통해서만 우리 우주와 상호 작용하는 것이죠. 그러니……."

노먼이 흥분한 채 말을 잇는데, 패널들 중 캘리포니아 공과 대학 출신의 천체 물리학지가 무례하게 발을 가로채더니 칠판으로 걸어와서는 역시나 알아보기 힘든 필체로 또 다른 방정식을 적어 나갔다.

줄리아는 그들의 논쟁에 깊이 몰두하고 있었지만, 그 와중에 무언가 자신이 의식하지 못한 위기가 닥쳐오는 느낌에 심장이 쿵쾅거렸다. 화장실에 가고 싶어진 그녀는 조용히 자리를 빠져나왔다.

연구 센터에서 열리는 학회며 사교 행사에 숱하게 참석했으면서도 여자 화장실이 어디 있는지 찾느라 매번 애를 먹으니 답답한 노릇이었다. (이 수도원 같은 기관이 워낙 남성 중심적인 곳이라서 여성 전용 시설은 너무 적게 설치된 것일까?) 게다가 미로처럼 뒤얽힌 복도, 계단, 텅 빈 일본식 정원이 내다보이는 전면 유리창 등은 ── 정확히 무엇 때문에 우주의 급속한 팽창 현상을 연상시키는 것일까? 희미함은 멀리 있음을 뜻하지. 광기를 뜻하기도 하고.

하지만 줄리아는 이런 생각을 하지 않았다. 그녀는 손마디가 하얘지도록 핸드백을 힘껏 움켜쥐고서, 점점 힘을 잃어가는 방광에만 온 정신을 집중하고 있었다.

그러다 마침내 ── 살았다! 조리실에서 모퉁이 하나를 돌자 여자 화장실이 보였다.

화장실을 쓴 다음 세면대 앞에 서서 찬물로 세수를 했다. 옆 세면대에는 통통한 체격에 얼굴이 수수하게 생긴, 회색 머리를 땋아 올린 여자가 손을 박박 씻고 있었다. 줄리아는 얼굴을 문지르면서 짐짓 쾌활한 태도로 말을 붙였다.

"무슨 이야기인지 이해가 되면 참 좋을 텐데요, 안 그래요? 그들이 우주의 비밀을 알고 있는 건 확실하죠. 우리 우주가 아닌, '진짜' 우주 말예요. 사실 저도 고등학교 때 물리학과 미적분학에서 A를 받았고 나름 무식쟁이는 아닌데, 제가 뭘 배웠는지 기억나지가 않아요. 갈수록 심해지는 것 같아요. '쿼크'가 뭔지, '블랙홀'이 뭔지, '오메가'가 무슨 뜻인지 십수 번은 들었는데도 기억이 안 나요. 도통 모르겠다고요. 가끔은 그냥 다 사라져 버렸으면 좋겠어요! 그냥…… 없어졌으면!"

줄리아는 옆의 여자가 맞장구를 쳐 주길 기대하며 킥킥 웃었다. 하지만 여자는 그저 냉담한 눈으로 그녀를 쳐다보며 수건으로 손을 닦더니 나가 버렸다. 그제야 줄리아는 그녀가 누구인지 깨닫고 엄청나게 무안해졌다. 그녀는 저 위대한 베르너 하이젠베르크[14]의 친척이자, 팔로마산 천문대 소속의 명망 있는 천문학자인 엘사 하이젠베르크였던 것이다.

줄리아는 세면대 위의 거울에 비친 자신의 흐릿한 두 눈을 마주 보았다.

"바보 아니야? 그런 여자를 '너' 같은 여자로 착각하다니!"

심포지엄을 더 이상 놓치고 싶지는 않았다. 하지만 서둘러 돌아가려다가 그만 길을 잘못 들었는지, 좀처럼 강의실을 찾을 수가 없었다. 통풍이 되지 않는 덥고 답답한 복도를 헤매다가 모퉁이를 한 번 꺾으니 조리실의 뒤쪽 구역이 나왔다. 그곳

---

14 독일의 이론 물리학자로 불확정성 원리와 양자 역학을 연구했다.

에서는 흰 제복 차림의 젊은 흑인 남자 노동자 몇 명이 식탁 주위를 어슬렁거리며 담배를 피우고 있었다. (마리화나인가? 해시시? 들큼하고 톡 쏘는 냄새에 그녀는 콧구멍을 움츠렸다.) 흑인 남자들은 줄리아를 보자마자 눈이 휘둥그레지더니 자세가 눈에 띄게 뻣뻣해졌다. 줄리아는 조심스럽게 말을 붙였다.

"실례합니다만, 저…… 길을 잃은 것 같아서요. 원형 강의실로 가려면 어디로 가야 하지요?"

남자들은 그녀 같은 사람은 처음 본다는 듯 쳐다보기만 했다. 이제는 다들 차려 자세라도 취하듯 꼿꼿이 서 있었다. 그중에서 가장 젊은, 갈색 피부의 껑충한 남자 하나가 째지는 소리로 낄낄 웃으며 담배를 등 뒤로 숨겼다. 목덜미의 양털 같은 머리털을 바싹 깎아 다듬은 괴이쩍은 상고머리를 한 남자였다. 그리고 땅딸막한 체격에 목이 굵고 입술이 부어오른 것처럼 생긴, 넓고 험악한 얼굴에 보랏빛이 도는 검은 피부를 지닌 남자가 줄리아를 향해 은근한 미소를 던졌다.

저들이 나를 아나? 내가 저들을 아나?

나를 기다리고 있었던 건가? 이 시간과 공간과 우연의 교차 지점에서?

총 네 명의 흑인 남자였다. 눈부시도록 하얀 웨이터 제복을 입은. 흰 치아, 흰 웃음. 그 웃음들 사이로 반짝이는 금니들. 가장 젊은 남자의 왼쪽 귀에는 금귀고리 몇 개…… 이것이 어떠한 사회적 관례를 뜻하는 것이라면, 무슨 관례인가? 남자들이 서로 눈짓을 주고받으며 음흉하게 슬렁슬렁 걸어 나왔다.

그중에서 키가 최소한 2미터는 되어 보이는, 흑단처럼 새까만 피부의 남자 하나가 오른편으로 교묘하게 걸음을 내디뎌 줄리아가 도망칠 길을 막아 버렸다.

줄리아는 양손으로 핸드백을 꽉 붙잡고 최대한의 위엄을 끌어올려 몸을 곧게 세웠다. 무서워서 정신이 아뜩해질 지경이었지만 애써 침착하게, 합리적으로 말해 보았다.

"제가…… 길을 잘못 든 것 같네요. 좀 도와주시겠어요? 어느 길로 가야……."

그녀는 멈칫 말을 끊었다. 저 무뢰한들이 과연 '원형 강의실'이라는 단어의 뜻을 알까 싶었다.

"……로비가 나오나요? 건물 앞문 쪽이요."

남자들의 눈이 더더욱 커지더니, 유쾌한 웃음이 터져 나오면서 눈이 희번덕거렸다. 입술이 실룩거렸다.

"저는 우주의 구조를 논하는 심포지엄을 참관하고 있어요. 사실 제 남편이 참가자 중 한 명이라서요. 한 구절도 놓치고 싶지 않아요. 우주의 비밀이 밝혀지는 자리라고요! 하늘에 대한 인류의 개념이 완전히 뒤엎어지는 거죠! 그러니 저를 좀 도와주실 수 있다면……."

줄리아는 뒷걸음질을 치고 흑인 남자들은 그녀를 향해 다가왔다. 유연하고 탄력 있는 발놀림이 마치 거대하고 나긋나긋한 검은 고양이들, 포식자들 같았다.

더럭 공포에 휩싸인 줄리아는 몸을 돌려 도망치려 했다. 하지만 발목을 삐끗해 몸이 허물어졌고, 핸드백이 손에서 날아갔다. 바닥에 넘어지기 직전에 가장 젊은 흑인 남자가 그녀를 붙잡았다. 그의 손가락은 강철처럼 튼튼했고 그녀의 갈비뼈 전체를 감쌀 만큼 길었다.

"안 돼! 싫어! 날 놔줘요! 오, 제발!"

그녀는 애원했다.

"나는 편견이 없는 여자예요, 정말이에요! 물론 퀸스턴은…… 거기가 백인들끼리 뭉쳐 사는 동네이긴 하지만…… 나는 그 사람들…… 내 이웃들의 편견에 동감하지 않는다고요! 내 남편은…….."

젊은 흑인 남자는 낄낄거리면서 자기 친구들 중 한 명에게 줄리아를 떠밀었다. 줄리아를 붙잡은 남자는 한 손으로 그녀의 팔뚝을, 한 손으로는 그녀의 머리채를 움켜잡고 무자비하게 흔들었다. 줄리아는 비명을 지르려 숨을 들이켰지만 소리가 나오질 않았다. 그저 헐떡거리며 비굴하게 속삭일 뿐이었다.

"내 남편은……."

그런데 머리가 텅 빈 듯 기억나지 않았다. 남편의 이름도, 그녀 자신의 이름도.

그럼 나는 여기에 없는 거네. 안 그래? 아니면, 여기에 있다면…… 누가?

줄리아 마틸링은 폭행범들에게 맞서서 용감하게 몸부림쳤다. 하지만 저들에 비하면 수적으로 열세고 힘 차이는 하늘과 땅만큼 나는, 너무나도 왜소하고 겁에 질린 여자인 그녀가 저항해 봤자 아무 소용없다는 걸 알고 있었다. 비명이 입 밖으로 나오질 않아서 그녀는 마음속으로만 소리 없는 비명을 질렀다. 안 돼! 하지 마! 제발! 내가 누구인지 모르는 거야? 역겨운 입술이 그녀의 입술을 난폭하게 맞비볐고, 누군가가 옆머리를 한 대 후려갈겨서 귀가 울렸다. 그녀의 젖가슴을 더듬고 움켜쥐고 쥐어짜는 손이 느껴졌다. 물렁물렁한 흰 밀가루 반죽을 치대듯 그녀의 엉덩이를 주물럭거리는 손도. 커다란 키의 남자들이 그녀를 둘러싸고 쩌렁쩌렁 울리는 소리로 웃으며 원시적이고도 남성적인 땀 냄새를 풍겨 대고 있었다. 끔찍했다! 줄리아는 이리저리 밀쳐지며 이 남자 저 남자 사이를 오락가락했다. 이 상황이 무슨 게임이고 그녀는 살아 있는 농구공이나 럭비공이라도 된 듯이. 아무리 울고, 좌우로 팔을 휘젓고, 하지 마! 그만해요! 제발 놔주세요! 하고 애원해도 달라지는 건 없었다.

눈부시게 하얀 웨이터복을 입은 흑인 남자들은 줄리아 마틸링에게 자비를 베풀 생각이 없었다.

바로 같은 건물 안에서 그녀의 저명한 남편은 우주의 구조에 대해 논하고 그 기원과 끝에 대해 추론하고 있는데, 줄리아 마틸링은 김이 자욱한 조리실 안으로 끌려 들어가고 있었다. 강철 수갑 같은 손아귀가 그녀의 손목과 목덜미를 거머잡고서 시체 다루듯 그녀의 몸뚱이를 식탁 위로 던져 올리는 한편, 또 다른 검은 손들이 과일 컵이며 샐러드가 든 쟁반들을 주의 깊고 민첩하게 치웠다.(곧 심포지엄 방문객 200명을 위한 연회가 열릴 예정이었으니까.) 그러고는 그녀가 거의 발작적으로 도와줘요! 안 돼! 제발!이라고 울부짖는 동안 그녀의 남색 서지 정장 스커트를 걸어 올리고, 팬티를 끌어내리고, 그녀의 은밀한 곳들을 손가락으로 찔러댔다. 사방에서 흑인 남자들이 낄낄거리고, 신음을 내뱉고, 높고 새된 목소리로 "오오!", "으으음! 하얀 보지 맛!", "이야! 죽이는데!"라고 외쳐 대는 걸 들으며 줄리아는 멍하니 바닥을 내려다보며 눈을 깜빡였다. 코에서 피가 흘러내려 리놀륨 바닥에 떨어졌고, 입안의 이 느낌은, 이가 빠진 건가? 싫어! 싫어! 살려 줘! 오, 제발 구해 줘! 하지만 줄리아 마틸링을 구해 주는 이는 아무도 없었다. 벌거벗겨진 채 꿈틀거리는 그녀의 몸뚱이를 그들은 식탁 위에 단단히 고정했고, 그중 한 명은 그녀의 위에 올라타고 있었으며, 이윽고 뜨겁고 가차 없고 인정사정없는 드릴 같은 게 뚫고 들어오는 듯한 어마어마한 고통과 함께, 피가 몰려 부풀어 오른 거대한 검은색 성기가 그녀의 무방비한 엉덩이 사이를 파고들어 항문으로 침입했다. 이름도 기억나지 않는 남편은 물론이고 이제껏 그 어떤 남자도 침입한 적 없는 그녀의 여린 내부로…….

줄리아 마틸링은 비로소 숨을 들이켜 비명을 지르고 지르고 또 내질렀다.

그리고 또다시 깨어났다. 어둠속 침대 위에서, 땀 냄새를 풍기는 이불에 뒤엉킨 채.

그럼 나는 여기에 없는 거네. 안 그래? 아니면, 여기에 있다면…… 누가?

수치스러웠다. 형언할 수 없었다.

줄리아는 그 꿈이 혐오스러웠고 ─ 그렇게 생생할 수 있다니, 정말로 꿈이기는 했나? ─ 잊으려고 최선을 다했다. 그렇게 하루가 지나고 또 하루가 지나자 세부적인 내용들은 금세 흐릿해졌지만, 꿈이 일으킨 공포는 내내 그녀의 곁에 남아 있었다. 마치 우주의 다른 차원에서 꿈이 계속 존재하는 것처럼.

물론 노먼에게는 그녀의 불안감을 철저히 숨겼다. 그가 알면 당황하거나 속상해 할 터였다. 사람이 미치지 않으면서 광기를 품을 수도 있나? 줄리아는 광기가 사람을 통과해 지나갈 수도 있지 않을까 하는 생각이 들었다. 뉴런인지, 뉴트리노인지, 이름은 도통 외울 수가 없지만 아무튼 원자보다 작은 입자들이 고체를 뚫고 지나가 혼돈을 일으키면서도 사람들의 눈에 관측될 때는 표면에 작은 일렁임조차 보이지 않는 것처럼.

그이는 절대로 모를 거야. 그렇지?

줄리아는 꿈의 내용도 대략적인 줄거리도 잊었지만,(하필 연구 센터가 배경이었다는 것만은 기억했다. 악몽의 배경치고는 참 뜻밖의 장소였다.) 언젠가 자신이 어떤 남자에게 또는 남자들에게 치명적인 영향을 미쳤다는 것은 알았고 이 때문에 죄책감과 더불어 여성적인 수치심을 느꼈다.

남자가 그녀를 만지면, 사라졌다.

그녀는 빙그레 웃었다. 아니, 웃은 게 아니다. 그녀는 우려하고 있었다. 심란했다.

그럼 내가 '치명적인' 여자인 거가? 나도 모르게 그런 건가?

터무니없는 공상일 뿐이라는 것은 잘 알았다. 그러나 시간이 갈수록 그녀는 잠들기가 두려워졌다. 잠이 자신에게 미치는 힘이 두려웠다. 천만다행히도 노먼은 아무것도 눈치채지 못했다! 줄리아는 잘 알려지지 않은 병이나 장애가 있는 천재아 자식을 지키는 엄마처럼 그를 철통같이 보호하고 있었다. 그이는 절대로 모를 거야. 절대로 몰라야 해. 줄리아가 그를 맞이할 때나 출근길에 집을 나서는 그를 배웅할 때 키스를 하면, 그는 놀란 듯, 기쁜 듯 미소 지으며 정말로 아이처럼 그녀를 꼭 끌어안곤 했다. "나의 줄리아! 사랑해!"라고 웅얼거리면서.

또한 줄리아는 그 공포가 무엇이건 — 무엇인지 생각하지 않아야 할 뿐더러 — 퀸스턴 미술관에서의 업무와는 철저히 구분하고 있었다. 그녀는 프로페셔널한 여성이니까. 그렇지 않은가?

그런데 낭패스럽게도, 그녀는 어디에선가 느꼈던 그 기대감과 공포감을 미술관에서도 느끼기 시작했다. 그녀의 직장도 더 이상 안식처가 아닌 것이다. 무슨 일이 일어나고 있는 거지? 무슨 변화가 닥쳐오는 거지? 퀸스턴 대학 고등 학문 연구 센터에서 주최한 '우주의 구조 심포지엄'이 끝나고(심포지엄이 실제로 열리긴 열렸던 것이다.) 며칠 뒤의 어느 날 아침, 자기 책상 앞에 앉아 있던 줄리아는 맥박이 비정상적으로 빠르게 뛰는 것을 느꼈고 지극히 무해한 것들에도 자꾸만 깜짝 놀랐다. 전화벨 소리, 복도에서 들려오는 사람들의 말소리, 심지어 미술관 큐레이터가 사무실로 오라고 부르는 소리에도.(큐레이터는 중년의 남성으로 남들 앞에서 짐짓 활기 넘치게 행동하는 성격이었고, 미묘하지만 확실하게 게이인 티가 나는 사람이었다. 줄리아 마털링이든 그 어떤 여자에게든 성적인 관심이 있을 턱이 없었다.)

줄리아는 수도 없이 지나쳤던 미술관 경비원들을 지나치면서 기이한 현기증을 느꼈다. 평소처럼 그들에게 웃음 짓고 이름을 불러 인사하기는커녕 눈을 들어 그들을 볼 엄두조차 나지 않았다. 안 돼. 보지 말자. 모르는 편이 나아. 지난번에 악몽을 꾼 이후로(기억은 잘 나지 않았다. 연구 센터 조리실? 그런데 왜 하필 '조리실'이었을까? 그리고 폭행범이 한 명이 아니었던 것 같기도 했다.) 그녀가 원치 않는 기묘한 파괴력을 갖게 되었다는 생각이 뇌리에서 떠나질 않았다. 꿈속에서 그녀에게 접근한 남자들은 그녀를 감히 만진 순간 혹독한 벌을 받았기 때문이다. 그들은 붕괴되었다. 사라져 버렸다.

그래도 싼 놈들이었다. 짐승들.

그렇긴 해도 줄리아는 그런 상황을 원치 않았다. 그런 폭력이 일어나는 건 확실히 그녀가 원하는 바가 아니었다. 그녀는 복수심을 품는 성격의 여자가 아니었다. 히스테릭한 여자가 아니었다.

오늘 아침 큐레이터가 그녀에게 맡긴 일은 이 미술관에서 전시를 고려하고 있는 작품의 작가인 하와이 태생 조각가를 만나 보는 것이었다. 줄리아는 조각가 남자의 작품들이 담긴 슬라이드 사진들을 슬라이드 뷰어로 초조하게 넘겨 보면서 나름 친절하고 정중한 질문들을 던지며, 자신을 뻔히 쳐다보는 그의 시선을 예리하게 의식했다. 그는 눈살을 찌푸리며 의자 끄트머리에 걸터앉아 고개를 앞으로 쭉 빼고서 공격적이라고 볼 수밖에 없는 태도를 취하고 있었다. (아니면 내성적이라서 그런 건가? 어색해서? 사회적으로 취약한 계층 출신인가?) 줄리아는 조각가가 만든 "예술" 작품이라는 거대하고 흉측하고 외설적인 금속 덩어리를 들여다보면서 아무런 말도, 생각도 떠오르지 않아 눈을 껌뻑거렸다. 머릿속이 텅 빈 것 같았다. 증발해 버렸다. 가슴 속에서 공포가 일렁거렸다. 그녀가 팔을 움직이자 조각가는 거울 속의 그녀 자신이라도 된 것처럼 자기 팔을 따라 움직였다. 놀리는 건가? 그는 백인이었지만 이목구비는 동양인에 가까웠다. 피부가 그을린 듯 색깔이 짙었다. 눈꺼풀이 반쯤 감겨 있었다. 당신은 누구지? 내가 당신을 아나? 당신이 나를 아나?

줄리아는 조각가의 이력에 대해 물었다. 그는 짤막짤막한 대답만 툭툭 던지고는 그녀를 쳐다보며 침묵했다. 줄리아의 책상 위에는 황동 램프가 있었다. 작지만 묵직한 물건이었다. 점점 공포가 커져 가자 그녀는 램프와 자기 오른손 사이의 거리를 가늠해 보았다. 감히 나를 위협하기만 해 봐. 맥박이 어지럽게 뛰었고, 이쯤 되니 조각가 쪽에서도 그녀가 힘겨워하는 기색을 빤히 아는 듯했다. 그녀가 슬쩍 손을 움직여 윗입술에 맺힌 습기를 문질러 닦자, 조각가는 또다시 그녀를 놀리듯 흉내 내어 데님 재킷 소매로 이마를 훔치며 한숨을 쉬었다. 그때 두 사람의 눈이 마주쳤다.

안 돼. 더는 안 돼. 두 번 다시는.

조각가가 달려들려는 순간 ─ 그가 달려들려는 낌새를 줄리아가 감지한 순간 ─ 그녀는 벌떡 일어나 램프를 방어 수단 삼아서 채어 들고는 더듬더듬 말했다.

"감사했습니다! 이제 나가세요! 당신 말은 충분히 들었어요! 슬라이드 가져가시죠!"

조각가는 입을 떡 벌리고 그녀를 바라보았다. 그의 얼굴에 가득했던 조롱기와 남성적 오만함이 싹 빠져나가면서 가무스레한 피부색마저 창백해졌다. 줄리아는 내처 외쳤다.

"그냥 나가라고요! 당장! 어서! 위험해지기 전에!"

그러자 조각가는 재빨리 슬라이드들을 천 가방에 쓸어 담고는 밖으로 나갔다.

줄리아는 주위를 둘러보았다. 벽, 창문, 낯익은 방 안. 아무것도 변하지 않았다. 모든 게 방금 전 그대로였다. 그녀는 자신이 있는 곳에 남아 있었다. 정확히 자신이 있는 곳에. (덜덜 떨면서 책상 앞에 앉아, 묵직한 황동 램프를 가슴에 대고 있었다.)

그럼 나는 여기에 없는 거네. 안 그래? 아니면, 여기에 있다면…… 누가?

그녀는 흐느껴 울고 있었다. 수치심도 모두 잊고서 자신을 도와줄 사람에게 마음을 열어젖히고 있었다.

"선생님, 제가 미쳐 버릴까 봐 너무 무서워요! 이러다 신경 쇠약에, 광기에 다다를 것만 같아요!"

피츠제임스 박사는 그녀가 안타까우면서도 한편으로는 미심쩍은 듯 미소 지었다.

"'다다른다'고요, 줄리아?"

줄리아는 그를 쳐다보며 눈을 깜빡였다. 단어 선택이 잘못 되었나? 사람이 어딘가 시간이나 장소에 다다를 수는 있다. 또는, 이를테면 심연에 다다를 수도 있다. 하지만 신경 쇠약처럼 형체 없는 개념에도 '다다른다'고 할 수 있나? 그녀는 더듬거렸다.

"선생님, 자꾸 꿈을 꾼단 말예요! 정말로 흉측하고 징글맞고 음란한 꿈들이요! 그리고 이제는 그 꿈들이 제 현실 생활에까지 흘러넘치고 있어요. 그게 무엇보다도 무서워요."

그녀는 말을 끊고, 피츠제임스 박사의 사려 깊은 표정을 의식하면서 휴지로 눈물을 닦았다. 그는 퀸스턴에서 크게 존경받는 의사였다. 정신과 의사도, 정신 분석가도 아닌 내과 전문의였지만, 환자를 친절하게 대하고 유익한 정보를 알려 주고 최신 연구 동향에도 밝으며 상황 판단이 빠른 의사라는 평판이 있었다. 특히 여성들을 이해하는 데 특출한 재능이 있다는 모양이었다. 우연찮게도 피츠제임스 박사는 체격과 외모가 노먼 마틸링과 닮았지만, 태도는 그렇지 않았다. 노먼은 멍하니 정신이 딴 데 팔려 있는 반면 피츠제임스 박사는 상대방을 불안하게 할 정도로 기민했다. 그는 그녀가 말을 하는 순간 이미 무슨 말이 나올지 예상하는 것 같았다.

"그리고 그 꿈들은 제 꿈이라고 할 수도 없어요⋯⋯. 내가 아닌 다른 사람이 꾸는 꿈 같아요. 미친 여자가요."

"그렇군요, 줄리아! 하지만 어떻게 알죠?"

"어떻게…… 아냐고요?"

피츠제임스 박사는 양손을 모아 뭉툭한 손가락 끝을 맞대고서 끈기 있게 말을 이었다.

"사람들이 꿈을 꿀 때는 의식이 깨어 있는 상태가 아니죠. 그러니 그 무엇도 확실히 알 수 없어요. 심지어 의식이 깨어 있지 않다는 것까지도요."

그는 어린아이나 머리가 아주 둔한 사람을 상대하듯 웃으며 말했다.

"오래된 난제지요. 우리가 깨어 있을 때, 깨어 있는 상태임을 어떻게 알 수 있나? 증거가 어디 있나? 물질세계는 우리 눈에 진짜로 보이고……."

그는 손마디로 책상 위를 한 번 날렵하게 두들겼다. 신경이 활처럼 팽팽히 당겨져 있던 줄리아는 흠칫 놀랐다.

"……그리고 틀림없이 진짜이기는 하죠. 하지만…… 우리가 정말로 우리 생각처럼 그 물질 세계 안에 있을까요? 게다가, 우리라는 존재가 누구일까요?"

그는 극적 효과를 위해 말을 끊었다. 줄리아는 점차 무력감에 휩싸였다.

"그리고 우리가 잠에서 깨면, 줄리…… 실례했습니다. 줄리아…… 의식이 되돌아오면, 꿈꾸던 자아는 사라지고 복구할 수 없게 되어 버리죠. 그런데 하물며 그 다른 자아에 대해 우리가 어떻게 알 수 있겠어요? 그 자아가 불러일으킨 꿈에 내해서도?"

저 남자는 정말로 노먼 마털링과 비슷했다. 숱 적은 잿빛 머리칼도, 넓적하고 선이 굵은 얼굴형도, 잘 닦은 안경알 너머 연푸른색 눈도, 절대적이고 변함없으며 반박 불가능한 논리를 전하는 듯한 어조도. 하지만 피츠제임스 박사는 노먼 마털링보다 몇 살 더 젊었고 그의 커다란 몸은 뚱뚱하기보다는 근육질이었다. 게다가 그의 음성에는 줄리아의 마음을 편하게 해 주는 남성적인 투가 깔려 있었는데, 그래서 오히려 거북하기도 했다. 저 의사가 논리를 가지고 있다고 해서 진실도 가졌다고 할 순 없지 않은가?

줄리아는 눈을 문질러 닦고는 작지만 완강한 목소리로 말했다.

"선생님, 그게 무엇이든 간에, 알든 모르든 간에 저는 너무 힘들다니까요. 잠들기가 무섭다고요. 저는 지금 감기에 걸려서 열이 나요. 그리고 일하는 미술관에서 그, 오해가 좀 생겨서, 며칠 병가를 냈어요. 하루를 버텨 내려면 그렇게 할 수밖에 없었죠. 노먼이 이상한 낌새를 눈치채지 못하도록 집안을 유지하려면 말예요. 그이가 이 일을 알면 큰 충격을 받을 거예요. 저에게 완전히 의지하는 사람이니까."

사실을 입 밖으로 내고 나서야 줄리아는 그것이 사실임을 깨달았다. 어쩌면 아내로서의 그녀의 존재를 구성하는 가장 핵심적인 사실일지도 모른다. 피츠제임스 박사는 동의하는 듯 고개를 끄덕였다. 줄리아는 몸서리치며 말했다.

"그런데 제 꿈들은, 조금씩만 기억나는데도 너무나 흉측해요! 역겨워요! 추악하다고요!"

줄리아는 울었다. 웃었다. 얼굴을 가렸다.

그러나 피츠제임스 박사는 여전히 안타까우면서도 미심쩍은 투로 말하면서 책상에서 일어나 줄리아를 진찰실로 이끌었다.

"이봐요, 줄리아, 어떤 '사실들'은 그저 스쳐 지나가는 기분, 신경 세포들이 곤두서는 현상에 지나지 않아요. 여자분들은 이걸 이해하실 필요가 있어요. 완전히 덧없는 현상이라는 거죠. 당신의 꿈들도, 그 꿈들이 일으키는 혐오감도 '진짜'가 아닙니다. 그러니 중요하지 않아요."

줄리아가 들어선 진찰실은 환하게 밝혀져 있었고 병원 특유의 냉기가 돌았다. 그녀는 어렸을 때부터 신체 진찰을 무서워했다. 필요한 절차라는 걸 아는데도 무서웠다. 내가 착하게 굴면, 말을 잘 들으면, 도움을 받게 되는 건가? 사랑받는 건가? 그녀는 속삭였다.

"……중요하지 않다고요?"

피츠제임스 박사가 소리 내어 웃었다.

"'물리적 사실들'에 비할 바는 아니죠."

이 말에 반박할 수는 없었다. 줄리아는 떨리는 손으로 옷을 벗었다. 겉옷을 벗은 다음, 몸서리를 치면서 브래지어와 팬티도 벗었다. 피츠제임스 박사가 눈을 돌리고 있어서 고마울 따름이었다. 그녀는 진찰대 위에 있던 지나치게 큰 종이 원피스를 재빨리 걸쳐 입었다. 내가 착하게 굴면? 말을 잘 들으면? 의사에게 말한 대로 그녀는 미열이 있었고, 지난 며칠을 통틀어 잠을 몇 시간밖에 못 잤고 식욕도 없었다. 이 문제들의 원인이 되는 신체적 장애를 피츠제임스 박사가 밝혀 준다면 얼마나 좋을까! 그러면 약을 먹을 수 있을 테고, 약은 가장 효율적인 해결책이 되어 줄 텐데.

줄리아는 진찰대 위에 누워서 맨발을 지지대 위에 올리고 허벅지를 넓게 벌렸다. 피츠제임스 박사가 웅얼거렸다.

"위로 조금만 올라가세요, 준…… 아니, 줄리아!"

그의 뜨듯한 숨이 피부에 와 닿았다. 내가 착하게, 착하게, 착하게 굴면. 말을 잘 들으면. 기대감 때문에, 또는 흥분이나 두려움 때문에 몸이 떨려 왔지만 이건 전혀 혐오스러운 현상이 아니었다. 그녀의 음부 전체가 진찰실의 싸늘한 공기와 무자비하게 눈부신 조명과 피츠제임스 박사의 프로다운 정밀한 눈길에 노출되어 있지 않은가. (어째서 간호사는 한 명도 없을까? 하지만 아무도 없어서 차라리 다행스럽기도 했다.) 눈꺼풀이 파르르 떨렸다. 머리 위에 밝혀진 조명들과 그 너머 천장의 불빛들이 금방이라도 분해될 듯이 가물거렸다. 피츠제임스 박사는 무언가에 입이 가로막힌 듯한 소리로 웅얼웅얼 말했다.

"자, 환자분, 이제부터 약간 간지러울 거예요. 그냥 성인들을 위한 기본 검진입니다."

고무장갑을 낀 손이 줄리아의 음부, 아랫배, 배, 가슴을 누르고 주무르고 문질렀다. 줄리아는 숨을 짧게 들이쉬고 멈췄다.

"오! 오!" 격한 웃음인지 울음인지 모를 것이 터져 나왔다.

"오, 선생님!"

그는 워낙 철저한 의사였기에 같은 검사를 통째로 한 번 더 반복했다. 이번에는 더욱 힘 있게. 줄리아는 아랫입술을 깨물며 소리 질렀다.

"오! 선생님!"

"아주 좋아요, 아주 좋아요."

피츠제임스 박사가 말했다. 그는 땀을 흘리고 있었다. 줄리아의 위로 풍선처럼 떠오른 그의 얼굴이 기름기로 번들거렸다.

"자, 이제 편안히 있으세요. 자궁 안을 좀 보고, 자궁경부암 검사를 진행하겠습니다."

줄리아는 편안히 있으려 노력했지만 불쾌감과 고통이 닥쳐올 게 너무나 뻔했다. 근처의 테이블 위 쟁반에 놓인 반짝이는 의료 도구들을 보니 더럭 겁이 났다. 메스들, 스테이크 칼만큼 긴 메스, 아이스크림 푸는 국자처럼 생긴 섬뜩한 기구, 달걀 거품기처럼 생긴 기구, 그리고 그녀의 질을 확대하기 위한, 머리 부분이 팽창하게끔 되어 있는 기구도 있었다. 말을 잘 들어야 해. 말을 잘 들으면, 사랑받는 걸까? 구원받는 걸까? 그녀는 뻣뻣하게 굳은 채 진찰대 옆면을 두 손으로 움켜쥐었다. 지지대가 받쳐지지 않은 두 무릎이 심하게 떨렸다. 본능적으로 무릎을 오므리려 했지만 피츠제임스 박사가 부드러우면서도 단단한 손길로 잡아 벌리고 있었다.

"자, 환자분, 이건 조금 아플 겁니다. 아주 조금요."

그는 쟁반에서 아이스크림 국자 같은 기구를 골라내더니, 줄리아의 시야에서 사라져 벌려진 무릎 사이로 들어갔다.

줄리아는 숨을 참았다. 손가락이 탐침처럼 그녀의 소음순을 훑는 것이 느껴졌다. 아프지는 않았지만 순식간에 몸이 경직되었다. 피츠제임스 박사가 웅얼거리는 목소리로 그녀를 타일렀다.

"환자분, 힘 빼세요! 일단 하고 나면 훨씬 나을 겁니다."

그의 숨소리가 들렸다. 노먼이 코가 막혔을 때 내는 소리와 비슷했다. 그녀는 말을 잘 들으려 안간힘을 썼다. 만지지 마. 하지 말라고. 여기, 나는 누구지? 잠깐 뒤 싸늘한 금속이 닿는 느낌이 나더니, 그녀의 질 속에서, 산도(産道)에서, 평생 한 번도 느껴 본 적 없는 날카로운 격통이 치밀었다. 줄리아는 비명을 지르려 숨을 들이켰지만 비명이 나오지 않았다.

안 돼! 안 돼! 줄리아는 피츠제임스 박사를 밀어내려 했다. 하지만 그의 왼손이 엉덩이를 너무 꽉 잡고 있어서 움직일 수가 없었다. 줄리아가 몸부림치는 동안에도 그 잔인한 기구는 더욱 깊이 파고들었고 폭발적인 고통이 온몸에 퍼져 나갔다. 그녀는 자신이 뭘 하는지도 모른 채 손을 내뻗어 무언가 자신을 방어할 수단을 찾았다, 그리고 어느새 칼 만한 크기의 메스가, 그녀의 손가락에 착 감겨드는 치명적인 메스 한 자루가 손에 들어와 있었고, 지금이야! 지금이라고! 이건 지금 일어나고 있어! 그녀는 광란 상태에서 비명을 지르며 이름이 기억나지 않는, 경악한 표정의 남자를 향해 메스를 휘두르고 내꽂았다. 그

즉시 새빨간 피가 그의 흰 옷에 튀어, 얼굴에도 피가, 버둥거리는 두 손에도 피가, 절단된 목의 동맥에서 피가 솟구치면서, 난 경고했어. 지금이라고! 지금! 폭행범은 완전히 아연실색한 얼굴로 비틀비틀 뒷걸음질 치다 번쩍이는 기구들이 놓인 테이블에 몸을 부딪쳤고, 그리고⋯⋯.

그리고 사라졌다.

줄리아 마털링은 또다시 잠에서 깨어났다. 어리벙벙하고 겁에 질린 그녀가 있는 곳은⋯⋯ 어디인가?

오랜 세월 그녀의 침실이었던 곳의 침대 위에서, 공포의 악취를 풍기는 이불에 뒤엉켜 있었다. 살에서 욱신거리는 고통이 일었고 양쪽 가슴의 젖꼭지가 쓰라렸다. 어쩌다 이렇게 됐나?

밤이었다. 그녀는 혼자였다. 후들거리는 손으로 침대 옆 램프를 켜 보니(램프에 피 얼룩이 져 있나? 그렇진 않았다.) 오전 3시 20분이었다. 노먼은 자지 않고 집 안 어딘가에서 일하고 있는 모양이었다.

그럼 나는 여기에 없는 거네. 안 그래? 아니면, 여기에 있다면⋯⋯ 누가?

오늘은 그녀가 미술관에서 창피를 당하고 난 다음날 밤이었다. 하와이 출신 조각가가 줄리아 마털링을 "위협하는" 제스처를 취했던, 혹은 그런 적 없는데 그녀가 오해했던 사건 이후로⋯⋯ 병가를 내고 쉬는 게 좋겠다는 데에 모두가 동의했다.

줄리아는 덜덜 떨면서 침대에서 일어나(침대에 피 얼룩이

져 있나? 그렇진 않았다.) 옆의 욕실에서 그녀가 견딜 수 있을 만큼 뜨겁고 깨끗한, 김이 나는 물로 목욕을 했다. 무슨 흉측한 꿈을 꾸다 깼는지는 기억나지 않았지만 꿈 속 폭행범은 하얀 옷차림이었고 그녀가 아는 사람이었던 것 같았다. 그는 그녀를 심하게 해쳤고, 그런 다음 파괴되었다. 사라져 버렸다. 다른 폭행범들과 마찬가지로.

줄리아는 아픔으로 몸이 굳었지만 그 와중에도 미소가 나왔다. 어디로 갔을까?

그때 욕실 문이 안쪽으로 열려서 그녀는 흠칫 놀라 눈을 들었다. 문 밖에는 노먼이 서 있었다. 성긴 머리털이 곤두서 있었고 당황스럽고 못마땅한 표정이었다.

"줄리아, 뭐 하는 거야? 이 꼭두새벽에?"

그가 성가셔할 만도 했다. 노먼 마털링은 은하, 별, 아톰, 쿼크, 렙톤, 원시 우주의 수프 속에서 고립되어 한창 일하다가 드디어 잠자리에 들려고 왔는데, 아내가 없으니 어디서 뭐 하나 궁금했던 것이다.

그녀를 쳐다보는 그의 눈빛이 무척 묘했다. 벌거벗은 줄리아의 몸을 그가 보는 일은 거의 없었다. 아른아른 빛나는 창백한 몸, 섬세한 골격, 젖어서 반질거리는 젖가슴, 복부 밑에 거의 보이지 않을 만큼 짙은 빛깔로 자라난 음모. 그리고 줄리아가 그를 올려다보며 짓는 미소 역시 무척이나 묘했다. 조롱기 어린, 도발적이고 섹시한 미소였다. 그녀는 그를 향해 두 팔을 들어 올렸고, 그랬다, 그리고 무릎도 들어올렸다.

줄리아는 나지막하고 은근하게 말하는 자기 자신의 목소리를 들었다.

"내가 뭐 하고 있다고 생각해, 노먼?"

4부

불쌍한 비비

누군가가 껙껙거리며 목 졸리는 숨소리를 내는 걸 듣고 깊은 단잠에서 깨 본 적이 있나요? 그다지 기분 좋은 경험은 아니죠, 확실히!

며칠 전 밤에 남편과 나는 비비 때문에 잠에서 확 깨 버렸어요. 우리가 지하실에 내려가 보니, 그 불쌍한 것은 평소 좋아하던 구석 자리의 아늑하고 따뜻한 천 더미 위가 아니라 멀찍이 떨어진 어두컴컴한 구석에 있었고, 이미 너무 늦었다는 게 눈에 보이더군요. 비비는 죽어 가고 있었습니다.

불쌍한 것! 녀석은 몇 주째 앓던 참이었어요. 우리 집에 처음 왔을 때부터 비비는 호흡기 감염에 취약한 체질이었지요. 조상에게서 물려받은 무슨 유전적 결함 때문이라는데, 이럴 때 누구를 비난해 봤자 무슨 소용이겠어요?

비비, 그 녀석도 잘못했어요. 비비가 이상하게 행동하거나, 기침하거나, 숨을 쌕쌕 몰아쉬거나, 밥이 역겹다는 듯 그릇을 치워버리는 게 남편이나 내 눈에 띄면, 우리 둘 중 하나는 말을 꺼냈고 —— 비비 병원 데려가서 검사 받아야 하지 않을까? —— 다른 한 명은 대답했죠. —— 그래, 그래야겠어. 그러면 약삭빠른 비비는 우리 대화를 엿듣고 무슨 말인지 알아듣고는 그때부터 며칠 동안은 또 어떻게든 상태가 나아지더라고요. 게다가 비비가 싫어하는 일을 억지로 시키려고 들면 온 집안에 난리가 나기 때문에 우리도 자꾸만 병원행을 미루게 되었고요. 지난봄에 그런 소동이 났을 때 내 왼쪽 손등에 생긴 흉터가 아직까지도 남아 있는 걸요!

그리고 맹세컨대, 정말로 비비는 잘 버텨 내고 있는 걸로 보였어요.

물론 비비에게는 자칫하면 속기 십상이긴 해요. 처음부터 우리는 녀석의 그런 면 때문에 애를 먹기도 했지요.

신혼 시절은 이미 옛날이지만, 그때가 참 행복했다는 건 기억납니다. 신랑과 나는 앞으로 일평생 행복하게 살 거라는 가약을 맺었지요. 지금도 나는 우리가 그럴 수 있었을 거라고 믿어요. 그때 우리가 외로움에 마음이 약해지는 바람에 비비를 집에 데려오지만 않았더라면 말이에요. 그때까지 우리는 둘이었는데, 젊은 혈기에 우리 행복을 셋으로 넓힐 수 있다고 믿어 버렸던 거죠.

비비가 처음 우리 집에서 살기 시작한 게 몇 년 전이더라? 그때 녀석은 상상을 초월할 만큼 행복하고 활기차고 순결하고 명랑한 동물이었죠! 녀석이 부리는 기운찬 재롱에, 지칠 줄 모르는 활기에 모두가 혀를 내둘렀다니까요. 솔직히 부러워하는 사람도 많았고요. 귀염둥이 비비! 꺼지지 않는 생명의 경이로운 불꽃이 녀석의 안에서 춤추고 있었어요. 그 시절 녀석의 눈은 맑고 반짝거렸지요. 살짝 무지갯빛이 도는, 보는 각도에 따라 색조가 변하는 사랑스러운 호박색 눈이었어요. 앙증맞은 '단추' 코는 분홍색이었고 촉촉하고 차가웠고요. 녀석이 내 맨 다리에 코를 비빌 때마다 부르르 떨었을 정도로요! 귀는 쫑긋 섰고, 털은 빗질할 때마다 정전기로 바짝바짝 섰고, 조그맣고 날카로운 이빨은 새하얗게 빛났어요. 그 이빨을 보면 비비를 거칠게 놀릴 생각은 달아나 버렸지요, 아무렴요.

비비! 비비! 녀석이 미친 짐승처럼 잔디밭을 뛰어다니며 왕왕거리고 컹컹거리는 동안 우리는 손뼉을 치며 외치곤 했어요. (그때 우리가 얼마나 웃었는지 몰라요. 늘 유쾌한 상황만은 아니었을지도 모르지만!) 집 안에서는 우리가 하지 말라는 장난을 치고 놀곤 했지요. 계단 위로 기어 올라갔다가, 광을 낸 쪽매 세공 마룻바닥에 날카로운 발톱을 타닥타닥 부딪고 긁는 소리를 내면서 질주해 내려오는 것이었어요. 비비, 이 장난꾸러기가! 오, 귀여운 녀석 같으니라고!

우리는 녀석을 용서했어요. 현명한 웃어른들은 진지하게 훈육하라고 했지만 차마 그럴 용기는 안 나더군요. 녀석이 열오른 조그만 얼굴을 우리에게 들이밀면서 우리가 자기를, 오로지 자기만을 사랑하는지 알고 싶어서 날뛸 때면 정말이지 어쩔 줄을 몰랐거든요.

그리고 물론 그 시절에 우리는 녀석을 사랑했답니다.

그런데 언제부터인가 비비는 더 이상 어리지도, 건강하지도 않게 되었어요. 우리에게는 어느 날 갑자기 일어난 잔인한 변화로 느껴지더군요. 녀석은 더 이상 우리의 귀염둥이 장난꾸러기가 아니었던 겁니다.

비비가 우리를 물면 — 녀석의 이빨이 우리 살에 박혀서 피가 나면, 용서가 그리 쉽게 되지가 않더라고요.

게다가 녀석이 밥을 거부하거나, 꼴사나울 정도로 게걸스럽게 먹어 치우고는 집 안을 돌아다니며 찔끔찔끔 토해 놓는데, 그런 녀석을 점점 더 우리 눈앞에서 안 보이게 지하실로 내몰았던 게 비난 받을 일은 아니지 않나요?

(그렇다고 거기가 눅눅하고 퀴퀴하고 건강에 나쁜 지하실은 아니었어요. 보일러 근처의 아늑하고 따뜻한 구석 자리에다 비비의 침대인 천 더미를 놓아 주었죠. 사실 가장 편안한 데였어요. 정말 좋은 자리였죠.)

그래도 우리는 녀석을 방치하고 잊어버리진 않았어요. 방치할래도 할 수가 없었으니까요! 비비가 하도 낑낑거리고 찡찡거리고 지하실 문을 긁어 대며 난리를 피우는 데다, 역겨운 오물을 남겨 놓는 통에 우리 중 하나는(남편보다는 내가 더 자주) 아침마다 내려가서 치워 줘야 했거든요.

하지만 비비에게 오래 화를 품고 있기는 불가능했어요. 녀석이 드러누워서 어색하게 몸을 굴려 배를 내보이며, 같이 놀던 때의 기억을 되새기는 듯 우리를, 자기 주인들을 올려다볼 때면, 가장자리에 점액이 뒤덮인 눈에 말 못하는 동물의 슬픔이, 동물의 상처가, 동물의 공포가 드러날 때면 — 그걸 알아본 우리는, 그래요, 녀석을 사랑하지 않을 수 없었지요.

그 사랑이란 얼마나 가슴 아픈지요!

비비가 살 날이 얼마 남지 않았다는 건 점점 더 분명해져만 갔으니까요.

녀석이 고통받게 놔둘 순 없어. 우리 둘 중 하나가 그렇게 말을 꺼내면, 상대방은 맞장구를 쳤죠. 그럴 순 없지. 아무렴. 하느님도 무심하시지.

그리고 우리가 서로 부둥켜안고 우는 모습을 비비는 말없이, 공포스럽게 올려다보곤 했어요.

그러다 우리가 잠에서 화들짝 깨어난 그날 밤, 남편과 나는 마침내 결단을 내렸습니다. 해가 완전히 뜨기 전에 우리가 살금살금 지하실로 내려가니 어둡고 차가운 구석에 있던 비비가 깜짝 놀라더군요. 분명 심술이 나서 그런 자리에 있었던 것이겠지요. 우리는 재빨리 낡은 담요로 비비를 싸고 녀석이 몸부림치지 못하게 네 다리를 동여맸어요. 다행히도 녀석은 너무 허약해져서 거세게 저항하지는 못하더라고요.

우리는 비비를 데리고 차로 갔습니다. 나는 조수석에 앉아 녀석을 무릎 위에 올렸고, 남편은 운전대를 잡고 몇 킬로미터 거리에 있는 '가족 동물 병원 및 응급실'로 향했어요. 오며 가며 여러 번 지나친 곳인데 '24시간 응급 진료'를 뽐내는 간판이 달려 있기에 눈여겨봐 뒀거든요.

비비, 착한 비비, 우리 예쁜 비비……. 나는 중얼거렸어요. 다 괜찮아질 거야! 우리를 믿어! 하지만 비비는 킹킹거리고 끙끙거리고 으르렁거리며 침을 흘렸어요. 점액으로 뒤덮인 눈알이 눈구멍 안으로 돌아가는 모양이 퍽 보기 거북했지요.

가족 동물 병원 및 응급실에 도착해 보니 이른 시간인데도 (아침 7시도 안 된 시간이었어요.) 그 넓은 주차장이 거의 다 차 있기에 우리는 깜짝 놀랐답니다. 건물 안의 대기실은 가축 우리 같았고 너무 붐벼서 앉을 의자 하나 없지 뭐예요! 그래도 다행히 우리가 접수구에 이름을 적고 나니 대기실에 있던 다른 부부가 불려 들어간 덕분에 의자 두 개가 비긴 했어요.

동물 병원은 굉장히 분주하더군요! 공기는 또 얼마나 후끈하고 답답하던지, 숨이 막힐 것 같았어요. 비비가 낑낑대며 꿈틀거리기 시작했지만 말썽을 부릴 기운은 없었지요.

게다가 녀석은 빈속인 것 같더라고요. 천만다행이었죠. 안 그랬으면 겁에 질려서든, 심술이 나서든 우리한테 토하거나 더 심한 짓을 했을지도 모르니까요!

그래서 우리는 앉아서 기다렸어요. 비비의 귀 끝만 밖으로 내놓고 온몸을 담요로 감싼 건 내 선견지명이었죠. 그 불쌍한 것, 죽어 가는 것을 낯선 사람들이 호기심 어린 시선으로 보지 못하게 보호하기 위해서였어요. 미약하게 꿈틀거리는 생명을 데리고 있는 남편과 나를 쳐다보던 사람들이 얼마나 혐오스럽던지.

대기실에는 너무나 많은 남자와 여자 들이 —— 우리 같은 부부들이 저마다 병들어 안달복달하는 동물들을 데리고 있었습니다. 말도 못하게 시끄러웠죠! 멍멍거리고, 왈왈거리고, 낑낑거리고, 깽깽거리고, 우우 울부짖고 끙끙 신음하고, 딱해서 차마 듣기 힘들 지경이었어요. 공기 중에는 열기가 고동쳤고 거기에 온갖 냄새까지 더해졌고요! 밖에서 보기보다는 더 크고 넓은 대기실이었고, 쨍한 형광등 불빛 속에 줄지어 늘어선 좌석들은 거의 끝이 보이지 않을 정도였습니다.

남편이 속삭였어요. 내가 비비를 잠시 데리고 있을까? 나는 사양했습니다. 아니야, 됐어. 이 불쌍한 것은 이제 별로 무겁지도 않은걸. 남편은 눈을 문질러 닦고 말했습니다. 이 녀석 정말 용감하네, 안 그래? 나는 눈물이 터지기 일보 직전이어서 조심조심 대답했습니다. 우리 모두 무척 용감하게 버티고 있어.

마침내 우리 이름이 불렸습니다. 우리가 일어서자 비비가 마지막으로 미약하게 꿈틀거리기에, 나는 녀석을 단단히 붙들고 달랬어요. 다 괜찮을 거야, 비비. 금방 끝나! 우리를 믿어 줘! 그렇게 약속했지요.

진찰실로 들어가는 우리의 뒤를 낯선 사람들의 눈길이 따라왔지만, 나는 비비를 담요로 고이 감싸 안은 채 그들에게서 한결같이 지켜 주고 있었습니다. 딱한 것! 이렇게나 용감하다니!

피인지 배설물인지 모를 것으로 얼룩진 유니폼을 입은 젊은 여자 조수가 성큼성큼 걸어서 우리를 진찰실로 안내했습니다. 음침한 회색 콘크리트 벽과 바닥으로 된 진찰실은 창문도, 장식도 없이 높은 천장에 눈부신 형광등만 빛났고, 타는 듯한 소독약 냄새가 진동하는 곳이었어요. 젊은 여자는 기계적이라 할 만큼 효율적인 몸짓으로 비비, 이른바 "환자"를 방 한가운데의 금속 테이블 위에 올리라고 싹싹하게 지시했습니다. 우리는 시키는 대로 했죠. 그리고 담요를 걷어 내라고 하기에, 역시 그렇게 했습니다. 그 순간 의사가 엷게 휘파람을 불며 진찰실에 들어섰어요. 무례한 생각이지만 제가 보기엔 입술이 아니라 이 사이로 바람을 불어 내는 소리 같더군요. 그는 종이 타올로 손을 닦은 뒤 타올을 구겨서 이미 내용물이 넘치는 쓰레기통 쪽으로 대충 던져 버렸습니다. 젊은 의사였는데, 남편과 나를, 그리고 비비를 평가하는 눈길로 둘러보는 태도가 건방지기 짝이 없었어요.

이때쯤 남편과 나는 기진맥진했고 인내심의 한계를 느끼고 있었어요. 우리는 의사에게 설명했지요. 당신을 만나려고 몇 시간이나 기다렸다, 비비의 고통을 빠르고 편안하게 끝내 주고 싶은 마음에 부랴부랴 찾아왔는데 이게 뭐냐, 오히려 더 힘들어하고 있다.

비비는 싸늘한 금속 테이블 위에 누워서 덜덜 떨고 있었어요. 털 없는 배가 축 늘어져 다 드러나 보였고, 갈비뼈와 골반뼈가 볼썽사납게 튀어나와 있었고요. 나는 그 불쌍한 것이 그렇게나 여위었는 줄 그제야 실감하고 뜨끔 부끄러워졌습니다. 내 탓도 아닌데 말예요. 비비의 눈에는 말라붙은 점액이 덕지덕지 묻어 있었지만, 눈구멍 안에서 눈알이 초조하게 움직거리는 걸로 봐서 그 불쌍한 것이 자기에 대해 나오는 말을 전부 들었고 무슨 뜻인지도 다 아는 게 분명했어요.

남편과 나는 간청했습니다. 의사 선생님, 얘를 좀 보세요! 저희를 도와주시겠지요?

그런데 젊은 의사는 못 박힌 듯 서서 비비를 쳐다보고만 있었습니다. 그의 휘파람은 뚝 끊겼고요.

선생님……?

의사는 여전히 비비를 쳐다보며 서 있을 뿐이었어요. 그래요, 비비가 애처로워 보이는 건 사실이었지만, 의사라면 그보다 심한, 훨씬 지독한 경우도 많이 보지 않았겠어요? 왜 비비를 그렇게…… 믿을 수 없다는 듯이 쳐다보았을까요?

마침내 그가 남편과 나를 돌아보더니, 떨리는 목소리로 말했습니다. 지금 장난 치는 겁니까?

남편은 강단 있는 사람인데도 우리를 노려보는 의사의 서슬 앞에서 머뭇거렸습니다. 장난이라니요? 대체 무슨 말씀을 하시는 거죠, 선생님?

의사는 경악하고 역겨워하는 표정으로 우리를 주시하고 있었습니다. 대체 무슨 뜻이냔 말입니다, 이걸 데리고 저한테 온 저의가? 미친 거예요?

남편과 나는 완전히 당황했고, 더더욱 절박해졌습니다. 이

봐요, 선생님, 저희는 비비에게…… 이 불쌍한 것의 고통을 자비롭게 끝내 주고 싶다고요. 모르시겠어요? 끔찍하게 아파하고 있잖아요. 희망이라곤 없고…….

하지만 의사는 무례하게, 참, 나! 기가 막혀서! 하고 소리칠 뿐이었습니다.

선생님, 무슨 뜻이에요? 이 애를…… 잠들게 해 줄 수 없는 건가요?

그러는 동안에도 불쌍한 비비는 우리 앞의 테이블 위에 무력하게 누워 있었다고 말하자니 지금도 가슴이 미어지는군요. 숨을 헐떡이며, 부들부들 떨며, 퇴색한 입술에 침 거품을 물고 있었죠. 게다가 녀석의 눈이 더 이상 호박색이 아니라는 걸 깨닫고 나는 충격을 받았습니다. 황달이 든 듯 누리끼리한 색이었거든요. 한때는 깨끗한 분홍색이었던 귀 속도 누렇게 변했고 분비물이 껴 있었고요. 녀석이 이 상황을 다 지켜보고 있어야 하다니, 얼마나 잔인한 일이었는지요!

의사와 조수는 서로 속닥거리며 상의하고 있었습니다. 젊은 여자 조수도 질겁한 표정으로 비비를 쳐다보았죠. 자기가 뭘 판단할 권리라도 있는 것처럼.

남편은 더 이상 참지 못하고 끼어들었어요. 선생님! 대체 뭐가 문젭니까? 어차피 돈은 저희가 내잖아요. 다른 사람들한테는 늘 해 주는 간단한 절차일 텐데, 왜 우리한테는 안 되는 겁니까?

의사는 우리가 거기 있는 것을 한 시라도 참을 수가 없는 듯, 비비에게서도, 남편과 나에게서도 한사코 몸을 돌린 채 말했습니다. 안 됩니다. 도로 가져가…… 데려가세요. 여기서 나가시라고요. 당장. 저희는 당연히 그런 짓은 안 합니다.

분노한 남편은 끈질기게 재차 물었습니다. 다른 사람들한테는 해 주잖아요, 선생님. 왜 우리한테는 안 되냐니까요?

그러나 젊은 의사는 우리를 더 받아 주지 않기로 작정한 듯 그냥 진찰실 밖으로 나가 문을 닫아 버렸어요. 우리의 말들은 구린내 나는 수치스러운 가스처럼 공기 중에 맴돌았고요. 어떻게 그만한 권위를 가진 사람이, 자기한테 찾아와 도와달라고 애원하는 사람들을 이토록 잔인하게 내칠 수가 있죠? 그러고도 프로라고 할 수 있는 건가요?

남편과 나는 서로를 마주보고, 또 비비를 돌아보았습니다. 셋이 되느라 모든 순결을 잃어버린 우리 둘. 뭐가 잘못된 걸까요? 무언가 착오가 있었던 걸까요? 끔찍한 오해가 있었던 걸까요?

하지만 거기에는 그저 차가운 금속 테이블 위의 비비만이, 쨍한 형광등 불빛 아래 죽음 직전의 고통에 시달리며 우리를 지켜보고 우리의 말 한 마디 한 마디를 듣고 있을 뿐이었습니다.

의사의 조수는 비비의 더러운 담요를 무슨 오염 물질이라도 한 듯 우리에게 건네주고는 당당한 혐오감을 내비치며 말했습니다. 이쪽 문으로 나가면 주차장이에요. 가 주세요. 어서.

그래서(당신도 우리에게 가혹한 판단을 내릴 셈이겠죠, 알아요.) 우리는 직접 하는 수밖에 없었습니다. 우리는 해야 하는 일을 했습니다.

사회가 우리를 저버렸으니까요. 더 이상 무슨 선택의 여지가 있겠어요!

동물 병원에서 15미터 뒤의 깊은 배수로에 찝찔하고 고약한 냄새가 나는 물이 고여 있더군요. 물속에는 가느다란 세제 찌꺼기들이 마치 꿈의 파편들처럼 떠돌았고요. 비비에게서 고통을 덜어 주고자 결심한 남편과 나는 덜덜 떨면서, 억장이 무너지는데도, 눈을 깜빡여 눈물을 참으며 그 불쌍한 것을 배수로로 데려갔습니다.

상의할 필요도 없었어요. 전혀. 비비를 도로 집으로 데려갈 엄두는 안 났거든요. 그 온갖 과정을 다시 거칠 순 없는 노릇이잖아요!

우리도, 아직 늙지는 않았더라도, 나이가 들었으니까요. 젊음과 함께 희망과 활력을 잃어버린 건 우리도 마찬가지니까요.

우리도, 영원히 행복하게 살 거라는 약속을 받았으면서도 더는 견딜 수 없을 만큼의 고통에 시달렸으니까요.

그래도 우리의 소중한 비비의 결말이 이런 식이 될 거라고는 악몽에서조차 상상해 본 적 없었지요. 가슴이 찢어지는 일이었어요. 그래요. 그리고 육체적으로도 고되고 역겨운 일이었고요. 불쌍한 비비의 머리를 그 차갑고 악취 나는 물에다 밀어넣으려니! 녀석이 얼마나 맹렬하게, 사납게 맞서 싸우던지요!

그렇게 허약한 척하더니만! 우리의 소중한 비비가, 그토록 오랜 세월을 우리와 함께 살아온 녀석이 별안간 낯선 존재로, 적으로 ─ 짐승으로 돌변하지 뭐예요! 이후에 우리는 이렇게 생각할 수밖에 없었어요. 비비는 자신의 가장 깊고 은밀한 자아를 우리에게 숨겨 왔던 거라고. 우리는 한 번도 녀석을 진정으로 알았던 적이 없는 거라고요.

비비, 안 돼! 우리는 외쳤어요.

비비, 말 들어!

말썽꾸러기 녀석! 못된 놈! 말 들으라니까!

그 처참한 몸싸움이 끝나기까지 최소한 10분은 걸렸을 거예요. 나는 절대, 절대 잊지 못해요. 내가, 비비를 그렇게나 사랑했던 내가, 녀석을 고통에서 구해 주기 위해서 스스로 사형 집행인이 되어야 했다니요. 그리고 우리 불쌍한 남편은 또 어떻고요. 누구보다도 섬세하고 교양 있는 남자인 그이가, 비비가 너무나 오랫동안 죽지 않자 별안간 분노가 치밀어서 끙끙거리고 욕을 뇌까리면서, 이마에 흉한 힘줄까지 불거진 채로, 버둥거리고 꿈틀거리며 난리 치는 짐승을 배수로 물속에 처박고 있는 모습을 상상해 보세요. 어느 평일 아침, 교외의 들판에서 말예요. 상상해 보라고요!

우리는 우리가 하는 짓을 금세 잊어버리잖아요. 필사적으로 잊으려 하는 게 인간이니까.

그런데 당신들은요? 빌어먹을 당신네 위선자들은, 당신 옆에 있는 그 녀석을 어떻게 할 텐가요?

추수 감사절

아버지는 조용히 말했다.

"너희 엄마를 위해 우리가 장을 봐 와야겠다. 칠면조랑 이 것저것 사 와야지. 엄마 몸이 편찮으니."

나는 재깍 물었다.

"엄마가 어디가 안 좋으신데요?"

그 답은 사실 듣지 않아도 알 것 같았다. 아는 것 같았다. 이미 사흘째였으니까. 그래도 나는 이런 상황에서 여느 아버지 가 열세 살 난 딸에게 기대할 법한 질문을 했다.

내 목소리도 열세 살다웠다. 빈약한 음색에, 느릿느릿 길 게 끄는 회의적인 말투.

아버지는 내 말이 들리지 않는 눈치였다. 아버지는 바지춤 을 추어올리고 픽업 트럭의 열쇠가 달린 꾸러미를 요란하게 절 그럭거렸다. 열쇠의 감촉을 좋아하는 남자들은 으레 그랬다.

"그냥 가자고. 너희 엄마를 놀라게 해 주는 거지. 그러면 되는 거야."

아버지는 빙긋 웃으며 손가락을 접었다.

"추수 감사절은 목요일이니 내일 모레야. 너희 엄마가 일찍 준비할 수 있게 지금 장을 봐 와서 깜짝 놀라게 해 주자."

아버지의 자갈 빛깔 눈동자가 나를 제대로 보지 않고 애매하게 슥 훑고 지나갔다. 그 눈빛 앞에서 나는 이마에 여드름이 모래처럼 우둘투둘 돋고 팔꿈치며 무릎이 툭 불거진 긴 다리의 깡마른 여자애가 아니라 저 멀리 늘어선 작은 소나무들의 지평선이나 우리 집 아스팔트 외벽에 덧대어진, 비바람에 닳은 베이지색 가짜 벽돌인 것만 같았다. 아버지는 엄하고도 만족스럽게 고개를 끄덕였다.

"그래, 네 엄마는 이해할 거야."

아버지는 한숨을 쉬며 트럭 운전석에 올라탔고, 나는 조수석에 탔다. 아버지가 시동을 걸었을 때는 날이 막 어두워질 즈음이었다. 우리 집에서는 외출할 때 서둘러 출발해야 한다. 그러지 않으면 개들이 자기도 데려가 달라고 달려 나와 법석을 피우니까. 아니나 다를까, 트럭 문이 탕 닫히는 소리가 나자마자 폭시, 티키, 벅이 핏속에 섞인 사냥개 기질을 발휘해 컹컹거리고 낑낑거리면서 우리를 맹렬히 뒤따라왔다. 내가 가장 좋아하는 개는 폭시였다. 한 살도 채 안 됐지만 몸이 길쭉하고 갈비뼈가 불거져 보이는 녀석으로, 커다랗고 촉촉한 눈망울로 나를 바라보는 녀석을 두고 가야 할 때마다 가슴이 찢어지는 것 같왔다. 하지만 빌어먹을 개들을 데리고 학교에 갈 수는 없는 노릇이고, 가끔은 교회도 가야 했다. 특히 시내에 나갈 때 사람들이 웬 시골뜨기가 등 뒤에 개를 달고 나왔구나 하는 시선으로 나를 보며 미소 짓는 건 원치 않았다.

"들어가!"

내가 고함쳤지만 녀석들은 오히려 더 야단스럽게 짖어 대며 차 옆까지 따라붙었다. 그러는 동안에도 차는 땅에 깔린 자갈들을 튀기면서 진입로 밖으로 빠져나가고 있었다. 무지하게 시끄러웠다! 어머니에게 이 소리가 들리지 않았어야 할 텐데. 뒤에 남겨진 폭시를 보니 미안한 마음이 들어서 나는 아버지를 손가락으로 쿡 찌르며 물었다.

"그냥 데려가면 안 돼요? 트럭 뒤에 태우면 되잖아요."

아버지는 바보를 상대하는 투로 대꾸했다.

"우리는 지금 너희 엄마를 위해 식료품점에 가는 거야. 말도 안 되는 소리 마라."

도로로 나오자 아버지는 가속 페달을 더 세게 밟았다. 낡은 트럭의 흙받기가 덜커덕거렸다. 대시보드에서는 늘 그러듯 특유의 이상하고 높은 음색의 진동음이 났다. 도무지 잡을 수 없는 귀뚜라미 한 마리가 그 안에 들어 있는 것 같았다.

개들은 한참을 뒤따라왔다. 선두는 벅이었고 둘째는 폭시였다. 11월의 날씨는 얼어붙을 듯 추웠지만, 기다란 귀를 퍼덕이며 혀를 빼문 녀석들의 모습만 보면 날이 따뜻한 것처럼 보였다. 개들이 짖는 소리를 듣고 있으니 — 녀석들은 우리가 다시는 돌아오지 않을 것처럼 요란하고 초조하게 짖고 있었기에, 나는 이상한 감정에 휩싸였다. 웃고 싶기도 하고, 울고 싶기도 했다. 누군가가 나를 너무 세게 간지럽혀서 아파 오기 시작했는데 상대방은 그 차이를 눈치채지 못하고 계속 간지럽힐 때처럼.

하지만 이제 나는 누가 간지럼을 태울 만한 나이가 아니었다. 근 몇 년 간은 누가 나를 간지럽힌 적이 없는 것 같았다.

개들은 점점 뒤로 멀어지다가 마침내 백미러에 보이지 않게 되었다. 짖는 소리도 희미해졌다. 그래도 아버지는 차를 계속 세게 몰았다. 빌어먹을 도로가 바퀴 자국 때문에 너무 울퉁불퉁해서 이가 딱딱 부딪힐 만큼 차가 흔들렸다. 하지만 나는 아버지에게 속력을 늦추라거나 전조등을 켜 달라는 말을 할 만큼 어리석지는 않았다. (어차피 몇 분 뒤에는 아버지가 알아서 그렇게 할 터였다.) 아버지에게서는 담배와 맥주 냄새, 손에 진 심한 기름때를 벗겨 내기 위해 쓰는 철회색 비누의 독한 향기가 풍겼다. 그리고 또 다른 정체 모를 냄새도 섞여 있었다.

"너희 엄마는 좋은 여자야. 계속 저러고 있진 않을 거야."

아버지는 나와 입씨름이라도 하고 있었던 것처럼 말했다.

나는 이런 이야기를 좋아하지 않았다. 그만한 나이 때는 어른이 다른 어른에 대해 자기한테 이야기하는 게 듣기 싫은 법이다. 그래서 나는 나지막하고 초조한 소리로 뭐라고 웅얼거렸다. 어차피 아버지에게는 들리지도 않았지만. 아버지는 내게 귀를 기울이지 않았다.

시내까지는 18킬로미터 거리였다. 포장된 고속도로에 들어서자 아버지는 속도계의 바늘이 정확히 시속 95킬로미터에 이르도록 낮췄다. 그래도 시내까지는 한참 먼 것 같았다. 왜 이렇게 오래 걸릴까? 나는 재킷 없이 청바지와 격자무늬 모직 셔츠 차림에 부츠만 신고 나온 참이었다. 추워서 몸이 떨렸다. 서쪽의 언덕과 산 너머 하늘은 활활 불타고 있었다. 곧 차는 유빌 강을 건너는 길고 흔들거리는 다리에 접어들었다. 어렸을 때는 그 다리가 너무 무서워서 차가 땅에 이를 때까지 눈을 질끈 감곤 했지만, 이제는 그러지 않고 참았다. 그렇게 겁쟁이처럼 굴 나이는 아니었으니까.

그때 나는 이미 무슨 일이 벌어지리라는 것을 알고 있었던 것 같다. 시내에서든, 아니면 집에 돌아왔을 때든.

아버지는 허공 높이 걸린, 덜덜거리는 낡은 연철 다리의 한가운데를 따라 똑바로 차를 달렸다. 다행히도 반대편 차선으로 오는 차는 한 대도 없었다. 아버지가 혼잣말을 웅얼거리는 소리가 들렸다.

"……쿠폰? 서랍 안에 있나? 제기랄. 찾아보는 걸 깜빡했네."

나는 아무 말도 하지 않았다. 부모님이 내 앞에서 이런 식으로 혼잣말을 할 때면 화가 났다. 다른 사람이 있다는 걸 보지도 않고 코를 후비는 사람들 같았다.

(그리고 아버지가 하는 말이 무슨 뜻인지는 알고 있었다. 어머니는 부엌 서랍에 식료품 쿠폰들을 보관했고, A&P 슈퍼마켓에 갈 때면 반드시 그 쿠폰 묶음을 핸드백에 챙겼다. 그렇게 해서 몇 년 동안 수백

달러를 절약했다나! 내가 보기엔, 어른 여자들이란 신문 광고에서 쿠폰을 찾아 오려 내거나, 커다란 세제 상자라든지 개 사료 상자 속에서 12센트짜리 쿠폰을 찾아낸답시고 팔꿈치까지 상자 안에 집어넣고 더듬거리며 수선 피우기를 좋아하는 것 같았다. 생각하기 나름이겠지만.

추수 감사절 기간에는 식료품 쿠폰이 많이 나오긴 할 터였다. 칠면조 '특가 판매'를 비롯해 온갖 추가 혜택이 붙으리라. 하지만 올해 우리 집에는 시간을 들여 그런 할인을 챙기기는커녕 광고에서 쿠폰을 오려 내 철해 두는 사람도 없었다.)

시내로 가는 길은 주로 내리막이었다. 언제나 더 춥게 느껴지는 언덕 지대를 빠져나와 골짜기로 내려가게 되어 있다. 멀리 강 저편으로 유빌시가 짜부라진 듯 보였다. 강으로 가파르게 뻗은 골목들이 거의 수직으로 내리닫는 것만 같았다. 나는 점점 초조해졌다. 시내에 갈 때면 가끔 이랬다. 내 옷차림이나 외양 어딘가가, 얼굴이며 꼬불꼬불한 머리카락이 잘못된 것 같았다. 그런데 다리의 출구에 이르러, 내가 막을 새도 없이 아버지가 차를 잘못된 차선으로 트는 바람에 우리는 낯선 동네로 접어들었다. 인도에 높고 좁은 집들이 늘어서 있었다. 그중 일부는 창문들이 널빤지로 가려진 걸 보니 빈집인 듯했다. 길에는 차가 별로 없었고 다만 도로변 곳곳에 타이어가 빠진 낡고 녹슨 차들이 세워져 있었다. 그리고 공기 중에 연기 같은 게 자욱했고 매캐한 냄새가 났다. 타오르던 석양은 이제 서쪽 하늘 저 멀리 초승달처럼 가느다랗게만 남아 있었다. 밤이 너무 빨리 들이닥쳐서 나는 또 몸서리가 쳐졌다. 이윽고 차가 A&P 앞에 이르렀지만……. 어떻게 된 걸까? 여기서는 타는 냄새가 더욱 심하게 났고, 가게 정문이 시커멓게 그을린 데다, 건물 옆면을 쭉 둘러싼 전면 유리창들에 군데군데 합판이 대어져 있었다. 유리에 붙은 베이컨, 바나나, 칠면조, 크랜베리 믹스, 달걀, 고급 스테이크 특별 할인 광고 포스터들은 벗겨져 갔고, 지붕마저 주저앉은 듯 건물 자체가 전보다 작고 낮아 보였다. 하지만 안에 사람의 기척은 있었다. 아주 밝지는 않아도 불빛들이 가물가물 켜져 있었고, 장을 보는 손님들도 있었다.

아버지는 잇새로 휘파람을 불며 "음, 제기랄."이라고 중얼거리면서도 주차장에 차를 댔다.

"그래도 하자고. 하면 되는 거야."

차가 대여섯 대밖에 없는 주차장 풍경은 내가 기억하는 그곳과는 사뭇 달랐다. 아스팔트 틈새에 이런저런 잡초와 높다란 엉겅퀴가 자라서 흙바닥처럼 보였다. 주차장 너머에는 눈에 익은 건 아무것도 없었다. 다른 건물도, 집도 없고 그저 어둠뿐이었다. 나는 웅얼거렸다.

"들어가고 싶지 않아요. 무서워요."

하지만 아버지가 이미 차 문을 열었기에 나도 어쩔 수 없이 문을 열고 뛰어내렸다. 탄내가 너무 심해서 콧구멍이 움츠러들고 눈물이 고였다. 탄내 외에도 무언가 다른 냄새가 느껴졌다. 젖은 흙, 썩어 가는 물질, 쓰레기. 아버지는 벙긋 웃으며 엄하게 말했다.

"우린 예년처럼 추수 감사절을 지낼 거다. 뭐가 어찌 됐든."

자동문이 작동하지 않아서 '들어오는 문'을 손으로 여는
데에 힘이 좀 들었다. 안에 들어서자 선득하고 축축한 공기가
우리를 맞으면서, 청소할 때가 한참 지난 냉장고 안에서 날 법
한 냄새가 풍겨 왔다. 나는 치밀어 오르는 구역질을 참았다. 아
버지는 조심스럽게 코를 킁킁거렸다.

　"음, 제기랄!"

　아버지는 그 말이 무슨 농담인 양 또 중얼거렸다. 가게 안
쪽은 어두웠지만 정문과 가까운 구역에 불이 밝혀져 있었고,
대부분 여성인 손님들 몇몇이 그곳에서 카트를 밀고 다니고 있
었다. 계산대 여덟 개 중에서 두 개만 운영 중이었다. 계산대를
지키는 점원들은 낯익은 여자들이었지만 내 기억보다 더 나이
들어 보였다. 입술이 희었고 낯을 찡그리고 있었다.

　"가 보자!"

　아버지가 짐짓 활짝 웃으며, 한데 얽혀 있는 카트들 중에
서 하나를 빼냈다.

　"후딱 해치워서 신기록을 세워 보자고."

　카트의 바퀴들 중 하나가 구르다 말고 자꾸만 끼여서 멈췄
지만 아버지는 거칠게, 조급하게 카트를 밀어붙여 조명이 가장
밝게 켜진 구역으로 향했다. 우연찮게도 그곳은 어머니가 늘
가장 먼저 들르는 신선 식품 코너였다. 그런데 몰라보게 달라
졌다! 식품 비치용 통과 판매대의 대부분이 비었고 일부는 부
서졌으며, 통로의 한편에 쌓인, 썩어 가는 찌꺼기와 합판 상자
더미 때문에 길이 반쯤 막혀 있었다. 바닥에는 물웅덩이가 고

였고 파리들이 비칠비칠 날아다녔다. 더러워진 흰색 유니폼을 입고 명절 특가 판매!라는 빨간 글씨가 박힌 중절모를 맵시 좋게 눌러쓴 붉은 얼굴의 남자가 합판 상자 안에 든 상추들을 꺼내서 통에 옮겨 담고 있었다. 그런데 너무 대충 던져서 몇 개는 발치의 지저분한 바닥에 굴러 떨어졌다.

아버지는 우리의 절름발이 카트를 그 남자에게 밀고 가서 도대체 무슨 일이 있었던 거냐, 불이라도 났었냐고 물었다. 그러자 남자는 아버지를 보지도 않고 재빨리 성난 미소를 지으며 고개를 저었다.

"아닙니다, 손님! 평소처럼 영업하고 있잖아요!"

퇴짜를 맞은 아버지는 카트를 밀고 그 자리를 떴다. 아버지의 얼굴이 벌겋게 달아올랐다.

남자들이 무엇보다도 싫어하는 건 자기 자식 앞에서 다른 남자에게 무례를 당하는 일이다.

아버지는 추수 감사절에 어머니가 몇 인분의 요리를 준비할 것 같으냐고 물었다. 나는 아버지와 같이 손님 수를 헤아려보았다. 여덟 명이었나? 열한 명? 열다섯 명? 내가 기억하기로는, 올해에는 큰이모가 식구들(남편과 다섯 자식)을 데리고 온다고 들었던 것 같았다. 그런데 아버지가 아니라고, 큰이모댁은 초대하지 않았다고 했다. 그러고는 매년 오는 라이언 숙부가 올해에도 당연히 올 거라고 했다. 하지만 나는 그럴 리가 없다고, 라이언 숙부는 돌아가셨는데 기억 안 나시냐고 물었다.

아버지는 눈을 껌뻑거리더니 수염이 까슬히 자란 턱을 손으로 훑고는, 더더욱 뻘개진 얼굴로 껄껄 웃었다.

"맙소사. 내가 깜빡했나 보구나."

우리는 다시금 손가락을 접어 가며 수를 헤아렸다. 하지만 도무지 판단이 서질 않았다. 아버지는 그러면 그 사람들이 모두 올 경우를 대비해 최대한 넉넉히 장을 봐 가자고 했다. 준비가 틀어지면 엄마가 아주 속상해할 거라고.

어머니가 장을 볼 때는 연필로 말끔히 적어 둔 목록을 꼭 가져왔다. 잘 보이게끔 손에 들고서, 나를 가게 곳곳으로 보내 물건들을 가져오라고 하고는 내가 통로를 이리저리 돌아다니는 동안 어머니는 천천히 뒤따라오면서 다른 물건들을 고르고 가격을 살폈다. 가격이 매주 바뀌니 꼭 확인해야 한다고 했다. 어떤 상품들은 할인 품목이 되어서 지난주보다 싸진 반면 더 비싸진 상품들도 있었다. 하지만 할인하는 것들은 반드시 상했거나, 썩었거나, 그렇게 되기 일보 직전인 상태이기 마련이었다. 그런데 갑자기 아버지가 아무 경고도 없이 내 팔을 덥석 잡았다.

"장 볼 목록 가져왔어?"

내가 안 가져왔다고 하자 아버지는 어린애처럼 나를 떠밀었다.

"왜 안 가져왔어!"

가물거리는 불빛을 받은 아버지의 얼굴은 기름졌고 얼룩덜룩했다. 추운데도 땀을 흘리고 있는 것 같았다. 나는 밉살스럽게 말했다.

"목록은 못 봤는데요. 목록이 있는지 알아야 가져오든지 말든지 하죠."

어쨌든 상추는 필요했다. 어머니가 샐러드를 만들 수도 있으니까. 그리고 매시트포테이토를 만들 감자와, 구워서 곁들일 마 몇 뿌리와, 소스에 넣을 크랜베리, 파이에 넣을 호박, 애플소스에 넣을 사과, 그리고 당근, 리마콩, 셀러리…… 하지만 상추들은 아무리 싱싱한 걸 고른다고 골라도 누렇고 시들시들했고 벌레 먹은 듯 보였다.

"카트에 넣어. 다음 코너로 가 보게."

아버지가 옷소매로 입을 닦으며 말했다.

"너희 엄마한테는 우리가 할 만큼 했다고 말하마."

나는 아버지가 시키는 대로 물에 젖어 미끌미끌한 바닥과 물웅덩이들 위를 이리저리 뛰어다니며, 검게 변한 감자들 틈에서 그나마 괜찮은 감자 열두 개를 골라내고, 너무 무르거나 냄새가 나지 않는 호박 한 통과 쭈글쭈글하지도 벌레 먹지도 않은 사과들을 챙겼다.

진한 오렌지색 립스틱을 바른 통통한 얼굴의 여자가 마지막 하나 남은 멀쩡한 호박에 떨리는 손을 가져가고 있었지만, 나는 그녀의 팔 밑으로 재빨리 손을 뻗어 호박을 낚아챘다. 여자는 입을 벌리고 나를 돌아보았다. 혹시 나를 아는 사람인가? 어머니를 알까? 나는 그녀의 시선을 모른 척하고 호박을 우리카트로 가져갔다.

신선 식품 코너 뒤쪽은 막혀 있었다. 바닥 일부분이 내려앉았기 때문이었다. 어쩔 수 없이 우리는 온 길로 돌아갔다. 아버지는 갈수록 바퀴가 말을 안 듣는 카트에 대고 욕을 했다. 어머니가 또 뭘 샀더라? 식초, 밀가루, 식용유, 설탕, 소금? 칠면조 속에 넣을 빵? 나는 눈을 질끈 감고서 우리 집 부엌을, 청소한 지 오래된 냉장고 안과 어둠 속에서 개미들이 돌아다니는 찬장 선반들을 머릿속에 그렸다. 거의 비어 있었던 것 같았다. 어머니가 마지막으로 장을 본 지 오래됐으니까. 하지만 A&P 슈퍼마켓의 불빛들이 자꾸 흔들려서 신경이 분산되었다. 게다가 근처에서 물이 똑똑 떨어지는 소리가 났고, 아버지도 큰 소리로 내게 말하고 있었다.

"……이쪽 통로는? 뭐 없어? 필요한 게…….."

아버지가 숨을 짧게 헐떡이며 입김을 내뿜었다. 아버지는 통로 한편을 가로막은, 무너져 내린 깡통과 포장 상품 더미 너머의 어슴푸레한 구역을 향해 곁눈질하고 있었다. 나는 아버지에게 말했다.

"난 하고 싶지 않아요."

"엄마가 너한테 의지하고 있잖니, 얘야."

그 말을 듣자 내 입에서 화에 북받쳐 울먹이는 흉한 목소리가 튀어나왔다.

"엄마는 아빠한테 의지하고 있는 거죠."

하지만 아버지에게 떠밀려 나는 젖은 바닥을 미끄러지듯 걸어 나갔다. 그곳의 물웅덩이는 손가락 두세 마디 정도의 깊이였다. 이제는 나도 숨이 차서 입김이 나왔다. 나는 선반에서 필요한 만한 것들을 재빨리 찾아 꺼냈다. 신선한 사과를 사 가지 못하니 어머니는 차라리 애플소스 통조림을 쓰고 싶어 할 것이다. 그래, 그리고 아마 옥수수 크림 수프와 시금치 통조림도? 비트? 파인애플? 깍지콩? 그러고 보니 거의 텅 빈 선반 위에 부풀어 오른 채 엄청난 악취를 풍기는 참치 캔도 몇 개 있었다. 저것도 좀 가져가면 다음 주에 필요하지 않을까? 그리고 캠벨사의 돼지고기와 콩 통조림도 커다란 걸로 한 통. 그건 아버지가 좋아하는 거니까.

"서둘러! 뭐 하는 거야! 이러다 밤새겠다!"

아버지가 통로 반대편 끝에서 손나팔을 하고 나를 불렀다. 나는 통조림들을 최대한 그러모아 가슴에 안았지만, 몇 개가 떨어져 버렸기에 몸을 굽혀서 냄새 나는 물에서 그것들을 주웠다.

"미치겠다, 이 녀석아! 서두르라고 했잖아!"

아버지의 목소리에서 내가 한 번도 들어 본 적 없는 두려움이 묻어났다. 나는 부르르 떨며 아버지에게 뛰어가서 카트에 통조림들을 떨어트렸다. 그리고 우리는 다음 통로로 이동했다.

다음 통로는 어둑했고 일부 구역은 느슨하게 매달린 노끈으로 차단되어 있었다⋯⋯. 바닥에 다 큰 말 한 마리가 들어갈 만한 구멍이 뻥 뚫려 있었다. 천장도 일부분이 무너져서 지붕 내부와 들보가 훤히 들여다보였고, 들보에서 불그레한 녹물이 총알처럼 묵직하게 떨어져 내렸다. 이 코너에는 세척제, 설거지 세제, 화장실 청소 세제, 살충제 스프레이, 개미 덫 등이 있었다. 초록색 바람막이를 입은 여자가 바닥에 뚫린 구멍 가장자리에 서서 차단된 구역 쪽으로 손을 내뻗으며 상자에 든 무언가를 집으려 했지만, 끝내 손이 닿지 않아서 포기했다. 나는 아버지가 나를 그쪽에 보내지는 않기를 바랐다. 하지만 아니나 다를까, 아버지가 그 방향을 가리키며 단호하게 말했다.

"너희 엄마는 설거지와 빨래에 쓸 세제가 필요할 거야. 가 봐……."

선택의 여지가 없었다. 나는 최대한 구멍 가장자리를 따라 한 발씩 한 발씩, 내 몸을 더욱 날씬하게 만들려 애쓰면서, 숨 도 제대로 못 쉬고 옆 걸음질로 둘러 갔다. 천장에서 새는 녹물 이 내 머리에, 얼굴과 손에 떨어졌다.

'내려다보면 안 돼. 보지 마.'

나는 몸을 한껏 내밀고 세제가 든 상자를 향해 팔과 손가 락을 쭉 뻗었다. 보통형, 절약형, 대형, 특대형, 초특대형이 있 었다. 그중에서 내게 가장 가까우면서 가장 덜 무거운 절약형 을 골랐다. 그래도 무겁지 않은 건 아니었지만.

설거지 세제도 간신히 한 상자 집어 가지고 아버지에게로 돌아왔다. 아버지는 카트에 기대 서서 열린 재킷 앞자락 안에 손을 집어넣고 가슴을 누르고 있었다. 그런데 내가 세제를 카 트에 어설프게 떨어트려서 포장이 터지는 바람에 톡 쏘는 냄새 가 나는 고운 은색 가루가 상추 위에 쏟아져 버렸다. 아버지가 욕을 내뱉더니 내 옆머리를 철썩 때렸다. 얼마나 세게 때렸는 지 귀가 뎅뎅 울려서 고막이 터진 건가 싶었다. 눈물이 솟구쳤 지만 우느니 차라리 죽어 버리겠다고 생각했다. 나는 셔츠 소 매로 얼굴을 닦고는 중얼거렸다.

"엄마는 이딴 것들 전혀 원하지 않아요. 엄마가 뭘 원하는지는 아빠도 알 텐데요."

아버지가 또 나를 때렸다. 이번에는 입이었다. 몸이 기우뚱거렸고 입에서 피 맛이 났다. 아버지는 머리끝까지 화가 나서 말했다.

"이 계집애가."

아버지가 절름발이 카트를 확 떠밀었다. 이제 카트는 바퀴 하나가 아예 먹통이 돼서 세 바퀴로만 구르고 있었다. 나는 얼굴을 닦고 아빠를 따라가면서 생각했다. 어차피 나한테 무슨 선택의 여지가 있나. 어쩌면 어머니가 정말로 내게 의지하는지도 모르는 일이었다. 어머니가 누군가에게 의지하기나 한다면 말이지만.

다음 코너는 밀가루, 설탕, 소금이었다. 그 다음에는 빵류가 있었다. 그곳 선반들은 거의 다 비었고 바닥에 푹 젖은 식빵 몇 장만 뒹굴고 있었다. 아버지가 체념조로 끙 신음을 흘렸다. 우리는 식빵을 주워 카트에 넣었다.

이제는 유제품 코너였다. 상한 우유와 산패된 버터에서 나는 시큼한 냄새가 코를 찔렀다. 아버지는 발밑에 고인 우유를 내려다보며 입을 어물거렸지만 아무 말도 하지 못했다. 나는 코를 쥐고 앞으로 나아가서 상하지 않은 것들, 적어도 그나마 덜 상한 것들을 찾아 모았다. 엄마는 우유가 필요할 것이다. 그래, 그리고 크림도, 버터와 라드도. 그리고 달걀도. 우리 집에는 이제 닭을 키우지 않았다. 지난겨울 조류 독감으로 닭들이다 죽어 버렸다. 그러니 달걀이 필요하긴 한데, 달걀 열두 개짜리 팩 중에서 온전한 것을 하나도 찾을 수가 없었다. 나는 쪼그려 앉아서 입김을 조금씩 내뿜으며 달걀을 살피면서 괜찮은 것들을, 그나마 괜찮아 보이기라도 하는 것들을 골라내 한 팩에 합쳤다. 적어도 열두 개는 맞추고 싶었기에 고르는 데 시간이 걸렸다. 그동안 아버지는 몇 미터 너머에 서서 기다리면서 지나치게 초조해하며 혼잣말을 중얼거리고 있었다. 하지만 정확히 뭐라고 말하는지는 들리지 않았다.

아버지가 기도하고 있는 게 아니기를 바랐다. 기도 소리가 들렸다면 욕지기가 났을 것이다. 아버지는 물론이고 어머니도 ─ 대부분의 어머니들이 ─ 신에게 도와달라고 소리 내어 기도하곤 하지만, 나만한 나이 때는 어른들이 기도하는 소리를 듣고 싶지 않은 법이다. 그런 기도가 나올 때는 아무도 나를 도와주지 않을 거라는 뜻이니까.

유제품 코너 옆의 냉동식품 코너는 거인의 발에 짓밟혀 으스러진 것처럼 보였다. 냉동고들의 내부가 다 노출되었고 비비꼬인 채 암모니아 같은 악취를 풍기고 있었다. 다소 뚱뚱한 체구의 젊은 주부가 뺨에 눈물을 흘리면서 어린아이 셋을 이끌고 다니며 냉동식품들과 아이스크림들 더미를 뒤지고 있었다. 아이들은 안절부절못하며 시끄럽게 울어 댔다. 아이스크림 통들은 대부분 녹아서 쭈그러들었고, 식사용 조리 식품들도 녹았을 게 분명했다. 그럼에도 젊은 주부는 몸을 구부린 채 식품들을 이리저리 흩뜨리고 골라내면서 소리 없이 울고 있었다. 나도 한번 찾아볼까 싶었다. 우리 식구들은 모두 아이스크림을 좋아했고, 집 냉장고의 냉동실은 텅 비어 있었으니까. 그런데 아이스크림 통들 밑에 고여 있는 액화된 아이스크림 웅덩이의 둘레에 뭔가 기름처럼 시커먼 것이 일렁거리며 들끓는 게 보였다. 내가 더 가까이 다가가서 라즈베리 아이스크림 통을 발로 밀어내자, 그 밑에서 반뜩거리는 바퀴벌레들이 후닥닥 움직였다. 젊은 주부는 숨을 헐떡거리며 초콜릿칩 아이스크림 통을 낚아채더니 역겨워하는 신음을 내뱉으며 바퀴벌레들을 떨어냈다. 그러면서도 기어이 아이스크림 통을 자기 카트의 다른 물건들 사이에 집어넣고는, 나를 보고 비죽 웃었다. 무력한 분노에 찬 '어쩔 수 없잖니?'라고 말하는 미소였다. 나는 끈끈한 손을 청바지에 문질러 닦으며 그녀에게 마주 미소 지었다. 하지만 아이스크림을 가져가고 싶진 않았다.

"얼른 와!"

아버지가 낮은 소리로 조급하게 윽박질렀다. 아버지는 화장실에 가고 싶은 사람처럼 두 발에 체중을 옮겨 실으며 몸을 기우뚱거리고 있었다.

나는 골라낸 유제품들을 최대한 모아 가지고 돌아가서 카트에 넣었다. 이제야 비로소 카트에 물건이 차오르고 있었다.

다음은 정육 코너였다. 추수 감사절을 제대로 쇠려면 여기서 칠면조를 사야 했다. 하지만 이 코너도 냉동식품 코너와 마찬가지로 심하게 파손된 상태였다. 진열대들이 무너져서 바닥에 뒤틀린 쇳조각이며 깨진 유리 파편과 함께 상한 고깃덩이들이 널브러져 있었다. 닭 사체, 뱀처럼 똬리를 튼 소시지, 그리고 흰 지방질이 그물처럼 박힌, 피가 스며 나오는 스테이크 고기가 보였다. 여기에서도 엄청난 악취가 풍겼다. 바퀴벌레들도 이리저리 돌아다녔다. 그래도 그나마 남아 있는 진열대 너머에는 흰 유니폼을 입은 직원이 서서, 당근 색깔 머리카락에 눈썹이 없는 여자 손님에게 피투성이 고기 꾸러미를 건네주고 있었다. 그 여자는 어머니의 고등학교 동창이었는데 이름이 뭐였는지는 기억나지 않았다. 그녀는 우스꽝스럽게도 직원에게 고맙다는 인사를 연발하고 떠났다. 다음 차례인 아버지가 진열대 앞으로 다가서서 큰 목소리로 칠면조를 주문하자, 직원은 별 한심한 질문을 다 듣겠다는 듯 히죽 웃기만 했다. 아버지는 더 큰 소리로 말했다.

"아저씨, 적당히 큰 걸로 한 마리 줘요. 적어도 9킬로그램은 되어야 하오. 내 아내가……."

직원은 늘 정육 코너를 담당하던 낯익은 사람이었지만 인상이 예전과 달라졌다. 뺨이 움푹 꺼졌고, 턱뼈 일부가 부서졌고, 한쪽만 남은 눈이 조롱기를 띠고 반짝거려서 키 큰 유령처럼 보였다. 유니폼은 온통 피로 얼룩져서 지저분했고, 먼젓번의 직원과 마찬가지로 명절 특가 판매!라는 빨간 글씨가 박힌 중절모를 멋들어지게 쓰고 있었다.

"칠면조는 다 나갔어요."

직원이 고소하다는 표정으로 얄밉게 말했다.

"냉동고 저 안에 남아 있는 것만 빼고요."

그가 부서진 진열대 너머 벽 쪽을 가리켰다. 거기에는 굴 같은 구멍이 뻥 뚫려 있었다.

"원하시면 저기로 기어 들어가서 꺼내 오셔도 됩니다, 손님."

아버지는 구멍을 쳐다보며 입을 어물거렸지만 아무 말도 하지 못했다. 나는 손가락으로 코를 쥐어 막고 웅크려 앉아 구멍 안쪽을 들여다보았다. 그 안에는 어둑하고 물이 뚝뚝 흘러내렸고, 번들거리는 바닥에 뭔지 모를 덩어리들이(고깃덩이? 동물 사체?) 흩어져 있었다. 그리고 무언가가, 또는 누군가가 움직이고 있었다.

아버지의 얼굴이 시체처럼 하얗게 질렸고 눈이 퀭하게 꺼졌다. 아버지나 나나 아무 말도 하지 않았지만, 구멍이 너무 작아서 아버지가 들어갈래도 못 들어간다는 건 뻔했다. 내 몸으로 들어가기에도 빠듯해 보였다. 나는 숨을 한 번 들이쉬고 말했다.

"좋아요. 빌어먹을 칠면조, 제가 가져오죠."

그러면서 내가 얼마나 겁에 질렸는지 아버지에게 보이지 않으려고 어린애처럼 얼굴을 구겼다.

이런저런 잔해와 유리 조각들을 넘어가서 구멍 앞 바닥에 엎드리고 ── 으! 얼마나 더럽고 냄새 나던지! ── 굴 속으로 고개를 들이밀었다. 심장이 너무 두근거려서 숨이 잘 쉬어지지 않았다. 이러다 어머니처럼 기절할까 봐 무서웠다. 하지만 나는 기절할 만한 여자애가 아니라는 걸, 강하다는 걸 스스로 알고 있었다.

굴을 지나가니 더 큰 동굴 같은 곳이 나왔다. 동굴 맨 안쪽은 어둠에 묻혀서 얼마나 깊은지 가늠할 수 없었다. 하지만 천장은 내 머리 위로 몇 센티미터 높이밖에 되지 않았다. 발밑에는 피에 엉긴 오물, 동물의 머리, 벗겨진 가죽, 내장 등이 뒹굴었지만, 그중에는 소 옆구리, 도살된 돼지의 토막들, 베이컨 조각들, 그리고 점점이 피가 묻은 칠면조 사체들도 있었다. 칠면조들은 대가리가 뽑혀 있어서 목 연골과 놀랍도록 새하얀 뼈가 불거져 보였다. 나는 토할 것 같았지만 간신히 속을 달랬다. 여기에는 나 말고 다른 손님도 있었다. 내 어머니 나이대의, 철회색 머리카락을 틀어 올리고 모피 칼라가 달린 질 좋은 코트를 입은 여자였다. 바닥의 지저분한 것들에 코트 끝자락이 쓸리고 있었지만 눈치채지 못하는 것 같았다. 그녀는 칠면조 한 마리를 살펴보다가 버리고, 또 한 마리를 살펴보다가 버리더니, 마침내 커다랗고 묵직해 보이는 것을 골라 잡고는 엄숙한 승리감을 띤 표정으로 칠면조를 질질 끌고서 구멍 밖으로 나갔다. 그렇게 동굴 안에 혼자 남은 나는 몸이 덜덜 떨리고 속이 울렁거렸지만 한편으로는 흥분되었다. 남은 칠면조 사체는 서너 마리밖에 보이지 않았다. 나는 발목까지 올라오는 핏덩이 오물들 사이에 쪼그려 앉아 칠면조들을 집어서 냄새를 맡아 보며 고민했다. 다 상한 걸까? 먹을 수 있을 만큼 신선한 게 있을까? 내가 기억하는 한 평생, 부엌에서 엄마 일을 돕다가 개수대에 있는 칠면조나 닭 시체를 보고 속이 메스꺼워지지 않은 적이 없었다. 머리 없는 앙상한 목, 여드름이 난 듯 우둘투둘하고 창백한, 헐거워 보이는 살가죽, 비늘로 뒤덮인 발과 발톱. 그리고 그 냄새, 모를래야 모를 수가 없는 그 냄새.

내장을 도려낸 새의 몸속에 향신료를 듬뿍 채워 넣는다. 그 구멍을 꿰매서 여민 다음, 녹인 지방을 끼얹어서 굽는다. 그러면 죽은 동물의 척척한 몸뚱이가 맛있는 고기로 변한다. 역겨움은 식욕으로 변한다.

어떻게 그럴 수 있느냐고 묻는다면, 그럴 수 있기 때문이라고 대답하겠다.

그럴 수 있다.

동굴 안의 냄새가 너무 지독해서 어느 칠면조가 더 신선한지 판단할 수가 없었다. 그래서 그냥 가장 큰 것, 적어도 9킬로그램은 나갈 법한 것으로 골랐다. 나는 숨을 헐떡이다 못해 반쯤 흐느끼는 소리를 뱉으며 칠면조를 질질 끌고 출구로 걸어간 다음, 그걸 구멍 밖으로 먼저 밀어내고 뒤따라 기어 나갔다. 아까는 침침해 보이던 가게 안의 조명이 이제 밝아 보였다. 아버지는 가까운 데에서 카트 위에 몸을 구부리고 서서 나를 기다리고 있었다. 아버지가 입을 떡 벌린 채 입꼬리를 실룩거리며 웃었다. 무언가에 굉장히 놀란 듯했다. 칠면조의 크기 때문인지, 아니면 눈앞의 사실 자체 때문인지 ── 내가 바로 이 일을 해내고, 아버지를 향해 눈을 깜빡이며 씩 웃으면서, 더러운 손을 청바지에 문질러 닦으며 몸을 곧게 세우고 있다는 사실 때문인지, 아버지는 아무 말도 못하고 있더니 천천히 나를 도와서 칠면조를 들어 올려 카트에 넣었다. 그러고는 조그맣게 중얼거렸다.

"음, 제기랄."

가게가 더 어두워졌다. 계산대에 한 명만 남은 직원이 우리 물건들을 계산해 주었다. 바깥은 캄캄했고, 달도 없는 하늘에서 싸락눈이 떨어지고 있었다. 올해 첫눈이었다. 아버지는 무거운 비닐 봉투들을, 나는 가벼운 봉투들을 들고 트럭으로 날라 가서 짐칸에 싣고 방수포를 끌어 덮었다. 아버지의 호흡이 거칠었고 얼굴이 여전히 비정상적으로 창백했기에, 아버지가 몸이 별로 좋지 않아서 집까지 운전하면 안 될 것 같다고 말했을 때 나는 별로 놀라지 않았다. 어른이 그런 말을 하는 걸 듣기는 처음이긴 했지만 그래도 어쩐지 놀랍지 않았다. 아버지에게서 차 열쇠를 넘겨받고 보니 손 안에 잡히는 열쇠의 감촉이 마음에 들었다.

우리는 트럭에 올라탔다. 아버지는 조수석에 앉아 주먹으로 가슴을 눌렀고, 나는 운전석에 앉아 운전대를 잡았다. 키가 작아서 운전대 위와 보닛 위가 겨우 보였다. 차를 몰아 본 적은 한 번도 없었지만, 부모님이 운전하는 걸 오랜 세월 봐 왔으니 어떻게 하는지는 알 수 있었다.

보이지 않는

지독하게 캄캄한, 달이 없으면 더더욱 캄캄한 이 시골의 밤에 전기가 나갔다.

정전되는 소리에 잠에서 깼던 것 같다. 잠들어 있었는데 어느 순간 깨 버렸다. 나지막이 우르릉 하고 무언가가 붕괴되는 것 같은 소리가 들려오더니, 이윽고 거센 빗방울이 지붕을 강타했다. 내 머리 위를 에워싼 천장과 지붕은 낮았고 지붕널들은 썩어 가고 있었다. 게다가 빗줄기가 비스듬한 방향으로 창문에 불어닥쳐서, 나는 겁에 질려 일어나 앉은 채 비가 집 안으로 들어올 틈새를 찾아 쉭쉭거리는 소리를 들었다.

그이에게는 말하지 않았다. 깨우지도 않았다.

저 늙은 바보는 내처 자라지, 다들 실컷 자라고 해. 코를 골고 쿵쿵거리고 목을 그르렁거리면서. 저 늙은이에게 뭘 기대할 수 있겠는가?

나는 겁 많은 여자가 아니다. 오랜 인생 경험을 쌓은, 강하고 현실적인 여자다. 예전 집에서도 내가 살림을 도맡았고, 이곳에서의 은퇴 생활도 내가 도맡고 있다. (정확하게는 그이의 은퇴였다. 내 은퇴는 어떻게 된 건가?) 그러니 내가 폭풍을 무서워하는 건 현실적인 문제 때문이지 다른 이유 때문이 아니다. 한 가족 안에서 적어도 한 명은 상식적으로 집안을 돌봐야 하니까. 비가 저렇게 창문을 타고 흘러내린다는 건 아예 벽 전체를 뒤덮으며 쏟아지고 있다는 뜻이었고, 그렇다면 처마의 홈통을 청소해 놓지 않았으니 물이 넘치고 있다는 뜻이었고, 이 집의 낡은 주춧돌에까지 물이 흘러내려서 지하실로 떨어지고 있다는 뜻이었다. 오 맙소사. 내가 무서워하는 건 바로 이것이었다. 폭풍 자체가 아니라. 그이에게 홈통을 청소해 달라고 누누이 이르긴 했지만, 그가 그걸 신경 써서 처리해 줬을 리가 없었다.

이 춥고 바람 많은 곳에도 드디어 4월이 찾아왔으니, 조만간 내가 직접 헛간에서 이동식 알루미늄 계단을 꺼내 와 처마에 쌓인 썩은 낙엽들과 이런저런 찌꺼기를 걷어 내서 그에게 무안을 줘야 할 터였다. 어휴, 이놈의 늙은이. 하지만 나도 여태까지 잊고 지냈고, 그래서 이제는 너무 늦어 버렸다. 빗줄기가 쉭쉭거리며 집 안에 들어올 틈새를 찾고 있는 지금은.

그래서 침대 옆의 램프 스위치를 눌렀는데, 그때야 전기가 끊어졌다는 사실을 깨달은 것이다. 방 안이 너무 캄캄해서 내 얼굴 바로 앞에 손을 들이대도 보이지 않기에, 램프를 찾아 손을 더듬다가 등갓을 잘못 쳐서 하마터면 넘어뜨릴 뻔하고 신음을 흘린 끝에야 스위치를 눌렀는데, 전기가 들어오지 않아서 말짱 헛수고가 되어 버렸다. (그이가 내 신음을 들었을까? 코를 드르렁거리고 쿵쿵거리고, 목구멍에서 톱니바퀴가 돌아가는 것처럼 드 득거리는 가래 끓는 소리를 내고 있는 저 사람이? 어림도 없지!) 겨울에도 몇 번 정전된 적이 있었다. 그중 한 번은 정전이 열여덟 시간이나 계속돼서 전기 회사에 항의 전화를 걸기도 했다. 그런데 여자 담당자가 능글맞은 목소리로, 저희는 할 수 있는 모든 조치를 취하고 있습니다. 전력은 최대한 빠른 시간 내에 복구될 겁니다라고 둘러대길래, 결국 나는 전화기에 대고 소리를 지르고 말았다. 거짓말! 댁들은 다 거짓말쟁이야! 우리는 전기료를 내고 있고 더 나은 서비스를 원한다고! 그러자 침묵이 흘렀고, 나는 그녀가 이제야 나를 좀 존중하며 대응해 주려나 생각했지만, 웬걸, 여자는 또 능글맞은 목소리로 — 그녀가 빨간 립스틱을 바른 입술을 오므리며 짐짓 예의 바른 말투로 비꼬는 모습이 눈에 선했다. — 사모님, 말씀드렸다시피 저희는 최선을 다하고 있습니다라고 대답하는 것이었다.

울컥한 나는 수화기를 쾅 내려놨다. 너무 세게 내리쳤더니 수화기가 바닥에 굴러떨어져서 싸구려 플라스틱으로 된 겉면에 미세한 금이 가 버렸다.

나는 일단 지금이 몇 시인지 확인하려고 어둠 속에서 시계가 있을 만한 방향을 바라보았다. 하지만 너무 캄캄해서 녹색 야광 숫자판조차 어둠에 묻혀 있었다. 내가 추측하기로는 (방광이 조이는 느낌으로 가늠할 수 있었다. 나는 매일 밤 일정한 시간대에 이 거북함 때문에 깼으니까.) 새벽 3시에서 3시 30분 사이인 것 같았다. 이런 한밤중에는 전기 회사가 정비공들을 준비시키는 데에 시간이 오래 걸릴 테고, 항의 전화를 해도 그 핑계를 댈 것이다.

화가 나고 걱정스러워서 나는 숨을 씨근거렸다. 게다가 이 암흑 속에서 화장실도 써야 했다! 나는 침대에서 다리(약간 부어 있었다. 발목은 특히 더 많이 부었다.)를 내려뜨리고 맨발로 불안정하게 일어섰다. 내 슬리퍼는 어디 있나? 발로 주변을 더듬어 보았지만 슬리퍼는 찾을 수 없었다.

나는 한숨을 쉬었다. 아마 혼잣말도 했을 거다. 내 습관이니까. 나는 고양이나, 한때는 카나리아를 상대로도 "하느님이 굽어 살피셔야 할 텐데!"라고 말하곤 했다. 그때마다 그이는 편리하게도 내 말이 안 들리는 상태였다. 사실 이럴 때의 내 말투를 들으면 하느님이 더 이상 내 친구가 아니라는 것을, 친구가 아니게 된 지 오래라는 사실을 누구라도 알 수 있을 것이다. 하지만 그이는 마냥 자느라고 듣지도 못했다. 그는 입을 헤벌린 채 뺨에 침 한 줄기를 흘리고 있을 게 틀림없었다.

나는 체중이 많이 나가지 않으며 뚱뚱한 몸매는 더더욱 아니다. 다만 약간 다부진 체형이라서 다리와 등에 힘이 들어갈 뿐이다. 숨이 찰 때도 있지만 성격이 조급해서 그런 것이다.

너희도 내 나이엔 이렇게 될 거라고, 드물게 딸들에게서 전화가 오면 나는 말하곤 한다. 오, 설마요!

나는 천천히, 힘겹게 앞길을 더듬어 화장실로 향했다. 이제 방광이 꽉 조여들어서 아플 정도였다. 만약 눈을 감고 있었다면 나는 이 방 안은 물론이고 집 전체 어디에서든 몸에 익은 대로 정확히 움직일 수 있었겠지만, 자꾸 앞을 보려고 했던 게 실수였다. 걸핏하면 발가락을 찧고, 서랍장에 부딪히고, 바로 몇 발짝 옆에 있는 문을 찾아 허공에 손을 허우적거렸다. 나는 숨을 헐떡이며 혼잣말을 뇌까렸다. 나는 인간들의 세계에서가 아니면 적어도 물건들의 세계에서만큼은 이보다 더 공경을 받고 싶은 나이였다. 하지만 당연하게도 그이는 이기적인 잠에 빠져 있으니 내 말을 듣지 못했다.

다행히도 화장실은 침실 바로 밖의 복도에 있었기에 그리 오래 헤매지는 않고 도착할 수 있었다.

화장실에 들어선 나는 정전된 걸 깜빡하고 스위치를 찾아 벽을 더듬었다. 습관의 힘이 이렇게 강한 것이다.

그래도 변기를 쓰는 데에는 별 어려움이 없었다. 그런데 화장실은 어쩐지 침실과 복도보다 더 어둡게 느껴졌다. 변기 뒤에 가파른 지붕과 오래되고 무성한 초원이 내다보이는 창문이 있는데도 그랬다. (12년 전 이 집으로 이사 온 이래 나는 수없이 그 창문 앞에 서서 달빛을 쬐며 밖을 내다보았다. 뭘 보려고 그랬을까? 무엇이 보이기를 기대했던가?) 지금은 그 창문도 어둠에 잠겨 있었다. 완전한 암흑이었다. 쏟아지는 비의 소음과 물기가 없었더라면 창문이 거기 있는 줄도 몰랐을 것이다.

나는 변기 물을 연거푸 세 번 내렸다. 그래야만 작동하는 배수 시설에 대고 욕을 하면서. 이 낡은 집은 항상 무언가가 고장 나기 때문에 이런 식으로 욕을 하는 일이 수도 없이 많았다. 그리고 이럴 때마다 배관공을 부르는 건 누구의 몫이던가? 수표를 작성하고, 청구서에 찍혀 나온 돈을 지불하는 사람은? 그런데도 내 딸들은 왜 아빠한테 잔소리하느냐는 둥, 아빠를 가만 내버려 두라는 둥, 불쌍한 아빠가 신경이 얼마나 예민한지 알지 않느냐는 둥 말한다. 적어도 한때는 그렇게 말하곤 했다. 그 바보들은 아무것도 모르는 주제에……

뭐, 내 잘못일 것이다. 오래된 우리 집을 팔고 여기로 이사 오는 데에 선뜻, 더 나아가 강력하게 동의한 사람이 나니까. 그래서 우리는 43년을 살았던 대학 도시를 떠나 여기로 ─ 그이의 추억이 깃들어 있는 곳으로 (그는 어렸을 때 여름에 부모님을 따라 이곳의 친척 집에 온 적이 있는데, 평생 가장 행복했던 기억이었다고 했다.) 오게 된 것이다. 그러나 나한텐 아무 추억도 없는 농장 지대와 단조로운 숲이 있는 시골일 뿐이었다. 게다가 나는 친한 여자 친구 세 명에게 작별 인사도 못하고 와 버렸다. 그들이 나를 무시하고 함부로 대하기에 도저히 참아 줄 수가 없어서 그들에게 복수한답시고 이사하기로 결심하고 실행에 옮긴 터였다. 이제 와서 후회해 봤자 너무 늦었다.

다시금 끔찍한 암흑 속을 더듬어 침대로 돌아가는데 빗소리가 아까보다 더욱 요란하게 들려왔다. 유리창에서 쏴쏴거리는 소리도, 지붕을 쏴 하고 두들기는 소리도. 그이가 코 고는 소리는 이제 별로 시끄럽지 않았다. 더 커진 바람 소리에 묻혀서 덜 들리는 것일지도 모르지만. 그는 내가 침대 밖으로 나갈 때도 몸 한번 뒤척이지 않았다. 내가 만약 암흑 속에서 발작을 일으키거나 졸도하거나 계단에서 굴러떨어졌더라도 그가 과연 알아차렸을까? 웃기지도 않았다. 내가 침대에 들어가자 스프링이 삐걱거리는 소리가 났지만, 그래도 그이는 미동도 하지 않았다.

나는 비, 지하실, 물이 넘치는 처마 홈통에 대해 생각하지 않으려 애썼다. 대신 나를 향해 밀려드는 검은 물을, 그 얕은 파도를 바라보며 그 위에 드러누워 둥둥 뜰 수 있으리라고 생각하며 마음을 가라앉혀 보았다. 수영장에서 그 방법을 배웠을 때는 놀랍게도 너무나 쉽게 물 위에 뜰 수 있었을 뿐더러 무섭지도 않았다. 반면 나보다 젊은 여자들은 애를 먹었고, 특히 깡마른 여자들은 더욱 어려워했다. 정말 쉬운데. 그냥 자기 자신을 물에 맡기면 된다. 그리고 떠오르는 것이다.

그런데 마음이 진정되지 않았다. 뜨개질을 하는 느낌이었다. 강철 뜨개바늘들이 맞부딪치고 번뜩거리는 느낌.

그 오랜 세월 동안 그이는 아무도 자기를 방해하지 못하게 서재에 틀어박힌 채 강의록을, 늘 똑같은 강의록을 타이핑하고, 학술 기사를 쓰고, 단 한 권의 책을 집필하는 데 매달렸다. 읽을 의무가 있는 사람이 아니면 아무도 안 읽는 무슨 고대 그리스 비극에 대한 책이었다. 글쎄, 아마도 우리는 그런 그를 자랑스러워하는 것 같다. 그의 아내와 딸들이니까, 그리고 우리는 모두 자존심을 갖고 태어나니까 무언가를 자랑스러워하긴 해야 하지 않겠는가! 그리고 물론 그가 고전 문학 교수로서 받는 봉급 덕분에 우리 가족이 먹고 살았으니 그건 고마운 일이다. 그 딱한 바보는 자기가 뭘 하는지도 모른 채 파이프를 빨아 대곤 했다. 그쪽 사람들은 다 그랬다. 흡연이 금지된 곳에서는 마치 고무젖꼭지를 입에 문 아기처럼 불도 안 붙인 파이프를 빨고 있는데, 정말이지 궁상맞은 꼴이 아닐 수 없다. 고전 문학과 휴게실에서 열린 은퇴 기념 파티에서는 달콤한 레드 와인, 이쑤시개를 꽂은 주사위 모양의 치즈, 약간의 토스트가 차려진 가운데 교수회 회장이 찬사를 늘어놓고, 그이는 눈물 젖은 눈을 반짝이며 일어나서 고맙다고 인사하는 동안, 젊은 교수들은 히죽거리며 엉큼한 웃음을 서로 주고받았고, 그 다음으로 은퇴할 차례인 나이 많은 교수들조차 커다란 과일 씨를 삼키는 양 하품을 삼키고 있었다. 웃기는 광경이 아닐 수 없었다!

모두가 명예 교수를 위해 건배하자, 그이는 무척이나 엄숙하게 와인 잔을 들어 올렸다. 아무것도 모르고. 그 딱하고 허영심 많은 바보는 그 자리에서 내가 가장 먼저 생각한 게 무엇인지 전혀 짐작도 못하고 있었다.

그럼에도 나는 판단력이 흐려져서, 누구보다 친한 친구들에게 복수하기 위해, 그의 제안을 받아들여 여기로 이사 오고야 만 것이다.

이건 그이의 은퇴 생활이었다. 내 은퇴는 어떻게 되는 건가?

나는 잠을 자려고 애썼지만 세찬 빗발이 수그러들 기미가 없는 데다 급기야 아까보다 더 가까운 곳에서 천둥이 쳐서, 무언가 거대한 것이 시골 들판을 굴러 이 집으로 들이닥치는 것 같은 소리에 공포에 질려서 눈을 퍼뜩 뜰 수밖에 없었다. 그 순간 거대한 구체형 물체가 이 집 위를 타 넘고 뒤편의 들판으로 굴러가 사라졌다. 하지만 번개는 치지 않았다! 천둥이 치기 전에도, 후에도 번개는 없었다. 내 평생 본 그 어떤 밤보다 캄캄한 밤만 계속될 뿐.

나는 그이를 깨워 보려 했다. 어깨를 붙잡고 흔들어 보았다.

일어나요! 도와달라고요! 뭔가 끔찍한 일이 일어나고 있어요!

내 목소리가 미친 소프라노처럼 카랑카랑 솟구쳤지만 그이에게는 아무 효과도 없었다. 이 새까만 암흑 속에서 그이의 모습은 전혀 보이지 않았다. 흐릿한 윤곽이나 반사광조차 없었다.

그래도 내 옆에서 매트리스가 푹 꺼지도록 묵직하게 늘어져 있는 비료 자루 같은 몸뚱이가 그이의 것이라는 건 확실했다. 51년째 같이 살고 있는 남편. 손으로 더듬어 보니 수염이 약간 자란 턱, 가느다란 모발, 그 아래에 불거진 뼈대가 느껴졌다. 나는 그의 눈 쪽으로 손을 옮겨 보았다. 그런데 그 눈이 나처럼 활짝 뜨여 있었다.

마이론! 뭐예요! 어떻게 된 거예요!

하지만 그는 여전히 미동도 없었다. 게다가 이불에서 눅눅하고 역겨운 냄새가 올라와서 나는 콧구멍을 확 움츠렸다.

그러고 보니 몇 분 전부터 그의 숨소리가 들리지 않은 것 같았다. 코를 드르렁거리고 훌쩍거리는 소리도, 목을 그르렁 울리는 소리도.

가슴속에서 분노가 가래처럼 울컥 올라왔다. 그렇게나 아무 자각 없이 파이프 담배를 빨아 대더라니! 의사가 경고했는데도! 나도, 그가 애지중지하는 딸들도 누누이 경고하지 않았던가!

하지만 소용없었다. 우리 교수님의 정신은 고대 세계를 떠돌거나 별들 사이를 헤매고 있었으니까.(우주는 그의 '관심 영역' 중 하나였다)

일어나요! 일어나라고! 일어나! 어떻게 이런 때에 나를 떠날 수 있어요! 나는 주먹으로 그의 어깨를 세게 후려쳤다.

방금 그가 신음을 흘린 건가? 아니면 내가 잘못 들었나? 하필 그 순간 또 천둥이 우르릉 울리는 바람에 그 소리는 묻혀 버렸다. 들판과 집으로 굴러오는 천둥소리를 들으며 나는 아이처럼 훌쩍이며 살려 달라고 빌었다. 이 와중에도 여전히 번개는 치지 않았다. 아주 잠깐의 섬광조차 없었다!

이 현상이 정상적이지 않다는 건 알았다. 천둥은 반드시 번개에 뒤이어 오는 것이니까. 번개가 내리쳐 하늘을 여러 조각으로 쪼개 놓고 나서야 천둥이 친다는 사실은 나도 익히 알았다.

그런데 만약 이 소리가 천둥이 아니라 전혀 다른 것이라면?

불현듯 어둠만큼이나 집 밖도 무서워진 나는 더 이상 아무 쓸모도 없게 된 그이를 밀쳐 버렸다. 그러고 보면 그이가 내가 누구인지 알기를 했나, 하물며 그 오랜 세월 동안 나를 본 적이나 있었나? 나는 생각했다. 이제 누구도, 아무도 도울 수 없어. 이건 맨 처음의, 그리고 맨 마지막의 어둠이야.

시간을 어림잡아 계산해 보면 이제 새벽 4시는 됐을 것 같았다. 하지만 그이가 죽었으며 어디선가 도움을 얻어야 한다는 사실을 깨달은 나는 너무 패닉에 빠져서, 그 판단이 무슨 의미인지 머리에 잘 들어오지 않았다. 다만 내가 혼자라는 것, 그리고 오, 너무나 무섭다는 것만 알 뿐이었다! 심장이 공포에 질린 야생 짐승처럼 세차게 퍼덕거리고 있었다! 이 포위가 맨 처음 시작됐을 때부터 그이는 이미 나를 버렸고, 이 공포가 세상에 얼마나 널리 퍼졌을지는 상상할 수도 없었다.

나는 부부 침대에서 기어 나갔다. 이제는 무덤이 되어 버린 그곳에서 얼른 빠져나가고 싶은 마음뿐이었다.

천장에서 물이 새고 있나? 이불이 축축했고 침대 덮개에 뭔가 끈끈한 게 묻어 있었다. 신선한 비 냄새에도 가려지지 않는 역겹고 들큼한 악취가 풍겼다. 오, 이게 다 그이 때문이다! 그이의 잘못이었다! 어둠 속에서 전화기를 더듬어 찾던 나는 그만 램프를 넘어뜨리곤 비명을 질렀고, 곧이어 울음을 터뜨렸다. 마치 내가 그이를 여의고 흐느껴 우는 젊은 신부가 된 것 같았지만, 나는 이미 오래전부터 그의 얼굴을 제대로 본 적이 없었고 그이가 내 얼굴을 보지 않은 지는 심지어 그보다 더욱 오래되었다.

유니버시티 하이츠의 옛집에서 살던 시절에 큰딸이 부엌에 있던 나를 발견하고 놀라서 물은 적이 있었다. 어머니, 왜 울고 계세요? 그래서 나는 젊은 그 애의 시선을 피해 얼굴을 가리고는 분노와 수치심에 휩싸인 채 응얼거렸다. 너희 아버지와 내가 더 이상 부부 사이가 아니라서, 이미 20년 전부터 서로를 사랑하지 않게 되어서 그래. 그러자 딸은 눈앞의 중년 여성에게, 제 엄마의 입에서 추접스러운 말을 들었다는 듯이 숨을 헉 들이켜더니, 오 어머니! 믿을 수 없어요! 하고는 넌더리를 내며 몸을 돌렸다. 사실 그 애가 뜻한 것은 그런 말을 어머니에게서 듣고 싶지는 않아요 였을 것이다. 자식들이 다 그렇듯이 — 우리 몸에서 뛰쳐나와 최대한 신속하게 거침없이 우리에게서 성큼성큼 멀어져 가는 자식들이 다 그렇듯이 말이다.

하지만 이제 그이는 죽었고 나는 도움을 구해야 한다. 그런데 바닥에 엎드려서 어딘가에 떨어진 전화기를 찾아 주위를 더듬거리다 보니, 그이가 죽었다면 전기가 끊긴 이유와 같은 이유로 죽은 거겠구나, 즉 정전과 그의 죽음은 같은 이유 때문이겠구나 하는 생각이 들었다. 그러니 이건 인간의 도움으로 해결될 문제가 아니었다.

게다가 낯선 사람들이 이 방에 들이닥치는 게 과연 좋을까? 사람들이 이 칠흑 같은 밤중에 이 집을, 이 방을 찾을 수 있기나 할지도 의문이었다.

나는 카펫 천의 거친 결을 따라 손가락을 훑어보았지만 플라스틱 전화기를 좀처럼 찾을 수 없었다. 게다가 수화기에서 들려와야 할 발신음도 들리지 않았다. 그렇다면 전화선도 끊겼다는 뜻이었다. 바깥세상과의 소통 수단이 전부 차단된 것이리라.

저 역겨운 악취. 그이에게서 나는 냄새. 그이의 냄새. 갑자기 나는 그이와 여기서 갇혀 있는 걸 견딜 수가 없어졌다. 생각이 극단적으로 치달았다. 탈출해야 한다.

나는 문 쪽으로 기어갔다. 그래! 그거야! 잘하고 있어! 용기를 내! 하고 중얼거리면서. 서랍장 위에 비상용으로 마련해 둔 기름 램프와 성냥이 있었지만, 그걸 찾을 수도 없을 뿐더러 찾는다고 해 봤자 이렇게 떨리는 손으로는 심지에 불을 붙일 수도 없을 듯했다.

그래서 나는 무덤의 악취를 풍기는 잠옷 자락을 질질 끌며 엉금엉금 기어서 탈출했다.

천천히, 힘겹게, 긴장감에 숨을 헐떡이면서 나는 가파른 계단 저 아래의 어둠속으로 내려갔다.

계단이 이렇게나 많다니! 계단이 몇 단이나 되는지는 한 번도 세어 본 적이 없었다. 지금 내려가면서 세어 보려고 했지만 스무 단 이후로는 숫자를 잊어버렸다.

나는 왼손으로 난간(별로 튼튼하지는 않다.)을 붙잡고 오른손으로는 벽을 더듬었다. 눈물이 말라붙은 눈을 커다랗게 뜨고 아래쪽을 내려다보았지만 어둠밖에 보이지 않았다. 검정 페인트를 바른 것처럼 깊이를 알 수 없는 반반한 어둠. 평생 내가 본 그 어떤 어둠과도 다른, 불가사의한 구석이 있는 어둠이었다.

앞을 봐야 한다. 빛이 있어야 한다.

얼른 아래층으로 내려가서 찬장에서 손전등을 꺼내 켜거나 촛불을 붙이고 싶어 애가 탔다. 서두르다가 가운도, 슬리퍼도 깜빡 잊고 나온 참이었다. 지금이 몇 년인지, 여기가 어디인지, 내가 살았던 집들 중 어느 집인지조차 기억나지 않을 지경이었다. 오, 이만한 나이의 여자가 거친 회색 머리를 날개뼈 사이에 드리우고, 묵직한 젖가슴을 축 늘어뜨리고, 엉덩이, 허벅지, 배도 축 늘어진 채로 개처럼 헉헉거리며, 썰렁한 외풍이 드는데도 땀을 뻘뻘 흘리면서 맨발로 비틀비틀 계단을 내려가는 꼴이라니. 예전 친구들이 봤다면 딱한 시선으로 쳐다봤을 것이다. 내 딸들은 또 얼마나 비웃었을까! 젊은 여자들은 훗날 언젠가는 자신도 이렇게 되리라는 걸 꿈에도 상상하지 못한다.

비와 천둥은 계속되었지만 번개는 여전히 치지 않았다. 중력의 힘이 아니었다면 내가 내려가는 것으로 느껴지지도 않았을 것이다. 그러다 어느 순간 한 발을 다음 계단으로 내리뻗었는데, 놀랍게도 다음 계단이 없었다. 비로소 계단 끝까지 내려온 것이다.

나는 덜덜 떨면서 누군가의 공격을 막으려는 것처럼 몸을 웅크렸다. 하지만 어둠은 텅 비어 있었다.

위층 방에서 나는 악취는 수그러들었다. 내 플란넬 잠옷과 머리카락에 밴 냄새가 나긴 했지만 아까보다는 덜했다. 그보다는 싸한 비 냄새와 흙내가 더욱 진하게 풍겨 왔다. 봄이 연상되는 냄새. 긴 겨울이 지나 얼음이 녹거나 봄비가 내릴 때면 꼭 이런 냄새가 났다. 해마다 얼음이 녹는 시기는 점점 늦어지는 것 같았고 그래서 더욱 반갑게 느껴졌다. 화창하고 바람 많은 날 이런 냄새가 나면 내가 살아 있는 기분이었다.

나는 계단 기둥을 붙잡고 방향 감각을 잡았다. 여기서 오른편에는 거실이, 왼편에는 부엌이 있다. 내가 찾는 곳은 부엌이었다.

시커먼 물속으로 발을 내디디듯 부엌 쪽으로 걸음을 옮겼다. 움직이자마자 의자에 몸이 부딪혔고(그런 데에 누가 의자를 놔뒀단 말인가?) 그다음엔 무언가 뾰족한 모서리에 옆머리를 찧고 말았지만(선반? 웬 선반이 거기에 있지?) 결국에는 부엌에 도착했는지 공기 중에 스민 음식 냄새와 기름내가 느껴졌고 발밑에 차가운 리놀륨 바닥이 닿았다.

나는 또 반사적으로 벽을 더듬어 전등 스위치를 켰다. 습관의 힘이란 이렇게 강한 것이다.

물론 불은 들어오지 않았다. 어둠은 한결같이, 끝없이 깊었다.

다시 전화를 걸어 볼까 하는 생각이 들었다. 도움을 구해야 하는 상황이니까 — 지금은 절박하게 도움이 필요한 상황이 아니던가? 정확히 왜 그런지는 기억이 잘 나지 않았지만. 그러나 전화기는 부엌 맨 안쪽 개수대 옆의 벽에 붙어 있었고, 거기까지 가려면 깊은 물처럼 시커멓고 무시무시한 바닥을 건너야 했다. 그 위험을 생각만 해도 방광이 쭈그러들었다. 그리고 여기에 나 혼자만이 아니라면 어쩌나? 무언가가 여기 숨어서 내가 실수하기를 기다리고 있다면? 별안간 내 앞에 냉장고가 만져졌다. 문이 열리고 안에서 냉기가 훅 밀려 나오자 느닷없이 엄청난 허기가 들었다. 나는 어제 아침에 랩으로 싸 둔, 설탕으로 코팅된 시나몬 커피 케이크와 1리터짜리 우유 곽을 정확히 찾아내서 집어 들었다. 아무것도 보이지 않는데도 마음의 눈으로 볼 수 있었다. 동물적인 식욕에 휩싸인 나는 그 자리에 서서, 부끄러운 줄도 모르고, 냉기가 아까운 줄도 모르고 냉장고 문을 열어 둔 채로, 후들후들 떨며 케이크를 마지막 한 조각까지 먹어 치우고 우유를 잠옷에 흘려 가며 게걸스럽게 들이마셨다. 그렇게 식욕을 충족하고 나니 내 행동에 혐오감이 들었다. 나는 귀중한 냉기를 보존하기 위해 재빨리 냉장고 문을 닫았다.

전기는 끊어졌고 언제 복구될지 모르니 냉장고와 냉동고 안의 식품들이 상할 위험이 있었다. 냉동고에 넣어 둔 특정 식품들(예컨대 고기)은 몇 시간쯤 버티겠지만 일단 얼음이 녹기 시작하면 변질 과정은 돌이킬 수 없고, 먹었다가는 식중독에 걸리기 십상일 것이다.

나는 이대로 음식도 없이 지내야 할지도 모른다는 생각에 겁이 났다. 폭풍이 그치지 않아서 길이 끊긴다면, 그래서 앞으로 며칠 동안은 집 밖으로 나설 수도 없다면? 전화는 아무 소용도 없었다. 어차피 통화가 되지도 않거니와, 만약 된다고 해도 상대방에게서 돌아오는 반응은 조롱과 비웃음뿐일 테니까. 나는 고래고래 소리 지르며 욕을 할 테고, 그러면 상대방은 내 이름을 알게 될 것이다.

빛을 찾아야 했다. 패닉에 사로잡힌 나는 이번엔 음식이 아닌 빛을 찾는 데 혈안이 되어서, 평소 손전등을 보관해 두는 찬장으로 더듬더듬 다가가 이런저런 보존 용기며 스프레이 깡통들을 헤집었다. 그런데 손전등은 어디 있지? 그이가 어딘가 다른 데다 잘못 놔뒀나? 나는 허둥거리다가 무언가를 쳐서 바닥에 떨어트렸다. 아마도 컵인 듯한 그것은 내 발치에 떨어져 산산조각 나 버렸고, 이제 나는 설상가상으로 깨진 유리 조각들을 처량 맞은 맨발로 밟고 다닐 판이 되었다. 오 하느님! 나는 너무나 심란해져서 큰 소리로 흐느꼈다. 왜죠? 왜? 저를 도우소서! 사라진 손전등을 찾고 있자니 혹시 과거에 내가 부지불식간에 무슨 끔찍한 죄를 저질러서 지금 그 벌을 받고 있는 것이 아닌가 하는 생각이 들었다. 그럴 의도나 의지는 없었더라도 무언가 비열하거나 모진 마음이 발동해서 그랬을 수도 있었다. 우리는 너무나도 많은 행동을 별 생각 없이 하고, 그 결과가 어떨지도 별로 내다보지 않고 맹목적으로 살아가지 않던가. 만약 그런 것이라면, 하느님, 저를 용서하소서!

(하지만 내가 그런 죄를 정말로 저질렀다고는 믿을 수 없었다. 기억이 전혀 없었으니까. 전기가 나가면서 기억도 덩달아 다 지워진 듯했다. 절대적인 어둠 속에서 필요한 시간은 절대적인 현재뿐인 것만 같았다.)

그렇게 필사적으로 찬장 안을, 예전에 손전등이 있던 자리를 더듬거리다가, 드디어 찾았다! 나는 손전등을 단숨에 낚아채서 엄지손가락으로 스위치를 밀었다. 그런데 스위치가 딱 소리 나게 켜지기만 하고 불은 들어오지 않았다.

어떻게 그럴 수가 있지? 배터리가 다 닳았나? 하지만 불과 얼마 전에도 손전등을 썼는데. 지하실에 내려갔을 때, 과일 통조림을 보관해 둔 어두운 구석을 손전등으로 비춰 보지 않았던가.

그러나 지금은 불이 들어오지 않았다.

나는 절망과 울분에 북받쳐 큰 소리로 울음을 터뜨리다가 어리석게도 유리 조각들이 흩어진 바닥에 한쪽 발을 내딛고 말았다. 다행히도 발에 체중을 다 싣지는 않았지만, 그래도 유리가 살갗을 찌르는 따끔한 아픔과 함께 피가 흘렀다.

나는 울음을 가다듬으려 애를 쓰면서(아까 말했듯이 나는 현실적인 여자고, 반세기 동안 이 집과 이전 집의 살림을 책임져 온 유능한 주부니까.) 조심스럽게 부엌 반대편 끝으로 건너가, 싱크대 옆의 조리대를 찾은 다음 그 밑의 서랍을 열었다. 서랍 안에는 비상용 양초와 성냥 들이 들어 있었다. 나는 입술을 달싹이며 '여러분'에게 도와달라고 기도하고(여러분에 대한 믿음 따위는 이미 버린 지 오래됐는데!) 보이지 않는 양초의 심지를 가까이 대고서 떨리는 손으로 성냥을 당겼다. 정말이지 애가 탔다! 눈으로 보면서 초를 켤 때와 비할 수 없이 힘든 일이었다! 그래도 여러 번 어설픈 시도를 한 끝에 마침내 성냥 하나에 불이 붙는 느낌이 났다. 분명했다. 유황 냄새까지 났다. 그런데 불길은 보이지 않았다.

이때 비로소 나는 확신했다. 아까부터 내가 품었던 의혹은 명백하고 반박 불가능한 진실이었다고. 이 어둠에는, 이 밤에는 정말로 다른 어둠이나 밤과는 다른 무언가 불가사의한 점이 있었던 것이다. 이건 단순히 빛(태양에서 나오는)이 없는 상태가 아니라 여느 물질만큼이나 견고하고 불투명한 어둠의 현전 그 자체였다.

그러니 아무리 성냥을 '켜'도, 초 심지가 '불타'도 눈에 보이는 효과가 없는 것이다. 정상적인 상황에서라면 빛이 되었을 것은 순식간에 어딘가로 빨려 나가 사라져 버렸다. 존재하지도 않는 것처럼. 아니, 정말로 존재하지 않았다.

이대로 동이 틀 때까지만 버티면…….

동이 트면 분명 다 괜찮아지겠지? (폭풍이 아까보다 약해진 듯했다. 그리고 설령 계속해서 비가 오고 하늘이 흐리다 해도 햇빛은 들 것이다. 그 어떤 악의 힘이라도 태양의 힘은 못 배기는 법 아니던가?)

나는 신을 믿지 않았지만 우리의 태양은 믿었다. 그이가 구독하는 과학 잡지를 나한테 읽어 줄 때 관심 있게 들어 본 적은 없지만. 태양의 나이가 수억 수조 년이라는 둥, 우주의 크기가 어떻다는 둥, 시간이 무너져서 내 골무 안에 쏙 들어갈 만큼 작아질 수도 있다는 둥! 그이는 내가 한숨을 쉬며 집안일을 하는 와중에도 그런 이야기를 들어줄 인내심이 있을 거라고 생각하는 모양이었다.

갑자기 진이 쭉 빠졌다. 빛을 찾으려던 내 노력은 완전히 물거품이 되었고 내 존엄성만 박살 난 셈이었다. 나는 황망히 복도로 나가려고 몸을 돌렸다. 하도 정신이 없는 나머지, 애초에 내 침대를, 내 잠을 빼앗은 것이 무엇이었는지, 그걸 내가 얼마나 혐오스러워했는지, 그것이 내게 무슨 지독한 짓을 저지르려고 했는지 까맣게 잊고서 도로 계단을 올라가 침대로 돌아가려고 했다. 그러다가 또다시 유리를 밟는 바람에 아까보다 더욱 심하게 발을 베이고 말았다. 바보! 바보! 바보! 나는 외쳤다. 리놀륨 바닥에 흐른 피가 미끌거리는 감촉이 느껴졌다. 하지만 그 광경이 눈에 보이지 않으니 뜻밖에도 그리 신경 쓰이지는 않았다.

나는 비틀거리고 몸을 이리저리 부딪혀 가며 앞길을 더듬어서 복도로, 그다음에는 거실로 걸어가면서, 큰 소리로 흐느껴 울며 울분을 토했다. 곰팡이와 먼지 냄새가 나는 어둠 속에서 누군가가 또는 무엇인가 나를 기다리고 있기라도 한 듯이.(그런데 겨우 지난주에 내가 거실에 청소기를 돌리고 광을 내지 않았던가?) 아무렇든 나는 상관없었다. 전혀 개의치 않았다. 너무 피곤해서 물속에 있는 것처럼 느껴지는 다리를 움직여 나는 소파를 더듬어 찾아냈다. 내가 기억하기로는 그이가 사들인 근사하고 오래된 가죽 소파였다. 가죽이 매끄러웠지만 낡은 탓에 곳곳에 미세한 금이 갔고, 감촉이 차가웠다. 하지만 지금 그 소파에 몸을 누인 내게는 그게 어떤 물건이든 상관없었다. 그저 눈을 감고 자고 싶다는 생각뿐이었다.

내가 정말로 잠들었던 걸까? 내가 빠졌던 게 잠이었나, 아니면 더욱 넓고 깊은 어둠이었나? 그동안 나는 훌쩍거리고 끙

끙거리며 소파 위에서 몸을 뒤척이고만 있었던 게 아닐까? 어떤 자세를 취해도 목이 결리거나 등이 켕겨서, 형체 없는 공포가 머릿속으로 흘러들어 와서?

꿈은 꾸지 않았다. 아무것도 '보지' 못했다. 그러다 마침내 햇빛 속에서 눈을 떴다. 새로운 하루를 맞아 의욕적으로 웃음 지으며 일어나는 나 자신을, 그리고 거실 창문에 드리워진 레이스 커튼으로 흐릿하지만 분명하게 새어 드는 햇살을 '보았다.' 드디어! 드디어!

그런데 잔인하게도, 그것이야말로 꿈이었다. 일어나 앉아 멍하니 눈을 껌뻑거리는 내 앞에는 전과 똑같은 어둠이 펼쳐져 있었다. 변함없는, 흉측한 어둠. 한참 동안 나는 뭐가 어떻게 된 건지 파악하지 못했다. 여기가 어디인지, 왜 내가 내 침대에 있지 않은지, 어째서 침대도 아닌 곳에 있는 건지. 얼마나 혼란스러웠던지 나는 마이론! 마이론! 어딨어요! 우리가 어떻게 된 거예요!라고 외치기까지 했다.

그러다 검은 파도가 밀려와 나를 쓸어 가듯이, 기억이 되살아났다. 깨달았다.

여러분이 만약 내가 나이가 많고 혼자라는 이유로 취약한 여성이라고 여기고 내 은신처를 찾아내려 한다면, 여러분은 실수하는 것이다. 이곳의 어둠은 너무나 완전해서 그 누구도 침입할 수 없을 테니까.

게다가 나는 8센티미터짜리 못들을 문에 박아서 아무도

못 들어오게 막아 놓기까지 했다.

식량이 떨어질 위험은 없다. 부엌에 있는 신선 식품이며 통조림 중에서 가져올 수 있는 건 전부 가져왔다. 그리고 이 지하실에는 저장 식품이 든 유리병이 수십 개는 쌓여 있다. ── 배, 체리, 토마토, 루바브, 피클도 있고, 사과 한 상자와 아이다호산 감자 한 자루도 있다. 어떤 식품들은 익힌 것보다 날것이 더 맛있다.

(저장 식품들은 그동안 내가 여기서 바쁘게 지내려고 만들어 둔 것들이다. 여기 시골엔 내가 아는 사람이라곤 아무도 없고, 알고 싶은 사람도 아무도 없으니 말이다. 내가 그러는 동안 그이는 이 사람 저 사람과 악수를 하며 실실거리고 돌아다녔다. 그 딱한 바보는 자기가 여러분에게 받아들여질 거라는 희망을 품고 있었다. 지금 결과를 보면 우리 둘 중 누가 옳았는가?)

나는 더 이상 어둠이 두렵지 않다. 이곳의 어둠은 내 어둠이니까.

내가 정확히 언제 이 사태를 파악하고 지체 없이 숨어야 한다는 사실을 깨달았는지는 기억나지 않는다. 한 달은 됐던 것도 같고, 불과 몇 시간 전이었던 것 같기도 하다. 영원한 밤에 시간은 아무 의미도 없다.

하지만 길었던 지난겨울 여러 달 동안 하늘이 흐렸던 것, 해가 빛나기는 했지만 변색된 백랍처럼 보였던 것은 기억한다. 집 안의 전등들이 어두워지거나 가물거린 적도 많았다. 전기 회사에 아무리 항의 전화를 넣어도 무시만 당했다.

그러다 폭풍이 닥친 것이다. 본격적인 습격의 시작이었다.

새벽에 깨어났을 때는 여전히 한밤중인 듯 보였지만, 집 주위의 새들이 우는 소리가 어렴풋하고도 분명하게 들려왔다. 새벽이 왔는데 햇빛만 나지 않았다는 것을 새들은 알고 있었다.

비는 멈춘 뒤였다. 천둥도.

거실이었던 곳의 창가로 더듬더듬 나아가서 유리창에 두 손을 얹어 보았다. 아니나 다를까, 따스한 햇볕이 느껴졌다. 해가 뜨긴 떴는데 보이지만 않을 뿐이었다. 지난밤에 성냥불와 촛불이 보이지 않았던 것처럼. 이 변화는 온 세상에 닥쳐오고 있었다. 빛은 존재할 수 없었다.

어쩌다 이렇게 되었는지, 자연에 어떤 재앙이 일어난 건지 파악할 여유는 없었다. 다만 신속하게 움직여야 한다는 것만 알았다! 이런 집을 소유한 나 같은 사람들은 약탈, 방화, 강간, 그 밖에 온갖 종류의 강탈을 당할 수 있으니 스스로를 보호해야 한다. 이제부터 세상은 피난처와 식량이 있는 사람들과 없는 사람들로 나뉠 테니까.

안전한 은신처가 있는 사람들, 그리고 없는 사람들.

그래서 나는 이곳에 들어와 방어벽을 쳤다. 눈을 쓸 필요도 없는 지하실의 어둠 속에서.

이곳의 모든 것을 만져 보고 손에 익혔다. 어떤 유혹을 받아도 이곳을 떠나지 않을 것이다. 그러니 나를 달래거나 위협하지 말고, 아예 접근하지도 말라. 나는 이 재앙 이전에 대해서는 아무것도 모르며 관심도 없다. 여러분 중에서 내 친지가 있다고 한다면, 심지어 내 딸들이 있다고 해도, 나는 이렇게 충고하겠다. 나는 여러분이 예전에 알던 여자가 아니라고, 아예 여자조차도 아니라고.

그이는 언젠가 우주에서 지구로 닥쳐올 특정 위험들에 대해 경이로워하며 경고한 적이 있었다. 그건 예언이었을까? 언젠가 어떤 천체(혜성? 소행성?)가 악의를 품고 지구를 강타해, 무수한 핵폭발과 맞먹는 충격이 일어나 지구가 정상적인 방향에서 벗어나고, 돌가루와 먼지에 햇빛이 가려지는 바람에 죄 많은 인류가 영원한 밤에 빠져든 것은 아닐까. 이것이 '여러분'이 바라는 바라면, '여러분'의 바람인 것이다. 옛 세상이 종말을 맞았다고 해도 우리처럼 준비된 사람들에게는 종말이 아니다.

지금도 멀리서 사이렌 소리가 들린다. 저 매캐한 냄새는 연기 냄새일 것이다.

하지만 호기심은 들지 않는다. 나는 나만의 평화를 이룩했으니까.

말했다시피 나에게는 여러 달을, 아니, 남은 평생을 버틸 만한 식량이 있다. 음식뿐 아니라 물도 있다. 우물물은 아니고 쿰쿰한 흙냄새가 나는 물이긴 하지만 이만하면 내가 마시기에는 충분히 신선하고, 얼마든지 풍족하게 구할 수 있다. 물은 이 지하실의 어둠 속 어딘가에 한 뼘 정도의 깊이로 고여 있고, 비가 올 때면 돌 벽을 타고 빗물이 흘러 내려와서 나는 기쁘게 그걸 핥아 마시곤 한다.

전파 천문학자

제레미아 오스트라이커[15]를 위해

　그 늙은 명예 교수는 80대 후반의 나이로 뇌졸중을 일으켜서 상주 간호사가 필요한 처지였다. 그래서 내가 고용되었다. 노인의 집은 대학 근처의 커다란 벽돌집들 중 하나였고 나는 그의 방에서 복도 반대쪽 끝에 있는 말끔하고 조그마한 방에서 머물렀다. 일상은 대체로 규칙적으로 돌아갔지만, 가끔 밤에 그가 깨어나 자신이 어디 있는지 잊어버리곤 집에 보내 달라고 성화를 부릴 때가 있었다. 그러면 나는 부드럽게, 이월드 교수님, 여기가 바로 교수님 댁이에요. 저는 교수님을 돌봐 드리고 있는 릴리안이고요. 침대로 모셔다 드릴까요? 하고 물

15　Jeremiah Ostriker(1937~). 컬럼비아 대학 천문학과 교수이자 천체 물리학자.

었고, 그는 달걀 노른자처럼 서글프고 축축한 눈동자로 나를 보는 둥 마는 둥하는 시선으로 쳐다보며 입술을 파르르 떨었다. 그는 나를 확실히 기억하지는 못하지만 내가 여기에 왜 있는지는 알고 있고, 상황이 악화되지 않으려면 내게 협조해야 한다는 것도 아는 눈치였다. 보통 환자들은 협조하게 마련이었다. 뇌졸중을 겪고 나면 쓰러졌던 당시 병원에서의 기억이 꿈처럼 남아서 그런 꼴을 다시 당하느니 협조하는 편이 낫다고 생각하는 것 같았다. 사실 이월드 교수는 요양원에 있어야 할 시점이었지만, 그와 자식들(나보다 나이가 많은 성인 자녀들로, 그중 한 명은 시카고에서 아버지처럼 교수로 일했다.) 사이에 무슨 말이 오갔는지는 내가 상관할 바가 아니었다. 나만 해도 요양원을 싫어한다. 그런 곳들은 기본적으로는 병원이지만, 형식이나 절차 면에서도 그렇고 사람들도 그렇고, 간호사들이 이래라저래라 들볶고 염탐하게끔 되어 있다. 교수가 이 집에서 최대한 오래 살고 싶어 하는 것도 무리가 아니었다. 이 집에서 50년이나 살았다지 않는가! 그리고 돈이 허락하는 한 자기 집에서 최대한 오래 살고 싶은 것은 모든 노인의 바람일 텐데, 누가 그들을 비난할 수 있겠는가?

대학에서 천문학과 학과장을 지내고 파인 천문대 기관장도 맡았던 이월드 교수(내게 이 일을 맡긴 사람들은 이 점을 여러 번 강조했다. 내게 깊은 인상을 주려는 의도였던 것 같다. 그래, 인상 깊긴 했다.)처럼 똑똑한 양반들도 자신의 병세는 일시적인 것일 뿐이라고, 치료를 받고 약을 먹으면서 믿음을 갖고 잘 버티기만 하면 예전의 자신으로 돌아갈 수 있다고 믿는다. 나도 환자의 생각에 맞장구를 쳐 주고 안심시켜 준다. 그게 내 직업이니까. 심지어 기저귀를 차고 유아용 침대처럼 창살이 둘러진 침대에 누워 지내는 노인들도 말하는 능력을 잃지 않은 한은, 자신이 집에 돌아가거나 다시 두 발로 다닐 수 있게 되면 무엇을 할지에 대해 이야기하곤 한다. 사육장에 맡긴 고양이를 데려올 거라는 둥, 10년 전에 죽었을지도 모르는 사람에게 연락해 골프를 한 판 쳐야겠다는 둥. 나는 결코 그들의 말을 반박하거나 겁을 주지 않는다. 그러지 않는 것이 내 직업이니까.

어쩔 때는 환자가 아무도 모르게 내게 사례하기도 한다. 패물이나 검정색과 금색으로 된 고급스러운 파커 펜이나, 아예 현금을 줄 때도 있다. 이건 환자와 나만 아는 비밀이다.

이월드 교수는 컨디션이 좋을 때도 있고 나쁠 때도 있었지만 전체적으로 돌보기 힘든 환자는 아니었다. 자신을 보러 오지 않는 사람들에 대해서가 아니면 불평도 거의 하지 않았다. 그는 오래된 학술 자료를 세심히 검토하곤 했다. 기이한 기호와 방정식 들이 인쇄된 문서들이었는데, 이제는 확대경을 써도 잘 보이지 않을 텐데도 부득불 그 문서들을 들여다보며 혼잣말을 하고 수선을 피우는 것이었다. 일부러 내가 들을 수 있도록, 자신이 '일하고' 있음을 알려 주려고 그러는 것 같았다. 그는 나이가 여든여섯인가 여든일곱쯤 되었을 텐데도 여전히 '일하는' 걸 중요시하는 부류의 남자였다.

그는 자신이 60년이 넘는 세월 동안 전파 천문학을 연구해 왔다면서, 전파 천문학이 뭔지 아느냐고 했다. 그래서 내가 천문학이 뭔지는 안다. 커다란 망원경으로 별을 보는 학문 아니냐고 했더니, 그는 자신은 보기만 하는 게 아니라 듣기도 한다고 설명했다. 지구의 방송국이 아니라 수십 억 광년 너머의 어딘가에서 방출되는 전파를 듣는 거라고…… . 하지만 솔직히 나는 그의 말을 다 귀 기울여 듣지는 않았고, '광년' 같은 단어들은 들어도 이해가 되지 않았다. 이해하려고 해 봤자 소용없는 말들이었다. 이럴 때 환자들은 죽은 아내나 남편, 또는 병문안을 왔다가도 금방 돌아가 버리거나 아예 찾아오지도 않는 자식들에게 말하고 있는 것이지 '나'에게 말하는 것이 아니다. 이 월드 교수는 커다란 강의실에서 강의하듯이 말하는 버릇이 있었다. 그의 목소리가 특정한 방식으로 올라가면 그가 농담을 하고 있다는 뜻이었고 가끔은 정말로 웃기기도 했기에, 그가 강단에서 인기를 끌었으리라는 것이 십분 짐작이 되었다. 그럴 때면 나는 다만 웃고, 고개를 끄덕이고 또 웃고, 정말요! 세상에! 등의 말로 맞장구를 치면서, 그가 옷을 입거나 벗는 것, 변기에 앉거나 일어나는 것, 욕조에 들어가거나(나는 그를 욕조 안의 나무 의자에 앉혀 놓고 샤워기를 틀어 주고 비누칠을 야무지게 해 주었다.) 나오는 것을 도와주기만 하면 되었다. 화창한 날이면 그는 꼭 일광욕실에 앉아 있고 싶어 해서, 스스로 지팡이만 짚고 거기까지 걸어가서는 라디오로 클래식 음악 방송을 틀어 놓고 의자에 앉아 꾸벅꾸벅 졸며 시간을 보냈다. 그러다 무슨 소음이 들렸다며 깨곤 했는데 라디오의 잡음이나 혼선, 또는 전화벨 소리였던 것 같다고도 했지만, 실제로는 아무 소리도 나지 않은 경우가 보통이었다. 아니에요 교수님, 아무것도 아니에요. 걱정하지 마세요.

릴리안, 나는 걱정하는 게 아니오. 그는 말귀가 어두운 쪽이 자신이 아니라 나라는 듯이 한 글자 한 글자를 또박또박 발음하면서, 자신이 화나지 않았음을 보여 주려고 미소를 지으며 말했다. 나는 희망을 품는 것이오.

내가 이월드 명예 교수를 간병한 지 7주쯤 되던 11월의 어느 날이었다. 춥지만 해가 찬란한 날이었는데, 일광욕실 창문으로 비쳐 드는 따스한 햇볕을 받으며 낮잠을 자는 듯하던 그가 문득 눈을 뜨더니 말했다. 당신은 언제 여기 왔소, 그리고 이름이 뭐요? 조금도 적대적이지 않았고 다만 의문스러워하는 어투였기에, 나는 하던 뜨개질을 계속하면서 대답해 주었다. 그러자 그가 되물었다. 그러면 언제 떠나는 거요?

이때 나는 바늘을 잠깐 멈칫했다가 다시 코를 잡고 뜨개질을 이어 갔다. 나는 항상 손을 놀리고 있어야 하는 성격이었다. 심지어 잠을 잘 때도 무언가 유용한 것을 하는 꿈을 꾸었다. 그렇다고 해서 신경이 예민한 여자는 아니었지만. 이월드 교수님, 저도 잘 모르겠어요. 제가 필요한 만큼은 계속 있지 않을까요. 나는 대답했다.

내 대답에 그는 만족한 듯, 더 이상 그 화제는 언급하지 않았다.

그는 태양에 대한 이야기로 넘어갔다. 언뜻 생각하면 그런 화제로 무슨 말을 많이 할 수 있겠나 싶겠지만, 그는 늘 황당한 이야기를 꺼내는 사람이었다. 릴리안, 우리가 보는 태양은 진짜 태양이 아니라는 것 알고 있어요? 태양의 빛이 지구까지 오는 데에는 8분이 걸리거든. 그러니 태양이 이미 죽어서 없어졌더라도 우리는 8분 동안 모를 수도 있는 거라오. 나는 뜨개질감에서 눈을 들지 않은 채 쿡쿡 웃으며 말했다. 그런가요! 그런데 태양이 죽으면 그건 어디로 가죠, 교수님? 하지만 그는 내 말을 못 들은 듯, '회고 시간'[16]이라는 게 뭔지 아느냐고 물었고, 나는 전에 말씀해 주신 것 같은데 기억이 잘 안 나네요라고 했다. 그러자 그는 '회고 시간'에 대해 한참을 설명하더니, 밤하늘에 보이는 별들은 모두 '회고 시간' 속에 있으므로 실제로는 거기에 없고 오래전에 죽어 사라진 것들이라고, 그 사실을 알고 있었냐고 물었다. 나는 그 이야기, 또는 그 비슷한 이야기를 전에도 들었음에도 불구하고, 와우! 전혀 몰랐는데요. 처음 알았어요!라고 대답하면서 깔깔 웃었다. 그랬더니 그는 날이 선 목소리로 되물었다. 뭐가 그렇게 웃기냐고, 왜 그렇게 우스워하는 거냐고. 그때 나를 보는 그의 묽은 노른자 같은 눈동자에 빛 같은 게 번뜩이는 것을 보며, 나는 그 노인이 한때 꽤 유명했다

16 lookback time. 우주의 어떤 물체로부터 지구까지 빛이 도달하는 데에 걸리는 시간. 즉 빛을 관찰하는 시점에서는 그 빛이 진원지로부터 출발했을 당시의 과거 모습만을 볼 수 있다는 의미다.

고, 오래전 자기 분야에서는 이름 높다고 할 만한 사람이었다고 들었던 기억이 떠올랐다. 얼굴이 화끈 달아올랐다. 그랬다, 창피했다. 오, 그런 걸 생각하려면 너무 힘들어서요. 생각하기만 해도 뇌가 아플 정도인걸요. 그래서 일단 웃으면 모면할 수 있을 거라 생각했어요. 내가 어물어물 둘러대자 명예 교수는 나를 빤히 쳐다보며 이렇게 말했다. 아무리 그래도 그렇지, 노력이라도 해 볼 순 있잖소.

한평생 나 같은 무식자들을 상대해 와서 이제는 진력이 난다는 듯한 태도였다.

하지만 그 와중에도 그의 왼손은 새의 발톱처럼 고부라진 채 뻣뻣이 굳어 있었고, 왼쪽 다리는 질질 끌렸고, 얼굴 왼편이 마치 찌부러진 풀 반죽처럼 느슨히 처져 있었다. 그런데 명예 교수님이 그렇게 똑똑하신 게 다 무슨 소용인데요? 나는 묻고 싶었다.

하지만 환자들이 이렇게 나를 휘두르려 들거나 못된 말을 내뱉거나 비아냥거릴 때면 그들의 목소리는 어김없이 떨렸고 애원하는 어조가 배어났다. 그러면 나는 화를 내 봤자 아무 의미 없다는 걸 알 수 있었다.

그랬다. 게다가 내가 그들보다 더 오래 살 게 뻔하지 않은가. 아주 조금이라도 화를 낼 이유는 없는 것이다.

그때부터 그날 하루의 흐름이 변했다. 마치 아침에만 해도 따뜻하다가 저녁이 되자 기온이 뚝 떨어지는 날씨 같았다. 오후에 그는 자꾸 흥분했고 약을 먹지 않으려 했으며, 누워서 낮잠을 자는 것도 거부했고, 저녁 식사 때는 부루퉁해져서 어린 애처럼 고약하게 응석을 부렸다.(입안에서 곤죽이 된 음식을 사방에 뱉어 버린다든지.) 하지만 나는 전혀 성가셔하지 않았다. 절대로 그런 일은 없다. 이건 내 직업이니까. 그러다 7시 30분쯤에는 재수없게도 잘못 걸린 전화가 한 통 오는 바람에 그는 자기딸이 건 전화인데 내가 방해해서 못 받았다며 울화를 터뜨리기 시작했다. 그 외에도 환자들이 으레 그러듯 온갖 억지를 부리길래, 나는 정 그러면 따님에게 전화해 보시라고 전화번호를 눌러 드리겠다고 차근차근 설득했지만, 그는 그저 씩씩거리며 혼잣말만 늘어놓을 뿐이었다. 그러고는 잠자리에 들 때가 되자 간호사 아가씨, 미안하오라고 했고, 나는 그가 내 이름을 잊었다는 것을 깨닫고는 웃는 얼굴로 괜찮다고 달래 주었다. 그런데 옷을 벗은 뒤 침대에 올라갈 때가 되자 그는 울기 시작했다. 내 손목을 붙잡더니 울음을 터뜨리는 것이었다. 우선 밝혀 두건대 나는 누가 내 몸을 건드리는 걸 좋아하지 않는다. 정말이지 뜨악했지만, 나는 싫은 내색을 하지 않으려 애쓰면서 그 노인이 토해 내는 푸념을 들어주었다. 자신은 권력의 정점에 있을 때 사람들의 압박에 떠밀려 은퇴했다. 학교 측에서는 망원경으로 관측하는 데 필요한 시간을 충분히 주겠노라고 약속했다. 원한다면 언제까지고 해도 된다고 했다. 그런데 더 이상 시간은 주지 않다니 그들이 거짓말을 한 것이다. 자신은 이 전파망원경의 설계자들 중 한 명이었고 제작에 필요한 기금 조성에도 참여했다. 그런데 적들이 그의 평판을 질투하고 그의 새로운 연구 결과에 자기네 연구가 논파당할까 봐 두려워해서……. 그는 은퇴하고 나서부터 지금 이렇게 병상 신세를 지게 되기까지, 다른 은하에서 온 무선 통신을 포착하기 위해 신호를 탐지하고 그중에서 비정상적인 패턴이 나타나는지 분석하는 데 11년이라는 세월을 쏟아부었다며, 자기 이야기가 무슨 뜻인지 알겠느냐고 물었다. 나는 알겠다고 했다. 그를 얼른 침대에 누이고 싶어서 다소 초조했고, 내 손목을 움켜쥐는 그의 앙상하고도 억센 동물 발톱 같은 손아귀가 꺼림칙했기에 그래, 나는 알 것 같다고 대답했다. 그러자 그는 입가에 침을 튀기면서 우주에 존재하는 다른 지적 생명체를 찾는 것보다 더 중요한 과학적 연구는 없다며, 이제는 시간이 얼마 안 남았다고, 우리가 혼자가 아니라는 걸 알아야 할 때라고 했다. 그래서 나는 네, 교수님 하면서, 노인의 비위를 맞추려 애를 쓰면서 그를 침대로 데려갔지만, 그는 이야기를 계속 이어 나갔다. 자신이 남들의 데이터를 분석하느라 너무나도 오랜 세월을 날렸지만, 이제는 다른 장치의 개입 없이 온전히 자신의 힘만으로 직접적인 통신을 할 수 있게 되었다며, 작년 어느 날 밤에는 황소자리의 히아데스 성단 어딘가, 수십 억 광년 떨어진 곳에서 선명하고도 규칙적인 신호가 포착되었다고 했다. 점 선 점 점 선 점 점 점 선 점 점 점 점 선 점 점 점 점 점 선 점[17]으로 이어지는, 소음이 아니라

---

17 모스 전신부호의 단음(·)과 장음(−)이 특정 규칙에 따라 나열되고 있다.

틀림없는 무선 통신이었다는 것이다. 하지만 그가 그것을 기록하기도 전에 잡음이 끼어 버렸고, 또 먼 은하에서 신호가 들려올 때가 간혹 있었지만 그때마다 머릿속을 윙윙거리고 뎅뎅거리며 울려 대는 끔찍한 잡음 때문에 통신은 차단되었다고 했다. 그렇군요 교수님, 참 안타까운 일이네요, 그런데 약을 좀 드시지 않겠어요? 이제 주무셔야죠? 내 말에 그는, 간호사 아가씨, 이 이야기를 신문사에 전해도 되오. 금세기 최고의 뉴스가 될 거야. 아가씨가 마음만 먹으면 전 인류를 도울 수도 있는 거요라고 했다. 나는 결국 그의 손가락을 내 손목에서 떼어 내면서, 저는 다른 사람이 저를 만지는 게 달갑지 않아서요라고, 여태껏 그 딱한 노인이 아기처럼 악을 써 대지 않고 그저 나와 농담을 나누고 있었던 것처럼 말했다. 그래요, 교수님. 그런데 만약 영화에서처럼 다른 별에 생명체가 산다면, 그 생명체들이 악하지 않을지 어떻게 알죠? 그들이 지구로 와서 우리를 죄다 잡아먹으면 어떡해요? 그러자 그는 나를 쳐다보며 눈을 껌뻑거리더니 더듬더듬 대답했다. 하지만…… 어딘가에 지적 생명체가 있다면 우리의 희망이 사실로 입증되는 것 아니겠소? 나는 그를 침대에 눕히고 베개 위에 편안히 머리를 뉘어 주면서 말했다. 무슨 희망이요? 그가 말했다. 인류가…… 혼자가 아니라는 희망. 나는 살짝 코웃음을 치며 말했다. 어떤 사람들은 혼자가 되지 못해 안달인데요.

그리고 전깃불을 껐다.

그날 밤의 고생은 그렇게 일단락된 줄 알았다. 그런데 내 침대에 누워서 막 잠에 들려고 하던 순간, 골짜기로 떨어져 내리는 듯한 예의 그 아찔한 희열을 느낀 순간 ― 그건 그 어떤 섹스보다도, 심지어는 사랑보다도 더 각별한 감각이다. 섹스와 사랑 없이도 사람은 살 수 있고 나도 인생의 절반은 그렇게 살아온 반면, 잠을 자지 않고서는 절대로 살 수 없으니까. ― 복도 저편에 있는 교수의 침실 쪽에서 무언가 우당탕 하는 소음이 들려와서, 나는 침대에서 빠져나와 가운을 채어 들고 복도로 달려나간다. 그가 또 뇌졸중을 일으킨 것은 아니기만을 바라며 그의 방 불을 켜자, 내 앞에 보인 것은 더없이 괴상한 광경이다. 이월드 교수가 파자마 차림으로 침대 뒤의 방구석에 웅크리고 있고, 침대 옆의 알루미늄 협탁은 넘어져 있고, 그는 자기 머리를 가린 채 내게 소리를 지르고 있다. 넌 죽음이야, 그렇지! 넌 죽음이지! 저리 가! 난 집에 가고 싶다고! 나는 그가 보이지 않는 척 그 자리에 서서, 숨이 가쁘고 신경이 곤두섰으면서도 응당 지켜야 할 침착을 유지하면서 몸에 걸친 가운을 더 단단히 여민다. 이 일을 하다 보면 환자들을 아이 대하듯, 숨바꼭질 같은 놀이를 하는 듯이 다뤄야 한다는 것을 터득하게 된다. 노인은 손가락 사이로 나를 훔쳐보며 훌쩍거리며 빌고 있다. 안 돼! 안 돼! 넌 죽음이잖아! 싫어! 나는 집에 갈래! 그때야 나는 방구석에 있는 그를 발견하고 놀란 척하고는, 그의 베개를 매만져 정돈해 주며 말했다. 교수님, 여기가 집이에요.

블라이 저택의 저주받은 거주자들 [18]

그녀는 글링던의 황야 일대 교구를 관할하는 가난한 시골 목사의 딸로서, 생전에는 분별과 양식을 갖춘 젊고 정숙한 여자였다. 처음에 그녀는 몰라보게 바뀐 자신의 외양을 받아들이기가 너무나 고통스러웠다. 그녀는 공포의 대상일 뿐더러 혐오의 대상이 되어 있었다. 누군가가 그녀를 눈으로 보면 육체적인 역겨움을 느낄 것이고, 그녀를 생각하면 정신적인 혐오감을 느낄 것이다. 그녀의 몸을 뒤덮은 아조프해의 썩은 진흙을 닦아 주라는 영원한 저주를 받은 무지갯빛 딱정벌레들이, 대리석처럼 싸늘한 그녀의 몸을 미친 듯이 돌아다니며, 특히 은밀한 부위들을 세심히 쪼아 내느라고 검은 음모 사이를 들락거리고 있었다. 그녀의 음모는 여전히 윤이 흘렀고 끈질기게도 곱슬거

---

18 헨리 제임스의 장편 소설 『나사의 회전』을 각색한 소설.

렸다. 애인은 그 음모를 "스코틀랜드식 곱슬"이라고 부르며 추켜세워 주기도 했다. 진실이라도 어떤 의도를 가지고 말하느냐에 따라 아첨이 될 수 있는 법이다. 게다가 그녀의 애인 ─ 주인님의 하인 ─ 뿐만이 아니라, 주인님도 교묘한 말로 그녀를 칭찬한 바 있었다.

"당신이라면 신뢰할 만하겠소. 아! 당신은 어떤 책임이라도 감당해 낼 것 같군!"

스무 살이었던 제셀 양이 그녀가 가진 옷 중에서 유일한 고급품인 검은색 면직 드레스를 입고 할리 거리에서 주인님을 만나 면접을 보았을 때는, 기껏해야 엉덩이를 손바닥으로 한 대 맞은 정도의 느낌밖에 되지 않는 사랑의 감정에도 뭉클해져서 얼굴이 뜨겁게 달아오르고, 눈이 습기로 젖어서 그렁그렁해지고, 수줍음을 주체하지 못했다. 그러다 나중에 블라이 저택에서 그녀는 하인 피터 퀸트의 앞에서 알몸으로 움츠러들며, 피부에 소름이 번진 채, 처녀로서의 수치심에 멀어 버린 사랑스러운 진회색 눈을 내리깔았고, 그러자 퀸트는 사랑, 또는 사랑 놀음에 수줍음을 주체하지 못해 웃음을 터뜨렸다.(무례한 비웃음은 아니었고 다정한 웃음이었지만, 그래도 어쨌든 웃음이었다.) 오, 어처구니가 없었다! 이제 제셀은 ─ 그녀는 자신에게 더 이상 격식 있는 호칭을 붙이지 않기로 했다. ─ 그런 기억을 떠올리면 짐승처럼 왁왁대며 웃어 젖히고 싶은 충동을 참느라 입술을 깨물고, 목에 단단하게 죄어진 사슬이 바짝 당겨지는 느낌을 상상하며 자신을 다잡는다. 그러지 않으면 그녀는 네 발로 엎드려 이곳 지하 묘지를 엉금엉금 기어 다니며 먹잇감을 쫓아다니게 될 테니까.(미약하게 찍찍거리고 조그만 발로 후닥닥 움직이는 소리를 듣자 하니, 겁에 질린 쥐들 같았다.)

지하 묘지! 그들은 '전환' 이후로 은신처 삼게 된 곳에 당혹감과 한스러움을 담아서 그런 이름을 붙였다. 여긴 축축하고 썰렁하고 어두컴컴한, 들큼하고 시큼한 썩은 내와 오래된 돌 냄새가 풍기는 곳이다. 사실은 거대하고 흉물스러운 블라이 저택 지하실의 버려진 외딴 창고 구역일 뿐, 지하 묘지처럼 낭만적인 구석이라곤 전혀 없다.

물론 밤이 되면 그들은 어디든 자유롭게 돌아다닌다. 충동에 사로잡히면(싸늘하게 가라앉은 퀸트보다는 열정적인 제셀이 더 쉽게 충동에 휩쓸렸다.) 낮에도 슬쩍 밖으로 나가 보기도 하지만 밤은, 아! 밤이야말로 호사스러운 무법 지대다! 바람에 너덜너덜해진 달빛이 비치는 블라이 저택의 앞마당에서, 퀸트는 벌거벗은 제셀을 쫓아다니며, 그 역시 반쯤 벌거벗은 몸을 유인원처럼 웅크린 채 음탕한 소리로 웃어 대곤 한다. 그러다 마침내 그가 늪 같은 연못의 기슭에서 그녀를 붙잡고 보면 제셀은 피에 흠뻑 취해 무아지경이 되어 있기 십상이고, 그럴 때면 퀸트는 뼈대가 섬세하면서도 지독하게 강인한 그녀의 턱을 잡아 벌려서, 그녀의 이 사이에 물린 채 축 늘어진, 털이 온통 피 범벅이 되어 파들파들 떠는 동물(새끼 토끼일까? 제셀은 알고 싶지도 않았다.)을 끄집어 내는 것이었다.

아이들이 집에서 지켜보고 있을까? 그 조그맣고 하얗고 열띤 얼굴들을 창문에 붙이고서? 어린 플로라와 어린 마일스는, 이 저주받은 연인들이 보지 못하는 무엇을 볼 수 있는 걸까?

간간이 제정신이 들면 제셀은 생각한다. 스코틀랜드 국경의 음침한 목사관에서 살던 시절에는 어째서 고깃기름에 찍은 빵을 먹지 못했던 걸까. 그때만 해도 그레이비소스는 피를 아주 살짝만 변형한 역겨운 음식으로 느껴졌다. 그녀가 먹었던 것은 오로지 채소, 과일, 곡류 등으로, 건강하다고 할 만한 입맛이었다. 그런데 블라이 저택 지하 묘지에서 지내는 지금은 그 시절에서 채 1년도 지나지 않았음에도 불구하고, 입안에서 오독오독 부서지는 뼈 맛에 황홀해서 몸서리를 칠 정도였고, 여전히 맥동하는 뜨끈하고 농밀한 피의 맛을 보면 그처럼 달콤한 것은 세상에 또 없어서, 그녀의 한없는 허기가 채워지진 못할지언정 잠시라도 진정될 수 있으리라는 기대감에 벅차오른 영혼이 그래! 그래! 바로 이거야! 끝없이 마시기만 해!라고 외치기까지 했다.

생전에 그녀는 어디까지나 경건한 기독교인이었고 쭈뼛쭈뼛 겁을 내며 키득거리는 버릇이 있는 선량한 처녀 — 머리 끝부터 발끝까지 처녀였다.

그런데 죽고 나니, 적나라하게 표현하자면, 시체 먹는 악귀가 되어 버린 것이다.

그녀가 자기혐오와 자포자기의 감정에 휩쓸려서 자살해

버렸기 때문에 이런 저주를 받게 된 것일까? 아니면 자살한 장소가 하필이면 아이들이 아조프해라고 부르는 그 질퍽한 흙탕 연못이었던 게 문제였을까? 아니면 그녀의 자궁 속에 생겨났던 유령 같은 존재까지 덩달아 죽여 버린 게 문제였을까?

퀸트의 씨앗이 그녀의 안에 깊숙이, 뜨겁게 박혀 있었다. 화끈한 불길과 함께 임신이 되고부터 슬픔, 고통, 분노, 반항심, 영혼으로부터 올라오는 욕지기가 뒤따랐다.

다른 선택지는 보이지 않았다. 미혼모, 유린당한 처녀, 불명예와 연민과 수치를 짊어진 여자가 되지 않으려니 죽는 것 외에 다른 방도는 없었다.

정말이지, 이 거대하고 흉물스러운 블라이 저택이 상징하는 품위 있는 기독교 세계 안에서 다른 선택의 여지라고는 '전혀' 없었다.

어린 플로라는 자기 가정 교사가 죽었을 당시 일곱 살이었다. 슬픔에 사무친 아이는 아직까지도 그녀를 그리워한다. 제셀 선생님을!

나도 널 사랑해, 사랑스러운 플로라. 제셀은 그 아이의 잠 속으로 소리 없는 말을 불어넣는다. 다른 선택지가 없었던 나를 부디 용서해 주렴.

아이들은 용서하는가? 물론 언제나 용서한다.

아이들이니까, 천진하니까.

어린 플로라와 어린 마일스 같은 고아들은 더더욱 그렇다.

불꽃 같은 머리카락과 수염을 지닌, 주인님의 하인인 피터 퀸트가 '전환'으로부터 받은 격심한 충격과 그로 인한 변화는 어떤 의미에서는 제셀이 겪은 변화보다도 더욱 기이했다. 지금도 그로스 부인은 그를 "사냥개 녀석!"이라고 부르며 축 늘어진 턱살을 의분으로 부르르 떨지만.

거칠고 부주의했던 총각 시절, 방종한 청춘을 지나치게 오랫동안 누렸던 퀸트는 양심이라고는 티끌만큼도 거리끼지 않았다. 그의 몸은 훤칠하고 유연한 데다 근육질이었고, 피부는 붉은머리칼을 가진 사람 특유의 흰빛으로 윤이 흘렀으며, 제 주인의 조끼, 트위드 옷, 승마 바지, 가죽 부츠를 훔쳐다가 몸치장까지 하면 연약한 여자들은 그 잘생긴 용모에 당해 내질 못했기에, 퀸트는 누구든 마음대로 꾀어낼 수 있었고 따라서 블라이 저택 사용인들 중 절반과 질펀하게 놀아먹었다. (심지어 그로스 부인도 그의 상대였다고 믿는 이들도 있었다. 그래, 그가 죽어 버린 지금까지도 분노를 늦추지 않고 한결같이 그를 증오하는 그로스 부인마저도 그랬다는 것이다.) 블라이 저택의 사용인들 중 유부녀 한두 명이 낳은 아기는 사실 퀸트의 사생아라는 소문도 있었다. 본인들이 숫제 그렇게 떠벌리기도 했다. 숨길 수 없는 증거이자 저주인 붉은머리를 타고난 아기이든, 그렇지 않은 아기이든 간에. 저택뿐만이 아니라 마을에도, 더 나아가 군(郡) 전역에 퀸트의 자식들이 흩어져 있다고들 했다.

주인님은 퀸트와 동년배였고, 술에 취해서 기분이 좋을 때는 퀸트를 극진히 대접하는 버릇이 있었다. "퀸트, 이 친구야, 자네가 내 밥벌이를 대신해 주게, 응?" 하면서, 저러다가는 자기 하인의 옆구리를 쿡쿡 찌르기도 하겠다 싶을 정도로 친근하게 말을 붙이는 것이었다.

약삭빠른 퀸트는 귀족들이 자기 신분을 잊어버린 척하면서 상대방도 제 주제를 잊게끔 유도하는 경우가 있으며 그런 수작에 말려들면 큰일 난다는 걸 알았기에, 고개를 깎듯이 치켜들고 똑바로 선 자세를 유지하면서 어디까지나 비굴하고 예의 바른 태도로 조용히 말했다.

"네, 주인님. 어떻게 하는지 설명해 주시면 하겠습니다. 시켜만 주십시오, 주인님."

그의 말에 주인님은 젖은 자갈들을 삽으로 거칠게 퍼내는 듯한 소리로 웃기만 했다.

그러던 퀸트가 운명의 변화를 맞아 이제는 상당히 냉철한 사람이 되었으니, 너무나도 뜻밖이고 역설적인 일이었다. 그는 딱한 제셀과 달리 자살한 것은 아니었다. 하지만 제셀의 장례식 바로 다음 날, 동 트기 전의 으스스한 새벽녘에 '검은 황소(블라이 마을에 있는 술집)'에서 저택으로 돌아가는 길목에 있는 바위투성이 비탈에서 그가 술김에 발을 헛디뎌 추락해 죽은 걸 보면, 아예 사고라고 할 수만도 없긴 했다.

시간이 멈춘 듯 느껴지는 지하 묘지에서 그들은 퀸트의 죽음에 대해 자주 논한다. 제셀은 생각에 잠긴 채 이렇게 말하기도 한다.

"당신이 그럴 필요는 없었어요. 그렇잖아요. 당신이 죽을 거라고는 아무도 기대하지 않았을 거예요."

그러면 퀸트는 성가신 듯 어깨를 으쓱하며 대꾸한다. "나는 사람들이 기대하는 대로 행동하지 않아요. 나 자신에게 기대하는 대로 행동하지."

"그러면 나를 사랑하는 건가요?" 그녀는 떨리는 목소리로, 종종 되풀이하는 질문을 다시금 꺼내 본다.

"우리 둘 다 사랑의 저주를 받은 것 같군요." 퀸트는 턱수염을 쓰다듬으며 단조롭고 공허한 음성으로 말한다.(한때는 그의 남자다운 태도를 상징하는 자존심이었던 턱수염이 이제는 형편없이 들쑥날쑥하다.) "서로에 대한 사랑 말이죠. 그리고, 빌어먹을…… 어린 플로라와 어린 마일스는."

"오! 그렇게 거칠게 말하지 말아요. 우리에게는 그 애들밖에 없잖아요."

"하지만 우리한테 그 애들이 정말로 '있는' 건 아니죠. 걔들은 아직……." 퀸트는 얼굴을 찌푸리며 깐깐하게 말을 고른다. "……아직 '전환'하지 않았잖아요."

음산한 우울에 휩싸인 제셀은 분노로 반짝이는 눈을 들어 올린다. "그렇긴 하죠. 아직은."

어린 플로라, 어린 마일스! 그 아이들은 아직 살아 있기에 연인과 합류하지 않았다. 하지만 연인은 그들을 원하고 있다.

퀸트가 직접 설명한 적은 없지만, 제셀이 보기에 그는 가족을 사랑하는 축복(어떤 이들은 저주라고 하겠지만)을 타고난 남자라서 그 아이들에게 애착을 느끼는 듯하다.

생전에 수줍음을 너무 많이 탔고 그때마다 피부에 번지는 붉은 발진에 시달렸던 제셀은("신경성" 발진이라는 것이 이따금씩 그녀를 괴롭혔다.) 이제는 열정적이고 무모해져서, 툭 터놓고 자기 심경을 토로했다.

"플로라는 내 영혼이에요. 절대로 포기하지 않을 거예요. 아무렴요, 어린 마일스도 그렇고요!"

그들이 '전환된', 즉 죽은 이후로 ─ 사람들이 그들의 부음을 받고, 장례식을 치르고, 아이들을 따돌린 채 저들끼리 쉬쉬하며 쑥덕거린 이후로, 플로라와 마일스는 마음속으로만 그들을 애도해 왔다. 블라이 인근에 사는 사람들은 모두 죽은 연인을 "타락하고 부패한 죄인들"이라 불렀고, 플로라와 마일스는 그들을 언급하는 것조차 금지당했기에 제셀 양과 피터 퀸트에 대한 추억이라도 떠올리려면 오로지 멀리서만, 꿈속에서만 할 수 있다.

그들 남매는 각각 여덟 살과 열 살의 불행한 아이들이다. 몇 해 전에 부모님이 인도에서 불가사의한 열대 질환으로 숨지는 바람에 비극적이게도 고아가 되었다. 블라이 저택의 주인이자, 런던 할리 거리의 호화로운 셋집에서 독신 생활을 하는 백부가 그들의 후견인으로서, 그는 조카들을 아주, 아주 아낀다고 늘 말하고 다닌다. 자신은 정말로 아이들에게 ─ 아이들의 안녕, 교육, "도덕적이고 기독교인다운 자아"에 헌신하고 있다며, 충혈된 눈을 게슴츠레 뜨고서도 말은 그렇게 한다.

스무 살의 제셀 양이 블라이 저택의 주인님을 할리 거리의 셋집에서 만나 면접을 봤을 때 그녀는 크게 뜬 눈으로 그를 빤히 쳐다보며 가늘게 떨면서, 면직 치맛자락 위에 깍지 낀 두 손의 툭 불거진 뼈마디가 새하얗게 물들 만큼 힘을 주었다. 가난한 목사의 딸로서 노포크의 가정 교사 학교에서 교육받은 그녀는 평생 이런 사람을 마주하기는 처음이었다! 신사다우면서도 남자답고, 실제 혈통은 어떨지 몰라도 태도만큼은 확실히 지주 귀족인, 그러면서도 솔직 담백하면서 살짝 짓궂은 투로 대화할 줄도 아는 남자. 젊은 가정 교사는 자신보다 사회적 지위가 높은 이들을 신뢰했으므로, 주인님이 그녀가 가정 교사로서 할 일이나 부모를 여읜 아이들을 돌보는 일에 대해서는 빠르게, 심지어는 대충 설명하고 넘어가고는 그녀가 맡아야 할 "주요 책무"에 있어서는 그 어떤 상황에서도 문제를 일으켜서는 안 된다는 점을 여러 차례 강조하며, 그녀의 숨을 막히게 하는 특유의 뜻 모를 미소를 지었어도 그게 이상하다는 생각은 하지 않았다.

제셀 양은 멍한 현기증에 들떠 자기도 모르게 키득거리고는 들릴락 말락 한 목소리로 되물었다.

"……'어떤 상황에서도'라고요, 나리?"

그러자 주인님은 고상하게 미소 지으며 대답했다.

"당신이라면 신뢰할 만하겠소. 아! 당신은 어떤 책임이라도 감당해 낼 것 같군!"

그렇게 면접은 시작한 지 30분도 채 안 되어 끝났다.

어린 플로라는 제셀 양의 기쁨이었다. 제셀 양의 천사였다. 그 이유는, 지극히 단순하게도 — 황홀경에 빠진 그녀는 글링던의 고향집으로 보내는 편지에 이렇게 적었다. — 플로라가 평생 본 그 어떤 아이보다 아름답고 귀엽기 때문이었다. 연한 금빛의 실크 같은 곱슬머리, 풍성한 속눈썹 아래 씻긴 유리알처럼 투명한 푸른 눈, 달콤한 노랫가락 같은 목소리까지도. 처음에는 수줍어했다. 아, 슬픈 수줍음이었다! 부모에게는 버림받았고 백부는 자신을 겨우 참아 주고 있을 뿐이라는 듯이, 그 아이는 자신의 인간적 가치를 전혀 자각하지 못하고 있었다. 저택의 가정부인 그로스 부인을 통해 플로라를 소개받았을 때, 처음으로 그녀와 눈이 마주친 순간 플로라는 제셀 양의 다정하고도 면밀한 눈길을 못 견디고 눈에 띌 만큼 움츠러들었다. "어머, 안녕, 플로라! 나는 제셀 선생님이야. 너와 친구가 되고 싶어."라고 말하는 제셀 양도 수줍음을 탔지만, 그 완벽한 아이를 바라보는 눈빛이 너무나 환희에 차 있어서 플로라도 그 마음을 알아차릴 수밖에 없었다. 플로라가 잃어버린 젊은 엄마가 돌아온 것이다, 마침내 엄마가 왔다!

불과 며칠간의 행복한 시간을 보낸 끝에, 제셀 양과 어린 플로라는 떼려야 뗄 수 없는 친구가 되었다.

플로라가 귀엽게도 "아조프해"라는 이름으로 부르는 연못 기슭의 풀 둔덕에서 그들은 함께 소풍을 즐겼다. 둘이 함께 하얀 장갑을 낀 손을 맞잡고서 1.5킬로미터 거리의 교회에도 갔다. 식사도 늘 함께 했다. 오건디 주름 장식이 달린 플로라의 침대는 제셀 양의 방 한쪽 구석으로 옮겨졌다.

　장로교인인 제셀 양은 어둠속에서 침대 옆에 무릎을 꿇고서 열렬히 기도를 올렸다. 하나님, 이 아이에게 인생을 바치겠다고 맹세합니다! '그'가 넌지시 지시한 제 몫보다 훨씬, 훨씬 더 많은 정성을 쏟겠나이다.

　제셀 양이 전지전능한 신에게 저 숭고한 '그'가 누구인지 밝힐 필요는 없었다.

　행복한 망각 속에서 몇 날, 몇 주가 흘렀다. 망각이 없는 행복이 무슨 행복이겠는가? 얼굴이 약간 좁고 창백하고, 수수하게 예쁘장하고, 강렬한 검은 눈동자를 지닌 글링던 출신의 젊은 가정 교사인 그녀가, 환상에 빠지는 것은 이교도적인 탐닉이라고 여겨서 오랫동안 기피해 왔던 그녀가 이제는 백일몽에 빠져들게 된 것이었다. 어린 플로라에 대한, 주인님에 대한, 그리고 — 그렇다. — 자기 자신에 대한 백일몽이었다. (이때 마일스는 학교에서 지내고 있어서 집에 없었다.) 새로운 가족이잖아. 가장 정상적인 가족을 꾸릴 수 있다고. 왜 안 되는데? 잉글랜드의 모든 젊은 가정 교사와 마찬가지로 제셀 양도 『제인 에어』를 탐독했다.

　이때는 아직 피터 퀸트를 알기 전이었다.

　어린 플로라가 여자아이로서 완벽했던 만큼, 그 오빠인 어린 마일스는 남자아이로서 완벽하게 곱고 천사 같았다. 마일스가 블라이 저택에서 지낼 때는 그 아이의 백부가 신뢰하는 종자(從者) 하인인 피터 퀸트의 지도를 받았다. 사용인들 중에서 피터 퀸트에게 비판적인 이들, 특히 그로스 부인은 이 사태를 유감스럽게 여겼다. 교활한 퀸트가 블라이 저택과 그 주변 일대에서 신사 행세를 하고, 주인님의 옷가지를 훔쳐 입고 멀끔한 외양(그런 종류의 외모를 좋아하는 부류에게는 그렇다는 말이지만)을 과시하고는 있지만, 기실 그의 태생은 중부 지방 출신의 천한 시골뜨기일 뿐이고 아무런 교육도 훈육도 받지 못한 "상스럽고 무뢰한 사냥개"라며 그로스 부인은 콧방귀를 꼈다.

그는 숙녀들에게 인기가 많은 남자라는 평판이 있었다. 물론 그 평판에 대해 어설프게 가해지는 반격도 있었으니, 퀸트가 만나는 여자들은 '숙녀'가 아니라는 반박이었다.

가끔 주말이면 주인님이 불시에 기차를 타고 블라이 저택에 올 때가 있었다. "나의 시골 도피처"로 돌아왔다고 말하는 그의 얼굴은 뚱하고 붉게 상기되어 있어서 그야말로 도피 중인 신사라 할 만했다. (치정 사건으로부터의 도피였을까? 아니면 도박에서 큰 낭패를 봐서? 그건 그의 종자 하인조차 몰랐다.) 그가 바들바들 떠는 제셀 양에게는 거의 관심을 주지 않았을 뿐만 아니라 자꾸 엉뚱한 이름으로 부르기까지 했기에 제셀 양은 그를 원망스러워했다. 그리고 가엾은 플로라는 가장 예쁜 핑크색 드레스를 입고 희망에 차서 천사처럼 활짝 웃었지만, 주인님은 그 아이에게 사실상 아무런 관심도 주지 않았다. 그는 피터 퀸트와 둘이서만 이야기하고 싶다며 그를 부르고는, 뜻밖에도 조카 마일스를 이튼에 입학시키겠다는 화제를 꺼냈다.

"나는 말일세, 퀸트, 내 딱한 바보 동생의 아들이 사내애가 되길 바라네. 그러지 못하면, 알잖나." 여기서 그는 낯을 찌푸리며 멈칫했다. "……사내애가 못 되는 거야. 무슨 말인지 알겠나?"

주인님의 얼굴은 거북함과 억눌린 분노 같은 감정으로 벽돌처럼 벌겋게 달아올라 있었다. 현명한 퀸트는 눈치껏 공손하게 웅얼거렸다.

"네, 알겠습니다."

"이 남학교들은…… 악명 높지! 온갖 종류의……." 여기서 그는 또 말을 끊고 넌더리를 내고는, 초조하게 콧수염을 쓰다듬었다. "터무니없는 행동들을 하거든. 차마 입 밖으로 꺼낼 수 없는 짓거리들이지. 하지만 내 말이 무슨 뜻인지 자네도 알 거야."

퀸트는 마일스가 다니게 될 명문 학교는 차치하고 사립 남학교 자체에 다니는 특혜를 누려 본 적이 없었으므로 주인님의 말을 확실히 이해했다고 자신할 수 없었다. 어림짐작할 수는 있었지만, 그래도 그는 자기 구레나룻을 쓰다듬으며 주저했다. 퀸트가 주저하는 것을 보고 나름의 혐오감을 섬세하게 표현하려는 의도라고 해석한 주인님은 서둘러 말을 이었다.

"달리 이야기하자면 이런 걸세, 퀸트. 나는 내가 책임지고 있는 아이들이 기독교인다운 온당한 행동 규범에, 즉 보통의 인간다운 행동 규범에 응하기를 원하네. 알겠나? 그리 큰 요구 사항은 아니지만, 가장 중요한 것이지."

"맞습니다, 주인님."

"내 조카는 내 피를 타고났고 내 이름을 물려받을, 위대한 잉글랜드 혈통의 후손일세. 그러니 그 아이는 결혼하고 자식을 낳아서 이 혈통을⋯⋯."

그는 또 말을 끊은 채, 끔찍스러워하는 표정으로 입꼬리를 축 늘어뜨렸다. 그 미래를 상상만 해도 욕지기가 나는 듯한 표정이었다.

"⋯⋯영원히 이어 가야 하네. 또 그렇게 할 거고. 이해가 되나?"

퀸트는 애매하게 수긍하는 말을 웅얼거렸다.

"유전적 퇴화는 잉글랜드의 죽음을 뜻해. 그러니 그런 위험의 씨를 말려야 하네."

"씨를 말린다고요, 주인님?"

"퀸트, 우리끼리만, 남자 대 남자로서 하는 말인데, 나는 그 딱한 녀석이 '남자답지 못하게' 되는 꼴을 보느니 차라리 죽기를 바란다는 걸세."

그 말에 퀸트는 블라이 저택의 주인님을 빤히 쳐다보았다. 자기 입장도 깜빡 잊고 주인님의 얼굴을 샅샅이 뜯어보기까지 했다. 하지만 그 신사의 충혈된 눈은 단조롭고 불투명할 뿐 별다른 내색을 보이지 않았다.

그렇게 면담은 급작스럽게 끝났다. 퀸트는 주인님에게 절하고 물러나면서 생각했다. 맙소사! 상류층 사람들은 내 생각보다도 더 야만스럽네.

그러나 어린 마일스는 주인님의 피를 타고난, 명망 있는 잉글랜드 가문의 후손이자 상당한 재산을 물려받을 후계자이기는 했지만, 애정에 굶주린 아이이기도 했다. 성품이 상냥했고, 가끔은 장난기 있게 행동했지만 늘 명랑하고 귀여운 아이였다. 제 누이동생처럼 살결이 희면서 머리카락과 눈동자는 꿀빛이 도는 갈색이었고, 뼈대가 왜소한 데다 심장이 잘 두근거리고 숨이 가빠지는 체질임에도 불구하고 곁에 다른 사람들이 있을 때는 지칠 줄 모르는 활기를 발휘했다. (혼자 있을 때는 쉽게 침울해지고 비밀스러워지곤 했다. 부모님을 그리워하는 게 틀림없었다. 부모님을 여의었던 당시 마일스는 다섯 살이었으므로, 플로라와 달리 기억이 불명확하게나마 남아 있었다.) 마일스는 영리하고 총명했지만 학교는 좋아하지 않았다. 적어도 이튼에서 그가 만난 거친 급우들은 마음에 들어 하지 않았다. 그래도 불평하는 일은 거의 없었고, 특히 피터 퀸트를 비롯한 권위 있는 남자 어른들 앞에서는 절대로 불평하지 않겠다는 의지가 확고한 것 같았다.

퀸트는 마일스가 처음부터 자신에게 아이다운 애착을 드러내며 살갑게 구는 데에 놀랐다. 끌어안고 뽀뽀하는가 하면, 심지어는 여건이 허락되면 퀸트의 무릎 위로 기어 올라오기까지 했다. 그런 무방비한 감정 표현 앞에서 퀸트는 민망하면서도 동시에 우쭐해졌다. 마일스를 밀어내 보려고, 벌개진 얼굴로 웃으면서 "백부님은 이런 행동을 탐탁잖아 하실 텐데요, 도련님! 백부님이 보시면 '남자답지 못한' 행동이라고 하실 거라고요."라고 나무라기도 했지만, 그래도 마일스는 요지부동이었다. 실로 끈질겼다. 퀸트가 그를 강제로 떨어트리면 마일스는 울음을 터뜨렸다. 오랜만에 만날 때는 그에게 달려들어 엉덩이께를 와락 부둥켜안고서 발갛게 달아오른 조그만 얼굴을 푹 파묻는 버릇이 있었다. 눈도 제대로 못 뜬 새끼 고양이나 새끼 강아지가 제 엄마의 젖꼭지를 찾는 것처럼. "하지만 퀸트, 백부님은 저를 사랑하지 않잖아요. 저는 사랑받고 싶을 뿐이라고요."라며 애원하는 마일스에게 딱한 마음이 든 퀸트는 어색하게 그 아이를 쓰다듬고, 몸을 굽혀서 정수리에 입을 맞춰 주었다가도, 반사적으로 초조해져서 그를 또 밀쳐 내는 것이었다.

"마일스 도련님, 내 친구, 우리가 원하는 건 이런 게 아니잖아요!"

그는 웃었다. 그러면 마일스도 같이 웃었지만, 여전히 그를 단단히 붙잡은 채 가쁜 숨을 몰아쉬며 반항적으로 애원했다.

"오, 아니라고요, 퀸트? 정말요? 정말로요?"

제셀 양과 어린 플로라가 뗄래야 뗄 수 없는 사이였듯이 피터 퀸트와 마일스의 사이도 그랬다. 마일스가 방학을 맞아 집에 와 있을 때만 만날 수 있었지만. 그리고 남매는 서로에게 절실하다고 해도 좋을 만큼 애착이 깊었기에, 수수하게 예쁘장하고 수줍음 많은 글링던 출신 가정 교사와 그보다 지체 낮은 중부 지역 출신의 하인도 덩달아 함께 있을 때가 많아졌다.

금 간 거울을 들여다보며 무딘 면도칼로 면도를 해야 한다면, 그리고 아무리 말쑥할지언정 녹청색 때로 범벅된 옷들을 입고 있다면, 잘생긴 야성적 외모를 뽐내기란 도무지 쉬운 일이 아니다. 바람 많은 날 밤 달이 구름의 장막을 헤치고 지나갈 때 그는 지쳐 빠져 선잠에 들었다가 공포에 질려 퍼뜩 깨어난다. 나는 아직 죽지도 않은 것 같아. 진짜 나쁜 일은 아직 일어나지도 않은 건 아닐까.

불쌍한 제셀! '전환'의 과정에서 그녀는 더더욱 지독한 굴욕을 당했다!

한때는 순결했던, 윤나는 "스코틀랜드식 곱슬"을 지닌 젊은 가정 교사는 더러운 물웅덩이 속에서 반복적으로, 강박적으로 자기 몸을 씻는다. 플로라의 아조프해에서 묻어 나온 구중중한 진흙이 그녀의 겨드랑이, 배꼽, 검고 뜨거운 가랑이에 붙어 있고, 가랑이에서는 또 다른 구중중한 냄새가 풍긴다. 축축하고 흙내 나는 지하실에 왕성하게 번식하는, 가시가 돋은 독특한 종류의 무지갯빛 딱정벌레들이 그녀의 음모에 이끌려서 나무 옹이처럼 딱 달라붙어 있다. 그녀는 자살했을 당시 반항심 때문에 자신에게 딱 한 벌 있는 질 좋은 드레스를 입고 물에 뛰어들었기에, 그 드레스는 이제 오물에 뒤덮인 채 뻣뻣하게 말라붙었고, 한때 새하얗던 페티코트는 흙 얼룩이 졌고 아직까지도 다 마르지 않아 눅눅하다. 그녀는 울분을 터뜨리고, 흐느껴 울고, 부서진 손톱으로 자기 뺨을 할퀴어 대다가, 애인을 돌아보고는 따져 묻는다. 자신에게 히스테리 기질이 있음을 알았으면서 대체 왜 자신과 관계를 가졌느냐고.

퀸트는 미안한 투로 항변한다. 남자는 남자일 뿐이라고, 여자를 수태시키기 위한 성기를 달고 태어난 동물이라고. 그들은 블라이의 외딴 시골이라는 낭만적인 환경에서 서로에게 끌렸는데, 건장한 청년인 피터 퀸트가 어떻게 그녀와 관계를 가지지 '않을' 수가 있었겠느냐고. 그녀가 "히스테리 기질"이 있어서 수치심을 못 이겨 자신의 소중한 목숨을 끊어 버릴 줄 그가 어떻게 알았겠느냐고.

제셀 양의 절박한 행위가 순전히 수치심의 발로였던 것만은 아니었다. 편리하고 현실적인 대처이기도 했다. 할리 거리에서 주인님이 지시하기를(물론 그로스 부인을 비롯한 사람들에게서 전해 들은 이야기였지만) 제셀 양을 해고하겠으니 즉시 방을 비우고 저택에서 사라지라고 했단다.

그러면 그녀가 어디로 돌아갈 수 있었겠는가? 글링던 목사관으로?

신세 망친 여자, 망가진 여자, 모욕당한 여자, 타락한 여자, 돌이킬 수 없이 '여자'가 되어 버린 여자.

제셀은 이 시간과 공간에 있는 모든 처녀는 "히스테리 기질"이 있다고, 특히 장로교회 가정 교사라면 누구보다도 더 그럴 수밖에 없다고 쏘아붙인다. 만약 그녀가 운 좋게 남자로 태어났다면, 그런 처량한 동물들은 전염병 보듯이 피했으리라고. 그러자 퀸트는 짜증스러운 투로 웃는다.

"그렇군요. 하지만, 나의 제셀, 알잖아요. 나는 당신을 사랑하는걸요.”

그 말이 허망한 비난조를 띠고서 공중을 맴돈다.

역설적인 점은, 저주받은 연인이 ‘전환’되어 이 황혼의 영역으로 오고부터 퀸트의 눈에 제셀은 오히려 생전보다 훨씬 더 아름다워 보이고, 제셀 역시 화가 났음에도 불구하고 퀸트가 세상 그 어떤 남자보다 매력적으로 보인다는 것이다. 때 묻고 너덜너덜해진 조끼, 셔츠, 반바지를 입고, 수탉의 볏 같은 벽돌색 머리카락에는 회색이 섞였고, 턱은 듬성듬성한 철사 같은 수염으로 뒤덮인, 지금까지도 허영심을 간직하고 있는 퀸트의 모습은 사뭇 애틋하다. 그 어떤 남자보다도 남자답지 않은가! 게다가 이제는 냉철하고 울적한 면모까지 더해져서 더더욱 멋지다. 그렇게 서로를 갈망하는 두 연인은 애타는 신음을 흘리면서, 서로의 손을 맞잡고, 서로를 감싸 안고, 어루만지고, 주무르고, 키스하고, 깨물지만 그러다가 이내 한숨을 쉰다. 결국에는 그들의 ‘물질적 존재’가 수증기처럼 비물질적인 것으로 변해 버리기 때문이다. 그 순간 퀸트의 두 팔은 그저 허공을 부둥킬 뿐이고, 제셀은 그를 마구 만져 보고 머리를 훑어 보고 입술을 맞대어 보지만 저주스럽게도 퀸트 역시 하나의 그림자일 뿐이다. ── 유령이 되어 버렸다.

“그러면 우리는 ‘진짜’가 아닌 건가요? 이제는?” 제셀이 숨을 헐떡이며 묻는다.

“우리가 사랑할 수 있고, 욕망할 수 있는데, 우리보다 더

'진짜'인 사람이 어디 있겠습니까?" 퀸트가 되묻는다.

하지만 퀸트도 남자라서 이 무력함 때문에 분통이 치미는 게 사실이다.

그래도 가끔 관계를 맺을 수는 있다. 나름대로는. 재빨리 즉흥적으로 행동해야만 가능하다. 그들이 그 행위를 해야겠다는 생각을 명확하게 의식하지 않으면, 운이 따라 줄 경우에는 가능할 때도 있다.

하지만 보통은 무언가 불가사의한 분해의 법칙 같은 것이 발동해, 그들의 '몸'을 이루는 분자들이 예기치 않게 흩어지면서 무엇이든 투과되는 성질로 변해 버린다. 반드시 둘 다 동시에 그렇게 변하는 것은 아니다. 그래서 제셀이 퀸트를 만지려고 '진짜' 손을 뻗은 순간 그 몸의 실체가 사라져서, 그녀의 '진짜' 손이 그를 그대로 통과하는 바람에 움찔하고 질겁할 때도 있다……. 이런 까닭에 연인은 지난날들을 너무나 그리워하고 있다. 그리 오래지 않은 과거에, 그들이 평범한 인간의 몸을 가지고 있었던 시절에는, 분자들이 만들어 내는 조화가 얼마나 기적 같은지 미처 이해하지도 못했다!

우리 살의 살, 우리 피의 피. 사랑스러운 플로라, 사랑스러운 마일스.

블라이를 어떻게 떠나겠는가? 제셀과 퀸트는 자신들이 보살펴야 할 아이들을 포기할 수 없다. 아이들에게는 그 두 사람뿐이다. 그래서 낮과 밤이 정처 없이 흘러가는 동안 그들은…… 어떻게 하면 아이들과 접촉할 수 있을지를 생각한다. 이 지하 묘지에서는 시간이 이상하게 흐른다. 산 자들이 밤 사이에 여러 개의 꿈을 띄엄띄엄 꿀 때처럼, 시간이 주름지거나 늘어나거나 단 몇 초로 줄어들기도 하는 것이다. 제셀은 가끔 절망에 북받치면, 욕망 때문에 이승과 연결되어 있어서 제대로 죽지도 못한 망자들에게는 시간이 아예 흐르지 않는지도 모른다는 생각이 든다. 고통은 한이 없고 결코 줄어들지도 않으리라고.

"퀸트, 끔찍한 점은 우리가 시간의 한 지점에 영원히 멈춰 있는 것 같다는 거예요. 우리가 '전환'됐을 때의 그 지독한 순간 말예요." 제셀은 눈동자가 한껏 팽창된 채 말한다. "앞으로도 이대로 아무것도 달라지지 않는 게 아닐까요. 달라질 수도 없고요."

퀸트는 재빨리 말한다. "아가씨, 시간은 흐르고 있어요. 당연히 흐르고 말고요! 당신이 먼저 떠났고 내가 따라갔던 것, 기억하죠? 그런 다음 우리의 장례식이 있었고요. 신속하게, 대강 치러진 감이 있었지만. 그리고 위층에서 우리에 대해 하는 말들도 점점 줄어들고 있어요. 예전에는 그 빌어먹을 도덕군자들이 우리 얘기밖에 안 했는데 말예요. 마일스는 지금 학교에 있는데, 아마 곧 있으면 부활절 방학을 맞아서 돌아올 거예요. 지난주에는 플로라의 여덟 번째 생일이 있었죠……."

"그때 우리는 감히 그 애와 같이 있어 주지 못하고 창밖에서 구경만 했죠. 문둥이들처럼요." 제셀이 발끈한다.

"그리고 새 가정 교사가 내일 오기로 되어 있다던데요. 당신을 대신할 사람이요.”

제셸이 깔깔 웃는다. 목구멍을 긁는 듯 앙칼지고 짧은, 즐거움이라고는 조금도 없는 웃음이다.

“나를 ‘대신’한다고요! 어림도 없어요.”

“회갈색 옷이라니, 게다가 저렇게 수수하다니! 피부색은 응고시킨 우유 같고요! 눈은 사팔뜨기인 데다 작기도 하네! 이마뼈는 어쩜 저렇게 툭 튀어나왔담!”

제셸은 격분한다. 분노로 부들부들 떨고 있다. 퀸트가 그녀를 타일러 보지만 불난 데 부채질하는 꼴밖에 안 된다.

저주받은 연인은 저택의 진입로가 내려다보이는 동쪽 사각형 탑 꼭대기에서, 새로 고용된 가정 교사가 겁먹은 미소를 지으며 그다지 우아하지 못한 자세로 마차에서 내려서는 모습을 지켜보고 있다. 어린 플로라의 손을 잡고 나온 그로스 부인이 둘을 소개시키려고 아이에게 앞으로 나서라고 재촉한다. 저 뚱뚱한 그로스 부인은, 정말이지 열성적이다! 한때 그녀는 제셸 양의 친구였는데, 나중에는 너무나 잔인하게 그녀를 내쳐 버렸다. 새 가정 교사는(퀸트가 엿듣기로는 데본셔의 오터리 세인트 메리라는, 글링던만큼이나 사람들이 잘 모르는 시골 벽촌 출신이라고 한다.) 빗자루처럼 빼빼 마른 여자로, 맵시 없는 회색 보닛을 쓰고 심하게 구겨진 회색 여행용 망토를 걸쳤고, 작고 창백하고 못생긴 얼굴은 ‘성공’에 대한 희망과 염원으로 환히 밝혀져 있다. 제셸은 자신도 한때 그랬다는 기억이 떠올라 움찔하고는, 흐느끼다시피 중얼거린다.

"퀸트, 어떻게 이럴 수가 있죠! 다른 선생을 들이다니! 플로라에게서 내가 차지했던 자리를 다른 여자한테 넘겨주다니! 어떻게 이래요, 그자가!"

퀸트가 그녀를 달랜다. "플로라에게서 당신 자리는 아무도 빼앗을 수 없어요, 아가씨. 잘 알잖아요."

새 가정 교사는 기쁘게 함박웃음을 지으며 플로라를 굽어본다. 그러자 플로라는 제셀 양이 근처 어디엔가 있지 않은지 확인하려고 자기 어깨 너머를 슬쩍 돌아본다. 그걸 본 제셀은 심장이 덜컥 멎는다.

그래, 사랑스러운 플로라. 제셀 선생님은 항상 네 근처에 있단다.

그렇게 혹독한 경쟁이 시작된다.

어린 플로라와 어린 마일스를 위한 싸움.

"그 여자는 '그자들' 중 한 명이에요." 제셀은 주먹으로 입을 꾹 누르며 말한다. "그중에서도 최악이죠."

제셀은 그들 넷이 언젠가는 재결합하리라는 희망을 전제로 광적인 음모를 궁리하고 궁리하고 또 궁리하지만, 그럴 가망이 별로 없다고 여기는 회의적인 퀸트는 애인의 음모에 엮이고 싶지 않은 마음이다.

"최악이라고……?"

그가 얼굴을 찌푸리며 되묻자, 제셀은 눈물을 글썽거리며 대꾸한다.

"악랄한 기독교인! 청교도! 그런 부류 있잖아요. 다른 사람들의 삶을 증오하고 두려워하는 사람. 기쁨, 열정, 사랑을 증오하고 두려워하는 사람. '우리'가 가졌던 그 모든 것을요."

잠깐 침묵이 흐른다. 퀸트는 어느 나른하던 여름날 오후를 회상하고 있다. 푸른 멍이 든 아름다운 하늘에 천둥 없이 번개가 번뜩이고 제셀 양은 그의 품에 안겨서 울던 때, 높다랗게 자란 풀숲에서 향기가 풍겨오고, 떼까마귀들이 우짖고, 어린 플로라와 어린 마일스는 아카시아 숲을 거쳐 다가오면서 부드럽게, 엉큼하게, 즐겁게 그들을 불렀다. 오, 제셀 선생님! 오, 퀸트 아저씨! 어디 숨어 있어요? 우리 봐도 돼요?

퀸트는 몸서리를 친다. 제셀 역시 잃어버린 애틋한 오후들을 추억하고 있는 듯하다.

물론 퀸트도 주인님이 어린 플로라의 새 가정 교사를 고용했다는 사실이 신경에 거슬린다. 하지만 합리적으로 보자면, 새 가정 교사가 근시일 내에 들어오긴 해야 하지 않겠는가? 이 세상에서 제셀 양은 죽은 걸로 되어 있고, 모든 망자들이 가는 데로 떠난 것으로 알려져 있으니까. 주인님은 예전 가정 교사가 죽은 지 24시간 내로 새 가정 교사를 구할 수도 있었는데 그나마 예의 때문에 그러지 않은 것뿐이다.

그래, 새 종자 하인도 고용되었다. 하지만 그 하인은 주인님을 따라 할리 거리의 집에서 지낼 예정이고, 따라서 마일스를 만날 일은 없다고 한다.

그 소식에 퀸트는 의아해졌다. 주인님이 아는 걸까? 제셀과 나에 대해서만이 아니라, 아이들에 대해서도?

쿼트가 제셀에게 묻는다. "그게 다 보인단 말이에요, 내 사랑? 저 딱한 말라깽이의 얼굴에 그렇게 많은 게 드러난다고요?"

"당연하죠! 당신에겐 안 보여요?"

제셀의 노기 띤 아름다운 눈도, 피부도 광포한 달빛을 받아 번뜩이고 있다. 그녀의 입은 상처다. 쿼트는 그걸 바라보기만 해도 흥분된다는 생각을 하면서, 그녀의 뜻에 따르기로 결정한다.

쿼트가 먼저 새 가정 교사의 앞에 나타난다. 솔직히 쿼트는 그 젊은 여자의 행동거지, 옷 속에 감춰진 조그맣고 가냘프고 뻣뻣한 몸, 초조하게 치켜든 머리, 재빨리 움직이는 강철 같은 회색 눈에 혐오감을 느끼면서도 동시에 마음이 끌린다. 제셀 양과 피터 쿼트는 플로라의 앞에 나타난 적이 몇 번 있었고 (연못가에서 새 가정 교사가 아무것도 모른 채 플로라에게 떠드는 동안 연못 건너편에 제셀 양이 나타나 플로라에게만 모습을 드러낸다든지, 가끔 제셀과 피터 쿼트가 같이 팔짱을 끼고 나타난다든지 했다.) 그때마다 플로라는 무아지경과도 같은 신비로운 만족감에 빠져서 그들을 빤히 쳐다보곤 했다. 그런데 새 가정 교사의 반응은 완전히 딴판이다. 그녀가 내보이는 충격과 경악과 적나라한 공포는 남자에게 한없이 뿌듯한 즐거움을 안겨 주는 것이다.

젊은이다운 정력과 욕구를 지닌 남자에게는 그럴 것이다.

퀸트는 '전환'되면서 그 모든 것을 박탈당했지만.

　퀸트는 서쪽의 사각형 탑으로 올라간다. 몸이 없으니 체중도 없어서 그는 가뿐한 기분으로 나선형 계단을 한달음에 뛰어올라가 총안이 뚫린 꼭대기의 흉벽 앞에 이른다. 블라이 저택의 '총안'은 십여 년 전에 낭만적인 중세 복고풍이 반짝 유행했을 당시에 덧붙여진 건축적 장식에 지나지 않는 것으로, 인조 화석이나 마찬가지다. 그래도 고풍스러운 게 나름 정취 있긴 하다. 그 점만은 누구도 부정할 수 없을 것이다. 멋들어진 분위기를 자아내는 곳이다. 퀸트는 저 아래의 오솔길을 따라 건물로 걸어오는 가정 교사를 내려다본다. 그녀는 골똘히 혼자만의 생각과 흥분에 빠진 채 처녀다운 연약함을 드러내고 있다. 퀸트는 자신의 늘씬한 몸을 내려다보며 매무새를 가다듬다가, 자신이 정말이지 수려한 남자라는 실감이 들어서 흡족해진다. 이리저리 떠돌던 늦은 오후의 바람이 잠잠해지고, 사방에서 안달복달 울어 대던 떼까마귀들도 울음을 그치고 기이한 정적이 감돌고 ── 그리고 가정 교사가 눈을 들어 탑 꼭대기를, 총안 뚫린 벽을, 그를 올려다본 순간, 그녀가 충격에 사로잡히는 것을 보고 퀸트는 전율하는 기쁨을 느낀다. 아, 이런 행복이라니!

　퀸트와 가정 교사의 눈이 마주친다. 그 몇 초간의 극적인 순간이 몇 분으로 늘어나는 동안 두 사람은 서로를 마주 본다. 퀸트는 냉랭하고 엄숙하게 '꿰뚫는 듯한' 시선(경험 없는 앳된 처녀들도, 그렇지 않은 여자들도 그 눈은 쉽사리 잊지 못했다.)으로, 가정 교사는 경계심과 의구심과 공포가 실린 시선으로. 그 딱한 여자는 자기도 모르게 뒷걸음질 친다. 떨리는 손을 목에 가져다 댄다. 퀸트는 자신의 눈길이 불러일으키는 효과를 완전히, 끝까지 밀어붙인다. 그녀가 저 아래 오솔길에 못박히도록, 그의 뜻에 따라 그녀가 그 자리에 선 채로 마비되도록. 이 공연을 위해 퀸트는 그럭저럭 부끄럽지는 않을 만큼 매력적인 옷가지들을 맞춰 입고 나온 참이다. 아직 주름이 잡혀 있는 바지, 이런 경우를 대비해 잘 보관해 둔 흰 실크 셔츠, 주인님의 우아한 코트, 체크무늬 조끼까지. 남의 것들이지만 퀸트의 남자다운 몸에 걸치면 훌륭한 쓸모를 발휘한다. 수염도 갓 깎아서 으스스하면서 낭만적인 분위기를 더했고, 당연하게도 모자는 쓰지 않았다. 남성미 넘치는 수탉 볏 같은 머리카락을 과시해야 하니까.

"악마가 되는 거죠." 퀸트는 제셀에게 이렇게 설명한 바 있다. "당신네 여자들이 좋아하는, 멋쟁이 신사 스타일의 악마 말예요."

그래서 가정 교사는 정말로 그 자리에 붙박힌 채, 조그맣고 창백한 얼굴에 자신이 느끼는 감정의 격동을 고스란히 드러내며 서 있다. 퀸트는 이렇게까지 계획적으로 '출몰'하는 것은 처음이지만, 전문 배우처럼 주도면밀하게 태연한 태도를 내보이며, 가정 교사를 쳐다보는 눈길을 그대로 유지하면서 천천히 흉벽을 따라 걸음을 옮긴다. 당신은 나를 모르지만, 아가씨, 내가 누구인지 짐작할 순 있을 거야. 미리 경고를 받았을 테니.

가정 교사가 꼼짝 못하고 얼어붙은 아이처럼 그를 올려다 보는 동안, 교활한 퀸트는 탑의 모퉁이를 마저 둘러가서 그예 '사라진다.'

더없이 만족스러운 경험을 마친 그는 각별하고 에로틱한 여운에 잠긴 채 생각한다. 우리 자신이 어떤 힘을 휘두르는지를 제대로 알려면, 상대방의 입장에서 그게 어떻게 보이는지를 봐야만 하는 거야.

흥분한 제셀은 자신의 "대리"가 당장에 블라이 저택에서 도망칠 거라고 호언장담한다.

"내가 그런 상황에 처한다면 그럴 거예요!"

"유령을 본다면 말인가요?" 퀸트는 어리벙벙한 채 묻는다. "아니면 '나'를 보면 그럴 거란 거예요?"

그러나 제셀은 놀랍고도 지극히 실망스러운 결과를 맞닥 뜨린다. 데본셔의 오터리 세인트 메리에서 온 가정 교사가 블라이 저택에서 도망치지 않고, 포위 공격이라도 당하는 사람처럼 꾹 참고 버티는 것이다. 그녀는 확연히 겁을 내고 있지만 동시에 긴장하며 경계하고 있다. 그녀가 풍기는 기운은…… 뭐라고 해야 할까? 청교도답게 고지식하고 자학적인 열성? 기독교의 순교자 같은 완고한 결의? 퀸트는 다시금 그녀의 앞에 나타난다. 이번에는 유리창 한 장을 사이에 두고 불과 한 발짝 거리에 떨어져 있다. 그런데 그 젊은 여자는 몸을 최대한 곧게 세우더니 (제셀처럼 키가 크지는 않다. 기껏해야 160센티미터나 될까 말까다.) 팽팽한 긴장 속에서도 흔들리지 않는 눈길로 퀸트를 한참 쳐다본다.

퀸트는 얼굴을 험악하게 찡그린다. 내가 누구인지 알 텐데! 경고를 들었을 거 아니야!

가정 교사는 너무 무서워서 혈색이 싹 빠져나가 얼굴이 섬뜩한 밀랍 빛깔이 되었고, 밋밋한 가슴 위에 올린 두 손은 주먹을 너무 힘껏 쥐어서 뼈마디가 새하얗게 변했다. 그러면서도 그녀는 퀸트에게 도전하듯 마주 보고 있다. 그래, 나는 당신을 알아. 하지만 굴하진 않겠어.

퀸트가 그녀의 앞에서 사라지자 그녀는 또 한 번 뜻밖의 행동을 한다. 자기 방으로 뛰어 들어가 숨지 않고, 오히려 집 밖으로 나오더니 테라스로 서둘러 건너가는 것이다. 만약 퀸트가 피와 살이 있는 남자, '진짜' 남자였다면 그 역시 그렇게 테라스로 나가서 창문 안을 들여다봤을 것이다. 하지만 물론 테라스에는 아무도 없다. 창문 밑에 드문드문 자란, 물크러진 개나리꽃들도 손 대지 않은 그대로 남아 있다.

가정 교사는 창백하면서도 오만한 얼굴로, 조그만 테리어종 개처럼 불안해하면서도 열성적으로 유리창 안을 이리저리 들여다본다. 그녀는 확실히 공포에 질렸지만 공포만으로는 그녀를 단념시킬 수 없을 모양이다. (오늘은 일요일이니, 늘 경계를 늦추지 않는 그로스 부인을 포함해 사용인들 대다수가 블라이 마을의 교회에 가고 없다는 점을 고려하면 그녀의 행동은 더더욱 용감한 것이다.) 퀸트는 근처의 산울타리에서 침울하게 기다리고 있던 제셀과 합류한 뒤, 수수하고 단정하고 금욕적인 보닛을 쓰고 촌스러운 옷을 입은 가정 교사를 지켜본다. 저 조그맣고 얼빠진 여자는 실로 반항적이다! 제셀이 엄지 손톱을 물어뜯으며 중얼거린다.

"어떻게 저럴 수 있죠, 퀸트! 정상적인 여자가 유령을 목격하면…… 아니, 그런 상황에서는 유령이 아니라 실제 남자를 본다 하더라도 도와달라고 비명을 지르며 도망쳐야 할 텐데요."

퀸트는 성가셔하며 대꾸한다. "내 사랑, 아마도 내가 우리 생각처럼 그렇게 무시무시하지는 않은 모양이지요."

제셀은 걱정스러운 투로 말한다. "아니면 그 여자 쪽이 정상적인 여자가 아닐지도요."

시간이 지나 그 사건을 돌이켜본 퀸트는 짜증과 언짢음을 넘어서 성적인 흥분을 느낀다. 젊고 의지력 강한 새로운 여자가 블라이 저택에 들어왔다는 사실이 그에게 자극적으로 느껴진다. 비록 푸딩처럼 못생겼고 몸도 밋밋하고 가슴과 엉덩이가 널빤지 같은 여자이기는 하지만, 제셀만큼의 열정도 절실함도 없기는 하지만, 그래도 그녀는 살아 있지 않은가. 반면 가엾은 제셀은 죽었다.

퀸트는 뱀처럼 가느다랗고 형체 없는 몸으로 변신한다. 그러면서도 성기는 거대하고 불그스름하게 발기시킬 수 있다. 그는 몽마[19]니까. 그는 가정 교사의 침실로 스며들어 그녀의 침대로, 그리고 미약하게 몸부림치며 저항하는 그녀의 몸속으로 밀고 들어간다.

그가 부르르 떨며 신음을 내뱉자, 제셀이 주먹으로 그를 쿡 찌른다.

"악몽이라도 꾸는 건가요, 퀸트?" 그녀가 비꼬듯 묻는다.

그때 뜻밖의 국면이 전개된다. 불쌍한 마일스가 이튼에서 추방된 것이다!

퀸트와 제셀은 가정 교사와 그로스 부인이 그 문제로 상의할 때를 노려 대화를 엿듣는다. 두 여자는 이 사건을 둘러싼 수수께끼를 연거푸, 강박적으로 논하고 있다. 적잖은 충격을 받은 가정 교사는 당혹스러워하며 교장에게서 온 퇴학 통보서를 그로스 부인에게 읽어 주고, 그 편지에 적힌 오싹하고 퉁명스럽고 모욕적으로 정중한 문장들을 두 여자가 함께 분석해 보지만, 퇴학은 "기정 사실"이며 타협의 여지는 없다는 내용임은 분명하다. 이튼에서는 단순히 어린 마일스를 학생으로 받아 주기를 "거부"하는 모양이다. 그뿐이다.

퀸트 옆에 웅크리고 있던 제셀이 나지막하고 관능적인 목소리로 속삭인다. "당신 아이가 돌아온다니 잘 됐네요, 퀸트. 안 그래요? 곧 우리 넷이 다시 결합하게 될 거예요! 분명해요."

19 잠든 여자를 범한다고 알려진 전설 속 악령.

그러나 마일스가 왜 추방당했는지 짐작 가는 바가 있는 퀸트는 심각하게 반응한다. "하지만, 딱한 마일스! 그 애는 결국엔 학교에 가야'만' 한다고요. 누이동생처럼 여기서 지낼 순 없어요. 이 사실을 그 애 백부가 알면 길길이 날뛸 겁니다. 그 양반은 마일스가 자기처럼 '남자다운 남자'가 되기만을 바라고 있는데요."

"오, 우리가 그자를 신경 써 줄 필요가 있나요?" 제셀이 묻는다. "그는 우리에게 가장 큰 적인걸요."

다음 날 마일스가 돌아온다. 그는 퀸트가 기억하는 모습에서 별반 달라지지 않았다. 키가 손가락 한두 마디쯤 더 자라고 몸무게도 조금 불은 것 같기는 하지만, 흰 살결과 투명한 눈은 그대로이고, 퀸트가 너무나 매력적이라고 생각했던 살짝 열이 오른 두 뺨의 홍조와 깜짝 놀라 숨을 몰아쉬는 듯한 모습도 여전하다. 상냥하고 영리하고 세심한 데다 열 살치고는 너무나, 너무나도 조숙한 소년은 새 가정 교사를 처음 만난 자리에서부터 그녀의 마음을 사로잡고는 이튼에 대한 거북스러운 질문은 나올 수도 없게끔 천진난만한 태도로 막아 버린다. 그러고는 그날 밤 잠자리에 들어야 할 시간에 가정 교사의 방(플로라와도 함께 쓰는 방) 문 밖으로 슬그머니 빠져나가더니, 정원에 일렁이는 짙은 그늘 속을 헤매고 다니며 무언가를 — 누군가를 찾는다.

거대하고 흉물스러운 블라이 저택의 석판 지붕 위로 달빛이 쏟아진다. 야행성 새들이 스타카토로 우는 소리가 리드미컬하게 고동친다.

퀸트는 사랑스러운 마일스가 맨발에 파자마 차림으로 비탈진 잔디밭을 가로질러 마구간 뒤로 돌아가는 모습을 지켜본다. 그곳은 예전에 그들이 밀회를 나누던 장소들 중 하나다. 아이는 이슬 맺힌 잔디밭에 아무렇게나 몸을 던진다. '나는 여기 있어요. 당신은 어디 있나요?'라고 선언하는 듯이. 퀸트가 죽었을 때 어린 마일스는 눈물 한 방울 흘리지 않았고 '돌처럼 차가웠다'고들 한다. 퀸트가 사용인들의 대화를 엿들은 바로는 그랬다. 반면 제셀 양이 익사했을 때 플로라는 '가슴이 무너져서' 며칠 동안 슬픔에서 헤어 나오지 못했다고 한다. 퀸트는 마일스의 자제심이 마음에 든다.

아이가 안절부절못하는 동안(마일스는 풀잎을 쥐어 당기면서 초조하게 주위를 두리번거리고 있다.) 퀸트는 근처에 숨어서 애틋하고도 죄책감 어린 눈길로 그를 지켜본다. 생전에 퀸트는 여자들에게만 연정을 느꼈고, 어린 마일스에 대한 애정은 그 아이가 자신에게 보내는 애정에 대한 반응일 뿐이었다. 그러니 아마 진짜 연정은 아니었을 것이다. 퀸트는 둘 사이의 은밀한 유대감이 ― 퀸트가 갑자기 '전환'됐음에도 불구하고 수그러들지 않는 듯한, 서로간의 부드러운 무언의 친밀감에서 나오는 애착이 과연 저 아이에게 합당한 것일까 의문스럽다.

고요한 달빛 속에서 아이는 두려우면서도 희망으로 떨리는 목소리로 나지막히 묻는다.

"퀸트? 빌어먹을, 퀸트, 여기 있죠?"

불현듯 감정에 북받친 퀸트는 대답하지 못한다. 마일스의 아름다운 눈이 열에 들뜬 것처럼 반짝거린다. 다섯 살 나이로 고아가 되었으니 얼마나 비극적인 일인가! 퀸트의 무릎이 그 아이에게는 익사하는 도중에 던져진 구명정으로 느껴진 것도 당연하다.

퀸트와 제셀 양이 딱 이런 곳들에서 밀회를 나눌 때 마일스는 그들을 찾아다니는 버릇이 있었다. 귀엽고 애틋하고도 조금은 측은한 버릇이었다. 그러다 마침내 퀸트를 찾아내면, 아이는 비단결 같은 머리카락이 헝클어지고 눈은 아편이라도 한 것처럼 팽창된 채로 그를 끌어안고, 품에 파고들고, 몸을 비틀며 갈망과 기쁨에 찬 신음을 흘리곤 했다. 이런 아이를 누가 거부할 수 있겠는가? 누가 쫓아낼 수 있겠는가? 어린 플로라도 마찬가지였다.

"퀸트."

마일스는 조급한 듯 주위를 둘러보며 속삭인다. 간절한 열망에 사로잡힌 얼굴이 백합처럼 하얗게 빛난다.

"지금 여기 있는 거 알아요. 없을 수는 없잖아요! 안 그래요? 당신을 본 지도 지독하게 오래됐어요."

가장 행복한 시절이었다. 아무런 예상도, 계산도 없던 시절이었으니.

그리고 블라이에서는, 잉글랜드의 짙푸른 시골에서는 시간이 꿈결처럼 무한했다. 북적거리는 런던에서나 삼엄한 직선들로 이루어진 할리 거리에서는 상상도 할 수 없는 세계였다.

마일스는 더욱 절박하고 완강한 투로 말을 잇는다. "퀸트, 빌어먹을! 여기 어딘가에 있는 거 다 안다고요."

소년은 그 작고 완벽한 이마에 구겨진 종잇장 같은 주름을 잡고서 퀸트를 향해, 그가 거기에 있다는 걸 보지는 못하는 채로 말한다.

"'죽었'을 리가……." 마일스의 완벽한 입술이 혐오감으로 뒤틀려진다. "당신이 죽었을 리 없어요. 그녀가 당신을 봤잖아요, 응? 새로 온, 그 끔찍하기 그지없는 가정 교사가 말예요. 나는 그녀를 '세인트 오터리'라고 부르는데 어때요, 기발하지 않아요? 퀸트? 그녀가 당신을 봤죠? 물론 그 여자는 아주 교활해서, 곧이곧대로 우리에게 그렇게 털어놓은 건 아니에요. 플로라가 눈치껏 짐작한 거죠. 사람들은 유년기의 '순수함'이 어쩌고 저쩌고하는 지긋지긋한 헛소리를 늘어놔요. '착하게, 깨끗하게' 자라야 한다고요."

마일스가 카랑카랑한 소리로 웃는다.

"퀸트. 나 학교에서 쫓겨났어요. 그러니까, 퇴학당했다고요. 이럴까 봐 진작 당신이 걱정하고 경고도 했는데. 내 잘못이었던 것 같아요. 정말 어리석었죠! 친구 두세 명에게만 말했을 뿐인데…… 내가 좋아하는 애들이었어요. 오! 많이 좋아했죠. 그리고 그 애들도 나를 좋아했고요, 확실해요. 그 애들은 아무에게도 말하지 않겠다고 약속했어요. 그런데 어떻게 된 건지, 다 알려져 버렸어요. 한바탕 난리 법석이 벌어졌고……. 퀸트, 그 녀석들이 다 미워요! 그들은 내 적인데, 수가 너무 많아요!

퀸트, 내가 사랑하는 건 퀸트뿐이에요."

나도 너만을 사랑해, 사랑스러운 마일스.

퀸트는 마일스의 앞에 나타난다. 살아 있었을 때보다 더욱 훤칠하게 키가 큰, 희미하게 빛나는 형체를 띠고서. 마일스는 깜짝 놀라서 입을 벌리고 쳐다보더니, 바닥에 엎드려 퀸트를 향해 기어 오며 울음을 터뜨린다.

"퀸트! 퀸트!"

그는 광적인 환희에 휩싸여 신음하며 유령의 몸을 ── 다리를, 허벅지를 껴안으려 한다. 그의 팔이 퀸트의 몸을 통과하는데도 마일스는 너무 흥분한 나머지 이해가 되지 않는지 자꾸만 헛된 시도를 한다.

"난 알았어! 알았다고! 알고 있었어! 당신은 나를 버리지 않았던 거죠, 퀸트!"

절대로 그럴 일은 없어, 얘야. 약속할게.

그때, 지독하게도, 누군가가 콧소리 섞인 새된 음성으로 마일스를 엄하게 부르는 소리가 들려온다.

"마일스? 이 말썽쟁이 녀석, 어디 있는 거야?"

오터리 세인트 메리에서 온 가정 교사다. 몇 발짝 너머 마구간 모퉁이 뒤편에서 조그맣고도 완고한 몸으로 걸어 나온 그녀가, 촛불을 높이 쳐들고서 앞을 더듬으며, 밤의 어둠과 그 어둠을 미약하게 밝히는 가물가물한 촛불 빛에도 굴하지 않고 용감하게 걸어오고 있다. ── 바로 그녀가!

"……마일스? 마일스……"

그렇게 밀회는 급작스럽게 중단된다. 퀸트는 욕을 내뱉으며 물러나고, 마일스는 파자마 바람에 사랑스러운 맨발로 일어나 몸을 턴다. 그리고 천사 같은 아이의 얼굴을 만들어내고 뒤틀려졌던 입술을 펴고서, 하릴없이 말한다.

"저 여기 있어요."

하지만 우리 자신이 아니면 누가 우리를 이끌겠어요, 퀸트? 우리 머릿속의 영상이나 메아리 외의 방법으로는 얼굴을 볼 수도, 목소리를 들을 수도 없는 사람은, 오로지 자기 자신밖에 없잖아요?

제셀은 어여쁜 입술을 흉하게 일그러뜨리고 내뱉는다.

"그녀가 경멸스러워요! 그 여자가 바로 악귀예요. 그녀를 아예 없애 버릴 수만 있다면 좋을 텐데!"

제셀은 이전에 플로라가 긴급히 그녀를 필요로 할 경우에만 아주 드물게 했던 행동을 감행한다. 훤한 대낮에 어린 플로라가 아조프해 기슭에 있을 때 그 건너편 기슭에 '출현'한 것이다. 구름 없는 초여름 날, 공기 중에 아찔한 인동덩굴 향이 맴도는 오후에 별안간, 난데없이, 풀 둔덕 위에 음산하고도 아름다운 사람이 — 윤이 흐르는 검은 머리카락을 어깨에 온통 풀어헤치고, 얼굴은 설화 석고처럼 새하얀, 옛날 전설이나 저주 속에서 튀어나온 전령사 같은 인물이 등장한다. 한편 전경에는 금발 곱슬머리의 인형 같은 아이가 천사 같은 옆얼굴을 드러내고, 주위의 풀밭에 흐드러지게 피어난 미나리아재비처럼 샛노란 빛깔의 앞치마를 걸치고 있다. 저렇게 천진하고도 안쓰러운 플로라가 이 풍경에 빠져서는 안 되지 않겠는가?

그리고 아이와 가까운 데에 있는 석조 벤치에는 마일스가 재치 있는 별명을 붙여 준 바 있는 '세인트 오터리'가 분주히 뜨개질을 하면서 불안한 눈길로 플로라를 예의 주시하고 있다.

마치 운명의 여신처럼!

영락없는 간수 꼴이었다.

도랑물 같은 색깔의 눈동자, 엷고 빈약한 속눈썹과 눈썹, 작고 용감한 턱, 참새 같은 몸, 북 가죽처럼 팽팽하게 당겨진 피부. 좁은 얼굴은 두상에 비해 너무 작고, 머리는 몸에 비해 너무 작으며, 몸은 길쭉하고 각진 형태의 발에 비해 너무 작다. 검은 가정 교사 드레스의 천 위로 불거진 어깨뼈는 너무 심하게 튀어 나와서 접힌 날갯죽지 같다.

둔덕 위에 앉아 있는 플로라는 노는 데에 열중하는 듯 맥락 없는 콧노래를 흥얼거리며 후견인이자 백부가 여덟 번째 생일 선물로(유감스럽지만 직접 축하해 주러 오지는 못했다.) 사 준, 몹시 아름답고 진짜 같은 프랑스제 인형을 품에 안고 고개를 숙이고 있지만, 사실 속눈썹 너머 눈동자는 맞은편 둔덕에 있는 사랑하는 제셀 선생님을 빤히, 가만히 쳐다보고 있다. 플로라의 심장이 갈망에 겨워 두근거린다! 나를 데려가 줘요, 제셀 선생님, 오 제발요! 여긴 너무 외로워요. 아이는 소리 없이 애원한다. 제셀 선생님이 떠나고 전 너무 불행해요! 제셀의 심장도 갈망에, 그리고 사랑에 겨워 애타게 두근거린다. 플로라는 그녀의 딸이기 때문이다. 바로 이 연못에서, 그녀의 자궁 속에서 잔인하게 익사당했던 그녀와 퀸트 사이의 아기가 바로 플로라였다.

제셀은 연못 건너 플로라에게 시선을 고정하고 최면술사처럼 아이를 달랜다. 사랑스러운 플로라, 내 아이야, 내가 널 얼마나 사랑하는지 알지? 우린 곧 다시 함께하게 될 거야. 그러면 두 번 다시 떨어지지 않을 거야. 얘야…….

그런데 째지는 듯 앙칼진 목소리가 불쑥 끼어든다.

"플로라, 왜 그래? 무슨 일이니?"

테리어종 개 같은 '세인트 오터리'가 펄쩍 뛰듯이 일어나 플로라에게 허겁지겁 다가오더니, 근시인 눈을 가늘게 뜨고서 건너편 둔덕을 똑바로 건너다본다. 그곳에 있는 자신의 전임자를 그녀는 알아본 듯하다. 더없이 처연하면서 아름다운, 그러나 그 침통한 모습이 남자 유령보다도 더욱 무시무시한 유령을. (남자 유령의 경우, 성적 공격성과 자의식 강한 자세로 미루어 단순히 '남자'로 보일 수도 있었던 반면, 지금 '세인트 오터리'가 기민한 눈으로 포착한 유령의 모습은 '악귀' 그 이상도 그 이하도 아니다.)

기겁한 가정 교사는 플로라의 팔을 무의식적으로 억세게 거머잡고서 외친다. "맙소사, 이 무슨…… 끔찍해라! 눈 가리렴, 얘야! 보면 안 돼!"

플로라는 울면서 반항한다. 한 대 맞은 것처럼 멍하니 눈을 깜빡거리면서, 자기는 아무것도 안 보인다고, 저곳에는 아무것도 없다고. 제셀이 무력한 분노에 찬 눈길로 노려보는 가운데, 가정 교사는 훌쩍거리는 아이를 재빨리, 가차 없이 두 팔로 잡아 끌면서 웅얼웅얼 타이른다.

"보지 마, 플로라! 저런 섬뜩하고 추악한 것은! 넌 이제 안전해."

"섬뜩하고 추악한 것." 생전에만 해도 그녀는 아주 정숙한 여자였고 정신적으로나 육체적으로나 흠 잡을 데 없이 단정했다. 그랬다, 그리고 당연히 기독교인이었고, 당연히 처녀였다.

그녀의 음모를 들락거리며 간지럽히던, 딱딱한 등껍질을 쓴 딱정벌레 한 마리가 바닥에 떨어진다.

영혼의 골수까지 상처 받은 제셀은 자제심을 잃고 광분하기에 이른다. 이제 그녀는 낮시간에도 전보다 더 자주 블라이 저택을 부주의하게 배회하면서 그녀의 소중한 아이가 혼자 있는 시간을 노린다. 하지만 그런 순간은 아주 드물게 가까스로 얻어 낼 수 있을 따름이다.

"내가 한이 맺혔나 봐." 제셀은 절망스러운 웃음을 토한다. "하지만 달리 뭘 어떻게 할 수 있겠어? 플로라는 내 영혼인걸."

그러나 '세인트 오터리'는 깨어 있는 시간 내내 아이의 주위를 맴돌며 경계심과 복수심을 곤두세우고 있을 뿐만 아니라, 플로라의 작고 예쁜 침대를 자기 침대 옆에 딱 붙여 놓고 밤마다 곁을 지킨다. (연못가의 소동 이후로는 그 가정 교사도, 열에 들뜬 플로라도 한 번에 몇 분 이상 잠을 이루지 못한다.)

플로라는 애원한다. 제셀 선생님, 도와줘요! 제세 와 주세요!

빨리요!

플로라, 내 사랑, 금방 갈게.

하지만 오터리 세인트 메리에서 온 젊고 빈틈없는 여자는 플로라와 함께 쓰는 방의 덧창들을 열어 주질 않는다! 바로 옆에 있는 놀이방의 덧창들도 마찬가지다. 제셀 양이 군림하던 시절, 붉은 수염 난 퀸트와 그녀가 연인이었을 시절에는 그 방들에 햇살이 한가득 비쳐 들었는데! 그래, 그리고 달빛도! 방 안의 공기조차 그들의 사랑 때문에 촉촉하게 젖어 나른하게 고동쳤고, 그들이 외치는 사랑의 소리에 벽에 걸린 바로크풍 은제 촛대들이 부르르 떨었다. 그런데 지금은 공기가 퀴퀴하고 쉰내가 풍겨, 막 빤 리넨 침구들도 침대에 깔자마자 더러워져 버린다.

'세인트 오터리'는 블라이 저택에서 자신을 거역할 사람은 없다는 듯 권위를 휘둘러, 불쌍한 마일스의 침실 덧창들도 늘 닫고 지내야 한다고 주장한다. 그러나 마일스는 남자아이인데다 고집도 워낙 세고, 천사 같은 얼굴만 보면 짐작할 수 없을 만큼 조숙한 아이이기에 그녀에게 반항한다.

"대체, 창문이 뭐라고 생각하는 거예요? 아줌마는 참 바보 같네." 마일스는 그 끔찍한 여자에게 명랑하고 익살스럽게, 아주 약간 짓궂게 지분거리는 투를 가장해서 말한다. "밖을 내다보지도 못한다면, 창문이란 게 뭐 하러 있는 건데요?"

그러자 가정 교사는 엄숙한 입매를 하고 대답한다. "마일스, 그 질문을 너에게 되돌려 주고 싶구나."

그녀는 고작 나무 덧창 따위로 더없이 격렬한 사랑의 갈망을 막을 수 있을 거라고 생각하는 모양이다.

실로 저주받은, 딱한 영혼이다. 이제는 이 저택의 사용인 모두가 제셀을 보았다.

집 안 곳곳을 떠돌아다니는 그녀의 모습이, 한 번은 위층에서, 한 번은 아래층에서, 또 한 번은 끈적끈적한 꽃잎들이 새하얗게 피어난 으아리 덩굴이 내다보이는, 테라스로 통하는 열린 유리문 앞에서 목격되고…… 그녀가 흐느끼는 소리, 그리고 한숨 소리가 — 잃어버린 아이 때문에, 또는 꺼져 들어가는 자신의 영혼 때문에 한숨 짓는 여자의 소리가 들린다. '세인트 오터리'가 플로라와 그녀의 사이를 언제나 가로막고 있다. 언제나! 최근에는 신약 성경까지 손에 들고 다닌다.

오늘 아침 제셀은 공부방에서 자신이 앉던 옛 책상 앞에 앉아 있다. 기진맥진한 그녀에게서 나직한 신음이 흘러나온다. 두 팔을 책상 위에 힘없이 얹고, 슬픔으로 무거운 머리를 두 손으로 괴고, 얼굴을 감추고 있는 그녀의 두 눈에는 뜨거운 눈물이 그렁그렁 차오른다. 아픔, 당혹, 분노 때문에, 그리고 '내가 사랑인가? 악인가? 누가 사랑이고, 또 누가 악이지?' 라는 의문 때문에. 그때 그녀의 뒤에서 누군가가 걸어오는 기척에 이어 짧게 숨을 들이켜는 소리가 들린다. 정신을 차린 제셀이 비틀비틀 일어나서 몸을 돌려 보니, 겨우 두어 발짝 너머에 그녀의 적이 마주 서 있다. '세인트 오터리'는 분구가 된 여자처럼 허리를 구부린 채 악마를 몰아내려는 듯 두 팔을 쳐들고서 눈을 가늘게 뜨고 있다. 아무런 빛깔도 없는 그 눈동자에는 혐오감이, 그리고 그 혐오감에 대한 확신이 역력하다. 툭 튀어나온 창백한 이마에도, 얇은 입술에도.

"저리 가, 여기서 나가! 여긴 네가 있을 곳이 아니야! 이 말도 못하게 끔찍한 괴물아!"

예전 같았으면 제셀은 그 자리에 버티고 있었을 텐데, 지금 상대방의 눈에서 드러나는 역겨움을 맞닥뜨리니 그녀는 욕지기가 나고 무력해진다. 저항도 한 번 못한 채 그녀의 몸은 속절없이 분해되어 버리고, 그렇게 이곳의 소유권을 적에게 넘겨주지 않을 수 없게 된다. 적은 승리의 희열에 젖어서 동정심이라고는 티끌만큼도 없는 카랑카랑한 목소리로 고함을 친다.

"다시는 오지 마라! 다신, 두 번 다시는 얼씬도 하지 마!"

잔인한 '세인트 오터리'는 가엾은 플로라를 더욱 열성적으로, 집요하게, 가차 없이 심문한다.

"플로라, 얘야, 내게 뭐 하고 싶은 말 없니?"

"플로라, 얘야, 내게 말해도 괜찮아, 알잖아. 나도 그 지독한 것을 보았단다, 확실해."

그러다 가장 무자비한 말을 던지고야 만다.

"이것아, 솔직히 말해도 된대도! 나는 '제셀 양'과 이야기도 했어. 그녀도 내게 말을 했고!"

그 순간 플로라의 머릿속에서 공기 방울이 펑 터지는 것을 제셀은 똑똑히 목격한다. 비록 그들의 눈에 보이지도 않고 아무 힘도 없는 목격자일 뿐이지만. 플로라는 이 거대하고 흉물스러운 블라이 저택 지하 묘지에 울려 퍼지는 수많은 아이들의 섬뜩한 울부짖음과 똑같은 소리로 울부짖는다.

"아냐, 아냐, 아냐, 아냐! 난 그런 적 없어요! 그런 거 모른다고요! 무슨 말을 하는 거예요! 선생님 미워요!"

히스테리에 빠진 아이를 그로스 부인이 안아 드는 것을 보면서도 제셀은 아무런 개입도 하지 못한다.

무엇보다도 역설적이고 분한 점은, 그녀가 다른 사람도 아닌 그로스 부인에게 ─ 자신의 숙적에게 감사해야 하는 처지가 되었다는 것이다.

날이 밝으면 나는 사라질 거야. 시간이 됐어. 나는 이제까지 밤의 기억일 뿐이었어.

미친 아이가 불경스럽고 저속한 말을 쏟아 내며 악을 쓰는 소리가 오래된 저택 전체와 지하 묘지에까지 쩌렁쩌렁 울린다. 그로스 부인과 또 다른 하녀 한 명이 플로라를 런던의 유명한 소아과 의사에게 데려갈 예정이라고 한다. 그들은 아이가 뱉는 망측한 말들을 차마 들을 수 없어서 번번이 자기들 귓가에 손뼉을 친다. 그로스 부인은 눈시울을 적시며 묻는다.

"저 천사가 저런 말을 대체 어디서 배웠담?"

물론 '세인트 오터리'는 저택에 남는다. 어린 마일스를 돌봐야 하니까. 어린 플로라를 잃고 충격을 받은 그녀는 슬프고 당혹스러운 한편 화도 났지만, 그만큼 마일스는 잃지 않으리라고 마음을 굳게 먹고 있다.

제셀 양과 마찬가지로 시골 목사의 딸이자 처녀인, 다만 감리교도인 그녀는 무릎을 꿇고 주기도문을 외우며 악마에게 맞설 힘을 달라고 기도한다. 그리고 마음의 위안을 찾고 각오를 다지기 위해 신약 성경을 읽는다. 우리 구주가 고통받는 사람들에게서 마귀들을 몰아내지 않았던가? 그분이 원하실 때에는 죽은 자들을 되살리기도 하시지 않았던가? 그런 세상에서는, 맹렬히 다투는 영혼들 사이에서는, 무엇이든 가능한 법이다.

"마일스, 애야! 어디 있니? 어서 오렴, 수업 시간이잖니!"

물이 뚝뚝 떨어지는 축축한 지하 묘지에서, 사랑하는 제셀을 여의고 슬픔에 잠겨 있던 피터 퀸트는(그는 남편은 아니었지만 아내를 잃은 듯한 상실감을 느낀다. 영혼의 절반이 뜯겨져 나간 셈이다.) 저 위층에서 가정 교사가 이 방 저 방 돌아다니는 기척을 듣는다. 놀라울 만큼 묵직한 발소리다. "마일스? 마일스……." 하며, 그녀는 떼까마귀처럼 새된 소리로 끈질기게도 부르고 있다.

퀸트는 떨리는 손으로 최후의 결전을 치를 채비를 한다. 그는 자신을 연극 속 등장인물로 인지한다. 아니면 방정식 속의 숫자일지도 모른다. 선이 있고, 악이 있고, 기만이 있는 방정식. 기만은 반드시 있어야 한다. 그렇지 않으면 움직일 방향도 없을 테니까……. 깨진 거울 조각에 비친 자신의 칙칙한 낯빛을 흘겨보며, 잿빛으로 세어 가는 수염을 잡아당기면서 예전의 정력을 되살리려고, 혹은 내보이려고 애쓰다 보니, 가엾은 마일스가 그의 무릎을 껴안고서 달아오른 얼굴을 비비던 게 생각나 아랫도리가 후끈해진다.

사랑의 위안을 주고받는 것이 어떻게 악일 수가 있단 말인가?

제셀은 사라졌다. 녹아 없어져 버렸다. 젖빛 새벽 이슬이 아침 햇살을 받아 스러지듯이. 사랑하는 제셀! "스코틀랜드식 곱슬"을 지닌, 처녀막을 뚫기가 너무나도 힘들었던 여자! 그녀는 흩어지는 분자들, 원자들로 이루어진 구름에 지나지 않았던 것일까?

그 흩어짐이야말로 죽음이다. 죽음으로의 '전환'은 전주곡에 불과했다. 그들이 블라이 저택에 묶여 있었던 것은 욕망 때문이었다. 사랑하는 이들을 포기하지 못하는 미련 때문이었다. 그 욕망이 여전히 퀸트를 이곳에 잡아 두고 있는 것이다. 그 사실에 퀸트는 아연해진다. 분자들, 원자들일 뿐이라고? 이렇게도 열렬히 사랑하는데? 그는 마일스의 애끓는 얼굴을, 수줍으면서도 대담하게 더듬는 손길을 떠올린다.

그러면서 적에게 맞설 준비를 한다.

발이 이슬로 축축히 젖은 채로, 짐승처럼 숨을 헐떡이면서 퀸트는 먼지 낀 유리창을 들여다본다. 그 안에서 박한 마일스가 '세인트 오터리'에게 붙들려 있다. 그곳은 저택 1층에 위치한, 한동안 아무도 들어오지 않았던(드물게 저택에 오는 주인님도 마찬가지였다.) 납골당 같은 서재로서, 마일스는 수상쩍게도 서재의 구석을 면한 등받이 높은 의자에 아늑하게 자리를 잡고 숨어 앉아 있다가 결국엔 그녀에게 발각된 참이다. 이곳은 신사들을 위한 웅장하고 음산한 방이다. 나뭇결이 드러난 거무스름한 오크나무 판벽에는 오래전에 먼지가 되어 잊혀진 가부장들의 초상화가 걸려 있고 3.5미터 높이의 천장까지 닿는 책장들이 우뚝 서 있으며, 그 안에는 수백 년은 펼치지 않았을 법한 곰팡이 앉은 녹색 가죽 장정에 금박이 새겨진 낡은 책들이 꽉 들어차 있다. 이런 음침한 곳에서 열 살 소년 마일스가 앳된 얼굴에 재빨리 태평한 미소를 띄우는 광경이라니, 부조화하기 그지없었다!

입술이 창백해진 '세인트 오터리'는 옆구리에 양손을 올리고서, 마일스에게 왜 이곳에 '슬그머니 들어와' 의자 등받이 뒤에 몸을 숨기고 다리를 포개 앉고서 이토록 가만히 있었느냐고 묻는다.

"내가 너를 쭉 부르고 있었던 걸 알 텐데?"

마일스는 창문 쪽을 흘끔, 아주 잠깐 스치듯 곁눈질하면서 경쾌하게 말한다. "책에 푹 파묻혀 있느라 그랬죠. 이거요!"

아이는 무릎 위에 있던, 어마어마하게 무겁고 오래된 책을 들어 보인다. 라틴어로 『종교 재판관의 지침서』라고 되어 있다. '세인트 오터리'가 건조한 음성으로 말한다.

"언제부터 라틴어를 재미 삼아 읽은 거니?"

마일스는 귀엽게 킥킥거린다. "선생님, 라틴어는 모두가 읽잖아요. '고통' 삼아서요."

'세인트 오터리'는 마일스의 무릎 위에서 『종교 재판관의 지침서』를 치우려 하지만, 그 순간 소년은 짓궂게 무릎을 벌려서 무거운 책을 바닥에 쿵 떨어트린다. 피어오르는 먼지 구름 속에서 마일스는 웅얼거린다.

"오! 죄송해요."

그러고는 또다시 창문을 눈짓한다. 퀸트, 여기 있어요?

퀸트는 마일스와 눈을 맞추고 싶어 고개를 앞으로 빼 보지만, 저 빌어먹을 가정 교사가 둘 사이를 가로막고 있다. 저 여자를 맨손으로 목 졸라 죽일 수만 있다면 얼마나 좋을까! 그녀는 즉각 심문에 착수해, 엄하면서도 한편으로는 애원하는 투로 마일스에게 묻는다.

"말해 줘, 마일스. 네 동생은 그 섬뜩한 여자와 교감했던 거지, 그렇지? 내 전임자 말이야. 그래서 플로라가 그렇게 지독하고 비참한 병을 앓게 된 거잖아. 안 그래?"

하지만 교활한 마일스는 재깍 그 말을 부정하고, 무슨 말인지도 모르겠다며 잡아뗀다. '세인트 오터리'가 그에게 손을 뻗자, 마일스는 제 나이보다 훨씬 어린 아이가 할 법한 몸짓으로 얼굴을 찌푸리고 꼼지락거리면서 그녀의 손길을 피한다. 그 와중에 또 그의 눈길이 창문을 스친다. 퀸트, 빌어먹을, 어디 있는 거예요? 도와줘요!

'세인트 오터리'가 뱀처럼 날쌔게 그의 팔을 붙잡는다. 아무런 색깔도 띠지 않는, 근시안인 그녀의 눈동자가 선교사 같은 선한 의지를 내비치며 반짝인다.

"마일스, 얘야, 솔직히 말해 보렴. 거짓말하면 안 돼. 네가 거짓말을 하면 예수님도, 나도 마음이 찢어질 거야. 가엾은 플로라는 '제셀 양'에게 유혹당한 거야, 그렇지? 그리고 너도, '피터 퀸트'에게 그렇게 된 거지? 그를 두려워할 이유는 전혀 없단다. 내게 말하기만 한다면 말이야."

마일스가 거칠게 웃어 젖힌다. 그는 그저 모든 것을 부인하기만 한다.

"무슨 말씀을 하시는 건지 전혀 모르겠는데요. 플로라는 병에 걸린 게 아니에요. 런던의 백부님 댁에 방문하러 간 거죠. 제셀 선생님은 제가 학교에 있을 때 돌아가셨고요, 그분에 대해서는 아무것도 몰라요. 그리고 피터 퀸트는…… 참, 나." 마일스는 붉어진 얼굴을 일그러뜨리며 넌더리를 낸다. "그 사람은 죽었잖아요."

"죽었지, 맞아! 하지만 여기에 우리와 같이 있었잖아. 블라이 저택에, 항상!" 가정 교사가 마치 연인에게 배신당한 듯이 분통을 터뜨리며 외친다. "마일스, 너도 잘 알 텐데?"

"여기에 '우리'와? '항상'? 무슨 말이에요? 어디에요?"

소년의 얼굴이 멍해진다. 그 표정이 눈부시도록 천진해서 지켜보던 퀸트는 어안이 벙벙해진다.

"제기랄, 어디에 있냐고요?"

'세인트 오터리'는 몸을 돌려 퀸트가 애타게 얼굴을 들이밀고 있는 창문을 의기양양하게 가리킨다. 퀸트가 거기에 있다는 걸 알 턱이 없는데도 그녀는 광기 어린 확신에 차서 빙글 돌면서 손가락질을 하고, 마일스는 겁에 질린 눈길로 그 손을 좇는다.

"저기! 너도 쭉 알고 있었잖아, 이 사악한, 사악한 녀석아!"

마일스는 퀸트가 있는 곳을 똑바로 쳐다보면서도 그가 보이지는 않는 눈치다.

"뭐라고요? 피터 퀸트가? 어디요?"

"여기라니까, 여기!"

격분한 가정 교사가 유리창을 부술 듯이 두들겨 댄다. 퀸트는 움찔 물러난다.

마일스가 고통스러운 고함을 내지른다. 얼굴이 시체처럼 하얀 것이 금방이라도 실신할 듯하다. 하지만 '세인트 오터리'가 그를 팔로 부둥켜 잡으려 하자, 마일스는 그녀를 밀어낸다.

"만지지 마, 날 가만 놔둬!" 그가 소리 지른다. "당신을 증오해."

그는 밖으로 뛰쳐나가고 방 안에는 '세인트 오터리'만 남는다.

그렇게 '세인트 오터리'와 피터 퀸트는 창문을 사이에 두고 서로를 무감동하게 마주 본다. 서로의 품에서 고통스럽게 몸부림치다 환희의 절정을 맞고 기진맥진한 연인처럼.

그건 우리의 상상이었나 봐. 악이 존재한다면 선도 마땅히 존재하리라고 믿었던 건.

훈훈하고 습한 밤공기 속으로 뛰어나온 마일스는 필사적으로 달리고 또 달린다. 축축하게 젖은 머리카락이 이마에 달라붙고, 심장은 미끈거리는 물고기처럼 펄떡펄떡 뛰며 갈비뼈에 부딪힌다. 그 미친 여자가 허공을 무턱대고 가리켰을 뿐이라는 걸 알면서도, 부질없는 짓이겠거니 생각하면서도 마일스는 기대감과 두려움을 놓지 못하고 외친다.

"퀸트? 퀸트?"

높은 나무들 사이로 부는 바람, 별들에 꿰찔린 밤하늘. 당연히 대답은 없다.

그런데 연못에서 들려오는 황소개구리 울음소리를 듣고 마일스는 미소 짓는다. 매년 이맘때면 꼭 들리는 소리다. 규칙적으로, 다급하게 울려 퍼지는, 목 깊은 데서 나오는 듯한 굵은 울음소리. 우스꽝스러우면서도 근엄한 느낌이다. 밤의 공기는 애인의 입 속처럼 따스하고 축축하고, 황소개구리들은 그것을 이용하고 있다. 그들의 계절이 시작된 것이다.

순교

1

어미의 산도에서 나온 그는 생명력과 식욕으로 약동하는 매끌매끌하고 조그마한 아기였다. 몸도 완벽하게 갖춰졌다. 앙증맞은 분홍색 발가락 스무 개가 온전히 붙어 있고, 현미경으로 봐야 겨우 보일 듯한 발톱들은 이미 날카로웠고, 소용돌이 꼴의 깜찍한 분홍색 귀도 있었고, 조그마한 코는 벌써부터 위험을 경계하며 벌름거렸다. 눈은 상대적으로 약해서 형태, 질감, 미묘한 색깔 차이보다는 움직임을 감지하는 데에 활용되었다. (사실 그는 색맹이라고 봐야 한다. 하지만 이 결함을 지적받을 일은 없었으므로, 색깔이라는 개념에 대해서는 '눈이 어둡다'고 비유적으로 말할 수 있을 것이다.) 근육으로 맞물린 채 움직이는 위턱과 아래턱은 겉보기보다 강했으며, 그 턱 안에 들어 있는 자그마한 이빨들은 비늘처럼 뾰족했고 생김새노 완벽했다. (이빨은 곧 더 나오게 된다.) 수염들은 길이가 5밀리미터도 안 되면서도 나름대로 떨렸고 아주 작게 축소된 칫솔모처럼 빳빳했다.

2

그녀는 너무나 예쁜 아기였다. 다정한 부모가 '베이비걸'이라고 부르는 그녀는 가장 부드러우면서도 가장 에로틱한 사랑의 열기 속에서 수태되어, 사랑에 질식당하고 사랑에 집어삼켜질 운명으로 태어나, 그녀를 숭배하는 사람들의 손에 의해 인큐베이터로 들어갔다. 미국인 베이비걸은 밝은 남보라색 눈, 비단결 같은 옅은 금발, 완벽한 장미 꽃잎 같은 입술, 작은 들창코, 고르고 매끄러운 백인의 피부를 타고났다. 베이비걸의 친모는 충분히 영양가 있는 모유를 생산하지 못했기에, 인근 빈민가의 유모들이 보수를 받고 그들의 묵직한 풍선 같은 젖가슴에서 나오는 달콤한 모유를 먹여 주었다. 그녀의 인큐베이터는 오염된 공기를 걸러 내고 순수한 산소를 폐에 불어넣어 주었다. 다른 아기들처럼 적나라한 슬픔이 담긴 소리로 울어 대서 사람들의 주의를 산란하게 할 이유가 없었다. 열대 우림처럼 습하고 따뜻한 인큐베이터 공기 안에서 베이비걸은 성장하고, 빛나고, 번성하고, 자랐다.

3

그는 또 얼마나 잘 자랐는지! 제 어미조차 이름을 모르는 그는 며칠만에 몸무게가 두 배, 세 배, 네 배로 불었다! 게걸스러운 허기를 채우기 위해서 그는 한 떼의 형제자매 사이를 기민하게, 의욕적으로 헤쳐 나갔다. 깨어 있는 시간 동안 무언가를 끊임없이 갉작이는 버릇이 들어, 음식물뿐만이 아니라 종이, 나무, 뼈와 같이 음식이 아닌 것들도 종류와 두께에 따라서는 갉아 먹고 지냈는데, 게걸스러운 허기 때문이었는지 아니면 단순히 갉작이기를 좋아해서 그런 건지는 알 수 없는 노릇이다. 그의 앞니들은 1년에 10센티미터에서 12센티미터까지도 자란다고 하니, 꾸준히 갈아 주지 않으면 이빨들이 뇌까지 밀고 올라와서 그를 죽이고야 말 것이다. 대뇌 피질에서 더욱 고차원적인 인지력이 생성된다는 전제하에서, 그는 자신이 처한 총체적인 곤경을 숙고했을지도 모른다. 생존이 위태로운 상황에서 이런 행동은 자발적인 것인가 비자발적인 것인가, 과연 무엇이 강제적인 것인가? 자연의 마법 아래에서 과연 누가 부자연스럽게 행동할 수 있단 말인가?

4

베이비걸은 결코 그런 질문으로 자신을 괴롭히지 않았다. 유리 뚜껑 달린 인큐베이터 안에서 그녀는 먹고 자고 먹고 자면서 나날이 쑥쑥 자랐고, 눈 깜짝할 사이에 오목하게 패인 두 무릎이 뚜껑에 닿았고 숨결이 유리 표면에 닿아 불투명한 김이 서렸다. 부모는 그녀의 급속한 성장이 걱정스러웠지만 한편으로는 장밋빛으로 피어나는 여성미가 자랑스럽기도 했다. 조그맣게 몽우리 진 가슴, 굴곡진 옆구리, 옴폭 꺼진 배, 엉덩이, 바

473

스락거리는 시나몬 빛깔의 음모, 동공 없는 눈에 드리워진 풍성하고 사랑스러운 속눈썹까지. 베이비걸은 엄지손가락을 빠는 나쁜 버릇이 있었기에 부모는 맛없는 형광 오렌지색 요오드 혼합액을 그녀의 엄지에 바르는 조치를 취했고, 그녀가 그걸 맛봤다가 침을 뱉고 구역질을 하고 고통에 몸부림치는 모습을 관찰하며 만족스러워했다. 그러다 온화한 4월의 어느 날, 인큐베이터 안 베이비걸의 통통한 허벅지 사이에서 와인처럼 붉은 빛의 응어리진 피가 새어 나왔다. 그걸 본 우리는 모두 깜짝 놀랐고 탐탁잖았지만, 어쩌겠는가? 그녀 아버지의 말마따나 자연은 거스를 수 없을 뿐더러 미룰 수도 없는 것이다.

5

형제자매가 너무 많아서 골목길이 그들의 꿈틀거리는 몸뚱이로 넘쳐 났고, 꿈지럭거리고 찍찍거리는 그들의 기척이 창고 지하실을 온통 울렸다. 그는 이 세상에서 자신이 무한대로 복제되고 있으며, 따라서 멸종될 가망은 없다고 인지했다. 모든 동물의 공포 중에서 가장 큰 공포는 단순한 죽음이 아니라 멸종이라고 하지 않던가. 그와 피가 섞인 형제자매 들이 수천 수만은 된다는 사실이 그에게 위안이 되었다. 그러나 한편으로는 그들 모두가 게걸스러운 허기에 사로잡혔을 테고, 찍! 찍! 찍! 하는 허기진 울음소리도 계산 불가능한 수준으로 증대될 테니 이는 무한한 불안의 근원이기도 했다. 그는 정신없이 발톱을 부딪히고 다니면서 가파른 수직면을 기어 올라가는 법,

인내심의 한계에 이르도록 질주하는 법, 적의 숨통을 뜯어내는 법, 뛰어오르는 법, 나는 법 — 예컨대 옥상에서 허공으로 몸을 던져 3미터쯤 떨어진 옆 건물의 옥상에 내려앉음으로써 적을 따돌리는 법을 배웠다. 필요할 때는 살아서 퍼덕거리는 먹잇감을 게걸스럽게 먹어 치우면서 동시에 뛰어다닐 수도 있게 되었다. 오도독! 뼈가 부서지는 쾌감이 그의 턱에 번지면서 작은 뇌가 행복감에 고동쳤다. 그는 잠을 자지 않았다. 심장이 언제나 뜨겁고 빠르게 뛰고 있었다. 구석에 몰려서는 안 되며 출구가 없는 곳에 숨어서는 안 된다는 것도 알았다. 이대로라면 영원히 살 것이다! 그런데 어느 날 적들이 그를 잡기 위한 덫을 놓았다. 조잡한 덫이었다. 하지만 배가 고파 쿵쿵거리고 찍찍거리며 떨고 있던 그는 곰팡이 핀 빵 조각을 향해 뛰어들었고, 그 순간 스프링이 작동하고 막대가 확 내려와 그의 목덜미를 덮쳤다. 연약한 척추뼈가 부러지고, 경악에 휩싸인 그의 처량한 머리가 절단될 뻔했다.

6

그들은 그녀에게 가족끼리의 생일 파티일 뿐이라고 거짓말을 했다. 우선은 목욕재계를 시키고, 살에 기름을 바르고, 바람직하지 않은 털은 깎아 내고 뽑아내고, 바람직한 털은 곱슬곱슬하게 말고, 48시간 동안 금식을 시키고 또 48시간 동안 실컷 먹인 다음, 그녀의 부드러운 피부를 쇠솔로 문질러 놓고 톡 쏘는 약초를 그 상처에 문시른 뒤, 조그마한 클리토리스를 잘

라내 마당에서 *꼬꼬댁거리고* 돌아다니는 암탉들에게 던져 주었고, 면도해 놓은 양쪽 음순을 여며서 꿰매고, 줄줄 흘러나오는 피를 모아 황금 잔에 담아 두고는, 그녀의 뻐드렁니를 펜치로 당겨서 강제로 가지런히 가다듬고, 노련한 손바닥이 그녀의 커다란 매부리코를 몇 차례 후려쳐서 부러뜨림으로써 뼈와 연골이 더욱 바람직한 윤곽으로 자라나게 했고, 통통한 28인치짜리 허리를 브래지어 달린 거들로 조여서 더욱 바람직한 17인치짜리 허리로 만들어서 그녀의 크림 같은 엉덩이와 허벅지, 근사한 풍선 같은 젖가슴이 부풀어 오르게 했다. 찌부러진 내장이 흉곽 안으로 밀려 올라와서 베이비걸은 숨 쉬기가 불편했고 입에서 분홍빛의 거품이 나와 입술이 젖어들었지만, 나중에는 요령이 생겨서 그녀의 전형적인 '모래시계'형 몸매를 한껏 즐기는 한편 새롭게 얻은 힘을 휘둘러 남자들의 상상력에 불을 붙이며 즐길 줄도 알게 되었다. 그녀가 입는 드레스는 주로 멋스럽고 고풍스러운 스타일이거나, 도발적인 가슴 선과 꼭 맞는 스커트로 이루어진, 몸에 착 붙는 반드르르하고 요사스러운 스타일이었고, 그 안에 검은 솔기가 일직선으로 박힌 섬세하고 투명한 실크 스타킹을 신고 검은색 레이스가 달린 가터 벨트로 고정하고는, 송곳 같은 굽이 달린 뾰족한 흰색 새틴 구두를 신은 채로, 옴폭 패인 양 무릎을 마주 스치면서 압력을 받아 후들거리는 날씬한 발목을 움직여 매력적으로 절뚝거렸다 그렇게 걷는 데에 요령이 붙기 전까지는 조금 움찔거리긴 했지만, 수치심도 모르는 그 계집은 금세 요령을 익혔다. 키득키득 웃고 몸을 스치고 손을 파닥거리며, 풍만한 엉덩이를 실룩거리며, 스팽글 달린 드레스 천 아래 젖꼭지가 땅콩처럼 단단히 곤추선 채로, 마치 눈알이 뒤로 돌아갈 때마다 눈꺼풀이 감기는 인형의 눈처럼, 보는 사람의 신경을 분산시키는 동공이 없는 연한 남보랏빛 눈을 반짝거렸다. 베이비걸은 어느 측은한 얼간이를 벗겨 먹을까 하는 궁리와 계산만 머릿속에 가득한 쌍년들과는 달랐다. 출신 성분부터가 그들과는 다르다. 그녀에겐 혈통서도 딸려 있고, 피부에 번호도 문신으로 새겨져 있으니(왼쪽 허벅지 안쪽에) 잃어버리거나 엉뚱한 데에 놓일 염려도 없었다. 신문에는 수많은 년들이 도망쳐서 미국 한복판에서 길을 잃는다는 이야기가 허구한 날 실리지만, 베이비걸은 그런 년이 아니었다. 그들은 그녀에게 아주 고상한 향수를 뿌려 놓아서 당신이 그 향기를 한숨만 들이마시면 ── 당신이 남자라면, 보통의 남자라면 ── 오로지 한 가지 행동으로만 식힐 수 있을 열병이 핏속에서 끓어 오를 터였고, 그들은 그녀가 그 어떤 종류의 성병이나 여타 질환에 걸리지 않았다고 확증해 준 의사의 소견서 사본도 준비해서 나눠 주었다. 그녀는 정말로, 틀림없이 처녀였다. 그러나 하이힐을 신고 절뚝거리고, 방긋 웃고, 붉게 달아오른 얼굴을 가리고서 손가락 사이로 밖을 훔쳐보는 행동거지 때문에 구애자들은 가끔 그녀를 오해할 때가 있었다. 딱한 베이비걸, 그녀의 진홍색 입술은 너무나도 도톰하고 육감적인 윤곽을 띠어서, 우리 중에서 가장 신사적이고 금욕적인 남자라도 그걸 보면 실 입구의 도톰한 음순을 떠올릴 수밖에 없을 것이다.

7

더럽고 해로운 동물! 쪼끄맣고 역겨운 짐승! 그들은 그의 존재 자체에 분노했다. 마치 그가 그런 종을 타고난 것이 그의 선택이라도 되는 것처럼, 내장에 든 티푸스균과 타액에 든 선페스트 바이러스와 배설물에 든 온갖 종류의 독을 퍼뜨리고 다니면서 그가 잔혹한 쾌락을 느끼기라도 한다는 듯이. 그들은 그가 죽기를, 그의 동족이 전부 절멸하기를 바랐다. 그러지 않고는 직성이 풀리지 않을 터였다. 그가 쓰레기장에서 공포에 질려 비명을 지르며 이리저리 뛰어다니는 동안 그들은 무작정 총질을 해서 그의 옆에 있던 악취 나는 쓰레기를 맞혀 터뜨리는가 하면, 포식 동물들이 입안에서 가금류의 뼈를 오도독 씹는 소리를 내도 그들은 그를 욕하기에 바빴고, 새끼 돼지들이 산 채로 잡아먹히고 남은 잔해가 발견돼도 아무 증거도 없이 그를 욕하기부터 했다. 11번 거리의 아파트 1층에서 어느 집 엄마가 한 블록 옆의 세븐일레븐에 담배와 우유를 사러 나간 사이에 혼자 남았던 아기는 또 어떻게 됐던가. ─오 세상에! 오 오 오 말하지 마, 알고 싶지도 않아. ─때는 1월, 춥디 추운 한밤중이었는데도 불구하고 불길이 일어나 걷잡을 수 없이 번졌던 까닭은 전선을 감싼 절연 피복이 물어뜯겨 벗겨진 탓이었다지만, 그게 어째서 그의 잘못이란 말인가, 수천 수만 형제자매 모두가 게걸스러운 허기와 끊임없이 무언가를 갉아 먹으려는 욕구에 사로잡혀 있는데, 그중에서도 하필이면 그가 저지른 잘못이었다는 증거가 어디 있단 말인가? 아이들 한 패거리가 온 동네 지붕에 울려 퍼지도록 함성을 지르고 요들송을 부르며 그를 뒤쫓아 오면서 돌을 던져 해코지하던 때에는, 그는 다급히 도망치다 벽돌 벽을 재빨리 기어 올라가서 가까스로 탈출했지만, 탈출하긴 했지만, 발톱이 미끄러지는 바람에 그만 떨어져서 ─ 소름끼치는 허공으로 ─ 통풍관을 거쳐, 5층에서부터 1층까지 떨어져 내리면서 ─ 째지는 소리로 비명을 지르며 ─ 빙글빙글 돌며 발버둥을 치며 아래로 아래로 곤두박질치면서 그의 붉은 눈은 공포로 활활 타올랐다. 그런 동물들은 '공포'라는 단어를 몰라도 공포를 알며, 공포를 체현하지만, 다시 말해 체(體)현하지만, 당신도 그리고 나도 그렇듯이 그들 역시 몸속 세포들은 하나같이 살려고 기를 썼으며 그의 존재에서 빛을 발하는 입자 하나 하나가 영원을 간구하고 있었다. (천년에 걸쳐 지속된 생명체들의 고통에 대해서는 생각하지 않는 편이 현명하다고, 다윈이 조언한 바 있다.) 그는 지붕에서 떨어져, 그의 코부터 엉덩이까지의 길이를 기준으로 약 170배는 더 높은 통풍관으로 추락했다. (그의 꼬리 길이를 제외한 것은, 그 꼬리를 곧고 빳빳하게 펴면 그의 몸뚱이보다도 더 긴 20센티미터에 육박하기 때문이다!) 우리는 그 쪼끄맣고 지저분한 녀석이 바닥에 납작하게 짜부라질 줄 알고 미소 지으며 지켜보고 있었는데, 아뿔싸, 그가 네 발로 온전히 착지하는 순간을 봤을 때 우리의 분노와 울화란 어땠겠는가! 아주 약간 비틀거리긴 했지만 다친 데도 없었다! 말짱했다! 우리가 그런 식으로 추락했더라면 온몸의 뼈가 조각조각 부서졌을 텐데, 그는 수염을 바르르 떨고 꼬리를

곧추세우고는 잽싸게 그 자리를 떠나는 것이었다! 그러자 썩은
내 나는 밤의 어둠이 검은 물살처럼 갈라지더니 그를 감춰 주
었다.

8

주 방위군 부대에서 비수기를 맞아 그날 하룻밤 동안 할
인된 가격으로 훈련장을 대관해 주었다. 연기가 자욱히 들어찬
동굴 같은 회랑 안에는 말끔히 단장한 남자들이 좌석에 줄지어
앉아 집중하는 자세를 하고, 꿈꾸는 듯 흐리멍텅한 얼굴과 연
체 동물처럼 흐릿하고 물컹한 눈을 베이비걸에게 고정하고서,
저마다 시거처럼 퉁퉁한 손가락으로 자기 샅을, 잘 익은 커다
란 보라색 무화과처럼 묵직한 성기에 팽팽히 당겨진 바지춤을
쑤시고 있었다. 그랬다. 하지만 이들은 주의 깊은 심사를 거쳐
엄선된 신사들이다. 진지한 남자들이라는 것이다. 그들 대부분
은 훈련장 안을 돌아다니는 잡상인들을 노골적으로 무시했다.
지금은 맥주, 콜라, 핫도그, 캐러멜 팝콘 따위에 신경을 쓸 때
가 아니니까. 그들의 뜨거운 시선은 베이비걸에게만 온통 쏠려
있다. 세상에, 저것 좀 보라고. 현대 사회에서 가치 있는 아내
를 찾기란 간단한 일이 아니다. 우리가 갈망하는 대상은 옛날
식 여자, 즉 늙어 죽은 아빠랑 결혼한 여자가 우리 이상이지만,
그런 여자를 어디서 구하겠는가? 오늘날의 저속한 세상에서?
그래서 베이비걸은 아른아른 빛나는 시나몬 빛 곱슬머리를 손
으로 톡 치고, 입술을 예쁘장하게 내밀어 눈부시게 새하얀 미

소를 지어 보이며, 바로 이날을 위해 직접 작곡한 사랑스러운 약강격 운율의 노래를 숨 가쁘게 불렀다. 그러면서 보석 박힌 지휘봉을 흔들다가 허공으로 던져 올렸다. 지휘봉은 빙글빙글 돌면서 천장 서까래까지 올라가더니, 마법처럼 한 순간 공중에서 멈춰 있다가, 다시 굴러떨어져 베이비걸의 쭉 뻗은 손 안으로 들어왔다. 그러자 객석에서 열심히 쳐다보던 남자들이 진심 어린 박수를 보냈다. 그래서 베이비걸은 다리를 굽혀 정중히 인사를 하고는 얼굴을 붉힌 채 고개를 숙이더니, 잠시 멈춰 서서 스타킹 솔기를 가다듬고, 귀고리를 매만지고, 허벅지에 앞으로 며칠은 사라지지 않을 붉은 자국이 남을 만큼 살을 깊이 파고드는 거들의 매무새를 정돈했다. 그런 다음 고운 피부를 환히 빛내며 킥킥 웃으면서 손으로 키스를 보내는 시늉을 했다. 한편 경매인은 마이크를 들고 과장스러운 몸짓으로 점잖빼며 걸어 다녔다. 그 건방진 남자의 이름은 조지 빅으로, 턱시도를 입고 툭 튀어나온 배에 붉은 허리띠를 두르고 있었다. 네, 5000부터 시작하겠습니다. 8000 있으십니까? 1만, 1만, 1만 안 계십니까? 주문을 외는 듯한 괴상하고 새된 음성이 최면처럼 그들을 휘어잡으면서 입찰이 즉시 시작되었다. 일본인 신사 한 명이 자기 왼쪽 귓불을 어루만져서 응찰하겠다는 신호를 보냈고, 가무스름한 피부의 터번 두른 신사도 검고 반짝이는 눈동자를 휙 움직여 신호를 보냈다. 자, 1만 5000에 사실 분 계십니까? 2만 안 계십니까? 2만, 2만, 2만 5000! 그러자 멋진 콧수염을 기른 게르만 신사가 너 이상 버티지 못하고 응찰에 나서고, 지중해 출신 신사도, 뭉툭한 머리를 짧게 깎은 신사도, 텍사스 출신 신사도, 건장한 몸에 땀을 흘리면서 들창코 끝을 문질러 닦고 있는 신사도 나섰다. 3만 계십니까, 3만 5000 계십니까, 5만 안 계십니까, 그는 베이비걸에게 윙크하고 그녀를 쿡쿡 찌르며 무대 앞으로 재촉했다. 앞으로 더 나와, 아가씨, 지금 부끄러움 탈 때가 아니야, 어서, 예쁜이, 네가 오늘 밤 여기 왜 왔는지야 우리 모두 아는데 뭘 그래, 내숭 떨지 마 이년아, 멍청한 암소 년, 저 젖통 좀 봐, 젖탱이 좀 보라고, 그거 말고 방'탱'이도 있잖아, 하, 하, 하! 그런데 그때 저 위의 발코니에서, 이제껏 눈에 띄지 않던 백발의 잘생긴 신사 하나가 하얀 장갑 낀 손을 들어 올려 신호를 보낸다.

9

싸움에 지친 그의 몸은 딱지로 뒤덮였고, 드문드문 난 작은 상처에 구더기가 끓고, 한때 자랑스러웠던 꼬리는 괴사해서 끝부분이 썩어 문드러졌지만, 그럼에도 그는 불평하지 않고 참을성 있게, 언제나와 같은 식욕을 내보이며, 나무, 종이, 전선 피복, 얇은 금속 등을 갉아 먹으며 턱과 이빨과 내장과 항문에 걸친 황홀감을 느낀다. 마치 자신에게는 허기만큼이나 무한한 시간이 주어져 있다는 듯이, 이렇게 가다 보면 자신이 온 세상을 갉아 먹을 테고 그의 뒤에는 축축하고 뻑뻑한 검은 똥덩어리들만 남을 게 확실하다는 듯이. 하지만 자연이 정해 둔 법칙에 의하면 그가 타고난 종은 평균적으로 겨우 12개월 생존할 수 있다. 별 탈이 없다면 말이지만. 그리고 5월인 오늘 아침, 설리번 거리의 케케묵은 벽돌 건물 안에서 그가 별 탈 없이 하루를 보낼 리는 만무하다. 이 건물의 1층에는 인근 제과점들 중에서도 가장 호평받는 '1949년부터 웨딩 케이크 전문'이라는 메트로폴 베이커리가 들어서 있지만, 그는 반쯤 비어 있는 4층의 벽 속 구석진 곳에 자리를 잡고, 이론적으로는 음식이라고 칠 수 있을 만한 무언가(밖의 거리에서 차에 치여 죽은, 그리고 잇따라 온 차에 깔려서 2차원의 물체가 되어 버린 어느 형제의 사체)를 초조하게 갉아 먹으며 주체할 수 없는 식욕으로 코를 킁킁거리고 눈을 껌뻑거리고 있었다. 이곳 4층에는 그의 동족이 엄청나게 많았다. 그도 그럴 것이, 한 건물에 갈색 종과 검은색 종이 같이 살면,[20] 자연의 원리에 따라 갈색(더 크고 공격적인) 종은 아래층에서 서식하고, 검은색(더 내성적이고 냉철한) 종은 먹이를 찾기 힘든 위층으로 쫓겨나게 되어 있기 때문이다. 그래서 그는 거기서 계속 먹고 있었는데, 또는 먹으려고 노력하고 있었는데, 비단이 북 찢어지는 듯한 소리가 나더니 어떤 털북숭이가 으르렁대며 그를 향해 날아든다. 그의 것보다 더 길고 치명적인 앞니와 발톱, 회전 날개처럼 휘둘러 대는 뒷다리를 보고 그는 공포에 휩싸여 그의 작은 몸뚱이에 붙은 벼룩과 이 들이 일제히 신경을 곤두세우고 그의 모든 세포 하나하나가 살려 달라고 빌지만, 그럼에도 털북숭이 셰바의 보름달 같은 얼굴에는

---

20   갈색은 시궁쥐, 검은색은 곰쥐를 뜻한다.

자비심이 비치지 않는다. 아름다운 은색 얼룩무늬 고양이 셰바는 살갑게 가르랑거리는 태도로 평소 주인들의 사랑을 듬뿍 받아 왔지만, 오늘 아침, 메트로폴 베이커리가 있는 케케묵은 벽돌 건물에서 그녀는 죽이고, 물어뜯고, 먹어 치우려는 욕구로 미쳐 날뛰고 있고, 그는 셰바의 경정맥을 끊으려 시도하지만, 날쌘 셰바 역시 동시에 그의 경정맥으로 들이닥치면서, 그들은 지극히 친밀하게 서로를 얼싸안은 자세로 울부짖고 비명을 지르며 오물 속에서 미친 듯이 뒹군다. 그는 셰바의 무시무시한 이빨에 물어뜯길 뿐 아니라 그녀가 광적으로 휘둘러 대는 뒷다리에 맞아서 죽을 지경인데도, 그래, 그러면서도 열심히 맞서 싸운 끝에 그녀의 귀에서 세모꼴의 살점을 뜯어내는 데에 성공하지만, 그래 봤자 이젠 너무 늦었다. 그가 아무리 찍찍거리며 그녀를 깨물어 대며 방어하려고 해도 그보다 몸이 훨씬 육중한 셰바가 승리할 것은 뻔한 일이다. 셰바는 그의 목을 찢어 버리고, 내장을 끄집어내다시피 한다. 그의 처량한 창자가 미끈 둥한 리본처럼 뒤엉킨 채 그녀의 발치에 흘러내리면서 엄청나게 시끄러운 소음이, 울부짖음이, 누군가가 살해당하기라도 한 것처럼 울려 퍼진다! 그녀는 죽어 가는 그를 먹기 시작한다. 뜨끈하게 쏟아지는 피도, 꿈틀거리는 힘줄이 엉긴 근육도 맛깔스럽다. 어여쁜 셰바가 조그맣고 울퉁불퉁한 그의 머리를 입안에 넣고 와그작 씹어서 그의 두개골과 그 안의 뇌까지 부스러진 순간, 그는 끝장난다. 끝장이다. 그리고 탐욕스러운 얼룩무늬 고양이는(그녀는 사실 배가 고프지도 않았다. 당연하게도 주인들에게 잘 얻어먹어서 몸에 윤이 자르르 흘렀으니까.) 앉은 자리에서 그의 뼈를 으스러뜨리고, 연골을 씹고, 비늘로 덮인 꼬리를 토막토막 끊어 삼키고, 앙증맞은 소용돌이꼴의 분홍색 귀, 눈곱 낀 눈, 뻣뻣한 수염, 그리고 감미로운 고기까지 먹어 치운다. 그러고 나서 그의 기억을 지우기 위해 자기 몸을 씻는다.

10

그러나 식후 낮잠을 즐기던 셰바는 딱하게도 배 속에서 치밀어 오르는 욕지기에 퍼뜩 깨어나서는 고통스럽게 구역질을 한다. 그녀는 꼴사납게 휘청거리다 계단 위에 토해 놓고는 메트로폴 베이커리 뒤편으로 내려가 애처롭게 야옹거리지만 아무도 듣지 못한다. 바닐라 케이크 반죽이 든 거대한 통 위의 서까래에 위태롭게 올라앉은 딱한 셰바는 내장을 다 비워 내고 — 즉 그를, 그의 수많은 조각들을 게워내고, 발작적으로 웩웩거리고 캑캑거린 끝에 1센티미터 안팎의 길이로 잘게 부서진 그의 수염까지 다 토해 낸다. 불쌍한 야옹이! 셰바가 얌전하고도 청승맞게 집으로 뛰어 돌아가자, 자신의 고양이를 애지중지하는 여주인이 그녀를 안아들고는 꽉 껴안으며 야단을 친다. 셰바, 어디 갔었어! 그리고 그날은 저녁 식사를 일찍 내준다.

11

X씨는 열렬한 사랑에 빠졌다. 그는 가장 헌신적인 구애자였고, 이제는 가장 얼빠진 신랑이 되었다. 그가 분홍빛으로 달

아오른 베이비걸의 얼굴에 키스를 퍼붓고 너무나 힘껏 끌어안아서 그녀가 오! 하고 외치자, 결혼 회사 사람들과 더불어 그녀의 아버지가 특히 기뻐하며 웃음을 터뜨린다. X씨는 위엄 있고 잘생긴, 나이가 많은 신사이다. 아주 고결한 사람이다. 밴드가 「당신을 진심으로 사랑해요」를 연주하는 가운데 그는 베이비걸을 이끌고 반질반질 윤이 나는 무대 위로 올라가서, 무척 우아하게, 무척이나 능란한 솜씨로 춤을 리드한다. 그의 옷깃에는 피처럼 붉은 카네이션이 꽂혀 있고, 눈동자에는 드라이아이스 조각들이 박힌 듯하고, 마냥 싱글벙글 웃는 입술 사이로 하얀 의치가 드러난다. 몸을 숙였다 굽혔다 하며 움직이는 커플의 춤사위는 또 얼마나 아름다운지, 그리고 베이비걸의 어머니, 할머니, 증조할머니가 결혼할 때 입었던 앤티크 웨딩드레스를 입고, 가보로 내려오는 결혼 반지를 끼고, 시나몬 빛 곱슬머리에 은방울꽃을 엮어 땋은 신부의 모습은 또 얼마나 숨 막히게 아름다운지. 베이비걸은 입안의 체리빛 속살을 드러내며 깔깔 웃다가 신랑이 그녀를 자기 가슴께로 끌어올려 입술에 힘껏 키스하자 오! 하고 소리를 지른다. 그의 커다랗고 튼튼한 손가락이 그녀의 어깨, 젖가슴, 엉덩이를 훑어 내린다. 샴페인 잔들이 맞부딪히고, 술 취한 사람들의 유쾌한 축사가 밤늦도록 이어진다. 대주교도 친히 축도를 올린다. X씨는 베이비걸을 무릎에 앉히고 딸기와 웨딩 케이크를 먹여 주고, 그녀도 신랑에게 딸기와 웨딩 케이크를 먹여 주고, 서로의 손가락을 쪽쪽 빨아 주면서 키스하고 웃는다. 그런데 케이크를 먹던 베이비걸은 그 안에서 무언가 질기고 단단하고 뻣뻣한 연골인지 뼛조각인지 조그마한 철사 조각 같은 것이 씹혀서 당황하지만, 워낙 본데 있게 자란 그녀는 이물질을 입 밖으로 뱉어 내기가 차마 부끄러워서 ─ 그게 이물질이 맞다면 말이지만 ─ 조심스럽게 혀로 그것을 밀어서 어금니 뒤쪽에 보관해 둔다. 반면 신사 X씨는 눈 한 번 깜짝하지 않고 연거푸 웨딩 케이크를 한입 가득 씹어 삼키고 샴페인으로 목구멍을 씻어 내린다. 지금이 평생 가장 행복한 날이라고, 그는 베이비걸의 분홍색 소용돌이꼴 귀에다 대고 속삭인다.

12

그것은 《사이언티픽 아메리칸》에 발표될 조건화 현상에 관한 행동 심리학 실험으로, 실험 과정에서 상당한 혼란이 발생할 예정이었다. 하지만 당연하게도 그는, 그 딱하고 처량한 녀석은, 아무런 통보도 받지 못했거니와 실험에 동의한 바도 없었다. 철사 우리 안에서 반쯤 굶주린 채 자기 뒷다리를 강박적으로 물어뜯던 그는 자신을 고문하는 자들이 주는 미세한 손짓에 반응하는 법을 금세 익혔다. 불과 몇 시간 만에 패닉에 빠진 그의 심박수가 점점 빨라지는 것이 측정되었고, 황달에 걸린 안구가 눈구멍 속에서 휙휙 돌아갔고, 불안감이 아황산 가스처럼 그의 영혼에 침투했다. 그럼에도 이 실험에 참가하는 젊은 조수 십수 명은 무슨 그래프니 차트를 더 채워야 한다고 고집하며 고문을 계속했다. 그와 같은 말 못하는 짐승 종족외

'공포'를 측정하기 위해서 그들은 그의 털을 뜨거운 바늘로 그슬리고, 뜨거운 바늘로 여린 항문을 찌르고, 그가 들어 있는 우리를 분젠 버너 위에 가져다 대고는, 그의 익살스러운 몸짓을 보고 눈물까지 닦아 가며 폭소하면서, 그의 우리를 마구 흔들고, 털고, 시속 145킬로미터의 속도로 빙빙 회전시키기도 하면서, 점점 더 심한 충격을 가해 그의 정수리에서 연기가 피어오를 지경으로 몰아붙였다. 그러자 놀랍게도, 그는 그들의 손짓뿐만이 아니라 말에도 반응하게 되었다. 마치 그들의 말을 알아듣는 것만 같았다. 그리고 무엇보다도 신기한 점은 ─《사이언티픽 아메리칸》에 실을 글에서 이 부분이 가장 큰 논란을 일으킬 터였다. ─48시간이 지나자 그들이 고문을 가하겠다는 '생각'만 해도 그가 한 치의 오차도 없이 정확히 반응하게 되었다는 것이었다. (연구원들이 그런 '생각'을 실험실 밖이 아니라 안에서 떠올린다는 조건하에서 말이다.) 놀라운 과학적 발견이었다! 그러나 유감스럽게도 그가 죽고 나서는 그와 똑같은 결과가 두 번 다시 도출되지 않았다. 그리하여 그 실험은 과학적으로 완전히 쓸모없는, 그저 실험 심리학계 사람들 사이에서 떠도는 우스갯소리로만 남았다.

13

X씨는 베이비걸을 끔찍히도 아꼈다! 그녀에게 향긋한 거품 목욕을 시켜 주고, 엉덩이까지 내려오는 길고 구불구불한 시나몬 빛깔 머리카락을 빗질해 주고, 옹알옹알 얼러 주고, 그

녀의 안에 혀를 집어넣고, 열띤 사랑을 나눈 다음 날이면 아침 식사를 침대로 가져다주는가 하면, 그녀의 사랑스러운 몸을 덮은 보송보송한 복숭앗빛 솜털을, 그리고 겨드랑이와 다리와 가랑이에 난 "보기 흉한" 억센 털을 그의 면도칼로 직접 깎아 주겠다고 우겼다. 그렇게 몇 주, 몇 달이 흘렀다. 그러던 어느 날 밤에 발기가 되지 않자, 그는 솔직히 자신이 베이비걸의 옴폭 패인 엉덩이에도, 배꼽에도, 탁 트인 연한 남보라색 눈에도, 오므린 장미 꽃잎 같은 입술에서 새어 나오는 오! 하는 아양에도 싫증이 났다는 것을 깨달았다. 그녀의 단조로운 콧소리 섞인 음성이 그의 예민한 신경에 거슬렸고, 그녀의 습관들도 역겹게 느껴졌다. 그녀는 아무도 안 보는 줄 알고 자기 군살을 긁어 대다가 몇 번인가 그에게 들킨 적이 있었고, 코를 후비는 짓을 삼갈 만큼 깔끔한 성격도 못 되었으며, 그녀가 화장실에서 나오고 나면 방귀와 배설물의 악취가 풍길 때도 잦았을 뿐더러, 집안 대대로 내려오는 하얀 리넨 시트에 그녀의 생리혈이 묻거나, 배수구에 그녀의 꼬불꼬불한 털이 쌓이기 일쑤였고, 이른 아침 그녀의 숨에서는 그의 신발장에서도 가장 오래된 신발 속에서 나는 것 같은 고린내가 풍겼다. 그러면서도 그녀는 젖소처럼 커다랗고 구슬프고 의문스러운 눈으로 그를 바라보며, 오, 왜 그래요 여보, 오! 나를 더 이상 사랑하지 않나요? 내가 뭘 잘못했기에요!라며 그의 무릎 위에 제 육중한 몸뚱이를 얹고는, 통통한 팔로 그의 목을 감싸고, 그의 얼굴에다 대고 비린 숨을 뱉어 대는 것이었다. 그래서 그는 잔인하게도 양 무릎을 벌려서 베이비걸

을 바닥에 떨어트렸고, 꼴사납게 쿵 주저앉은 그녀가 너무 놀라
고 아파서 말문이 막힌 채 그를 쳐다보자 그는 손등으로 그녀
를 후려쳐서 코피를 터뜨렸다. 아, 좀, 썅년아! 그는 신음을 뱉
었다. 좀! 응?

14

짝짓기, 짝짓기, 짝짓기. 광란의 짝짓기. 수컷으로서 한
창 때 그는 수십, 수백, 수천 마리 자식의 아버지가 되었고, 이
제 그 녀석들은 온 사방에 발 디딜 틈 없이 우글거리고 찍찍거
리며, 그가 먹잇감을 먹을 때면 덤벼들어 그를 밀치락달치락 덮
치면서 정말이지 한 무리의 갱단과 같은 꼴을 연출했다. 아기들
은 얼마나 빨리 자라는지, 하루는 1센티미터, 다음 날에는 2센
티미터, 또 다음 날에는 4센티미터씩, 그들의 조그맣고 완벽한
발가락부터, 발톱, 귀, 수염, 우아하게 휘어진 꼬리, 앞니, 게걸
스러운 식욕까지도 깜짝 놀랄 만한 속도로 자라났다. 그리고 불
현듯 그 공포가 나를 사로잡았다. 나는 죽을 수가 없는 것이다. 나
는 무한히 증대되고 있으니까. 그건 그의 잘못이 아니었다! 지금
도 적들은 인근에서 그와 그의 자손들을 없애기 위해 독 가루
를 뭉친 물컹한 덩어리들을 곳곳에 놓고 있지만, 그건 그의 잘
못이 아니었다! 아마도 매일, 그랬다, 매일, 아니 어쩌면 매시
간에 한 번씩 열병이 그를 사로잡고 또 몇몇 자매들을 사로잡
아서, 쉴 시간도 없고 깊이 생각할 시간도 없이, 그의 뒷다리
사이에 있는 부드러운 주머니에서 조그마한 혹 같은, 5센티미

터쯤 되는 마디 같은 것이 피가 몰려 뜨겁고 단단해진 채 피스톤처럼 빠르게, 지칠 줄도 모르고 뻗어 나왔고, 그건 심지어 갉아 먹는 행위보다도 더욱 절박했고 더욱 격심한 쾌락을 불러왔기에 그는 단지 그것에 끌려다니는 부속물에 지나지 않았다! 그러니 결백했다! 하지만 그를 없앨 음모를 꾸미는 적들은 그딴 사정에는 아랑곳없이, 잔인하고 비정하게도, 지극히 맛있는 종류의 독을 내놓았다. 그 달콤하고 말캉한 맛과 빵 곰팡이 같은 냄새란 무시할 수 없이 맛깔스러워서, 그는 그러면 안 된다는 걸 알면서도(알지 않는가?) 도저히 저항하지 못하고 결국엔 찍찍거리는 어린것들의 바다로 ── 검게 물결치고 또 물결치며 무아지경의 식욕으로 먹어 대는, 그 자체로 거대한 하나의 소화 기관처럼 보이기까지 하는 부글거리는 바다에 뛰어들고 말았다. 그런데 사악한 독약은 그 불쌍한 녀석들을 그 자리에서 죽이는 것이 아니라 격렬한 갈증을 유발하게 되어 있었다. 그래서 독을 먹은 그와 그의 아들 딸 수천 마리는 물을 찾으려고, 물을 마시려고, 그 끔찍한 갈증을 가라앉히려고 건물 밖으로 뛰쳐나가 부둣가로 그리고 강으로 달려가고, 쏟아져 나오는 그들의 검은 물결을, 반짝이는 눈들과 수염들과 털이 거의 없는 분홍색 꼬리들을 본 사람들이 비명을 지르지만, 그들은 오로지 물을 구할 생각에 그 누구도 그 어떤 것도 신경 쓰지 않는다. 그렇게 해서 그중 일부는 강에 빠져 익사하고, 나머지는 물을 마시고 또 마시다가 마침내 적들의 계획대로 그들의 처량한 몸뚱이가 퉁퉁 부풀어 오르다 터져 버린다. 방독면을 쓴 도시 환

경미화원들이 격하게 불평을 늘어놓으며 사체들을 삽으로 퍼
내다가 작은 산처럼 쌓아 둔 다음, 그것들을 쓰레기차의 행렬
에 실어 보낸 뒤 인도, 도로, 부두를 물로 씻어 청소한다. 이제
그와 그의 자손들은 비료 공장에서 으깨져 깔끄러운 가루가 되
어서 상업용과 가정용으로 분류되어 판매될 것이다. 독약에 대
한 언급은 당연히 없을 것이다.

15

X씨는 결혼하고 한 해도 지나지 않아 아내의 감정에 대해
불가사의할 만큼 냉담해졌고, 급기야는 '사업 동료'라는 사람
들을 집으로 불러들여서 베이비걸에게 추파를 던지고, 목욕하
는 그녀를 훔쳐보고, 귓가에 음탕한 말을 속삭이고, 만지고, 주
무르고, 추행하게 했다. 그동안 X씨는 차분하게 구경하면서 시
거까지 피우곤 했다! 베이비걸은 처음엔 너무 경악해서 상황
파악도 못하다가 이내 분노와 아픔에 눈물을 쏟았고, 그 짐승
같은 놈에게 제발 이러지 말아 달라고 애원하다가, 실크 옷가
지며 이것저것을 여행 가방에 챙겨 넣으며 한바탕 성질을 부렸
다가, 결국엔 흥건히 젖은 욕실 바닥에 누워 있게 되었다. 착란
상태 속에서 몇 날 며칠이 흘러가는 동안 그녀의 보호자는 마
지못해 간간이 불규칙적으로 그녀에게 밥을 먹였다. 그녀는 햇
빛, 녹음(綠陰), 크리스마스 선물에 대한 약속을 받았지만 그
약속들은 지켜지지 않고 미뤄지기만 했다. 그러던 어느 날 문
간에 가면을 쓴 사람이 나타났다. 예장용 가죽 군복 차림에 황

동징이 박힌 벨트를 차고 권총집에 넣은 피스톨을 꽂은, 장갑 낀 손을 옆구리에 얹은 남자였다. 베이비걸은 그의 앞에 엎드리고 그의 번쩍이는 검은색 가죽 부츠의 앞코에 열렬히 입을 맞추며, 길고 굽슬거리는 시나몬빛 머리카락으로 그의 발목을 휘감고서 빌었다. 불쌍히 여겨 주세요! 날 해치지 말아요! 나는 당신 것이에요! 신에게 맹세했듯이, 아플 때도, 건강할 때도요! 가면 쓴 남자가 X씨일 것이라고 생각한(이런 상황에서는 그렇게 추정하는 게 당연하지 않은가?) 베이비걸은 선뜻 그를 따라 안방으로 가서 기둥 네 개 달린 앤티크 황동 침대로 올라가, 그가 숨을 씨근거리며 오랫동안 아프고 억지스럽게 그녀에게 쏟아 붓는 사랑을 고분고분 받아들였다. 하지만 그런 걸 사랑이라고 부를 수 있는지 의문이었다! 얼마나 모욕스러웠는지! 얼마나 고통스러웠는지! 다 끝나기도 전에 남자가 의기양양하게 가면을 벗었을 때에야 베이비걸은 그가 사실 생판 낯선 사람이었으며 X씨는 침대 발치에 서서 시거를 피우며 차분하게 구경하고 있었다는 것을 깨달았다. 그 이후 혼란 속에서 몇 주, 몇 달 동안 X씨는 점점 체계적으로, 더 이상 신사라고도 할 수 없을 정도로 잔인해져서, 매번 새로운 '사업 동료'를 속속 불러들였는데 그중에는 면도칼처럼 날카롭게 간 손톱으로 부부 침대에 묶여 꼼짝도 못하는 그녀의 여린 속살을 찢어발긴 남자도 있었고, 또 반짝이는 비늘로 덮인 남자, 칠면조처럼 턱에 볏이 달린 남자, 한쪽 귀의 일부가 없는 남자, 완전한 대머리에 시체 같은 웃음을 띤 남자, 몸에 무슨 이국적인 문신이라도 새

긴 것처럼 점점이 상처가 난 데다 곪아서 진물이 흐르는 남자도 있었다. 가엾은 베이비걸은 반항한다는 이유로 채찍질당하고, 담뱃불에 지져지고, 손바닥으로 맞고, 걷어 차이고, 주먹질당하고, 질식할 뻔도 하고 목이 졸릴 뻔도 하고 익사할 뻔도 하면서, 비명을 지르다 사레가 들려 캑캑거리고, 몸부림치고, 발작하고, 끈적끈적한 피를 흘리는 통에, 극도의 불쾌감을 느낀 X씨는 그녀에게 어느 남편이라도 줄 만한 추가적인 벌을 주었다. 그녀에게 애정을 거둔 것이다.

16

적들을 피해 벽돌 더미 밑에 숨어서 떨고 있던 그는 너무 배가 고파 어지러워져서 자기 꼬리를 갉아 먹었다. 처음에는 주저했지만 점점 더 열심히 탐욕스럽게 먹게 되었고 멈출 수가 없었다. 그의 처량하고 앙상한 꼬리에 이어, 스무 개의 분홍색 발가락도, 발바닥도, 뒷다리도, 그리고 1등급의 허리 살과 갈비 살과 창자와 가슴과 췌장과 뇌도 전부 먹은 다음 마침내 뼈도 말끔히 발라먹었다. 그러자 놀라울 만큼 아름답고 대칭적인 해골이 드러났다. 이제 배가 불러서 졸려진 그는 앞발로 제 몸을 깐깐히 문질러 닦고는 9월의 따스한 햇볕 아래 웅크린 채 잠을 청했다. 그가 내쉰 한숨이 그를 타고 일렁거리며 번졌다. 지고의 평화였다.

17

그런데 좋아하는 벽돌 위 자리에 앉아서 졸고 있던 그에게 키가 멀쑥한 동네 소년 두 명이 슬금슬금 다가오더니, 그물로 그를 붙잡고는, 공포에 질려 찍찍거리는 그를 판지 상자에 던져 넣고 숨구멍이 뚫린 뚜껑을 닫아서 봉했다. 그렇게 그는 자전거에 실려 한 신사에게 배달되었다. 신사는 백발을 단정히 빗어 넘기고 교양 있는 말씨를 쓰는 사람이었다. 백발의 신사는 소년들에게 각각 5달러씩 삯을 치러 준 다음, 상자 구석에 웅크리고 있는 그를 관찰하면서 즐겁게 두 손을 맞비비며 조용히 킥킥거렸다. 흠! 이놈 꽤 거칠어 보이는구나! 그러고는 대단히 놀랍게도 그에게 먹이를 주더니, 불친절하지 않은 손길로 그의 목덜미를 잡아 들어 올리고서 완벽하게 갖춰진 미끈한 신체 부위들을, 특히 비스듬히 자라난 앞니를 유심히 뜯어보았다. 그러고는 큰 소리로 숨을 내쉬고 기대감과 만족감이 섞인 투로 웅얼거렸다. 그래, 너라면 해낼 것 같구나, 이 녀석아.

18

가엾은 베이비걸은 외출을 금지당했고 2층 침실에 갇혀 지낼 때가 많아졌지만, 그럼에도 갸륵한 용기와 활기를 발휘해 자신이 처한 새로운 생활 환경에 적응해 나갔다. 대체로 침대에 나른히 누워 손톱을 다듬으며, X씨의 사업 동료들 중 누군가가 사다 준 고급 초콜릿을 집어먹으며 시간을 보냈고, 가끔은 예측 불허인 X씨의 행동이 낭만적인 기분을 불러일으키면 텔레비전을 보기도 했다. (그녀는 복음주의 전도사들이 나오는 방송을 가장 좋아했다.) 미국 주부들의 생활 방식을 두고 혼잣말로 불평하거나, 제 몸의 상처를 돌보거나, 잡지에 요리법이 실린 부분을 오리거나, 여자 친구들과 전화로 수다를 떨거나, 쇼핑 카탈로그를 보고 전화 주문을 넣거나, 성경을 읽으며 지냈으며, 점점 몸무게가 불고 시무룩해지고 앞날을 두려워하면서도 그녀는 눈썹을 뽑고, 향기 나는 크림을 피부에 바르고, 낙천적인 태도를 유지하면서 노력했다. 그녀의 결혼 생활이 심란한 방향으로 치닫는다는 점에 대해서는 생각하지 않으려 애썼다. 베이비걸은 징징거리고 칭얼거리고 바가지를 긁는 부류의 아내가 아니니까, 그녀는 절대로 그렇지 않았으니까. 그러니 어느 날 밤 집에 돌아온 X씨가 위층 침실로 뛰어 올라와서는, 부부 침대의 네 기둥에 흰 실크 밧줄로 묶여 있는 그녀의 앞에서 의기양양하게 낙타털 코트 자락을 열어젖히고, 여보, 내가 당신을 위해 뭘 가져왔게! 라고 외치며, 떨리는 손으로 바지 지퍼를 열었을 때, 그리고 아연히 쳐다보는 베이비걸의 눈앞에 그가 찍찍거리며 튀어 나왔을 때 그녀가 느꼈을 충격과 공포가 어땠겠는가! 붉은 눈, 침 거품이 묻어 반짝이는 이빨, 휘어진 채 빳빳하게 곧추선 꼬리를 본 베이비걸은 애끓는 비명을 내질렀다.

19

X씨와 그의 (남성) 동료들은 무심한 과학적 태도로 베이

비걸과 그자의 관계를 관찰했다.(그들은 그를 그런 약칭으로 부르기로 했다.) 처음에 둘은 극도로 완강하게, 심지어 히스테릭하게 서로를 거부했다. 그자가 그물에 싸인 채 침대에 들어오자 베이비걸은 입에 재갈이 물린 채로도 비명을 지르고 격렬하게 몸부림치며 숫제 곡예를 했고, 한편 동물적인 공포에 휩싸인 그자는 맹렬한 분노를 드러내며 마치 생사를 걸고 싸우듯이 깨물고 할퀴었으며, 베이비걸 역시, 근육이 물컹물컹하고 행동거지도 게으른 여자인 것 같은데도, 마찬가지로 자기 생사가 걸렸다는 듯이 맞서 싸우는 것이었다! 이 싸움은 몇 시간 동안, 밤새도록, 그리고 그다음 날 밤에도, 다다음 날 밤에도 계속되었다. X씨가 사는 매력적인 주거 지역인 벌링게임 거리에서 이토록 대단한 사건은 일어난 적이 없었다.

20

그가 원하는 바는 아니었다. 정말로 원하지 않았다. 그는 털이 난 조그마한 몸뚱이로 사력을 다해 저항했지만, X씨의 장갑 낀 손은 억지로 그를 그곳으로 밀어 넣었다. 가엾은 베이비걸은 그의 발톱과 이빨에 긁히고 찢어진 수많은 상처에서 피를 흘리며 팔다리를 벌린 채 속수무책으로 누워 있었고, 그는 영문도 모른 채 거기로 — 대체 왜 그 안으로 — 주둥이부터 밀어 넣어져서 머리까지, 그 다음에는 어깨까지, 그 다음에는 미끈한 근육질 몸 전체가 들어가야 했기에, 그는 숨이 막혀서 질식할 지경이어서 이빨로 앞길을 터서 헤어나려 했지만, 그러는 동안에도 흥분으로 떨리는 X씨의 손은 그를 더 안으로, 더 안으로 밀어 넣었고, 그의 동료들은 침대 주위에 모여서 그 광경을 경이롭게 지켜보는 가운데 ── 그는 가엾은 베이비걸의 퉁퉁한 허벅지 사이로, 뜨거운 피로 달아올라 맥동하는 탄탄하고 질긴 터널 속으로 더더욱 깊이 들어가서, 이제는 그의 엉덩이를 뒤덮은 매끌매끌한 털 끝자락과 대롱대롱 드리운 뒷다리와 20센티미터 길이의 분홍색 꼬리만 남았다. 패닉에 빠진 그는 자신을 꽉 조여 오는 살덩어리를 갉아 먹었지만, 그러자 뜨거운 피가 온천처럼 뿜어져 나와서 익사할 지경이 되었을 뿐더러, 가엾은 베이비걸의 골반 근육이 경련을 일으켜서 그를 으스러뜨릴 듯 오므라들었으니, 그와 베이비걸이 동시에 의식을 잃지 않았더라면 그 싸움이 과연 어떻게 끝났을지는 미지수였다. 지독한 흥분에 사로잡혀 이성을 잃다시피 했던 X씨와 그의 동료들도 그날 밤의 경연이 일단은 그렇게 중단되었다는 데에 안도했다.

21

잔다르크가 루앙에서 화형대에 매달려 순교했을 때, 그녀를 살라 먹고 잿더미로 만들 불길이 무신경하게도 점점 더 높이 치솟아 오르자 그녀는 황홀경에 빠진 목소리로 "예수님! 예수님! 예수님!" 하고 외쳤다고 한다.

22

그 난장판을 치우는 건 누구의 몫이겠는가. 편두통에 시달리면서, 쓸리고 벗겨진 허벅지 사이에 푹 젖은 생리대를 낀 채로, 자신의 부어오른 턱과 멍든 눈이 어느 물건의 표면에든 비쳐 보일까 두려워하면서, 그녀는 침실용 슬리퍼를 신고 일본풍을 표방한 퀼트 실내복을 걸친 채 소리 없이 울면서 조심조심 걸어다닌다. 유일한 위안은 집 안 대부분의 방에 텔레비전이 있다는 것이다. 그래서 청소기를 윙윙 돌리는 중에도 그녀는 혼자가 아니었다. 이 방에는 팀 목사가, 저 방에는 제시 형제가, 그 방에는 상냥한 앨라배마 맥고완이 있으니까. 최소한의 위안이다. 베이비걸은 온 세상 사람 중에서도 누구보다 그녀의 감정적 안녕을 책임져야 할 남자의 손에 그토록 심한 오욕과 수치를 당한 처지였고, 이제는 희미하게밖에 기억나지 않는 육체적 외상의 여파로 몸을 가누기도 힘든 데다, 상처가 감염되거나, 불임이 되거나, 오래전에 걸렸던 여성 질환들이 재발할 위험을 인지하면서도, 간밤에 어질러진 집 안을 치우기까지 해야 하는 것이다. 그녀가 아니면 누가 치우겠는가? 침대 시트를 빨아야 한다. 피 얼룩이 진 시트 빨래는 장난이 아니다. 그녀는 카펫에 진 얼룩을 빼려고 네 발로 엎드려 애를 쓰다가(큰 효과는 없었다.) 카펫에 청소기를 돌린다. 쓰레기봉투가 꽉 찼으니 그것도 교체를 해야 한다. 항상 해야 하는 일이다. 간간이 아찔한 현기증과 함께 화끈 타오르는 듯한 고통이 밀어닥쳐서 그녀는 몇 차례 자리에 앉아 숨을 고른다. 다리 사이에 낀 생리대는 거무스름한 피에 흠뻑 젖어서 돼지 피로 만든 소시지 같다. 손 안에서 부스러지는 쇠수세미로 씩씩하게 찜 냄비를 문질러 닦으려다 보니 눈물이 터져 나온다. 오! 사랑은 어디로 간 걸까! 그러던 어느 날 저녁, 예의 그 울적한 휴식기에 접어든 그는 그녀를 놀래 줄 선물을 준비한다. 아이들도 그 계획에 함께했다. 오늘이 무슨 날인가, 바로 베이비걸의 생일이다. 그녀는 아무도 기억해 주지 않을 거라 생각하며 괴로워하고 있었는데 뜻밖에도 그들은 이 도시에서 몇 안 되는 훌륭한 이탈리아 식당인, 피자도 시킬 수 있는 '곤돌라' 식당으로 그녀를 데리고 불쑥 들어간다. 대기하고 있던 직원들이 그녀를 맞는다. 생일 축하해요! 풍선들이 떠오른다. 우리가 잊었을 거라 생각했어요? 아이들이 반쯤 나무라는 투로 합창을 한다. 베이비걸은 슬로 진 피즈[21]를 시켜서 마시고는, 단숨에 머릿속까지 취기가 올라 키득키득 웃다가 손가락으로 입을 두드려 속에서 올라오는 약간의 트림을 눌러 삼킨다. 잠시 뒤 남편이 아들들 중 하나를 야단치기에, 그 충돌에 얽일 마음이 전혀 없는 베이비걸은 파우더룸으로 자리를 피한다. 얼굴이 예뻐 보이도록 장밋빛 조명이 밝혀진 거울 앞에서 화장을 점검해 보니, 그래, 다행히도 왼쪽 눈밑의 멍 자국은 희미해졌다. 이제 그녀는 화장지를 뜯어서 변기 시트 위에 꼼꼼히 붙인다. 감염성 질환에 걸리지 않기 위해서다. 미국에서 에이즈가 발견된 이후로 베이비걸은 더더욱 철저해졌다. 그리고 잠시나마 평안하고 텅 빈 마음으로 변기 위에 앉아 있는데, 문득 고개를 돌려 보니 ─ 그냥 어쩌다 보니

21 슬로 진에 레몬, 설탕, 탄산수를 넣은 칵테일.

고개를 돌렸는데, 그 존재를 무의식적으로 감지했기 때문이었을까? ——15센티미터도 채 안 되는 거리에 있는 젖빛 유리창에 달린, 약간 때가 낀 창턱 위에서 붉은 눈을 깜빡이고 있는 커다란 쥐 한 마리가 보인다. 오 하느님 저거 쥐 아니야, 그 눈이 그녀의 눈과 마주친 순간 심장이 세차게 쿵 하고 뛰더니 거의 멈춰 버린다. 가엾은 베이비걸의 비명 소리가 건물 벽 전체를 울린다.

그로테스크에 대한 숙고

예술에서 '그로테스크'란 무엇이고, '공포'란 무엇인가? 이 개념들은 혐오감을 일으키는 심리 상태를 뜻할 텐데도, 어째서 어떤 이들에게는 변치 않는 매혹으로 다가오는가?

우리 인간사에서 가장 심오한 미스터리는, 우리들 각자는 주관적으로 존재하며 자아의 프리즘을 통해서만 세상을 알 수 있지만, 이 '주관성'이란 타인들에게는 접근 불가능한 영역이고 따라서 비현실적이고 불가사의한 영역이라는 점인 것 같다. 거꾸로 말하자면 우리는 본질적으로 그 어떤 타인도 알지 못한다는 뜻이다.

그로테스크 예술은 너무나 다양해서 한 가지로 정의 내릴 수 없다. 그 자체로 풍부한 상상의 원천이다. 앵글로색슨 시대『베오울프』에 나오는 그렌델의 괴물 어머니에서부터 대성당들의 벽에 조각된 짓궂고 흉한 외모의 가고일 형상까지, 무시무시하도록 사실적으로 그려지는 『일리아드』의 살육 장면에서 프란츠 카프카의 『유형지에서』에 등장하는 "놀라운 기구"의 생생함까지, 히에로니무스 보스의 희극적인 악몽의 풍경에서부터 1922년 독일의 F. W. 무르나우가 만든 고전 무성 영화 「흡혈귀 노스페라투」와 그것을 리메이크한 베르너 헤어초크의 1979년판에 이르기까지, 그 예는 숱하게 들 수 있다. '그로테스크' 감성은 고야의 천재성과 달리의 키치한 초현실주의, H. P. 러브크래프트의 원색적이고 본능적인 힘과 아이작 이자크 디네센[22]의 바로크적 우아함, 그림 형제의 동화에서 나타나는 숙명론적인 단순성과 윌리엄 포크너의 「에밀리에게 바치는 한 송이 장미」에서 빼어나게 구성된 시야의 복잡성, 즉 역사적 해설로서의 그로테스크까지도 두루 아우른다.

셰익스피어의 『리어 왕』에서 길게 이어지는 글로스터의 고문 장면은 연극에서 구현된 그로테스크의 절정이지만, 그보다 덜 시각적인 차원에서라면 사무엘 베케트의 불운한 주인공들이 맞는 운명 역시 그에 못지않다. 예컨대 『나는 아니야』에 나오는 여성 입이 그렇다. 니콜라이 고골의 「코」에서부터 폴 볼스의 「먼 일화(A Distant Episode)」까지, 막스 클링거, 에드바르트 뭉크, 구스타프 클림트, 에곤 실레의 악마적 육체의 이미지들에서부터 프랜시스 베이컨, 에릭 피슬, 로버트 고버에 이르기까지, 예레미아스 고트헬프(「검은 거미」, 1842)에서부

---

22 '카렌 블릭센'이라는 필명으로도 알려진 덴마크 작가.

터 안젤라 카터, 토머스 리고티, 클라이브 바커, 리사 터틀와 같은 작가들의 포스트 모던한 환상에 이르기까지, 그리고 스티븐 킹, 피터 스트라우브, 앤 라이스와 같은 주류 베스트셀러 작가들까지도, 스타일은 저마다 다양하고 광범위하지만 그 모두에서 확고한 그로테스크의 필치가 엿보인다. (유령 이야기는 무조건 그로테스크에 속할까? 그렇지는 않다. 빅토리아 시대의 유령 이야기들은 전체적으로 지나치게 '착하고' 작가의 성별이 무엇이건 상관없이 너무 숙녀 같은 경향이 있다. 헨리 제임스의 유령 소설들 중 상당수는 그의 동류인 이디스 워튼과 거트루드 애서튼과 마찬가지로 우아하긴 하지만 그로테스크로 분류되기에는 너무 고상한 편이다.) 그로테스크에 해당하는 것은 H.G. 웰스의 『모로 박사의 섬』에 나오는 흉측한 동물 인간들이나, 우리 시대에 가장 탁월한 그로테스크 영화의 거장인 데이비드 크로넌버그(「플라이」, 「브루드」, 「데드 링거」, 「네이키드 런치」)가 만들어 낸 금기의 이미지들이다. 즉 그로테스크란 반드시 적나라한 '물질성'을 수반하기에 그 어떤 인식론적 해석으로도 몰아낼 수 없는 것을 뜻한다. 사실 그 반대말을 꼽자면 '착함'이라고도 할 수 있을 것이다.

우리 시대에 가장 위대하고도 가장 궁지에 몰렸던 그로테스크 예술가, 에드거 앨런 포의 「어셔 가의 몰락」, 「고자질하는 심장」, 「함정과 진자」, 「적사병의 가면」, 「아몬틸라도 술통」 등, 훗날 고전이 된 작품들이 수록된 책 『그로테스크와 아라베스크에 대한 이야기』가 출간된 것은 1840년이었다. 당시에는 '고딕'이라는 건축 용어에서 따온 이름의 문학이 다양하고 풍부한

조류를 형성했다. 포는 이 문학을 잘 알았다. 호레이스 월폴의
『오틀란토 성: 고딕 이야기』(1764), 리처드 컴벌랜드의 『몬트
레모스의 독살범(The Poisoner of Montremos)』(1791), 앤 래드
클리프의 걸작 『우돌포의 비밀』(1794)와 『이탈리아인』(1979),
M. G. 루이스의 『몽크』(1796), 메리 셸리의 『프랑켄슈타인』
(1818), C. R. 매튜린의 『방랑자 멜모스』(1820), E. T. A. 호프먼
의 섬뜩한 우화들과 그중에서도 가장 포의 작풍과 비슷한 「샌
드맨」(1817), 그리고 포의 동료 미국 작가들인 워싱턴 어빙(특
유의 상냥한 문체 아래 그로테스크함이 숨겨져 있는 「립 밴 윙클」과
같은 작품)과 너새니얼 호손이 바로 그 조류에 속했다. 미국 고
딕 소설의 선구자인 찰스 브록든 브라운의 『윌랜드』(1798)도
있다. 그리고 포가 그로테스크 문학과 추리 및 탐정 소설 장르
에 미친 영향은 너무나 보편적이어서 헤아릴 수 없을 정도이
다. 포에게 영향을 받지 않은 사람이 누가 있겠는가? 완곡하게
라도, 간접적으로라도, 청소년기나 심지어는 아동기에 영향을
받아서 이제는 저 멀리 동떨어진 듯 느껴질지라도 말이다.

　　이런 식으로 우리에게 공포와 충격을 주고 때로는 혐오감
까지 일으킬 것을 보장하는 예술을 좋아하는 성향은 낮, 합리
성, 과학적 회의주의, 진실, '현실'에 대한 반작용으로 인간의 정
신에 깊이 박혀 있는 듯하다. (합리성이 정말로 '현실'과 통하는지의
문제는 잠시 제쳐 두도록 하자.) 오브리 비어즐리가 그린 교활하고
불길한 자웅동체 인물들이, 제임스 맥닐 휘슬러가 의뢰를 받아
그린 초상화들보다 덜 '현실' 같은가? 셰리던 르 파뉴의 『카밀

라』(1871)나 브람 스토커의 『드라큘라』(1897)에 나오는, 도를 지나칠 만큼 충격적인 요소들을 못 견디는 감수성의 소유자라면, 더 '문학적'인 방식으로 쓰인 뱀파이어 이야기, 이를테면 헨리 제임스의 『나사의 회전』이라든지, 토마스 만의 『베니스에서의 죽음』, 「마법사 마리오」, 「트리스탄」("그 아이, 안톤 클뢰터얀은 훌륭한 아기로서 엄청난 에너지를 발휘해 가차 없이 삶에서 자신의 입지를 이용하는 한편, 젊은 엄마는 눈에 띄지 않는 미열로 나날이 망가져 가는 것 같았다.")과 같은 상징주의적 '사실주의' 작품들을 선호할 것이다. 모든 괴물 중에서도 뱀파이어는 전통적으로 혐오스러우면서 동시에 매력적인 존재이다. 뱀파이어들은 거의 항상 미적으로(그리고 성적으로) 매혹적으로 그려진다. (헨리 제임스의 『나사의 회전』에서 붉은 머리에 모자를 쓰지 않고 '꼿꼿이 선' 피터 퀸트는 소설을 '회전'시키는 경첩, 또는 나사의 역할을 한다.) 이는 차마 말할 수 없도록 금기시되어 온 진실로서, 사실 악이란 반드시 혐오스럽기만 한 것이 아니라 매력적이기도 하며, 자연이나 우연과는 달리 우리를 단순한 피해자가 아닌 적극적인 공모자가 되도록 만드는 힘이 있다는 것이다.

아이들은 그로테스크 이미지에 대한 감수성이 특히 예민하다. 아이들은 무엇이 '현실'이고 '비현실'인지, 무엇이 무해하고 또 무엇이 아닌지를 관찰하는 법을 배우는 중이기 때문이다. 아주 어린 아이들의 정신적 경험은 시간과 망각이 덮어씌워지기 전에는 감각, 인상, 사건, 이미지들과 연결된 의미들로 이루어진 만화경과도 같을 것이다. 이토록 소란스럽게 흐드러지는 우주를 어떻게 이해할 수 있을까? 내가 기억하는 가장 어린 시절의 가장 무서운 이미지는 여느 '현실'의 사건만큼이나 깊이 내 의식에 각인되어 있는데(작은 농장에서 자란 나는 닭 도축을 빈번하게 목격했다.) 겉보기에는 무해할 것 같은 어린이 책인 루이스 캐럴의 『거울 나라의 앨리스』를 읽다가 이 이미지를 맞닥뜨렸다. 전체적으로 불안하게 전개되는 이 책의 마지막 장에서 앨리스는 연회에 참석해 여왕으로 추대되는데, 상서롭게 시작되었던 연회는 급속히 무정부적인 상태로 어그러진다.

"조심해!"

하얀 여왕이 앨리스의 머리카락을 두 손으로 거머잡으며 소리쳤어요.

"무슨 일인가가 벌어질 거야!"

그리고 (……) 온갖 일들이 동시에 일어났어요. 촛불들이 천장까지 높이 솟아오르고(……) 유리병들은 접시를 한 쌍씩 가져다 허둥지둥 날개 삼아 몸에 붙이고는 포크는 다리로 삼고서, 사방에서 퍼덕거리며 날아다녔어요.(……)

그 순간 앨리스의 옆에서 쉰 목소리로 웃는 소리가 들렸어요. 앨리스가 하얀 여왕이 어떻게 된 건가 하고 옆을 돌아보니, 그 의자에는 여왕 대신 양고기 다리 하나가 앉아 있지 않겠어요?

"나는 여깄다!" 수프 냄비에서 들려온 목소리에 앨리스가 다시 그쪽을 돌아보니, 여왕의 넓고 상냥한 얼굴이 냄비 가장자리 너머로 그녀를 내다보며 히죽 웃고는 이내 수프 속으로 사라지는 것이있어요.

한 시도 지체할 수 없었어요. 이미 손님들 중 몇몇이 그릇 안에 눕고 있었거든요. 수프 국자가 앨리스의 의자를 향해 걸어오고…….

거울 나라의 모험 이야기에서 앨리스는 자신이 먹힐지도 모른다는 악몽 같은 위기감에 빠지지만, 꿈에서 깨어남으로써 탈출한다. 그러나 무시무시한 것이 기억속에 남아 있다면, 그리고 그 무시무시한 것을 꿈으로 일축할 수 없다면 어쩔 것인가?

먹이 사슬에서 인류가 차지하는 입지, 그것이야말로 그로테스크 예술을, 더 나아가 모든 예술, 문화, 문명을 낳는 무시무시한 지식이자 궁극적인 금기는 아닐까?

더 기술적인 차원에서 말하자면, '공포'를 미적으로 표현하는 예술은 영혼의 내부적인(그러므로 아마도 억압되어 있을) 상태를 외부적인 상태로 고양시킨다는 점에서 표현주의 및 초현실주의와 연관된다. 이 해체주의의 시대에 불투명해 보이는 문서들, 예컨대 동화, 전설 등 예술로 분류할 수 있는 것들이나 객관적이라고 추정되는 역사서나 과학 보고서들을 우리가 심리학적으로나 인류학적으로 해독할 수 없다 하더라도, 그로테스크 안에서 우리는 '현실'이면서 동시에 '비현실'인 것을 즉각 느낄 수 있다. 감정, 기분, 변화하는 집착, 믿음 등의 심리 상태는 측량할 수 없을지라도 그 자체로 충분히 현실이니까. 주관성은 인간의 핵심이되, 우리를 타인에게서 돌이킬 수 없이 갈라놓는 불가사의이기도 하다.

공포 소설의 한 가지 특징을 꼽자면, 우리가 그것을 빨리 읽게 된다는 것이다. 점점 차오르는 두려움 속에서 평상시의 회의주의는 완전히 유보한 채로, 의심할 것도 없이 우리는 그 안에 사는 주인공이 되어 버린다. 앞으로 계속 가는 길 외에는 다른 출구가 보이지 않는 것이다. 동화와 마찬가지로 그로테스크와 공포 예술은 우리를 아이로 되돌려 놓고 우리 영혼에서 무언가 원초적인 것을 환기시킨다. 공포는 외적으로 보면 가변적이고 복합적이고 무한하지만, 내적으로는 접근 불가능하다. 다만 그 진상을 추측할 수는 있을 것이다. 하지만 우리는 이토록 밝은 바깥세상에서 수많은 사람들과 어울리고 치열하게 상호 작용하며, 서로를 이름과 직업과 역할과 공적인 정체성을 갖춘 사회적 존재로 인지하면서 대체로 이 세계를 '집처럼' 여기며 살고 있는데, 구태여 추측하려 들지 않는 편이 좋지 않겠는가?

조이스 캐럴 오츠

1993년 4월

「흉가(Haunted)」, 『아키텍처 오브 피어』(아보 하우스, 1987); 『더 이어스 베스트 판타지』(세인트 마틴스 프레스, 1988).

「인형(The Doll)」, 《에포크》; 《아보 하우스 트레저리 오브 호러 앤 더 슈퍼내추럴》(1981)에 재수록.

「빙고의 왕(The Bingo Master)」, 『다크 포시스』(바이킹, 1980).

「하얀 고양이(The White Cat)」, 『어 매터 오브 크라임』(하코트 브레이스, 1987).

「모델(The Model)」, 《엘러리 퀸스 미스터리 매거진》(1992. 10); 《더 베스트 미스터리 앤 서스펜스 스토리스》(1993).

「정상 참작 사유(Extenuating Circumstances)」, 『시스터스 인 크라임 5』(버클리 북스, 1992).

「나를 못 믿는 거예요?(Don't You Trust Me?)」, 《글래머》 (1992. 8).

「가해자(The Guilty Party)」, 《글래머》(1991. 7).

「예감(The Premonition)」, 《플레이보이》(1992. 12).

「상변화(Phase Change)」,《비전스》(1993).

「불쌍한 비비(Poor Bibi)」,《틱쿤》5-6월호(1992).(발표 당시 제목은 「불쌍한 것(Poor Thing)」).

「추수감사절(Thanksgiving)」,《옴니》(1993).

「전파 천문학자(The Radio Astronomer)」,《안타이오스》봄호(1993).

「블라이 저택의 저주받은 거주자들(Accursed Inhabitants of The House of Bly)」,《안티오크 리뷰》겨울호(1992).

「순교(Martyrdom)」,『메타호러』(델, 1992);『더 이어스 베스트 판타지 앤 호러』(1993).

모든 편집자께 감사드립니다.

흉가

1판 1쇄 펴냄 2018년 11월 16일
1판 2쇄 펴냄 2021년 5월 10일

지은이 조이스 캐럴 오츠
옮긴이 김지현
발행인 박근섭, 박상준
펴낸곳 (주)민음사
출판등록 1966. 5. 19. (제16-490호)
주소 서울시 강남구 도산대로1길 62
강남출판문화센터 5층 (06027)
대표전화 02-515-2000 | 팩시밀리 02-515-2007
홈페이지 www.minumsa.com

한국어 판 © (주)민음사, 2018. Printed in Seoul, Korea

ISBN 978-89-374-3918-6 (03840)

* 잘못 만들어진 책은 구입처에서 교환해 드립니다.